Nora Roberts
So hell wie der Mond

Nora Roberts

So hell wie der Mond

Roman

Deutsch von Uta Hege

blanvalet

Die Originalausgabe erschien 1997 unter dem Titel »Holding the Dream«
bei Jove Books, The Berkley Publishing Group, a member
of Penguin Putnam Inc., New York.

FSC
www.fsc.org
MIX
Papier aus verantwortungsvollen Quellen
FSC® C014496

Verlagsgruppe Randiom House FSC® N001967

1. Auflage

LH · Herstellung: wag
Satz: GGP Media GmbH, Pößneck
Druck und Bindung: GGP Media GmbH, Pößneck
Printed in Germany
ISBN 978-3-7341-0847-1

www.blanvalet.de

Liebe Leserinnen und Leser!

Einer der schönsten Aspekte der Arbeit als Schriftstellerin ist der, dass man – während man das Buch schreibt – jemand anderer wird. Um gut zu schreiben, muss man in den Körper und die Persönlichkeit eines anderen Menschen schlüpfen. In *So hoch wie der Himmel* verwandelte ich mich in die prachtvolle, schillernde und zugleich mutige Margo Sullivan. Kein schlechtes Geschäft.

In *So hell wie der Mond,* dem zweiten Buch meiner Traumtrilogie, wurde ich Kate Powell, die, im Alter von acht Jahren verwaist, von den Templetons aufgenommen worden war und geschworen hatte, niemals eine Enttäuschung für sie zu sein. Sie ist eine scharfsinnige, intelligente, knabenhafte Frau mit einem Sinn für Mathematik. Da ich selbst auf der Highschool in Algebra eine vollkommene Niete war, sah ich dies als eine besondere Herausforderung an.

Es hat mir Spaß gemacht, mich in dieser Geschichte in Kate hineinzuversetzen, ihr Herz und ihren Verstand zu erforschen, dafür zu sorgen, dass sich ihre enge und liebevolle Beziehung zu Margo und Laura weiterentwickelte. Ich fand es spannend zu beobachten, wie sie im *Schönen Schein*, dem einzigartigen kleinen Laden, den sie und ihre Seelenschwestern gegründet haben, eine aktivere Rolle übernahm. Und natürlich hat es mir besondere Freude gemacht, mit anzusehen, wie sich ihre Romanze mit dem gut aussehenden Hotelier Byron de Witt Schritt für Schritt entwickelte. Ich hielt ihn für einen Mann, der selbst unsere praktisch veranlagte Kate dazu bewegen konnte, zu vergessen, dass zwei und zwei stets vier ergibt.

Hoffentlich wird es Ihnen ein ebensolches Vergnügen bereiten wie mir, mitzuverfolgen, wie sich Kates Leben und Bedürfnisse verändern, während sie mit dem Verlust eines Traumes kämpft und die Entstehung eines anderen erlebt.

Nora Roberts

Für meine Familie

1

Ihre Kindheit war eine Lüge gewesen.

Ihr Vater ein gemeiner Dieb.

Innerlich kämpfte sie mit diesen beiden Tatsachen, die zu absorbieren, zu analysieren und zu akzeptieren ihr beinahe unmöglich war. Kate Powell hatte sich selbst zu einer beherzten Frau erzogen, die sich die Erreichung ihrer Ziele hartnäckig Schritt für Schritt erarbeitete. Schwanken kam nicht infrage. Abkürzungen nahm man nicht hin. Erfolg gab es erst nach Planung, Schweiß und Anstrengung.

Das, hatte sie stets geglaubt, war sie, ein Produkt ihres Erbes, ihrer Erziehung und der strengen Maßstäbe, nach denen sie sich selbst beurteilte.

Wenn ein Kind in jungen Jahren beide Eltern verlor, also der Verlust von Vater und Mutter sein Leben regierte – dann schien es, als würde es durch nichts mehr so leicht aus dem Gleichgewicht gebracht.

Aber das stimmte nicht, erkannte Kate, als sie – immer noch wie gelähmt vor Schreck – hinter ihrem aufgeräumten Schreibtisch in ihrem aufgeräumten Büro bei Bittle und Partnern saß.

Auf die frühe Tragödie waren wunderbare Segnungen gefolgt. Nach dem Tod ihrer Eltern hatte eine andere Familie sie aufgenommen. Die ziemlich entfernte Verwandtschaft hielt Thomas und Susan Templeton nicht davon ab, sie liebevoll zu integrieren, ihr Heim und Liebe zu schenken. Sie hatten ihr alles gegeben, ohne Vorbehalt.

Dabei mussten sie es sicherlich gewusst haben, erkannte sie, ganz sicherlich, und zwar immer schon.

Auch schon, als sie sie nach dem Unfall aus dem Krankenhaus holten, trösteten und mit der Versicherung der Dazugehörigkeit in ihr Haus brachten.

Sie hatten sie ans andere Ende des Kontinents nach Kalifornien geholt. Auf die geschwungenen Klippen von Big Sur. Nach Templeton-House.

Dort, in dem prachtvollen Heim, das ebenso elegant und einladend war wie die Templeton-Hotels, durfte sie Teil ihrer Familie sein.

Sie hatten ihr Laura und Josh, ihre Kinder, als Geschwister geschenkt – nicht zu vergessen Margo Sullivan, die Tochter der Wirtschafterin, die bereits vor Kate mit den eigenen Sprösslingen heranwuchs.

Dann kamen Kleider und Essen, eine Erziehung und zahlreiche Privilegien hinzu. Sie hatten sie Regeln und Disziplin gelehrt und sie ermutigt, ihre Träume zu verwirklichen. Obendrein brachte man ihr Liebe und Stolz auf die Familie bei.

Doch von Anfang an hatten sie gewusst, was ihr über zwanzig Jahre hinweg unbekannt geblieben war.

Ihren Vater hatte man des Diebstahls bezichtigt, angeklagt wegen Veruntreuung. Damals vergriff er sich an den Geldern seiner Kunden, und einzig der Tod bewahrte ihn vor Schande, Ruin und Verurteilung.

Vielleicht hätte sie es niemals erfahren, wäre nicht aufgrund einer Grille des Schicksals ein alter Freund von Lincoln Powell an diesem Morgen in ihrem Büro aufgetaucht.

Er freute sich unglaublich über die Begegnung mit ihr, erinnerte sich noch lebhaft an die kleine Katie. Es hatte ihr das Herz gewärmt, dass jemand sie noch von früher kannte und deshalb mit seinen Angelegenheiten zu ihr kam, weil es alte Bande zwischen ihm und ihren Eltern gab. Sie hatte sich die Zeit genommen und mit ihm geschwatzt, auch wenn sie während der letzten Wochen vor dem fünfzehnten April, dem Abgabetermin sämtlicher Steuererklärungen, vor lauter Arbeit kaum noch Luft bekam.

Dort auf dem Besucherstuhl hatte er gesessen und in Erinnerungen geschwelgt. Seinerzeit habe er sie auf seinen Knien geschaukelt, dieser ehemalige Kollege, der in derselben Werbefirma arbeitete wie ihr Dad. Und deshalb hatte er erklärt, er hoffe, da er nun eine eigene Firma in Kalifornien besaß, sie als Steuerberaterin für das Unternehmen zu gewinnen. Sie hatte ihm gedankt und in ihre Erkundigungen nach seinem Geschäft und seinen finanziellen Verhältnissen Fragen nach ihren Eltern eingestreut.

Dann war sie verstummt, hatte einfach kein Wort mehr herausgebracht, als er wie beiläufig die gegen ihren Vater erhobenen Vorwürfe erwähnte: wie schrecklich, dass ihr Dad gestorben sei, ehe er eine Gelegenheit zur Wiedergutmachung erhielt.

»Er hatte die Gelder nicht wirklich gestohlen, sondern sie lediglich ausgeborgt. Natürlich war das falsch. Ich habe mich immer ein wenig verantwortlich gefühlt, weil ich derjenige war, der ihm von dem Immobiliengeschäft erzählte und ihn überredete, sich daran zu beteiligen. Ich wusste nicht, dass er sein Kapital bereits vorher durch Fehlspekulationen verloren hatte. Bestimmt hätte er das Geld zurückgezahlt. Linc war eigentlich recht raffiniert. Trotzdem störte es ihn immer ein wenig, dass sein Cousin auf so großem Fuß leben konnte, während er kaum über die Runden kam.«

Und der Mann – jemine, nicht einmal seinen Namen wusste sie mehr, denn einzig seine schrecklichen Worte hatten sich ihr eingebrannt – grinste dabei auch noch unbekümmert.

Die ganze Zeit, während sich dieser Fremde lang und breit über ihren Dad ausließ, hatte sie wortlos dagesessen und dazu genickt, wie er den Boden unter ihren Füßen beseitigte.

»Der Name Tommy Templeton stieß ihm immer sauer auf. Seltsam, wenn man bedenkt, dass am Ende er derjenige war, der dich großzog. Aber Linc hat es nie böse gemeint, Katie, bloß zu draufgängerisch. Er hatte nie eine Chance, sich zu beweisen, und wenn du mich fragst, ist das das wahre Unglück gewesen.«

Das wahre Unglück, dachte Kate, wobei sich ihr Magen schmerzlich zusammenzog. Er hatte gestohlen, weil er Geld überbewertete und den einfachsten Weg zum vermeintlichen Reichtum gegangen war. So wurde er also zum Dieb, dachte sie jetzt. Zum Betrüger, der am Ende sogar die Justiz austrickste, indem er mit seinem Wagen auf eisiger Fahrbahn Vollgas gab. Seine Frau hatte er mit sich in den Tod gerissen und seine Tochter zur Waise gemacht.

Daraufhin hatte das Schicksal ausgerechnet den Mann zu ihrem zweiten Vater erwählt, der von ihrem leiblichen Vater stets beneidet worden war. Durch seinen Tod wurde sie gleichsam eine Templeton.

War es vielleicht Absicht gewesen?, überlegte sie. Stand es so verzweifelt um ihn, dass er vorsätzlich sein Ende herbeigeführt hatte? Sie konnte sich kaum noch an ihn erinnern, einen dünnen, bleichen, nervösen, leicht reizbaren Menschen.

Ein Mann mit großen Plänen, dachte sie jetzt. Nicht zuletzt wegen seiner farbenfrohen Fantasien haftete er noch in ihrem Gedächtnis – seine Träume von großen Häusern, schönen Autos, lustigen Reisen nach Disney World.

Und die ganze Zeit über hatten sie in einer winzigen Unterkunft gelebt, die sich nicht unterschied von all den anderen Häuschen in ihrer Siedlung, hatten eine alte Limousine gefahren, die klapperte und ratterte, ohne dass sie sie auch nur ein einziges Mal tatsächlich auf große Fahrt trug.

Also entschloss er sich zu stehlen und wurde erwischt, ehe er zugrunde ging.

Was hatte ihre Mutter wohl getan, überlegte Kate. Was hatte sie gefühlt? War dies der Grund, weshalb sich Kate an sie vor allem als an eine Frau mit besorgtem Blick und irgendwie gezwungenem Lächeln erinnerte?

Hatte er vorher auch schon krumme Dinger gedreht? Bei diesem Gedanken wurde ihr eiskalt. Bloß, dass es nicht aufgefallen war? Ein wenig hier, ein wenig dort, bis die Pferde mit ihm durchgingen.

Sie erinnerte sich an Streit, meistens wegen Geld. Und, schlimmer noch, an die Stille im Anschluss an jede Auseinandersetzung. An die Stille in jener Nacht, eine schwere, schmerzliche Stille, die den Wagen erfüllte, ehe er plötzlich ins Schleudern geriet, ehe die Luft von Schreien widerhallte.

Es fröstelte sie, Kate schloss die Augen, ballte die Fäuste und kämpfte gegen einen dröhnenden Kopfschmerz an.

Nur der Himmel wusste, wie teuer ihr die Erinnerung an die Eltern war. Sie ertrug es nicht, dass diese Erinnerung nun befleckt wurde. Voll entsetzter Scham wies sie es von sich, die Tochter eines Betrügers zu sein.

Vielleicht lagen die Dinge ja auch anders, zumindest nicht so banal. Sie atmete langsam ein und wandte sich ihrem Computer zu. Mit mechanischer Effizienz klinkte sie sich in die Bibliothek von New Hampshire ein, wo sie auf die Welt gekommen war und die ersten acht Jahre ihres Lebens verbracht hatte.

Es kostete sie Zeit und Entschlossenheit, aber sie bestellte Kopien von Zeitungen aus dem Unfalljahr und erbat Auskunft über jeden Artikel, der Lincoln Powell erwähnte. Während sie wartete, kontaktierte sie den Anwalt im Osten, der damals den Verkauf des elterlichen Hauses tätigte.

Kate war ein echter Computer-Freak. Innerhalb einer Stunde hatte sie alles, was sie brauchte, schwarz auf weiß ausgedruckt. Sämtliche Einzelheiten standen dort, Einzelheiten, die ihr die von dem Anwalt übermittelten Fakten bestätigten.

Die Anschuldigungen, die Vorladung, der Skandal. Ein Skandal, so erkannte sie, den die Medien nur deshalb aufgriffen, weil Lincoln Powell mit den Templetons verwandtschaftlich zusammenhing. Die fehlenden Gelder hatten nach der Beerdigung genau die Menschen stillschweigend ersetzt – Kate war davon überzeugt –, die auch die Tochter im Kreis der Familie willkommen hießen.

Die Templetons, dachte sie, hatten wortlos die Verpflichtungen übernommen – und das Kind. Boten ihr über Jahre hinweg echte Geborgenheit.

Allein in ihrem stillen Büro legte sie den Kopf auf die Schreibtischplatte und brach in Tränen aus. Weinte und weinte, bis sie vollkommen ermattet war. Nachdem der Strom endlich versiegte, nahm sie Pillen gegen den Kopfschmerz und Tabletten gegen das Brennen in ihrem Magen. Als sie ihre Aktentasche ergriff, sagte sie sich, dass sie die Vergangenheit am besten auf sich beruhen ließ. Einfach begrub. Ebenso wie man ihren Vater und ihre Mutter begraben hatte.

Diese Geschichte konnte sie nicht mehr bereinigen. Sie war immer noch dieselbe Frau, versicherte sie sich, wie heute Vormittag. Aber sie merkte, dass sie die Tür ihres Büros nicht zu öffnen wagte, dass ihr die Vorstellung, auf dem Korridor einem Kollegen zu begegnen, unerträglich war. Also setzte sie sich wieder hin, machte die Augen zu und suchte Trost in positiven Erinnerungen. In einer Vision von Familie und Tradition. In ihrer eigenen Stärke, den persönlichen Fähigkeiten und dem Vertrauen, zu dem man sie erzogen hatte.

Mit sechzehn hatte sie neben dem normalen Unterrichtspensum eine Reihe zusätzlicher Kurse belegt, wodurch sie ein Jahr vor ihren Klassenkameraden die Schule abschloss. Da das jedoch als Herausforderung noch nicht genügte, hatte sie obendrein cum laude graduiert. Ihre Dankesrede legte sie sich bereits Monate vorher im Geiste zurecht.

Ihre Aktivitäten außerhalb der regulären Unterrichtsfächer hatten das Amt der Verwalterin der Klassenkasse, die Präsidentschaft des Matheclubs und einen festen Platz in der Baseballmannschaft umfasst. Sie hatte die Hoffnung gehegt, auch in der folgenden Saison dabei zu sein; aber seinerzeit wollte sie sich ganz auf die Vorbereitung der Mathematikprüfung konzentrieren.

Schnell hatte sie erkannt, dass der Umgang mit Zahlen ihre besondere Stärke war. Und die logische Kate fasste bereits damals den Entschluss, eine Karriere anzustreben, bei der dieses Talent zur Geltung kam. Hätte sie erst einmal ihren MBA in der Tasche – höchstwahrscheinlich schriebe sie sich zu diesem Zweck ebenso wie Josh in Harvard ein –, dann machte sie Karriere als Buchhalterin, und zwar auf höchster Ebene!

Es war ihr egal, wenn Margo ihre Ziele als langweilig bezeichnete. Kate kannte ihre Begabung. Sie würde sich und allen, die ihr wichtig waren, beweisen, dass sie alles, was ihr zuteil geworden war, bestmöglich zu nutzen verstand.

Da ihre Augen brannten, hatte sie ihre Brille abgesetzt und sich auf ihrem Schreibtischstuhl zurückgelehnt. Es war wichtig, so hatte sie bereits als Sechzehnjährige gewusst, dass man dem Verstand hin und wieder eine Pause gönnen musste, wenn man auf der Höhe bleiben wollte. Und da es Zeit für eine dieser Pausen gewesen war, hatte sie sich gemütlich in ihrem Zimmer umgesehen.

Die Veränderungen, die sie auf Drängen der Templetons anlässlich ihres sechzehnten Geburtstags in dem Raum vornehmen sollte, hatten zu ihr gepasst. In den schlichten Pinienregalen über ihrem Schreibtisch arrangierte sie ihre Bücher und Arbeitsmaterialien. Der Schreibtisch selbst war ein Prunkstück, ein echter Chippendale mit tiefen Schubladen und hübschen Verzierungen. Man hatte bereits das Gefühl von Erfolg, wenn man nur daran arbeitete.

Sie wollte weder kitschige Tapeten noch Rüschenvorhänge. Dezente Streifen an den Wänden und einfache Jalousien hatten ihr genügt. Da sie jedoch das Bedürfnis ihrer Tante, jeden zu verwöhnen, der ihr nahestand, sehr wohl begriff, hatte sie neben den praktischen Accessoires ein verschnörkeltes, dunkelgrünes Sofa ausgewählt. Hin und wieder hatte sie sich sogar darauf ausgestreckt, wenn sie zu ihrem Vergnügen ein Buch in die Hände nahm.

Ansonsten war der Raum so funktional eingerichtet, wie es ihrem Wesen entsprach.

Gerade als sie die Nase wieder in die Bücher hatte stecken wollen, hatte es an der Tür geklopft. Ihre Reaktion war lediglich unwirsches Knurren.

»Kate!« Die Hände in die Seiten ihres eleganten Twinsets gestützt hatte sich Susan Templeton neben ihr aufgebaut. »Was soll ich bloß mit dir machen?«

»Ich bin gleich fertig«, hatte Kate geantwortet. Der Duft des Parfüms ihrer Tante war ihr in die Nase gestiegen, und sie hatte aufgeblickt. »Halbjahreszeugnisse. Mathe. Morgen.«

»Als ob du nicht genug darauf vorbereitet wärst.« Susan hatte sich auf das Bett gesetzt und ihre Nichte gemustert. Die riesigen, seltsam exotischen braunen Augen waren hinter der dick umrandeten Lesebrille versteckt. Das dunkle, glatte Haar hing ihr in kurzen Strähnen in die Stirn. Das Mädchen schnitt es jedes Jahr kürzer, hatte Susan seufzend festgestellt. Ein schlichter, grauer Jogginganzug bedeckte den langen, dünnen Körper. Während Susans Beobachtung hatte Kate die vollen Lippen halb schmollend, halb wütend zusammengepresst und die Stirn konzentriert in Falten gelegt.

»Falls es dir noch nicht aufgefallen ist«, hatte Susan angesetzt. »In zehn Tagen ist Weihnachten.«

»Hmm. Aber bald gibt es Halbjahreszeugnisse. Ich habe es gleich geschafft.«

»Es ist fast sechs.«

»Wartet nicht mit dem Essen auf mich. Ich möchte das hier erst noch fertig machen.«

»Kate.« Susan war aufgestanden und hatte Kate die Brille von der Nase gezerrt. »Josh ist aus dem College gekommen. Die ganze Familie wartet auf dich. Wir wollen endlich den Weihnachtsbaum schmücken, falls du nichts dagegen hast.«

»Oh.« Kate hatte blinzelnd versucht, sich von den Formeln zu lösen, mit denen sie sich gerade beschäftigte. Ihre Tante hatte sie reglos angesehen. »Tut mir leid. Das habe ich total vergessen. Wenn ich diese Arbeit in den Sand setze …«

»Dann wird die Welt, wie wir sie kennen, untergehen! Ich weiß.«

Kate hatte ihre Schultern kreisen lassen und gegrinst. »Ich schätze, dass ich ein paar Stunden erübrigen kann. Wenn auch nur dieses eine Mal.«

»Wir fühlen uns geehrt.« Susan hatte Kates Brille auf den Tisch gelegt. »Und zieh dir etwas an die Füße, Kate.«

»Okay. Ich bin sofort unten!«

»Ich kann es kaum glauben, dass ich so etwas zu einem meiner Kinder sage …« Susan hatte sich bereits zum Gehen gewandt. »Aber wenn du auch nur eins dieser Bücher wieder aufschlägst, kriegst du es mit mir zu tun.«

»Sehr wohl, Ma'am.« Kate war an ihren Schrank getreten und hatte sich ein Paar Socken von einem ordentlichen Stapel genommen, unter dem ihr heimlicher Vorrat an Appetitanregern lag; trotz deren regelmäßiger Einnahme blieb sie leider Haut und Knochen. Nachdem sie die Socken angezogen hatte, schluckte sie noch ein paar Aspirin gegen den heraufziehenden Kopfschmerz und öffnete eilig die Tür ihres Zimmers.

»Wurde auch langsam Zeit«, hatte Margo am oberen Ende der Treppe geflötet. »Josh und Mr T. hängen bereits die Lichterketten auf.«

»Was sicher wieder Stunden dauern wird. Du weißt doch, wie gerne sie darüber streiten, ob man im Uhrzeigersinn oder andersherum anfangen soll.« Sie hatte den Kopf auf die Seite gelegt und Margo prüfend angesehen. »Warum, zum Teufel, hast du dich bloß so aufgedonnert, wenn ich fragen darf?«

»Ich habe mich nicht aufgedonnert, sondern lediglich festliche Garderobe angelegt.« Margo hatte den Rock des roten Kleides glatt gestrichen und selbstzufrieden auf den tiefen Ausschnitt des Oberteils geblickt, unter dem der Ansatz ihres vollen Busens vorteilhaft zur Geltung kam. Außerdem hatte sie sich in hochhackige Pumps gezwängt, da Josh unbedingt ihre wohlgeformten Beine sehen und erkennen sollte, dass sie zur Frau herangewachsen war. »Im Gegensatz zu dir ziehe ich zum Schmücken des Weihnachtsbaums eben nicht meine ältesten Lumpen an.«

»Zumindest ist mein Jogginganzug bequem«, hatte Kate verächtlich festgestellt. »Außerdem hast du schon wieder was von Tante Susies Parfüm stibitzt.«

»Habe ich nicht.« Margo hatte das Kinn gereckt und mit tastenden Händen ihre Frisur geprüft. »Sie hat mir einen Spritzer davon angeboten.«

»He«, hatte Laura vom Fuß der Treppe zu ihnen hinaufgebrüllt. »Wollt ihr beide den ganzen Abend da oben stehen bleiben und streiten?«

»Wir streiten nicht. Wir gratulieren einander zu unserem Aussehen.« Kichernd hatte sich Kate den Stufen zugewandt.

»Dad und Josh haben ihre Diskussion über die Lichterketten fast beendet.« Mittlerweile spähte Laura durch die geräumige Eingangshalle in Richtung des Wohnzimmers. »Jetzt sitzen sie zusammen und haben sich jeder eine Zigarre angesteckt.«

»Josh raucht eine Zigarre?« Bei der Vorstellung hatte Kate verächtlich geschnaubt.

»Schließlich ist er inzwischen ein Harvard-Mann«, hatte Laura in übertrieben affektiertem Neuengland-Akzent erklärt. »Du hast Ringe unter den Augen.«

»Und deine Augen strahlen wie der Sternenhimmel«, hatte Kate geantwortet. »Außerdem hast du dich genau wie Margo total herausgeputzt.« Verärgert betrachtete sie ihr eigenes Sweatshirt. »Was ist bloß mit euch los?«

»Peter kommt nachher noch vorbei.« Laura hatte in den Flurspiegel gesehen, um zu überprüfen, wie ihr elfenbeinfarbenes Wollkleid saß. Ihr war verborgen geblieben, dass sowohl Margo als auch Kate bei der Nennung des Namens zusammenfuhren. »Nur für eine Stunde oder so. Ich kann es kaum erwarten, dass endlich die Winterferien anfangen. Dann noch die zweite Hälfte des Schuljahres, und ich bin frei!« Selig hatte sie die Freundinnen angestrahlt. »Ich sage euch, diese Winterferien werden schöner als je zuvor. Ich habe es im Gefühl, dass Peter mich bitten wird, ihn zu heiraten.«

»Was?«, hatte Kate entsetzt gequietscht.

»Leise.« Eilig hatte Laura den blau-weiß gefliesten Boden in Richtung der Freundinnen überquert. »Ich möchte nicht, dass Mom und Dad etwas davon erfahren. Zumindest jetzt noch nicht.«

»Laura, du kannst unmöglich ernsthaft in Erwägung ziehen, Peter Ridgeway zu heiraten! Du kennst ihn kaum, und außerdem bist du gerade mal siebzehn Jahre alt.« Margo hatte gleich eine Million Gründe gegen Lauras Heirat mit Peter vorgebracht.

»In ein paar Wochen werde ich achtzehn. Außerdem ist es bisher ja nur so ein Gefühl. Versprecht mir, dass ihr dichthalten werdet, ja?«

»Aber sicher.« Kate hatte den Fuß der geschwungenen Treppe erreicht. »Aber du wirst doch wohl nichts Unüberlegtes tun?«

»Sieht mir das ähnlich?« Lächelnd hatte Laura Kate die Hand getätschelt und gesagt: »Aber jetzt gehen wir besser endlich rein.«

»Was findet sie bloß an dem Kerl?«, hatte Kate gemurmelt, als Margo neben sie getreten war. »Er ist uralt.«

»Er ist siebenundzwanzig«, hatte Margo ihr voller Sorge zugestimmt. »Aber er ist ein Bild von einem Mann, behandelt sie wie eine Prinzessin und hat ...« Sie suchte nach dem richtigen Wort. »Stil.«

»Ja, aber ...«

»Pst.« Margo entdeckte ihre Mutter, die mit einem Servierwagen voller heißer Schokolade den Flur herunterkam. »Wir wollen den anderen doch nicht den Abend verderben. Also unterhalten wir uns später darüber, ja?«

Ann Sullivan hatte ihre Tochter stirnrunzelnd angesehen. »Margo, ich dachte, das Kleid wäre für Weihnachten.«

»Ich bin bereits in Weihnachtsstimmung«, hatte Margo fröhlich geantwortet. »Lass mich den Wagen nehmen, Mum.«

Alles andere als zufrieden hatte Ann beobachtet, wie ihre Tochter mit dem Servierwagen im Wohnzimmer verschwand. »Miss Kate«, hatte sie dann gemahnt. »Du arbeitest schon wieder zu viel. Deine Augen sind ganz rot. Ich möchte, dass du nachher ein paar Gurkenscheiben drauflegst. Und wo sind deine Pantoffeln, wenn ich fragen darf?«

»In meinem Schrank.« Kate wusste, dass die Schelte der Wirtschafterin nur ihrer Sorge um die Mädchen entsprang, und hakte sich bei ihr unter. »Jetzt kommen Sie, Annie, und regen sich nicht mehr auf! Schließlich schmücken wir gleich alle zusammen den Weihnachtsbaum. Erinnern Sie sich noch an die Engel, die Sie früher mit uns zusammen gebastelt haben?«

»Wie soll ich das je vergessen, nachdem von euch dreien dabei ein derartiges Durcheinander veranstaltet worden ist?

Und Mr Josh hat euch gemeinerweise ausgelacht und dann noch die Köpfe von Mrs Williamsons Ingwermännern abgebissen.« Sie hatte Kate eine Hand an die Wange gelegt. »Und inzwischen seid ihr alle groß. In Zeiten wie diesen vermisse ich meine kleinen Mädchen, mit denen es immer so viel zu unternehmen gab.«

»Wir werden immer Ihre kleinen Mädchen sein, Annie.« In der Tür zum Wohnzimmer machten sie halt, um sich die Szene anzusehen.

Allein der Anblick hatte ausgereicht, dass Kate den Mund zu einem Lächeln verzog. Vor den großen Fenstern an der Vorderfront hatte der bereits mit Lichtern geschmückte, gut drei Meter hohe Baum geprangt, und auf dem Boden lagen zahlreiche geöffnete Schachteln mit Christbaumschmuck verstreut. In dem mit Kerzen und frischem Grün dekorierten marmornen Kamin hatte ein gemütliches Feuer geprasselt und den Duft von Apfelholz und Pinienaroma verströmt.

Wie liebte sie doch dieses Haus, hatte sie gedacht. Wenn sie mit dem Schmücken fertig wären, hätte jedes Zimmer genau den richtigen Hauch von festlicher Vorfreude. Eine mit Pinienzapfen gefüllte georgianische Silberschale würde von Kerzen flankiert. Die Fensterbänke wären mit leuchtend roten Weihnachtssternen in goldumrandeten Töpfen ausgestattet. Die schimmernden Mahagonitische in der Eingangshalle wären mit zarten Porzellanengeln verziert, und auf dem Stutzflügel bekäme wie immer der alte viktorianische Weihnachtsmann seinen Ehrenplatz.

Sie konnte sich noch genau an ihr erstes Weihnachten auf Templeton erinnern. Wie ihr ob all der Pracht regelrecht schwindlig, wie ihr, eingehüllt in all die Wärme, langsam leichter ums Herz geworden war.

Inzwischen hatte sie mehr als die Hälfte ihres Lebens hier verbracht und war längst integriert.

Am liebsten hätte sie diesen Augenblick für immer in ihr Herz gebrannt, dafür gesorgt, dass sich niemals etwas änderte. Die Art, wie das Licht des Feuers in Tante Susies Augen schimmerte, als sie lachend zu Onkel Tommy sah – die Art, in der er ihre Hände nahm und hielt. Was für ein perfektes Paar, hatte sie damals schon gedacht, diese schöne, zarte Frau und dieser große, elegante Mann.

Im Hintergrund erklang leise Weihnachtsmusik. Laura hatte vor einer der Schachteln gekniet, eine rote Glaskugel herausgenommen, sie sich angesehen und zurückgelegt. Margo hatte dampfende Schokolade aus einer Silberkanne eingeschenkt und gegenüber Josh ihre Flirttechnik zu vervollkommnen versucht. Er wiederum hatte auf einer Leiter gestanden und grinsend auf sie herabgesehen.

Sie hatten hervorragend in diesen von schimmerndem Silber, blitzendem Glas, poliertem altem Holz und weichen Stoffen angefüllten Raum gepasst. Und sie hatten alle zusammengehört.

»Sind sie nicht alle wunderschön, Annie?«, hatte sie gerührt gefragt.

»Allerdings. Genau wie du.«

Nein, nicht wie ich, hatte Kate gedacht, ehe sie ebenfalls eintrat.

»Da ist ja endlich mein Katie-Schatz!« Thomas hatte sie angestrahlt. »Hast du also endlich mal die Bücher aus der Hand gelegt?«

»Wenn du es schaffst, einen Abend lang nicht ans Telefon zu gehen, kann ich auch einen Abend lang das Lernen unterbrechen.«

»Wenn der Baum geschmückt wird, muss die Arbeit eben ruhen«, hatte er zwinkernd geantwortet. »Und ich denke, dass ich die Führung der Hotels wenigstens für heute ruhig anderen überlassen kann.«

»Obwohl sie dann sicher schlechter geführt werden als von Tante Susie und dir.«

Margo hatte Kate mit hochgezogenen Brauen eine Tasse heißen Kakaos gereicht. »Scheint ganz so, als hätte es da jemand auf ein zusätzliches Weihnachtsgeschenk abgesehen. Ich hoffe nur, dass du nicht tatsächlich diesen blödsinnigen Computer haben willst.«

»Ohne Computer kommt man inzwischen nirgendwo mehr aus. Stimmt's nicht, Onkel Tommy?«

»Man kann kaum noch ohne sie leben. Obwohl ich froh bin, dass bald eure Generation das Ruder übernimmt, denn ich muss gestehen, dass mir diese verdammten Dinger einfach zuwider sind.«

»Trotzdem wirst du auf Dauer nicht darum herumkommen, das System im Verkaufsbereich aufzurüsten«, hatte sich Josh in die Unterhaltung eingemischt, während er von der Leiter kletterte. »Schließlich besteht kein Grund, all die Arbeit selbst zu machen, wenn es dafür eine Maschine gibt.«

»Da spricht der wahre Hedonist«, hatte Margo grinsend festgestellt. »Aber, Josh, sei lieber vorsichtig. Nicht, dass du dann tatsächlich irgendwann tippen lernen musst. Kaum auszudenken: Joshua Conway Templeton, zukünftiger Erbe des Templeton-Imperiums, erwirbt tatsächlich eine nützliche Fähigkeit.«

»Hör zu, Herzogin.«

»Schluss damit«, hatte Susan die sauertöpfische Antwort ihres Sohnes abgewehrt. »Denkt bitte daran, dass heute niemand mehr die Arbeit erwähnen soll. Margo, sei bitte so nett und reich Josh den Baumschmuck hoch. Kate, du übernimmst zusammen mit Annie diese Seite des Baums. Laura, du und ich, wir fangen hier drüben an.«

»Und was ist mit mir?«, hatte Thomas gekränkt gefragt.

»Du tust, was du am besten kannst, mein Schatz. Du passt auf, dass alles klappt.«

Wie in jedem Jahr hatte ihnen das bloße Aufhängen des Schmuckes nicht gereicht. Jedes der Teile hatten sie sich einzeln angesehen, zu jedem der Teile hatte jemand etwas erzählt. Der Kopf der hölzernen Elfe, die Margo Josh in einem Jahr an den Kopf geworfen hatte, war mit Klebstoff befestigt. Von dem gläsernen Stern hatte Laura jahrelang geglaubt, dass er von ihrem Vater extra für sie vom Himmel gepflückt worden war. Die gehäkelten Schneeflocken hatte Annie für die Mitglieder der Familie einzeln angefertigt. Den Filzkranz mit der Silberschleife hatte Kate unter großen Mühen selbst genäht.

Zweig um Zweig hängten sie also das Einfache und Gemütliche neben den unbezahlbaren, alten Schmuck, den Susan in aller Welt zu sammeln pflegte, und am Ende warteten sie mit angehaltenem Atem darauf, dass Thomas die Lampen löschte und der Zauber des Baumes seine Wirkung tat.

»Er ist wunderschön – immer ist er das«, hatte Kate gemurmelt und ergriffen Lauras Hand gepackt.

Spät in jener Nacht war Kate, da sie nicht schlafen konnte, lautlos in den Salon zurückgekehrt, hatte es sich auf dem Teppich unter dem Baum bequem gemacht und den Tanz der Lichter beobachtet.

Sie hatte schon immer gern den Geräuschen aus dem Haus gelauscht, dem Ticken der alten Standuhren, dem Seufzen und Murmeln des hölzernen Parketts, dem Knistern der Zweige im Kamin. Leiser Regen hatte gegen die Fenster gepocht, und der Wind summte dazu im Flüsterton.

Hier zu liegen hatte ihr einfach gutgetan. Die Aufregung über die bevorstehende Prüfung hatte sich gelegt. Und die ganze Familie befand sich warm und sicher zu Hause. Laura war von ihrer Ausfahrt mit Peter zurückgekehrt, und kurze Zeit später schlich auch Josh nach einer Verabredung leise in sein Zimmer.

Jeder war an seinem Platz.

»Falls du hoffst, dass du den Weihnachtsmann zu sehen bekommst, machst du dich besser auf eine längere Wartezeit gefasst.« Margo war auf nackten Füßen in den Raum gekommen und hatte sich neben Kate gelegt. »Du denkst hoffentlich nicht immer noch an die dämliche Mathearbeit?«

»Bald gibt es Halbjahreszeugnisse. Und wenn du ein bisschen mehr über deine eigenen Arbeiten nachdenken würdest, stündest du bestimmt überall ein bisschen besser da.«

»Schule ist etwas, das man über sich ergehen lassen muss.« Margo hatte eine Schachtel Zigaretten aus der Tasche ihres Morgenrocks geholt. Da alle anderen sicher in ihren Betten lagen, wollte sie sich heimlich ein paar Züge genehmigen. »Kannst du dir vorstellen, dass Josh mit dieser schielenden Leah McNee ausgeht?«

»Sie schielt nicht, Margo. Und außerdem hat sie keine schlechte Figur.«

Margo hatte eine Rauchwolke ausgestoßen und verächtlich geschnaubt. Jeder, der nicht mit völliger Blindheit geschlagen war, konnte erkennen, dass Leah, verglichen mit Margo Sullivan, kaum als Frau zu bezeichnen war. »Er geht nur deshalb mit ihr aus, weil sie leicht zu haben ist.«

»Und warum interessiert dich das?«

»Es interessiert mich ja gar nicht.« Sie hatte einen erneuten Zug von ihrer Zigarette genommen und beleidigt das Gesicht verzogen. »Es ist nur so furchtbar … gewöhnlich, finde ich. So werde ich ganz bestimmt niemals.«

Lächelnd hatte sich Kate der Freundin zugewandt. In ihrem blauen Morgenmantel, mit dem offenen, wallenden, blonden Haar hatte Margo hinreißend, verführerisch und äußerst elegant gewirkt. »Niemand würde je auf den Gedanken kommen, dir vorzuwerfen, dass du gewöhnlich bist. Starrsinnig, eingebildet, unhöflich und eine Nervensäge, wie sie im Buche steht – aber gewöhnlich entschieden nicht.«

Margo hatte die Brauen hochgezogen und gegrinst. »Auf dich ist einfach immer Verlass. Tja, aber da wir gerade von gewöhnlich sprechen, was meinst du, wie versessen Laura wirklich auf diesen Peter Ridgeway ist?«

»Ich weiß es einfach nicht.« Kate hatte an ihrer Unterlippe genagt. »Seit Onkel Tommy ihn hier beschäftigt, läuft sie die ganze Zeit seltsam verträumt durch die Gegend. Ich wünschte, er wäre immer noch für das Templeton Chicago zuständig.« Dann jedoch hatte sie mit den Schultern gezuckt. »Aber offenbar macht er seine Arbeit wirklich gut, sonst hätten Onkel Tommy und Tante Susie ihn sicher nicht hergeholt.«

»Dass er weiß, wie man ein Hotel führt, spielt keine Rolle. Mr und Mrs T. haben Dutzende von Hotelmanagern in der ganzen Welt. Er ist der Einzige, dessentwegen Laura bisher den Kopf verloren hat. Kate, wenn sie den heiratet …«

»Ja«, hatte Kate geseufzt. »Aber am Ende ist es ihre Entscheidung. Ihr Leben. Himmel, ich kann mir nicht vorstellen, weshalb sich irgendjemand derart an einen anderen Menschen binden will.«

»Das verstehe ich auch nicht.« Margo hatte ihre Zigarette ausgedrückt und sich genüsslich ausgestreckt. »Ich heirate niemals. Furore machen kann man auch ohne einen Ehemann.«

»Genau wie ich.«

Margo hatte Kate mit einem schiefen Blick bedacht. »Indem du als Zahlenmamsell arbeitest? Das ist ja wohl eher langweilig.«

»Du machst Furore auf deine Art, und ich mache Furore, wie ich es will. Nächstes Jahr um diese Zeit werde ich bereits auf dem College sein.«

Margo hatte getan, als liefe ihr ein eisiger Schauder den Rücken hinab. »Was für eine grauenhafte Vorstellung!«

»Du wirst ebenfalls dort sein«, hatte Kate gnadenlos prophezeit. »Das heißt, wenn du nicht noch deine Abschlussprüfung versaubeutelst.«

»Wir werden sehen.« Margo hegte bereits damals keineswegs die Absicht, aufs College zu gehen. »Ich sage dir, wir finden Seraphinas Schatz, und dann machen wir endlich die Weltreise, von der wir immer geträumt haben. Ich will nach Rom und Athen, Paris, Mailand, London.«

»Wirklich beeindruckende Städte.« Kate war dort überall schon gewesen. Die Templetons hatten sie mitgenommen – und hätten auch Margo gern dabeigehabt, nur dass Ann es nicht erlaubte. »Eines Tages heiratest du sicher irgendeinen reichen Kerl, blutest ihn aus und reist dann mit seiner Kohle um die ganze Welt.«

»Keine schlechte Idee!« Amüsiert hatte Margo die Arme ausgestreckt. »Aber ich wäre lieber selbst reich und hätte statt eines Ehemanns eine Unzahl feuriger Liebhaber.« Als sie auf dem Flur ein Geräusch vernahmen, hatte sie den Aschenbecher eilig zwischen den Falten ihres Morgenmantels versteckt. »Laura.« Aufatmend hatte sie sich erhoben. »Du hast mich fast zu Tode erschreckt.«

»Tut mir leid, ich konnte einfach nicht schlafen.«

»Gesell dich doch zu uns«, hatte Kate gesagt. »Wir planen gerade unsere Zukunft.«

»Oh!« Mit einem weichen, verstohlenen Lächeln hatte sich Laura auf den Teppich gekniet. »Das ist schön.«

»Einen Moment.« Margo hatte Lauras Kinn in die Hand genommen, sie prüfend angesehen und nach einem Augenblick gründlicher Musterung erleichtert festgestellt: »Okay, du hast es nicht mit ihm getan.«

Errötend hatte Laura Margo auf die Hand geklopft. »Natürlich nicht. Peter würde mich niemals bedrängen.«

»Woher weißt du, dass sie es nicht getan hat?«, fragte Kate Margo damals verblüfft.

»So etwas sieht man Frauen einfach an. Ich denke nicht, dass du mit ihm schlafen solltest, Laura – aber wenn du ernsthaft in Erwägung ziehst, ihn zu heiraten, dann probierst du es besser vorher aus.«

»Sex ist doch kein Schuh, den man erst mal anprobiert«, hatte Laura gemurmelt.

»Aber auf alle Fälle sollte man sicher sein, dass er einem passt.«

»Diese Erfahrung hebe ich mir auf für meine Hochzeitsnacht.«

»Oha, jetzt hat sie wieder diesen entschiedenen Templeton-Ton.« Grinsend hatte Kate an einer von Lauras Locken gezupft. »Da ist wohl nichts zu machen. Aber hör einfach nicht auf Margo, Laura. Ihrer Meinung nach kommt Sex der endgültigen Erlösung gleich.«

Margo hatte sich eine weitere Zigarette angezündet und die Freundinnen angesehen. »Ich möchte wissen, was es geben soll, das besser ist.«

»Liebe«, hatte Laura verkündet.

»Erfolg«, gab Kate gleichzeitig von sich. »Tja, das ist mal wieder typisch für uns drei.« Sie hatte ihre Arme um die Knie geschlungen und zusammengefasst: »Margo wird eine Sexgöttin; du wirst ewig auf der Suche nach der wahren Liebe sein, und ich werde mir den Arsch aufreißen nach Erfolg. Was sind wir doch für ein trauriger Verein.«

»Ich bin bereits unsterblich verliebt«, präzisierte Laura ruhig. »Und ich möchte jemanden, der mich auch liebt, und Kinder. Ich möchte jeden Morgen aufwachen und wissen, dass ich meiner Familie ein Heim biete und sie glücklich mache. Und ich möchte jeden Abend neben einem Menschen einschlafen, dem ich vertrauen und auf den ich mich verlassen kann.«

»Und ich würde lieber abends neben jemandem liegen, der mich heiß macht.« Margo hatte gekichert, als Kate ihr unsanft zwischen die Rippen stieß. »War nur ein Scherz. Halbwegs. Ich will reisen und tausend Dinge tun. Jemand sein. Ich möchte wissen, dass es, wenn ich morgens aufwache, etwas Aufregendes zu erleben gibt. Und was auch immer es sein wird, will ich es in die Tat umsetzen.«

Kate hatte ihr Kinn auf ihre Knie gelegt. »Ich möchte das Gefühl haben, etwas geleistet zu haben«, ließ sie verlauten. »Die Dinge sollen so laufen, wie sie meiner Meinung nach richtig sind. Ich möchte morgens aufwachen und genau wissen, was ich als Nächstes tun werde und auch, wie es am besten zu bewerkstelligen ist. Als die Beste auf meinem Gebiet möchte ich gewährleisten, dass nichts vermasselt wird. Denn wenn das der Fall wäre, hätte ich das Gefühl, eine Versagerin zu sein.«

Ihre Stimme war heiser geworden, was sie peinlich berührte. »Herrje, ich scheine wirklich übermüdet zu sein.« Sie hatte sich die brennenden Augen gerieben, ohne die anderen anzusehen. »Ich muss ins Bett. Schließlich schreiben wir morgen gleich die erste Stunde die Mathearbeit.«

»... die du mit Leichtigkeit schaffen wirst.« Laura hatte sich ebenfalls erhoben und zum Gehen gewandt. »Also mach dir keine Gedanken, ja?«

»Du bist einfach unser Sorgenkind.« Aber gleichzeitig hatte Margo Kate begütigend den Arm getätschelt, nachdem auch sie wieder auf die Beine gekommen war. »Tja, lasst uns schlafen gehen.«

In der Tür war Kate noch einmal stehen geblieben, um in Richtung des Baums zurückzublicken. Schockiert hatte sie erkannt, dass ein Teil von ihr sich wünschte, sie könnte für alle Zeit in diesem Haus bleiben. Müsste sich niemals Gedanken machen über den nächsten Tag. Müsste niemals irgendwelchen Erfolgen nachjagen. Alles könnte so bleiben, wie es war.

Aber ihnen allen standen Veränderungen bevor, das lag damals in der Luft. Lauras verträumter Blick und Margos wilde Reden hatten es gezeigt. Entschieden löschte sie dann die Lichter. Die Zeit ließ sich nicht aufhalten. Also machte sie sich besser ebenfalls bereit.

2

Irgendwie überstand sie die Tage und die Nächte und den Job. Sie hatte keine andere Wahl, als mit dem neuen Wissen zurechtzukommen. Und zum ersten Mal in ihrem Leben hatte sie das Gefühl, dass es für sie niemanden zum Reden gab. Jedes Mal, wenn sie merkte, dass sie ins Wanken geriet und nach dem Telefonhörer greifen oder in ihr Auto steigen wollte, um hinauszufahren nach Templeton House, zwang sie sich, es nicht zu tun.

Kate konnte und würde mit ihrem Elend und ihren Ängsten nicht die Menschen belasten, deren liebevolle Zuneigung sie genoss. Sie würden ihr beistehen, das wusste sie genau. Aber dies war eine Last, die sie allein zu tragen hatte. Eine Last, die sich hoffentlich früher oder später in den hintersten Winkel ihres Bewusstseins drängen ließ. Und schließlich würde sie in der Lage sein, die Sache ruhen zu lassen, sich nicht mehr genötigt fühlen, sie ans Tageslicht zu zerren, sie wieder und wieder von allen Seiten anzusehen.

Sie hielt sich für eine praktische, intelligente, starke Frau. In der Tat verstand sie nicht, wie ein Mensch stark sein sollte, wenn er nicht auch die ersten beiden Eigenschaften besaß.

Bisher hatte sie ihr Leben genau ihren Vorstellungen entsprechend geführt. Ihre Karriere nahm einen sicheren und, ja, auch intelligenten Verlauf. Bei Bittle und Partnern stand sie in dem Ruf, eine klar denkende, hart arbeitende Steuerberaterin zu sein, die komplexe Jahresabschlüsse anfertigte, ohne dass je ein Wort der Klage über ihre Lippen kam. Irgendwann bekäme sie als Lohn für ihre Mühe sicher die volle Partnerschaft. Das wäre die Bestätigung ihres erfolgreichen Werdegangs.

Kate hatte eine Familie, die sie liebte und die diese Liebe erwiderte. Und Freunde … nun, ihre besten Freunde waren die Mitglieder ihrer Familie. Und was könnte praktischer sein?

Sie betete sie an, hatte Kindheit und Jugend oberhalb der wilden, geschwungenen Klippen von Big Sur in Templeton House verbracht. Es gab nichts, was sie nicht tun würde für Tante Susie und Onkel Tommy, von denen sie als Tochter aufgenommen worden war. Niemals fiele sie ihnen, egal auf welche Art, zur Last. Was bedeutete, dass sie das, was ihr seit Wochen auf dem Herzen lag, auch weiterhin für sich behielt.

Nein, sie würde ihnen keine Fragen stellen, obgleich sie voll davon war. Auch Laura und Margo gegenüber spräche sie den Schmerz, das Problem niemals an, obgleich es bisher zwischen ihnen keine Heimlichkeiten gab.

Man müsste verdrängen, ignorieren, tun, als wäre nichts geschehen … das, so glaubte sie, würde für alle am besten sein.

Ihr Leben lang hatte sie sich stets darum bemüht, ihr Bestes zu tun, die Beste zu sein, ihre Familie stolz zu machen auf ihre Unternehmungen. Nun aber hatte sie das Gefühl, dass es noch mehr zu beweisen, noch mehr zu erreichen galt. Jeder Erfolg, der ihr bisher zuteil geworden war, ließ sich zurückführen auf den Augenblick, in dem sie sie in ihr Heim und ihre Herzen aufgenommen hatten. Also gelobte sie, nach vorn und nicht zurück zu sehen. Die Routine fortzuführen, die ihr Leben geworden war.

Unter normalen Umständen hätte man eine Schatzsuche sicher nicht als Routine angesehen. Aber wenn es um die Jagd nach Seraphinas Mitgift ging, wenn sie zusammen mit Laura und Margo und Lauras beiden Töchtern auf die Klippen kletterte, war es geradezu eine Mission.

Die Legende von Seraphina, dem unglückseligen jungen Mädchen, das vom Rand der Klippen gesprungen war, statt sich einem Leben ohne ihre große Liebe zu stellen, hatte sie alle drei schon immer fasziniert. Die schöne Spanierin hatte Felipe geliebt, ihn heimlich getroffen, war mit ihm bei Wind und Wetter über die Klippen spaziert. Dann war er in den Krieg gegen die Amerikaner gezogen, um sich ihrer würdig zu erweisen, hatte versprochen, er käme zurück, um sie zu heiraten und für alle Zeit mit ihr zusammen zu sein. Aber er war nie zurückgekehrt. Als Seraphina die Nachricht erhielt, dass er im Kampf gefallen war, hatte sie abermals die Klippen aufgesucht, am Rand ihrer Welt angekommen, und stürzte sich, von Trauer überwältigt, in die Tiefe.

Die Romantik, das Geheimnisvolle der Geschichte, übte schon immer einen Zauber auf die drei Frauen aus. Und natürlich hatte die Vorstellung, eines Tages die Mitgift zu finden, die Seraphina versteckte, ehe sie von den Klippen sprang, den Reiz des Ganzen noch erhöht.

Fast an jedem Sonntag trieb sich Kate mit einem Metalldetektor oder einem Spaten bewaffnet auf den Klippen herum. Seit Monaten, seit dem Morgen, an dem Margo an einem Wendepunkt in ihrem Leben eine einzelne Golddublone in die Hände gefallen war, hatten die Freundinnen ihre gemeinsame Suche aus Kindertagen fortgesetzt.

Oder vielleicht trafen sie sich weniger in der Hoffnung auf eine Truhe voller Gold als vielmehr aus dem schlichten Vergnügen am Zusammensein.

Es war beinahe Mai, und nach den nervenaufreibenden Wochen bis zum fünfzehnten April, dem genannten Abgabetermin, genoss Kate es besonders, endlich einmal wieder draußen in der Sonne zu sein. Genau das brauchte sie. Es half ebenso wie die Arbeit, die Akte zu vergessen, die in ihrer Wohnung verborgen war. Die Akte über ihren Vater, die sie sorgsam zusammengetragen hatte.

Es half, die Sorgen zu vergessen, den Schmerz und den Stress – den ihr die Überlegung verursachte, ob es richtig gewesen war, einen Detektiv mit Nachforschungen über einen einundzwanzig Jahre zurückliegenden Fall zu beauftragen.

Ihre Muskeln protestierten und sie schwitzte, als sie den Metalldetektor über ein paar Büsche schwang.

Sie dächte nicht darüber nach, versprach sie sich. Nicht heute, nicht an diesem Ort. Erst dann dächte sie wieder darüber nach, wenn sie den Bericht des Detektivs bekam. Dieser Tag gehörte ihr und der Familie.

Die angenehme Brise zerzauste ihr das kurze, schwarze Haar. Ihre Haut war leicht gebräunt, das Erbe des italienischen Zweigs der Familie ihrer Mutter, auch wenn die darunterliegende, von Margo als »Schreibstubenblässe« bezeichnete Kreidigkeit nicht zu übersehen war. Ein paar Tage in der Sonne, dachte sie, und schon wäre sie wieder fit.

Während der letzten Wochen hatte sie aufgrund der Hektik im Büro – und ja, wegen des Schocks der Entdeckung über das Sündenregister ihres Vaters – ein paar Pfund abgenommen, aber die legte sie sicher wieder zu. Bisher hatte sie noch stets die Hoffnung gehegt, dass sie eines Tages ein wenig Fleisch auf die dürren Knochen bekam.

Sie besaß weder Margos Größe oder femininen Körperbau noch Lauras anmutige Zerbrechlichkeit. Sie war, hatte Kate schon immer gedacht, durchschnittlich hübsch, zu dünn, mit einem kantigen Gesicht, das zu ihrem störrischen Körper passte.

Früher hätte sie gern Grübchen, ein paar charmante Sommersprossen oder dunkelgrüne statt so allgemein braune Augen gehabt. Aber bereits damals war sie zu praktisch gewesen, um lange über etwas nachzudenken, was sich ohnehin nicht ändern ließ.

Sie war intelligent und besaß einen ausgeprägten Sinn für Zahlen – alles, was sie brauchte, um erfolgreich zu sein.

Nun griff sie nach dem Krug Limonade, den Ann Sullivan ihnen mitgegeben hatte, nahm einen langen Schluck und sah stirnrunzelnd zu Margo hinüber.

»Willst du eigentlich den ganzen Nachmittag bloß herumsitzen, während wir anderen schuften wie die Maulesel?«

Den wohlgeformten Körper in die Freizeitkleidung von roten Leggins und einem passenden Hemd gehüllt streckte sich Margo Sullivan Templeton genüsslich auf ihrem Felsen aus. »Wir sind heute ein bisschen müde«, sagte sie und tätschelte sich den Bauch.

Kate stieß ein verächtliches Schnauben aus. »Seit du herausgefunden hast, dass du schwanger bist, findest du ständig eine Entschuldigung, um zu faulenzen.«

Margo warf ihre langen blonden Haare über die Schulter zurück und sah die Freundin lächelnd an. »Josh möchte nicht, dass ich mich überanstrenge.«

»Da sehe ich auch keine Gefahr«, knurrte Kate erbost.

»Er findet eben einfach, ich sollte auf Nummer sicher gehen.« Zufrieden mit dem Leben im Allgemeinen und besonderen streckte Margo ihre langen, kerzengeraden Beine aus. »Er ist so süß und so aufmerksam und vollkommen außer sich vor Begeisterung. Himmel, Kate, wir haben tatsächlich ein Baby gemacht.«

Auch wenn der Gedanke, dass zwei der ihr liebsten Menschen einander in blinder Liebe verfallen waren und jetzt obendrein ihre eigene Familie gründeten, Kate durchaus gefiel, war sie traditionsgemäß dazu verpflichtet, Margo einen Dämpfer zu verpassen, wann immer sich die Gelegenheit dazu ergab. »Du könntest wenigstens ein bisschen elend aussehen, jeden Morgen brechen oder hin und wieder in Ohnmacht fallen, finde ich.«

»Mir ist es in meinem ganzen Leben noch nie bessergegangen.« Weil es stimmte, stand Margo endlich auf und nahm den Metalldetektor in die Hand. »Selbst mit dem Rauchen aufzuhören war das reinste Kinderspiel. Ich hätte nie gedacht, dass ich mich eines Tages darauf freuen würde, Mutter zu werden. Und jetzt denke ich an nichts anderes mehr.«

»Du wirst sicher eine fantastische Mutter«, murmelte Kate.

»Und ob.« Margo sah in Richtung von Laura, die zusammen mit ihren beiden kleinen Mädchen kichernd in der Erde buddelte. »Schließlich habe ich hier einen Menschen, von dem ich einiges abgucken kann. Das letzte Jahr war die Hölle für sie, aber trotzdem hat sie nicht einen Augenblick geschwankt.«

»Vernachlässigung, Ehebruch, Scheidung«, zählte Kate leise auf, da sie nicht wollte, dass die unstete Brise ihre Worte zu den Kindern hinübertrug. »Nicht gerade das, was man als Amüsement bezeichnen würde. Aber die Mädchen haben ihr dabei geholfen, ihr Gleichgewicht zu bewahren. Und natürlich das Geschäft.«

»Ja. Apropos Geschäft …« Margo stellte den Detektor aus und stützte sich darauf. »Falls man von den letzten Wochen auf die Zukunft schließen kann, brauchen wir vielleicht bald eine zusätzliche Verkäuferin. Wenn das Baby erst mal da ist, kann ich unmöglich weiter zehn bis zwölf Stunden am Tag arbeiten.«

Hinsichtlich des Ladenbudgets runzelte Kate die Stirn. Mit der eleganten Secondhand-Boutique, die sie in der Cannery Row eröffnet hatten, hatten vor allem Margo und Laura zu tun. Aber als dritte Partnerin in dem unwägbaren Geschäft kümmerte sich Kate, wann immer es ihre Zeit erlaubte, um die Buchhaltung.

»Bis dahin sind es noch über sechs Monate. Also bis kurz vor Beginn des Weihnachtsgeschäfts. Am besten denken wir über die Einstellung einer Hilfskraft nach, wenn es so weit ist.«

Seufzend gab Margo Kate den Metalldetektor zurück. »Der Laden läuft besser, als auch nur eine von uns erwartet hätte. Meinst du nicht, es wäre langsam an der Zeit, ein bisschen weniger streng mit uns zu sein?«

»Nein.« Kate schaltete den Detektor wieder ein. »Wir haben vor weniger als zwölf Monaten aufgemacht. Wenn du anfängst, Leute einzustellen, geht jede Menge Geld für Sozialversicherung, Lohnsteuer und Arbeitslosenversicherung drauf.«

»Tja, gut, aber ...«

»Ich könnte anfangen, an Samstagen auszuhelfen, wenn es nötig ist, und außerdem springe ich gern während meines Urlaubs ein.« Arbeit, dachte sie erneut. Arbeit half, damit man nicht nachdachte. »Dann könnte ich ein paar Wochen lang Vollzeit bei euch mitmachen.«

»Kate, Urlaub bedeutet weiße Sandstrände, Europa, eine unartige Affäre – nicht, dass man als Verkäuferin in einem Laden malocht.«

Statt einer Antwort zog Kate matt die Brauen hoch.

»Ich habe vergessen, mit wem ich rede«, murmelte Margo halbwegs betrübt. »Statt dich auch nur einmal im Leben zu amüsieren, schuftest du dich lieber tot.«

»Das habe ich immer nur getan, um ein Gegengewicht zu dir herzustellen, mein Schatz. Nun denn, da ich zu einem Drittel am *Schönen Schein* beteiligt bin, sollte ich natürlich zusehen, dass meine Investition auch Früchte trägt.« Mit gerunzelter Stirn blickte sie unter sich. »Verdammt, hier liegt nicht mal irgendwo ein Kronkorken oder so herum, der den verdammten Metalldetektor piepsen lässt und uns alle wenigstens für eine Sekunde in Aufregung versetzt.«

»Geht es dir gut?« Margo schaute die Freundin mit zusammengekniffenen Augen an. »Du siehst hundemüde aus.« Kaputt, erkannte sie. Kaputt und ungemein gereizt. »Wenn ich es nicht besser wüsste, würde ich sagen, du bist hier die Schwangere.«

»Das wäre wirklich erstaunlich, da ich seit ungefähr tausend Jahren nicht mehr mit einem Mann im Bett gewesen bin.«

»Was der Grund dafür sein könnte, dass du so gereizt und müde wirkst.« Doch statt Spott drückte Margos Miene ernste Besorgnis aus. »Wirklich, Kate, was ist mit dir los?«

Am liebsten hätte sie es gesagt, am liebsten hätte sie sich der Freundin anvertraut. Selbstverständlich bekäme sie Trost, Unterstützung, Loyalität – was auch immer erforderlich war. Nein, es ist allein mein Problem, erinnerte sie sich.

»Nichts.« Kate zwang sich zu einem herablassenden Blick. »Außer dass ich diejenige bin, die hier die ganze Arbeit macht und der jeden Augenblick die Arme abfallen, während du gemütlich auf einem Felsen sitzt, als hättest du einen Fototermin als Schwangere des Jahres oder so.« Sie legte den Metalldetektor beiseite. »Ich brauche eine Pause.«

Margo sah die Freundin einen Augenblick länger an, wobei sie mit ihren Fingern auf ihr Knie trommelte. »Also gut. Ich habe sowieso Hunger. Lass uns sehen, was Mum uns mitgegeben hat.« Sie öffnete den in der Nähe stehenden Picknickkorb und stieß einen wohligen Seufzer aus. »Himmlisch, Hühnerschenkel!«

Kate spähte ebenfalls in den Korb. Noch fünf Minuten, dachte sie, und dann nähme sie gemütlich Platz. Mrs Williamsons Hühnchen würde sicher das nagende Hungergefühl vertreiben, das sie empfand. »Ist Josh schon aus London zurück?«

»Hmm«, antwortete Margo mit vollem Mund. »Morgen. Im Templeton London haben sie ein bisschen umgeräumt, sodass er ein paar Sachen für den Laden mitbringen wird. Außerdem habe ich ihn gebeten, ein paar meiner Kontaktleute dort aufzusuchen, sodass er sicher noch ein paar andere hübsche Dinge im Gepäck hat. Auf diese Weise bleibt mir eine Einkaufsreise erspart.«

»Ich erinnere mich noch gut an die Zeiten, in denen du es nicht abwarten konntest, endlich wieder irgendwohin unterwegs zu sein.«

»Das war damals«, sagte Margo in selbstzufriedenem Ton. »Aber jetzt ist es anders.« Sie biss erneut in ihre Keule, ehe ihr etwas einfiel und sie das Hühnchen sinken ließ. »Hmm. Das habe ich ganz vergessen. Nächsten Samstag Abend findet eine Party bei uns statt. Cocktails, Büfett, alles, was dazugehört. Natürlich kommst du auch.«

Kate fuhr zusammen, als hätte ihr jemand einen Schlag versetzt. »Muss ich mich dann etwa schick machen?«

»Aber sicher doch. Schließlich erwarten wir jede Menge Kunden.« Sie schluckte und sah die Freundin an. »Und ein paar von den höheren Chargen der Hotels. Wie Byron de Witt.«

Kate stellte das Suchgerät endgültig aus, ehe sie sich auch aus dem Korb bediente. »Ich mag ihn nicht.«

»Natürlich nicht«, kam Margos trockene Erwiderung. »Schließlich sieht er fantastisch aus, ist charmant, intelligent und obendrein weit gereist. Also wirklich widerlich.«

»Er weiß, wie schön er ist.«

»Was niemanden wundert. Es ist mir vollkommen egal, ob du ihn nett findest oder nicht. Er hat Josh hier in den kalifornischen Hotels jede Menge Arbeit abgenommen und obendrein einen Großteil des Terrains zurückgewonnen, das uns durch Peter Ridgeway verloren gegangen ist.«

Sie hielt inne und blickte dorthin, wo Laura stand. Peter war Lauras früherer Ehemann, der Vater der Mädchen; nun, was auch immer sie von ihm hielt, sie wollte ihn nicht kritisieren, wenn Ali oder Kayla in der Nähe waren.

»Sei einfach höflich, ja?«

»Das bin ich immer. He, Leute«, rief Kate und beobachtete, wie Ali und Kayla ihre hübschen, blonden Schöpfe hoben. »Wir haben Mrs Williamsons Picknickkorb aufgemacht, und Margo ißt bereits das ganze Hühnchen auf.«

Schreiend rannten die beiden Mädchen herbei. Laura kam ein Stück hinter ihnen und nahm mit gekreuzten Beinen zu Margos Füßen Platz. Sie beobachtete, wie ihre Töchter über ein bestimmtes Stück Fleisch stritten, ehe, natürlich wie immer, Ali die Oberhand behielt. Als die Ältere der beiden wurde sie immer anstrengender.

Eine Scheidung, erinnerte sich Laura, als Ali selbstzufrieden an ihrem Hühnerbein zu nagen begann, war für ein zehnjähriges Mädchen alles andere als leicht. »Ali, schenk Kayla bitte auch ein Glas Limonade ein.«

Ali zögerte und überlegte offenbar, wie sie sich weigern konnte. Es schien, dachte Laura, während sie dem rebellischen Blick ihrer Tochter mit kühler Ruhe begegnete, als ob Ali in letzter Zeit einfach alles verweigerte. Am Ende der stummen Auseinandersetzung jedoch schenkte sie schulterzuckend ein Glas für ihre Schwester ein.

»Wir haben nichts gefunden«, beschwerte sie sich jetzt, als hätte sie beim Buddeln im Dreck nicht jede Menge Spaß gehabt. »Es ist langweilig.«

»Ach ja?« Margo nahm ein Stück Käse aus einer Plastikdose. »Ich amüsiere mich allein schon, wenn ich hier sitze und euch zugucke.«

»Tja …« Was auch immer Margo sagte, betrachtete Ali als Gesetz. Die elegante Margo war mit achtzehn von zu Hause fortgelaufen und nach Hollywood gegangen, hatte in Europa gelebt und war in wunderbare, aufregende Skandale verwickelt gewesen. Sie hatte nichts so Gewöhnliches und Schreckliches wie eine Ehe und eine Scheidung durchgemacht. »Vielleicht ist es nicht wirklich doof. Aber ich möchte, dass wir endlich ein paar Münzen finden.«

»Ausdauer«, Kate stupste Ali an, »macht sich bezahlt. Was wäre passiert, wenn Alexander Graham Bell aufgegeben hätte, bevor ihm schließlich sein erstes Telefongespräch gelungen ist? Wenn Indiana Jones nicht die letzte Expedition unternommen hätte?«

»Wenn Armani nicht seinen ersten Saum genäht hätte?«, warf Margo ein, worauf sie ein erneutes Kichern der beiden Mädchen erntete.

»Wenn *Star Trek* nicht an Orte gereist wäre, an denen zuvor nie ein Mensch gewesen war?«, beendete Laura die Aufzählung und hatte die Freude, ihre Töchter lächeln zu sehen.

»Tja, vielleicht. Dürfen wir noch mal die Münze sehen, Tante Margo?«

Margo griff in ihre Hemdtasche. Sie hatte das alte spanische Goldstück immer dabei. Ali nahm es begierig in die Hand und hielt es bewundernd so, dass Kayla es ebenfalls bestaunen konnte.

»Wie sie blitzt«, sagte Kayla, während sie ehrfürchtig mit einem Finger über die Dublone strich. »Darf ich ein paar Blumen für Seraphina pflücken gehen?«

»Aber sicher doch.« Laura beugte sich vor und küsste sie zärtlich auf den Kopf. »Aber geh nicht alleine an den Rand der Klippe, um sie ins Meer zu werfen, ja?«

»Ich warte auf dich. Schließlich werfen wir die Blumen doch immer zusammen runter.«

»Na ja, ich helfe ihr.« Ali gab Margo die Münze zurück, aber als sie aufstand, verzog sie ihren hübschen Mund zu einem missmutigen, dünnen Strich. »Es war dumm von Seraphina, dass sie gesprungen ist, nur weil sie Felipe nicht heiraten konnte. Heiraten ist sowieso blöd.« Dann erinnerte sie sich daran, dass auch Margo verheiratet war, und errötete.

»Manchmal«, sagte Laura in ruhigem Ton, »ist eine Ehe wunderbar und warm und stark. Und manchmal ist eine Ehe einfach nicht wunderbar oder warm oder stark genug. Aber du hast recht, Ali, Seraphina hätte nicht springen sollen. Als sie es getan hat, hat sie alles verhindert, was sonst vielleicht noch gekommen wäre, alle Möglichkeiten fortgeworfen, die sich hätten ergeben können. Sie tut mir wirklich leid.« Sie beobachtete, wie ihre Tochter mit gesenktem Kopf und hängenden Schultern von dannen trottete. »Sie ist so verletzt – und so wütend. Ich weiß einfach nicht, wie ich ihr helfen soll.«

»Sie wird darüber hinwegkommen.« Kate drückte Laura ermutigend die Hand. »Du gehst wunderbar mit den beiden Mädchen um.«

»Seit drei Monaten haben sie Peter nicht mehr gesehen. Er hält es nicht mal für nötig, sie zwischendurch gelegentlich anzurufen.«

»Das ist nicht deine Schuld«, wiederholte Kate. »Du bist für das Verhalten dieses Arschlochs nicht verantwortlich. Sie weiß, dass du nichts dafür kannst – ich bin sicher, in ihrem Innersten weiß sie es.«

»Das hoffe ich.« Laura zuckte mit den Schultern und nahm einen gebratenen Flügel in die Hand. »Kayla macht einfach weiter, als wäre nichts geschehen, während Ali in immer tiefere Grübelei versinkt. Tja, ich schätze, wir sind ein gutes Beispiel dafür, dass Kinder in demselben Haus aufwachsen, von denselben Menschen erzogen werden können – und es trotzdem riesige Unterschiede zwischen ihnen gibt.«

Kate hatte immer noch Magenschmerzen.

»Das stimmt.« Margo kämpfte erfolgreich gegen das Bedürfnis nach einer Zigarette an. »Aber wir sind alle wirklich gut geraten, finde ich. Tja …« Sie sah Kate mit einem zuckersüßen Lächeln an. »Oder fast alle.«

»Nur, weil du das gesagt hast, verspeise ich jetzt das letzte Stück!« Zuerst jedoch wickelte Kate eine Magentablette aus dem Papier. Medikamente halfen ihr zu essen, wenn sie nicht im geringsten hungrig war. Sodbrennen, dachte sie, als sie das leichte Brennen unterhalb ihres Brustbeins bemerkte. Was sollte es sonst sein? »Ich habe zu Margo gesagt, dass ich samstags in unserem Laden aushelfen werde.«

»Wir könnten Hilfe brauchen.« Laura setzte sich so, dass sie während der Unterhaltung ihre Töchter im Auge behielt. »Letzten Samstag war wirklich der Teufel los, und ich hatte nur vier Stunden Zeit.«

»Dann komme ich den ganzen Tag.«

»Wunderbar.« Margo zupfte ein paar schimmernde Trauben von einem Bund. »Obwohl du dann sicher die ganze Zeit vor dem Computer hocken wirst, um festzustellen, ob uns nicht schon wieder irgendein Fehler unterlaufen ist.«

»Wenn ihr keine Fehler machen würdet, wäre das nicht erforderlich. Aber …« Sie hob die Hand. »Nächsten Samstag übernehme ich die Kasse, und ich wette mit dir um einen Zwanziger, dass ich bis Ladenschluss mehr drin haben werde als du.«

»Und wovon träumst du nachts, Powell?«

Montag Morgen dachte Kate weder an Träume noch an die sonntägliche Schatzsuche. Um Punkt neun saß sie mit ihrer dritten Tasse Kaffee vor ihrem Computer an ihrem Schreibtisch im Büro. Wie an jedem Tag um diese Zeit hatte sie bereits den marineblauen Nadelstreifen-Blazer über die Stuhllehne gehängt und die Ärmel ihrer gestärkten, weißen Bluse aufgerollt.

Die Ärmel würden wieder heruntergerollt und die Jacke

korrekt angezogen und zugeknöpft, wenn um elf einer ihrer Kunden kam; aber im Augenblick war sie mit ihren Zahlenreihen allein.

Wie es ihr am besten gefiel.

Die Herausforderung, dafür zu sorgen, dass die Zahlen tanzten und sich verschoben, bis am Ende jede ordentlich an der richtigen Stelle saß, hatte sie schon immer fasziniert. Das Abebben und Anschwellen von Zinssätzen, Schatzwechseln und offenen Investmentfonds wies eine ganz eigene Schönheit auf. Und außerdem verliehen ihr, so gestand sie sich selbst offen ein, das Verständnis, ja die Bewunderung für die Kapriolen der Finanzwelt und die Fähigkeit, Klienten raten zu können, wie sie ihr schwer verdientes Geld am besten anlegten, eine gewisse Macht.

Nicht, dass das Geld immer schwer verdient gewesen wäre, dachte sie mit einem verächtlichen Schnauben, als sie den Jahresabschluss auf ihrem Bildschirm sah. Ein Großteil ihrer Klienten hatte sein Geld auf eher altmodische Art verdient.

Sie hatten es geerbt.

Noch während sie diesen Gedanken hegte, fuhr sie zusammen, als hätte ihr jemand einen Schlag versetzt. War das der Vater in ihr, der die Nase rümpfte über Menschen, denen ihr Reichtum aufgrund eines Erbes zugefallen war? Sie rieb sich den steifen Nacken und atmete tief durch. Sie müsste damit aufhören, überall Gespenster zu wittern.

Es war ihr Job, jeden Kunden von Bittle, den sie übernahm, bestmöglich zu beraten. Nein, sie beneidete ihre Klienten – Anwälte, Finanziers, Börsen- und Immobilienmakler – nicht um ihre Reichtümer, sondern arbeitete mit ihnen Hand in Hand, damit jeder die für ihn persönlich besten kurz- und auch langfristigen Anlagetipps bekam.

Das, so erinnerte sie sich, war sie.

Eindeutig genoss sie die Tatsache, dass der Umgang mit

Zahlen verlässlich war. Für sie ergäbe zwei und zwei bis ans Ende ihrer Tage vier.

Kate wandte sich wieder ihrer Arbeit zu und blätterte in einer Bilanz des Ever-Spring-Gärtnereibetriebs. In den achtzehn Monaten, seit sie diesen Klienten übernommen hatte, beobachtete sie, wie er das Geschäft langsam und vorsichtig erweiterte. Sie glaubte fest daran, dass man immer langsam und vorsichtig zu Werke gehen sollte, und dieser Kunde hatte auf ihren Rat gehört. Es stimmte, die Ausgaben waren gestiegen, aber die Umsätze rechtfertigten diesen Schritt. Die Zahlungen für die Krankenkassenbeiträge und andere Vergünstigungen der Angestellten waren hoch und schmälerten den Gewinn; aber durch die Templetonsche Erziehung war eine weitere ihrer Überzeugungen die, dass es den Erfolg mit den Menschen, die einem bei der Erreichung des Ziels geholfen hatten, zu teilen galt.

»Ein gutes Jahr für Bougainvilleen«, murmelte sie und machte sich eine Notiz, dass ihr Klient am besten einen Teil der Gewinne aus dem letzten Vierteljahr in steuerfreien Schuldverschreibungen anlegen sollte.

Gib dem Kaiser, was des Kaisers ist, dachte sie, aber nicht einen verdammten Penny mehr.

»Du siehst fantastisch aus, wenn du gerade mal wieder irgendwelche Pläne ausheckst.«

Kate blickte auf, und ihre Finger drückten automatisch die Knöpfe für die Datensicherung und den Bildschirmschutz. »Hallo, Roger!«

Er lehnte lässig im Türrahmen. Affektiert, schoss es Kate wenig schmeichelhaft durch den Kopf. Roger Thornhill war groß, dunkelhaarig und gut aussehend, mit Zügen, die an Cary Grant in seinen besten Jahren erinnerten. Seine breiten Schultern steckten in einem maßgeschneiderten grauen Jackett. Er hatte ein schnelles, strahlendes Lächeln, dunkelblaue Augen, mit denen er Frauen gleich welchen Alters stets einer schmeichelhaften Musterung unterzog, und einen weichen Bariton, der wie geschmolzener Honig dahinfloss.

Vielleicht waren all diese Attribute zusammen genommen der Grund dafür, dass Kate ihn mittlerweile ablehnte. Ihre Konkurrenz um die volle Partnerschaft war nur ein Zufall. Das, so hatte sie sich oft genug gesagt, hatte nichts damit zu tun, dass sie ihn abstoßend fand.

Oder höchstens minimal.

»Deine Tür stand offen«, stellte er fest und trat unaufgefordert ein. »Ich dachte, dass du dann sicher nicht allzu beschäftigt bist.«

»Mir gefällt es, wenn meine Tür offen steht.«

Wieder sah er sie mit seinem breiten Lächeln an, ehe er sich mit einer Hüfte auf die Kante ihres Schreibtisches schob. »Gerade komme ich aus Nevis zurück. Ein paar Wochen in der Karibik haben mir nach all dem Stress vor dem fünfzehnten April echt gutgetan.« Er sah ihr ins Gesicht. »Du hättest wirklich mitkommen sollen.«

»Roger, wenn ich nicht mal mit dir essen gehe, weshalb denkst du dann, dass ich zwei Wochen mit dir an irgendeinem weißen Strand herumtolle?«

»Ich gebe die Hoffnung eben nicht auf.« Er nahm einen ihrer sorgsam gespitzten Bleistifte vom Tisch und legte ihn in seine Hand. Ihre Stifte waren immer gespitzt und lagen immer genau am selben Platz. Alles in ihrem Büro hatte System. Das wusste er genau. Und als ehrgeiziger Mann nutzte Roger dieses Wissen aus.

Außerdem nutzte er seinen Charme, sah sie trotz der Zurückweisung immer noch lächelnd an. »Ich hätte es einfach gern, wenn wir einander wieder etwas näherkommen würden, ich meine, außerhalb des Büros. Verdammt, Kate, inzwischen ist diese Sache beinahe zwei Jahre her.«

Sie zog eine Braue hoch. »Welche Sache?«

»Okay, seit ich alles vermasselt habe.« Er legte den Bleistift zurück. »Es tut mir leid. Was soll ich denn sonst noch sagen?«

»Es tut dir leid?«, fragte sie ruhig, während sie sich erhob, um ihre Kaffeetasse neu zu füllen, obgleich ihr bereits die dritte Portion nicht sonderlich gut bekommen war. Sie setzte sich wieder hin, hob ihre Tasse an den Mund und sah ihn reglos an. »Tut es dir leid, dass du gleichzeitig mit mir und einer meiner Klientinnen ins Bett gegangen bist? Oder tut es dir leid, dass du mit mir geschlafen hast, weil du nur auf diese Weise an meine Klientin herangekommen bist? Oder vielleicht, dass du diese Klientin dazu überredet hast, ihre Sachen statt weiter von mir plötzlich von dir bearbeiten zu lassen. Was tut dir davon leid, Roger?«

»Alles zusammen.« Da es normalerweise gegenüber Frauen immer seine Wirkung tat, setzte er abermals sein breites Lächeln auf. »Hör zu, ich habe mich bereits unzählige Male bei dir zu entschuldigen versucht, aber ich versuche es gerne noch einmal. Es war falsch von mir, mit Bess, ah, Mrs Turner auszugehen und dann auch noch mit ihr zu schlafen, während zwischen uns beiden etwas lief. Dafür gibt es kein Pardon.«

»Da sind wir einer Meinung. Und jetzt auf Wiedersehen!«

»Kate!« Immer noch sah er sie an, und seine Stimme war ebenso warm wie damals, als sie unter ihm den Höhepunkt erreichte. »Ich möchte diesen Missklang zwischen uns bereinigen. Lass uns zumindest Frieden schließen, ja?«

Sie legte den Kopf auf die Seite und dachte nach. Es gab richtig und falsch, ebenso wie Moral und fehlende Moral. »Nein.«

»Verdammt.« Mit diesem ersten Zeichen von Ungehaltensein erhob er sich abrupt von ihrem Tisch. »Ich war ein verdammter Hurensohn. Ich habe eine gute, befriedigende Beziehung durch Sex und Ehrgeiz kaputt gemacht.«

»Da hast du vollkommen recht«, pflichtete sie ihm gelassen bei. »Aber du kennst mich offenbar ziemlich schlecht, wenn du auch nur die geringste Hoffnung auf eine Fortsetzung unserer früheren Beziehung hegst.«

»Privat sehe ich Bess schon seit Monaten nicht mehr.«

»Tja, dann.« Kate lehnte sich auf ihrem Stuhl zurück und brach in schallendes Gelächter aus. »Himmel, du bist wirklich ein desolater Fall, Roger. Du meinst, nur weil du die andere in die Wüste geschickt hast, käme ich voller Freude zu dir zurück? Wir sind Arbeitskollegen, mehr auch nicht«, sagte sie. »Nie wieder werde ich den Fehler machen und mich mit einem Kollegen einlassen, und erst recht nie wieder – ich betone, nie wieder – mit jemandem wie dir.«

Sein Mund wurde zu einem hässlichen, dünnen Strich. »Du hast Angst davor, mich außerhalb des Büros zu sehen. Angst, weil du dich dann daran erinnern würdest, wie gut es zwischen uns beiden immer gelaufen ist.«

Sie stieß einen Seufzer aus. »Roger, so gut lief es zwischen uns nun auch wieder nicht. Meiner Einschätzung nach war es eher Mittelmaß. Am besten schließen wir dieses Kapitel endgültig ab.« Im Interesse der Vernunft erhob sie sich und reichte ihm die Hand. »Vergessen wir es. Ohne jeden Zorn.«

Fasziniert betrachtete er erst ihre Hand und dann ihr Gesicht. »Ohne jeden Zorn?«

Und ohne jedes Gefühl, ergänzte sie bei sich, kam dann aber zu dem Schluss, dass sie eine derartige Bemerkung besser unterließ. »Fangen wir einfach von vorne an«, schlug sie vor. »Wir sind Kollegen und kommen als solche miteinander aus. Und du hörst endlich auf, mir damit in den Ohren zu liegen, dass ich mit dir essen gehen oder in die Karibik fliegen soll.«

Er nahm ihre Hand. »Du fehlst mir, Kate. Es fehlt mir, dich zu berühren. Also gut«, sagte er eilig, angesichts ihrer zusammengekniffenen Augen. »Wenn das das Beste ist, was ich zu erwarten habe, dann nehme ich es an. Ich bin froh, dass du meine Entschuldigung gelten lässt.«

»Fein.« Deutlich um Geduld bemüht entzog sie ihm ihre Hand. »Und jetzt habe ich zu arbeiten.«

»Ich bin froh, dass die Sache endlich geklärt ist.« Abermals lächelnd wandte er sich zum Gehen.

»Ja, genau«, murmelte sie. Sie warf die Tür nicht hinter ihm ins Schloss, da eine derartige Geste zu viel über ihren Gemütszustand verraten hätte. Sie wollte nicht, dass der Schleimer Roger Thornhill auf den Gedanken kam, sie verschwende auf ihn auch nur noch das geringste Gefühl.

Aber sie machte die Tür, wenn auch leise, sehr entschieden zu, ehe sie an ihren Schreibtisch zurückkehrte, eine Flasche Maaloxan aus ihrem Schreibtisch nahm und seufzend an ihre Lippen hob.

Er hatte ihr tatsächlich weh getan. Es war demoralisierend, sich an diese schmerzliche Erfahrung mit ihm zu erinnern. Sie hatte ihn nicht geliebt; aber mit ein wenig mehr Zeit, ein wenig mehr Mühe wäre es vielleicht dazu gekommen. Sie hatten ihre Arbeit gehabt, die sie verband und von der sie geglaubt hatte, dass sie vielleicht die feste Grundlage für etwas anderes werden könnte.

Sie hatte ihn gemocht, ihm vertraut und Spaß mit ihm gehabt.

Das hatte er ohne jeden Skrupel ausgenutzt und ihr eine ihrer wichtigsten Klientinnen abspenstig gemacht. Was beinahe noch schlimmer gewesen war als die Entdeckung, dass er zu jener Zeit zwischen ihrem und dem Bett der Klientin hin und her gewechselt war.

Kate nahm einen weiteren Schluck aus der Flasche, ehe sie sie wieder verschloss. Damals hatte sie überlegt, ob es nicht an der Zeit für eine förmliche Beschwerde bei Larry Bittle war.

Aber ihr Stolz hatte jede mögliche Befriedigung überwogen, die sie dabei eventuell empfunden hätte.

Die Klientin war zufrieden gewesen, und das rangierte bei Bittle an erster Stelle. Roger hätte sicher etwas Boden verloren, nach einer Beschwerde gegen ihn. Andere im Büro hätten ihm misstraut und möglicherweise in Zukunft Distanz zu ihm eingenommen.

Und sie wäre das jammernde, betrogene Weibchen gewesen, das mit verheulten Augen durch die Gegend lief, weil sie ihr Sexual- mit ihrem Arbeitsleben vermischt hatte und aus dieser Affäre als Verliererin hervorgegangen war.

Gut, dass sie die Sache für sich behalten hatte, dachte Kate und schob die Flasche Maaloxan in die Schreibtischschublade zurück. Besser, dass sie ihm jetzt hatte ins Gesicht sagen können, dass sie die ganze Angelegenheit als erledigt betrachtete.

Selbst wenn es gelogen war … selbst wenn sie ihn sicher für den Rest ihres Lebens verabscheuen würde.

Schulterzuckend wandte sie sich wieder dem Bildschirm ihres Computers zu. Am besten mied sie in Zukunft allzu glatte, clevere, gut aussehende Männer mit mehr Ehrgeiz als Herz. Am besten kümmerte sie sich in Zukunft ausschließlich um ihren beruflichen Werdegang und ließ sich von nichts und niemandem mehr ablenken. Sicher bekäme sie bald die ersehnte Partnerschaft als Anerkennung ihres Erfolges.

Hätte sie erst die Partnerschaft und damit die nächste Stufe der Karriereleiter geschafft, wäre das in allen Ehren geschehen. Und vielleicht, ganz vielleicht, läge dann auch der Beweis auf dem Tisch, dass sie nicht die Tochter ihres Vaters war.

Mit leisem Lächeln ging sie die vor ihr liegenden Additionen durch. Bleib bei den Zahlen, sagte sie sich, die lügen nie.

3

Als Kate den *Schönen Schein* betrat, runzelte Margo besorgt die Stirn. »Du siehst aus wie tot.«

»Danke. Ich hätte gern einen Kaffee.« Und einen Augenblick allein. Also ging sie über die Wendeltreppe in das obere Stockwerk hinauf, wo bereits die Kaffeemaschine lief.

Nach dem Bericht des Detektivs aus dem Osten hatte sie nicht mehr als drei Stunden geschlafen. Jede Einzelheit bestätigte ihr, dass sie die Tochter eines Diebes war.

Es stand alles da – die Beweise, die Anklagen, die Aussagen. Und die Lektüre dieser Papiere hatte die schwache Hoffnung zunichte gemacht, dass alles irgendwie ein Irrtum gewesen war.

Stattdessen hatte sie erfahren, dass ihr Vater zurzeit des Unfalls nur gegen Kaution auf freiem Fuß gewesen war und dass er seinen Anwalt angewiesen hatte, deutlich zu machen, dass er das Angebot, sich schuldig zu bekennen und dafür mit einer milden Strafe belegt zu werden, annehmen wollte. Wäre er in jener Nacht auf der eisigen Straße nicht ums Leben gekommen, dann wäre er wenige Tage später ins Gefängnis zurückgekehrt.

Sie sagte sich, dass sie die Vergangenheit am besten akzeptierte, wie sie nun einmal gewesen war, und mit ihrem Leben weitermachte, während sie ihren heißen, schwarzen Kaffee trank. Sie musste wieder hinunter, da die Arbeit wartete. Und eine Freundin, die sie zu gut kannte, als dass ihr auch nur das geringste Anzeichen von Stress oder Anspannung verborgen blieb.

Nun, dachte sie und wandte sich mit ihrer Tasse in der Hand der Treppe zu – sie fände sicher eine glaubwürdige Entschuldigung für eine schlaflose Nacht. Und sie gewann nichts dabei, wenn sie sich wie eine Besessene mit einer Sache beschäftigte, die nicht mehr zu ändern war. Von diesem Augenblick an, versprach sie sich, dächte sie einfach nicht mehr darüber nach.

»Was ist los?«, fragte Margo, als Kate langsam die Stufen herunterkam. »Und dieses Mal erwarte ich eine Antwort! Seit Wochen bist du ungewöhnlich reizbar und nervös. Und ich schwöre dir, dass du mit jedem Atemzug, den du tust, dünner wirst. Das dauert jetzt lange genug so, Kate.«

»Es geht mir gut. Ich bin müde.« Sie sah die Freundin schulterzuckend an. »Ein paar meiner Abschlüsse machen mir Kopfzerbrechen. Und obendrein habe ich einfach eine anstrengende Woche hinter mir.« Kate öffnete die Kasse und zählte das morgendliche Wechselgeld. »Montag kam der Schleimer Roger Thornhill plötzlich in mein Büro.«

Margo, die gerade den Tee zubereitete, blickte auf. »Hoffentlich hast du ihn achtkant wieder rausgeworfen.«

»Ich habe ihn in dem Glauben gelassen, dass die Sache zwischen uns vergessen ist. Das war das Einfachste«, fügte sie, ehe Margo aufbegehren konnte, eilig hinzu. »Auf diese Weise lässt er mich vielleicht in Ruhe.«

»Du willst mir ja wohl nicht erzählen, dass du deswegen nachts nicht mehr schlafen kannst.«

»Es hat mir einigermaßen zu schaffen gemacht, okay?«

»Okay.« Margo lächelte voller Mitgefühl. »Männer sind Schweine, und der Kerl ist ein preisgekrönter Superebeber. Bring dich seinetwegen bloß nicht um deinen Schönheitsschlaf, mein Schatz.«

»Vielen Dank. Tja, aber das war nur eine der Sachen, die blöd gelaufen sind.«

»Dann erzähl mir mal weiter aus dem seltsamen Leben einer Steuerberaterin.«

»Mittwoch habe ich diesen neuen Klienten bekommen, Freeland, eine Kombination aus Museum, Streichelzoo und

Kinder-Vergnügungspark. Höchst seltsam, sage ich dir. Im Augenblick lerne ich gerade, wie teuer die Fütterung eines Lamababys ist.«

Margo sah sie an. »Du führst wirklich ein aufregendes Leben, wenn ich so sagen darf.«

»Wem sagst du das. Und plötzlich haben sämtliche Partner der Firma eine Sitzung hinter verschlossenen Türen abgehalten. Selbst den Sekretärinnen war der Zutritt verwehrt. Niemand weiß auch nur im geringsten, worum es sich handelte; aber den Gerüchten zufolge geht es entweder um die Entlassung oder um die Beförderung von einem Mitarbeiter.« Schulterzuckend schob Kate die Kasse wieder zu. »Nie zuvor habe ich eine derartige Geheimniskrämerei bei uns erlebt. Sie haben sich sogar ihren Kaffee selbst gekocht.«

»Ich fasse es einfach nicht.«

»Hör zu, in meiner kleinen Welt gibt es ebenso viele Intrigen und ebenso viele Dramen wie in jeder anderen Welt.« Als Margo sich ihr näherte, trat sie vorsichtig einen Schritt zurück. »Was ist?«

»Halt einfach still.« Margo packte Kates Kragen und machte eine halbmondförmige, mit Bernsteintropfen besetzte Brosche daran fest. »So stellt man die Waren am besten zur Schau.«

»Das Ding ist mit toten Käfern angefüllt.«

Margo stieß nicht einmal einen leisen Seufzer aus. »Und trag um Himmels willen wenigstens ein bisschen Lippenstift. Wir machen in zehn Minuten auf.«

»Ich habe kein Rouge dabei. Und ich sage dir lieber gleich, dass ich nicht den ganzen Tag hier mit dir zusammen arbeiten werde, wenn du die Absicht hast, ständig auf mir herumzuhacken. Verkaufen, kassieren und Sachen einpacken kann man durchaus, auch ohne sich dazu extra das Gesicht zu bemalen.«

»In Ordnung.« Ehe Kate ihr entkommen konnte, hatte Margo einen Parfümzerstäuber in der Hand und sprühte die

Freundin damit an. »Wie gesagt, so stellt man die Waren am besten zur Schau«, wiederholte sie. »Falls irgendjemand fragt, wonach du riechst, sagst du Bella Donnas Savage, klar?«

Während Kate angewidert das Gesicht verzog, kam Laura durch die Tür gestürzt. »Ich dachte schon, ich käme zu spät. Ali hatte eine ernsthafte Krise wegen ihrer Frisur. Es stand wahrhaftig zu befürchten, eine von uns brächte die andere um, ehe sie endlich mit sich zufrieden war.«

»Sie wird Margo von Tag zu Tag ähnlicher.« In Ermangelung einer zweiten Tasse Kaffee griff Kate nach einer Tasse Tee und spülte damit eine Handvoll Pillen hinunter, wobei sie hoffte, dass keine der Freundinnen es sah. »Und das habe ich nicht als Kompliment gemeint«, fügte sie hinzu.

»Es ist doch nur natürlich, wenn sich ein junges Mädchen für sein Aussehen interessiert«, schoss Margo zurück. »Du warst bei uns das schwarze Schaf. Und bist es immer noch, wie du uns täglich aufs Neue beweist, indem du wie eine Vogelscheuche in marineblauen Kostümen durch die Gegend läufst.«

Ohne im geringsten beleidigt zu sein, nippte Kate erneut an ihrem Tee. »Marineblaue Kostüme sind immer modern, weil sie einfach praktisch sind. Nur ein geringer Prozentsatz der Bevölkerung betrachtet es als seine Pflicht, durch Seide zu furzen, wenn ich mir die Bemerkung erlauben darf.«

»Himmel, was bist du ordinär«, brachte Margo lachend heraus. »Aber streiten wir lieber nicht.«

»Das finde ich auch.« In der Hoffnung, dass die Atmosphäre so friedlich blieb, eilte Laura zur Tür und drehte das *Geöffnet*-Schild herum. »Ich bin immer noch ganz erledigt von dem Streit mit Allison. Wenn Annie sich nicht eingemischt hätte, säße sie bestimmt immer noch störrisch vor dem Spiegel herum.«

»Mum besaß schon immer das Talent, den schönsten Streit

kaputt zu machen«, stellte Margo fest. »Okay, die Damen, denkt daran, bald ist Muttertag. Und falls es euch beiden entfallen sein sollte, auch zukünftige Mütter verschmähen durchaus nicht etwaige Gaben.«

Kate machte sich auf den Ansturm der Kundschaft gefasst und bemühte sich verzweifelt, den Druck an ihren Schläfen zu ignorieren, der für gewöhnlich Vorbote eines Migräneanfalls war.

Bereits eine Stunde später hatten alle drei jede Menge zu tun. Kate packte eine Hermès-Tasche aus dunkelgrünem Leder ein, wobei sie sich fragte, was man mit einer grünen Ledertasche anfing. Aber das leise Klicken des Kreditkartenlesegeräts stimmte sie gut gelaunt. Soweit sie es überblicken konnte, hatte Margo bisher nicht mehr verkauft als sie.

Es war ein angenehmes Gefühl, dachte sie, während sie eine gold- und silberfarbene Nippesdose in elegantes Blumenpapier wickelte, mitzuverfolgen, wie der Laden lief. Und der Wettstreit mit Margo hatte zusammen mit den Medikamenten bewirkt, dass ihr Kopf beinahe nicht mehr dröhnte.

All das hatte Margo geschafft. Als ihr Leben nicht viel mehr als ein Scherbenhaufen gewesen war, hatte sie den *Schönen Schein* eröffnet.

Vor über einem Jahr hatte Margos Karriere als beliebtes Model in Europa, das Markenzeichen der Bella-Donna-Produkte, ein abruptes Ende gefunden, ohne dass sie daran vollkommen schuldlos gewesen wäre, dachte Kate, während sie die eingewickelte Dose der Kundin überreichte. Sie war allzu kühn gewesen, allzu naiv und gleichzeitig allzu starrsinnig. Aber alles zu verlieren hatte sie auch wieder nicht verdient.

Gebrochen und beinahe bankrott war sie aus Mailand heimgekehrt; aber bereits wenige Monate später hatte sie ganz aus eigener Kraft ihrem Leben eine Wendung gegeben.

Das hieß, ursprünglich hatte Josh die Idee gehabt, dass sie

einen Laden aufmachen sollte, in dem sie ihre eigenen Besitztümer zum Kauf anbot. Seine Idee, überlegte Kate, damit Margo, der er seit jeher in blinder Liebe ergeben war, nicht vollkommen unterging. Aber Margo hatte die Idee weiterentwickelt, hatte sie vervollkommnet und auf Hochglanz poliert.

Dann hatte Laura nach der Trennung von ihrem untreuen, verlogenen, habgierigen Ehemann einen Großteil des ihr nach seinem Auszug verbliebenen Geldes in den Aufbau des Ladens investiert.

Als Kate sich ebenfalls zu einem Drittel an dem Geschäft beteiligte, hatte sie es aus dem Glauben an die Richtigkeit dieser Investition, aus dem Glauben an Margo heraus getan. Und weil sie nicht ausgeklammert sein wollte aus dem gemeinsamen Spaß.

Von ihnen allen kannte sie sich mit den Risiken eines solchen Unternehmens am besten aus. Beinahe vierzig Prozent aller neu eröffneten Geschäfte machten innerhalb der ersten zwölf Monate und beinahe achtzig Prozent innerhalb der ersten fünf Jahre bankrott.

Sodass Kate ernsthaft in Sorge war und nachts, wenn sie nicht schlafen konnte, zahlreiche Berechnungen anstellte, um zu sehen, ob ihrem Unternehmen langfristig Erfolg beschieden war. Aber der *Schöne Schein*, die von Margo entworfene elegante, exklusive und einzigartige Secondhand-Boutique, in der es alles von Designer-Nachthemden bis hin zu Teelöffeln gab, trug sich selbst.

Kates Anteil daran mochte bescheiden sein, und in den Gründen für ihre Beteiligung vermischte sich sicher das Praktische mit dem Gefühl, aber sie hatte ihren Spaß daran. Wenn sie nicht gerade von dem Gedanken an eine mögliche Pleite geplagt wurde.

Schließlich war der Laden der Beweis dafür, dass man größtenteils selbst für den Erfolg oder Misserfolg im Leben verantwortlich war. Und genau an diese Erkenntnis klammerte sie sich.

»Kann ich Ihnen behilflich sein?« Der Mann, den sie freundlich anlächelte, war um die dreißig und auf eine zerfurchte, beinahe ungepflegte Art durchaus attraktiv. Ihr gefielen die zerschlissenen Jeans, das verblichene Hemd und der leuchtend rote Schnurrbart.

»Tja, nun, vielleicht. Ich würde mir gern die Kette da drüben genauer ansehen.«

Sie blickte in die Auslage. »Die ist wirklich hübsch, nicht wahr? Perlen sind einfach immer modern.«

Es waren keine gewöhnlichen Perlen, dachte sie, während sie nach der Kette griff. Wie, zum Teufel, hießen die Dinger noch? Sie legte die Kette auf ein samtbezogenes Tablett und zerbrach sich weiter den Kopf.

»Zuchtperlen«, erinnerte sie sich und sah ihn strahlend an. Er war wirklich attraktiv. »Und die Kette hat eine sogenannte Lasso-Form«, las sie verstohlen von dem an der Kette hängenden Schildchen ab. »Dreireihig, und in die goldene Schnalle oder besser den Verschluss …« Lieber Himmel … »ist eine besonders große Perle eingefasst. Tradition mit Flair«, fügte sie ganz im Ton der geübten Verkäuferin hinzu.

»Ich frage mich, wie viel …« Zögernd drehte er das winzige, diskrete Preisschild um, und zu seiner Ehrenrettung muss gesagt werden, dass er nur unmerklich zusammenfuhr. »Tja.« Er setzte ein leichtes Lächeln auf. »Das wäre für mich die oberste Schmerzgrenze.«

»Aber sie trägt sie sicher über Jahre. Es ist doch wohl als Muttertagsgeschenk gedacht?«

»Genau.« Er trat von einem Fuß auf den anderen, während er mit einem schwieligen Finger vorsichtig über die Perlen fuhr. »Wenn sie das sieht, wird sie vor Begeisterung vollkommen aus dem Häuschen geraten.«

Kate schmolz dahin. Ein Mann, der so viel Zeit und Mühe auf ein Geschenk für seine Mutter verwendete, bekam die volle Punktzahl bei ihr. Vor allem, wenn er obendrein noch ein wenig Kevin Costner ähnelte. »Wir haben auch andere sehr nette Stücke, die nicht ganz so teuer sind.«

»Nein, ich glaube … vielleicht … Könnten Sie sie eventuell mal anlegen, damit ich ein besseres Bild bekomme?«

»Aber sicher doch.« Mehr als gern legte sie sich die Kette um den Hals. »Was meinen Sie? Sieht sie nicht einfach fantastisch aus?« Sie stellte sich vor den Spiegel auf dem Verkaufstresen, sah hinein und fügte lachend hinzu: »Wenn Sie sie nicht kaufen, nehme ich sie vielleicht selbst.«

»Sie steht Ihnen wirklich hervorragend«, sagte er und sah sie mit einem so schüchternen, ruhigen Lächeln an, dass sie ihn am liebsten am Kragen gepackt und in den Lagerraum gezerrt hätte. »Sie hat dunkles Haar wie Sie. Länger, aber die Perlen passen einfach wunderbar zu dunklem Haar. Ich schätze, dass ich die Kette nehmen muss. Zusammen mit der Dose da drüben, der silbernen mit all den Schnörkeln drauf.«

Die Kette immer noch um den Hals, trat Kate hinter dem Tresen hervor, um die Schmuckdose zu holen, auf die er wies. »Zwei Geschenke.« Sie machte den Verschluss der Kette wieder auf. »Ihre Mutter ist offenbar eine ganz besondere Frau.«

»Oh, sie ist wunderbar. Ich bin sicher, dass ihr die Dose gefallen wird. Sie sammelt solche Dinge, wissen Sie. Aber die Kette ist für meine Frau«, erläuterte er. »Ich kaufe immer alle Muttertagsgeschenke auf einmal ein.«

»Für Ihre Frau.« Kate zwang sich, weiter zu lächeln, als wäre nichts geschehen. »Ich garantiere Ihnen, dass sie die Kette lieben wird. Aber falls sie oder Ihre Mutter lieber etwas anderes hätten, gewähren wir ein Dreißig-Tage-Rückgabe-Recht.« Mit ihrer Meinung nach bewundernswerter Nonchalance legte

Kate die Kette auf den Tresen zurück. »Zahlen Sie bar oder mit Kreditkarte?«

Zehn Minuten später sah sie ihm nach, als er hinausschlenderte. »Die Gutaussehenden«, murmelte sie Laura zu, »die Netten – die, die ihre Mütter lieben – sind immer verheiratet.«

»Nicht traurig sein.« Laura tätschelte ihr den Arm, ehe sie unter dem Tresen nach einer Schachtel griff. »Sieht doch zumindest aus, als hättest du mit ihm ein ordentliches Geschäft gemacht.«

»Jetzt habe ich für mindestens zweihundert mehr als Margo verkauft. Und der Tag ist noch jung.«

»Ganz richtig! Aber vielleicht sollte ich dich warnen, sie ist gerade im Ankleidezimmer, und ihre Kundin hat es offensichtlich auf ein Versace-Stück abgesehen.«

»Verdammt.« Kate blickte sich auf der Suche nach dem nächsten Opfer um. »Ich nehme die blauhaarige Lady mit der Gucci-Tasche.«

»Mach sie fertig, Tigerin.«

Kate gönnte sich nicht einmal eine Mittagspause, was sie damit entschuldigte, dass sie ihren Vorsprung beibehalten wollte, und nicht damit, dass ihr Magen wieder einmal zu rebellieren begann. Sie hatte einen überwältigenden Erfolg im Damenboudoir im oberen Stock, wo sie zwei Morgenröcke, eine alte Tiffanylampe und einen quastenverzierten Hocker an die Frau brachte.

Hin und wieder schlich sie sich ins Büro, stellte den Computer an und überprüfte Margos Buchhaltung. Aber nur, wenn ihr Vorsprung es gestattete. Sie merzte die erwarteten Fehler aus, rollte die Augen, als sie auf ein paar überraschende Irrtümer stieß, und brachte die Bücher auf den neuesten Stand.

Am Ende musste sie sich eingestehen, dass diese Kontrolle ihre Niederlage nach sich zog. Als sie selbstzufrieden wieder in den Laden kam und über die Strafpredigt nachdachte, die sie Margo bezüglich der durch achtlose Buchführung entstehenden Kosten zu halten gedachte, verkaufte Margo gerade ein Möbelstück.

In der Tat ein dolles Ding.

Kate kannte sich mit Antiquitäten aus. Ein Kind wuchs nicht bei den Templetons auf, ohne dass es erkannte und zu schätzen wusste, was wirklich kostbar war. Ihr Herz sank ihr in die Knie, während sie gleichzeitig Dollarzeichen vor ihren Augen kreisen sah, als sie entdeckte, welches Stück Margo und ihr Kunde gerade bewunderten.

Louis-quatorze, dachte Kate erbost. Ein Sekretär, mindestens um die zweihundert Jahre alt. Die für die damalige Zeit typischen Intarsien beinhalteten Vasen und Blumengirlanden, Musikinstrumente und Ornamente.

Oh, es war wirklich eine Kostbarkeit, dachte Kate, eins der letzten Stücke aus Margos ursprünglichem Privatbesitz.

»Tut mir leid, ihn zu verlieren«, sagte Margo zu dem eleganten, weißhaarigen Herrn, der auf einem Stock mit Goldknauf lehnte und den Sekretär ebenso wie die Frau, die ihn voller Begeisterung beschrieb, mit bewundernden Blicken maß. »Ich habe ihn vor ein paar Jahren in Paris gekauft.«

»Es scheint, als hätten Sie einen hervorragenden Blick. Was bei zwei derart bildschönen Augen allerdings kein Wunder ist.«

»Oh, Mr Stiener, Sie sind wirklich nett.« In der ihr eigenen schamlosen Art strich Margo ihm mit einem Finger über den Arm. »Ich hoffe, wenn Sie dieses Stück genießen, denken Sie hin und wieder an mich.«

»Das verspreche ich. Nun zum Transport.«

»Kommen Sie einfach mit an den Tresen, dann schreibe ich mir alles auf.« Die Hüften schwingend durchquerte Margo den Raum und bedachte Kate mit einem triumphierenden Blitzen.

»Ich glaube, dass die Sache damit für dich erledigt ist, du verkäuferisches Ass«, sagte sie, als ihr Kunde den Laden verließ.

»Der Tag ist noch nicht vorbei«, widersprach Kate. »Wir machen erst in zwei Stunden zu. Freu dich also lieber nicht zu früh.«

»Was für eine schlechte Verliererin du doch bist.« Margo schnalzte mit der Zunge und machte sich, als wieder jemand den Laden betrat, abermals zum Angriff bereit. Und obgleich dieser Jemand kein Kunde war, stürzte sie trotzdem auf ihn zu. »Josh!«

Er fing sie auf, küsste sie und zog sie hinüber zu einem Stuhl. »Setz dich sofort hin.« Eine Hand auf ihrer Schulter drehte er sich um und warf Kate einen tadelnden Blick zu. »Ihr solltet auf sie aufpassen und dafür sorgen, dass sie sich nicht übernimmt.«

»Wie hätte ich das bitte machen sollen? Außerdem steht Margo nur dann, wenn sie nicht sitzen kann, und sitzt nur dann, wenn sie nicht liegen kann. Darüber hinaus habe ich sie erst vor einer Stunde dazu gezwungen, ein Glas Milch zu trinken.«

Josh sah sie aus zusammengekniffenen Augen an. »Ein ganzes Glas?«

»Das, was sie mir nicht ins Gesicht gespuckt hat.« Weil es sie amüsierte und gleichzeitig rührte zu sehen, in welch liebevoller Sorge ihr großer Cousin war, beschloss Kate, ihm zu verzeihen. »Willkommen zu Hause«, sagte sie, trat auf ihn zu und küsste ihn.

»Vielen Dank.« Er strich ihr freundlich übers Haar. »Wo ist Laura?«

»Oben, mit ein paar Kundinnen.«

»Außerdem zieht sich gerade jemand im Ankleidezimmer um«, setzte Margo eifrig an. »Also …«

»Du bleibst sitzen«, befahl Josh. »Das kann Kate erledigen. Du siehst blass aus, finde ich.«

Margo schmollte. »Tue ich nicht.«

»Auf der Stelle fährst du nach Hause und legst dich ein bisschen hin. Du kannst ja wohl unmöglich den ganzen Tag hier arbeiten, wenn du heute Abend obendrein eine Party geben willst. Kate und Laura kommen auch allein zurecht.«

»Und ob.« Kate sah Margo grinsend an. »Und in ein paar Stunden wird klar sein, wer gewonnen hat.«

»Träum ruhig weiter, Powell. Mein Sieg ist unabänderlich.«

»Welcher Sieg?« Immer an einer Wette interessiert musterte Josh die beiden Frauen. »Was für ein Sieg?«

»Wir haben lediglich in aller Freundschaft gewettet, wer von uns beiden mehr verkauft.«

»Eine Wette, die sie bereits verloren hat«, stellte Margo selbstzufrieden fest. »Aber ich bin großzügig. Also, Kate, versuch ruhig während der nächsten zwei Stunden noch dein Glück.« Sie nahm Joshs Hand und legte sie sich an die Wange. »Und wenn du dann offiziell verloren hast, erscheinst du heute Abend auf der Party in dem roten Ungaro-Kleid.«

»In dem Ding, das wie ein Nachthemd aussieht? Da komme ich ebenso gut gleich vollkommen nackt.«

»Ach ja?« Josh sah sie mit hochgezogenen Brauen an. »Nimm es mir nicht übel, Kate, aber ich hoffe stark, dass du verlierst. Komm, Herzogin, ab ins Bett.«

»In einem roten Kleid gehe ich nirgendwo hin«, maulte Kate.

»Dann sieh zu, dass du gewinnst«, stellte Margo schulterzuckend fest und wandte sich zum Gehen. »Aber wenn du verlierst, sag Laura, dass sie die passenden Accessoires heraussuchen soll.«

Sie trug eine Kette aus gehämmertem Gold und dreieckige Ohrringe, die unter ihren Ohrläppchen zu tanzen schienen. Ihre Beschwerde darüber, sie sähe wie ein in der Nähe der Klingons-Wasserfälle gefangenes Sklavenmädchen aus, hatte niemanden gerührt. Selbst die Schuhe hatte man ihr aufgedrängt. Stöckelschuhe aus rotem Satin, in denen sie mehr als zehn Zentimeter größer als gewöhnlich war.

Sie nippte Champagner und kam sich wie eine Närrin vor.

Es half nichts, dass sie unter den Gästen einige ihrer Klienten sah. Margos und Joshs Bekannte waren für gewöhnlich reich, berühmt, privilegiert. Und sie fragte sich, wie sich ihr Image von der klar denkenden, nüchternen, ehrgeizigen Steuerberaterin aufrechterhalten ließe, wenn sie herumlief, als wäre sie auf Männerfang.

Aber Wettschulden waren Ehrenschulden, und so gab es kein Zurück.

»Mach nicht so ein Gesicht«, befahl Laura, als sie zu Kate auf die Terrasse trat. »Du siehst fantastisch aus.«

»Und das von einer Frau, die geschmackvoll in einem eleganten Anzug gekleidet ist, der ihre Extremitäten sorgsam verhüllt. Ich sehe nicht fantastisch, sondern verzweifelt aus«, stellte sie nach einem weiteren Schluck Champagner fest. »Da kann ich mir ja gleich ein Schild um den Hals hängen, ›Single, HIV-negativ, bitte persönlich vorstellen‹.«

Laura lachte unbekümmert auf. »Solange du dich hier draußen versteckst, glaube ich nicht, dass du dir derartige Sorgen zu machen brauchst.« Sie lehnte sich mit dem Rücken gegen das Geländer und stieß einen Seufzer aus. »Jemine, was für eine wunderbare Nacht. Halbmond, Sternenlicht, das Rauschen des Meeres. Unter einem solchen Himmel hat man das Gefühl, dass einfach nichts Schlimmes passieren kann. Dies ist ein gutes Haus. Spürst du es, Kate? Hier leben Margo und Josh. Wirklich ein gutes Haus!«

»Eine exzellente Investition, erstklassige Lage, hervorragender Blick.« Sie lächelte, als sie Lauras verwirrte Miene sah. »Okay, ja, ich spüre es. Es ist ein gutes Haus mit Herz und Charakter. Ich denke gern daran, dass die beiden hier zusammen glücklich sind. Dass sie hier eine Familie haben werden.«

Entspannt lehnte sie sich neben Laura und schloss die Augen. Durch die offenen Türen und Fenster schwebten gedämpfte Musik, leise Gespräche, perlendes Gelächter an ihr Ohr. Es duftete nach Blumen, Meer, Parfüm und den exotischen Häppchen, die es von Silbertabletts zu naschen gab. Einfach, indem sie reglos hier auf der Terrasse stand, hatte sie ein Gefühl von Dauerhaftigkeit und zukünftigem Glück.

Wie Templeton House, überlegte sie, wo sie so lange zu Hause gewesen war. Vielleicht hatte sie aus diesem Grund nie ein eigenes Heim gesucht, vielleicht hatte ihr aus diesem Grund immer eine kleine Wohnung in der Nähe ihrer Arbeitsstätte genügt. Weil sie, so stellte sie mit einem leichten Lächeln fest, immer zurückkehren konnte nach Templeton House. Und jetzt gab es hier für sie auch noch eine zweite Zuflucht.

»Oh, hallo, Byron! Ich wusste gar nicht, dass Sie auch hier sind.«

Als Kate Lauras freundliche Begrüßung vernahm, machte Kate die Augen wieder auf, drückte sich vom Geländer ab und straffte sich. Etwas an Byron de Witt gab ihr immer das Gefühl, auf Konfrontationskurs steuern zu müssen.

»... bin auch gerade erst gekommen. Ich musste noch etwas im Büro erledigen, das sich nicht verschieben ließ. Sie sehen fantastisch aus – wie immer.« Er drückte Lauras ausgestreckte Hand und wandte sich dann an Kate. Es war so dunkel, dass sie nicht bemerkte, wie seine moosgrünen Augen sie voller Überraschung musterten. Doch sein amüsiertes Grinsen nahm sie wahr. »Schön, Sie zu sehen. Kann ich einer der beiden Damen vielleicht etwas zu trinken holen?«

»Für mich nicht, ich muss wieder rein.« Laura wandte sich der Terrassentür zu. »Ich habe Josh versprochen, Mr und Mrs Ito zu umgarnen, so gut es mir möglich ist. Schließlich wollen wir unbedingt, dass sie ihr großes Bankett in Tokio in unserem Hotel ausrichten.«

Sie war so schnell verschwunden, dass sie Kates böses Stirnrunzeln nicht mehr sah.

»Möchten Sie vielleicht noch ein Glas Champagner?«

Kate starrte wütend in ihr noch halb volles Glas. »Nein, vielen Dank.«

Statt endlich wieder zu verschwinden, zündete sich Byron genüsslich ein Zigarillo an. Er wusste, Kates Stolz ließ es nicht zu, dass sie vor ihm floh. Normalerweise wäre er nicht länger bei ihr geblieben, als der Form halber notwendig war; aber im Augenblick hatte er keine Lust auf banale Unterhaltungen und dachte obendrein, zehn Minuten mit ihr wären sicher interessanter als eine Stunde mit der übrigen Gästeschar. Vor allem, wenn er sie wütend machen könnte – wie es ihm offenbar bei jedem Zusammentreffen gelang.

»Das ist ein wirklich tolles Kleid, Katherine.«

Wie erwartet starrte sie ihn wegen der Verwendung ihres vollen Namens zornig an. Grinsend lehnte er sich zurück.

»Ich habe eine Wette verloren«, stieß sie zwischen zusammengebissenen Zähnen hervor.

»Ach, tatsächlich?« Er streckte die Hand aus und spielte mit dem dünnen Träger, der ihr von der Schulter geglitten war. »Muss ja eine tolle Wette gewesen sein.«

»Pfoten weg«, fuhr sie ihn an.

»Kein Problem.« Doch zuvor zog er den Träger noch weiter herunter, sodass sie ihn selbst hinaufzuschieben gezwungen war. »Es scheint, als hätten Sie einen guten Blick für Immobilien«, stellte er fest und nickte in Richtung des Hauses, als sie ihn stirnrunzelnd anfunkelte. »Sie haben Josh und Margo auf dieses Anwesen aufmerksam gemacht, nicht wahr?«

»Ja.« Sie schaute abwartend auf – aber er schien damit zufrieden zu sein, sein Zigarillo zu paffen und weiter die Umgebung anzusehen.

Er war genau der Typ, der ihr missfiel. Dressman, stellte sie verächtlich fest. Dichtes, braunes, von goldenen Strähnen durchzogenes Haar, unter dem die klassischen Züge besonders vorteilhaft zur Geltung kamen. Was in seiner Jugend sicher ein Paar reizender Grübchen gewesen war, hatte sich zu Furchen vertieft, die die sexuelle Fantasie sicher sämtlicher Frauen anregten. Das feste Kinn, die gerade Aristokratennase und die dunkelgrünen Augen, die er ganz nach Belieben über einen hinweggleiten lassen konnte, als wäre man unsichtbar, oder unter deren durchdringendem Blick man das Gefühl hatte, er drücke einen mit dem Rücken gegen eine Wand.

Vielleicht einsfünfundachtzig, schätzte sie, mit den langen Gliedern und den kraftvollen Schultern eines Marathonläufers. Und natürlich diese Stimme und diese unmerklich gedehnte Sprechweise, die einen an heiße Sommernächte und an die Behaglichkeit der Südstaaten erinnerten.

Männer wie ihm traute man besser nicht über den Weg.

»Das ist neu«, murmelte er.

Damit er nicht merkte, dass sie ihn mehr oder weniger unverhohlen gemustert hatte, wandte Kate den Blick eilig ab. »Was?«

»Das Parfüm, das Sie benutzen. Passt besser zu Ihnen als der Geruch nach Seife und Talkumpuder, der Ihnen normalerweise zu gefallen scheint. Eindeutig sexy«, fuhr er fort und lächelte, als er ihre entgeisterte Miene sah. »Keine Spielerei, keine Illusionen.«

Sie kannte ihn seit Monaten, seit er von Atlanta nach Monterey auf Peter Ridgeways Posten im Templeton versetzt worden war. Nach allem, was sie gehört hatte, war er ein gewiefter, erfahrener, kreativer Hotelier, der sich im Verlauf von vierzehn Monaten an die Spitze des Templeton-Imperiums gearbeitet hatte.

Außerdem kam er aus einer reichen, gesellschaftlich angesehenen Familie mit langem Stammbaum.

Bereits bei ihrer ersten Begegnung hatte sie ihn nicht gemocht und war sich trotz seines tadellosen Benehmens ihr gegenüber sicher gewesen, dass diese Antipathie auf Gegenseitigkeit beruhte.

»Wollen Sie sich an mich ranmachen?«

Er sah sie belustigt an. »Ich habe mir lediglich eine Bemerkung zu Ihrem Parfüm erlaubt, Katherine. Wenn ich mich an Sie ranmachen wollte, würden Sie das sicher merken, ohne lange nachfragen zu müssen.«

Mit einem Schluck leerte sie den Rest in ihrem Champagnerglas. Was, wie sie wusste, angesichts der heraufziehenden Migräne sicherlich ein Fehler war. »Nennen Sie mich nicht Katherine.«

»Irgendwie rutscht mir das immer wieder einfach so heraus.«

»Einfach so.«

»Einfach so. Und wenn ich Ihnen erklären würde, dass Sie heute Abend besonders gut aussehen, wäre das eine schlichte Feststellung und kein Anbiederungsmanöver. Trotzdem … Kate! Wir sprachen gerade von Immobilien.«

Immer noch starrte sie ihn böse an. Selbst Margos exklusiver Champagner war zu viel für ihren nervösen Magen. »Ach ja?«

»Oder zumindest wollten wir das. Ich denke darüber nach, hier in der Gegend ein Haus zu kaufen. Da meine sechsmonatige Probezeit beinahe vorüber ist …«

»Sie hatten eine Probezeit?« Die Vorstellung, dass er nur

zur Probe im Templeton Kalifornien beschäftigt war, munterte sie sichtlich auf.

»Richtig – sechs Monate, um mich zu entscheiden, ob ich auf Dauer bleiben oder lieber wieder nach Atlanta gehen will.« Er grinste sie fröhlich an. »Es gefällt mir hier – das Meer, die Klippen, die Wälder. Und auch die Menschen, mit denen ich zusammenarbeite, sind wirklich nett. Aber ich habe nicht die Absicht, auf Dauer im Hotel zu wohnen, so gut und liebevoll es auch geführt sein mag.«

Kate zuckte mit den Schultern. Es ärgerte sie, dass der Champagner schwer wie Blei unter ihrem Brustbein lag. »Ihre Sache, De Witt, nicht meine.«

Auch mit ihrer Gereiztheit, dachte er geduldig, brächte sie ihn nicht ab von seinem Ziel. »Sie kennen die Gegend, haben Kontakte und einen guten Blick für Qualität und Wert. Ich dachte, Sie könnten es mich vielleicht wissen lassen, falls Ihnen mal ein interessantes Objekt zu Ohren kommt – am liebsten nicht allzu weit von hier entfernt.«

»Ich bin keine Maklerin«, murmelte sie.

»Gut. Das bedeutet, dass ich mir keine Gedanken über Ihre Gebühren machen muss.«

Da sie es zu schätzen wusste, wenn ein Mensch Sinn fürs Geschäft bewies, zeigte sie sich nachgiebig. »Es gibt da ein Haus – vielleicht ein bisschen zu groß für Ihre Bedürfnisse.«

»Ich mag es groß.«

»Hätte ich mir denken können. Es liegt in der Nähe vom Pebble Beach. Vier oder fünf Schlafzimmer, ich weiß nicht mehr genau. Und zwar steht es ein wenig abseits hinter einer Reihe von Zypressen versteckt, hat einen hübschen Garten und sowohl vorne als auch hinten jeweils eine große Veranda«, fuhr sie fort und kniff in dem Versuch, sich möglichst genau zu erinnern, die Augen zusammen. »Holz – Zeder, glaube ich. Jede Menge Glas. Es ist seit ungefähr sechs Monaten auf dem

Markt, aber bisher hat sich niemand gemeldet. Dafür gibt es sicher einen Grund.«

»Könnte sein, dass sich einfach noch nicht der Richtige gefunden hat. Wissen Sie, welcher Makler es anbietet?«

»Sicher – einer unserer Kunden, Monterey Bay Real Estate. Fragen Sie nach Arlene. Sie ist eine durch und durch ehrliche Haut.«

»Vielen Dank. Wenn aus dem Kauf etwas wird, lade ich Sie zum Essen ein.«

»Nicht nötig. Betrachten Sie es einfach als …« Sie brach ab, als plötzlich jemand zuerst ihren Magen und dann ihren Kopf mit einem Messer zu attackieren schien. Das Glas fiel ihr aus der Hand, und Scherben übersäten den gefliesten Boden, noch ehe er sie auffing.

»Halten Sie sich fest.« Er stützte sie und merkte, dass sie kaum mehr als Haut und Knochen war, als er sie langsam auf einen der mit Kissen belegten Stühle sinken ließ. »Himmel, Kate, Sie sind plötzlich kreidebleich. Warten Sie, ich hole jemanden von der Familie.«

»Nein.« Sie unterdrückte den Schmerz und klammerte sich wie eine Ertrinkende an ihn. »Es ist nichts weiter. Nur ein leichtes Ziehen im Bauch. Auf leeren Magen vertrage ich einfach keinen Alkohol«, brachte sie mühsam heraus. »Ich hätte es wissen müssen.«

Er runzelte die Stirn und fragte ungeduldig: »Wann haben Sie das letzte Mal etwas zu essen gekriegt?«

»Irgendwie hatte ich heute einfach zu viel zu tun.«

»Dummes Ding.« Er richtete sich auf. »Hier gibt es genug zu essen für eine dreihundertköpfige, halb verhungerte Schiffsmannschaft. Ich hole Ihnen was.«

»Nein, ich …« Normalerweise hätte sein wütender Blick sie nicht im geringsten eingeschüchtert, aber im Augenblick war sie einfach zu schwach. »Okay. Vielen Dank. Aber sagen Sie niemandem etwas. Sie würden sich nur unnötige Sorgen machen, und schließlich haben sie jede Menge Gäste im Haus. Sagen Sie bitte nichts«, wiederholte sie, ehe er nach einem letzten, zornigen Blick in ihre Richtung im Haus verschwand.

Mit zitternden Händen machte sie ihre Tasche auf und nahm eine kleine Medizinflasche heraus. Also gut, versprach sie sich, in Zukunft passte sie besser auf sich auf. Sie würde anfangen mit der von Margo empfohlenen Yogaübung, sie würde weniger Kaffee trinken als bisher.

Außerdem würde sie einfach nicht mehr nachdenken.

Als er zurückkam, fühlte sie sich schon wieder ein wenig besser. Ein Blick auf den Teller, den er in den Händen hielt, und sie brach in lautes Lachen aus. »Wie viele von diesen halb verhungerten Seeleuten wollen Sie denn damit beköstigen?«

»Essen Sie«, wies er sie an und schob ihr höchstpersönlich eine kleine, saftige Garnele in den Mund.

Nach einem Augenblick der Überlegung nahm sie die Ablenkung an – selbst wenn sie in Gestalt von Byron de Witt daherkam. »Ich glaube, ich muss Sie bitten, sich neben mich zu setzen und mir beim Leeren des Tellers behilflich zu sein.«

»Sie sind wirklich eine großzügige Person.«

Nun nahm sie sich eine winzige Spinat-Quiche. »Ich mag Sie einfach nicht, De Witt.«

»Alles klar.« Er wählte etwas von dem Krabbensoufflé. »Ich mag Sie auch nicht, aber man hat mir beigebracht, Damen gegenüber immer höflich zu sein.« Trotzdem dachte er an sie. Und was noch seltsamer war, hatte er obendrein einen wenn auch verschwommenen, so doch höchst erotischen Traum von ihr, an den er sich am nächsten Morgen undeutlich erinnerte. Etwas mit Klippen und wogender Meeresbrandung, mit dem Gefühl von weicher Haut und einem schlanken Körper unter sich, während er in ihre großen, dunklen, italienischen Augen sah.

Ein wenig unbehaglich lachte er über sich selbst.

Byron de Witt wusste vieles ganz genau. Er wusste, dass Staatsschulden niemals beglichen werden würden, dass Frauen in dünnen Baumwollkleidern der beste Aspekt des Sommers waren, dass Rock-and-Roll-Musik an erster Stelle rangierte und dass Katherine Powell nicht seinem Typ entsprach.

Dürre, schroffe Frauen mit mehr Arroganz als Charme reizten ihn einfach nicht. Er mochte sie sexy und weich. Er bewunderte sie dafür, dass sie Frauen waren, und genoss mit ihnen ruhige Unterhaltungen, hitzige Debatten, schallendes Gelächter und heißen, gedankenlosen Sex.

Auf diesem Gebiet war er Experte. Schließlich stammte er aus einer Frauenfamilie, der einzige Sohn, neben dem es drei Töchter gab. Byron kannte die Frauen, kannte sie gut und wusste genau, was ihm gefiel.

Nein, Kate reizte ihn nicht im mindesten.

Dennoch nagte der Traum weiterhin an ihm, als er sich für den Tag vorbereitete. Er verfolgte ihn bis in den Fitnessraum, geisterte durch seine Gedanken, während er Gewichte stemmte und ruderte, und ließ sich auch nicht verdrängen, als er am Ende der allmorgendlichen Übungen zwanzig Minuten lang mit dem *Wall Street Journal* auf dem Fahrrad saß.

Am besten dächte er an etwas anderes. An das Haus, das er zu kaufen beabsichtigte. Etwas nah am Strand, damit er in der Sonne statt auf dem Laufband joggen könnte. Eigene Räume, überlegte er, eingerichtet nach seinem eigenen Geschmack. Ein Ort, an dem er seinen Rasen mähen könnte, die Musik zu voller Lautstärke aufdrehen, Gäste empfangen oder einfach ganz ruhig und gemütlich alleine sein.

In seiner Kindheit hatte er nur wenige ruhige Abende erlebt. Nicht, dass er den Lärm und die vielen Menschen ablehnte, mit denen er zusammen aufgewachsen war. Er betete seine Schwestern an, hatte ihre sich ständig erweiternden Freundeskreise immer toleriert. Er liebte seine Eltern und hatte ein ausgefülltes gesellschaftliches und familiäres Leben immer als normal angesehen.

In der Tat hatte er aus Ungewissheit, ob er die Trennung von dem Heim seiner Kindertage und seiner Familie ertrug, Josh darum gebeten, die Klausel über die sechsmonatige Probezeit in den Vertrag aufzunehmen.

Obwohl er die Angehörigen vermisste, stellte er fest, dass man auch in Kalifornien glücklich sein konnte. Er war beinahe fünfunddreißig Jahre alt und wollte etwas Eigenes. Seit zwei Generationen war er der erste De Witt, der Georgia verließ. Und er war entschlossen, diesen Schritt gelingen zu lassen.

Zumindest wäre er auf diese Weise von dem nicht unbedingt subtilen Drängen seiner Lieben befreit, endlich zur Ruhe zu kommen, zu heiraten, eine eigene Familie zu gründen. Zumindest würde die Entfernung es seinen Schwestern schwerer machen, ständig Frauen, die ihrer Meinung nach zu ihm passten, anzuschleppen.

Bisher hatte er die perfekte Partnerin einfach noch nicht kennengelernt.

Als er, zurück in seiner Penthouse-Suite, unter die Dusche trat, dachte er abermals an Kate. Sie war jedoch ganz bestimmt nicht die Richtige für ihn.

Wenn er von ihr träumte, dann nur, weil er am Vorabend mit ihr zusammen gewesen war. Wütend, dass sie ihm immer noch im Kopf herumspukte, drehte Byron das an den Fliesen befestigte Radio auf, bis der Moderator die Zuhörer lautstark aufforderte, ihn anzurufen und ihm Stoff zum Reden zu liefern.

Er machte sich einfach Sorgen um sie, sagte er sich. Sie war so bleich geworden, hatte sich so plötzlich und unerwartet verwundbar gezeigt. Und er hatte schon immer eine Schwäche für Frauen in Not gehabt.

Natürlich war sie ein dummes Huhn, weil sie nicht besser auf sich achtete. Gesundheit und Fitness waren seiner Meinung nach keine Option, sondern eine Pflicht. Die Frau musste lernen, vernünftig zu essen, weniger Kaffee zu trinken, Sport zu treiben, ein paar Gramm Fett auf die Rippen zu bekommen und nervenstärker zu werden.

Sicher war sie nicht halb so schlimm, wenn sie sich ihre Arroganz abgewöhnte, überlegte er und trat, immer noch das Gebrüll des Moderators im Ohr, aus der Dusche. Sie hatte ihm einen guten Tipp gegeben, was das von ihm gesuchte Haus betraf, und über dem gemeinsamen Teller hatten sie sogar ein halbwegs vernünftiges Gespräch geführt.

Außerdem erschien sie ihm in diesem kaum existenten Kleid interessant. Nicht, dass er für sie auch nur die geringste Neugier empfand, versicherte er sich, während er sich Rasierschaum auf die Wangen strich. Aber sie hatte einen gewissen scheuen Reiz, wenn sie gerade mal nicht die Stirn runzelte. Beinahe wie Audrey Hepburn, sein früheres Idol.

Byron fluchte, als er sich beim Rasieren schnitt, und schob sofort Kate die Schuld daran zu. Er hatte keine Zeit, sich Gedanken zu machen über ein knochiges, unfreundliches, zahlenbesessenes Weib. Schließlich war er verantwortlich für den reibungslosen Betrieb mehrerer Hotels.

4

Noch während sie den Termin vereinbarte, wusste Kate, dass es ein Fehler war. Es war, als stochere sie absichtlich in einer Wunde herum, wodurch diese niemals eine Chance auf Heilung bekam. Jener Freund ihres Vaters, Steven Tydings, hatte sich über die Verabredung zum Essen sehr gefreut. Schließlich war sie inzwischen seine Steuerberaterin, und er hatte ihr erklärt, er wäre hinsichtlich seiner Finanzen immer gern auf dem laufenden.

Natürlich würde sie mit ihm zusammenarbeiten, ihren Job erledigen können, wie sonst auch. Aber jedes Mal, wenn Kate seine Unterlagen vor sich liegen sah, zog sich ihr Magen zusammen, weil ihr unweigerlich ihr Vater in den Sinn kam. Die bitteren Beschwerden über die zahllosen ins Haus flatternden Rechnungen, sein ständiges Jammern darüber, dass ihm der große Coup noch nicht gelungen war.

All diese Dinge hatte sie verdrängt, hatte ihre Erinnerungen an die Eltern eher an ihre Wünsche als an die Wirklichkeit angepasst. Ihr Zuhause war weder glücklich gewesen noch stabil – auch wenn ihre Träume es dazu gemacht hatten.

Nun, da es unmöglich war, all das weiterhin zu übergehen, merkte sie, dass es ebenso unmöglich war, nicht weiter zu bohren, nicht weiter zu forschen, bis sie endlich die ganze Wahrheit erfuhr.

Beinahe hätte sie Tydings angebrüllt, als er darauf bestanden hatte, sie im Templeton Monterey zu treffen. Das Restaurant galt als das beste in der ganzen Umgebung, und der Blick auf die Bucht, den man von allen Plätzen aus genoss, war phänomenal. Er hatte sämtliche von ihr vorgebrachten Ausflüchte einfach ignoriert. Und nun saß sie um Punkt halb eins ihm gegenüber an einem Fenstertisch, vor sich einen großen Salat.

Es war egal, wo sie ihn traf, sagte sich Kate, während sie appetitlos auf ihrem Teller herumstocherte. Laura arbeitete im *Schönen Schein.* Falls jemand sie erkannte und es erwähnen würde, würde sie Laura einfach erzählen, dass sie mit einem Klienten essen gegangen war. Was ja durchaus der Wahrheit entsprach …

Während der ersten halben Stunde sprach Kate ausschließlich über das Geschäft. Aus welchen Gründen auch immer sie hier mit ihm zusammensaß, hatte er als Klient von Bittle einen

Anspruch auf besten Service. Und er war mehr als zufrieden mit der Arbeit, die sie bisher für ihn geleistet hatte, wie er ihr wiederholte Male versicherte, während sie ihre trockene Kehle immer wieder mit einem Schluck Templetonschen Mineralwasser befeuchtete.

»Dein Dad konnte ebenfalls hervorragend mit Zahlen umgehen«, erklärte Tydings ihr. Er war ein kräftiger, kompakt gebauter Mittfünfziger, dessen dunkelbraune Augen sie unbekümmert anstrahlten. Der Erfolg stand ihm ebenso gut wie der maßgeschneiderte Anzug, den er trug.

»Ach ja?«, murmelte Kate und starrte Tydings' Hände an. Die sorgsam manikürten Hände eines Geschäftsmannes. Ohne übertriebenen Schmuck, nur mit einem schlichten Goldring versehen. Ihr Vater hatte eine Vorliebe für schwere, goldene Uhren und stets einen Diamantring am kleinen Finger getragen. Warum fiel ihr das gerade jetzt ein? »Daran erinnere ich mich nicht mehr.«

»Tja, du warst ja auch noch ziemlich klein. Aber ich sage dir, Linc konnte wirklich mit Zahlen umgehen. So, wie er immer alles im Kopf ausgerechnet hat, hätte man meinen können, bei ihm sitze ein Taschenrechner im Hirn.«

Dies war die erhoffte Gelegenheit, und sie nutzte sie. »Ich verstehe nicht, wie ein so guter Finanzmann einen derartigen Fehler begehen konnte.«

»Er wollte einfach zu viel, Katie.« Seufzend lehnte sich Tydings auf seinem Stuhl zurück. »Und außerdem hatte er Pech.«

»Pech?«

»Pech, oder vielleicht hat er sich auch nur verkalkuliert«, sagte Tydings einschränkend. »Das Ganze ist ihm einfach aus den Händen geglitten.«

»Mr Tydings, er hatte Gelder veruntreut, weswegen er zu einer Gefängnisstrafe verurteilt worden war.« Sie atmete tief ein. »War Geld so wichtig für ihn, dass er es sogar stehlen musste – dass er alles riskierte, nur um ein bisschen mehr davon zu bekommen?«

»Du musst das ganze Bild sehen, die Frustration verstehen, den Ehrgeiz … tja, die Träume, Katie. Linc hatte immer das Gefühl, im Schatten des Templetonschen Zweigs seiner Familie zu stehen. Egal, was er auch tat, egal, wie sehr er sich auch abstrampelte, konnte er ihnen doch nicht das Wasser reichen. Was für einen Mann wie ihn nicht leicht zu akzeptieren war.«

»Welche Art Mensch muss er gewesen sein, dass er den Erfolg den anderen derart neidete?«

»Ganz so war es nicht.« Unbehaglich rutschte Tydings auf seinem Stuhl herum. »Linc hatte lediglich das übermächtige Bedürfnis, auf seinem Gebiet der Beste zu sein.«

»Ja.« Unweigerlich rann ihr ein Schauder den Rücken hinab. Diese Beschreibung passte nicht nur auf ihren Vater, sondern ebenso auf sie. »Das verstehe ich.«

»Er hatte einfach das Gefühl, wenn ihm erst mal der Durchbruch gelänge, ließe sich darauf etwas aufbauen. Das Potenzial, den Grips hatte er dazu. Linc war ein cleverer, hart arbeitender Mann. Ein guter Freund. Mit einer Schwäche – er wollte immer mehr, als er besaß. Vor allem für dich hat er immer nur das Beste gewollt.«

Tydings' Lächeln wurde wieder breiter. »Ich erinnere mich noch genau an den Tag, an dem du auf die Welt gekommen bist, Katie: wie er da stand und dich durch die Glasscheibe betrachtet und all diese großen Pläne für dich geschmiedet hat. Er wollte dir alles ermöglichen, und sich mit weniger bescheiden zu müssen, war wirklich hart für ihn.«

Sie hätte gar nicht alles gebraucht, dachte Kate, nachdem Tydings gegangen war, nur Eltern, deren Liebe ihr und auch einander galt. Aber jetzt müsste sie mit dem Wissen leben, dass das, was ihr Vater am meisten geliebt hatte, sein eigener Ehrgeiz gewesen war.

»Stimmt etwas nicht mit dem Salat?«

Sie blickte auf und ballte die Hand, die sie wie zum Schutz auf ihren Bauch gelegt hatte, als sie plötzlich Byron auf dem von Tydings geräumten Platz sitzen sah. »Sind Sie heute für das Restaurant zuständig? Ich dachte, die oberen Chargen blieben immer in den luftigen Höhen des Penthouses.«

»Oh, hin und wieder mischen wir uns auch unter das gewöhnliche Volk in den unteren Etagen.« Er winkte eine Kellnerin herbei. Seit zehn Minuten beobachtete er Kate schon. Statt zu essen, hatte sie vollkommen reglos dagesessen und mit großen, unglücklichen Augen aus dem Fenster gestarrt. »Zweimal die Hühnerbrühe«, bestellte er.

»Ich möchte nichts.«

»Und ich hasse es, alleine zu essen«, sagte er gelassen, während die Kellnerin den Tisch abzuräumen begann. »Wenn Sie wollen, spielen Sie einfach ebenso damit herum wie vorher mit dem Salat. Aber falls Sie sich nicht gut fühlen, ist eine Hühnerbrühe genau das richtige.«

»Es geht mir gut. Ich hatte eben ein Geschäftsessen.« Kate strich über die Serviette in ihrem Schoß. Sie war noch nicht bereit zu gehen, wusste nicht, ob ihre Beine sie tragen würden, stünde sie jetzt auf. »Wer hat da schon Lust zu essen?«

»Jeder.« Er beugte sich vor und schenkte ihnen beiden jeweils ein Glas Mineralwasser ein. »Sie sehen unglücklich aus.«

»Ich habe einen Klienten mit einer unausgeglichenen Bilanz. Das macht mich immer unglücklich. Was wollen Sie, De Witt?«

»Einen Teller Suppe und vielleicht ein kurzes Gespräch. Wissen Sie, schon als Kind habe ich beim Essen gern Gespräche geführt. Eine Angewohnheit, die sich einfach nicht abschütteln lässt. Danke, Lorna«, sagte er, als die Kellnerin mit einem Korb warmer Brötchen kam. »Mir ist aufgefallen, dass Sie auf diesem Gebiet ein paar Schwierigkeiten haben. Und da würde ich Ihnen gerne behilflich sein, als eine Art Trainingspartner.«

»Ich mag keinen Small Talk.«

»Da sehen Sie's. Ich schon!« Er hielt ihr ein von ihm durchgebrochenes, mit Butter bestrichenes Brötchen hin. »In der Tat interessiere ich mich für jede Art von Gespräch. Ausführlich, kurz, bedeutunglos oder tiefschürfend. Warum fangen wir diese Unterrichtsstunde nicht mit dem Punkt an, dass ich einen Besichtigungstermin für das von Ihnen empfohlene Haus vereinbart habe.«

»Wie schön für Sie!« Da sie das Brötchen in der Hand hatte, knabberte sie vorsichtig daran herum.

»Die Maklerin lobte Sie über den grünen Klee.« Als Kate nur knurrte und dann stirnrunzelnd auf den Teller Suppe starrte, der ihr unter die Nase geschoben wurde, hätte Byron beinahe gegrinst. Sie stellte eine Herausforderung dar, der er einfach nicht widerstehen konnte. »Vielleicht nehme ich Ihre Dienste bald selbst in Anspruch; denn schließlich bleibe ich jetzt hier in Monterey, und da wäre es wohl nicht sehr sinnvoll, meinen Steuerberater in Georgia zu behalten, was meinen Sie?«

»Es ist nicht erforderlich, dort seinen Steuerberater zu haben, wo man wohnt. Wenn Sie mit seiner Arbeit zufrieden sind, bleiben Sie ruhig bei ihm.«

»Mit derartigen Ratschlägen belebt man wohl kaum das eigene Geschäft. Außerdem habe ich neben der Angewohnheit zu reden auch die Angewohnheit zu essen, wenn es etwas gibt«, fuhr er gemütlich fort. »Falls Sie auch auf diesem Gebiet Hilfe nötig haben, lassen Sie mich Ihnen sagen, dass man damit anfängt, indem man den Löffel in die Suppe taucht.«

»Ich habe keinen Hunger.«

»Sehen Sie es als eine Art Medizin. Vielleicht kriegen Sie ja von der Suppe wieder ein wenig Farbe ins Gesicht. Sie sehen nicht nur unglücklich aus, Kate, sondern obendrein müde, zerschlagen, ja beinahe krank.«

In der Hoffnung, dass er dann fürs Erste den Mund halten würde, schob sie sich tatsächlich einen Löffelvoll in den Mund. »Himmel, jetzt geht es mir schon viel besser. Ein Wunder ist geschehen.«

Als er nur lächelte, stieß sie einen Seufzer aus. Warum musste er da sitzen, so verdammt nett zu ihr sein und ihr das Gefühl geben, dass sie sich unmöglich benahm?

»Tut mir leid. Ich bin sicher keine angenehme Gesellschafterin.«

»War es eine so problematische Geschäftsbesprechung?«

»In der Tat.« Da sie das Essen tatsächlich als einigermaßen beruhigend empfand, schob sie sich einen zweiten Löffel in den Mund. »Aber ich komme damit zurecht.«

»Warum erzählen Sie mir nicht, was Sie machen, wenn Sie nicht gerade mit geschäftlichen Schwierigkeiten beschäftigt sind?«

Der drohende Kopfschmerz wogte zwar immer noch in ihrem Hinterkopf, aber zumindest verstärkte er sich nicht. »Dann gehen mir einfachere Geschäftsangelegenheiten durch den Kopf.«

»Und wenn Sie gerade mal nicht arbeiten?«

Sie sah ihn aus zusammengekniffenen Augen an, doch sein Blick verriet nichts als milde, freundliche Gelassenheit. »Jetzt machen Sie sich doch an mich ran.«

»Nein. Ich ziehe es in Erwägung, was etwas vollkommen anderes ist. Und aus genau diesem Grund essen wir im Augenblick zusammen Hühnersuppe und führen dieses unverfängliche Gespräch.« Sein Lächeln verbreiterte sich. »Außerdem bekommen Sie auf diese Weise die Gelegenheit, zu überlegen, ob Sie sich an mich ranmachen wollen oder nicht.«

Unwillkürlich umspielte ihren Mund plötzlich ebenfalls ein

Lächeln. »Ich weiß es zu schätzen, wenn ein Mann die Gleichheit der Geschlechter propagiert.« Außerdem wusste sie es zu schätzen, dass er sie zumindest für ein paar Minuten von ihren Problemen ablenkte … dass er etwas von ihren Problemen spürte, ohne deswegen in sie zu dringen.

»Ich glaube, ich fange an, Sie zu mögen, Kate. Ich finde, Sie sind eine eigenartige Frau – aber ich habe schon immer eine Vorliebe für das Ungewöhnliche gehabt.«

»Was für ein Kompliment. Vor lauter Aufregung kriege ich regelrecht Herzklopfen.«

Er lachte auf – schnell, kehlig und maskulin –, und sein Lachen sprach sie gegen ihren Willen an.

»Jetzt bin ich ganz sicher, dass ich Sie mag. Warum führen wir unser Gespräch nicht bald über einer richtigen Mahlzeit fort? Sagen wir, beim Abendessen. Hätten Sie heute Abend Zeit?«

Gerne hätte sie Ja gesagt, aus dem einfachen Grund, weil sie in seiner Nähe an andere Dinge dachte als an sich. Aber … sie legte die Serviette neben ihrem Gedeck auf den Tisch. Am besten wäre sie gegenüber einem Mann wie Byron De Witt äußerst vorsichtig. »Bei mir dauert es immer eine Weile, bis ich mir etwas zur Gewohnheit mache. Außerdem muss ich jetzt ins Büro zurück.«

Sie erhob sich und beobachtete amüsiert, wie er sich automatisch ebenfalls erhob. Gleichheit der Geschlechter oder nicht, überlegte sie, trotz allem war er durch und durch der typische Südstaaten-Gentleman. »Danke für die Suppe.«

»Gern geschehen.« Er nahm ihre Hand, hielt sie leicht fest und freute sich über die schmale Falte auf ihrer Stirn. »Danke für das Gespräch. Ich hoffe, dass es bald zu einer Fortsetzung kommt.«

»Hmm.« Mehr wusste sie nicht zu sagen, als sie ihre Aktentasche nahm und sich zum Gehen wandte.

Er sah ihr nach und fragte sich, welches geschäftliche oder auch private Problem sie derart krank und einsam zu machen schien.

Die Gerüchteküche bei Bittle und Partnern brodelte. Jede noch so winzige unreife Frucht vom Baum der vermeintlichen Erkenntnis wurde am Getränkeautomaten, im Kopierraum oder in einem der Lagerräume genüsslich durchgekaut.

Allmorgendlich fanden sich Larry Bittle und seine Söhne Lawrence Junior und Martin – nennen Sie mich doch bitte Marty, ja? – zusammen mit den anderen Partnern zu weiteren Gesprächen hinter verschlossenen Türen ein. Regelmäßig wurden ihnen Kopien verschiedener Rechnungsabschlüsse von Bittle Seniors verschwiegener Sekretärin hereingereicht.

Falls sie etwas wusste, so hatte man festgestellt, dann sagte sie es nicht.

»Sie prüfen sämtliche Abschlüsse«, erklärte Roger Kate, nachdem er sie in einem der Lagerräume gestellt hatte, wo sie auf der Suche nach neuem Druckerpapier gelandet war. »Marcie aus der Mahnabteilung hat gesagt, sie gehen sogar firmeninterne Kopien durch. Und Beth, die Assistentin des Drachenweibs, sagt, sie hätten bereits diverse Male mit ihren Anwälten telefoniert.«

Mit zusammengepressten Lippen schnappte sich Kate einen Stapel Papier. »Sind eigentlich alle deine Quellen weiblichen Geschlechts?«

Er sah sie grinsend an. »Nein, aber Mike aus der Postabteilung weiß einfach nichts. Was meinst du, worum es geht?«

»Ich nehme an, es handelt sich einfach um eine interne Revision.«

»Ja, das glaube ich auch. Aber ich frage mich, warum?«

Wenn sie ehrlich war, musste sie eingestehen, dass sie sich ebenfalls seit Tagen mit dieser Frage beschäftigte. Sie dachte nach. Clevere, ehrgeizige, skrupellose Menschen kannten für gewöhnlich immer den neuesten Klatsch. Da Roger all diese Eigenschaften besaß, teilte sie ihm ihre Überlegungen am besten mit, da sie auf diese Weise vielleicht in den Genuss weiterer Informationen kam.

»Okay, wir haben eine Reihe wirklich guter Jahre hinter uns. Allein in den letzten fünf konnten wir unseren Kundenstamm um fünfzehn Prozent erweitern. Da Bittle immer größer wird, denken sie sicher an noch mehr Teilhaber, vielleicht an eine neue Niederlassung. Möglicherweise übernimmt Lawrence dort die Verantwortung, oder sie stellen neue Leute ein und geben einigen von uns die Möglichkeit, mit umzuziehen. Ein derart großer Schritt macht natürlich jede Menge Planung erforderlich, und die Partner wollen sicher nicht, dass allzu früh etwas nach außen dringt.«

»Könnte sein. Es kursieren schon länger Gerüchte über eine Niederlassung in der Gegend von L. A., wo es sicher jede Menge Sachen aus dem Medienbereich abzugrasen gibt. Aber ich habe auch andere Dinge gehört.« Er beugte sich dichter zu Kate herüber, senkte seine Stimme auf ein Flüstern herab und sah sie mit vor Aufregung blitzenden Augen an. »Es heißt, Larry denkt daran, abzutreten. In Pension zu gehen.«

»Weshalb sollte er das tun?«, flüsterte Kate zurück. Sie klangen wie zwei Verschwörer, dachte sie. »Wo er doch erst sechzig ist.«

»Zweiundsechzig.« Roger blickte über seine Schulter zurück. »Und du weißt, wie versessen seine Frau auf Kreuzfahrten und solche Sachen ist. Sie drängt ihn immer, mit ihr nach Europa zu fahren, ans Mittelmeer und so.«

»Woher weißt du das?«

»Von Beth, der zweiten Assistentin. Sie besorgt oft Prospekte für den alten Herrn. Und dieses Jahr feiern die Bittles ihren vierzigsten Hochzeitstag. Wenn er sich so früh pensionieren lässt, heißt das, dass für uns das Rennen um die volle Partnerschaft beginnt.«

»Eine volle Partnerschaft.« Das machte Sinn. All die Treffen, all die Revisionen würden dadurch erklärt. Die momentanen Partner würden abwägen und beurteilen, debattieren und diskutieren, wer am geeignetsten wäre für eine derartige Beförderung. Beinahe hätte sie einen Luftsprung gemacht, aber sie musste daran denken, mit wem sie gerade sprach. Roger war ihr schärfster Konkurrent.

»Vielleicht.« Sie zuckte mit den Schultern, obgleich sie innerlich warme Freude empfand. »Trotzdem kann ich mir einfach nicht vorstellen, dass Larry schon aufhören will. Egal, wie sehr ihn seine Frau bedrängt.«

»Wir werden sehen.« Roger sah sie mit einem verschlagenen Grinsen an. »Jedenfalls wird irgendetwas passieren, und zwar bald.«

Wie im Traum kehrte Kate in ihr Büro zurück, schloss die Tür und legte das Papier ordentlich in den Schrank. Erst dann vollführte sie ihren Freudentanz.

Allerdings überstürzte sie besser nichts, malte sich die Zukunft nicht allzu früh in leuchtenden Farben aus. Nein, den Teufel hielt sie sich zurück! Sie warf sich auf ihren Stuhl, drehte sich ein erstes, ein zweites und ein schwindelerregendes drittes Mal im Kreis.

Sie hatte einen MBA von Harvard in der Tasche, hatte zu den Besten ihrer Klasse gehört. In den fünf Jahren, seit sie bei Bittle arbeitete, hatte sie durch Empfehlung ihrer Klienten zwölf weitere Kunden ins Haus gebracht. Und keinen verloren. Außer den einen an Roger, dieses Schwein.

Aber selbiges Mandat hatten sie auch nach wie vor im Haus. Persönlich stellte sie jährlich Rechnungen im Wert von über zweihunderttausend Dollar aus. Ebenso wie Roger, musste sie zugeben. Das wusste sie genau, da sie ihn ständig voller

Argwohn im Auge behielt. Aber als Marty ihr letztes Jahr eine Gehaltserhöhung hatte zuteilwerden lassen, hatte er erklärt, dass sie das Ass unter den Angestellten war. Larry Bittle nannte sie beim Vornamen, und seine Frau und seine Schwiegertöchter kauften regelmäßig im *Schönen Schein.*

Eine Partnerschaft. Mit achtundzwanzig würde sie die jüngste Partnerin sein, die je bei Bittle mitmischte. Dadurch hätte sie die von ihr selbst gesteckten Ziele Jahre früher als geplant erreicht.

Und würde auf diese Weise nicht gewissermaßen der Makel, den sie wegen ihres Vaters empfand, übertüncht? Diese Last, die sie ständig mit sich trug? Wenn sie erfolgreich wäre, geriete dadurch alles andere in den Schatten.

Sie dachte bereits an das neue Büro, das neue Gehalt, das neue Prestige. Man würde sie wegen der Firmenpolitik zu Rate ziehen, ihre Meinung würde respektiert. Lachend lehnte sie sich auf ihrem Stuhl zurück und drehte sich erneut im Kreis. Obendrein hätte sie eine Sekretärin ganz für sich.

Sie hätte alles, wovon sie je geträumt hatte.

Kate stellte sich bereits vor, wie sie nach dem Telefonhörer griff, um den Templetons in Cannes zu berichten, welcher Erfolg ihr zuteil geworden war. Sie würden so glücklich für sie sein, so voller Stolz auf sie. Endlich hätte sie das Gefühl, dass sie verdiente, was ihr diese Familie alles zuteilwerden ließ.

Sie würde mit Margo und Laura zusammen feiern gehen. Ein Fest veranstalten! Endlich hatte Kate Powell es geschafft, etwas Wichtiges erreicht. Jahre der Arbeit und der Studien, schmerzender Schultern, müder Augen und eines brennenden Magens hätten sich bezahlt gemacht.

Jetzt brauchte sie nur noch abzuwarten.

Schließlich verdrängte sie den Traum, wandte sich wieder dem Computer zu und fuhr mit ihrer Arbeit fort.

Summend ging sie lange Zahlenreihen durch, berechnete

Ausgaben, gab zu erwartende Steuerabzüge ein, schüttelte über Kapitalgewinne den Kopf und dachte über Abschreibungsmöglichkeiten nach. Wie gewöhnlich war sie bereits nach einem kurzen Augenblick derart auf ihre Arbeit konzentriert, dass sie jedes Zeitgefühl verlor. Blinzelnd hob sie den Kopf, als um fünf Uhr ihre Armbanduhr zu piepsen begann.

Noch fünfzehn Minuten und die Akte wäre erledigt, dachte sie, ehe sie leicht verärgert erneut aufsah, als sie ein leises Klopfen an der Tür vernahm. »Ja?«

»Miss Powell.« Lucinda Newman – oder das Drachenweib, wie sie wenig schmeichelhaft in den Reihen der unteren Chargen hieß – schaute herein. »Sie werden im großen Konferenzsaal gewünscht.«

»Oh!« Kates Herz tat einen wilden, freudigen Satz, aber sie sah die Sekretärin gelassen an. »Danke, Miss Newman. Ich komme sofort.«

Da Kate merkte, dass ihre Hände vor freudiger Erwartung zitterten, faltete sie sie in ihrem Schoß. Sie musste kühl und professionell auftreten. Bittle böte die Partnerschaft sicher nicht einem grinsenden, kichernden Frauenzimmer an.

Sie musste so sein, wie sie immer war – wie man es von ihr erwartete. Praktisch, nüchtern, klar. Und, oh, sie würde den Augenblick genießen, ja, sie würde sich ihn einprägen für alle Zeit. Später, wenn sie außer Sicht- und außer Hörweite wäre, würde sie jubeln, bis sie nach Hause kam.

Kate rollte ihre Ärmel herunter, zog ihre Jacke an und strich sie glatt. Sie überlegte kurz, ob sie ihren Aktenkoffer mitnehmen sollte, zuletzt kam sie zu dem Schluss, dass er ihrem Auftritt eine noch professionellere Note verlieh.

Gemessenen Schrittes stieg sie die Treppe in die nächste Etage hinauf und marschierte an den Büros der Partner vorbei in Richtung des Konferenzzimmers. Niemand, der sie in dem ruhigen Korridor gesehen hätte, hätte vermutet, dass sie über den geschmackvollen Teppichboden schwebte, statt auf ihm zu gehen. Sie drückte eine Tablette aus der Rolle in ihrer Jackentasche, damit diese ihrem flatternden Magen zu Hilfe kam.

Ob eine Braut in ihrer Hochzeitsnacht wohl nervöser und zugleich glücklicher war als sie in diesem Augenblick? Sie hob die Hand und klopfte höflich an die massive Eichentür.

»Herein.«

Kate reckte das Kinn, setzte ein höfliches Lächeln auf und drehte den Knauf. Alle waren sie da, und ihr Herz raste erneut los. Sämtliche Partner, die fünf Säulen der Firma, saßen an dem langen, schimmernden Tisch. Neben jedem Platz stand ein großes, gefülltes Wasserglas.

Sie sah sie der Reihe nach an und nahm sich vor, diesen Moment niemals zu vergessen. Fusty Calvin Meyers saß mit den für ihn typischen Hosenträgern und der ebenso typischen roten Fliege da. Die elegante und zugleich Furcht einflößende Amanda Devin wirkte streng und wunderschön. Marty sah in seinem zerknitterten Anzug wie immer süß und freundlich aus. Lawrence Junior hingegen, mit seiner beginnenden Glatze, wirkte ruhig und kühl.

Und natürlich Bittle Senior. Sie hatte immer gefunden, dass er Spencer Tracy ähnelte – mit seinem zerfurchten Gesicht, dem dichten weißen Haar und der untersetzten, kräftigen Statur.

Und sie alle sahen sie ebenfalls reglos an.

»Sie wollten mich sprechen?«

»Setzen Sie sich, Kate.« Von seinem Platz am Kopf des Tisches wies Bittle ihr einen Stuhl am gegenüberliegenden Ende zu.

»Sehr wohl, Sir.«

Während sie sich auf ihren Stuhl sinken ließ, räusperte er sich. »Wir hielten es für das beste, uns am Ende des

Arbeitstages mit Ihnen zusammenzusetzen. Wie Sie ja sicherlich wissen, haben wir in den letzten Tagen die Bücher geprüft.«

»Ja, Sir.« Sie lächelte. »Und im ganzen Büro haben die Leute die wildesten Spekulationen angestellt.« Als er ihr Lächeln nicht erwiderte, spürte sie ein nervöses Prickeln im Hals. »Da ist es schwer, sich keine Gedanken zu machen, Sir.«

»Ja.« Er atmete aus und faltete seine Hände auf der Tischplatte. »Mr Bittle Junior erfuhr letzte Woche von gewissen Diskrepanzen bei einer der Steuererklärungen.«

»Diskrepanzen?«

»Und zwar bei Sunstream«, klärte er sie auf.

»Ja, das ist einer meiner Klienten.« Ihr Magen zog sich zusammen. Hatte sie im Chaos der Wochen vor dem Abgabetermin für die Steuererklärungen irgendeinen idiotischen Fehler gemacht? »Was für Diskrepanzen, Sir?«

»Die Kopie des Klienten weist eine Steuerschuld von siebentausendsechshundertundvierundachtzig Dollar aus.« Jetzt klappte Lawrence Junior einen Aktenordner auf und zog einen dicken Stapel Blätter daraus hervor. »Ist das Ihre Arbeit, Miss Powell?«

Er war der einzige Bittle, der sie Ms Powell nannte. Alle in der Firma waren an seine Förmlichkeit gewöhnt. Doch die knappe Art, in der er heute sprach, alarmierte sie. Langsam setzte sie ihre Brille auf, während man die Blätter in ihre Richtung schob.

»Ja«, sagte sie nach einem kurzen Blick. »Das ist mein Klient, ich habe die Steuererklärung für ihn gemacht. Das ist meine Unterschrift.«

»Und wie bei anderen Kunden läuft auch hier die Bezahlung der Steuern über uns.«

»Manche wollen es so.« Sie legte die Hände in den Schoß. »Sie haben dann das Gefühl, als beträfe die Forderung sie nicht direkt – finden, es tut ein bisschen weniger weh. Außerdem ist es bequemer.«

»Bequemer«, wiederholte Amanda und sah Kate reglos an. »Für wen?«

Sie steckte in Schwierigkeiten, dachte Kate. Aber warum in aller Welt? »Viele Klienten kommen lieber zu uns, als direkt aufs Finanzamt zu gehen. Sie diskutieren dann mit uns über die ausstehenden Forderungen – streiten dann mit uns herum, machen ihrem Herzen uns gegenüber Luft.« Alle wussten, wie es lief, dachte sie und schaute erneut die Partner an. Warum verlangten sie also eine Erklärung von ihr? »Am Ende unterschreibt der Klient dann die erforderlichen Formulare, wir übernehmen die Zahlung und stellen sie ihm anschließend in Rechnung.«

»Miss Powell.« Lawrence zog einen weiteren Stapel Blätter aus seinem Aktenordner hervor. »Können Sie uns erklären, was das hier ist?«

So unauffällig wie möglich trocknete Kate ihre schwitzenden Hände ab, ehe sie die ihr vorgelegten Formulare in Augenschein nahm. Ihr wurde schwindelig. Sie blinzelte, sah abermals die Papiere an und schluckte schwer.

»Ich, ich verstehe nicht. Dies ist eine weitere Kopie des 1040-Formulars der Steuererklärung von Sunstream, aber die Steuerschuld ist eine andere.«

»Zweitausendzweihundert Dollar weniger«, stellte Amanda fest. »Dies ist der Betrag, den wir am fünfzehnten April ans Finanzamt überwiesen haben. Unsere Rechnungsabteilung hat einen Scheck in dieser Höhe ausgestellt.«

»Ich verstehe nicht, woher die andere Kopie stammt«, setzte Kate an. »Sämtliche Arbeitsblätter werden natürlich ordnungsgemäß abgeheftet; aber beispielsweise falsch ausgefüllte Formulare oder überzählige werden auf der Stelle ungültig gemacht.«

»Kate.« Lawrence sah sie an. »Die Differenz der beiden Beträge wurde per Computer vom Konto des Klienten als Barzahlung abgebucht.«

»Als Barzahlung«, wiederholte sie verständnislos.

»Als wir davon erfuhren, haben wir sämtliche Kundenkonten überprüft.« Bittle machte eine ernste Miene. »Seit Ende März dieses Jahres wurden in gleicher Weise insgesamt fünfundsiebzigtausend Dollar von Kundenkonten abgebucht. Fünfundsiebzigtausend Dollar, für die es keine Belege gibt, wurden per Computer in bar von Ihren Kundenkonten abgebucht.«

»Von meinen Kundenkonten?« Sie wurde kreidebleich.

»Es ist immer dasselbe«, mischte sich jetzt Calvin Meyers ein, wobei er nervös an seiner leuchtend roten Fliege zupfte. »Immer gibt es zwei Kopien des 1040er-Formulars, immer werden minimale Veränderungen vorgenommen, wobei die Differenz zwischen den Beträgen von zwölfhundert bis dreitausendeinhundert Dollar reicht.« Er blähte seine Backen auf. »Vielleicht wäre uns die Sache niemals aufgefallen, aber zufällig spielen Sid Sun und ich regelmäßig miteinander Golf. Er jammert ständig wegen der Steuern und hat mir in den Ohren gelegen, mir seine Steuererklärung noch einmal anzusehen, ob sich nicht irgendwo doch etwas verringern lässt.«

Veruntreuung. Beschuldigte man sie der Veruntreuung? Dies konnte nur ein grauenhafter Albtraum sein. Sie wussten, was für ein Mensch ihr Vater gewesen war, und dachten … nein, nein, das traf bestimmt nicht zu. Trotz aller Nervosität blieb ihre Stimme ruhig.

»Sie haben eine meiner Akten überprüft?«

Calvin zog eine Braue hoch. Das letzte, was er von der stets besonnenen Kate Powell erwartet hätte, war eine derart panische Reaktion. »Ich habe es getan, um endlich meine Ruhe zu kriegen; aber dann fielen mir einige kleine Fehler auf, und ich dachte, es wäre das beste, mir das Ganze mal genauer anzusehen, sodass ich mir auch unsere Kopie seiner letzten Steuererklärung kommen ließ.«

Sie saß da wie erstarrt. Selbst ihre Fingerspitzen waren inzwischen vollkommen taub. »Sie glauben, ich hätte meinem Klienten, dieser Firma, fünfundsiebzigtausend Dollar geraubt.«

»Kate, vielleicht könnten Sie uns sagen, wie es Ihrer Meinung nach zu diesen Differenzen gekommen ist«, setzte Marty an. »Vielleicht gibt es ja eine einleuchtende Erklärung dafür.«

Nein, ihr Vater hatte Kunden bestohlen. Ihr Vater. Nicht sie. »Wie können Sie so etwas von mir denken?« Ihre Stimme zitterte.

»Wir denken noch gar nichts«, ergriff Amanda das Wort. »Aber die Fakten, die Zahlen, sprechen einfach gegen Sie.«

Die Fakten, die Zahlen, sprachen gegen sie, dachte sie, während das Papier vor ihren Augen mit Visionen zwanzig Jahre alter Zeitungsartikel verschwamm. »Nein, ich …« Sie musste sich die Augen reiben, damit sie wieder sah. »Das kann nicht sein. Ich habe nichts gemacht.«

Amanda trommelte mit einem scharlachroten Fingernagel auf die Tischplatte. Sie hatte Empörung erwartet, die Empörung eines Menschen, den man zu Unrecht eines Verbrechens verdächtigte. Stattdessen nahm sie schuldbewusstes Zittern wahr.

»Wenn Marty sich nicht vehement für Sie eingesetzt hätte, wenn er nicht darauf bestanden hätte, dass es eine rationale Erklärung für das alles geben muss, dass Sie gegebenenfalls vielleicht einfach unfähig sind – dann hätten wir Sie bereits vor Tagen einbestellt.«

»Amanda«, mahnte Bittle leise, aber sie schüttelte den Kopf. »Larry, hier geht es um Veruntreuung, und abgesehen von den rechtlichen Konsequenzen geht es darum, dass das Vertrauen der Klienten in unsere Firma nicht erschüttert werden darf. Also muss die Angelegenheit so schnell wie möglich geklärt werden.«

»Ich habe nie auch nur einen Cent von einem meiner Klienten genommen, niemals!« Obgleich sie fürchtete, ihre Beine gäben nach, erhob sich Kate von ihrem Stuhl. Nein, sie würde sich nicht übergeben, dachte sie, obgleich sie würgende Übelkeit empfand. »Das könnte ich niemals …« Mehr brachte sie einfach nicht heraus. »Das könnte ich niemals …«

Lawrence runzelte die Stirn. »Miss Powell, Geld ist leicht versteckt, gewaschen, ausgegeben. Eine Reihe Ihrer Klienten hat auf Ihren Rat hin Geld in vermeintlich sichere Geschäfte investiert oder aber auf Konten auf den Kaymaninseln oder in der Schweiz sicher deponiert.«

Fehlinvestitionen. Fehlspekulationen. Sie hob eine Hand an ihre pochende Schläfe und sah die Partner an. Nein, das hatte nicht sie, sondern ihr Vater getan. »Das ist mein Job. Ich habe immer nur meine Arbeit erledigt.«

»Sie haben vor Kurzem einen Laden aufgemacht«, stellte Calvin fest.

»Es geht um eine dreiunddreißigprozentige Beteiligung an einer Secondhand-Boutique.« Trauer und Furcht und Übelkeit führten dazu, dass ihre Hände zitterten. Sie musste Ruhe bewahren, dachte sie. Zittern und Heulen kämen einem Schuldgeständnis gleich. »Dafür habe ich fast meine gesamten Ersparnisse gebraucht.«

Sie atmete schmerzhaft ein und starrte Bittle Senior reglos an. »Mr Bittle …« Aber ihre Stimme zitterte so sehr, dass sie sich unterbrach. »Sir, ich arbeite seit fünf Jahren für Sie. Sie haben mich eine Woche, nachdem ich mit meinem Studium fertig war, eingestellt. Ich habe dieser Firma immer treu gedient, und ich habe für sämtliche meiner Klienten stets mein Möglichstes getan. Ich bin keine Diebin, bitte glauben Sie mir.«

»Es tut mir leid, Kate. Ich kenne Sie seit Ihrer Kindheit und war immer der Ansicht, dass mein Entschluss, Sie einzustellen, mehr als richtig gewesen ist. Schließlich bin ich auch bekannt mit Ihrer Familie.«

Er machte eine Pause, wartete darauf, dass sie sich zur Wehr setzte, dass sie ihrem Zorn darüber, derart angeklagt zu werden, Ausdruck verlieh. Dass sie verlangte, der Firma helfen zu dürfen, die Antworten auf die Anklagen zu finden, von denen sie betroffen war. Als sie stattdessen jedoch wortlos zu Boden sah, blieb ihm keine Wahl.

»Wie auch immer«, fuhr er langsam fort, »können wir unmöglich so tun, als wäre nichts geschehen. Natürlich werden wir weitere Nachforschungen anstellen, und vielleicht wird es irgendwann erforderlich sein, mit der Angelegenheit zu den Behörden zu gehen.«

»Zur Polizei.« Dieser Gedanke traf sie wie ein Hieb, sodass sie sich mit einer Hand am Tisch abstützen musste. Ihr drehte es sich vor Augen. »Sie wollen mit der Sache zur Polizei?«

»Falls es erforderlich wird«, bestätigte Bittle. »Allerdings hoffen wir, dass sich die Angelegenheit ohne großes Aufheben bereinigen lässt. Zunächst geht es darum, die Konten auszugleichen.« Bittle betrachtete die Frau, die sich wie eine Ertrinkende am Ende des Tisches festklammerte, und schüttelte den Kopf. »Die Partner sind übereingekommen, dass es im Interesse der Firma das beste ist, wenn Sie sich bis zu der gesamten Klärung beurlauben lassen.«

»Sie schicken mich nach Hause, weil Sie denken, dass ich eine Diebin bin.«

»Kate, wir müssen der Sache auf den Grund gehen. Und wir müssen im Interesse unserer Klienten handeln.«

»Und einem Menschen, der der Veruntreuung verdächtigt wird, kann man unmöglich Kundengelder anvertrauen.«

Sicher bräche sie jeden Augenblick in Tränen aus. »Das heißt, dass ich gefeuert bin.«

»Beurlaubt«, verbesserte Bittle sie.

»Das ist ja wohl kein Unterschied.« Anschuldigungen, Schande, Scham. »Sie glauben mir nicht. Sie denken, ich hätte meine eigenen Klienten bestohlen, und deshalb wollen Sie mich nicht länger in der Firma haben.«

Er hatte einfach keine andere Wahl. »Fürs Erste ist es so. Ihre persönlichen Dinge aus dem Büro werden Ihnen nach Hause geschickt. Es tut mir wirklich leid, Kate. Marty wird Sie zur Tür geleiten.«

Fassungslos rang sie nach Luft. »Ich habe immer mein Möglichstes getan.« Sie nahm ihre Aktentasche, machte auf dem Absatz kehrt und schleppte sich hinaus.

»Himmel, Kate!« Im Flur holte Marty sie ein. »Was für ein Durcheinander, was für eine Katastrophe.« Er fing an zu schnaufen, als er eilig hinter ihr die Treppe in Richtung der unteren Etage hinunterhastete. »Ich konnte es ihnen einfach nicht ausreden.«

Zögernd blieb sie stehen und sah ihn an. »Glauben Sie mir? Marty, glauben Sie mir, dass ich unschuldig bin?«

Sie nahm das Flackern des Zweifels in seinen ernsten Augen wahr, ehe er antwortete. »Ich weiß, dass es irgendeine Erklärung für die Sache geben muss.« Er berührte sie vorsichtig am Arm.

»Schon gut.« Sie öffnete die Glastür zum Foyer und trat hinaus.

»Kate, falls ich irgendetwas für Sie tun kann, falls ich Ihnen in irgendeiner Weise helfen kann …« Er brach ab und sah ihr nach, wie sie fluchtartig auf ihren Wagen zulief.

»Nein«, sagte sie mehr zu sich selbst. »Für mich kann niemand etwas tun.«

Auf dem Weg nach Templeton House machte sie in letzter Minute kehrt. Am liebsten wäre sie zu Laura, zu Annie, zu einem Menschen gefahren, der sie tröstend in die Arme nehmen und ihre Partei ergreifen würde in dieser grauenhaften Angelegenheit. Stattdessen machte sie am Rand der steilen, gewundenen Straße halt, stieg aus und wandte sich den Klippen zu.

Sie schaffte es allein, versprach sie sich. Auch eine andere Tragödie hatte sie schon überlebt – nämlich ihre Eltern verloren, als sie noch ein Kind gewesen war –, etwas Schlimmeres gab es sicher nicht.

Auf der Highschool hatte sie von Jungen geträumt, die diese Träume niemals erwiderten. Sie hatte es überlebt. Auf dem College fing ihr erster Freund bereits nach kurzer Zeit an, sich mit ihr zu langweilen, war weitergezogen und ließ sie mit gebrochenem Herzen sitzen. Nach einer Weile war sie aus der Trauer wieder aufgetaucht.

Vor Jahren hatte sie davon geträumt, Seraphinas Mitgift ganz allein zu finden und sie stolz ihrer Tante und ihrem Onkel auszuhändigen. Auch ohne diesen Triumph zu leben hatte sie gelernt.

Aber jetzt hatte sie fürchterliche Angst.

Wie der Vater, so die Tochter. Allmächtiger, käme jetzt alles heraus? Käme es heraus? Sicher würde sie dann von aller Welt verdammt. Und was dächten die Menschen, die sie liebten, die derartige Hoffnungen für sie gehegt hatten?

Wie sagte man doch gleich? Manche Dinge lagen einfach in der Familie. Hatte sie etwas übersehen, irgendeinen lächerlichen Fehler gemacht? Himmel, wie sollte sie klar denken, da nun ihr ganzes bisheriges Leben in Scherben lag?

Zum Schutz vor der ihrem Empfinden nach eisigen Frühlingsbrise schlang sie die Arme um den Leib.

Sie hatte nichts getan, hielt sie sich vor. Nichts Böses. Sie hätte ihren Job verloren, nur einen Job!

Es hatte nichts mit der Vergangenheit zu tun, nichts mit ihrer Familie, nichts mit dem, was von ihrem Vater verbrochen worden war.

Zitternd setzte sie sich auf einen Stein. Wen versuchte sie da hinters Licht zu führen? Irgendwie hingen all diese Dinge zusammen. Außerdem hatte sie viel mehr verloren als einen bloßen Job. Sie hatte verloren, was für sie nach der Familie das Wichtigste gewesen war: ihren Erfolg und ihren guten Ruf.

Jetzt war sie genau das, wovor sie sich immer gefürchtet hatte – eine Versagerin.

Wie sollte sie ihnen allen gegenübertreten, nachdem man sie unter dem Verdacht der Veruntreuung gefeuert hatte? Nachdem sie, im Gegensatz zu dem Rat, den sie stets ihren Klienten erteilte, alles auf eine Karte gesetzt hatte und diese eben kein Ass oder Joker gewesen war.

Aber sie müsste ihnen gegenübertreten, müsste es ihrer Familie sagen, ehe es jemand anderes tat. Oh, und irgendjemand täte es. Und zwar sehr bald. Es wäre ihr nicht vergönnt, sich ein Loch zu graben und sich darin zu verstecken, bis der erste Schmerz nachließe. Alles, was sie war und tat, verdankte sie den Templetons.

Was dächten ihre Tante und ihr Onkel von ihr? Sicher sähen sie, dass alles wie bei ihrem Vater verlief. Und wenn sie an ihr zweifelten … sie ertrüge alles, alles, außer ihrem Zweifel und ihrer Enttäuschung über sie.

Sie schob sich eine Magentablette in den Mund und wünschte, sie hätte eine Schachtel Aspirin – oder ein paar von den praktischen Beruhigungsmitteln, die Margo früher genommen hatte. Zu denken, dass sie sie deshalb abschätzig betrachtet hatte. Zu denken, dass sie Seraphina für närrisch und feige gehalten hatte, weil sie, statt ihrem Verlust ins Auge zu sehen, lieber von der Klippe gesprungen war.

Kate blickte aufs Meer hinaus und trat dann dichter an den

Rand der Felsen. Die Steine unter ihr sahen wirklich gefährlich aus. Das hatte sie immer schon am meisten an den Klippen geliebt – die zerklüfteten, unbarmherzigen Speere, gegen die die beständige Gewalt des Wassers machtlos war.

Jetzt musste sie wie diese Felsen sein, überlegte sie. Sie müsste allem trotzen, was sie erwartete.

Ihr Vater war nicht stark gewesen, hatte dem Schicksal nicht getrotzt, hatte nicht dagegen angekämpft. Und jetzt zahlte sie, auf irgendeinem verschlungenen Weg, den Preis dafür.

Byron beobachtete sie vom Straßenrand aus. Er hatte ihren Wagen vorbeirauschen sehen, als er aus Joshs Haus gekommen war. Es war ihm nicht klar, aus welchem Impuls heraus er ihr gefolgt war oder weshalb er zumindest jetzt nicht einfach weiterfuhr.

Etwas an der Art, wie sie so ganz allein am Rand der Klippen stand, machte ihn nervös und auch ein wenig ärgerlich. Sicher rief ihre abermalige Ausgeliefertheit, die stumme Traurigkeit, seine Beschützerinstinkte wach.

Dabei hätte er nicht gedacht, dass sie zu dem Typ Frau gehörte, der auf den Klippen spazieren ging, um in der Betrachtung des Meeres zu versinken.

Beinahe wäre er zu seinem Wagen zurückgekehrt; dann jedoch zuckte er mit den Schultern und beschloss, sich, da er nun einmal hier gelandet war, ebenfalls an dem Panorama zu erfreuen.

»Was für ein wunderbares Fleckchen Erde«, sagte er, trat neben sie und empfand beinahe so etwas wie Schadenfreude, als sie zusammenfuhr.

»Ich habe gerade ein wenig die Aussicht genossen«, murmelte sie, ohne ihn anzusehen.

»Stimmt – genug Aussicht für zwei! Ich habe Ihren Wagen gesehen und …« Als er ihr Gesicht erblickte, merkte er, dass sie geweint hatte. Schon immer verspürte er angesichts der Tränen einer Frau das dringende Bedürfnis, dafür zu sorgen, dass sie trockneten. »Schlimmen Tag gehabt?«, murmelte er und reichte ihr ein Taschentuch.

»Das ist nur der Wind.«

»So windig ist es nun auch wieder nicht.«

»Ich wünschte mir, Sie würden gehen.«

»Für gewöhnlich bin ich stets bemüht, zu tun, was eine Frau von mir verlangt. Da es in Ihrem Fall allerdings anders liegt, setzen Sie sich doch vielleicht einfach hin und erzählen mir, was vorgefallen ist.« Er nahm ihren Arm und stellte fest, dass sie angespannter war als je zuvor in seiner Gegenwart. »Betrachten Sie mich einfach als eine Art Beichtvater«, schlug er vor und zog sie neben sich. »Ich wollte tatsächlich Priester werden, als ich klein war.«

»Um wirklich originell zu antworten: ach, nein!«

»Doch, wirklich. Damals muss ich so ungefähr elf gewesen sein. Dann allerdings kam die Pubertät, und ich habe es mir anders überlegt.«

Sie versuchte vergeblich, sich von ihm loszumachen und aufzustehen. »Ist Ihnen schon einmal der Gedanke gekommen, dass ich vielleicht nicht mit Ihnen reden will? Dass ich vielleicht lieber alleine bin?«

Da ihre Stimme hoffnungslos zitterte, strich er ihr beruhigend übers Haar. »Mir kam der Gedanke, aber ich habe ihn lieber ignoriert! Menschen, die in Selbstmitleid versunken sind, wollen immer darüber reden. Das war neben Sex der zweite Grund für mich, doch nicht ins Priesterseminar zu gehen. Und das Tanzen. Priester bekommen nicht oft die Gelegenheit, mit hübschen Frauen zu tanzen – was meiner Meinung nach ebenso wichtig ist wie Sex. Tja, aber genug von mir.«

Entschlossen legte er eine Hand unter ihr Kinn und zwang sie, ihn anzusehen. Sie war kreidebleich, ihre langen, dichten

Wimpern waren nass und ihre großen, dunklen Augen feucht. Aber …

»Ihre Augen sind noch nicht rot genug. Anscheinend haben Sie sich vorläufig gar nicht richtig ausgeweint.«

»Ich bin keine Heulsuse.«

»Hören Sie zu, meine Schwester ist der Ansicht, dass es manchmal sehr hilfreich ist, wenn man ein bisschen weint; und wenn Sie sie deshalb eine Heulsuse nennen würden, wäre sie sicher ziemlich erbost.« Er strich sanft mit seinem Daumen über ihr Kinn. »Ebenso hilfreich ist es, zu schreien oder mit zerbrechlichen Gegenständen um sich zu werfen. All diese Dinge habe ich bei uns zu Hause mit schöner Regelmäßigkeit erlebt.«

»Es wäre sinnlos …«

»Auf diese Weise kann man Dampf ablassen«, fuhr er unbeirrt fort. »Es reinigt die Seele, wie man so schön sagt. Leider gibt es hier keine zerbrechlichen Gegenstände, aber vielleicht schreien Sie einfach los?«

Das, was sie empfand, schnürte ihr die Kehle zu. Wütend riss sie sich von ihm los. »Ich brauche weder Sie noch irgendjemand anderen, der mich mit seinem Charme aus meiner schlechten Laune reißt. Bisher habe ich meine Probleme immer durchaus alleine gelöst. Falls ich dächte, ich bräuchte einen Freund, bräuchte ich nur zum Haus hinaufzugehen. Zum Haus hinauf«, wiederholte sie, während ihr Blick in Richtung des majestätischen Gebäudes aus Stein und Holz und Glas wanderte, das alles barg, was ihr je wichtig gewesen war.

Dann jedoch warf sie sich die Hände vors Gesicht und brach in erbarmungswürdiges Schluchzen aus.

»So ist's richtig«, murmelte er, denn die natürliche Tränenflut erleichterte ihn. »Und jetzt kommen Sie her zu mir.« Er zog sie an seine Brust und strich ihr übers Haar. »Lassen Sie alles raus.«

Sie konnte nicht mehr aufhören. Seine Person war vollkommen egal, seine Arme waren stark und seine Stimme klang verständnisvoll. Ihr Gesicht an seine Brust gedrückt ließ sie der Frustration, der Trauer und den Ängsten freien Lauf und gestattete ihm, während eines kurzen, befreienden Augenblicks, sie zu trösten.

Er legte seine Wange auf ihr Haar und hielt sie vorsichtig fest. Vorsichtig, weil sie ihm plötzlich allzu klein und zart erschien. Ein festerer Griff hätte vielleicht ihre feinen Knochen zerbrochen. Heiße Tränen drangen durch sein Hemd auf seine Haut und wurden dort gekühlt.

»Tut mir leid. Verdammt.« Als sie sich von ihm lösen wollte, hielt er sie einfach weiter fest. Vor lauter Peinlichkeit kniff sie die Augen zu. »Wenn Sie mich in Ruhe gelassen hätten, wäre das nie passiert.«

»Aber so ist's besser, denke ich. Es ist nicht gesund, wenn man seine Gefühle unterdrückt.« Automatisch küsste er sie auf den Kopf, ehe er sie auf Armeslänge von sich schob und ihr Gesicht betrachtete.

Weshalb es ihm – nass, fleckig und mit Wimperntusche verschmiert – gefiel, wusste er beim besten Willen nicht. Aber er verspürte den beinahe übermächtigen Drang, ihren weichen, traurigen Mund zu küssen und sie, weniger tröstend als vielmehr begehrlich, abermals an seine Brust zu ziehen.

Keine gute Idee, warnte er sich und fragte sich, wie ein Mann angesichts einer derart erregenden Traurigkeit die Rolle des Beichtvaters spielen konnte.

»Nicht, dass Sie unbedingt besser aussehen als zuvor.« Er nahm das Taschentuch, das sie in ihrer Faust zusammengeknüllt hatte, und fuhr ihr damit übers Gesicht. »Aber ich denke, es geht Ihnen so weit besser, dass Sie mir endlich erzählen können, was geschehen ist.«

»Mit Ihnen hat es nichts zu tun.«

»Was ist es dann?«

Beinahe hätte sie erneut geschluchzt, und so platzte sie, ehe es dazu kam, eilig mit einem ›Man hat mich gefeuert‹ heraus.

Ruhig zupfte er weiter an ihrem Gesicht herum. »Warum?«

»Sie denken …« Ihre Stimme brach. »Sie denken, ich …«

»Atmen Sie ruhig ein«, empfahl er ihr. »Und dann sagen Sie es möglichst schnell.«

»Sie denken, ich hätte meinen Klienten Geld gestohlen. Veruntreut. Fünfundsiebzigtausend Dollar, um genau zu sein.«

Ohne ihr Gesicht auch nur für eine Sekunde aus den Augen zu lassen, schob er das ruinierte Taschentuch in seine Jackentasche zurück. »Warum?«

»Weil – weil es doppelte 1040er-Formulare gibt, weil Geld fehlt und weil es meine Klienten sind.«

Und weil mein Vater – weil mein Vater … Aber das brachte sie beim besten Willen nicht heraus.

Immer wieder von Schluchzern unterbrochen brabbelte sie von dem Gespräch mit den Partnern, zu dem sie am späten Nachmittag gebeten worden war. Einem Großteil ihrer Erzählung fehlte der Zusammenhang, einiges wiederholte sie, anderes ließ sie aus – aber er hörte nickend zu.

»Ich habe das Geld nicht genommen.« Sie atmete zitternd aus. »Sicher glauben Sie mir nicht, aber …«

»Natürlich tue ich das.«

Sie starrte ihn mit großen Augen an. »Warum?«

Er lehnte sich ein wenig zurück, zog ein Zigarillo aus der Tasche und zündete es an. »In dem Bereich, in dem ich arbeite, bekommt man ein Gespür für Menschen. Sie kennen ja das Hotelgeschäft, Sie wissen, wie es ist. Immer wieder muss man innerhalb weniger Minuten entscheiden, ob ein Gast oder ein Angestellter ehrlich ist. Und dabei kommt es darauf an, sich nicht zu irren.« Er stieß eine Rauchwolke aus. »Und bei Ihnen,

Katherine, habe ich bereits nach fünf Minuten gewusst, dass Ihnen Ihre Integrität über alles geht.«

Auch wenn sie immer noch keuchte, hatte sich ein Teil ihrer Panik gelegt. »Das weiß ich zu schätzen. Vielen Dank.«

»Ich habe den Eindruck, als hätten Sie es in Ihrer Firma mit einem Haufen kurzsichtiger Idioten zu tun.«

Sie sah ihn an. »Sie sind alle hervorragende Steuersachverständige.«

»Da haben wir's.« Lächelnd fuhr er mit einem Finger über ihre Wange, als sie ihn zornig anfunkelte. »Endlich blitzen diese großen braunen Augen wieder! So ist es besser. Und, wollen Sie das alles wehrlos hinnehmen?«

Sie straffte die Schultern und richtete sich auf. »Im Augenblick kann ich einfach noch nicht darüber nachdenken, was ich machen soll. Ich weiß nur, dass ich nicht einmal dann wieder für Bittle arbeiten würde, wenn sie auf Händen und Knien durch ein Meer von Glasscherben angekrochen kämen.«

»Das habe ich nicht gemeint. Ich meine, irgendjemand hat Gelder veruntreut und es Ihnen in die Schuhe geschoben. Was wollen Sie dagegen tun?«

»Das ist mir egal.«

»Egal?« Er schüttelte den Kopf. »Nein, das glaube ich Ihnen nicht. Die Katherine Powell, die ich kenne, ist eine kämpferische Person.«

»Wie gesagt, es ist sinnlos.« Wieder wurde ihre Stimme wackelig. Wenn sie kämpfte, nachforschte und allzu große Forderungen stellte, kämen sie vielleicht dahinter, dass ihr Vater ein Dieb gewesen war. Dann würde alles noch viel schlimmer als bisher. »Ich kann sowieso nichts tun.«

»Sie sind doch eine intelligente Frau«, sagte er beinahe vorwurfsvoll.

»Im Augenblick kommt es mir nicht so vor.« Sie hob eine Hand an ihren schmerzenden Kopf. »Mehr können sie gegen mich nicht unternehmen. Ich habe das Geld nicht genommen, sodass es bei mir auch nichts zu finden gibt. Was mich betrifft, so ist es Bittles Problem herauszufinden, wo die fünfundsiebzigtausend Dollar geblieben sind. Ich will damit nichts zu tun haben.«

Er war ehrlich überrascht. »Und ich würde ihnen den Arsch aufreißen wollen!«

»Im Augenblick will ich es einfach nur schaffen, die nächsten Stunden zu überstehen. Ich muss es meiner Familie sagen.« Sie machte die Augen zu. »Heute Mittag habe ich mir noch allen Ernstes eingebildet, habe mir tatsächlich noch Hoffnungen darauf gemacht, dass man mich zur Partnerin ernennt. Alles wies darauf hin«, sagte sie. »Ich konnte es kaum erwarten, endlich nach Hause zu kommen und es ihnen mitzuteilen.«

»Sie wollten also ein bisschen angeben«, meinte er sanft und nicht im geringsten abwertend.

»Ich schätze, ja. Seht nur, was ich geschafft habe. Ihr könnt stolz auf mich sein oder so. Tja, und jetzt muss ich ihnen gestehen, dass ich alles verloren habe und dass in nächster Zukunft sicher auch kein anderer halbwegs vernünftiger Posten für mich in Aussicht steht.«

»Aber es ist Ihre Familie.« Er trat auf sie zu, legte ihr die Hände auf die Schultern und sah sie an. »Und in einer Familie ist man in guten wie in schlechten Zeiten füreinander da.«

»Das weiß ich.« Einen Augenblick lang hätte sie sich am liebsten an ihn geschmiegt und eine seiner großen, kräftigen Hände an ihre Wange gelegt. Stattdessen trat sie einen Schritt zurück und wandte sich entschieden von ihm ab. »Aber das macht alles nur noch schlimmer für mich. Sehen Sie, jetzt ergehe ich mich schon wieder in Selbstmitleid.«

»So etwas kommt und geht, Kate.« In dem deutlichen Bewusstsein, dass ihnen beiden der körperliche Kontakt alles anderes als widerwärtig war, legte er einen Arm um sie. »Soll ich vielleicht mitkommen?«

»Nein.« Voller Entsetzen merkte sie, dass sie am liebsten Ja gesagt hätte. Dass sie am liebsten ihren Kopf erneut an seine breite Schulter gelehnt, die Augen geschlossen und sich von ihm führen lassen hätte. »Nein, da muss ich allein durch.« Wieder trat sie einen Schritt zurück, doch sah ihn weiter an. »Sie waren furchtbar nett zu mir. Wirklich – furchtbar nett.«

Als er lächelte, vertieften sich die Grübchen in seinem Gesicht. »So überrascht, wie Sie das sagen, klingt es eher wie eine Beleidigung.«

»Das sollte es aber nicht sein.« Auch sie brachte ein leichtes Lächeln zustande, ehe sie erklärte: »Ich wollte damit sagen, dass ich Ihnen wirklich dankbar bin … Pater de Witt.«

Behutsam hob er eine Hand und fuhr ihr mit den Fingern durch das kurze Haar. »Ich bin zu dem Schluss gekommen, dass es mir doch nicht gefällt, wenn Sie in mir den Priester sehen.« Seine Hand glitt an ihrem Nacken herab. »Und zwar aus dem vorhin genannten taktilen Grund.«

Auch sie nahm tief in ihrem Inneren voller Unbehagen ein leichtes Ziehen wahr. »Hmm.« Eine andere, ebenso sichere Antwort fiel ihr nicht ein. »Am besten bringe ich die Sache hinter mich.« Mit einem argwöhnischen Blick in seine Richtung wandte sie sich zum Gehen. »Wir sehen uns sicher irgendwann einmal wieder.«

»Ganz bestimmt.« Er kam auf sie zu, doch sie wich aus.

»Was haben Sie vor?«

Grinsend zog er die Brauen hoch. »Ich gehe zu meinem Wagen. Er steht direkt hinter Ihnen.«

»Oh. Tja.« So lässig wie möglich machte sie kehrt und ging auf ihr Auto zu, als er plötzlich abermals neben ihr war. »Ich, ah, haben Sie sich schon das Haus am Seventeen Mile Drive angesehen?«

»Zufällig habe ich heute Abend einen Besichtigungstermin.« »Gut. Das ist gut.« Sie spielte mit den Schlüsseln in ihrer Tasche herum. »Tja, ich hoffe, es gefällt Ihnen.«

»Ich werde Ihnen Bescheid geben.« Als sie die Hand an ihre Wagentür legte, schob er sie fort. »Mein Daddy hat mir beigebracht, einer Dame immer die Tür zu öffnen. Betrachten Sie es einfach als die Marotte eines Südstaatlers.«

Schulterzuckend schob sie sich auf ihren Sitz. »Tja, dann bis zum nächsten Mal.«

»Bald melde ich mich bei Ihnen.«

Sie wollte noch fragen, was das heißen sollte, aber er entfernte sich schon. Im Grunde hatte sie bereits eine ungefähre Vorstellung.

5

»Das ist ja der Gipfel! Eine unverschämte Beleidigung!«

In einem ihrer seltenen Wutanfälle stürmte Laura durch den Wintergarten. Dreißig Minuten zuvor hatte Kate sie bei den Hausaufgaben mit ihren Töchtern unterbrochen, und sie hatte sich von den Geheimnissen der richtigen Zeichensetzung und den Multiplikationstabellen ihrer Töchter abgewandt, um sich voller Entsetzen Kates Geschichte anzuhören.

Als sie die Freundin beobachtete, war Kate froh, dass sie die Geistesgegenwart besessen hatte, Laura zu bitten, kurz mit ihr hinauszugehen. Das Blitzen in den grauen Augen, die zornige Röte auf den für gewöhnlich so kühlen Elfenbeinwangen und die wilden Gesten hätten die Kinder sicherlich erschreckt.

»Ich will nicht, dass du dich aufregst«, setzte sie vorsichtig an.

»Du willst nicht, dass ich mich aufrege?«, fuhr Laura sie wütend an. Ihr kinnlanges, bronzegoldenes Haar wehte wie bei einer Rachegöttin, und der für gewöhnlich sanfte, hübsche Mund drückte kalte Verachtung aus. »Was sollte ich denn dann deiner Meinung nach tun, wenn man meiner Cousine derart an den Karren fährt?«

Oh, ja, dachte Kate, dieser Auftritt hätte die Mädchen auf alle Fälle fürchterlich erschreckt. Wenn ihr nicht so elend zumute gewesen wäre, hätte sie sicher laut gelacht. Laura, die Gelassene, hatte die perfekte Wandlung zu Laura, der Furie, durchgemacht. Trotz ihrer Zerbrechlichkeit sah sie aus, als hielte sie im Ring mindestens zehn Runden gegen den Champion durch.

»Du willst nicht, dass ich mich aufrege!«, wiederholte Laura, und ihre kleine, beinahe feengleiche Gestalt zitterte vor Wut, als sie durch den mit üppigem Grün verzierten und mit gläsernen Wänden versehenen Raum stampfte. »Tja, ich rege mich nicht auf, sondern ich bin außer mir. Wie können sie es wagen? Wie können diese Idioten auch nur für eine Minute, eine Sekunde glauben, dass du zu etwas Derartigem fähig bist?«

Sie schlug mit der Faust gegen einen überhängenden Palmwedel. »Wenn ich denke, wie oft die Bittles in diesem Haus zu Gast gewesen sind, könnte ich platzen vor Zorn. Dich zu behandeln, als ob du eine gewöhnliche Kriminelle wärst. Es überrascht mich, dass sie nicht mit einem Sondereinsatzkommando und Handschellen in dein Büro gedonnert sind.« Das Sonnenlicht, das durch die Fenster fiel, verlieh ihren Augen einen leidenschaftlichen Glanz. »Schweinehunde, idiotische Schweinehunde.«

Von Kopf bis Fuß bebender Zorn, trat sie an das elegante weiße Telefon, das neben einem der gepolsterten Sessel stand. »Wir rufen Josh an. Wir verklagen sie.«

»Warte. Nein, warte, Laura.« Hin und her gerissen zwischen Tränen und Gelächter zog Kate die Hand der Freundin wieder zurück. Sie konnte beim besten Willen nicht mehr verstehen, weshalb sie gezögert hatte, hierher nach Templeton House zu kommen. Dies war genau das, was sie gebraucht hatte, um wieder die wahre Kate zu werden. »Ich kann dir nicht sagen, wie gut mir deine Hasstirade tut, aber …«

»Das war erst der Anfang.«

»Es gibt nichts, weshalb ich sie verklagen könnte. Die Beweise …«

»Die Beweise sind mir, verdammt noch mal, egal.« Als Kate tatsächlich zu lachen begann, sah sie sie aus zusammengekniffenen Augen an. »Könntest du mir bitte sagen, was daran so lustig ist?«

»Ich werde mich nie daran gewöhnen, dich fluchen zu hören. Es ist einfach nicht natürlich.« Aber sie schluckte, denn ihr Lachen kam dem Beginn eines hysterischen Anfalls gefährlich nahe. »Und dich in diesem eleganten Raum zwischen den Hibiskusbäumen und Farnen herumstampfen zu sehen, ist wirklich der Hit.« Sie atmete tief ein. »Ich bin nicht gekommen, damit du in einen Wutanfall gerätst, aber es tut meinem angeschlagenen Ego wirklich gut.«

»Hier geht es nicht um dein Ego.« Laura bemühte sich verzweifelt um Gelassenheit. Wenn sie, wie es glücklicherweise nur sehr selten geschah, die Beherrschung verlor, wurde sie zur Bestie. »Hier geht es um Verleumdung und um deinen Einkommensverlust. Wir werden ihnen das nicht durchgehen lassen, Kate. In unserer Familie haben wir einen Anwalt, und wir werden ihn damit beauftragen, dass er dich gegen diese Bastarde vertritt.«

Es wäre sinnlos, anzumerken, dass Josh für gewöhnlich keine derartigen Mandate übernahm. Und ganz sicher würde sie Laura nicht gestehen, dass ihr allein bei dem Gedanken, in dieser Sache vor Gericht zu gehen, die Beine zitterten. Stattdessen bemühte sie sich um einen möglichst leichten Ton.

»Vielleicht könnten wir ihn darum bitten, dass er sie wegen Verlusts der ehelichen Lebensgemeinschaft auf Schadenersatz verklagt. Schließlich war ich mit der Firma so gut wie verheiratet.«

»Wie kannst du jetzt noch Witze machen?«

»Weil du mit deiner Empörung dafür gesorgt hast, dass es mir schon wieder viel besser geht.« Plötzlich stiegen hinter ihren Augen neue Tränen auf, und so nahm sie Laura eilig in den Arm. »Vom Gefühl her wusste ich die ganze Zeit, dass ihr zu mir stehen würdet, aber vom Kopf her ... ich war einfach am Boden zerstört. Himmel!« Sie trat einen Schritt zurück und legte ihre Hand auf ihren Bauch. »Jetzt fange ich schon wieder an.«

»Oh, Kate, meine Liebe! Es tut mir so furchtbar leid.« Sanft legte Laura ihr den Arm um die Taille und führte sie zu einem der Kanapees. »Setzen wir uns. Am besten trinken wir einen Tee, einen Wein oder eine Schokolade und überlegen in Ruhe, was wir machen sollen.«

Kate nickte schniefend mit dem Kopf. »Tee oder Schokolade wäre schön. Ich habe den Eindruck, dass mir Alkohol in letzter Zeit nicht allzu gut bekommt.« Sie setzte ein zaghaftes Lächeln auf.

»Okay. Bleib du einfach hier sitzen.« Normalerweise wäre sie selbst in die Küche gegangen; aber da sie Kate nicht alleine lassen wollte, marschierte sie über schimmernde Fliesen zu der auf Peters Geheiß für den Kontakt mit den Bediensteten neben der Tür installierten Gegensprechanlage, murmelte ein paar Worte, kehrte zu Kate zurück und setzte sich neben sie.

»Ich fühle mich so nutzlos«, sagte Kate. »So entblößt. Bisher war mir gar nicht richtig klar, wie elend Margo letztes Jahr zumute gewesen sein muss, als man ihr plötzlich den Teppich unter den Füßen wegzog.«

»Du warst für sie da. Genau wie Margo und ich und alle anderen jetzt für dich da sind. Kein Mensch, der dich kennt, wird auch nur für eine Sekunde annehmen, dass du etwas Falsches getan hast.«

»Selbst einer, der mich nicht kennt«, fügte sie im Gedanken an Byron leise hinzu. »Aber trotzdem wird es jede Menge Leute geben, die es glauben werden. Die Sache wird innerhalb kürzester Zeit die Runde machen, das prophezeie ich dir. Aber ich bin es gewohnt, für mich einzustehen«, fuhr sie beinahe trotzig fort. »Mädchen wie ich, mit mehr Hirn als Charme, haben sich schon auf der Highschool entweder immer versteckt oder gekämpft.«

»Und du hast das Kämpfen übernommen.«

»Nur, dass ich inzwischen etwas aus der Übung bin.« Sie machte die Augen zu und lehnte sich zurück. Hier in diesem Raum duftete es wie in einem Garten, dachte sie. Er strahlte Frieden und Ruhe aus. Genau das, was ihr abhanden gekommen war. »Ich weiß einfach nicht, was ich machen soll, Laura. Dies ist wahrscheinlich das erste Mal in meinem Leben, dass ich vollkommen ratlos bin.« Sie machte die Augen wieder auf und begegnete Lauras besorgtem Blick. »Ich weiß, es klingt lächerlich; aber alles, was ich bin und was ich jemals wollte, hatte mit meiner Karriere zu tun. Ich war gut, nein, mehr als gut – musste es sein. Für Bittle habe ich mich entschieden, weil es ein alteingesessenes, angesehenes Unternehmen ist, weil es dort zahlreiche Aufstiegsmöglichkeiten gab und weil es nahe an zu Hause war. Ich mochte die Menschen dort – und ich bin in Bezug auf Menschen wirklich wählerisch. All die Zeit habe ich mich dort wohl gefühlt, dachte, dass man mich und meine Fähigkeiten zu schätzen weiß.«

»Bei Templeton würdest du dich auch wohl fühlen. Dort würden deine Fähigkeiten mehr als nur geschätzt«, sagte Laura ruhig. »Du weißt, dass du dort jederzeit einen guten Posten bekämst. Mom und Dad wollen dich seit Jahren für das Unternehmen gewinnen.«

Trotz des Makels, dachte sie, der ihr leider durch ihren Vater anhaftete. Nein, es ginge nicht. »Sie haben schon mehr als genug für mich getan.«

»Kate, das ist einfach lächerlich.«

»Finde ich nicht. Ich kann sie unmöglich um so einen Gefallen bitten. Dann könnte ich mir selbst nicht mehr in die Augen sehen.« Dies war die einzige Sache, die für sie vollkommen feststand. Vielleicht war es Stolz, aber etwas anderes hatte sie nicht mehr. »Es wird auch so schon schwer genug, sie anzurufen und ihnen mitzuteilen, was geschehen ist.«

»Du weißt genau, wie sie reagieren werden – aber wenn du willst, rufe ich sie für dich an.«

Würden sie daran zurückdenken?, überlegte Kate. Würden sie auch nur für eine Sekunde daran zurückdenken? Würden auch nur für Sekunden Zweifel in ihnen wach? Auch diese Sache musste sie allein durchstehen. »Nein, ich mache das morgen früh selbst.« Sie strich mit der Hand über ihren schmal geschnittenen, marineblauen Rock und versuchte, die Dinge beherzt anzugehen. »Ich habe noch ein wenig Zeit, meine Möglichkeiten abzuwägen. Geld ist fürs Erste kein Problem. Etwas habe ich erspart und dann noch mein, wenn auch ziemlich mageres, Einkommen aus dem Geschäft.« Sie riss entgeistert die Augen auf. »Um Gottes willen! Sicher hat diese Angelegenheit auch Auswirkungen auf den *Schönen Schein*.«

»Natürlich nicht. Mach dir darüber keine Gedanken.«

»Ich soll mir keine Gedanken machen?« Kate sprang auf. Ihr Magen tat einen erneuten Satz. »›Teilhaberin des *Schönen Scheins* unter Verdacht der Veruntreuung‹, ›Steuerberaterin hinterzieht Mandantengelder‹, ›Ehemalige Ziehtochter der Templetons unter Betrugsverdacht‹.«

Sie schlug sich an die Stirn – denn der Gedanke, was im Verlaufe der Ermittlungen ans Tageslicht kommen würde, entsetzte sie. Sicher würde es heißen, dass es in der Familie lag.

Kümmer dich um jetzt, befahl sie sich. Mach einen Schritt nach dem anderen.

»Himmel, Laura, daran habe ich noch gar nicht gedacht. Das könnte der Ruin unseres Ladens sein. Schließlich sind eine ganze Reihe meiner Klienten Kunden dort.«

»Hör endlich auf. Du bist unschuldig. Es würde mich nicht überraschen, wenn eine ganze Reihe deiner Klienten ebenfalls entscheiden würde, dass das alles blanker Unsinn ist.«

»Die Menschen können ziemlich seltsam sein, sobald es um ihr Geld und um die Leute geht, die damit zu tun haben, Laura.«

»Das mag schon sein, aber ich möchte trotzdem, dass du von jetzt an mein Vermögen verwaltest, Kate«, sagte Laura und fuhr, ehe Kate Gelegenheit zum Widerspruch bekam, voller Überzeugung fort: »Seit Peter mich bei der Scheidung über den Tisch gezogen hat, habe ich nicht mehr allzu viel; aber bestimmt wirst du daran etwas ändern. Außerdem ist es höchste Zeit, dass du dich ein wenig stärker in unserem Laden engagierst. Margo und ich kommen zwar halbwegs mit der Buchführung zurecht …«

»Das ist Ansichtssache, denke ich.«

Zufrieden zog Laura eine Braue hoch. »Tja, dann machst du dich vielleicht endlich mal daran, dafür zu sorgen, dass deine Investition die erhofften Früchte trägt. Bisher hattest du immer zu viel zu tun, aber jetzt hast du alle Zeit der Welt.«

»So scheint es.«

»Und indem du dich vielleicht auch hin und wieder hinter den Verkaufstresen stellst, kannst du Margo und mir das Leben etwas erleichtern.«

Kate starrte sie entgeistert an. »Du erwartest von mir, dass ich offiziell den Leuten irgendwelchen Schnickschnack andrehe? Und das regelmäßig? Verdammt, Laura, ich bin keine Verkäuferin.«

»Das waren Margo und ich auch nicht«, erwiderte Laura ungerührt. »Aber man muss sich den Gegebenheiten anpassen. Entweder beugt man sich oder man zerbricht.«

Am liebsten hätte Kate Laura daran erinnert, dass sie einen Abschluss von Harvard besaß, dass sie ein ganzes Jahr früher als ihre Kommilitonen und Kommilitoninnen cum laude fertig geworden war. Dass sie in einer der angesehensten Firmen der Gegend beinahe zur Partnerin ernannt worden wäre, dass sie Jahr für Jahr mit der Verwaltung von Millionen von Dollar betraut gewesen war.

Dann allerdings erkannte sie, dass all das augenblicklich keinerlei Wert hatte. »Ich weiß doch nicht mal, woran man einen Armani oder sonst irgend was erkennt.«

»Das lernt man schnell.«

Sie konnte es sich nicht leisten, aber trotzdem schmollte sie. »Außerdem finde ich nicht mal Gefallen an teurem Schmuck.«

»Die Kundinnen schon.«

»Ich verstehe nicht, warum die Leute überall in ihren Häusern nutzlose Staubfänger aufstellen müssen.«

Laura lächelte. Wenn Kate mit ihr stritt, so dachte sie, dann war sie auf dem Weg der Besserung. »Ganz einfach. Damit wir im Geschäft bleiben.«

»Das ist ein guter Grund«, gestand ihr Kate, wenn auch widerwillig, zu. »Und an den paar Samstagen meiner bisherigen Aushilfe habe ich mich gar nicht so dämlich angestellt. Nur, dass man Tag für Tag ständig mit neuen Leuten umzugehen hat …«

»Du wirst lernen, damit zu leben. Außerdem brauchen wir dich wirklich für die Buchführung. Bisher haben wir nicht viel gesagt, weil wir dich nicht bedrängen wollten. Das heißt, Margo wollte dich schon längst bitten, dich der Sache gründlicher anzunehmen, aber ich habe sie davon abgehalten.«

Eine der zahlreichen Wunden, die sie sich hatte lecken wollen, schloss sich bereits. »Wirklich?«

»Ich will dir ja nicht zu nahe treten, Kate – aber obgleich der Laden inzwischen seit beinahe zehn Monaten läuft, kamen Margo und ich bereits nach zehn Tagen zu dem Schluss, dass uns die Buchführung wirklich zuwider ist. Wir hassen Bilanzen. Wir hassen Prozentrechnen. Wir hassen es, auszutüfteln, wie viel Mehrwertsteuer jeden Monat von uns abzuführen ist.«

Laura stieß einen abgrundtiefen Seufzer aus und senkte ihre Stimme auf ein vertrauliches Flüstern herab. »Ich sollte es dir eigentlich nicht sagen, sie hat mich extra gebeten, es nicht zu tun, aber …«

»Was?«

»Tja, Margo … wir dachten, dass eine Vollzeitkraft für die Buchführung im Augenblick noch viel zu teuer für uns ist. Also hat sich Margo überlegt, dass sie am besten einen Abendkurs darin belegt.«

»Einen Abendkurs?« Kate blinzelte. »In Buchführung? Margo? Ach, du Schreck.«

»Und dann noch einen Kurs für Management und einen Computerkurs.« Laura erschauderte. »Vor allem jetzt, wo das Baby kommt, scheint das alles ein bisschen zu viel zu sein. Na ja, ich selbst komme mit dem Computer einigermaßen zurecht«, fügte sie scheinheilig hinzu. »Schließlich muss ich das, wenn ich die Buchungen für die Kongresse und andere besondere Veranstaltungen im Hotel organisieren will. Aber die Buchführung eines Ladens ist natürlich etwas gänzlich anderes.« Da sie wusste, wie entscheidend das richtige Timing war, wartete sie einen Augenblick, ehe sie weitersprach. »Aber ich weiß einfach nicht, woher ich selbst noch die Zeit für irgendwelche Kurse nehmen soll. Schließlich arbeite ich im Hotel, im *Schönen Schein*, und dann will ich natürlich auch die Mädchen nicht vernachlässigen.«

»Natürlich nicht. Ihr hättet mir schon viel früher sagen sollen, dass es derart problematisch für euch ist. Dann hätte ich längst mehr getan.«

»Du hast in den letzten sechs Monaten vor lauter Überarbeitung schon beinahe geschielt. Es erschien uns einfach nicht gerecht.«

»Nicht gerecht? Himmel, hier geht es um unser Geschäft. Gleich morgen früh komme ich vorbei und sehe mir die Bücher mal genauer an.«

Laura verbarg die Zufriedenheit über ihren gelungenen Schachzug hinter einem erleichterten Lächeln, als Ann Sullivan mit einem Teewagen in den Wintergarten kam. »Die Mädchen haben ihre Hausaufgaben fertig«, setzte Ann an. »Also habe ich zwei Tassen und zwei Teller mehr mitgebracht, damit sie sich zu Ihnen gesellen können. Ich dachte, sie hätten vielleicht Lust auf einen gemeinsamen Nachmittagstee.«

»Danke, Annie.«

»Miss Kate, schön, dich zu sehen …« Ihr Lächeln verflog, als sie Kates verquollene, rot geränderte Augen entdeckte. »Was ist passiert, Liebes?«

»Oh, Annie.« Kate nahm die Hand, die Ann an ihre Wange gelegt hatte, und hielt sie fest. »Mein Leben ist eine einzige Katastrophe.«

»Ich hole die Mädchen«, sagte Laura und erhob sich von ihrem Platz. »Und eine weitere Tasse«, fügte sie mit einem Nicken in Anns Richtung hinzu. »Dann trinken wir alle zusammen Tee und überlegen uns eine allgemeine Strategie.«

Da Kate schon immer die linkischste und die am wenigsten selbstbewusste der drei Mädchen gewesen war, hatte sie in Anns Herzen einen besonderen Platz. Nachdem sie zwei Tassen eingeschenkt und zwei mit Schokolade überzogene Stücke Kuchen ausgewählt hatte, setzte sich Ann neben sie und nahm sie in den Arm.

»Und jetzt trinkst du deinen Tee, isst ein Stück Kuchen und erzählst Annie, was dein Herz bedrückt.«

Seufzend hob Kate ihre Tasse an den Mund. Dorothy aus Kansas hatte recht. Zu Hause war einfach der schönste Ort der Welt.

»Es gefällt mir nicht, wie sie über Software spricht«, flüsterte Margo Laura hinter dem Verkaufstresen des *Schönen Scheins* ins Ohr. »Das Ganze interessiert mich einfach nicht.«

»Braucht es auch nicht«, murmelte Laura zurück. »Schließlich kennt sie sich mit diesen Dingen bestens aus. Endlich sind all die grauenhaften Sonntagabende, an denen wir schwitzend über den Büchern gesessen haben, vorbei.«

»Genau.« Trotzdem verzog Margo ein wenig beleidigt das Gesicht. »Eigentlich dachte ich, wir hätten unsere Sache gar nicht so schlecht gemacht. Aber so wie sie redet, bekomme ich allmählich das Gefühl, eine Vollidiotin zu sein.«

»Willst du vielleicht ins Hinterzimmer gehen und ihr die Buchführung wieder abnehmen?«

»Auf keinen Fall.« Margo blickte in Richtung einer Kundin, die sich umsah, und beschloss, spätestens in neun Sekunden subtil zum verkäuferischen Angriff überzugehen. »Aber es gefällt mir einfach nicht, dass sie die ganze Sache einfach so stillschweigend angeht. Bisher hat unsere Kate noch niemals einen Kampf gescheut.«

»Sie ist einfach noch zu verletzt«, meinte Laura, obgleich sie selbst ebenfalls in Sorge war. »Sicher braucht sie noch ein bisschen Zeit.«

»Das hoffe ich, denn ich werde Josh nicht mehr lange davon abhalten können, sich mit Bittle anzulegen.« Ihre leuchtend blauen Augen blitzten angriffslustig auf. »Und auch ich selbst bin langsam am Ende meiner Geduld. Schweinehunde. Arschgeigen.«

Immer noch murmelnd trat sie auf die Kundin zu, doch plötzlich machte ihre zuvor erboste Miene die vollkommene Wandlung durch. Mit einem Mal strahlte sie nichts als unbekümmerte, elegante Schönheit aus. »Eine herrliche Lampe, nicht wahr? Sie hat einmal Christie Brinkley gehört.« Margo strich mit einem Finger über den perlmuttfarbigen Schirm. »Im Vertrauen gesagt, war sie ein Geschenk von Billy, sodass sie ihren Anblick einfach nicht länger ertragen konnte.«

Wahrheit oder Lüge, überlegte Laura und hätte beinahe laut gelacht. Es stimmte, dass die Lampe einmal Eigentum von Christie Brinkley gewesen war; aber die Anekdote entsprang sicher Margos Fantasie.

»Laura.« Mit dem bereits eine Stunde nach Beginn der Durchsicht der Bücher aufgesetzten Leidensblick kam Kate aus dem Büro. »Ist dir eigentlich klar, wie viel Geld ihr verschleudert, indem ihr ständig nur geringe Mengen Geschenkpapier, Bänder und Kartons bestellt? Je mehr ihr auf einmal abnehmt, um so billiger wird es für euch. Und bei eurem Verbrauch …«

»Ah, ja, da hast du sicher recht.« Laura blickte auf ihre Uhr. »Huch, der Klavierunterricht. Jetzt muss ich aber wirklich los.«

»Außerdem kauft ihr euer Klebeband im Laden nebenan statt bei einem Großhändler«, fügte Kate hinzu.

»Ich müsste längst weg sein. Tschüs.« Laura flüchtete sich durch die Tür.

In der Absicht, dann eben Margo eine Standpauke zu halten, drehte Kate sich um. Aber ihre Partnerin hatte sich zusammen mit einer Kundin über eine lächerliche kleine Lampe gebeugt, mit deren Licht sich wohl nicht einmal ein Kleiderschrank erhellen ließ.

Es half, die anderen rüffeln zu können. Es half, wieder für etwas verantwortlich zu sein. Selbst wenn es sich um Schachteln und Klebebänder handelte.

»Fräulein, oh, Fräulein.« Ein paar mit Glitzer verzierte Pumps in der Hand spazierte eine weitere Lady aus dem Ankleidezimmer. »Haben Sie die auch in Größe acht?«

Kate sah erst die Pumps und dann die Kundin an und fragte sich, wie es angehen konnte, dass irgendjemand an mit schimmernden Ziermünzen versehenen Schuhen Gefallen fand. »Wir haben nur, was im Ankleidezimmer zu finden ist.«

»Aber die hier sind zu klein.« Jammernd hielt sie Kate die Schuhe hin. »Sie passen perfekt zu dem Kleid, das ich mir ausgesucht habe. Ich muss sie haben, verstehen Sie?«

»Hören Sie«, setzte Kate an, klappte den Mund jedoch wieder zu, als sie Margos warnendem Blick begegnete. Sie erinnerte sich an das, was ihr von Margo eingeschärft worden war. Hasste es, aber erinnerte sich dennoch daran. »Der *Schöne Schein* hat fast immer nur exklusive Einzelstücke. Aber ich bin sicher, dass wir etwas anderes finden, was Ihnen gefällt.« Obgleich sie sich bereits nach ihrem Computer zurücksehnte, führte sie die Kundin zurück in den Ankleideraum.

Nur mit größter Selbstbeherrschung blieb sie bei dessen Anblick ruhig. Statt ordentlich in den Regalen zu stehen, lagerten die Schuhe in wildem Durcheinander in der Gegend, ein halbes Dutzend Cocktailkleider hingen nachlässig über einem Stuhl und andere waren auf dem eleganten Teppich verstreut.

»Sie haben sich offenbar alles genau angesehen«, stellte Kate mit einem starren Nicken fest.

Die Frau brach in schrilles Gelächter aus. »Oh, ich liebe einfach alles, was es hier bei Ihnen gibt; aber sobald ich mich einmal entschieden habe, bringt mich niemand mehr von meiner Wahl ab.«

Eine wirklich denkwürdige Äußerung. »Also gut, und für welches der Kleider haben Sie sich nun entschieden?«

Es dauerte zwanzig Minuten, zwanzig Minuten voller

Hmms und Hahs, voller Oohs und Aahs, ehe die Kundin sich endlich mit einem Paar weißer Sandalen plus Satinschleifen zufriedengab.

Kate kämpfte mit den Metern weißen Tülls, ohne die die Frau nicht mehr leben zu können schien. Tüll, dachte Kate, während sie das Gebilde mühsam in eine Tüte verfrachtete, in dem die Dame aussehen würde wie eine überdimensionale Hochzeitstorte.

Als ihr Werk endlich beendet war, reichte Kate der Kundin die Tüte und die Quittung und setzte sogar ein Lächeln auf. »Vielen Dank, dass Sie zu uns gekommen sind.«

»Oh, ich liebe diese Boutique. Ach, bitte zeigen Sie mir doch noch diese Ohrringe.«

»Ohrringe?«, fragte Kate ermattet.

»Die dort drüben in der Auslage. Ich denke, sie würden wunderbar zu dem Kleid passen. Könnten Sie es vielleicht noch einmal kurz aus der Tüte nehmen, damit ich sie dranhalte?«

»Ich soll das Kleid wieder aus der Tüte nehmen?« Kate sah die Kundin mit einem eisigen Lächeln an. »Warum …«

»Oh, die österreichischen Kristalle verleihen den Ohrringen genau den richtigen Pepp, nicht wahr?« Margo kam um den Tresen herum geeilt und schob Kate derart gewaltsam fort, dass sie beinahe zur Seite flog. »Außerdem haben wir noch das passende Armband dazu. Kate, warum holst du nicht das Kleid aus der Tüte, während ich die Vitrine aufschließe?«

»Also gut, ich hole das verdammte Teil noch mal raus«, murmelte Kate, der Kundin den Rücken zugewandt. »Aber ich würg es bestimmt nicht noch mal rein. Nicht für alles Geld der Welt!« Stirnrunzelnd sah sie zur Tür, als die Glocke klingelte; und als ihr Blick Byrons fröhlichem Lächeln begegnete, verfinsterte sich ihre Miene noch mehr.

»Hallo, die Damen! Ich sehe mich einfach ein wenig um, bis eine von Ihnen Zeit für mich hat.«

»Du hast Zeit«, sagte Margo bedeutungsvoll an Kate gewandt. »Ich komme hier auch allein zurecht.«

Also vom Regen in die Traufe, dachte Kate, während sie zögernd auf Byron zuging. »Suchen Sie etwas?«

»Muttertag. Vor ein paar Monaten habe ich hier das Geburtstagsgeschenk für meine Mom gekauft, und seitdem bin ich für sie der Held. Ich dachte, am besten versuche ich einfach noch mal mein Glück.« Er strich ihr sanft mit einem Finger über das Kinn. »Wie fühlen Sie sich?«

»Gut.« Angesichts der peinlichen Erinnerung daran, dass sie schluchzend in seinen Armen gelegen hatte, wandte sie sich eilig ab. »Haben Sie etwas Spezielles im Sinn?«

Statt zu antworten, legte er ihr die Hände auf die Schultern und drehte sie wieder zu sich herum. »Ich dachte, wir hätten uns letztes Mal halbwegs freundschaftlich voneinander getrennt.«

»Das haben wir.« Es war höchste Zeit, dass sie sich zusammenriss. Auch wenn es ihr natürlich mehr Befriedigung verschaffte, wäre es ungerecht, ihm Vorhaltungen zu machen wegen ihres Zusammenbruchs. »Ich bin bloß ein wenig geschafft. Die letzte Kundin eben hätte ich um ein Haar erwürgt.«

Byron blickte mit hochgezogenen Brauen über Kates Kopf hinweg in Richtung der Lady, die seufzend ein Armband betrachtete. »Und warum?«

»Weil sie auch noch Ohrringe sehen wollte«, stieß Kate zwischen zusammengebissenen Zähnen hervor.

»Ach, du liebstes Bisschen, was ist nur aus der Welt geworden? Wenn Sie mir versprechen, mir nicht an die Gurgel zu gehen, verspreche ich Ihnen im Gegenzug, mir keine Ohrringe anzusehen. Vielleicht nie mehr!«

Sie fand, für diese Bemerkung hatte er zumindest ein leichtes Lächeln verdient. »Tut mir leid. Das ist eine lange Geschichte. Also, was denken Sie, was Ihrer Mutter gefallen würde?«

»Ohrringe. Tut mir leid.« Er lachte fröhlich auf. »Manchmal kann ich der Versuchung, Sie zu necken, einfach nicht widerstehen. Sie ist Internistin, mit Nerven aus Stahl, einem aufbrausenden Gemüt und einer sentimentalen Ader für alles, was mit ihren Kindern zu tun hat. Ich hatte an irgendetwas mit Herzen und Blumen gedacht. Etwas Symbolisches.«

»Wie nett!« Ihr Lächeln wurde breit. Sie hatte eine Schwäche für Männer, die ihre Mütter nicht nur liebten, sondern ihnen obendrein noch mit Verständnis begegneten. »Ich kenne mich mit unserem Angebot noch nicht besonders aus. Schließlich arbeite ich erst seit einer Woche hier.«

In ihrem ordentlichen grauen Kostüm und der sorgsam gebundenen, gestreiften Krawatte wirkte sie proper und adrett. Die vernünftigen Schuhe waren eigentlich nicht geeignet, Spekulationen über ihre Beine vorzunehmen, aber überrascht erkannte er, dass er genau derartige Überlegungen anstellte.

Er räusperte sich. »Und wie läuft es so?«

Sie blickte zu Margo hinüber. »Abgesehen davon, dass meine Kolleginnen sicher bereits über meine Kündigung beratschlagen, ganz gut. Vielen Dank.« Als er sie immer noch reglos ansah, trat sie verlegen von einem Fuß auf den anderen. »Sie sind doch wohl tatsächlich wegen eines Geschenkes hier – und nicht, um nach mir zu sehen oder so?«

»Ich denke, dass sich beides miteinander verbinden lässt.«

»Es wäre mir lieber, Sie …« Wieder öffnete sich die Tür, und drei lachende, plaudernde Freundinnen kamen herein. Kate umfasste Byrons Arm mit einem stählernen Griff. »Also gut, ich stehe Ihnen zu Diensten. Ihnen gehört meine ungeteilte Aufmerksamkeit. Sie kriegen zehn Prozent Rabatt, wenn Sie mich beanspruchen, bis die drei wieder verschwunden sind.«

»Oh, Katherine, das ist ja mal ein geradezu menschlicher Zug.«

»Bitte nutzen Sie es nicht aus, dass ich verzweifelt bin.« Ohne ihn loszulassen, führte sie ihn in eine Ecke des Geschäfts.

»Sie haben schon wieder einen anderen Duft«, stellte er fest, während er genüsslich an ihren Haaren schnupperte. »Subtil und leidenschaftlich zugleich.«

»Etwas, womit mich Margo besprüht hat, als ich gerade nicht aufgepasst habe«, sagte sie geistesabwesend. Dies war ihr neues Leben, erinnerte sie sich. Das alte Leben gab es nicht mehr, also machte sie möglichst das Beste aus dem, was das neue ihr bot. »Sie liebt es, ihre Ware zur Schau zu stellen. Wenn ich nicht vor ihr geflüchtet wäre, hätte sie mich auch noch über und über mit Schmuck behängt.« Aus sicherer Distanz blickte sie verächtlich in Richtung ihrer Partnerin. »Sehen Sie nur, sogar diese lächerliche Nadel hat sie mir angesteckt.«

Er blickte auf den schlichten, goldenen Halbmond an ihrem Revers. »Sehr hübsch.« Vor allem, da er den Blick auf die sanften Rundungen ihrer Brüste lenkte. »Schlicht, klassisch, dezent.«

»Ja, genau. Aber welchen Zweck erfüllen solche Nadeln, außer dass man Löcher in die Jacke bekommt? Okay, zurück zum Geschäftlichen. Zufällig haben wir gerade eine Spieluhr da, mit der Sie unter Umständen abermals zum Helden werden könnten.«

»Eine Spieluhr.« Er zwang seine Gedanken zu dem Muttertagsgeschenk zurück. »Könnte funktionieren.«

»Ich erinnere mich daran, weil Margo sie gerade erst bei einer Haushaltsauflösung in San Francisco erstanden hat. Sie weiß bestimmt, wie alt die Spieluhr ist, wie das Design bezeichnet wird und so. Ich kann Ihnen nur sagen, dass sie wirklich reizend ist.«

Sie nahm die schimmernde Mahagonidose in die Hand, die Platz genug für Schmuck oder auch Liebesbriefe aufwies. Der kuppelförmige Deckel war mit einem aufgemalten jungen Paar in mittelalterlichen Gewändern, einem Einhorn und einem Blumenkranz verziert. Wenn man die Dose öffnete, blickte man in das mit dunkelblauem Samt ausgeschlagene Innere, während gleichzeitig die liebreizenden Klänge des »Albumblatts für Elise« ertönten.

»Da gibt es nur ein Problem«, setzte er an.

»Welches denn?« Sie richtete sich auf. »Diese Spieluhr ist wunderschön, praktisch und romantisch zugleich.«

»Tja.« Er rieb sich nachdenklich das Kinn. »Wie soll ich all Ihre Zeit beanspruchen, wenn Sie mir sofort mit dem perfekten Geschenk kommen?«

»Oh!« Kate blickte über ihre Schulter zurück. Die drei neuen Kundinnen befanden sich im Ankleidezimmer und stießen eine Reihe weiblicher Jagdrufe aus. Leicht schuldbewusst sah sie auf Margo, die gerade mit geübten Griffen das Tüllkleid wieder in die Tüte schob. »Wollen Sie nicht vielleicht einfach noch ein paar andere Dinge sehen? Für Weihnachtseinkäufe ist es nie zu früh.«

Er legte den Kopf auf die Seite und sah sie kritisch an. »Sie müssen lernen, Ihre Kundschaft zu beurteilen. Vor Ihnen steht ein Mann, der drei Tage vor dem Muttertag ein Geschenk für seine Mom besorgt. Ein Geschenk, das er obendrein noch nach Atlanta verschicken muss. Dieser Typ Mann kümmert sich frühestens ab dem einundzwanzigsten Dezember um Weihnachtsgeschenke.«

»Äußerst unpraktisch.«

»Ich bin praktisch, wenn es um meine Arbeit geht. Im Leben geht es bei mir anders zu.«

Als er sie anlächelte, vertieften sich seine eingekerbten Grübchen. Unweigerlich fragte sich Kate, wie es wäre, wenn man mit einem Finger über eine dieser reizenden kleinen Furchen fuhr. Überrascht rang sie nach Luft. Immer mit der Ruhe, dachte sie.

»Dann sehen Sie sich vielleicht einfach zu Vergleichszwecken noch ein paar andere Dinge an.«

»Nein, die Spieluhr ist perfekt.« Es faszinierte ihn zu sehen, dass sie sich in seiner Nähe unbehaglich zu fühlen schien und dass dieses Unbehagen physischen Ursprungs war. Absichtlich legte er seine Hände auf ihre Finger, in denen sie die Spieluhr hielt. »Aber ich könnte mir natürlich bei der Auswahl des Geschenkpapiers extrem viel Zeit lassen.«

Jetzt, so dachte sie, machte er sich eindeutig an sie ran. Am besten dächte sie später in Ruhe darüber nach, ob es ihr recht war oder eher unangenehm. »Okay, das funktioniert sicher auch.« Mit einem strahlenden Lächeln in Margos Richtung stellte sie die Spieluhr vorsichtig auf dem Tresen ab.

Margo schloss die Tür hinter der Kundin, die endlich zufrieden abdampfte, und wandte sich automatisch mit einem aufreizenden Lächeln Byron zu. »Hallo, Byron! Schön, Sie zu sehen.«

»Margo.« Er nahm ihre Hand und hob sie an seinen Mund. Die Geste war ebenso automatisch, wie es ihr Lächeln gewesen war. »Wie immer sehen Sie einfach unglaublich aus.«

Sie lachte fröhlich auf. »Wir haben leider zu selten Männer hier im Geschäft, vor allem von der gut aussehenden, galanten Art. Haben Sie etwas gefunden, was Ihnen gefällt?«

»Kate rettet mir das Leben, indem sie das genau passende Muttertagsgeschenk ausgesucht hat.«

»Ach ja?« Während Kate die Spieluhr mit übertriebener Sorgfalt einwickelte, beugte sich Margo über den Tresen, packte sie an ihrem rot-blau gestreiften Schlips und zog sie näher. »Trotzdem bringe ich dich nachher um. Entschuldigen Sie, Byron. Ich habe ein paar Kundinnen.«

Mit blitzenden Augen sah Kate der Freundin hinterher. »Sehen Sie, ich habe Ihnen doch gesagt, dass sie mich auf dem Kieker hat.«

»Die Definition des Begriffs Familie ist einer ständigen Wandlung unterworfen.«

Kate zog eine Braue hoch. »Webster's Lexikon?«

»De Witt! Vielleicht versuchen wir es mal mit dem entzückenden Veilchenpapier. Margo ist eine bemerkenswerte Person.«

»Ich bin noch nie einem Mann begegnet, der das anders sieht. Nein, das stimmt nicht«, sagte sie, während sie das Papier auf die richtige Größe schnitt. »Lauras Exmann konnte sie nicht ausstehen. Was natürlich daran lag, dass sie die Tochter der Wirtschafterin und er selbst ein snobistisches Arschloch war. Darüber hinaus denke ich, hat er sie deshalb nicht gemocht, weil er, wie fast alle Männer, verrückt nach ihr war. Und das hat ihn gestört.«

Voller Bewunderung für die sorgfältige Art, in der sie die Spieluhr im rechten Winkel zu den Kanten des Papiers zurechtrückte, ehe sie sie einzuwickeln begann, beugte er sich ein Stückchen vor. Ihre Hände waren wirklich hübsch, stellte er fest. Schmal, schmucklos, flink.

»Und was hat er von Ihnen gehalten?«

»Oh, mich hat er auch gehasst; aber das hatte nichts mit irgendwelchen verstiegenen Fantasien zu tun. Ich war eben die arme Verwandte, die die Dreistigkeit besaß, trotzdem zu sagen, was sie dachte.« Als sich plötzlich abermals ihr Magen zusammenzog, blickte sie stirnrunzelnd auf. »Ich weiß gar nicht, warum ich Ihnen das alles erzähle.«

»Vielleicht aus einem bisher stets unterdrückten Drang nach Unterhaltung heraus. Sie reden oft für lange Zeit mit niemandem; dann werden Sie in ein Gespräch hineingezogen und vergessen, dass Ihnen das Reden eigentlich gar kein Vergnügen bereitet. Wie ich schon sagte, kann es ein durchaus nettes Hobby sein.«

»Ich rede wirklich nicht gern«, murmelte sie. »Zumindest mit den meisten Leuten. Wollen Sie ein violettes oder ein weißes Band?«

»Violett. Sie interessieren mich, Kate.«

Argwöhnisch hob sie abermals den Kopf. »Ich glaube, das ist jetzt nicht gefragt.«

»Es war lediglich eine Feststellung. Ich dachte immer, dass Sie kalt, prüde, unhöflich, nervtötend und egozentrisch sind. Für gewöhnlich liege ich mit meiner Einschätzung anderer Menschen nicht derart daneben.«

Sie knotete das Band zusammen und schnitt die Enden ab. »Dieses Mal liegen Sie ebenfalls durchaus richtig. Abgesehen von der Vermutung, dass ich prüde bin.«

»Nein, unhöflich und nervtötend scheinen Sie tatsächlich oft zu sein, aber abgesehen davon habe ich mich eindeutig furchtbar in Ihnen getäuscht.«

Sie wählte eine große, elegante Schleife aus dem Sortiment. »Ich möchte gar nicht, dass Sie mich beurteilen.«

»Danach habe ich Sie ja nicht gefragt. Sehen Sie es einfach als ein weiteres meiner zahlreichen Hobbys an. Haben Sie zufällig auch Grußkarten?«

Stirnrunzelnd wählte sie eine zu dem Papier passende Karte aus und warf sie vor ihm auf den Tisch. »Wir übernehmen auch gerne den Versand.«

»Das hoffe ich.« Er reichte ihr seine Kreditkarte, zog einen Kugelschreiber aus der Tasche und schrieb einen kurzen Gruß. »Ach, übrigens habe ich das von Ihnen empfohlene Haus gekauft. Genau wie die Spieluhr entsprach es genau meinen Vorstellungen.«

»Wie schön für Sie!« Nach kurzem Suchen fand sie das Versandformular und legte es ihm hin. Nur mit Mühe unterdrückte sie die Frage, was ihm an dem Haus gefallen und was es gekostet hatte. Zum Teufel mit ihrem plötzlichen Bedürfnis nach Konversation.

»Wenn Sie den Namen und die Adresse Ihrer Mutter eintragen, schicken wir die Spieluhr gleich morgen früh per Fed-Ex ab. Auf diese Weise kommt sie innerhalb von vierundzwanzig Stunden an, und Ihnen bleibt das Gejammer am Telefon erspart.«

Er hob den Kopf. »Meine Mutter jammert nie.«

»Bei der Bemerkung hatte ich auch eher an Sie gedacht.« Ihr selbstzufriedenes Grinsen verflog, als sie zwei weitere Kundinnen den Laden betreten sah.

»Ist das nicht praktisch?« Byron schrieb eilig den Namen und die Adresse seiner Mutter auf. »Wir sind gerade rechtzeitig fertig geworden, damit Sie sich den nächsten Interessenten widmen können.«

»Hören Sie zu, De Witt. Byron …«

»Nein, nein, verkriechen Sie sich nicht hinter mir. Ab jetzt sind Sie wieder auf sich selbst gestellt.« Er steckte seinen Stift und seine Quittung ein und riss sich eilig seine Kopie des Formulars für den Lieferservice ab. »Bis die Tage, meine Süße!«

Lässig schlenderte er zur Tür, und den Satz »Fräulein, könnten Sie uns wohl diese Ohrringe zeigen?« empfand er wie reinste Musik.

6

Byron mischte sich nicht gern in die Arbeit seiner Abteilungsleiter und -leiterinnen ein, aber er wusste – und sie sollten es auch wissen –, dass bei Templeton der obersten Unternehmensführung kein Problem verborgen blieb. Ein Ferienjob im Doubletree in Atlanta hatte sein Interesse an der Hotelarbeit und an ihren eng miteinander verwobenen inneren Abläufen geweckt. Während der drei Monate als Page hatte er mehr gelernt, als sorgsam mit dem Gepäck der Gäste umzugehen, und zugleich hatte er genug verdient, um sich seinen ersten Oldtimer leisten zu können.

Er hatte mitgekriegt, dass sich täglich irgendwelche Dramen und Tragödien abspielten, nicht nur hinter den verschlossenen Türen von Zimmern und Suiten, sondern auch hinter dem Empfangstresen, beim Verkauf und Marketing, bei der Reinigung und Instandhaltung, ja überall in dem bienenstockähnlichen Gebilde eines renommierten Hotels.

Vor lauter Begeisterung arbeitete er auch in anderen Funktionen, am Empfang oder als Nachtwächter. Seine Neugier in Bezug auf Menschen, darauf, wer sie waren, was sie erwarteten, wovon sie träumten, hatte im seine Karriere beschert.

Weder hatte er, wie insgeheim seine Eltern hofften, als Arzt sein Glück versucht, noch mochte er, wie es ihm aufgrund seiner Herkunft möglich gewesen wäre, einfach von seinem Erbe leben. Er hatte einen Beruf, der ihm gefiel, und genoss die Abwechslung, die ihm der Alltag in einem großen Hotel ständig bot.

Schon immer hatte er gern Probleme aller Art gelöst und dabei die einzelnen Aspekte einer Angelegenheit ebenso wie das Gesamtbild im Auge gehabt. Und er passte hervorragend ins Templeton-Imperium. Er hatte Jahre in den verschiedensten Hotels verbracht – in opulenten, luxuriösen Etablissements ebenso wie in kleinen, sauberen Gasthöfen, hatte bei Hotelketten gejobbt, in denen alles auf nüchterne Effizienz ausgerichtet war, in alten europäischen Häusern von ruhigem Charme und in den riesigen Kästen von Las Vegas, wo es stets prunkvoll und zugleich übermütig zugegangen war.

Templeton hatte ihn gereizt, weil es ein Familienunternehmen war, traditionell, ohne deshalb verstaubt zu sein, effizient geführt, doch zugleich liebenswürdig und vor allem in sympathischer Atmosphäre.

Byron brauchte sich nicht besonders anzustrengen, um die Namen der Menschen zu behalten, die mit und unter ihm arbeiteten. Er interessierte sich wirklich für sie und merkte sich alles, was ihm über sie zu Ohren kam. Als er jetzt lächelnd an der Frau vorüberging, die gerade einen neuen Gast aufnahm, und fröhlich »Guten Morgen, Linda« rief, war ihm nicht bewusst, dass sich ihr Puls beschleunigte und dass ihre Finger auf den Tasten des Computers ins Stocken gerieten, während sie ihm auf seinem Weg zu den Büros verstohlen nachblickte.

Wie bereits erwähnt, ging es in den Funktionsräumen zu wie in einem Bienenstock. Telefone klingelten, Faxgeräte klickten, Kopierer summten, Keyboards klackerten. Er ging an Stapeln von Kisten und überfüllten Schreibtischen vorbei, tauschte mit den Angestellten ein paar freundliche Worte und sorgte unbewusst dafür, dass die Männer die Schultern strafften und dass sich die Damen wünschten, sie hätten ihren Lippenstift rechtzeitig überprüft.

Die Tür des Büros, in das er wollte, stand offen, und Laura Templeton winkte ihn, ein Ohr am Telefon, ein müdes Lächeln im Gesicht, zu sich herein.

»Ich bin sicher, dass sich das arrangieren lässt. Mr Hubble, der Küchenchef … Ja, ja, ich verstehe, wie wichtig es ist. Mr Hubble …« Sie brach ab und rollte die Augen himmelwärts. »Wie viele zusätzliche Stühle hätten Sie gern, Ms Bingham?« Während sie abermals geduldig zuhörte, umspielte ihren Mund erneut ein Lächeln. »Nein, natürlich nicht. Und ich bin sicher, dass der Platz vollkommen ausreichen wird, wenn Sie auch noch die Terrasse nutzen. Nein, ich glaube nicht, dass es regnen wird. Es sieht nach einem wunderbaren Abend aus, und ich bin der festen Überzeugung, dass es ein äußerst eleganter Empfang werden wird. Mr Hubble …« Jetzt knirschte sie mit den Zähnen. »Warum sage ich nicht einfach Mr Hubble, dass er sich mit Ihnen in Verbindung setzen soll? Ja, noch heute Vormittag. Das werde ich. Absolut. Gern geschehen, Miss Bingham.« Sie legte auf. »Miss Bingham ist vollkommen übergeschnappt.«

»Die Kieferorthopäden oder die Innendekorateure?«

»Die Innendekorateure. Sie hat in letzter Minute beschlossen, unbedingt heute Abend noch einen Empfang für sechzig ihrer besten Freunde und engsten Kollegen zu geben. Aus Gründen, die ich beim besten Willen nicht erklären kann, traut sie Bob Hubble so etwas nicht zu.«

»Templeton«, sagte Byron und lächelte sie an. »Das Problem ist, Ihr Name lautet Templeton, dieser Clan hält eben einfach höchste Qualität für selbstverständlich.«

Was ihrem Büro beim besten Willen nicht anzusehen war, stellte er fest. Es war winzig, hoffnungslos überladen und wies kein einziges Fenster auf. Er wusste, sie hatte ihre Position und ihr Büro selbst ausgewählt, nach ihrem Entschluss, als Teilzeitkraft im Hotel mitzuarbeiten.

Byron wusste wirklich nicht, wie sie es bewerkstelligte, ihre Familie, ihren Haushalt, den Laden und die Arbeit im Hotel offenbar so reibungslos miteinander zu verbinden. Aber ihm erschien sie wie der Inbegriff ernster und ruhiger Effizienz. Solange man ihr nicht in die Augen sah. Dort, in den grauen Tiefen, nahm man Zweifel und Sorge und Trauer wahr. Folgen, dachte er, einer Ehe, die ohne ihr Zutun gescheitert war.

»Sie hätten nicht extra hier herunterzukommen brauchen, Byron.« Sie machte sich eilig ein paar Notizen, während sie mit ihm sprach. »Irgendwann im Laufe des Vormittags hätte ich es sicher noch bis in Ihr Büro geschafft.«

»Schon gut. Und, Probleme mit den Zahnklempnern?«

»Man sollte meinen, Kieferorthopäden wüssten halbwegs, wie man sich benimmt, oder etwa nicht?« Seufzend zog sie ein paar Papiere aus einem Aktenordner. »Wir haben Beschwerden aus beiden Bars, aber damit werde ich schon fertig.«

»Bisher habe ich noch nichts erlebt, womit Sie nicht fertig geworden wären.«

»Nett gesagt. Aber wir haben da eine ziemlich delikate Situation. Einer der Ärzte hatte, tja, sagen wir es so: Es gab da offenbar einen intimen Augenblick zwischen ihm und einer der Ärztinnen, und ausgerechnet zum selben Zeitpunkt kam deren Ehemann überraschend hereingeschneit.«

»Jemine, ich liebe diesen Job.« Byron lehnte sich auf seinem Stuhl zurück. »Manchmal kommt mir das Treiben hier vor wie eine endlose Seifenoper.«

»Das können Sie gut sagen. Ich hingegen habe heute Morgen eine geschlagene Stunde mit der reuigen Sünderin verbracht. Sie saß dort, wo Sie gerade sitzen, hat endlos Tränen vergossen und mir die ganze erbärmliche Geschichte ihrer Ehen, ihrer Affären und ihrer Therapie erzählt.«

Da allein die Erinnerung an diese Stunde sie ermattete, presste Laura zwei Finger in ihre Augenwinkel, was den dort herrschenden Druck tatsächlich ein wenig milderte. »Dies ist ihr dritter Gemahl, und sie behauptet, einfach süchtig nach Seitensprüngen zu sein.«

»Dann sollte sie vielleicht mal in eine Talk-Show gehen. Thema: Frauen, die süchtig nach Seitensprüngen sind, und die Männer, die sie lieben. Soll ich mit ihr reden?«

»Nein, ich glaube, dass sie inzwischen wieder halbwegs beisammen ist. Unser Problem ist, dass der Ehemann nicht allzu begeistert davon war, seine Frau und seinen« – sie fuhr zusammen –, »seinen Schwager in zueinander passenden Templeton-Bademänteln anzutreffen.«

»Es wird immer besser. Erzählen Sie bitte weiter!«

»Der Ehemann hat seinem Schwager – der, wie ich zur Klärung des Sachverhalts hinzufügen sollte, mit der Schwester unserer Heldin verheiratet ist – einen kräftigen Kinnhaken verpasst und ihm dabei Kronen und andere Accessoires für mehrere tausend Dollar kaputt gemacht. Auch im Zimmer gab es ein paar Schäden, allerdings nicht weiter der Rede wert. Ein paar Lampen und ein bisschen Porzellan.« Sie winkte ab. »Aber ärgerlicherweise hat der Typ mit den kaputten Zähnen verkündet, dass er das Hotel verklagen will.«

»Armer Kerl!« Hätte ihn die ganze Geschichte nicht derart amüsiert, hätte er vielleicht geseufzt. »Und aus welchem Grund?«

»Er sagt, das Hotel wäre dafür verantwortlich, wie der Ehemann überhaupt in das Zimmer gelangte. Er – der Ehemann – hat über eins der Haustelefone den Zimmerservice angerufen und Champagner und Erdbeeren ins Zimmer seiner Frau bestellt. Außerdem hatte er ein Dutzend Rosen dabei«, fügte sie noch hinzu. »Dann hat er gewartet, bis der Kellner kam, ist hinter ihm ins Zimmer geschlichen und – tja, alles Weitere habe ich bereits berichtet.«

»Ich glaube nicht, dass das wirklich ein Problem für uns ist, aber ich kümmere mich darum.«

»Das wäre nett.« Laura atmete erleichtert auf. »Ich hätte ja selbst mit dem Mann geredet – aber ich hatte den Eindruck, dass er etwas gegen Frauen in höheren Positionen hat. Und ehrlich gesagt, bin ich auch so schon ganz schön auf Trab. Die Kieferorthopäden haben heute Abend ihr Bankett, und morgen kommen schon die Kosmetikleute.«

»Und natürlich Miss Bingham.«

»Ja, genau.« Sie sah auf ihre Uhr und erhob sich eilig von ihrem Platz. »Dann gehe ich jetzt wohl mal besser in die Küche runter. Ach, ja, da wäre noch eine Kleinigkeit.«

Er erhob sich ebenfalls und sah sie fragend an. »Haben die Innendekorateure vielleicht im Foyer einen spontanen Ringkampf veranstaltet?«

»Bis jetzt noch nicht.« Da sie ihn gerne hatte, lächelte sie. Es war typisch für Laura, sich nicht anmerken zu lassen, wenn sie so etwas wie Nervosität empfand. »Ich hatte da eine Idee in Bezug auf den *Schönen Schein*; aber da die Sache auch mit dem Hotel zu tun hat, wollte ich nicht einfach eine Entscheidung treffen, ohne Sie vorher gefragt zu haben.«

»Laura, es ist Ihr Hotel!«

»Nein, im Augenblick bin ich hier lediglich Angestellte, und Sie sind der Boss.« Sie nahm ihr Clipboard zur Hand. »Letzten Herbst haben wir in unserem Laden einen Empfang und eine Versteigerung zu einem wohltätigen Zweck veranstaltet. Etwas Derartiges wollen wir alljährlich tun. Aber außerdem habe ich noch an etwas anderes gedacht. An eine Art Werbeveranstaltung. Eine Modenschau mit Garderobe und Accessoires aus dem Geschäft, während der Weihnachtszeit. Der weiße Ballsaal wäre ideal, und für den ersten Samstag im Dezember ist er noch nicht gebucht. Ich dachte, wir könnten Anzüge, Ballkleider und Accessoires aus dem Laden vorführen. Wir würden sowohl im Hotel als auch in der Ferienanlage Werbung dafür machen, und die Angestellten und Gäste bekämen auf alles, was sie kaufen, einen gewissen Rabatt.«

»Marketing liegt Ihnen offenbar im Blut. Hören Sie, Laura, Sie organisieren hier die Kongresse und die besonderen Ereignisse.« Er legte einen Arm um ihre Schultern, als er zusammen mit ihr das Büro verließ. »Also brauchen Sie gar nicht erst meine Zustimmung.«

»Aber es ist mir lieber, sie zu haben«, antwortete sie. »Am besten rede ich erst einmal mit Margo und Kate, und dann arbeite ich einen konkreten Vorschlag aus.«

»Wunderbar.« Endlich hatte er das Stichwort bekommen,

auf das er die ganze Zeit gewartet hatte. »Und, wie geht es Kate?«

»Sie hält sich tapfer, wie man so schön sagt. Natürlich macht sie Margo und mich hin und wieder verrückt. Kate ist nicht unbedingt die geborene Verkäuferin«, erklärte Laura und stieß einen leisen Seufzer aus. »Aber sie ist ehrgeizig genug, um dafür zu sorgen, dass es trotzdem funktioniert.« Ihr Lächeln wurde weich. »Und falls Margo oder ich die Bücher auch nur von Weitem ansehen, kriegt sie einen Tobsuchtsanfall. Das ist wirklich ein Segen für uns. Aber trotzdem …«

»Trotzdem?«, hakte er nach.

»Irgend etwas in ihrem Inneren ist kaputtgegangen, fürchte ich. Ich weiß noch nicht, wie schlimm es ist – sie ist einfach zu beherrscht. Sie tut, als wäre nichts passiert, lässt nicht einmal mit sich darüber reden, wie man gegen ihre alte Firma vorgehen sollte. Kate macht einfach dicht, wenn einer von uns auf die Angelegenheit zu sprechen kommt. Dabei war sie früher für ihre cholerischen Anfälle berühmt.«

Ihre Finger trommelten nervös auf dem Clipboard herum. »Irgendwie gibt sie kampflos auf. Als Margos Karriere mit einem Mal zerstört war und sie ihre Arbeit als Bella-Donna-Model verlor, wollte Kate dagegen demonstrieren gehen. Sie hat sogar davon gesprochen, nach L. A. runterzufahren und mitten auf dem Rodeo Drive Protestschilder aufzubauen.«

Die Erinnerung daran zauberte ein Lächeln auf Lauras Gesicht. »Ich habe Margo nie etwas davon erzählt, weil ich Kate die Sache am Ende ausreden konnte; aber diese Idee war typisch für sie. Normalerweise gebärdet sie sich wie eine Furie, wenn es ein persönliches Problem zu bewältigen gilt. Aber dieses Mal zieht sie sich vollkommen zurück, und das verstehe ich überhaupt nicht.«

»Sie machen sich wirklich Sorgen um sie«, stellte Byron fest.

»Allerdings. Genau wie Margo, sonst hätte sie Kate inzwischen längst erwürgt. Sie verlangt doch tatsächlich von uns, dass wir jeden Tag so ein verdammtes Formular ausfüllen, auf dem sämtliche Verkäufe aufgelistet sind.«

»Einmal Zahlenfan, immer Zahlenfan«, murmelte er.

»Und dann schleppt sie ständig eins von diesen elektronischen Notizbüchern mit sich herum. Außerdem faselt sie permanent von Vernetzung des Computers und Verkauf über das Internet. Es ist einfach grauenhaft.« Als Byron lachte, unterbrach sich Laura und schüttelte den Kopf. »Und dabei haben Sie mir nur eine ganz einfache Frage gestellt …«, setzte sie an. »Sagen Sie, lädt eigentlich jeder seine Probleme derart unverfroren bei Ihnen ab?«

»Sie haben nichts bei mir abgeladen. Schließlich habe ich gefragt.«

»Josh hat gesagt, Sie wären der Einzige, den er sich als Manager für das Templeton Monterey vorstellen kann. Was gut zu verstehen ist. Sie sind so anders als Peter …« Sie knirschte mit den Zähnen. »Nein, jetzt fange ich nicht auch noch von dieser leidigen Geschichte an. Ich bin sowieso schon viel zu spät dran, und Mr Hubble erwartet mich sicher bereits. Danke, dass Sie mir die Kieferorthopäden abgenommen haben.«

»Gern geschehen. Vielleicht hat man Ihnen das noch nicht gesagt – aber Sie sind für das Hotel wirklich eine Bereicherung.«

»Ich versuche, es zu sein.«

Als sie sich zum Gehen wandte, kehrte Byron, die Augen auf ihren präzisen, sorgfältig formulierten Bericht geheftet, langsam in sein Büro zurück.

Am Ende des Tages traf er Josh in der Templeton-Ferienanlage. Das Büro dort war ein geräumiges Zimmer mit Blick auf einen der beiden lagunenähnlichen, von üppig blühenden

Hibiskusbüschen umrandeten Pools und eine Terrasse mit Holztischen unter grell pinkfarbenen Sonnenschirmen.

Der Raum war gemütlich und zugleich praktisch eingerichtet mit tiefen Ledersesseln, Deco-Lampen und einem modernen Aquarell, auf dem man eine Mailänder Straßenszene sah.

»Wie wär's mit einem Bier?«

Mit einem wohligen Seufzer nahm Byron die angebotene Flasche in die Hand und setzte sie an seinen Mund. »Tut mir leid, dass ich noch so spät stören muss. Früher ging es einfach nicht.«

»Im Hotelgewerbe gibt es nun mal keinen Feierabend«, sagte Josh.

»Das findet deine Mutter auch«, stellte Byron grinsend fest. Susan Templeton war einer der liebsten Menschen für ihn. »Weißt du, wenn dein Vater als wahrer Gentleman das Feld räumen würde, würde ich sie auf der Stelle bitten, mich zu heiraten.« Wieder hob er die Flasche an den Mund, ehe er mit einem Kopfnicken auf seine abgelegte Akte wies. »Eigentlich wollte ich die Seiten einfach rüberfaxen, aber dann dachte ich, ich käme lieber kurz persönlich vorbei.«

Statt hinter seinen Schreibtisch zu gehen, nahm Josh die Akte an sich und setzte sich gemütlich in den Sessel gegenüber seinem Gast. Während er den Bericht eilig überflog, stieß er erst ein Lachen, dann ein Stöhnen, dann einen Seufzer und schließlich laute Flüche aus.

»Das entspricht dem, was auch ich bei der Lektüre empfunden habe«, stellte Byron fest. »Vor ein paar Stunden habe ich ein Gespräch mit Dr. Holdermen geführt. Immerhin ist er ein Gast. Im Augenblick läuft er mit provisorischen Kronen und einem hübschen blauen Auge durch die Gegend. Ich gehe davon aus, dass er keinen Grund zur Klage gegen uns hat; aber er ist wütend und brüskiert genug, um vielleicht trotzdem vor Gericht zu gehen.«

Josh nickte. »Und was sollen wir deiner Meinung nach jetzt tun?«

»Lassen wir ihn einfach gucken, wie weit er mit seiner Klage kommt.«

»Einverstanden.« Josh warf den Bericht auf den Schreibtisch zurück. »Ich werde den Fall mit derselben Empfehlung an die Rechtsabteilung weiterleiten. Und jetzt …« Seine Bierflasche locker in der Hand lehnte sich Josh zurück und sah Byron neugierig an, »… erzählst du mir vielleicht, warum du wirklich gekommen bist. Mit derartigen Lappalien wirst du schließlich im Schlaf fertig.«

Byron rieb sich das Kinn. »Wir kennen uns einfach zu gut.«

»Eine zehnjährige Freundschaft sollte eigentlich ausreichen. Also, worum geht's?«

»Kate Powell.«

Josh zog erstaunt die Brauen hoch. »Ach ja?«

»Nicht so, wie du denkst«, sagte Byron ein bisschen zu schnell. »Laura hat mir heute etwas erzählt, was mir einfach nicht mehr aus dem Kopf will. Obgleich ihre alte Firma schwerwiegende Vorwürfe gegen sie erhoben hat, hat man sie bisher nicht angezeigt. Ebenso wenig wie sie irgendetwas dagegen unternommen hat. Und immerhin liegt die Sache inzwischen drei Wochen zurück.«

»Das Ganze macht mich so wütend, dass ich es kaum beschreiben kann.« Zornig stand Josh auf und wanderte auf und ab. »Mein Vater und Larry Bittle haben jahrelang zusammen Golf gespielt. Ich weiß nicht, wie oft er bei uns zu Hause eingeladen war. Er kennt Kate seit ihrer Kindheit.«

»Hast du mit ihm gesprochen?«

»Die junge Dame hätte mir beinahe den Kopf abgerissen, als ich es auch nur erwähnte.« Immer noch stirnrunzelnd leerte Josh seine Bierflasche. »Das war ja noch in Ordnung, aber danach hat sie einfach dichtgemacht. Und sie schien derart fertig zu sein, dass ich die Sache fürs Erste auf sich beruhen ließ. Übrigens hat uns heute der Doktor zum ersten Mal die Herztöne von dem Baby hören lassen. Das war wirklich doll. Man konnte genau hören, wie es klopfte, ganz schnell und leicht.« Er brach ab, als er Byrons Grinsen sah. »Also, Kate«, setzte er wieder an.

»Schon gut, ich kann durchaus verstehen, wenn du für eine Minute den Stolz des werdenden Vaters genießen willst.«

»Aber das ist keine Entschuldigung dafür, meine Cousine hängenzulassen.« Trotz seines offenbar noch nicht abgeklungenen Zorns setzte er sich wieder hin. »Ach ja, außerdem haben wir beschlossen, uns mit Ridgeway außergerichtlich zu einigen. Der gottverdammte Hurensohn hat Laura betrogen, sie ausgenommen wie eine Weihnachtsgans, seine Kinder im Stich gelassen, die Hälfte der Bediensteten unseres Hotels vergrault – und jetzt kriegt er auch noch einen Scheck über eine Viertelmillion von uns, nur damit er uns nicht wegen der fristlosen Kündigung verklagt.«

»Das ist wirklich bitter«, pflichtete Byron ihm von ganzem Herzen bei. »Aber dafür ist er wenigstens nicht mehr da.«

»Ich rate ihm, sich auch nie mehr in unserer Nähe blicken zu lassen.«

»Du könntest ihm jederzeit noch mal die Nase brechen«, schlug Byron begeistert vor.

»Da hast du recht.« Um sich zu entspannen, ließ Josh langsam seine Schultern kreisen. »Aber ich muss zugeben, in den letzten Wochen hatte ich einfach zu viel am Hals. Und Kate war immer eine so energische, tatkräftige Person. Mit der Zeit hat man sich derart daran gewöhnt, dass man sie sich jetzt gar nicht mehr anders vorstellen kann.«

»Laura macht sich ernste Sorgen um sie.«

»Meine Schwester macht sich ständig um alle Menschen Sorgen, außer um sich selbst.« Josh starrte einen Augenblick lang grübelnd geradeaus. »Tatsächlich habe ich es bisher nicht geschafft, zu Kate durchzudringen. Sie spricht einfach nicht über die Sache, zumindest nicht mit mir. Und bisher hatte ich nicht die Absicht, hinter ihrem Rücken zu Bittle zu gehen. Ist es das, was dich beschäftigt?«

»Diese Dinge gehen mich nichts an. Aber die Sache ist die …« Byron betrachtete sein Bier, ehe er seinen Kopf hob und seine ruhigen, klaren Augen auf Josh richtete. Er hatte das Ganze genauestens durchdacht. »Wenn Bittle tatsächlich entscheiden sollte, sie zu verklagen, wäre es da nicht besser für sie, wenn sie schon jetzt in die Offensive gehen würde?«

»Du meinst, dass sie ihm mit einem dicken Prozess wegen ungerechtfertigter Beurlaubung, Einkommensverlust und emotionaler Belastung drohen sollte?«

Bedächtig leerte Byron ebenfalls seine Bierflasche. »Tja, du bist hier der Rechtsanwalt.«

Es dauerte den Großteil der Woche, aber am Ende betrat Josh sehr zufrieden mit sich den *Schönen Schein*. Gerade hatte er ein Treffen mit Bittle und sämtlichen Partnern hinter sich gebracht.

Er schlang seiner Frau die Arme um die Taille und küsste sie zur Freude der Kundschaft mitten auf den Mund. »Hallo!«

»Hallo. Was führt dich denn mitten am Tag hierher zu uns?«

»Ich bin nicht deinetwegen hier.« Er küsste sie ein zweites Mal und hätte ihr am liebsten eine Hand auf den bedauerlicherweise nach wie vor ebenmäßig flachen Bauch gelegt. Himmel, er konnte es nicht erwarten, dass er endlich zu wachsen begann. »Ich muss mit Kate reden.«

»Captain Queeg ist hinten im Büro, spielt Murmeln und schwingt endlose Reden über Erdbeeren.«

Josh fuhr zusammen. »Ich dachte, ihr nennt sie Captain Bligh.«

»Der Name war nicht verrückt genug. Inzwischen ändert sich unser gesamtes Ablagesystem entsprechend einem Farbencode.«

»Ach du große Güte! Und was kommt dann?«

Margo sah ihn aus zusammengekniffenen Augen an. »Außerdem hat sie gesagt, dass sie ein Nachrichtenbrett an die Wand hängen will.«

»Irgendjemand muss sie aufhalten. Ich melde mich freiwillig.« Er atmete tief ein. »Wenn ich in zwanzig Minuten nicht zurück bin, denk dran, ich habe dich immer geliebt.«

»Sehr lustig«, murmelte sie und unterdrückte ihr Lächeln, bis er hinten im Büro verschwunden war.

Josh fand Kate, wie sie murmelnd über ein paar Akten saß. Ihr Haar war wild zerzaust, und über Daumen und Zeigefinger der rechten Hand hatte sie Gummikappen gestreift.

»Weniger als ein Jahr«, sagte sie, ohne sich umzudrehen, »und du und Laura, ihr habt es tatsächlich geschafft, beinahe alles falsch abzulegen. Warum, in aller Welt, habt ihr die Feuerversicherungspolice in den Ordner zu den Bestellungen getan?«

»Man sollte jemanden dafür auspeitschen.«

Ohne die Spur eines Lächelns drehte sie sich zu ihm um. »Oh, Josh! Ich habe keine Zeit für dich. Und zwar, weil mir deine Frau das Leben zur Hölle macht.«

»Seltsam, dasselbe behauptet sie von dir.« Ohne auf ihren wilden Blick zu achten, trat er neben sie und gab ihr einen Kuss auf die Nasenspitze. »Wie ich höre, hast du inzwischen sämtliche Akten nach einem Farbencode sortiert.«

»Jemand muss ja wohl dafür sorgen, dass hier ein Mindestmaß an Ordnung einkehrt. Die Software, die ich installiert habe, ist zwar sehr genau; aber gerade im Einzelhandel ist es besser, wenn man darüber hinaus noch alles schriftlich hat. Das versuchte ich Margo bereits vor Monaten zu erklären, aber sie ist mehr am Verkauf ihres Plunders interessiert!«

»Gott allein weiß, wie man einen Laden führen soll, wenn man dort Plunder verkauft!«

Sie pflanzte sich vor ihm auf und wollte sich nicht eingestehen, dass sie wahrscheinlich vollkommen idiotisch klang. »Was ich sagen will, ist, dass man kaum ein Geschäft ordentlich führen kann, wenn man die Bücher vernachlässigt. Zum Beispiel ordnet sie doch tatsächlich die Schuhe unter Garderobe ein statt unter Accessoires.«

»Dafür hat sie eine Strafe verdient.« Er packte Kate bei den Schultern und sah sie flehend an. »Bitte, lass mich das übernehmen, ja?«

Grinsend schob sie ihn zurück. »Hau ab. Im Augenblick habe ich einfach keine Zeit für irgendwelche Scherze.«

»Deswegen bin ich auch nicht hier. Ich bin hier, weil ich mit dir reden muss.« Er wies auf einen Stuhl. »Also setz dich bitte hin.«

»Hat das nicht noch Zeit? In einer Stunde muss ich wieder im Laden sein, und ich möchte bis dahin hier hinten klar Schiff machen.«

»Setz dich hin«, wiederholte er und stupste sie sanft. »Ich habe eben ein Gespräch mit Bittle gehabt.«

Statt Ungeduld verriet ihr Blick mit einem Mal Erschrecken und Verwunderung. »Wie bitte?«

»Sprich nicht in diesem Ton mit mir, Kate. Es ist höchste Zeit, dass in der besagten Angelegenheit endlich etwas geschieht.«

Um sich nicht anmerken zu lassen, welche Furcht sie mit einem Mal ergriff, behielt sie ihren ruhigen, eisigen Tonfall bei. »Und du hast beschlossen, dich persönlich darum zu kümmern.«

»Genau. Als dein Anwalt.«

»Du bist nicht mein Anwalt«, brummte sie.

»Wer hat dich denn wohl vor drei Jahren vor Gericht vertreten, als es um zu schnelles Fahren ging?«

»Du, aber …«

»Und wer hat sich den Mietvertrag für deine Wohnung angesehen, bevor du ihn unterschrieben hast?«

»Auch du, aber …«

»Und wer hat dein Testament aufgesetzt?«

Ihre Stimme bekam einen rebellischen Unterton. »Ich wüsste nicht, was das mit dieser Sache zu tun haben soll.«

»Soso!« Ungerührt betrachtete er seine gepflegten Fingernägel. »Du bist also der Ansicht, dass ich, obgleich ich all diese lächerlichen Nebensächlichkeiten für dich erledigt habe, noch lange nicht dein Anwalt bin.«

»Selbst wenn du es bist, hast du deshalb keineswegs das Recht, hinter meinem Rücken zu Bittle zu gehen. Vor allem, da ich dich ausdrücklich gebeten habe, es nicht zu tun.«

»Das stimmt. Aber als dein Cousin habe ich nicht nur das Recht, sondern sogar die Pflicht dazu.«

Kate war der Ansicht, dass die Erinnerung an ihre familiären Bande ein Schlag unter die Gürtellinie war. Wütend sprang sie auf. »Ich bin kein dummes, unfähiges kleines Kind und lasse nicht zu, dass du mich so behandelst. Ich komme durchaus allein mit dieser Angelegenheit zurecht.«

»Und wie?« Ebenso kampflustig wie sie sprang auch er von seinem Stuhl. »Vielleicht, indem du die Akten hier nach Farben umsortierst?«

»Ja, genau.« Da er brüllte, brüllte sie ebenfalls. »Ich mache eben das Beste aus der Situation. Ich fahre mit meinem Leben fort, statt zu jammern und zu heulen, nur weil man gemein zu mir gewesen ist.«

»Du steckst den Kopf in den Sand und lässt dich fertigmachen.« Er stupste ihre Schultern an. »Du tust, als wäre nichts passiert. Tja, aber das hast du jetzt lange genug praktiziert.

Bittle und seine Partner wissen, dass die Gefahr auf Schadenersatzklage besteht.«

»Dass was besteht?« Sie wurde kreidebleich. »Du hast ihnen erzählt, dass ich sie verklagen will? Oh, mein Gott!« Schwindlig lehnte sie sich an den Schreibtisch an.

»He!« Er packte ihren Arm. »Setz dich. Hol erst einmal kräftig Luft.«

»Lass mich in Ruhe. Lass mich, verdammt noch mal, allein. Was hast du bloß getan?«

»Das, was getan werden musste. Und jetzt komm und setz dich hin.«

»Gütiger Himmel!« Wütend trommelte sie auf seinen Arm. »Wie konntest du es wagen?« Ihr Gesicht war jetzt flammend rot. »Wie konntest du es wagen, ihnen mit einem Prozess zu drohen?«

»Ich habe nicht gesagt, dass du sie verklagen wirst. Es war lediglich eine Andeutung …«

»Und ich habe dich gebeten, dass du dich in die Sache nicht einmischen sollst. Außer mir geht sie niemanden etwas an.« Sie warf die Arme in die Luft und wirbelte herum. »Wer hat dir diesen Floh ins Ohr gesetzt, Joshua? Dafür bringe ich Margo um.«

»Margo hatte nichts damit zu tun – obwohl du, wenn du auch nur für fünf Minuten deine Augen aufmachen würdest, erkennen müsstest, wie besorgt sie um dich ist, ebenso wie wir alle.«

Um nicht Gefahr zu laufen, handgreiflich zu werden, beschloss Josh, seine Hände in den Taschen seiner Jacke zu vergraben. »Ich hätte es gar nicht erst so lange hinausschieben dürfen, aber ich hatte einfach zu viele andere Dinge im Kopf. Wenn Byron nicht vorbeigekommen wäre und mir ins Gewissen geredet hätte, hätte ich wahrscheinlich noch länger gebraucht – aber irgendwann wäre es sowieso fällig geworden.«

»Halt!« Keuchend hob sie die Hand. »Noch mal. Hast du gesagt, dass Byron De Witt mit dir über mich gesprochen hat?«

Als er merkte, dass diese Bemerkung ein grober Fehler gewesen war, trat Josh eilig den Rückzug an. »In einem unserer Gespräche ist dein Name gefallen, mehr nicht. Und das hat mich daran erinnert …«

»Mein Name ist gefallen, aha!«, knirschte sie erbost. Sie war lieber wütend als panisch, dachte sie. »Oh, darauf wette ich. Dieser elende Hurensohn. Ich hätte wissen müssen, dass er nicht die Klappe halten kann.«

»Inwiefern?«

»Tu nicht so, als wüsstest du nicht genau Bescheid. Und jetzt hau endlich ab.« Ihr Stoß war derart heftig und unerwartet, dass er tatsächlich nach hinten stolperte. Ehe er sich gefangen hatte, war sie bereits an ihm vorbei aus dem Büro gestürmt.

»Einen Augenblick! Ich bin noch nicht fertig«, brüllte er ihr nach.

»Fahr zur Hölle«, schrie sie über die Schulter zurück, woraufhin mehrere Kundinnen nervös zusammenfuhren. Mit einem flammenden Blick auf Margo rannte sie durch die Ladentür hinaus.

»Tja.« Mit einem gezwungenen Lächeln packte Margo die Einkäufe einer verblüfften Kundin ein. »Das macht achtunddreißig dreiundfünfzig. Und hier ist Ihr Wechselgeld.« Immer noch lächelnd drückte sie der Dame einen Dollar siebenundvierzig in die Hand. »Die Vorstellung war gratis. Bitte schauen Sie doch bald mal wieder bei uns herein.«

Mit der Vorsicht eines Mannes, der drohende Schwierigkeiten erkannte, wenn sie ihm aus sinnlichen, blauen Augen entgegenloderten, trat Josh an den Tresen. »Tut mir leid.«

»Entschuldigen kannst du dich später«, sagte sie in eisigem Flüsterton. »Was hast du mit ihr angestellt?«

Typisch Frau, dachte er, dass sie automatisch die Partei der Geschlechtsgenossin ergriff. »Ich habe versucht, ihr zu helfen.«

»Du weißt, wie sehr sie das hasst. Aber warum ist sie dann, statt dir den Kopf abzureißen, aus dem Laden gestürmt, als hätte sie es auf den Kopf von jemand anderem abgesehen?«

Seufzend kratzte er sich am Kinn. »Meinen Kopf hat sie bereits von den Schultern geholt. Und jetzt ist sie hinter Byron her. Er hat mir sozusagen vorgeschlagen, ihr behilflich zu sein.«

Margo trommelte mit ihren korallenroten Fingernägeln auf dem Tresen herum. »Aha!«

»Ich sollte ihn wirklich anrufen und ihn vorwarnen.« Aber als er nach dem Hörer griff, legte Margo ihm entschieden die Hand auf den Arm.

»O nein! Das tust du nicht. Schließlich wollen wir doch Kate nicht den Spaß verderben, oder was meinst du?«

»Margo, das ist nicht fair.«

»Diese Sache hat nichts mit fair zu tun. Außerdem bist du viel zu beschäftigt, um Privatgespräche zu führen, da du jede Menge Kundschaft zu bedienen hast.«

»Herzogin, in ein paar Stunden findet eine wichtige Geschäftsbesprechung statt. Ich habe keine Zeit, dir hier im Laden behilflich zu sein.«

»Deinetwegen stehe ich jetzt ganz alleine da.« In dem Bewusstsein, dass sie mit Vorwürfen sicherlich nicht weiterkam, sah sie ihn traurig an. »Und außerdem bin ich ziemlich k.o.«

»K.o.?« Seine Stimme drückte Panik aus. »Dann solltest du dich sofort hinlegen.«

»Da hast du sicher recht.« Obgleich sie sich vollkommen fit fühlte, zog sie einen Hocker unter der Kasse hervor und setzte sich. »Am besten setze ich mich einfach hier hin und streiche die Kohle ein. Oh, und Josh, mein Schatz, vergiss bitte nicht, den Kundinnen ein Gläschen Champagner anzubieten, ja?«

Selbstzufrieden zog sie ihre Schuhe aus und freute sich darauf, ihrem anbetungswürdigen Gatten bei der Arbeit zuzusehen.

Das Einzige, was sie im Augenblick noch lieber getan hätte, wäre, zu beobachten, was im Penthouse-Büro des Templeton Monterey geschah.

Byron hatte den Eindruck, als würde er von einer wild gewordenen Rehmutter attackiert.

Knurrend wie eine Wölfin war Kate an seiner schockierten protestierenden Assistentin vorbeigestürmt, als wäre sie Luft, und hätte sie sicher einfach umgehauen, hätte Byron der Ärmsten nicht bedeutet, dass ein Rückzug das Sicherste war.

»Aber hallo, Katherine!« Um ein Haar wäre ihm die Tür seines Büros an den Kopf gekracht. »Was für eine angenehme Überraschung. Sie hier bei mir zu sehen!«

»Ich bringe dich um! Ich reiße dir deine widerliche Schnüfflernase aus dem Gesicht und stopfe sie dir in dein lästerliches Maul.«

»So unterhaltsam das auch sicher wäre, hätten Sie vielleicht vorher gerne einen Drink? Oder besser ein Mineralwasser? Sie wirken ein wenig erhitzt.«

»Wofür, zum Teufel, halten Sie sich?« Sie sprang auf den Schreibtisch zu, wo sie die Fäuste auf die blank polierte, mit Papieren übersäte Platte sausen ließ. »Mit welchem Recht mischen Sie sich in meine Angelegenheiten? Halten Sie mich etwa für derart willensschwach und hohlköpfig, dass ich ohne die Hilfe eines Mannes nicht zurechtkomme?«

»Welche der Fragen soll ich als Erste beantworten? Tja, vielleicht hake ich sie am besten der Reihe nach ab«, sagte er, ehe sie weitertoben konnte. »Sie wissen genau, wer ich bin. Ich habe mich mit dem Recht eines besorgten Freundes in Ihre Angelegenheiten eingemischt, und nein, ich halte Sie nicht für willensschwach oder hohlköpfig. Ich schätze Sie vielmehr als starrsinnig, unhöflich und vielleicht auch gefährlich ein.«

»Junge, Sie haben ja keine Ahnung, wie gefährlich ich tatsächlich werden kann.«

»Die Drohung hätte vielleicht mehr Gewicht, wenn Sie erst mal diese Gummischoner von den Fingerspitzen nehmen würden. Irgendwie stören sie den Gesamteindruck.«

Aus ihrer Kehle drang ein ersticktes Gurgeln, als sie an sich herunterblickte und die braunen Gummikappen auf ihren Fingerspitzen entdeckte. Grimmig streifte sie sie ab und warf sie in Richtung seiner schönen Augen, doch ebenso schnell fing er sie auf.

»Guter Wurf«, bemerkte er. »Ich wette, Sie haben in der Schule Baseball gespielt.«

»Ich dachte, ich könnte Ihnen vertrauen.« Aus Gründen, die sie lieber nicht genauer unter die Lupe nahm, stiegen bei diesen Worten hinter ihren Augen Tränen auf. »Einen kurzen, idiotischen Augenblick lang habe ich sogar gedacht, dass ich Sie vielleicht mögen könnte. Aber jetzt erkenne ich, dass mein erster Eindruck von Ihnen als arrogantem, egozentrischem, sexistischem Arschloch genau der richtige war.« Das Gefühl, verraten worden zu sein, tat mindestens ebenso weh wie ihr Zorn. »Als Sie mich auf den Klippen gefunden haben, ging es mir nicht gut. Alles, was ich dort gesagt habe, war vertraulich gemeint. Sie hatten nicht das Recht, damit zu Josh zu rennen.«

Er legte die Gummikappen auf die Schreibtischplatte. »Den Tag auf den Klippen habe ich Josh gegenüber mit keinem Wort erwähnt.«

»Das glaube ich Ihnen nicht. Sie sind zu ihm gegangen …«

»Ich lüge nicht«, sagte er scharf, und plötzlich bemerkte sie unter der glatt polierten Oberfläche eine Spur von Stahl. »Ja, ich bin zu ihm gegangen. Manchmal braucht man einen Menschen, der nicht zur Familie gehört, damit eine Sache endlich ins Rollen gerät. Und Ihre Familie ist vollkommen außer sich wegen der Dinge, die Ihnen widerfahren sind, Kate. Und noch viel besorgter sind sie darüber, dass Sie sich so einfach wehrlos verkriechen.«

»Was ich tue und lasse, geht …«

»Mich nichts an«, beendete er den Satz für sie. »Seltsam, dass etwas so Harmloses wie ein Gespräch zwischen mir und Josh Sie derart wütend macht – nachdem Sie sich auf den gegen Sie erhobenen Vorwurf der Veruntreuung hin einfach zusammengerollt und den Daumen in den Mund gesteckt haben wie ein Baby.«

»Sie wissen weder, was ich tue, noch wie es mir geht. Und Sie haben kein Recht, mich vorschnell zu verurteilen.«

»Nein, das stimmt. Aber wenn Sie endlich mal die Augen aufmachen würden, würden Sie erkennen, dass niemand Sie bisher verurteilt hat. Aber ich als Außenseiter kann Ihnen sagen, dass das Ganze Ihrer Familie sehr zu schaffen macht.«

Sie wurde kreidebleich. »Halten Sie mir ja keinen Vortrag über meine Familie. Wagen Sie es bloß nicht! Sie sind für mich die wichtigsten Menschen auf der Welt. Ihretwegen setze ich mich gegen die Vorwürfe nicht zur Wehr.«

Er legte den Kopf auf die Seite und sah sie verwundert an. »Und warum nicht, wenn ich fragen darf?«

»Halten Sie sich da gefälligst raus.« Sie presste die Finger an die Augen, während sie um Beherrschung rang. »Nichts und niemand ist mir wichtiger als meine Familie.«

Da diese Aussage zweifellos der Wahrheit entsprach, verstärkte sich sein Mitleid noch. »Aber so, wie Sie die Sache angehen, funktioniert es einfach nicht.«

»Woher, zum Teufel, wollen Sie das wissen?«

»Hin und wieder rede ich mit den Leuten.« Plötzlich war seine Stimme sanft. »Mit Margo , Laura, Josh. Weil ich weiß, wie besorgt und empört ich wäre, erginge es einer meiner Schwestern so.«

»Tja, aber ich bin nun mal nicht Ihre Schwester, falls ich Sie daran erinnern darf.« Obgleich sie immer noch kreidebleich war, bekam ihre Stimme erneut den zornigen Unterton. »Ich bin durchaus in der Lage, diese Sache alleine zu regeln. Josh hat auch so genug zu tun, ohne dass man ihm Schuldgefühle einredet, er engagiere sich nicht für mich.«

»Glauben Sie wirklich, er täte es aus irgendeinem Schuldgefühl heraus?«

»Drehen Sie mir nicht die Worte im Mund herum, De Witt«, fuhr sie ihn aufgebracht an.

»Das waren Ihre Worte, Powell. Tja, und wenn Sie jetzt mit Ihrem Wutanfall am Ende sind, reden wir vielleicht endlich in Ruhe über die ganze Angelegenheit.«

»Wutanfall …«

»Ich habe bereits gehört, Sie wären eine verdammte Cholerikerin – aber nun, da ich es persönlich miterleben darf, muss ich sagen, dass diese Feststellung bei Weitem untertrieben ist.«

Er hätte niemals gedacht, dass dunkles, schimmerndes Braun zu Feuer werden könnte, ehe es jetzt in ihren Augen aufflammte. »Warten Sie, bis ich erst richtig in Fahrt komme!« Mit einer Bewegung wischte sie den Großteil der Papiere von seiner Schreibtischplatte und reckte die geballte Faust. »Und jetzt kommen Sie mal näher!«

»Oh, das würde ich wirklich gerne tun.« Seine Stimme war gefährlich ruhig, sein Blick bedrohlich kühl. »In meinem ganzen Leben habe ich noch nie eine Frau geschlagen. Und bisher hat mich auch noch nie eine Frau diesbezüglich in Versuchung geführt. Aber Sie haben es geschafft, Katherine – bei Ihnen würde ich gerne eine Ausnahme machen. Und jetzt setzen Sie sich entweder auf der Stelle hin oder verschwinden aus meinem Büro.«

»Ich setze mich nicht hin, und ich gehe nicht eher, bis …« Sie brach ab und hielt sich mit einem unterdrückten Schrei die Hand gegen den Bauch.

Nun kam er tatsächlich fluchend hinter seinem Schreibtisch hervor. »Verdammt. Verdammt! Was machen Sie nur mit sich?«

»Fassen Sie mich nicht an!« Der brennende Schmerz trieb ihr die Tränen in die Augen; aber als er sie vorsichtig zu einem Stuhl geleitete, wehrte sie sich nach wie vor.

»Sie setzen sich jetzt hin und versuchen, sich zu entspannen, ja? Und wenn Sie nicht in dreißig Sekunden wieder etwas Farbe im Gesicht haben, schaffe ich Sie ins Krankenhaus.«

»Lassen Sie mich in Ruhe.« Sie zerrte eine Schachtel Magentabletten aus der Tasche, obgleich sie wusste, dass dies dem Versuch ähnelte, einen Waldbrand mit einer Wasserpistole zu löschen. »Gleich wird es mir wieder bessergehen.«

»Wie oft haben Sie diese Schmerzen?«

»Das geht Sie einen feuchten Kehricht an.« Als er zwei Finger auf ihren Magen legte, schrie sie vor Schmerzen und Entsetzen auf.

»Haben Sie Ihren Blinddarm noch?«

»Nehmen Sie Ihre Pfoten weg.«

Immer noch stirnrunzelnd tastete er nach ihrem Puls. »Und, haben Sie wieder mal einfach nicht ans Essen gedacht?« Ehe sie ihm entkommen konnte, hatte er mit beiden Händen ihr Gesicht umfasst und unterzog sie einer gründlichen Musterung. Langsam kehrte ein wenig Farbe in ihre Wangen zurück, und ihr Blick verriet weniger Schmerz als vielmehr erneuten Zorn. Aber auch andere Dinge nahm er wahr. »Sie schlafen schlecht. Sie sind übermüdet, gestresst und unterernährt. Ist das die Art, wie Sie die Sache angehen?«

Ihr Magen hatte sich noch nicht ganz beruhigt. »Ich will, dass Sie mich endlich in Ruhe lassen.«

»Man kriegt eben nicht immer, was man will. Sie sind erschöpft, Kate, und solange Sie nicht besser auf sich aufpassen, muss es wohl jemand anders übernehmen. Beruhigen Sie sich inzwischen«, murmelte er geistesabwesend, während er, eine Hand auf ihrer Schulter, die Uhrzeit prüfte. »Ich habe noch bis kurz nach sechs zu tun, hole Sie also um sieben ab. Sind Sie dann schon zu Hause oder noch im Geschäft?«

»Wovon, zum Teufel, reden Sie? Ich gehe mit Ihnen nirgendwo hin.«

»Mir ist bewusst, dass Sie wütend auf mich sind, weil ich diese Sache Ihrer Meinung nach vermasselt habe. Es scheint, als würden durch Sie immer meine schlechtesten Eigenschaften zum Vorschein gebracht«, sagte er mehr zu sich selbst. »Tja, aber jetzt kriegen Sie von mir eine anständige Mahlzeit geboten und bekommen zugleich die Gelegenheit, auf eine zivilisierte Art darüber zu reden, was Ihnen solche Bauchschmerzen bereitet.«

Trotz der Lässigkeit, mit der er sprach, fürchtete sie sich vor dem feurigen Glitzern in seinen Augen, das ihr verriet, er könnte jederzeit die Beherrschung verlieren.

»Ich möchte nicht mit Ihnen zu Abend essen, und außerdem habe ich keine Lust auf ein zivilisiertes Gespräch.«

Er ging in die Hocke, sodass sein Gesicht auf derselben Höhe wie das ihre war. »Versuchen wir es einmal so: Entweder, Sie erklären sich bereit, heute Abend mit mir essen zu gehen, oder ich eile schnurstracks ans Telefon und rufe Laura an. Sicher ist sie innerhalb von zwei Minuten hier, und dann werde ich ihr sagen, dass ich bereits zweimal mitbekommen habe, wie Sie umgefallen sind.«

»Dazu haben Sie kein Recht.«

»Nein, Kate, aber ich habe die Möglichkeit. Was manchmal wesentlich wichtiger ist, als im Recht zu sein.« Wieder sah er auf seine Uhr. »In ungefähr fünf Minuten erwarte ich einen wichtigen Telefonanruf, weshalb wir jetzt leider nicht weiterplaudern können. Da es das Vernünftigste wäre, Sie führen nach Hause und legten sich ein wenig hin, nehme ich an, fahren Sie auf der Stelle ins Geschäft zurück. Ich bin dann um sieben dort.«

Wütend schob sie ihn beiseite und stand auf. »Wir schließen bereits um sechs.«

»Dann werden Sie wohl ein wenig warten müssen. Und knallen Sie bitte nicht die Tür, wenn Sie jetzt gehen.«

Natürlich knallte sie die Tür, und er merkte, dass er darüber lächelte. Aber sein Lächeln legte sich, als er nach dem Telefonhörer griff und eilig eine Nummer wählte. »Dr. Margaret De Witt, bitte. Hier spricht ihr Sohn.« Ein erneuter Blick auf seine Uhr, und ihm entfuhr ein leiser Fluch. »Nein, ich kann nicht warten. Würden Sie sie wohl bitten, mich zurückzurufen, wenn sie Zeit hat? Bis sechs im Büro, nach sieben daheim. Danke.«

Er legte den Hörer auf die Gabel zurück und hob die von Kate vom Schreibtisch gefegten Papiere auf. Halbwegs amüsiert steckte er die Gummischoner ein, die sie vergessen hatte. Diese kleine Kampfhenne würde es wohl kaum gutheißen, dass er seine Mutter, die Internistin, um eine Ferndiagnose ihrer Symptome bat.

Aber es war höchste Zeit, dass sich jemand um sie kümmerte. Ob sie es wollte oder nicht.

7

Sie würde ruhig bleiben, nahm Kate sich vor. Leider hatte sie sich bereits vollkommen lächerlich gemacht, als sie brüllend und tobend in Byrons Büro geschossen war. Das wäre ihr ziemlich egal gewesen – hätte es funktioniert. Aber es gab nichts Schlimmeres, als einen Wutanfall zu bekommen, dem das auserkorene Opfer mit Vernunft, Geduld und Beherrschung begegnete.

Was für eine Erniedrigung.

Außerdem war sie ein Mensch, der ungern Befehle entgegennahm. Stirnrunzelnd sah sie sich im Laden um, den sie soeben geschlossen hatte. Sie könnte einfach gehen, dachte sie, während sie mit den Fingern auf den Tresen trommelte – gehen, wohin es ihr gefiel. Nach Hause, auf eine Spazierfahrt, nach Templeton House zum Abendessen. Das wäre vielleicht die beste Idee, überlegte sie und rieb sich geistesabwesend den schmerzenden Bauch. Sie hatte Hunger, das war alles. Eine nette Mahlzeit in Templeton House, ein Abend mit Laura und den Mädchen, und schon lösten sich sämtliche Wehwehchen in Luft auf.

Es geschähe Byron ganz recht, wäre sie nicht mehr da, wenn er käme, um sie wegen ihres Auftritts zur Rede zu stellen. Denn das schwebte ihm ganz sicher vor. Erst hatte er sie mit Vernunft, mit dem Versprechen auf eine friedliche Diskussion beruhigt, und dann, peng, bekäme sie zweifellos einen Schuss mitten zwischen die Augen verpasst.

Und genau das war der Grund, weshalb sie blieb. Kate Powell hatte sich bisher noch jeder Herausforderung tapfer gestellt.

Sollte er nur kommen, sagte sie sich grimmig, während sie rastlos durch den Laden zu wandern begann. Sie käme mit Byron De Witt auch noch im Schlaf zurecht. Männer wie er waren es derart gewohnt, mit einem schnellen Lächeln, ein paar gemurmelten Worten ihren Willen durchzusetzen, dass er sicher nicht wusste, wie er einer Frau, die mit beiden Beinen fest auf dem Boden stand, begegnen sollte.

Außerdem war sie der Ansicht, dass sie sich aufgrund ihrer etwas angespannten Finanzlage ein kostenloses Essen gern gefallen ließe.

Wie ein Echo auf ihre Gedanken flammte in ihrem Magen abermals brennende Hitze auf. Der ganze Stress, dachte sie erneut. Natürlich war sie angespannt. Sie wusste besser als jeder andere, dass der *Schöne Schein* unmöglich auf Dauer drei volle Einkommen tragen konnte, ohne dabei vor die Hunde zu gehen. Sie hatten Glück, dass das erste Jahr so gut gelaufen war. Aber immer noch standen die Chancen auf der Kippe.

Mit gerunzelter Stirn blickte sie auf ein Rhinozeros aus blassgolden schimmerndem Glas. Wie lange, überlegte sie, könnten sie derart lächerliche Dinge an den Mann bringen? Als sie das Preisschild sah, brach sie in lautes Lachen aus. Neunhundert Dollar für ein Nashorn? Welcher noch halbwegs vernunftbegabte Mensch verschwendet wohl beinahe tausend Dollar an solchen Kitsch?

Margo, dachte sie und lächelte. Margo hatte einen guten Blick für alles, was teuer, lächerlich und doch verkäuflich war.

Falls der *Schöne Schein* den Bach hinunterginge, hätte Margo trotzdem ausgesorgt. Sie hatte Josh, ein wunderbares Heim und obendrein bald ein Kind. Weit entfernt von dem, was sie noch vor einem Jahr besessen hatte, dachte Kate, und freute sich für sie.

Aber außer ihr waren Laura und die Mädchen da. Auch sie würden sicher nicht verhungern. Das ließen die Templetons niemals zu. Sie würden weiter in Templeton House leben, was viel mehr war als ein bloßes Dach über dem Kopf. Es stellte für sie alle Zeit ein echtes Heim dar. Da Laura zu stolz war, um von dem Geld zu leben, das sie als Anteilseignerin des Templeton-Imperiums besaß, arbeitete sie teilweise im Hotel, wo sie eine angemessene Bezahlung erhielt. Aber wie wäre es um ihr Selbstbewusstsein bestellt, wenn der Laden, den sie mit eröffnet hatte, schließen müsste?

Kate erlebte gerade, wie schwer man mit einem angeschlagenen Ego über die Runden kam.

Sie mussten unbedingt dafür sorgen, dass der Laden weiter lief. Margo hatte diesen Traum verwirklicht, Laura machte begeistert mit, und vor allem sie selber hing nun davon ab. All ihre anderen schönen Pläne waren mit einem Mal zunichte. Niemals bekäme sie die Partnerschaft in dem Unternehmen, wo sie jahrelang angestellt gewesen war, und es bestand nicht die geringste Aussicht, in absehbarer Zukunft vielleicht eine eigene Firma zu gründen. Niemals bekäme sie ein Büro mit einem hübschen Messingschild samt Namen an der Tür. Nein, sicher bekäme sie überhaupt nie wieder ein Büro, überlegte sie, während sie sich matt auf eine bemalte Holzbank sinken ließ.

Im Augenblick hatte sie nichts außer schlaflosen Nächten, Kopfschmerzen, einem rebellierenden Magen und dem *Schönen Schein.*

Der *Schöne Schein*, dachte sie und lächelte dünn. Margo hatte genau den richtigen Namen ausgewählt. Seine drei Besitzerinnen waren auch nicht mehr als das.

Als es an der Tür klopfte, fuhr sie zusammen, fluchte, straffte die Schultern, stand entschlossen auf und öffnete. Sie schob Byron zur Seite, trat auf die hübsche, blumengeschmückte Veranda hinaus und schloss hinter sich ab.

Es herrschte der übliche von Fußgängern und Straßenverkehr verursachte Lärm. Touristen, dachte sie, auf der Suche nach dem richtigen Ort für ein schönes Abendessen. Arbeiter und Angestellte auf dem Heimweg nach einem langen Tag. Paare beim Rendezvous.

Wo passte Kate Powell da hinein?

»Ich komme nicht mit, weil Sie es verlangt haben«, begann sie ohne lange Vorrede. »Sondern ich will die Gelegenheit nutzen, um mich in aller Ruhe vernünftig mit Ihnen über die Situation zu unterhalten, und weil ich hungrig bin.«

»In Ordnung.« Er ergriff sie sanft am Ellbogen. »Wir nehmen meinen Wagen. Ich habe genau gegenüber eine Parklücke erwischt. Dabei ist hier wirklich jede Menge los.«

»Ein guter Ort für einen Laden«, erklärte sie, während er zusammen mit ihr an den Rand des Gehwegs trat. »Nur einen Steinwurf von der Fisherman's Wharf und dem Meer entfernt. Touristen machen einen Großteil unseres Geschäfts aus, aber es kommen auch jede Menge Einheimische.«

Zwei Jungen auf einem gemieteten Tandem radelten lachend an ihnen vorbei. Es war ein wunderbarer Abend, voll weichen Lichts und süßen Dufts. Ein Abend für einen Strandspaziergang, dachte sie, oder um die Möwen mit Brot zu füttern, so wie es gerade das Pärchen drüben am Wasser tat. Ein Abend für Paare, dachte sie und nagte an ihrer Unterlippe, während Byron sie über die Straße geleitete.

»Ich kann Ihnen einfach hinterherfahren. Allerdings gibt es hier auch mindestens ein Dutzend Restaurants, die bequem zu Fuß zu erreichen sind.«

»Wir nehmen meinen Wagen«, wiederholte er, während er sie behutsam, aber entschieden in Richtung Parkplatz schob. »Und dann bringe ich Sie nach dem Essen zu Ihrem Wagen zurück.«

»Es wäre doch wesentlich praktischer, wenn …«

»Kate.« Er sah sie an, sah sie wirklich an und unterdrückte die ärgerliche Bemerkung, die ihm auf der Zunge lag. Die Frau war sichtlich erschöpft. »Warum versuchen Sie nicht einfach mal etwas anderes? Warum tun Sie nicht einfach einmal, was man Ihnen sagt?«

Er öffnete die Beifahrertür seines alten Mustangs, wartete amüsiert auf ihr übellauniges Schulterzucken und wurde nicht enttäuscht.

Sie beobachtete, wie er den Kühler des Wagens umrundete. Seine Krawatte und Jacke hatte er abgelegt und den obersten Knopf seines Hemdes aufgemacht. Die lässige, bequeme Aufmachung passte gut zu seinen breiten Schultern und seiner, wie sie annahm, behaarten Brust. Bei seinem Anblick kam sie zu dem Schluss, dass sie ihre Strategie wirklich besser änderte und mit der geplanten Strafpredigt wartete, bis man beim Essen saß.

Wenn nötig, nahm sie es im Smalltalk mit den Meistern oberflächlicher Gespräche auf.

»Sie interessieren sich also für alte Autos«, sagte sie.

Er schob sich hinter das Lenkrad, und in dem Augenblick, in dem er den Schlüssel im Zündschloss herumdrehte, drang explosionsartig die Stimme von Marvin Gaye aus dem Radio. Byron drehte die Lautstärke auf kaum mehr als ein leises Murmeln herab, ehe er aus der Parklücke glitt.

»Ein fünfundsechziger Mustang mit einem 289 V8-Motor. Ein Wagen wie dieser ist nicht einfach ein bloßes Transportmittel, sondern vielmehr Zeugnis einer bestimmten Lebenseinstellung.«

»Ach ja?« Die cremefarbenen Ledersitze, die Fahrt in einem Boliden, der einem gezähmten Panther glich, gefielen ihr; aber gleichzeitig hätte sie nicht sagen können, was unpraktischer als ein Auto sein sollte, das älter war als sie. »Geht mit einem solchen Wagen nicht jede Menge Zeit für Reparaturen oder die Suche nach Ersatzteilen drauf?«

»Das gehört zu dieser Lebenseinstellung. Aber er fährt und fährt«, fügte er hinzu und strich beinahe zärtlich über das Armaturenbrett, während er sich in den fließenden Verkehr einfädelte. »Außerdem war er mein erster.«

»Erster was? Erster Wagen?«

»Was wohl sonst?« Er grinste, als er ihre verblüffte Miene sah. »Ich habe ihn mit siebzehn gekauft. Und er schnurrt immer noch wie ein Kätzchen, obwohl er inzwischen mehr als dreihunderttausend Kilometer auf dem Buckel hat.«

Kates Meinung nach klang das Motorengeräusch eher wie

Löwengebrüll, aber das war nicht ihr Problem. »Niemand behält seinen ersten Wagen dermaßen lange. Das ist genauso wie mit dem ersten Freund oder der ersten Freundin, die man hat.«

»In der Regel trifft das sicher zu.« Er schaltete einen Gang herunter, ehe er um die Kurve bog. »Zufällig habe ich mein erstes Liebesabenteuer auf dem Rücksitz dieses Wagens gehabt. In einer lauen Sommernacht, mit der hübschen Lisa Montgomery.« Bei der Erinnerung stieß er einen wehmütigen Seufzer aus. »Sie hat mir ein Fenster zum Himmel geöffnet, Gott segne sie.«

»Ein Fenster zum Himmel.« Unwillkürlich drehte sich Kate zu besagter Rückbank herum. Es war nicht schwer, sich vorzustellen, wie es dort zu leidenschaftlichen Verrenkungen zweier junger Leiber gekommen war. »Und das alles auf der Rückbank eines alten Mustangs.«

»Eines klassischen Mustangs«, verbesserte er sie. »Ebenso klassisch wie Lisa Montgomery.«

»Aber trotzdem haben Sie sie nicht als Freundin behalten.«

»Man kann eben nicht alles behalten, außer natürlich den Erinnerungen. Erinnern Sie sich auch noch an das erste Mal?«

»Es war während meiner Collegezeit. Auf diesem Gebiet war ich das, was man einen Spätzünder nennt.« Statt Marvin Gaye drang inzwischen Wilson Pickett an ihr Ohr. Mechanisch wippten Kates Füße im Takt der Musik. »Er war der Vorsitzende des Debattierclubs und hat mich mit dem Argument verführt, dass Sex neben der Geburt und dem Tod die ultimative menschliche Erfahrung sei.«

»Nicht schlecht. Am besten probiere ich das auch mal aus.« Sie bedachte ihn mit einem Seitenblick. Er besaß wirklich ein perfektes Profil, heldenhaft, mit genau der richtigen Spur Verwegenheit. »Dass Sie derartige Sprüche brauchen, kann ich mir nicht vorstellen.«

»Aber sicher schadet es nicht, wenn man ein paar in Reserve hat. Also, wie ist es mit dem Vorsitzenden des Debattierclubs weitergegangen, wenn ich fragen darf?«

»Er war es gewöhnt, sein Gegenüber innerhalb von höchstens drei Minuten von der Richtigkeit seiner Argumente zu überzeugen. Und auf genau dieselbe Art und Weise ließ er mir dann auch die ultimative menschliche Erfahrung zuteilwerden.«

»Oh!« Beinahe hätte Byron gegrinst. »Das ist natürlich bedauerlich.«

»Nicht wirklich. Es hat mich gelehrt, keine unrealistischen Erwartungen zu hegen und mich nicht darauf zu verlassen, dass jemand anderes meine grundlegenden Bedürfnisse erfüllt.« Kate blickte aus dem Fenster, und ihr Fuß hielt im Wippen inne, als sie sah, wohin er fuhr. »Was machen wir hier?«

»Der Seventeen Mile Drive ist meine Lieblingsstraße. Ich genieße sie jeden Tag. Habe ich bereits erwähnt, dass ich das von Ihnen empfohlene Haus mieten konnte, bis der Kauf zustande kommt?«

»Haben Sie nicht.« Doch sie verstand. »Sie haben gesagt, wir würden zusammen zu Abend essen und uns zivilisiert miteinander unterhalten, oder etwa nicht?«

»Das werden wir auch. Und gleichzeitig können Sie das Haus begutachten.«

Noch während sie mehrere Argumente gegen dieses Vorhaben in Erwägung zog, bog er in eine Einfahrt ein und brachte den Wagen hinter einer schimmernden, schwarzen Corvette zum Stehen.

»Eine dreiundsechziger. In dem Jahr rollte der erste Stingray in Detroit vom Band«, sagte er mit einem Nicken in Richtung des Fahrzeuges. »Dreihundertsechzig PS, Einspritzmotor. Eine absolute Schönheit. Allerdings war auch die Original-Corvette vorher bereits eine Augenweide. Solche Karosserien findet man heutzutage einfach nicht mehr.«

»Wofür brauchen Sie denn zwei Autos?«

»Um Brauchen geht es dabei nicht. Außerdem besitze ich nicht zwei, sondern insgesamt vier Fahrzeuge. Die anderen beiden habe ich noch in Atlanta stehen.«

»Vier«, murmelte sie, ob seines kleinen Spleens einigermaßen amüsiert.

»Einen siebenundfünfziger Chevy, 4650 Kubikzentimeter, V8-Motor. Babyblau, mit weißen Seitenteilen, alles original.« Seine Stimme verriet ehrliche Zuneigung, beinahe, als spräche er von einer Frau. »Genauso Klasse wie die Lieder, die man über ihn geschrieben hat.«

»Billie Jo Spears.« Kate hatte einen ähnlich banalen Musikgeschmack. »Fifty-seven Chevrolet.«

»Das ist das beste.« Überrascht und beeindruckt grinste er sie an. »Und damit er nicht so allein ist, habe ich noch einen siebenundsechziger GTO dazugestellt.«

»Three deuces and a four speed?«

»Ganz genau.« Sein Grinsen verbreiterte sich noch. »Einen 389er.«

Sie grinste ebenfalls. »Aber was, in aller Welt, sollen motortechnisch gesehen three deuces, also drei Zweier, überhaupt sein?«

»Das zu erklären ist nicht so leicht. Lassen Sie es mich einfach wissen, wenn Sie eine ernsthafte Nachhilfestunde auf diesem Gebiet haben möchten, ja?«

Als er mit einem Blick auf das Haus Kates Hand ergriff, war sie entspannt genug, es geschehen zu lassen. »Es ist wirklich toll, nicht wahr?«

»Ja, recht nett.« Ganz aus Holz und Glas, dachte sie, mit zweigeschossigen Veranden, heimelig hinter üppig blühenden

Pflanzen und wunderbaren Zypressen versteckt. »Ich habe es schon mal gesehen.«

»Aber nur von außen.« Da er wusste, dass sie niemals warten würde, bis er um den Wagen herumgegangen wäre, um ihr beim Aussteigen behilflich zu sein, beugte er sich über sie, machte die Tür von innen auf und ... inhalierte ihren schlichten Seifenduft. Genüsslich wanderte sein Blick von ihrem Mund zu ihren Augen hinauf. »Und Sie werden die erste sein.«

»Wie bitte?«

Himmel, verlor er den Verstand und fing tatsächlich an, den kratzigen Ton zu genießen, in dem sie mit ihm sprach? »Meine erste Besucherin.« Er stieg aus, zog seine Aktentasche und seine Jacke vom Rücksitz und nahm freundschaftlich ihre Hand. »Man kann sogar das Rauschen des Meeres hören«, stellte er fest. »Es ist ganz nah. Und einmal habe ich schon ein paar Seehunde beobachtet.«

Schön war es – beinahe zu schön, dachte sie. Die Umgebung, die Geräusche, der Duft von Rosen und nachtblühendem Jasmin, der Westen des Himmels, den die untergehende Sonne in leuchtende, herzergreifende Farben tauchte und die Bäume lange, gewundene Schatten auf den Boden werfen ließ.

»Hier fahren ständig jede Menge Touristen vorbei«, stellte sie fest. »Meinen Sie nicht, dass Sie das irgendwann mal stören wird?«

»Nein. Das Haus liegt ein Stück zurück, und die Schlafzimmer gehen zum Meer hinaus.« Er drehte den Schlüssel im Schloss herum. »Es gibt nur ein Problem.«

Das freute sie. Perfektion machte sie nervös. »Und das wäre?«

»Bisher habe ich noch kaum ein Möbelstück.« Er öffnete die Tür und bewies, wie richtig diese Aussage war.

Ziemlich kahl sah alles aus: blanke Böden, nichts an den Wänden, ein vollkommen leerer Raum. Trotzdem gefiel ihr, wie die Eingangshalle in eines der angrenzenden Zimmer überging. Schlicht und einladend. Es war, als riefen die breiten gegenüberliegenden Glastüren, durch die das strahlende warme Licht der letzten Sonne fiel, geradezu danach, sie zu öffnen.

Bisher gab es keinen Teppich oder Läufer, der die schimmernde Fläche des goldgelben Pinienparketts, über das sie spazierte, unterbrochen hätte.

Sicher legte er sich in Kürze einen Teppich zu. Es wäre praktisch und vernünftig, dachte sie. Doch irgendwie wäre es auch bedauerlich.

Von außen hatte sie nicht vermutet, dass die Decken der Räume so hoch, dass die Treppe ebenso offen war wie die mit elegantem Schnitzwerk verzierte Galerie in der oberen Etage.

Sie sah, wie geschickt und zugleich direkt der Übergang der einzelnen Zimmer gestaltet war, sodass man den Eindruck eines einzigen großen Wohnraumes bekam. Weiße Wände, goldene Böden und dann noch das herrliche blutrote Licht, das von Westen her durch die Fenster drang.

»Fantastische Aussicht«, brachte sie mühsam heraus und fragte sich, weshalb sie plötzlich feuchte Hände bekam. Möglichst lässig wanderte sie in Richtung einer Umzugskiste, auf der eine teure Stereoanlage stand. Einziges Möbelstück war ein verschlissener Liegesessel, dessen eine Armlehne in einem Klebeverband steckte. »Wie ich sehe, ist für das Nötigste gesorgt …«

»Ein Leben ohne Musik wäre grauenhaft für mich. Und den Sessel habe ich von einer Haushaltsauflösung. Er ist so hässlich, dass er mir schon wieder gefällt. Möchten Sie etwas trinken?«

»Soda oder Mineralwasser.« Alkohol tränke sie aus einer Reihe von Gründen, unter anderem seinetwegen, besser nicht.

»Ich habe Templetonsches Mineralwasser.«

»Dann haben Sie das beste«, stellte sie lächelnd fest.

»Wenn das Essen auf dem Herd steht, führe ich Sie gerne überall herum. Aber jetzt kommen Sie erst mal mit in die Küche und leisten mir Gesellschaft, ja?«

»Sie können kochen?« Vor lauter Überraschung folgte sie ihm ohne jeden Widerspruch.

»Allerdings. Sie mögen doch sicher Hafergrütze und Innereien!« Er wartete einen Augenblick, ehe er sich umdrehte und ihre entgeisterte Miene sah. »War nur ein Scherz. Aber Meeresfrüchte essen Sie hoffentlich.«

»Krebse nicht.«

»Ich mache ein phänomenales Krebs-Soufflé – aber das kriegen Sie erst, wenn wir uns besser kennen, von mir serviert. Hätten mich nicht bereits die übrigen Räume des Hauses überzeugt, dann spätestens die Küche hier.«

Die Küche war braun-weiß gefliest, und in der Mitte erhob sich stolz wie ein Eisberg eine schimmernde weiße Arbeitsinsel. Vor einem breiten Fenster, durch das man auf eine Fülle blühender Pflanzen und eine dunkelgrüne Rasenfläche sah, war eine geschwungene Sitzbank installiert.

»Mit extra Tiefkühlfach«, sagte Byron, während er liebevoll über die Edelstahlfront eines riesigen Kühlschranks strich. »Umluftherd, integrierte Dunstabzugshaube, Teakholzschränke.«

Auf der Insel stand eine große, blaue Schale voll frischen, schimmernden Obstes. Kates Magen knurrte derart, dass sie sicher war, wenn sie nicht bald etwas zu essen bekäme, stürbe sie. »Kochen Sie gerne?«

»Es entspannt mich.«

»Okay, warum entspannen Sie sich dann nicht, und ich sehe Ihnen gemütlich dabei zu?«

Sie musste zugeben, dass er sich tatsächlich beeindruckend gebärdete. Während sie eiskaltes Mineralwasser nippte, schnitt er eine Sammlung farbenfrohen Gemüses klein. Seine Bewegungen waren, soweit sie es beurteilen konnte, wirklich professionell. Fasziniert trat sie näher, um ihn genauer zu beobachten.

Seine Hände gefielen ihr. Lange Finger, breite Handflächen und trotz sorgsamer Pflege durchaus maskulin.

»Haben Sie irgendwann mal einen Kochkurs gemacht?«

»So ähnlich. Wir hatten da diesen Koch, Maurice.« Byron schnitt schmale Streifen von scharfen Pfeffer- und bunten Paprikaschoten. »Er hat gesagt, er würde mir Boxen beibringen. Ich war damals groß und spindeldürr und wurde in der Schule von einem der kräftigeren Kerle regelrecht tyrannisiert.«

Kate trat einen Schritt zurück und unterzog ihn einer kritischen Musterung. Es stimmte, er hatte lange Gliedmaßen, aber zugleich wies er breite Schultern, eine schmale Taille sowie schlanke Hüften auf. Die Ärmel seines Hemdes waren hochgerollt, sodass sie obendrein zwei durchaus nicht ungefährlich wirkende Unterarme erblickte. »Was ist passiert? Haben Sie irgendwelche Pillen geschluckt?«

Lachend hackte er eine Zwiebel klein. »Irgendwann hat sich der Rest meines Körpers an meine langen Arme und Beine angepasst; außerdem fing ich mit regelmäßigem Krafttraining an. Aber damals, so mit zwölf, war ich ein Hänfling, wie man so schön sagt.«

»Das ist ein schwieriges Alter.« Kate dachte an ihre eigene Jugend zurück. Ihr Problem bestand darin, dass sie aus keinem ihrer damaligen Probleme herausgewachsen war – und immer noch ein dürres Gestell war.

»Also hat Maurice gesagt, er würde mir beibringen, mich zu verteidigen, wenn ich dafür bei ihm kochen lerne. Kochen zu können war seiner Meinung nach einer der Grundpfeiler der Unabhängigkeit.« Byron goss Öl in eine große gusseiserne Pfanne, die bereits auf einer heißen Platte stand. »Nach ungefähr sechs Monaten habe ich Curt Bodine mit einem Schwinger niedergestreckt – bis dahin hatte er mir das Leben wirklich schwergemacht.«

»Das hat in meinem Fall Candy Dorall, heute Litchfield, besorgt«, warf Kate beiläufig ein. »Sie hat mir den letzten Nerv geraubt.«

»Candance Litchfield, der Schrecken von Monterey? Rote Haare, selbstgefällig bis dorthinaus, nervtötendes Kichern, verschlagener Gesichtsausdruck?«

Jeder, der Candy derart treffend beschrieb, hatte ein Lächeln verdient. »Ich glaube, vielleicht sind Sie doch ganz nett.«

»Haben Sie Candy je eins auf ihre hübsche Nase gegeben?«

»Es ist nicht ihre Nase. Das Ding hat ihr ein Schönheitschirurg verpasst.« Kate knabberte an einem Paprikastreifen herum. »Und nein! Aber dafür haben wir sie nackt in einen Spind in der Umkleidekabine gesteckt. Zweimal sogar.«

»Nicht schlecht, wenn auch ziemlich mädchenhaft. Ich hingegen habe Curt verdroschen, bis ihm Hören und Sehen verging, habe dadurch meinen männlichen Stolz gerettet und gleichzeitig das passende Macho-Image aufgebaut. Außerdem kann ich seitdem ein Schokoladensoufflé zubereiten, das seinesgleichen sucht.«

Als sie lachte, sah er sie an. »Machen Sie das noch einmal.« Als sie nicht reagierte, schüttelte er den Kopf. »Sie sollten wirklich öfter lachen, Katherine. Es ist ein faszinierendes Geräusch. Überraschend voll und warm. Wie etwas, von dem man erwarten würde, dass man es unter dem Fenster eines Bordells in New Orleans zu hören bekommt.«

»Ich bin sicher, das war als Kompliment gemeint.« Sie hob ihr Wasserglas und sah ihn an. »Aber ich lache nur selten, wenn mir der Magen knurrt.«

»Nun – er wird nicht mehr lange knurren.« Als er erst den gehackten Knoblauch und dann die Zwiebeln in die Pfanne gab, wurde die Küche von einem derart köstlichen Duft erfüllt, dass ihr das Wasser im Mund zusammenzulaufen begann.

Dann machte er eine Tupperdose auf, nahm geschälte Garnelen und Krabben heraus, gab, während sie das Gefühl hatte, einem verrückten Wissenschaftler zuzusehen, die Meeresfrüchte zusammen mit einem Schluck Weißwein, einer Prise Salz, frisch geriebener Ingwerwurzel und den hübschen Gemüsestreifen in das Öl, rührte ein paarmal eilig um und stellte alles auf den Tisch.

In weniger Zeit, als sie gebraucht hätte, um eine Speisekarte durchzulesen, nahm sie vor einem vollen Teller Platz.

»Das ist gut«, sagte sie, nachdem ihr der erste Bissen auf der Zunge zergangen war. »Wirklich gut. Warum arbeiten Sie nicht in einem Restaurant?«

»Kochen ist nur ein Hobby für mich.«

»Wie Gespräche und alte Autos, ja?«

»Oldtimer.« Es freute ihn, ihr beim Essen zuzusehen. Er hatte dieses Gericht extra deshalb ausgewählt, weil sie dringend etwas für ihre Gesundheit tun sollte. Sicher begnügte sie sich, wenn sie überhaupt einmal daran dachte, etwas zu sich zu nehmen, mit irgendwelchen Fertiggerichten, Hot dogs oder Hamburgern. Kein Wunder, dass sie untergewichtig war. »Ich könnte es Ihnen beibringen.«

»Was?«

»Kochen.«

Sie pikste eine Garnele auf. »Ich habe nicht gesagt, dass ich nicht kochen kann.«

»Können Sie's?«

»Nein, aber ich habe trotzdem nicht gesagt, dass ich es nicht kann. Und außerdem brauche ich es nicht zu können, solange es Schnellrestaurants und Mikrowellen gibt.«

Da sie den angebotenen Wein ablehnte, schenkte er sich ebenfalls Wasser ein. »Ich wette, am Fenster im McDonald's

Drive-In hat man Ihnen längst einen Stammplatz reserviert.«

»Und wenn schon. Es geht schnell, ist einfach und macht satt.«

»Gegen einen gelegentlichen Ausflug in ein Schnellrestaurant ist sicher nichts einzuwenden, aber wenn man von nichts anderem lebt …«

»Jetzt halten Sie mir bitte keinen Vortrag darüber, wie ich leben soll, Byron. Schließlich bin ich genau deshalb überhaupt hier.« Sie sah ihn böse an. »Ich mag es nicht, wenn sich jemand in mein Leben einzumischen versucht, vor allem, wenn dieser Jemand mich kaum kennt.«

»Dann wird es höchste Zeit, dass wir uns besser kennenlernen, denke ich.«

»Nein, das wird es nicht.« Es war seltsam, dachte sie, wie entspannt, wie interessiert und ausgeglichen sie sich in seiner Nähe fühlte. Sie hatte die Absicht gehabt, ihm die Leviten zu lesen für seine unverfrorene Einmischung – und ihm stattdessen voll Freude beim Kochen zugesehen. »Vielleicht haben Sie es ja gut gemeint – aber trotzdem stand es Ihnen nicht zu, einfach zu Josh zu gehen.«

»Sie haben fantastische Augen«, sagte er, woraufhin sie sie argwöhnisch zusammenkniff. »Ich weiß nicht, ob es daran liegt, dass sie so groß und so ungeheuer dunkel sind oder weil Ihr Gesicht so schmächtig ist … aber sie hauen einen wirklich um.«

»Ist das einer der Sprüche, die Sie sich gemerkt haben für den Fall, dass es anders nicht klappt?«

»Nein, das ist eine Feststellung. Zufällig sitze ich Ihnen unmittelbar gegenüber, sodass mir die Kontraste in Ihrem Gesicht ganz von alleine auffallen. Die aristokratischen Wangenknochen, der breite, sinnliche Mund, die kantige Nase, die großen Rehaugen. Eigentlich passt das alles nicht zusammen, aber das tut es doch. Es passt noch besser, wenn Sie gerade nicht kreidebleich und übermüdet sind – aber die Blässe verleiht Ihnen eine geradezu anziehende Zerbrechlichkeit.«

Sie rutschte nervös auf ihrem Stuhl herum. »Ich bin weder zerbrechlich noch müde. Und mein Gesicht hat mit dem, worum es mir bei dieser Unterhaltung geht, nicht das mindeste zu tun.«

»Aber es gefällt mir. Es hat mir sofort gefallen, selbst zu der Zeit, als Sie mir noch eher zuwider gewesen sind. Und jetzt frage ich mich, Kate«, fuhr er fort und nahm beinahe zärtlich ihre Hand. »Warum haben Sie sich immer eine solche Mühe gegeben, dafür zu sorgen, dass ich Sie keines zweiten Blickes würdige?«

»Da brauche ich mir gar keine Mühe zu geben. Ich bin einfach ebenso wenig Ihr Typ wie Sie der meine.«

»Das stimmt«, pflichtete er ihr ehrlich bei. »Aber trotzdem … hin und wieder probiere ich gerne etwas … Neues aus.«

»Zufällig bin ich kein neues Rezept.« Sie entzog ihm ihre Hand und schob ihren Teller fort. »Und ich bin gekommen, weil ich, wie Sie es so schön genannt haben, ein zivilisiertes Gespräch mit Ihnen führen will.«

»Ich finde, bisher verläuft unsere Unterredung durchaus zivilisiert.«

»Sprechen Sie nicht in diesem herablassenden Ton mit mir.« Sie kniff die Augen zusammen und wollte bis zehn zählen, aber sie schaffte es nur bis fünf. »Diesen vernünftigen ruhigen Ton hasse ich. Ich habe mich bereit erklärt, mit Ihnen essen zu gehen, weil ich Ihnen klarmachen wollte, warum ich so wütend auf Sie bin – ohne dabei die Beherrschung zu verlieren wie vorhin.«

Zur Betonung ihrer Worte beugte sie sich ein wenig vor und stellte zu ihrer Überraschung fest, dass um seine Pupillen herum jeweils ein dünner, goldener Kreis gezogen lag. »Ich möchte nicht, dass Sie sich in mein Leben mischen. Wie soll ich es bloß deutlicher sagen?«

»Das war deutlich genug.« Da die Mahlzeit offenbar beendet war, nahm er die Teller vom Tisch und trug sie hinüber zur Anrichte. Dann setzte er sich wieder hin, zog ein Zigarillo aus der Tasche und zündete es an. »Aber Tatsache ist, dass ich mich einfach für Sie interessiere.«

»Aber sicher doch.«

»Das glauben Sie mir nicht?« Nachdenklich blies er eine Rauchwolke aus. »Zu Anfang habe ich es auch nicht geglaubt. Dann aber wurde mir klar, was der Auslöser für diese plötzliche Attraktion war. Ich habe schon immer gerne jede Art von Problemen, jede Art von Rätseln gelöst. Es kommt mir vor, als gäbe es für das meiste eine Lösung, eine Antwort. Möchten Sie einen Kaffee?«

»Nein, ich möchte keinen Kaffee.« Merkte er nicht, dass er sie wahnsinnig machte, wenn er in seinem lässigen, gedehnten Südstaatentonfall so vollkommen ungeniert von einem Thema auf das nächste übersprang? Natürlich merkte er es. »Und ich bin weder ein Problem noch ein Rätsel, an dessen Lösung sich jeder nach Lust und Laune versuchen kann.«

»Aber natürlich sind Sie das. Sehen Sie sich nur an, Kate. Sie gehen voller Anspannung durchs Leben.« Er griff nach ihrer geballten Faust. »Ich kann beinahe sehen, wie alles, was Sie je an Nahrung zu sich nehmen, von dieser Anspannung aufgesogen wird. Sie haben ein Familie, die Sie liebt, eine solide Ausbildung, sind intelligent; aber Sie gehen die Dinge an, als wären es lauter Fäden, die hoffnungslos verknotet sind und die man mühsam und geduldig auseinandertüfteln muss. Ihnen kommt nie der Gedanke, auch nur einen der Fäden einfach durchzuschneiden. Aber wenn Ihnen ein Unrecht widerfährt, wenn man Sie beleidigt, indem man Ihnen den Job kündigt, der ein wichtiger Teil Ihres Lebens gewesen ist, dann sitzen Sie tatenlos herum.«

Es schmerzte und beschämte sie. Und da sie die Gründe für ihre Tatenlosigkeit weder ihm noch den Menschen, die sie liebten, erklären konnte, nahmen der Schmerz und auch die Scham darüber täglich zu. »Ich tue das, was für mich das Beste ist. Und ich bin nicht hierhergekommen, um mir von jemandem mein Seelenleben analysieren zu lassen.«

»Ich bin noch nicht fertig«, sagte er in sanftem Ton. »Sie haben Angst davor, ja, Sie schämen sich sogar, verletzlich zu sein. Als nüchtern veranlagte Frau wissen Sie, dass Sie körperlich am Ende sind, und trotzdem kümmern Sie sich nicht darum. Sie sind eine ehrliche Haut, aber trotzdem stecken Sie all Ihre Energie in die Bemühung zu leugnen, dass ich Sie vielleicht nur in geringster Weise anziehen könnte. Sie interessieren mich.« Er nahm einen letzten Zug von seinem Zigarillo und drückte es dann im Aschenbecher aus. »Gerne würde ich den Grund für all diese Widersprüche erfahren.«

Um ihnen beiden zu beweisen, dass sie die Situation unter Kontrolle hatte, stand sie möglichst langsam auf. »Mir ist klar, dass es sicher schwer – nein, geradezu unmöglich – für Sie ist, sich einzugestehen, dass eine Frau kein Interesse an Ihnen hat. Aber so schaut es nun einmal aus. Ich bin weder verletzlich noch krank, noch auch nur im geringsten an Ihnen interessiert.«

»Tja.« Er erhob sich ebenfalls. »Wenigstens eine dieser Aussagen sollten wir überprüfen.« Er sah ihr in die Augen, während er eine Hand in ihren Rücken schob. »Es sei denn, Sie hätten Angst davor, vielleicht tatsächlich im Irrtum zu sein.«

»Ich bin nicht im Irrtum. Und ich möchte nicht …«

Er kam zu dem Schluss, dass es einfacher wäre, sie gar nicht lange ausreden zu lassen; denn sonst stritten sie sicher noch den ganzen restlichen Abend miteinander herum.

Also bedeckte er ihren Mund mit einem sanften Kuss.

Als sie ihn eilig fortschieben wollte, schlang er einen Arm um ihre Taille und zog sie eng an seine Brust.

Zu seinem eigenen Vergnügen ließ er seine Zunge über ihre Lippen wandern, ehe er sie, als sie den Mund öffnete, vorsichtig weiterschob. Seltsam, dachte er, es war, als ginge ganz sachte ein weiteres Fenster zum Himmel auf.

Als sie leise erschauerte, verflog seine Belustigung, und er trat vorsichtig zurück. Immer noch war sie kreidebleich, aber ihr Blick drückte eine neue Sehnsucht aus und ihre Lider flatterten.

»Ich – ich kann nicht –, Herrje!« Die gegen die Brust gedrückte Hand ballte sich erneut zur Faust. »Zu so was habe ich weder Zeit noch Lust.«

»Warum?«

Weil ihr schwindlig war, weil ihr Puls zu rasen begonnen hatte und ihr Blut tosend durch ihre Adern rann. »Sie sind einfach nicht mein Typ.«

Er lächelte. »Stellen Sie sich vor, meiner sind Sie ebenfalls nicht.«

»Männer mit Ihrem Aussehen sind immer Schweinehunde.« Sie wusste genau, dass es ein Fehler war, als sie gegen ihren Willen mit den Fingerspitzen über seinen Oberkörper mit der herrlichen, goldenen Behaarung fuhr. »Das ist ein Gesetz.«

Wieder lächelte er. »Wessen Gesetz?«

Ihr fiel beim besten Willen keine Antwort ein. »Ach, verdammt, was soll's«, murmelte sie stattdessen und zog seine Lippen auf ihren Mund zurück.

Das Verlangen, das ihm mit einem Mal entgegenschlug, war ebenso zu viel für ihn wie der Angriff ihres Lippenpaars. Er hätte wissen müssen, dass sie keinen Gefallen an langsamer, allmählicher Verführung fand. Aber er hätte nicht gedacht, dass die feurigen Forderungen ihres beweglichen Mundes stärker waren als seine angeborene Vernunft.

Innerhalb eines Herzschlags verwandelte sich sein Vergnügen in atemberaubende Leidenschaft.

Ohne daran zu denken, wie schmal und zart sie war, nahm er sie fester in den Arm. Ihr voller, sinnlicher Mund schien wie geschaffen dafür zu sein, dass er ihn nicht nur kostete, sondern geradezu verschlang. Absurderweise war sogar der Seifenduft verführerisch, der ihm in die Nase stieg, als er heiße, wilde Küsse auf ihre Kehle regnen ließ.

»Das liegt nur daran, dass ich so lange nicht mehr mit einem Mann im Bett gewesen bin«, stieß sie keuchend hervor, während ihr das Verlangen gleichzeitig die Sinne schwinden ließ.

»Was auch immer. Sei es, wie es sei.« Stöhnend umfing er ihr schmales, straffes Hinterteil.

»Ein Jahr«, stieß sie hervor. »Okay, beinahe zwei, aber nach den ersten paar Monaten denkt man kaum noch an … Himmel, fass mich an. Wenn du mich nicht gleich berührst, schreie ich.«

Wo? Beinahe panisch dachte er, dass er nicht mehr wusste, wo jedes einzelne ihrer Körperteile war – denn eigentlich beraubte ihre Ganzheit ihn seiner Sinne. Instinktiv zerrte er die gestärkte weiße Bluse aus dem Bund ihres Rocks und nestelte ungeduldig an den Knöpfen.

»Nach oben.« Er fluchte, denn die Knöpfe gaben nicht nach. Allerdings hatte er nicht mehr genug Verstand, um darüber erschrocken zu sein, wie sehr seine Finger zitterten. »Wir sollten nach oben gehen. Dort steht ein Bett.«

Verzweifelt packte sie seine Hand und legte sie auf ihre Brust. »Und hier unten ist ein Fußboden.«

»Vielleicht ist es gar nicht so schlecht, wenn eine Frau praktisch veranlagt ist!«, stellte er lachend fest.

»Du weißt ja gar nicht …« Sie rang nach Luft. Plötzlich jagte eine Schmerzwelle die andere.

»Was? Was ist? Habe ich dir weh getan?«

»Nein, schon gut.« Er versuchte, sie zu stützen, als sie in die Knie ging. »Nur ein Ziehen. Nur ...« Aber es war, als tose ein regelrechter Feuersturm in ihrem Inneren, und gleichzeitig brach auf ihrer Haut kalter, feuchter Schweiß aus. »Lass mir nur eine Minute Zeit.« Blind tastete sie nach etwas, um sich abzustützen, und wäre vornüber gefallen, hätte er sie nicht gepackt.

»Den Teufel werde ich tun«, stieß er zwischen zusammengebissenen Zähnen hervor. »Ich bringe dich auf der Stelle ins Krankenhaus.«

»Nein. Bitte nicht.« Verzweifelt drückte sie eine Hand auf ihren Bauch. »Lieber nach Hause, ja?«

»Im Leben nicht.« Wie ein Krieger, der seine Beute geschultert hatte, schleppte er sie aus dem Haus. »Spar dir den Atem und schrei mich später an. Im Augenblick tust du, was ich dir sage, ist das klar?«

»Ich habe gesagt, dass du mich nach Hause bringen sollst.« Allerdings kämpfte sie nicht länger gegen ihn an, als er sie in den Wagen hob, da all ihre Energie für den Kampf gegen den Schmerz vonnöten war.

Er fuhr rückwärts aus der Einfahrt und griff, statt sie zu schelten, als sie die gewohnheitsmäßig stets mitgeführte Rolle Magentabletten aus der Tasche zog, eilig nach dem Hörer des Autotelefons. »Mom!« Während er in hohem Tempo die Straße hinunterdonnerte, unterbrach er seine Mutter, die sich wortreich dafür zu entschuldigen begann, dass sie ihn bisher noch nicht zurückgerufen hatte. »Schon gut. Hör zu, ich habe eine Freundin, um die eins siebzig groß, um die fünfzig Kilo, Mitte Zwanzig.« Fluchend klemmte er den Telefonhörer zwischen Schulter und Ohr, ehe er einen Gang herunterschaltete. »Das ist es nicht«, sagte er, als seine Mutter fröhlich kicherte. »Ich fahre sie gerade ins Krankenhaus. Magenschmerzen. Anscheinend nicht zum ersten Mal.«

»Es ist nur der Stress«, mischte sich Kate keuchend in das Gespräch. »Und das fürchterliche Essen, das mir eben serviert wurde.«

»Ja, das ist sie. Sie kann noch reden und ist völlig klar. Keine Ahnung.« Er wandte sich an seine Kratzbürste. »Irgendwelche Operationen im Bauchbereich?«

»Nein. Sprich mich nicht an.«

»Ja, ich würde sagen, sie hat jede Menge Stress, größtenteils selbstgemacht. Wir haben vor ungefähr einer drei viertel Stunde gegessen«, beantwortete er die knappen Fragen seiner Mutter. »Nein, kein Alkohol, kein Koffein. Aber normalerweise trinkt sie literweise Kaffee und isst Magentabletten, als wären es Schokoladenbonbons. Ja? Hast du ein Brennen im Magen, Kate?«

»Sicher habe ich einfach zu viel gegessen«, murmelte sie. Der Schmerz ließ nach. Oder etwa nicht? Oh, hoffentlich ließ er tatsächlich nach.

»Ja.« Wieder hörte er seiner Mutter zu. Ihm war nur allzu bewusst, welche Richtung die Befragung nahm. »Wie oft hast du diesen nagenden Schmerz unter dem Brustbein, Kate?«

»Das geht dich überhaupt nichts an.«

»Ich glaube nicht, dass dies der richtige Augenblick für eine Auseinandersetzung ist. Wie oft?«

»Ziemlich häufig. Na und? Du bringst mich in kein Krankenhaus.«

»Und das Magenknurren?«

Da er ihre Symptome erschreckend akkurat beschrieb, machte sie müde die Augen zu.

Nach ein paar weiteren Worten an seine Mutter drückte er aufs Gaspedal. »Danke, das hatte ich mir bereits gedacht. Ich kümmere mich darum. Ja, ich sage dir Bescheid. Okay. Bis dann.« Er legte auf, heftete seinen Blick auf die Straße und sagte in wütendem Ton: »Gratuliere, Fräulein Neunmalklug. Du hast ein nettes, kleines Magengeschwür.«

8

Nie im Leben hatte sie ein Magengeschwür, sagte sich Kate und tröstete sich mit der Vorstellung, wie lächerlich Byron sich machen würde, brächte er sie wegen stressbedingten Sodbrennens ins Krankenhaus.

Magengeschwüre waren etwas für jämmerliche Weichlinge, die ihre Gefühle nicht ausdrücken konnten und die sich nicht trauten, sich mit ihrem Innenleben auseinanderzusetzen. Sie war der Ansicht, dass sie ihren Gefühlen bei jeder sich bietenden Gelegenheit durchaus lautstark Ausdruck verlieh.

Sie hatte einfach mehr Ärger als sonst. Wer hätte keinen nervösen Magen nach allem, was ihr in den letzten beiden Monaten widerfahren war? Aber sie käme damit zurecht, sagte sie sich und kniff wegen des fortgesetzten brennenden Schmerzes in ihrem Magen die Augen zu. Auf ihre Art käme sie damit zurecht!

Sobald Byron den Wagen zum Stehen gebracht hätte, würde sie ihm abermals ruhig, aber bestimmt deutlich machen, dass Kate Powell emanzipiert und unabhängig war.

Und das hätte sie bei der nächstbesten Gelegenheit bestimmt getan. Doch er brachte den Wagen mit quietschenden Bremsen direkt vor der Notaufnahme zum Stehen, rannte um die Motorhaube herum und hatte sie, ehe sie auch nur Luft holen konnte, bereits von ihrem Sitz gezerrt.

Dann wurde es noch schlimmer, denn sie war drinnen und nahm all die Geräusche und Gerüche des Krankenhauses wahr. Nothilfestationen glichen sich immer. Die Luft war von Verzweiflung, Angst und Blut erfüllt. Desinfektionsmittel, Alkohol und Schweiß. Das Klatschen von Kreppsohlen und das Knirschen von Gummirädern auf Linoleum. Es lähmte sie. Am liebsten hätte sie sich auf dem harten Plastikstuhl, auf den er sie hatte sinken lassen, wie ein Fötus zusammengerollt.

»Bleib hier«, befahl er knapp, ehe er zu der Krankenschwester am Empfang hinüberging.

Sie hörte ihn nicht mehr.

Erinnerungen überwältigten sie. In ihren Ohren wurde das hohe, verzweifelte Kreischen von Sirenen laut, vor ihren Augen rotierten die pulsierenden roten Lichter des Krankenwagens. Sie war wieder das achtjährige Kind, und das dumpfe Pochen in ihrem Innern kam ihr wie eine frische Wunde vor. Blut – überall roch es nach Blut.

Nicht nach ihrem Blut. Oder zumindest kaum. Sie hatte gerade mal einen Kratzer abbekommen. Zerrungen, hatten sie gesagt. Geringfügige Schnittwunden. Eine leichte Gehirnerschütterung. Nichts Bedrohliches. Nichts, was ihr Leben dauerhaft veränderte.

Aber noch während sie nach ihrer Mutter geschrien hatte, hatten sie ihre Eltern auf Bahren davongerollt. Sie hatte sie nicht mehr gesehen.

»Du hast Glück«, sagte Byron, als er wieder neben sie trat. »Heute Abend ist nicht viel los. Sie gucken gleich nach dir.«

»Ich halte es hier nicht aus«, murmelte sie. »Ich ertrag es einfach nicht.«

»Hier wird dir geholfen. Dazu sind Krankenhäuser schließlich da.« Er zog sie von ihrem Stuhl und stellte zu seiner Überraschung fest, dass sie sich gehorsam wie ein Hündchen von ihm führen ließ. Dann übergab er sie einer Schwester und nahm abwartend Platz.

Kate sagte sich, je kooperationsbereiter sie wäre, um so schneller ließen sie sie wieder gehen. Das müssten sie. Schließlich war sie kein kleines Kind, über das man so einfach entschied.

Sie betrat eine der Untersuchungskabinen und erschauerte, als man hinter ihr den Vorhang schloss.

»Mal sehen, was wir da haben.«

Die diensthabende Ärztin war jung und hübsch. Ein rundes Gesicht, schmale Augen hinter einer Brille mit Drahtgestell, dunkles, hochgestecktes Haar.

Damals war es ein Mann gewesen. Er war ebenfalls jung gewesen, aber mit einem erschöpften, alten Gesicht. Mechanisch beantwortete sie die Routinefragen. Nein, sie hatte keine Allergien, man hatte sie noch nie operiert, sie nahm keine Medikamente ein.

»Warum legen Sie sich nicht hin, Miss Powell? Ich bin Dr. Hudd. Ich werde Sie untersuchen. Tut Ihnen im Augenblick was weh?«

»Nein, nicht wirklich.«

Die Ärztin zog eine Braue hoch. »Nein, oder nicht wirklich?«

Kate machte die Augen zu und kämpfte gegen die aufwallende Panik an. »Ein bisschen.«

»Sagen Sie mir, wenn es schlimmer wird.«

Weiche Hände, dachte Kate, als die Ärztin sie vorsichtig abzutasten begann. Es schien, als wären Ärztehände immer weich. Dann atmete sie zischend ein, als die Ärztin die Hand unter ihr Brustbein schob.

»Das ist die Stelle, ja? Wie oft treten diese Schmerzen auf?«

»Gelegentlich.«

»Kommen die Schmerzen für gewöhnlich so etwa eine Stunde, nachdem Sie etwas gegessen haben?«

»Manchmal.« Sie stieß einen Seufzer aus. »Ja.«

»Und wenn Sie Alkohol trinken?«

»Ja.«

»Verspüren Sie dann auch Übelkeit?«

»Nein.« Kate fuhr sich mit der Hand über das schweißnasse Gesicht. »Nein.«

»Schwindelgefühl?«

»Nein. Das heißt, nicht wirklich.«

Dr. Hudd presste die ungeschminkten Lippen zusammen, als sie nach Kates Puls tastete. »Ein bisschen schnell.«

»Ich will hier raus«, sagte Kate mit tonloser Stimme. »Ich hasse Krankenhäuser.«

»Ja, ich kenne das Gefühl.« Die Ärztin machte sich Notizen auf dem Krankenblatt. »Beschreiben Sie mir den Schmerz.«

Kate starrte die Decke an und tat, als spräche sie laut mich sich selbst. »Ein Brennen und manchmal auch ein nagender Schmerz im Magenbereich.« Sie würde nicht hier bleiben, erinnerte sie sich energisch. Nicht hinter diesem Vorhang, auf diesem Tisch! »So ähnlich wie heftiges Magenknurren. Manchmal wird es ziemlich stark.«

»Darauf wette ich. Und was haben Sie bisher dagegen unternommen?«

»Was man eben so bei Sodbrennen nimmt«, sagte Kate. »Maaloxan.«

Die Ärztin tätschelte ihr lächelnd die Hand. »Haben Sie viel Stress, Miss Powell?«

Mein Vater war ein Dieb, ich habe meinen Job verloren und sicher stehen jeden Augenblick die Bullen bei mir vor der Tür. Es gibt nichts, was ich dagegen unternehmen kann, nichts, wodurch nicht alles noch viel schlimmer wird.

»Wer hat den nicht?« Sie versuchte, nicht zusammenzufahren, als die Ärztin ihr Lid anhob und eine Lampe auf ihre Pupille richtete.

»Wie lange haben Sie diese Schmerzen schon?«

»Eigentlich schon immer. Ich weiß es nicht. In den letzten Monaten sind sie schlimmer geworden.«

»Schlafen Sie gut?«

»Nein.«

»Nehmen Sie deshalb etwas ein?«

»Nein.«

»Wie ist es mit Kopfschmerzen?«

»Vielen Dank. Davon habe ich mehr als genug. Nuprin«, antwortete sie, noch ehe die Frage kam. »Exedrin. Ich wechsle immer mal.«

»Hm-hmmm. Wann waren Sie zum letzten Mal beim Arzt?« Als Kate nicht antwortete, lehnte sich die Ärztin, abermals mit zusammengepressten Lippen, zurück. »So lange her? Wer ist Ihr Hausarzt?«

»Einmal im Jahr suche ich zur Routineuntersuchung Dr. Minelli auf. Ich bin nie krank.«

»Im Augenblick mimen Sie die Kranke recht überzeugend. Und ich tue, als untersuche ich Sie, ja? Lassen Sie uns erst mal Ihren Blutdruck messen.«

Kate fügte sich. Sie hatte sich ein wenig beruhigt, da sie der festen Überzeugung war, das Elend nähme bald ein Ende. Sie war sicher, dass die Ärztin ihr etwas verschreiben würde und sie dann entließ.

»Der Blutdruck ist ein bisschen hoch, aber das Herz scheint in Ordnung zu sein. Sie haben Untergewicht, Ms Powell. Machen Sie irgendeine Diät?«

»Nein. Das habe ich noch nie gemacht.«

»Da haben Sie wirklich Glück«, sagte Hudd in nachdenklichem Ton.

Kate stieß einen Seufzer aus. »Ich habe keine Ess-Störung, Doktor. Ich leide weder an Bulimie noch an Anorexie. Ich breche nicht, faste nicht und werfe auch keine Pillen ein. Dünn war ich schon immer.«

»Dann haben Sie also in letzter Zeit nicht abgenommen?«

»Ein paar Pfund vielleicht«, gab Kate, wenn auch widerwillig, zu. »Ich hatte einfach keinen Appetit. Hören Sie, es gab ein paar Probleme mit meiner Arbeit, und das hat mich ziemlich gestresst. Das ist alles. Glauben Sie mir, wenn ich die Wahl hätte, hätte ich statt Ecken und Kanten lieber Rundungen.«

»Tja, sobald wir dieses Problem gelöst haben, kriegen Sie die sicher auch. Ein paar harmlose Untersuchungen …«

Kate umklammerte den Arm der Ärztin mit stählernem Griff. »Untersuchungen? Was für Untersuchungen?«

»Nichts, wofür wir Folterkammern bräuchten, das verspreche ich. Wir brauchen ein paar Röntgenbilder und auf alle Fälle eine Kontrastaufnahme. Außerdem empfehle ich, Sie einmal gründlich durchzuchecken, weil nur auf diese Weise anderes ausgeschlossen werden kann.«

»Ich will keine Untersuchungen. Geben Sie mir eine Pille und dann lassen Sie mich gehen.«

»Ms Powell, ganz so einfach ist das nicht. Wir machen die Röntgenaufnahmen, so schnell es geht. Und ich versuche, dafür zu sorgen, dass die Gesamtuntersuchung gleich morgen früh stattfinden kann. Sobald wir die Aufnahmeformalitäten erledigt haben …«

Panik war weiß, erkannte Kate. Weiße Zimmer und Frauen in weißen Uniformen. »Sie behalten mich nicht hier …«

»Nur für eine Nacht«, beschwichtigte die Ärztin. »Es ist ja nicht so, dass wir die Diagnose Ihres Freundes nicht respektieren würden …«

»Er ist nicht mein Freund.«

»Tja, dann würde ich das an Ihrer Stelle einmal klären; auf alle Fälle ist er kein Arzt.«

»Seine Mutter ist Ärztin. Er hat auf dem Weg hierher mit ihr telefoniert. Fragen Sie ihn. Ich will, dass Sie ihn holen. Holen Sie ihn her.«

»Schon gut. Versuchen Sie, sich zu beruhigen, ja? Ich werde mit ihm reden. Legen Sie sich einfach hin und entspannen Sie sich.« Die Ärztin drückte Kate auf die Liege zurück.

Sobald sie alleine war, gab Kate sich Mühe, langsam und regelmäßig zu atmen. Aber immer noch hatte die Panik sie im Griff.

»Du streitest also immer noch mit allen Leuten«, setzte Byron an, als er den Raum betrat.

Kate schoss wie eine Feder hoch. »Ich kann hier nicht bleiben.« Mit zitternden Händen packte sie ihn am Hemdkragen. »Du musst mich hier rausbringen.«

»Jetzt hör zu, Kate …«

»Es geht nicht. Ich kann nicht im Krankenhaus bleiben, unter gar keinen Umständen«, sagte sie in panischem Flüsterton. »Meine Eltern …«

Zuerst war er verwirrt. Erwartete sie, dass er die Templetons in Frankreich anrief und nach Hause beorderte? Dann aber fiel es ihm ein – ihre leiblichen Eltern hatten einen tödlichen Autounfall gehabt. Deshalb ihre Panik vor dem Krankenhaus!

Er erkannte, dass das, was er fälschlicherweise als Ausdruck von Schmerzen und schlechter Laune gedeutet hatte, blankes Entsetzen war.

»Schon gut, Baby!« Um sie zu beruhigen, küsste er sie auf die Stirn. »Keine Angst. Du musst nicht hier bleiben.«

»Ich kann nicht.« Gleich würde sie hysterisch, merkte sie.

»Das wirst du auch nicht. Ich verspreche es.« Er umfasste ihr Gesicht und sah sie an. »Zuerst werde ich mit der Ärztin reden, und dann bringe ich dich heim.«

Ihr Vertrauen in ihn gewann die Oberhand. »Also gut. Okay.« Sie schloss die Augen. »Okay.«

»Warte eine Minute, ja?« Er trat auf die andere Seite des Vorhangs, wo die Ärztin ihn erwartete. »Sie hat eine Phobie. Das war mir bisher nicht klar.«

»Hören Sie, Mr De Witt, den wenigsten Menschen gefällt es, die Nacht in einer Klinik zu sein. Es gibt Augenblicke, in denen gefallt es nicht mal mir.«

»Ich spreche nicht von normalem Widerwillen.« Frustriert fuhr er sich mit der Hand durchs Haar. »Zunächst dachte ich auch, dass es das ist. Aber es ist viel mehr. Hören Sie, ihre Eltern kamen bei einem Unfall ums Leben, als sie noch ein kleines Mädchen war. Ich kenne die Einzelheiten nicht, aber anscheinend hat sie damals einige Zeit im Krankenhaus verbracht. Bei der Vorstellung, hier bleiben zu müssen, bricht sie in Panik aus, und normalerweise neigt sie nicht zu Hysterie.«

»Diese Untersuchungen sind wichtig«, wandte die Ärztin ein.

»Dr. … Hudd, nicht wahr? Dr. Hudd, sie hat ein Magengeschwür. Symptome wie aus dem Lehrbuch, falls ich so sagen darf. Das wissen Sie und das weiß ich.«

»Weil Ihre Mutter es gesagt hat?«

»Meine Mutter ist Chefinternistin im Atlanta General Hospital.«

Hudd zog die Brauen hoch. »Dr. Margaret De Witt?« Sie stieß einen Seufzer aus. »Wirklich beeindruckend. Ich habe eine Reihe ihrer Veröffentlichungen gelesen. Nun – obgleich ich dazu neige, ihre Diagnose als richtig anzuerkennen, bin ich sicher, dass auch sie weitergehende Tests für nötig hielte. Allen bisherigen Anzeichen nach handelt es sich um ein Zwölffingerdarmgeschwür, aber ich kann andere Möglichkeiten nicht ausschließen. Bestimmte Tests sind unbedingt erforderlich.«

»Und was ist, wenn der Zustand der sowieso schon vollkommen erschöpften Patientin durch die Panik vor den Untersuchungen noch verschlimmert wird?« Er wartete eine Sekunde ab. »Keiner von uns kann sie zwingen, die Tests über sich ergehen zu lassen. Sicher marschiert sie stattdessen einfach hier raus und schluckt weiter irgendwelche Tabletten, bis sie ein Loch im Magen hat, in das ein Golfball passt.«

»Nein, ich kann sie nicht zwingen, die Untersuchungen vornehmen zu lassen«, sagte Hudd entnervt. »Aber ich könnte ihr ein Mittel verschreiben als Gegenleistung für das Versprechen, dass sie ambulant zum Röntgen kommt, sobald sie erneute Schmerzen hat.«

»Dafür werde ich sorgen.«

»Das hoffe ich. Sie hat erhöhten Blutdruck und Untergewicht. Außerdem leidet sie unter Stress. Meiner Meinung nach steht sie kurz vor einem Zusammenbruch.«

»Ich kümmere mich um sie.«

Nach kurzem Überlegen nickte Dr. Hudd. »Sicherlich tun Sie das.« Ehe sie hinter den Vorhang trat, drehte sie sich noch einmal um. »Ist Ihr Vater Dr. Brian De Witt?«

»Thoraxchirurgie.«

»Und Sie sind …«

»In der Hotelbranche.« Er setzte sein charmantestes Lächeln auf. »Aber meine Schwestern sind Ärztinnen. Alle drei.«

»Tja, in jeder Familie gibt es eben ein schwarzes Schaf.«

»Tut mir leid«, murmelte Kate. Sie hatte sich müde in ihrem Sitz zurückgelehnt und die Augen zugemacht.

»Tu einfach, was die Ärztin dir geraten hat. Nimm die Medikamente und guck, dass du ein wenig Ruhe bekommst. Und schieb dir vielleicht in Zukunft weniger Pfefferschoten rein.«

Sie wusste, dass er versuchte, sie zum Lächeln zu bewegen, und so tat sie ihm den Gefallen. »Dabei hätte ich gerade jetzt einen regelrechten Heißhunger darauf. Tja, ich wollte nicht fragen, ehe ich nicht sicher war, dass uns die Flucht tatsächlich gelingt – aber wie hast du sie dazu gekriegt, mich zu entlassen?«

»Mit Vernunft und Charme und, indem ich geschickt den Namen meiner Mutter fallen ließ. Sie gilt in Medizinerkreisen als ziemlich hohes Tier.«

»Oh!«

»Außerdem mit dem Versprechen«, fügte er hinzu, »dass du, falls du noch mal derartige Schmerzen hast, ambulant ein paar Untersuchungen über dich ergehen lässt.« Er drückte ihr die Hand. »Das ist nichts, was du einfach ignorieren kannst, Kate. Du musst sehen, dass du diese Sache in den Griff bekommst.«

Wieder machte sie die Augen zu. Die ganze Angelegenheit war furchtbar peinlich, dachte sie. Und außerdem züngelten hin und wieder noch Flammen heißer Panik in ihr auf.

Als sie die Augen wieder öffnete, nahm sie in helles Mondlicht getauchte Klippen, Wälder und eine gewundene, von dünnen Nebelschwaden überzogene Straße wahr. Hinter ihren Augen stiegen Tränen auf. Sie hatte ihn gebeten, sie nach Hause zu bringen, und er hatte instinktiv die richtige Route gewählt. Ihr Zuhause war nicht ihre Wohnung, sondern Templeton House.

Hinter den Fenstern brannte warmes Licht. Warm, einladend und ebenso verlässlich wie der morgendliche Sonnenaufgang. Blumenduft und Meeresrauschen schmeichelten der Nase und dem Ohr.

Noch ehe der Wagen in der Einfahrt zum Stehen kam, flog bereits die Haustür auf, und Laura kam herausgerannt.

»Oh, meine Liebe, ist alles in Ordnung mit dir?« Mit wehendem Bademantel riss Laura die Beifahrertür auf und zog Kate an ihre Brust. »Ich habe mir solche Sorgen um dich gemacht!«

»Schon gut. Es ist einfach lächerlich. Ich …« Dann merkte sie, dass auch Ann antrabte, und beinahe hätte sie geweint.

»Jetzt bist du ja zu Hause, Liebes.« Ann legte einen Arm um Kate und führte sie den Weg hinauf. »Und jetzt gehen wir hinein.«

»Ich …« Aber es war zu herrlich, einfach den Kopf an Anns Schulter zu lehnen und sich darauf zu freuen, dass es gleich sicher ofenwarme Plätzchen, süßen Tee, weiche Laken und liebevolle Worte für sie gab.

»Byron.« Laura sah ihn geistesabwesend an. »Ich bin wirklich dankbar, dass Sie angerufen haben. Ich …« Sie blickte in Richtung von Kate, die zusammen mit Ann bereits auf halbem Weg zur Haustür war. »Bitte, kommen Sie doch noch auf einen Kaffee mit herein.«

»Nein. Ich fahre besser allmählich heim.« Es war offensichtlich, dass Laura in Gedanken ausschließlich bei der Cousine war. »Vielleicht komme ich die Tage vorbei, um zu sehen, was sie macht. Gehen Sie jetzt ruhig mir ihr rein.«

»Nochmals vielen Dank. Vielen, vielen Dank!« Eilig rannte sie los.

Er beobachtete, wie sie die anderen einholte, ebenfalls einen Arm um Kates Taille schlang und das Dreiergespann unlösbar miteinander verbunden im Haus verschwand.

Zwölf Stunden lang schlief sie und schlug erholt und überrascht die Augen auf. Sie befand sich in ihrem Jugendzimmer. Die Tapete wies immer noch die dezenten, pastellfarbenen Streifen auf – die ursprünglichen Jalousien waren seinerzeit durch Spitzengardinen ersetzt worden, die in der leichten, durch die offenen Fenster wehende Brise schaukelten. Sie hatten Kates Großmutter gehört. Hatten das Schlafzimmer ihrer eigenen Mutter verziert. Tante Susie hatte gedacht, ihr Anblick hätte etwas Tröstendes für sie, als sie nach Templeton House gekommen war, und das traf wirklich zu. Auch jetzt noch spendete der Anblick Trost.

An zahllosen Vormittagen war Kate in dem großen, weichen Bett erwacht, hatte die Vorhänge in der Brise flattern sehen und sich ihren Eltern nahe gefühlt.

Ach, wenn sie doch jetzt mit ihnen sprechen könnte, dachte sie. Wenn sie doch versuchen könnte zu verstehen, warum ihr Vater zum Dieb geworden war. Aber was gäbe es da zu verstehen? Welche Rechtfertigung gäbe es für derartige Verfehlungen?

Am besten konzentrierte sie sich ausschließlich auf die Gegenwart, fände einen Weg ins Jetzt zurück. Aber wie sollte sie das bewerkstelligen?

Sicher war es vor allem das Haus, überlegte sie. Es barg so viele Erinnerungen. Es hatte seine Geschichte, hatte die verschiedensten Zeiten, Menschen, Geister erlebt. Genau wie die Klippen, die Wälder, die wild geformten Zypressen verströmte es Magie.

Sie vergrub ihr Gesicht in dem Kissen, das mit irischem Leinen bezogen war. Ann versah die Bettwäsche immer mit einem leichten Zitronenduft. Auf dem Nachttisch stand eine Vase aus Waterford-Kristall mit einem Strauß süß duftender Freesien, neben der ein Zettel lag. Da er Lauras Handschrift trug, schaute Kate ihn näher an.

Kate, ich wollte dich nicht wecken, als ich ging. Margo und ich sind heute Morgen im Geschäft. Dass du dich dort ja nicht blicken lässt! Annie hat sich bereit erklärt, dich in deinem Zimmer einzusperren, falls es nötig ist. Wenn du dann nicht gerade schläfst, nimm bitte um Punkt elf die Medizin. Eine von uns kommt zum Mittagessen heim. Wir erwarten, dass du dich bis dahin nicht aus dem Bett erhebst. Falls du uns je wieder einen derartigen Schrecken einjagen solltest, bekommst du es mit mir zu tun. Ich liebe dich, Laura.

Typisch Laura, dachte Kate und legte den Zettel auf den Nachttisch zurück. Aber sie konnte unmöglich den ganzen Tag im Bett bleiben. Dort hätte sie zu viel Zeit zum Nachdenken. Nein, es war besser, wenn sie das Kind beim Namen nannte, dachte sie. Sie müsste etwas finden, das sie davor bewahrte, in Grübelei zu versinken. Irgendwo musste ihre Aktentasche sein. Am besten …

»Und was bildest du dir ein, was du da tust?« Ein Tablett in den Händen und ein strenges Glitzern in den Augen betrat Ann Sullivan den Raum.

»Ich … wollte nur ins Bad. Mehr nicht.« Vorsichtig stellte Kate den zweiten Fuß auf dem Boden ab und wandte sich dem angrenzenden Badezimmer zu.

Lächelnd stellte Ann das Tablett auf dem Schreibtisch ab, trat neben das Bett und schüttelte kräftig die Kissen aus. Alle ihre Mädchen hielten sich für gute Lügnerinnen, dachte sie. Dabei besaß nur Margo ein gewisses Talent.

Reglos wartete sie, bis Kate wieder zurückkam, und wies dann ohne Worte aufs Bett.

»Und jetzt werde ich dafür sorgen, dass du vernünftig isst, deine Medikamente nimmst und dich benimmst.« Mit ruhigen, geschickten Bewegungen stellte Ann das Tablett auf den Nachttisch. »So, so, dann hast du also ein Magengeschwür. Aber keine Angst, das kriegen wir schon wieder hin. Mrs Williamson hat leckeres Rührei, Toast und Kräutertee für dich gemacht. Sie sagt, Kamillentee beruhigt. Und außerdem isst du ein bisschen Obst. Die Melone ist wirklich mild.«

»Zu Befehl, Ma'am.« Kate hatte wirklich Appetit. »Annie, es tut mir leid.«

»Was tut dir leid? Dass du ein elender Dickschädel bist? Das sollte es auch.« Trotzdem setzte sie sich auf die Bettkante und legte wie früher so oft Kate die Hand auf die Stirn, um zu fühlen, ob sie vielleicht Fieber hatte. »Du hast so lange geackert, bis es einfach zu viel geworden ist. Guck dich nur an, du bist nichts als Haut und Knochen, Kate. Also iss jetzt bitte den Teller leer.«

»Ich dachte, es wäre Sodbrennen«, murmelte Kate, biss sich auf die Lippen und senkte verlegen den Kopf. »Oder Krebs.«

»Was ist denn das nun wieder für ein Unsinn?« Entgeistert umfasste Ann Kates Kinn und zwang die junge Frau, sie anzusehen. »Du hattest Angst, du hättest vielleicht Krebs – und hast uns nichts davon gesagt?«

»Tja, ich dachte, wenn es Sodbrennen wäre, könnte ich damit leben, und wenn es Krebs wäre, stürbe ich sowieso.« Sie fuhr zusammen, als sie Annies zornige Miene sah. »Ich komme mir wirklich idiotisch vor.«

»Das freut mich zu hören, denn das ist auch ein sträfliches Verhalten.« Annie schenkte Tee in eine Tasse ein. »Kate, ich liebe dich, aber in meinem ganzen Leben war ich auf niemanden wütender als im Augenblick auf dich. Oh, nein! Wag es ja nicht, in Tränen auszubrechen, während ich dich anschreie.«

Schniefend nahm Kate das ihr von Ann hingehaltene Taschentuch und schneuzte sich. »Tut mir leid«, wiederholte sie.

»Meinetwegen.« Seufzend reichte Annie ihr ein weiteres Tempo. »Ich dachte, Margo wäre diejenige von euch, die mich eines Tages in den Wahnsinn treibt. Vielleicht hast du dich zwanzig Jahre lang wie ein Engel aufgeführt – aber inzwischen stehst du ihr in nichts mehr nach. Hast du auch nur ein einziges Mal irgendjemand aus deiner Familie gegenüber erwähnt, dass du dich unwohl fühlst? Hast du auch nur ein einziges Mal daran gedacht, wie es für uns sein würde, lägst du plötzlich im Krankenhaus?«

»Ich dachte, ich käme allein damit zurecht.«

»Aber das tust du nicht, oder?«

»Nein.«

»Iss die Eier, bevor sie kalt werden. Unten in der Küche steht Mrs Williamson und ist außer sich vor Sorge um dich. Und unser alter Joe, der Gärtner, hat seine kostbaren Freesien für dich geschnitten, damit sie dich beim Aufwachen erfreuen. Margo hat mich heute Morgen über eine halbe Stunde lang am Telefon mit Fragen bestürmt, weil sie vor Angst um dich beinahe den Verstand verliert. Josh kam, bevor er heute Morgen zur Arbeit fuhr, extra hier vorbei, um zu sehen, wie es dir geht. Und meinst du, Laura hätte heute Nacht auch nur ein Auge zugetan?«

Während sie ihre Strafpredigt hielt, bestrich Ann einen Toast mit Himbeermarmelade und reichte ihn Kate. »Und was meinst du, wie es den Templetons gehen wird, wenn sie hören, was geschehen ist?«

»Oh, Annie, bitte …«

»Sag es ihnen nicht?«, fragte Ann und bedachte Kate erneut mit einem strengen Blick. »War es das, was du sagen wolltest, mein Fräulein? Dass ich den Menschen, die dich lieben und denen dein Wohlergehen am Herzen liegt, die dir ein Heim und eine Familie gegeben haben, verschweigen soll, wie es dir geht?«

Niemand, dachte Kate voll Selbstmitleid, teilte Lob und Tadel wirkungsvoller aus als Ann. »Nein. Ich wollte sagen, dass ich sie selbst anrufen will. Und zwar heute noch.«

»So ist's gut. Und wenn es dir wieder ein wenig besser geht, wirst du dich außerdem persönlich bei Mr De Witt dafür bedanken, dass er sich so rührend um dich gekümmert hat.«

»Ich …« Bei dem Gedanken an die dabei zu erwartende weitere Erniedrigung stocherte Kate lustlos in ihrem Rührei herum. »Aber ich habe mich bereits bei ihm bedankt.«

»Dann bedankst du dich eben noch ein zweites Mal.« Ann blickte auf, als sie ein leises Klopfen an der Zimmertür vernahm.

»Bitte entschuldigen Sie. Die hier wurden eben für Miss Powell abgegeben.« Das Mädchen trug eine lange weiße Blumenschachtel herein und legte sie am Fuß des Bettes ab.

»Danke, Jenny. Warten Sie einen Augenblick, bis wir wissen, welches die passende Vase ist. Nein, du isst schön brav weiter«, sagte Ann an Kate gewandt. »Ich mache die Schachtel auf.«

Sie löste die Schleife, hob den Deckel an, und sofort war der Raum von süßem Duft erfüllt. Zwei Dutzend langstieliger gelber Rosen lagen in einem Bett aus schimmerndem Grün.

Bei ihrem Anblick stieß Annie einen leisen, femininen Seufzer aus.

»Holen Sie die Baccarat-Kristallvase, ja, Jenny? Die große aus der Bibliothek.«

»Sehr wohl, Ma'am.«

»Jetzt weiß ich, dass ich krank bin.« Vergnügt öffnete Kate den der Schachtel beigefügten Umschlag. »Wenn Margo mir schon Blumen schickt …« Aber als sie die Karte las, riss sie mit einem Mal die Augen auf.

»Ich nehme an, dass die Blumen nicht von Margo sind.« Mit dem Recht der seit Jahren liebenden Ziehmutter nahm Ann Kate die Karte aus der Hand. »›Spann mal richtig aus, Byron.‹ Aber hallo!«

»Nichts mit ›Aber hallo‹. Ich tu ihm einfach leid.«

»Zwei Dutzend gelber Rosen drücken meiner Meinung nach etwas anderes als Mitleid aus, Mädchen. Ich finde, ein solcher Strauß hat eher etwas mit Romantik zu tun.«

»Wohl kaum.«

»Nun, zumindest ist er sehr verführerisch.«

Kate erinnerte sich an den wilden, heißen, intensiven Kussaustausch, der so rüde unterbrochen worden war. »Vielleicht. Halbwegs. Nur bin ich wohl kaum der verführerische Typ.«

»Der sind wir alle. Danke, Jenny. Den Rest erledige ich selbst.«

Ann nahm dem Mädchen die Vase ab und ging, um sie zu füllen, ins angrenzende Bad. Als sie wieder zurück ins Zimmer kam, stellte sie ohne Überraschung, aber voller Freude fest, dass Kate gedankenverloren an einer der üppigen Blüten schnupperte.

»Trink du deinen Tee, während ich mich um den Strauß kümmere, ja? Ich finde, Blumen zu arrangieren ist etwas ungeheuer Entspannendes.«

Sie nahm ein Schere aus einer Schublade des alten Schreibtisches, breitete das Seidenpapier, in das die Blumen gewickelt waren, auf der Kommode aus, und machte sich ans Werk. »Man sollte sich dabei Zeit lassen, weil es einem auf diese Weise die größte Freude bereitet. Sie einfach in eine größenmäßig halbwegs passende Vase zu stopfen – da fehlt der Spaß.«

Kate listete gerade im Geiste die ihr bekannten Eigenschaften ihres Retters auf. Er war selbstbewusst, freundlich, attraktiv, mischte sich ständig in die Angelegenheiten anderer Leute ein und war sexy ohne jedes Maß. »Zumindest ist die Arbeit dann getan.«

»Tja, wenn das alles ist, worauf es dir ankommt. Meiner Meinung nach ging es dir in deinem ganzen Leben leider immer nur darum, irgendwelche Dinge zu erledigen. An das Vergnügen, das man bei der Arbeit haben kann, hast du offensichtlich nie gedacht. Vielleicht ist es produktiv, alles immer möglichst zügig zu erledigen – aber lustig ist es sicher nicht.«

»Meine Arbeit hat mir durchaus Spaß gemacht«, murmelte Kate.

»Ach tatsächlich? Soweit ich es beurteilen kann, siehst du selbst deine allwöchentliche Schatzsuche zusammen mit den anderen als Teil deines routinemäßigen Arbeitspensums an. Lass mich dir eine Frage stellen, ja? Wenn du durch irgendeinen Zufall im Laufe deiner Bemühungen um Effizienz über Seraphinas Mitgift stolpern solltest, was würdest du dann damit anfangen?«

»Was ich damit anfangen würde?«

»Genau das habe ich gefragt. Würdest du das Geld nehmen und um die Welt segeln, dich an irgendeinem schönen Strand in die Sonne legen und dir einen Sportwagen zulegen oder würdest du es in Immobilien und festverzinslichen Wertpapieren anlegen?«

»Richtig investiert vermehrt sich Geld von ganz allein.«

Ann schob einen schlanken Rosenstiel in die Vase und rückte ihn sorgsam zurecht. »Und wozu? Damit man es ordentlich in irgendeiner Schatzkammer übereinander stapeln kann? Ist Geldverdienen das Mittel zum Zweck oder bereits der Zweck allein? Nicht, dass du mich in all den Jahren bezüglich meiner Finanzen nicht fabelhaft beraten hättest, mein Schatz – aber ich denke, dass man auch Träume haben muss. Und hin und wieder sollten diese Träume schon etwas verwegen sein.«

»Ich habe Pläne.«

»Nein, ich meine nicht Pläne, sondern Träume.« Seltsam, dachte Ann. Mit dem Träumen hatte keins der Mädchen Glück gehabt. Ihre eigene Tochter verstieg sich immer in allzu kühne Vorstellungen. Miss Laura hatte sich eher bescheidene Wünsche gestattet, aufgrund derer ihr das Herz gebrochen worden war. Und die kleine Miss Kate hatte ganz einfach nie genug geträumt. »Worauf wartest du, mein Schatz? Willst du erst so alt werden wie ich, ehe du endlich mal ans Vergnügen denkst?«

»Du bist nicht alt, Annie«, verwies Kate sie milde. »Und du wirst auch niemals alt.«

»Sag das mal den Falten, von denen es in meinem Gesicht täglich mehr zu sehen gibt.« Trotzdem lächelte sie. »Worauf wartest du, Katie?«

»Ich weiß es nicht. Zumindest nicht genau.« Ihr Blick wanderte zu der glitzernden Kristallvase und der üppigen, sonnengelben Blütenpracht. Sie konnte an einer Hand abzählen, wie oft sie bisher von einem Mann Rosen bekommen hatte. »Bisher habe ich nie richtig darüber nachgedacht.«

»Dann wird es höchste Zeit, dass du es endlich einmal tust. Stell dir eine Liste der Dinge auf, die dich glücklich machen, Kate. Schließlich hast du zum Erstellen von Listen, weiß Gott, Talent«, sagte Ann, ehe sie entschieden auf den Kleiderschrank zumarschierte und nach dem Morgenmantel griff, der für Kate immer hier hing. »Und jetzt kannst du dich ein wenig auf der Terrasse in die Sonne setzen, wenn du willst. Am besten machst du es dir so richtig schön bequem und träumst ein bisschen vor dich hin.«

9

Eine Woche des Verhätschelt-Werdens war die beste Medizin. Obgleich Kate befürchtete, dass sie allmählich eine Überdosis liebevoller Zuwendung bekam, ließen die anderen einfach nicht zu, dass sie zurück in ihre Wohnung oder in den Laden fuhr.

Also sagte sie sich, dass sie, selbst wenn es sie umbringen würde, vernünftigerweise ein neues Kapitel ihres Lebens aufschlüge, und bemühte sich aus ganzer Kraft, sich treiben zu lassen und alles zu nehmen, wie es kam.

Wobei sie sich fragte, ob wohl irgendjemandem auf der Welt auf Dauer eine solche Faulenzerei möglich war.

Sie hielt sich vor Augen, dass es ein wunderbarer Abend war. Dass sie im Garten saß, ein Kind in ihren Schoß geschmiegt, ein zweites zu ihren Füßen, und dass sich ihr Magengeschwür – wenn es denn überhaupt eins war – seit Tagen kaum noch meldete.

Obendrein hatte sie hier, in ihrem Heim aus Kindertagen, einen Frieden gefunden, der ihr seit Jahren fremd war.

»Ich wünschte, du könntest immer hier bei uns wohnen, Tante Kate.« Kayla hob ihr Engelsgesicht und sah sie aus sanften, grauen Augen an. »Wir würden dafür sorgen, dass du niemals krank wirst und dir nie zu viele Gedanken machen musst.«

»Tante Margo sagt, du wärst eine professionelle Krümelpickerin.« Ali kicherte über den Ausdruck, ehe sie weiter pinkfarbenen Nagellack auf Kates Zehennägel strich. »Kannst du mir sagen, was das ist?«

»Tante Margo.« War es nicht bereits schlimm genug, fragte sich Kate, dass sie mit grell rosafarbenen Zehennägeln herumzulaufen gezwungen würde? Musste man sie obendrein auch noch beleidigen? »Ihr Glück, dass ich Krümel genauso gern wie ganze Stücke Kuchen mag.«

»Wenn du nicht wieder in dein Apartment ziehen würdest, könnten wir jeden Tag mit dir spielen.« Kayla war der Ansicht, dass dieses Versprechen ihre Tante sicherlich bestach. »Und du und Mama, ihr könntet wieder Teeparties veranstalten, wie ihr sie hattet, als ihr noch kleine Mädchen wart.«

»Wir könnten all zusammen Teeparties veranstalten, wenn ich zu Besuch komme«, antwortete Kate. »Auf diese Weise bleiben sie etwas Besonderes.«

»Aber wenn du hier leben würdest, bräuchtest du keine Miete zu bezahlen.« Ali drehte die Nagellackflasche sorgfältig zu und fuhr für eine Zehnjährige viel zu altklug fort: »Bis du finanziell wieder auf die Beine kommst.«

Kate sah sie lächelnd an. »Wo hast du denn den Satz aufgeschnappt?«

»Du bist diejenige, die immer solche Sachen sagt.« Ali lächelte ebenfalls und schmiegte ihre Wange an Kates Knie. »Mama arbeitet inzwischen so viel, und überhaupt ist nichts mehr wie früher. Es ist besser, wenn du bei uns bist.«

»Ich finde es auch besser, wenn du bei uns bist«, pflichtete Kayla der Schwester eilig bei.

Gerührt fuhr Kate Ali durch das gelockte Haar. Ein leuchtend gelber Schmetterling flatterte durch die Luft und landete elegant im Kelch einer roten Petunie. Einen Augenblick lang streichelte Kate das Kind und beobachtete, wie der Schmetterling vorsichtig mit den Flügeln schlug, während er Nektar aus der Blüte sog.

Wie schwer würde es sein, fragte sie sich, einfach für immer zu bleiben, sich treiben zu lassen, alles Vergangene zu vergessen. Überhaupt nicht schwer, erkannte sie. Und war nicht genau das einer der Gründe, weshalb es ihr unmöglich schien?

»Ich muss wieder in meine eigene Wohung zurück. Das bedeutet aber nicht, dass ich nicht auch weiterhin jede Menge Zeit mit euch verbringen werde. Auf alle Fälle sämtliche Sonntage, denn schließlich müssen wir Seraphinas Schatz noch heben.«

Als sie Schritte vernahm, sah sie erleichtert auf. Wenn die Unterhaltung weitergegangen wäre, hätte sie ihren Nichten am Ende sicher jeden Wunsch erfüllt. »Na, wenn das nicht unser Tausendschönchen ist!«

Als die Mädchen kicherten, zog Margo wortlos eine schmale Braue hoch. »Am besten tue ich so, als hätte ich das nicht gehört. Ich bin einfach zu gut gelaunt, um mich ärgern zu lassen. Guckt nur her!« Sie lüftete ihre elegante Leinentunika und zupfte an ihrem Hosenbund herum. »Heute Morgen habe ich meinen Rock nicht mehr zugekriegt. Scheint, als bekäme ich endlich einen Bauch.« Strahlend baute sie sich seitwärts zu den anderen auf. »Und, sieht man was?«

»Du siehst aus wie ein gestrandeter Wal«, kam Kates trockene Erwiderung; aber Kayla sprang eilig auf, rannte zu Margo hinüber und presste ein Ohr gegen ihren Bauch.

»Ich kann noch gar nichts hören«, beschwerte sie sich lauthals. »Bist du sicher, dass er da drin ist?«

»Ganz sicher. Nur dafür, dass es ein Er ist, gibt es keine Garantie.« Plötzlich zitterte ihre Unterlippe, und hinter ihren Augen stiegen Tränen auf. »Kate, es hat sich bewegt. Heute Nachmittag habe ich einer Kundin geholfen, die sich nicht entscheiden konnte, ob ihr ein Kostüm von Armani oder ein Anzug von Donna Karan besser gefiel, und plötzlich habe ich dieses … dieses Flattern gespürt. Das Baby hat sich wirklich bewegt. Ich habe gespürt – ich habe gespürt …« Mit einem Mal brach sie in wilde Tränen aus.

»Allmächtiger!« Kate sprang von ihrem Stuhl, packte die entgeisterten Mädchen und scheuchte sie in Richtung Haus. »Es ist alles in Ordnung«, versicherte sie ihnen noch. »Sie weint nur, weil sie so glücklich ist. Sagt Mrs Williamson, dass sie uns bitte einen großen Krug Limonade machen soll, wenn möglich von der sprudelnden.«

Dann wirbelte sie zu Margo herum und zog sie eilig an ihre Brust. »Ich habe doch nur Spaß gemacht. Du bist nicht fett.«

»Aber ich will fett sein«, schluchzte Margo auf. »Ich will watscheln wie eine Ente. Ich will nicht mehr auf dem Bauch schlafen können. Ich will …«

»Okay!« Hin und her gerissen zwischen Besorgnis und Belustigung tätschelte Kate ihr begütigend den Arm. »Okay, mein Schatz, das wirst du auch. In der Tat hatte ich vorhin bereits den Eindruck, dass du ziemlich unbeholfen angewatschelt kamst.«

»Wirklich?« Margo schniefte ein letztes Mal. »Ach, verdammt, hör mich nur an. Ich bin vollkommen übergeschnappt, schau diese Stimmungsschwankungen! Aber, Kate, ich habe das Baby gespürt. Ich bekomme wirklich ein Kind. Und dabei habe ich keine Ahnung, was man als Mutter machen soll. Ich fürchte mich! Und zugleich bin ich glücklicher als je zuvor. Himmel, jetzt habe ich meine Wimperntusche ruiniert.«

»Gott sei Dank, du kommst wieder zu dir.« Selbst ein wenig zittrig führte Kate Margo zu einem Stuhl. »Und was macht Josh, wenn du plötzlich wie ein Schlosshund heulst?«

»Er holt Taschentücher.«

»Na toll.« Ohne große Hoffnung sah Kate in ihren Taschen nach. »Ich habe natürlich keine dabei.«

»Aber ich.« Margo stieß einen Seufzer aus und schneuzte

sich. »Verdammte Hormone.« Mit einem frischen Tuch tupfte sie sich die Wangen ab und tastete vorsichtig nach ihrem Zopf. »Eigentlich bin ich gekommen, um zu sehen, wie du dich fühlst.«

»Anders als bei dir ist in meinem Bauch offenbar vollkommen Ruhe eingekehrt. Alles okay. Ich glaube, diese Vermutung mit dem Magengeschwür war einfach Quatsch.«

Margo zog eine Braue hoch. »Ach ja? Du glaubst tatsächlich, es war einfach Quatsch?«

Kate kniff die Augen zusammen, als sie Margos Ton vernahm. »Fang jetzt bitte nicht an, auf mir herumzuhacken, ja?«

»Am liebsten hätte ich das schon vor Tagen getan. Bisher warst du einfach nicht fit genug, aber jetzt kann ich dir ja endlich sagen, dass du eine unsensible, egoistische Närrin bist. Du hast jedem Menschen, dessen Urteilsvermögen kläglich genug ist, dich auch nur halbwegs gerne zu haben, einen Riesenschrecken eingejagt.«

»Oh, und natürlich wäre es sensibel und selbstlos von mir gewesen, wenn ich die ganze Zeit gejammert hätte – so wie du es für gewöhnlich tust – und …«

»… wenn du einfach besser auf dich acht gegeben hättest«, beendete Margo ihren Satz. »Wenn du zum Arzt gegangen wärest. Aber nein, du warst ja viel zu clever, zu eingespannt, um dich mit einer derartigen Nebensächlichkeit auch nur gedanklich zu beschäftigen.«

»Ach, lass mich doch in Ruhe.«

»Ich komme gerade erst in Fahrt und werde nicht eher aufhören, als bis ich dir deutlich gemacht habe, wie blöd du dich benommen hast. Nachdem du jetzt eine Woche lang von allen verhätschelt worden bist, denke ich, dass du eine Portion Realität vertragen kannst. Mr und Mrs T. sind auf dem Weg zurück hierher.«

In Kate wallten heiße Schuldgefühle auf. »Warum? Dazu

besteht keine Veranlassung. Schließlich ist es nichts weiter als ein lächerliches Magengeschwür.«

»Ah, wenigstens gibst du jetzt zu, dass es eins ist.« Margo sprang erbost von ihrem Stuhl. »Falls dies ein Zwölf-Punkte-Programm zur Verhaltensverbesserung wäre, hättest du es inzwischen immerhin bis Punkt eins gebracht. Nach Lauras Anruf wären die beiden bereits mit dem nächsten Flugzeug angereist, wenn sie und Josh sie nicht davon überzeugt hätten, dass hier alles unter Kontrolle ist und dass sie doch zumindest erst bitte ihre Geschäfte erledigen sollen. Aber da diese nun getätigt sind, lassen sie sich durch nichts und niemanden mehr daran hindern, sich mit eigenen Augen zu überzeugen, ob ihrer Kate tatsächlich nichts Schlimmeres geschehen ist.«

»Ich habe selbst mit ihnen gesprochen und ihnen gesagt, dass es nichts auf sich hat.«

»Nein, natürlich nicht! Deine Firma schickt dich bis auf Weiteres nach Hause, weil du der Veruntreuung verdächtigt wirst, und kurz darauf landest du spät abends mit einem Magengeschwür im Krankenhaus. Weshalb also sollten sie sich auch nur die geringsten Sorgen machen?« Margo stemmte die Hände in die Hüften und sah Kate wütend an. »Wer, zum Teufel, meinst du eigentlich, dass du bist?«

»Ich …«

»Josh ist außer sich vor Wut, schiebt die Schuld an der ganzen Sache Bittle in die Schuhe und macht sich selbst die größten Vorwürfe, weil er nicht bereits in dem Augenblick, in dem sie dich vor die Tür gesetzt haben, gegen sie Sturm gelaufen ist.«

»Die beiden Dinge haben nichts miteinander zu tun.« Kate sprang ebenfalls von ihrem Stuhl, und die Lautstärke des Gebrülls stand dem der Freundin in nichts nach. »Und Josh hat mit der ganzen Sache auch nichts zu tun.«

»Das ist mal wieder typisch für dich. Vollkommen typisch!

Niemand hat irgendetwas mit Dingen zu tun, die dich angehen. Zwar macht sich Laura die heftigsten Vorwürfe, weil sie nicht besser auf dich geachtet hat – aber vermutlich ist dir das völlig egal.«

Einen Krug sprudelnder Limonade in der Hand rannte Laura in die Richtung, aus der das Geschrei an ihre Ohren drang. »Was geht hier vor? Margo, hör auf, sie zu schimpfen, ja?«

»Halt die Klappe«, brüllten die beiden Streithähne Laura einstimmig an.

»Ich habe euch bereits in der Küche gehört.« Beinahe hätte Laura den Glaskrug auf den Tisch geknallt. Mit großen Augen verfolgten ihre beiden Töchter das dreistimmige Gezänk.

»Ich musste brüllen«, stellte Margo fest, »denn sonst hätte sie meine Worte nie in ihren verdammten Dickschädel hineingekriegt. Aber du hattest bisher ja viel zu viel damit zu tun, sie zu bemitleiden, sonst hättest du sie sicher ebenfalls längst angebrüllt.«

»Lass Laura aus dem Spiel.« Aber noch während sie das sagte, wandte sich Kate selbst der Cousine zu. »Und du hörst bitte endlich damit auf, dir Vorwürfe zu machen, weil du nicht besser auf mich achtgegeben hast. Du bist nicht verantwortlich für mich.«

»Wenn du selbst vorsichtiger sein würdest«, schnauzte Laura erbost zurück, »dann müsste es niemand anderes für dich tun.«

»Aber hallo!« Unsicher, ob die Szene amüsant oder eher Furcht einflößend war, tauchte Josh vorsichtig hinter seinen Nichten auf und nahm ihnen die Limonadengläser, mit denen sie aus der Küche gekommen waren, ab. »Findet ihr keine bessere Art des Zeitvertreibs?«

»Halt du dich raus!« Kates Stimme zitterte vor Wut. »Haltet euch alle aus meinem Leben raus! Ich brauche niemanden, der auf mich aufpasst und sich meinetwegen Sorgen macht. Ich bin durchaus in der Lage …«

»… so achtlos mit dir umzugehen, dass du am Ende auf der Nase liegst«, beendete Margo ihren Satz.

»Jeder wird mal krank«, brüllte Kate sie an. »Jedem tut mal was weh.«

»Aber diejenigen, die nicht völlig verblödet sind, gehen rechtzeitig zum Arzt.« Laura legte ihre Hände auf Kates Schultern und rückte sie entschieden auf den Stuhl zurück. »Wenn du nur halbwegs vernünftig gewesen wärst, hättest du dich längst untersuchen lassen, statt dir selbst und uns allen die ganze Zeit über vorzugaukeln, dass alles in Ordnung ist. Aber nein, lieber hast du dich wie ein Närrin aufgeführt und die ganze Familie in Angst und Schrecken versetzt.«

»Ich konnte einfach nicht ins Krankenhaus. Du weißt, ich kann … ich kann es einfach nicht.«

Laura fuhr sich mit den Händen übers Gesicht. So weit kam man mit seinem Zorn, stellte sie müde fest. Man schnauzte einen leidenden Menschen an. »Okay.« Mit sanfter Stimme setzte sie sich auf die Lehne von Kates Stuhl. Als sie Margos Blick begegnete, erkannte sie, dass auch die Freundin sich an Kates Kindheitstrauma erinnerte. »Jetzt ist ja alles gut. Aber nun musst du anfangen, besser auf dich aufzupassen, damit so etwas nicht noch mal passiert.«

»Was bedeutet, dass du anfangen musst, ein Mensch aus Fleisch und Blut zu sein«, pflichtete Margo Laura ohne jede Bosheit bei.

»Sind sie immer noch böse aufeinander?«, flüsterte Kayla, während sie sich mit einer Hand an Joshs Hosenbein klammerte.

»Vielleicht ein bisschen, aber ich denke, dass der Sturm sich gelegt hat.«

»Mama schreit sonst nie.« Beunruhigt knabberte Ali an ihren Fingernägeln herum. »Sie schreit wirklich nie.«

»Mich hat sie früher öfter angeschrien. Aber es dauert lange, bis man sie zum Schreien bringt. Es muss ein Sache sein, die ihr wirklich sehr, sehr wichtig ist. Einmal hat sie mir sogar mitten auf meinen Zinken geboxt«, erklärte Josh.

Fasziniert fuhr Kayla mit der Hand über Joshs Nase, als er neben ihr in die Hocke ging. »Hat es geblutet und so?«

»Geblutet und alles, was dazugehört. Kate und Margo mussten sie gemeinsam von mir runterziehen. Aber dann hat sie ein furchtbar schlechtes Gewissen gehabt.« Er sah die beiden Mädchen grinsend an. »Obwohl ich angefangen hatte. Was meint ihr, schenken wir jetzt endlich allen ein Glas Limonade ein?«

Neben ihrem Onkel näherte sich Ali vorsichtig den Frauen. Plötzlich sah sie ihre Mutter in einem völlig neuen Licht.

Es musste getan werden, sagte sich Kate an diesem Sonntag Vormittag. Ihre Tante und ihr Onkel kämen am Nachmittag nach Hause. Ehe sie ihnen unter die Augen träte, brächte sie am besten den Besuch bei Byron hinter sich.

Nur indem sie ihre persönlichen und emotionalen Probleme ebenso sorgfältig zu lösen suchte wie die Probleme praktischer Natur, würde sie gesund. Weshalb nur, überlegte sie, fiel ihr das so schwer?

Insgeheim hoffte sie, dass er nicht zu Hause war. Viele Menschen fuhren am Sonntagmorgen brunchen oder an den Strand. Irgendwohin. Aber seine beiden Wagen standen vor dem Haus, und noch während sie hinter ihnen parkte und aus ihrem eigenen Auto stieg, drang bereits Creedence Clearwater Revival an ihr Ohr. Einen Augenblick lang lauschte sie John Fogerty's inbrünstiger Warnung vor dem *bad moon on the rise.*

Und hoffte, dass dies nicht ein schlechtes Omen war.

Es fiel ihr schwer, das gepflegte, elegante Aussehen dieses Mannes mit seiner offensichtlichen Vorliebe für bodenständigen, schrillen Rock sowie unzuverlässige und alles andere als ökonomische Oldtimer in Einklang zu bringen. Aber schließlich war sie nicht hier, um seinen Musikgeschmack zu analysieren oder zu ergründen, weshalb er keine zweckmäßigen Autos fuhr. Sie wollte ihm lediglich für seine Hilfe danken, ehe sie unter dieses peinliche Kapitel ihres Lebens einen Schlussstrich zog.

Während sie überlegte, was sie am besten sagen sollte, wandte sie sich entschlossen der Haustür zu. Sie würde lässig sein, freundlich und gut gelaunt. Am besten wäre es, sich lustig und angemessen dankbar zu zeigen für seine Hilfsbereitschaft – dann würde sie wieder gehen.

Sie atmete tief ein, trocknete die schweißnassen Hände an ihren Hosenbeinen ab, klopfte und lachte über sich. Bei dem Lärm der Musik hätte sicher nicht mal Superman etwas gehört. Also drückte sie den Klingelknopf. Als mit einem Mal die blecherne Melodie von *Hail, Hail, the Gang's All Here* an ihre Ohren drang, rang sie schockiert nach Luft, ehe sie abermals zu lachen begann. Dann klingelte sie ein zweites und ein drittes Mal.

Schließlich kam er, verschwitzt und sexy ohne jedes Maß, in fleckigen Shorts und einem ärmellosen Sweatshirt an die Tür.

»Der Klingelton gefällt mir nicht«, begrüßte er sie ohne große Umstände. »Aber ich kann ihn erst ändern, wenn das Haus mir gehört.«

»Ich wette, das sagst du jedesmal.« Sie gestattete sich einen langen, genüsslichen Blick. »Habe ich vielleicht bei einem Ringkampf oder ähnlichem gestört?«

»Gewichtheben.« Er trat einen Schritt zurück. »Aber hereinspaziert.«

»Hör zu, ich kann gerne später wiederkommen, wenn du nicht gerade mit dem Hieven von irgendwelchen Eisenstangen beschäftigt bist.« Himmel, er war erstaunlich muskulös. An jedem Körperteil. Weshalb hatte sie das noch nie bemerkt?

»Ich war sowieso fast fertig. Auch einen Schluck?« Er hielt ihr eine Flasche Sprudel hin, und als sie den Kopf schüttelte, hob er sie an seinen Mund. »Wie fühlst du dich?«

»Gut. Darum bin ich ja hier. Um …« Er beugte sich dicht über sie, machte die Haustür zu und brachte sie dadurch aus dem Konzept. »Um zu sagen, dass es mir wieder besser geht. Und um mich zu bedanken für … für alles. Für die Blumen. Sie waren unglaublich schön.«

»Irgendwelche Rückfälle?«

»Nein. Es war wirklich nicht so schlimm.« Sie zuckte mit den Schultern, rieb ihre Handflächen aneinander und fuhr dozierend fort: »Jeder zehnte Amerikaner hat irgendwann einmal ein Magengeschwür. Und zwar gleichmäßig auf sämtliche sozioökonomische Schichten verteilt. Es gibt keinen eindeutigen Beweis dafür, dass nur Menschen mit viel Stress und vollgestopften Terminkalendern betroffen sind.«

»Ach, haben wir ein paar Nachforschungen angestellt?« Ein Lächeln flatterte um seinen Mund.

»Nun, das schien mir das Logischste. Alles in allem gesehen.«

»Aha. Aber haben deine Nachforschungen vielleicht zumindest ebenfalls enthüllt, dass vor allem chronisch nervöse Menschen besonders anfällig für derartige Geschwüre sind?«

Sie vergrub ihre rastlosen Hände in den Hosentaschen. »Nun ja …«

»Setz dich doch.« Er winkte in Richtung des einzigen Sessels, ehe er die Musik ein wenig leiser drehte.

»Ich kann nicht bleiben. Meine Tante und mein Onkel kommen heute heim.«

»Aber sie sind frühestens um halb drei am Flughafen.«

Natürlich wusste er genau Bescheid. Sie merkte, dass sie nervös ihre Finger knetete, und atmete zu ihrer Beruhigung tief durch. »Ja, aber ich habe noch zu tun, genau wie du. Also werde ich einfach …«

Weiteres Stottern wurde durch plötzliche Kratzgeräusche und das überraschende Auftauchen zweier auf sie zurennender gelber Fellbündel erspart. »Ach, du meine Güte!« Automatisch ging sie in die Knie und fing die glückselig taumelnden Welpen auf. »Ach, was seid ihr goldig! Seid ihr niedlich. Schau mal – wie süß!«

Als Antwort fuhren ihr die beiden Kleinen eifrig mit nassen Zungen übers Gesicht, jaulten und krabbelten stolpernd übereinander, um noch näher zu gelangen.

»Das sind Nip und Tuck«, informierte Byron sie, während er ebenfalls in die Hocke ging.

»Und welcher ist welcher, wenn ich fragen darf?«

Er versetzte einen der Welpen in Ekstase, indem er ihm den haarigen Bauch zu kraulen begann. »Keine Ahnung, aber ich denke, dass sich das im Laufe der Zeit herausstellen wird. Ich habe sie erst seit ein paar Tagen.«

Kate nahm ein kleines Knäuel auf den Arm und vergaß, dass sie in Eile war. »Was für eine Rasse ist es denn?«

»Ein bisschen von diesem und ein bisschen von jenem. Teils Golden Retriever, teils Labrador.«

Ehe der zweite Welpe von ihrem Schoß herunterkrabbelte, gab sie ihm noch einen dicken Kuss. »Und woher hast du sie?«

»Aus einem Tierheim. Sie sind acht Wochen alt.« Byron fand die Überreste eines bereits ziemlich mitgenommenen Knochens auf dem Fußboden und kickte sie über die blank polierte Fläche.

»Und was machst du mit ihnen, wenn du arbeiten gehst?«

»Fürs Erste nehme ich sie einfach mit. Aber ich denke, demnächst zäune ich einen Teil des Gartens ein, und dann können sie sich dort miteinander amüsieren, wenn ich nicht zu Hause bin.« Nach erfolgreicher Knochenjagd kamen die beiden zurückgestolpert und sprangen entzückt an ihm hoch. »Eigentlich wollte ich nur einen, aber dann … Tja, es sind Brüder, und es erschien mir einfach nicht fair …« Er merkte, dass sie lächelte. »Was ist?«

»Das hätte ich wirklich nicht gedacht.«

»Was hättest du wirklich nicht gedacht?«

»Dass du ein solcher Weichling bist …«

Schulterzuckend warf er ein zweites Mal den Knochen quer durchs Wohnzimmer. »Ich hätte gedacht, eine praktische Frau wie du sähe den Vorteil, der darin liegt, wenn man sie beide nimmt. Der Gedanke, gleich einen Ersatzhund zu haben, kam mir durchaus vernünftig vor.«

»Na ja.«

»Himmel, Kate, hast du je eins dieser Tierheime gesehen? Dort herumzulaufen bricht einem das Herz.« Er ließ zu, dass die beiden quietschenden Welpen ihn glückselig ableckten. »Die Leute dort geben sich alle Mühe – versteh mich bitte nicht falsch –, aber all diese Katzen und Hunde, die nur darauf warten, dass endlich jemand kommt und sich ihrer erbarmt … Denn wenn nicht …«

»Ja, wenn nicht …« Sie streichelte den Hund in seinem Schoß und sah ihn an. »Du hast ihn gerettet. Scheint's, ist das eine deiner Stärken.«

Er streckte die Hand aus, legte sie um ihre Wade und zog daran, bis eins ihrer Knie gegen seine Schenkel stieß. »Außerdem entwickle ich eine dauerhafte Zuneigung zu den Wesen, die einmal von mir gerettet worden sind. Du siehst gut aus.« Da er wusste, dass sie sich bei diesen Worten von ihm zurückziehen würde, hielt er sie vorsorglich fest. »Erholt.«

»Schließlich habe ich die ganze Woche über abgesehen von Essen kaum etwas anderes getan.« Ihre Lippen kräuselten sich. »Immerhin habe ich anderthalb Kilo zugelegt.«

»Wahnsinn!«

»Du meinst sicher, das wäre nichts Besonderes – aber ich habe den Großteil meines Lebens mit dem Streben nach Rundungen zugebracht. In der Tat habe ich wirklich alles ausprobiert, was in den Zeitschriften und Beilagen der Sonntagszeitungen empfohlen wird.«

Er sah sie grinsend an. »Ich fasse es nicht.«

»Nein, wirklich. Im Vergleich zu Margo – die, wie ich annehme, bereits mit einer bombastischen Figur auf die Welt gekommen ist – und zu Lauras zarter Weiblichkeit habe ich immer wie der unterernährte jüngere Bruder ausgesehen.«

»Du siehst wie niemandes Bruder aus, Kate. Glaube mir.«

Lächerlich geschmeichelt sah sie ihn an. »Trotzdem …«

»Trotz der erstaunlichen Gewichtszunahme und trotz des Fehlens von Symptomen«, unterbrach er sie, »gehst du doch wohl hoffentlich noch mal zum Arzt?«

»Ich habe keine andere Wahl. Meine Familie zwingt mich dazu.«

»Dazu ist die Familie da. Schließlich hast du uns einen ganz schönen Schrecken eingejagt.«

»Hm. Ich habe bereits eine Strafpredigt über meine Nachlässigkeit und meinen Egoismus zu hören bekommen, die sich gewaschen hat.«

Lächelnd tätschelte er ihr das Bein. »Und, hat die Predigt wenigstens gewirkt?«

»Und wie. Ich überlege schon, ob ich mir nicht vielleicht ›Tut mir leid‹ auf die Stirn tätowieren soll, damit ich mich nicht ständig wiederholen muss. Apropos Entschuldigung.« Sie atmete tief ein. »Eigentlich wollte ich versuchen, hier wieder rauszukommen, ohne darauf zu sprechen zu kommen;

aber ich versuche gerade, mir selbst und anderen gegenüber ehrlicher zu werden.«

Sie runzelte die Stirn, so wie sie es immer tat, wenn sie sich einem haarigen Problem oder einer unangenehmen Aufgabe gegenübersah. Und das hier war beides für sie. »An dem Abend, bevor ich mein kleines … Problem hatte, waren wir …«

»Soweit ich mich erinnere, auf dem Weg zum Fußboden.« Er streckte die Hand über dem in seinem Schoß eingeschlafenen Welpen aus und strich ihr sanft über das Haar. »Und es sieht ganz danach aus, als hätten wir es endlich bis dorthin geschafft.«

»Was ich sagen will, ist, dass die Dinge außer Kontrolle geraten sind. Was ebenso meine Schuld wie die deine war«, fügte sie hinzu.

»Schuldzuweisungen erfolgen für gewöhnlich dann, wenn ein Fehler gemacht worden ist.«

»Genau das meine ich.« Sie hätte wissen müssen, dass es nicht leicht würde. Nip oder Tuck lag schnarchend auf ihrem Bein, sodass sie, um etwas zu tun zu haben, mit den Fingern über seinen Schädel fuhr. »Wir – das heißt ich – springe für gewöhnlich nicht mit einem Mann ins Bett, der fast ein Fremder für mich ist.«

»Wir waren auf dem Weg zum Fußboden und nicht ins Bett«, erinnerte er sie. Immer noch fiel es ihm schwer, in die Küche zu gehen, ohne daran zu denken, was hätte sein können, wäre sie nicht plötzlich kollabiert. »Und außerdem habe ich das auch nicht angenommen. Wenn es so wäre, läge dein letztes sexuelles Abenteuer wohl kaum zwei Jahre zurück.«

Die Kinnlade klappte ihr herunter, und sie starrte ihn entgeistert an. »Wie kommst du denn auf die Idee?«

»Du hast davon gesprochen, als ich versuchte, dich auszuziehen«, sagte er in lockerem Ton.

Sie klappte den Mund wieder zu. »Oh. Tja, das beweist nur, wie richtig es ist, wenn ich sage, dass das neulich ein Ausrutscher war.« Unbehaglich beobachtete sie, wie er erst einen und dann den anderen Welpen auf den Boden setzte, wo sie beide gemütlich weiterschliefen, als hätte er sie nicht bewegt. »Hormone, weiter nichts.«

»Aha.« Ohne sie auch nur zu berühren, beugte er sich vor, bis sein Mund federleicht auf ihren Lippen lag.

Kate spürte, wie ihr Hirn abschaltete. Aber was sollte es, schließlich brauchte sie Abwechslung, oder etwa nicht? Ein Ventil für all die Anspannung. Am vernünftigsten wäre es, sie schlänge ihre Beine um seinen Leib und ließe es geschehen.

»Hormone«, wiederholte sie und begrub ihre Finger in seinem Haar.

»Halt die Klappe, Kate.«

»Okay.«

Wunderbare, sengende Hitze wallte in ihr auf. Bis zu diesem Augenblick hatte sie gar nicht gemerkt, wie kalt ihr war. Bis seine unrasierten Wangen ihre Haut berührten, hatte sie nicht gewusst, wie weich sie war. Oder wie herrlich es sein konnte, weich zu sein.

Sie stieß einen dankbaren, wohligen Seufzer aus, als er mit seinen Händen unter ihrem T-Shirt erst über ihren Rücken und dann über ihre prickelnden Brüste fuhr. Das Flattern seiner Daumen auf ihren Nippeln löste eine neue Hitzewelle aus, sie lehnte sich zurück, zog seinen Kopf zu sich herab und wartete darauf, dass sein Mund die Arbeit seiner Finger übernahm.

Während er durch den dünnen Baumwollstoff an ihren Brüsten sog, erging er sich in quälenden Gedanken an das Gefühl, an den Geschmack von ihrer Haut. Sie war so ungeheuer schmal. Dieser knochige, jungenhafte Körper entsprach nicht im geringsten seinem Ideal. Ihre Hüften wiesen nicht die geringste Rundung auf, und ihre Brüste waren winzig klein.

Und fest und warm.

Die Art, wie sie sich an ihm rieb, der zittrige Eifer einer Frau, die bereits kurz vor der Erfüllung stand, erregten ihn. Er wollte, musste sie nach hinten werfen, sie ihrer Kleider entledigen und in sie eintauchen, bis erst sie und dann er selber schrie.

Stattdessen küsste er sie wieder auf den Mund und schob eine Hand in ihre Jeans, bis sie im freien Fall über den Rand der Klippen zu stürzen begann. Als sie erschauerte und dann leblos in sich zusammensank, musste er sich zwingen, weiterzuatmen.

Himmel, dachte er, hoffentlich verlor er nicht gleich vollends den Verstand.

Sie brauchte einen Augenblick, bis sie merkte, dass er sie nur noch in den Armen hielt. »Was?«, stieß sie hervor. »Warum?«

Er sah sie lächelnd an. »Eigentlich möchte ich nicht, dass es nur an den Hormonen liegt. Und zwar weder bei dir noch bei mir.« Er schob sie ein Stückchen von sich, sah ihr gerötetes Gesicht und den verhangenen, schwerlidrigen Blick. »Besser, ja?«

»Ich denke nicht …« Ihr Hirn war immer noch wie tot. »Ich weiß nicht – willst du nicht …?«

Der Kuss, den er ihr gab, schmeckte nach dunkler, wirbelnder Frustration. »Ist deine Frage damit beantwortet?«

»Du versuchst, mich zu verwirren.« Zusammen mit dem Denkvermögen kehrte ihre Wut zurück. »Das ist vollkommen pervers!«

Wieder lächelte er. »Himmel, du kannst wirklich eine Nervensäge sein. Hör mir zu, Katherine. Ich will dich. Ich habe nicht den blassesten Schimmer, warum, aber ich will dich mehr als alles andere. Wäre ich meinem ersten Instinkt gefolgt, dann lägst du jetzt splitternackt hier auf dem Boden, und es ginge mir deutlich besser als so. Aber ich will verdammt sein, wenn ich zulasse, dass du hinterher das Haus verlässt und behauptest, wir beide hätten bloß ein bisschen Spaß miteinander gehabt.«

Sie sah ihn böse an. »So etwas zu sagen, ist einfach widerlich.«

»Stimmt. Aber genau so hättest du dir die ganze Sache erklärt. Doch die Möglichkeit gebe ich dir nicht. Ich gebe dir stattdessen die Gelegenheit, dir zu überlegen, ob du nicht ein Verhältnis mit mir beginnen willst.«

»Von allen Dingen, die …«

»Hör mir bitte noch kurz weiter zu«, bat er sie in ruhigem Ton. »Am besten fangen wir ganz langsam an, gehen hin und wieder miteinander aus, führen ein paar vernünftige Gespräche, lassen uns Zeit, einander kennenzulernen. Was meinst du?«

»Mit anderen Worten, wir machen alles so, wie du es dir vorstellst.«

Er nickte mit dem Kopf. »Ja, genau.« Als sie versuchte, sich von ihm frei zu machen, stieß er, statt sie gewähren zu lassen, lediglich einen müden Seufzer aus. »Meine Süße, ich bin genauso dickschädelig, aber obendrein wesentlich stärker als du. Was bedeutet, dass eindeutig der Vorteil bei mir liegt.«

»Ich glaube kaum, dass du mich gegen meinen Willen hier festhalten wirst.«

Er gab ihr einen freundschaftlichen Kuss. »Du kannst zwar ganz schön krätzig sein, aber mit deinen Streichholzarmen richtest du wohl hier nicht viel aus. Nun, daran können wir arbeiten«, fügte er hinzu, ohne auf das erstickte Geräusch zu achten, das aus ihrer Kehle drang. »In der Tat machen wir am besten sofort einen Anfang.«

Sie dachte, sie hätte bereits genügend Schocks für einen Vormittag erlebt; aber jetzt bekam sie einen neuen Schrecken, als er sie einfach über seine Schulter warf. »Bist du vollkommen übergeschnappt? Lass mich runter, du widerlicher Muskelprotz. Wenn du mich nicht auf der Stelle runterlässt, zeige ich dich wegen Brachialgewalt an.«

»Höchste Zeit, dass du mal was für deine Muskeln tust«, sagte er gemächlich, während er sie in eins der Nebenzimmer schleppte. »Glaub mir, es geht nichts über ein bisschen körperliche Anstrengung, wenn man Spannungen los werden will. Und angesichts deines Magengeschwürs und deines Wunsches, endlich zuzunehmen, täte dir regelmäßiges Training sicher mehr als gut.« Er stellte sie ab, fing die Faust, die sie ihm entgegenschleuderte, gelassen auf und drückte sie. »Sicher hättest du gern ein bisschen Wucht hinter dem Schlag. Fangen wir also mit dem Bizeps an!«

»Das ist nicht wahr«, sagte sie und schloss entnervt die Augen. »Ich bin gar nicht wirklich hier.«

»Auch deine Ernährung müssen wir umstellen, aber eins nach dem anderen.« Sie würden eine Menge Dinge tun, dachte er, sobald sie nicht mehr so aussähe, als fiele sie schon um, sobald er nur in ihre Richtung ausatmete. »Ich denke, wir fangen mit drei Pfund an.« Er nahm zwei Metallgewichte in die Hand. »Und dann arbeitest du dich bis fünf Pfund hoch. Am besten legst du dir ein paar Mädchengewichte zu.«

Wieder machte sie die Augen zu. »Hast du Mädchengewichte gesagt?«

»War nicht beleidigend gemeint. Inzwischen gibt es diese netten Hanteln mit hübscher Plastikummantelung je nach individuellem Farbgeschmack.« Er drückte ihr die Gewichte in die Hände und legte ihre Finger drum herum. Das Einzige, was sie davon abhielt, ihm das Metall einfach auf die Füße fallen zu lassen, war ihre angeborene Neugierde.

»Warum tust du das?«

»Du meinst abgesehen davon, dass ich mich seltsamerweise zu dir hingezogen fühle?« Lächelnd rückte er ihre Ellbogen neben ihrem Torso zurecht. »Ich glaube, allmählich mag ich dich sogar. Und jetzt tu so, als würdest du die Dinger durch zähen Schlamm anheben und wieder herunterdrücken. Konzentrier dich auf deinen Bizeps und lass die Ellbogen, wo sie sind.«

»Ich will keine Gewichte heben.« Hatte dieser Mann sie nicht erst wenige Minuten zuvor zu einem rauen, atemberaubenden Höhepunkt geführt? »Ich will mich mit dir schlagen.«

»Denk einfach dran, wie viel besser du dich mit mir prügeln kannst, wenn du erst ein paar Muskeln hast.« Er führte ihre Arme erst hinunter, dann hinauf. »Ja, genau, aber tu immer so, als drückst du gegen irgendeinen Widerstand.«

»Die Dinger sind zu leicht. Das Ganze ist einfach lächerlich.«

»Wart's nur ab. Gleich fühlen sich die Gewichte sicher schon viel schwerer an. Ich garantiere dir, dass du, wenn ich erst mit dir fertig bin, ordentlich schwitzen wirst.«

Sie setzte ein zuckersüßes Lächeln auf. »Das hätte ich mir fast gedacht.« Zufrieden mit dieser schlagfertigen Antwort hob sie die Gewichte an. Plötzlich jedoch dämmerte es ihr. »Verdammt, Byron, rettest du mich schon wieder oder was?«

Er trat hinter sie und rückte ihre Schultern in die richtige Position. »Stemm einfach die Gewichte, Schatz. Die Einzelheiten besprechen wir, wenn du damit fertig bist.«

10

Tante Susan und Onkel Tommy zu Hause zu haben, war wie immer schön. Kate hatte befürchtet, ihr – oder schlimmer noch, den beiden – wäre etwas anzusehen. Das Wissen um vergangene Vergehen, der Zweifel, ob sie wirklich völlig unbescholten war. Aber sie hatten einzig Sorge gezeigt, Sorge und Akzeptanz.

Der Besuch der beiden bedeutete außerdem, dass sie immer noch nicht zurück in ihre eigene Wohung zog. Aber es war schwer, die Tante und den Onkel jeden Tag zu sehen, ohne ständig an die Fragen erinnert zu werden, die sie so verzweifelt zu verdrängen trachtete. Fragen, deren Formulierung ihr einfach nicht über die Lippen wollte.

Durch eine neue Routine versuchte sie den Weg zu bahnen, dem sie in Zukunft zu folgen beabsichtigte. Tage im Laden – Arbeit als Herausforderung ans Hirn und als Beschäftigung. Abende mit der Familie, die ihr leidendes Herz besänftigten. Gelegentliche Verabredungen mit Byron, damit sie nicht vollkommen in einer Traumwelt versank.

Er war ein neues Element. Ihn zu sehen, über ihn nachzudenken hielt sie von Grübeleien über die Wendungen ihres Lebens ab. Sie hatte beschlossen, ihr Verhältnis zu ihm als Experiment zu betrachten. Die Bezeichnung ›Beziehung‹ hätte sie zu sehr erschreckt. Tatsächlich musste sie sich eingestehen, dass das Experiment nicht unbedingt unangenehm für sie war. Ein paar Abendessen, hin und wieder ein Kinobesuch oder vielleicht ein Spaziergang am Strand … und dann die langen, erregenden Küsse, die er offenbar so sehr genoss. Küsse, bei denen ihr Herz wie eine gestrandete Forelle zu zappeln begann – bei denen ihr schwindelte. Deren abruptes Ende sie jedesmal voll schmerzlicher Verwunderung und ungestilltem Verlangen zur Kenntnis nehmen musste.

Bisher verlief die gesamte Beziehung – nein, das gesamte *Experiment* – nach seinen Vorstellungen; aber nun, da sie wieder ein wenig stabiler – in Ordnung, gesünder – war, würde sie ein gewisses Gleichgewicht der Kräfte herstellen.

»Was für ein erfreulicher Anblick.« Susan Templeton stand im Türrahmen und hakte sich bei ihrem Gatten ein. »Bisher hat unsere Katie nie genug geträumt.«

»Nein, sie war immer von allen die Vernünftigste.« Er machte die Tür des Arbeitszimmers zu. Er und seine Frau hatten das Manöver ganz genau geplant, und so traten sie vor den kleinen Schreibtisch, an dem Kate vorgab zu arbeiten.

»Ich bin gerade dabei, unser Anzeigenbudget für das kommende Vierteljahr festzulegen.« Der Bildschirmschoner des Monitors ihres Laptops schaltete sich ein. »Wenn ihr clever seid, versteckt ihr euch irgendwo, bevor Margo euch ebenfalls an die Arbeit kriegt.«

»Ich habe ihr bereits versprochen, ein paar Stunden im Laden auszuhelfen.« Thomas zwinkerte vergnügt. »Sie bildet sich ein, sie hätte mich mit ihrem Charme dazu bewegt – aber wenn ich ehrlich bin, macht mir die Arbeit an der altmodischen Kasse einfach Spaß.«

»Vielleicht könntest du mir ja ein paar Tips geben, wie man gut verkauft. Irgendwie kriege ich das einfach nicht richtig hin.«

»Du musst lieben, was du verkaufst, Katie-Mädchen, selbst wenn du es hasst.« Anerkennend wies er auf die ordentlichen Regale und das wohlorganisierte Arbeitsmaterial. »Scheint, als hätte hier endlich einmal jemand Ordnung geschaffen.«

»Es gibt kein größeres Organisationstalent als unsere Kate.« Susan legte der Ziehtochter eine Hand auf den Arm und sah sie aus sanften, blauen Augen an. »Ich frage mich nur, weshalb du nicht auch die Angelegenheit mit Bittle längst geregelt hast.«

Kate schüttelte den Kopf. Da sie seit Tagen darauf gewartet hatte, dass einer der beiden auf die Angelegenheit zu sprechen kam, brach sie jetzt nicht in Panik aus. »Es ist einfach nicht wichtig genug.« Susan sah sie weiter ruhig und geduldig an. »Nein, es ist zu wichtig«, verbesserte sie sich. »Am besten lasse ich die ganze Sache erst gar nicht an mich heran.«

»Jetzt hör mir mal gut zu …«

»Tommy«, murmelte Susan begütigend.

»Nein«, fiel er seiner Frau mit schneidender Stimme ins Wort. Seine stahlgrauen Augen blitzten wütend auf. »Ich weiß, dass du diese Sache vorsichtig angehen wolltest, Susie; aber ich will verdammt sein, wenn ich tatenlos mit ansehe, wie sich eins meiner Kinder einfach über den Tisch ziehen lässt.«

Er beugte sich gebieterisch vor, ein großer, muskulöser Mann, der es gewohnt war, sowohl im Geschäft als auch in der Familie das Oberhaupt zu sein. »Von dir hätte ich mehr erwartet, Kate. Ich hätte nicht gedacht, dass du dich einfach derart überfahren lässt, dich einfach kampflos geschlagen gibst. Dass du einer Tätigkeit den Rücken kehrst, für die du dein Leben lang gearbeitet hast. Und schlimmer noch, dass du dich, statt dich dem Problem zu stellen, von ihm krank machen lässt. Ich schäme mich für dich.«

Das hatte er nie zuvor zu ihr gesagt. Dafür, dass er diese Worte niemals zu ihr sagen würde, hatte sie ihr Leben lang geschuftet. Und nun trafen sie sie schlimmer als ein Hieb. »Ich – ich habe nie auch nur einen Penny genommen.«

»Natürlich hast du das nicht.«

»Ich habe mein möglichstes getan. Trotzdem habe ich dich enttäuscht. Es tut mir wahnsinnig leid.«

»Hier geht es nicht um mich«, fuhr er sie an, »sondern um dich. Darum, dass du dich einfach aufgegeben hast.«

»Nein. Ich …« Er schämte sich für sie! Und war obendrein empört. »Ich habe alle Energien in meinen Job gesteckt. Vorschnell dachte ich, ich stünde unmittelbar vor der Partnerschaft, und dann hättest du …«

»Und wenn man dir Knüppel zwischen die Beine wirft, gibst du einfach auf?« Er beugte sich vor und stieß sie mit dem Zeigefinger an. »Ist das deine Antwort auf die gegen dich erhobenen Vorwürfe?«

»Nein.« Unfähig, ihn anzusehen, senkte sie den Kopf. »Nein. Sie hatten Beweise. Ich weiß wirklich nicht, woher – denn ich schwöre euch, ich habe kein Geld genommen.«

»Also bitte, Katherine«, warf Susan leise ein.

»Aber sie hatten Formulare, meine Unterschrift.« Das Elend schnürte Kate die Kehle zu. »Wenn ich etwas unternommen hätte, hätten sie mich vielleicht sogar angezeigt. Vielleicht wäre die Sache vor Gericht gekommen. Dann hätte ich … dann hättet ihr … ich weiß, die Leute tuscheln über die Angelegenheit, und das ist bereits peinlich genug für euch. Aber wenn wir die Sache auf sich beruhen lassen, hat sicher bald niemand mehr Interesse daran.«

Dieses Mal hob Susan, ehe ihr Mann etwas sagen konnte, entschlossen die Hand. Auch sie war ein Mensch, der wusste, wie man sich Respekt verschaffte. »Du machst dir also Sorgen, dass uns die Sache peinlich sein könnte?«

»Schließlich wirft das alles ein schlechtes Licht auf euch.« Kate kniff die Augen zu. »Ich weiß, dass, was ich tue, auf euch zurückfällt. Aber wenn ich einfach abwarte, wenn ich mir mit dem Laden etwas Neues aufbaue … natürlich bin ich euch das schuldig.«

»Was ist denn das nun wieder für ein Blödsinn?«, brüllte Thomas los.

»Pst, Tommy.« Susan lehnte sich zurück und faltete die Hände in ihrem Schoß. »Ich würde Kate gerne zu Ende anhören. Was bist du uns schuldig, Kate?«

»Alles.« Mit tränenverhangenen Augen sah sie ihre Tante

an. »Alles. Alles. Ich hasse es, eine Versagerin, ein Enttäuschung für euch zu sein. Ich konnte nichts dagegen tun, war in keiner Weise vorbereitet. Wenn ich die Sache ändern könnte, wenn ich die Uhr zurückdrehen und die Sache klären könnte …«

Sie brach erschauernd ab, als sie erkannte, dass sie Gegenwart und Vergangenheit zu mischen begann. »Ich weiß, wie viel ihr mir gegeben habt, und ich wollte es euch zurückzahlen. Sobald ich die Partnerschaft gehabt hätte …«

»Hätte sich unsere Investition ausgezahlt«, schloss Susan ihren Satz. Da jede Faser ihres Körpers zu prickeln schien, stand sie langsam auf. »Das ist beleidigend, arrogant und grausam von dir.«

»Tante Susie …«

»Sei still. Glaubst du ernsthaft, wir erwarten für unsere Liebe einen Lohn? Wie kannst du es wagen, so etwas zu denken?«

»Aber ich habe doch nur …«

»Ich weiß, was du gemeint hast.« Zitternd vor Schmerz klammerte sie sich an Thomas' Schulter fest. »Du denkst, wir hätten dich bei uns aufgenommen und dich zu einem Teil unserer Familie gemacht, weil uns das arme, verwaiste Mädchen leid getan hat? Meinst du, wir hätten es aus reiner Wohltätigkeit getan – schlimmer noch, aus einer Wohltätigkeit der Fesseln und Erwartungen heraus? O ja«, fuhr sie immer erregter fort. »Die Templetons sind für ihre Mildtätigkeit allerorts bekannt. Ich nehme an, wir haben dich ernährt, gekleidet, erzogen, weil wir wollten, dass alle Welt unsere Großmütigkeit bezeugen kann. Und wir haben dich geliebt, getröstet, bewundert und diszipliniert, weil wir erwarteten, dass du eine erfolgreiche Geschäftsfrau wirst, die uns durch die Bedeutung ihrer Position unsere Zeit und Mühe vergilt!«

Statt zu unterbrechen, was er selbst nicht besser hätte sagen können, reichte Thomas der lautlos schluchzenden Kate ein Taschentuch.

Susan beugte sich über den Schreibtisch und sah ihre Ziehtochter an. Ihre Stimme blieb leise, auch wenn sie zornig war. »Ja, wir haben das kleine Mädchen bedauert, das seine Eltern auf so tragische, brutale und ungerechte Weise verlor. Unsere Herzen haben für das Kind geblutet, das so verloren und zugleich so tapfer war. Aber jetzt sage ich dir noch etwas, Katherine Louise Powell, in der Minute, in der du über die Schwelle unseres Hauses getreten bist, wurdest du zu unserem Kind. Zu unserem. Du wurdest zu meinem Kind und bist es immer noch. Und die einzigen Dinge, die meine Kinder mir oder ihrem Vater schuldig sind, sind Liebe und Respekt. Wag es nie, nie wieder, mir meine Liebe zu dir derart vor die Füße zu werfen.«

Sie machte auf dem Absatz kehrt, rauschte aus dem Raum und ließ die Tür leise ins Schloss fallen.

Thomas atmete zischend aus. So selten seine Frau derartige Reden auch hielt, waren sie doch jedesmal brillant. »Da hast du dich aber ganz schön in die Nesseln gesetzt, Katie-Mädchen, was meinst du?«

»Oh, Onkel Tommy!« Sie sah, dass die Welt, die sie zu flicken versucht hatte, zwischen ihren Händen abermals zerbrach. »Ich weiß einfach nicht, was ich machen soll.«

»Als Erstes kommst du her zu mir.« Sie schmiegte sich in seinen Schoß, vergrub den Kopf an seiner Brust, und er wiegte sie leise hin und her. »Ich hätte nie gedacht, dass ein so cleveres Mädchen so dumm sein kann.«

»Irgendwie mache ich alles falsch. Ich weiß nicht, wo ich anfangen – wie ich diese Sache bereinigen soll. Was ist nur los mit mir?«

»Eine Menge, wie es scheint, aber nichts, was nicht zu reparieren ist.«

»Sie war so wütend auf mich.«

»Tja, auch das lässt sich klären. Weißt du, was eins deiner Probleme ist, Kate? Du hast dich so lange immer nur mit Zahlen beschäftigt, dass du selbst das Leben als eine Gleichung siehst, die genau aufzugehen hat. Aber in Bezug auf Menschen und Gefühle trifft das leider nicht zu.«

»Ich wollte keinen von euch in diese Sache mit hineinziehen. Euch zu verletzen, euch daran zu erinnern …« Sie brach ab und schüttelte den Kopf. »Für euch wollte ich immer die Beste sein. Die Beste in der Schule, im Sport, in allem, was es gibt.«

»Und wir haben deinen Kampfgeist auch bewundert, solange er kein Loch in deinen Magen fraß.«

Erschöpft lehnte sie den Kopf an seine Schulter. Es war Feigheit, dachte sie, durch die das Loch in ihren Magen gefressen worden war. Aber jetzt musste sie die Augen öffnen für Vergangenheit, Gegenwart und Zukunft.

»Ich werde alles wieder gutmachen, Onkel Tommy.«

»Hör auf mich und lass Susie ein bisschen Zeit, sich abzuregen, ja? Man kann nur schwer mit ihr reden, wenn sie derart aufgebracht ist.«

»Also gut.« Kate atmete tief ein und richtete sich auf. »Dann fange ich am besten mit Bittle an.«

Er grinste erfreut. »Das ist meine Kate!«

Auf dem Parkplatz der Firma unterzog sich Kate im Rückspiegel ihres Wagens einer letzten kritischen Musterung. Margo hatte ein kleines Wunder vollbracht. Sie hatte Kate in die obere Etage des Ladens gezerrt und mit kalten Kompressen, Augentropfen, Lotionen und Make-up sämtliche Spuren der Verwüstungen getilgt. Kate war es nicht mehr anzusehen, dass sie zwanzig Minuten geflennt hatte wie ein gescholtenes Kind. Sie verströmte Effizienz, Gefasstheit und Entschlossenheit.

Einfach perfekt.

Sie sagte sich, dass es ihr nichts ausmachte, als sämtliche Gespräche verstummten bei ihrem Betreten des Foyers. Es sollte ihr nichts ausmachen, dass man sie unverhohlen anstarrte, hinter ihrem Rücken tuschelte, angestrengt lächelte und neugierig verfolgte, was sie tat. Und wirklich wurde ihr durch dieses Gehabe manches klar.

Diejenigen Kollegen, die sie freundlich grüßten, die einen Umweg machten, um auf ihrem Weg in die zweite Etage auf sie zuzugehen, sie ihres Mitgefühls zu versichern und sie zu fragen, ob sie vielleicht helfen konnten, zeigten ihr, dass sie mehr Freunde bei Bittle hatte, als ihr bisher bewusst gewesen war.

Als sie den Flur hinunterging, stand sie unversehens dem Drachen gegenüber. Newman zog eine Braue hoch und bedachte Kate mit einem kurzen, eisigen Blick. »Ms Powell. Kann ich etwas für Sie tun?«

»Ich möchte Marty sprechen.«

»Haben Sie einen Termin?«

Kate reckte trotzig das Kinn, während sie gleichzeitig den Griff verstärkte, mit dem sie ihren Aktenkoffer umklammerte. »Das geht wohl nur Marty und seine Sekretärin etwas an. Warum gehen Sie nicht los und informieren Mr Bittle Senior, dass die entehrte Angestellte die heiligen Hallen betreten hat?«

Wie ein Mitglied der Schweizer Garde, das mit dem Schutz des Papstes beauftragt war, stellte sich Newman der ungebetenen Besucherin herausfordernd in den Weg. »Ich sehe keinen Grund, weshalb Sie …«

»Kate.« Roger steckte den Kopf aus der Tür seines Büros, rollte hinter Newmans Rücken mit den Augen und setzte gleichzeitig ein strahlendes Lächeln auf. »Schön, dich zu sehen. Ich hatte schon gehofft, dass es dich mal wieder hierher zu uns verschlägt. Oh, Ms Newman, ich habe hier den Bericht, den Mr Bittle Senior so dringend braucht.« Wie ein Zauberer ein Kaninchen aus dem Hut zog Roger einen Stapel Papiere hinter seinem Rücken hervor. »Er hat gesagt, dass er ihn so bald wie möglich haben will.«

»Na schön.« Newman bedachte Kate mit einem letzten bohrenden Blick, ehe sie eilig den Flur hinunterwogte.

»Danke«, murmelte Kate. »Ich nehme an, dass du gerade noch ein Verhör verhindert hast.«

»Und ich hätte mein Geld auf dich gewettet!« Er legte ihr die Hand auf die Schulter und sah sie an. »Diese ganze Situation ist wirklich widerlich. Ich hätte dich längst angerufen, wusste aber einfach nicht, was ich sagen sollte.« Er zog seine Hand zurück und vergrub sie in der Tasche seines Jacketts. »… wie ich mich verhalten sollte.«

»Mach dir darüber keine Gedanken. Ich war ja selbst völlig gelähmt.« Bis zu diesem Augenblick. Jetzt jedoch nicht mehr.

»Hör zu.« Er schob sie in Richtung der Tür seines Büros, bat sie jedoch nicht herein. »Ich weiß nicht, wie viel Druck dein Anwalt in dieser Sache macht.«

»Mein Anwalt?«

»Templeton. Nachdem er hier war und ihnen den Marsch geblasen hat, gab es zwischen den Partnern einen Riesenstreit. Was vielleicht gar nicht schlecht ist – ich habe keine Ahnung. Du musst tun, was du für richtig hältst. Aber ich kann dir sagen, dass sie sich nicht einig sind, ob die Angelegenheit weiterzuverfolgen oder vielleicht doch besser stillschweigend beizulegen ist.«

Er runzelte die Stirn, und seine Stimme sank auf ein verschwörerisches Flüstern herab. »Amanda ist der Ansicht, dass man dich verklagen soll, und Lawrence Bittle steht hinter ihr. Ich nehme an, dass Calvin und der Senior unentschlossen sind, Marty jedoch vollkommen dagegen stimmt.«

»Man sollte immer wissen, wer für und wer gegen einen ist«, murmelte Kate.

»All diese Aufregung wegen lausiger fünfundsiebzig Riesen«, stellte Roger angewidert fest. »Schließlich hast du ja niemanden umgebracht.«

Kate trat einen Schritt zurück und sah ihn an. »Diebstahl ist Diebstahl, ob man nun fünfundsiebzig Cent oder fünfundsiebzigtausend Dollar nimmt. Und ich habe weder das eine noch das andere getan.«

»Das habe ich erstens nicht gesagt, zweitens nicht gemeint.« Aber obgleich er tröstend ihre Hand ergriff, drückte seine Stimme Zweifel aus. »Ich wollte damit nur ausdrücken, dass sie alle furchtbar überreagiert haben. Wahrscheinlich sähen sie die Sache als erledigt an, wenn du das Geld zurückgeben würdest.«

Langsam, aber entschieden entzog sie ihm ihre Hand. »Ach ja?«

»Ich weiß, es ist so oder so eine wirklich beschissene Angelegenheit; aber Himmel, Kate, für die Templetons ist eine solche Summe doch nicht mehr als ein Taschengeld. Auf diese Weise würdest du der Gefahr aus dem Weg gehen, dass man dich verklagt und dein ganzes verdammtes Leben ruiniert. Manchmal hat man einfach keine andere Wahl.«

»Aber in diesem Fall habe ich sie. Danke für den guten Rat.«

»Kate.« Er wollte sie zurückhalten, aber als sie weder stehen blieb noch sich nach ihm umdrehte, ging er schulterzuckend in sein Zimmer zurück.

Es hatte sich bereits herumgesprochen, dass sie im Gebäude war. Marty öffnete ihr persönlich die Tür seines Büros und reichte ihr freundlich die Hand. »Kate, ich freue mich, dass Sie da sind. Kommen Sie doch herein.«

»Ich hätte schon viel früher kommen sollen«, setzte sie an, während sie hinter ihm an seiner Sekretärin vorüberging, die sich die größte Mühe gab, beschäftigt auszusehen.

»Ja, ich dachte auch, dass Sie das tun. Möchten Sie etwas trinken? Einen Kaffee vielleicht?«

»Nein, danke.« Er war ganz der alte Marty, dachte sie, während sie sich in einen Sessel sinken ließ. Von den zerknitterten Hemdsärmeln bis hin zu dem sympathischen Lächeln, mit dem er ihr entgegengetreten war. »Ich versuche, etwas weniger Kaffee zu trinken als bisher. Als Erstes möchte ich mich bedanken, dass Sie mich netterweise einfach so empfangen.«

»Ich weiß, dass Sie kein Geld veruntreuen, Kate.«

Angesichts dieser ruhigen Feststellung hätte sie die von ihr vorbereitete kleine Eröffnungsrede beinahe vergessen. »Wie … wie können Sie da so sicher sein?«

»Selbstverständlich weil ich Sie kenne«, sagte er. »Die Unterschriften, die Formulare sagen etwas anderes; aber so sicher, wie ich hier sitze, weiß ich, dass es dafür eine eigene Erklärung geben muss.« Er hob den Finger, um ihr zu bedeuten, dass er noch nicht fertig, sondern lediglich auf der Suche nach der passenden Formulierung war. Beinahe hätte sie gelächelt, als sie diese Geste sah. So vertraut, so typisch Marty, dachte sie. »Gewisse Leute, äh, glauben, ich wäre derart von Ihrer Unschuld überzeugt, weil ich, nun, weil ich Sie mag.«

»Das ist ja wohl vollkommen lächerlich.«

»In der Tat mag ich Sie sogar sehr.« Er unterbrach sich und fuhr sich mit den Händen über das plötzlich puterrote Gesicht. »Kate, ich liebe meine Frau. Ich würde niemals … das heißt, abgesehen von gelegentlichen heimlichen Wünschen, denen ich niemals nachgeben würde, würde ich niemals … niemals«, beendete er hilflos seinen Satz.

»Hmm«, war die einzige Antwort, die sie zustande brachte.

»Das habe ich nicht erwähnt, um einen von uns in Verlegenheit zu bringen. Obgleich mir anscheinend genau das vortrefflich gelungen ist.« Er räusperte sich, erhob sich von seinem Stuhl und schenkte ihnen beiden einen Kaffee ein. Als er ihr einen der Becher reichte, fiel es ihm wieder ein. »Tut mir leid, Sie haben gesagt, Sie trinken keinen Kaffee mehr.«

»In diesem Fall mache ich eine Ausnahme.« Was bedeutete schon ein wenig Sodbrennen im Vergleich zu dem, was ihr soeben zu Ohren gekommen war? »Vielen Dank.«

»Ich habe es nur erwähnt, weil einigen Menschen, die mich gut kennen, aufgefallen ist, dass ich – nicht, dass Sie irgendetwas getan hätten, um mich zu ermutigen, oder dass ich darauf eingegangen wäre, hätten Sie es getan …«

»Ich glaube, ich verstehe, was Sie sagen wollen, Marty.« Sie atmete vorsichtig aus und sah in sein breites, harmloses, freundliches Gesicht. »Und ich fühle mich geschmeichelt.«

»Es trübt das Bild, wenn ich so sagen darf. Und das tut mir wirklich leid. Aber ich denke, das, was Sie bisher für diese Firma geleistet haben, spricht für sich selbst. Ich werde weiterhin alles in meiner Macht Stehende tun, um zu verhindern, dass offiziell Anzeige gegen Sie erstattet wird – und um zu ergründen, was hinter dieser ganzen Sache steckt.«

»Also, während ich hier gearbeitet habe, habe ich gar nicht genug zu schätzen gewusst, was für ein wunderbarer Mensch Sie sind.« Sie stellte ihren Becher ab. »Marty, ich möchte mit den Partnern sprechen. Mit allen. Meiner Ansicht nach ist es höchste Zeit, dass ich zu den Vorwürfen Stellung beziehe.«

Er nickte, als hätte er die ganze Zeit darauf gewartet, dass sie mit dieser Bitte zu ihm kam. »Ich werde sehen, was sich machen lässt.«

Es dauerte nicht lange. Auch wenn er bei Bittle als der Zahmste galt, hatte er so seine Beziehungen. Nach dreißig Minuten saß Kate abermals am Ende des langen, polierten Tisches im Besprechungsraum.

Sie sah jedem der Partner ins Gesicht, ehe sie entschieden an Bittle Senior gewandt mit ihrer Rede begann. »Ich bin heute ohne meinen Anwalt hier, weil ich ein inoffizielles, ja vielleicht sogar persönlich zu nennendes Gespräch für das beste halte. Ich weiß, dass Ihre Zeit sehr kostbar ist, und aus diesem Grund danke ich Ihnen, dass jeder Einzelne von Ihnen gekommen ist, um sich meine Version anzuhören.«

Kate machte eine Pause, während derer sie noch einmal die um den Tisch versammelten Menschen nacheinander anblickte, ehe sie wiederum an den Seniorpartner und Unternehmensgründer gewandt das Wort ergriff. »Ich war beinahe sechs Jahre lang bei dieser Firma angestellt. Ihr habe ich mein Arbeits- und einen Großteil meines Privatlebens gewidmet, habe mich engagiert, neue Kunden geworben, die mir anvertrauten Klienten bestmöglich betreut, Bittles Einnahmen vergrößert, mich bemüht, dem Unternehmen Ehre zu machen – weil es mein Ziel war, eines Tages selbst als Partnerin an diesem Tisch zu sitzen. Nicht ein einziges Mal während der gesamten Zeit, die ich für Sie tätig war, habe ich auch nur einen einzigen Penny von einem der Kundenkonten eingesteckt. Wie Sie wissen, Mr Bittle, wurde ich von Menschen erzogen, denen Integrität sehr wichtig ist.«

»Trotzdem weisen die von Ihnen betreuten Konten Diskrepanzen auf, Ms Powell«, warf Amanda rüde ein. »Die betreffenden Formulare tragen Ihre Unterschrift. Falls Sie heute mit einer Erklärung dafür gekommen sind, hören wir diese gerne an.«

»Ich bin nicht hier, weil ich irgendetwas erklären will. Weder bin ich gekommen, Fragen zu beantworten, noch selbst irgendwelche zu stellen. Meine Aussage heute lautet, dass ich nie in meinem Leben etwas Illegales oder moralisch Verwerfliches getan habe. Falls es bezüglich einiger meiner Konten irgendwelche Diskrepanzen gibt, dann bin ich dafür nicht verantwortlich. Nötigenfalls gebe ich diese Erklärung gegenüber jedem der betroffenen Klienten noch einmal persönlich ab. Ebenso wie ich vor Gericht gehen und mich gegen diese Anschuldigungen zur Wehr setzen werde, falls es sich nicht vermeiden lässt.«

Ihre Hände zitterten, sodass sie sie sorgsam unter der Tischplatte verborgen hielt. »Falls diese Angelegenheit nicht innerhalb von dreißig Tagen zur beidseitigen Zufriedenheit geregelt ist, werde ich meinen Anwalt beauftragen, Bittle und Partner wegen ungerechtfertigter Beendigung des Arbeitsverhältnisses und Rufschädigung zu verklagen.«

»Sie wagen es also, dieser Firma zu drohen!« Auch wenn er mit leiser Stimme sprach, schlug Lawrence krachend auf den Tisch.

»Ich drohe Ihnen nicht«, erwiderte sie kühl, obgleich sich ihr Magen schmerzlich zusammenzog. »Meine Karriere wurde sabotiert, meinem Ruf ein nicht unbeachtlicher Schaden zugefügt. Falls Sie glauben, dass ich tatenlos mit ansehe, wie man mich fertigmacht – dann überrascht es mich nicht, dass Sie glauben, ich hätte meinen Klienten Geld geklaut. Denn dann kennen Sie mich leider nicht.«

Bittle lehnte sich auf seinem Stuhl zurück, faltete die Hände und dachte nach. »Sie haben ziemlich lange gebraucht, um sich so zu artikulieren, Kate.«

»Ja, das stimmt. Dieser Job hat mir alles bedeutet; aber allmählich gelange ich zu der Überzeugung, dass alles vielleicht ein bisschen zu viel gewesen ist. Ich hätte Sie niemals bestehlen können, Mr Bittle. Um das zu wissen, sind gerade Sie lange genug mit mir bekannt.«

Sie wartete einen Augenblick, weil sie wollte, dass er sich an ihre persönliche Beziehung erinnerte. »Stellen Sie sich doch mal eine Frage«, fuhr sie schließlich gelassen fort. »Weshalb hätte ich wohl läppische fünfundsiebzigtausend Dollar veruntreuen sollen, wenn ich, hätte ich Geld gebraucht oder gewollt, einfach zu meiner Familie hätte gehen können? Weshalb wohl habe ich mich all die Jahre lang für diese Firma kaputt gemacht, obgleich ich jederzeit einfach eine Spitzenposition bei Templeton hätte einnehmen können?«

»Diese Fragen haben wir uns auch gestellt«, erklärte Bittle ihr. »Und genau aus diesem Grund haben wir Sie bisher noch nicht verklagt.«

Langsam erhob sie sich von ihrem Platz. »Dann gebe ich Ihnen jetzt die Antwort darauf. Ich bin nicht sicher, dass sie Ihnen gefallen wird, denn sie hat mit Stolz zu tun. Ich bin, verdammt noch mal, zu stolz, um auch nur einen Dollar zu nehmen, der nicht mir gehört. Und außerdem bin ich zu stolz, um tatenlos mit anzusehen, wie man mich des Diebstahls bezichtigt. Ms Devin, Gentlemen, danke, dass Sie mir Ihre Zeit geopfert haben.« Lächelnd blickte sie sich um. »Danke, Marty.«

Sprachlos sah man ihr nach, als sie entschlossen den Raum verließ.

Plötzlich ließ ihr Zittern nach, als sie den Highway 1 hinunterfuhr und merkte, wohin ihr Instinkt sie trieb. Noch ehe sie den Wagen neben der Straße stehen ließ, ausstieg und auf die Klippen zuging, hatte sie sich ganz beruhigt.

Es galt, Aufgaben, Arbeiten, Verantwortlichkeiten zu bewältigen. Aber für einen kurzen Augenblick gab es nur Kate und das beruhigende Rauschen der Brandung, die gegen die Felsen schlug. Heute schimmerte das Meer wie ein Saphir in dem perfekten Blau, das Liebenden, Poeten und Piraten vorbehalten war. Der leichte Schaum erschien wie der Spitzenbesatz am Saum des Samtrocks einer Frau.

Kate kletterte ein Stück hinab und genoss den salzig-frischen Wind. Wilde Gräser und Blumen hatten den Elementen getrotzt und sich durch karge Erde und schmale Spalten bis ans Tageslicht gekämpft. Weissbrüstige Möwen kreisten über ihr, deren Flügelspitzen golden in der Sonne schimmerten.

Das Wasser glitzerte, und weiter draußen ritt die strahlendweiße Gischt wie eine Herde edler Schimmel auf dem Meer. Die Musik verhallte nie. Ebbe und Flut, das Krachen und Donnern der Brandung an den Felsen, die gespenstischen, weiblichen Schreie der Möwen in der Luft. Wie oft war sie schon hier gewesen, wie oft schon hatte sie hier gesessen, geguckt und nachgedacht?

Manchmal kam sie einfach der Klippen wegen her, manchmal wegen der Einsamkeit, manchmal, weil es etwas zu ergründen galt. Während der ersten Jahre bei den Templetons hatte sie die Klippen hoch über dem Meer, unter dem endlosen Himmel aufgesucht, um lautlos um das zu trauern, was für immer verloren gegangen war. Und um gegen die Schuldgefühle anzukämpfen, die sie damals empfand, weil sie mit ihrem neuen Leben glücklich war.

Geträumt hatte sie nie, wollte das Träumen auf später verschieben. Stattdessen hatte sie in der Gegenwart gelebt, stets überlegt, welcher praktische Schritt auf ihrem Weg zum Ziel der nächste war.

Auch jetzt fragte sie sich, was nun drankam.

Sollte sie Josh anrufen und ihn mit der Vorbereitung der Klage gegen Bittle beauftragen? Am besten ja. So schwierig und möglicherweise gefährlich ein solches Vorgehen auch war, konnte sie nicht länger ignorieren, was man ihr zur Last legte. Sie war weder als Feigling geboren, noch hatte ihre Familie sie dazu gemacht. Es wurde höchste Zeit, dass sie sich mit dem Teil ihres Selbst beschäftigte, der sich ständig vor irgendeinem Versagen fürchtete.

In gewisser Hinsicht, dachte sie, hatte sie sich nicht anders als Seraphina verhalten – hatte sich lieber über den Rand der Klippen gestürzt, statt den Schicksalsschlag tapfer zu bewältigen.

Doch das war nun vorbei. Ein wenig spät, wie sie sich eingestand, aber hoffentlich gerade noch rechtzeitig, um das

Richtige zu tun. Das, was einer Templeton entsprach, dachte sie und lächelte, während sie den unebenen, gewundenen Pfad weiter hinunterstieg. Onkel Tommy hatte immer gesagt, dass man keinen Dolchstoß in den Rücken bekommen konnte, solange man seinen Angreifern gegenüberstand.

Zuerst musste sie ihre Tante aufsuchen. Irgendwie war sie dafür verantwortlich, dass es zur Versöhnung kam. Kate blickte zurück, und obgleich sie sich zu tief unterhalb der Klippen befand, um Templeton House zu sehen, stellte sie es sich lebhaft vor.

Es war einfach immer da, groß und stark und heimelig. Das Haus bot ihnen allen steten Schutz. War es nicht für Margo dagewesen, als ihr Leben in tausend Scherben vor ihr lag? Für Laura und ihre Töchter, als sie die schwierigste Phase ihres Lebens durchmachten? Und auch für sie, erkannte Kate, als sie verloren und verängstigt und vor Trauer wie betäubt gewesen war. Genau wie jetzt.

Ja, sie würde das Richtige tun, dachte sie erneut – und sie gäbe nicht einfach kampflos auf. Endlich erinnerte sie sich daran, dass für sie eher ein anständiges lärmendes Gefecht infrage kam als eine stille, vornehme Unterwerfung.

Sie lachte leise auf und holte tief Luft. Zum Teufel mit der Unterwerfung, dachte sie. Eine Ungerechtigkeit einfach hinzunehmen wäre ebenso feige wie der Sprung ins Meer. Der Verlust eines Jobs, eines Zieles, eines Mannes war nicht als Ende, sondern als Neuanfang zu sehen.

Byron De Witt war ebenfalls ein Neuanfang. Die Geduld dieses Kerls machte sie verrückt. Höchste Zeit, dass sie endlich tat, was ihr gefiel. Vielleicht fuhr sie später einfach hin und warf sich ihm begehrlich an den Hals.

Bei diesem Gedanken wurde ihr Lachen lauter. Wie er wohl reagieren würde, dachte sie, und kicherte. Was tat ein echter Südstaaten-Gentleman, wenn sich eine Frau auf ihn stürzte und ihm die Kleider vom Leib riss? Wäre es nicht faszinierend, das herauszufinden?

Er sollte sie halten, berühren, nehmen, erkannte sie, als das Gelächter in ihrem Bauch zu warmem, flüssigem Verlangen schmolz. Aber nicht nach irgendwem. Nach jemandem, der sie so ansah, wie er es tat: so tief, als sähe er Dinge, die zu erforschen sie bisher nicht mutig genug gewesen war.

Diese Unternehmung lockte sie, und obendrein wollte sie sich sehr gern mit einem Mann zusammentun, der genug Stärke besaß, auf das zu warten, was er für wichtig hielt.

Himmel, musste sie sich eingestehen, sie wollte ihn!

Und wenn sie stark genug gewesen war, ihren Mut zusammenzunehmen und den Bittle-Partnern gegenüberzutreten, dann sollte sie ebenfalls stark genug sein, den Schaden wiedergutzumachen, den sie in der Beziehung zu der von ihr angebeteten Tante angerichtet hatte – und vor allem sollte sie, verdammt noch mal, stark genug sein, Byron De Witt als ebenbürtigem Individuum zu begegnen.

Es war Zeit, mit dem Planen aufzuhören und endlich etwas zu tun.

Sie machte kehrt und kletterte den schmalen Pfad wieder hinauf.

Dort sah sie sie, als hätte sie nur darauf gewartet, dass Kate sie endlich fand. Zuerst starrte sie mit großen Augen drauf, als bilde sie sich den Gegenstand nur ein. Hatte sie für den Abstieg nicht genau denselben Weg gewählt? Hatten sie und Laura und Margo nicht jeden Zentimeter dieses Klippenabschnitts während der letzten Monate sorgfältig durchkämmt?

Langsam, wie eine alte, gebrechliche Frau, bückte sie sich. Die Münze fühlte sich von der Sonne angenehm gewärmt an und glitzerte wie das Gold, aus dem sie sicher war. Sie betastete das glatte Gesicht des längst verstorbenen spanischen Monarchen, drehte die Münze zweimal herum und las beide Male das Datum, als erwarte sie, dass es sich plötzlich änderte. Oder dass es einfach wie ein Traum beim Aufwachen zerrann.

1845.

Dieser Beweis von Seraphinas Schatz lag genau vor ihren Füßen, als wäre er extra ihretwegen plötzlich wieder aufgetaucht.

11

Kate brach sämtliche Rekorde, als sie in den Laden raste. Nicht einmal der Polizist, der sie anhielt, um ihr eine Predigt über die Straßenverkehrsgesetze zu halten und ihr einen Strafzettel auszuhändigen, konnte ihre gute Laune dämpfen oder sie dazu bewegen, dass sie ihr Tempo endgültig drosselte. In weniger als zwanzig Minuten war sie in Monterey.

Zu aufgedreht, um nach einem rechtmäßigen Parkplatz zu suchen, schlängelte sie sich frech durch den Verkehr, ließ den Wagen in zweiter Reihe stehen und bahnte sich eilig einen Weg durch den flanierenden Touristenstrom.

Sie bog nach links, wich gerade noch einem Kind auf einem Skateboard aus und stolperte hastig durch die Tür des *Schönen Scheins*.

Ihr Blick war wild.

»Eigentlich hatte ich schon vom Wagen aus anrufen wollen.« Keuchend presste sie beide Hände gegen ihr pochendes Herz, als Margo sie mit großen Augen anstarrte. »Ich bin total außer Atem«, keuchte sie. »Ich glaube, ich sollte die Übungen, die Byron mit mir macht, ein bisschen ernster nehmen.«

»Du hast einen Unfall gehabt.« Margo stürzte von der Kundin, die sie gerade bediente, auf Kate zu und hatte sie wenige Sekunden vor Thomas erreicht. Er rief nach Susan, während er ebenfalls auf seine Nicht zurannte und helfend ihren Arm packte.

»Bist du verletzt? Setz dich besser erst mal hin.« Er führte sie zu einem Stuhl.

»Ich bin nicht verletzt und habe auch keinen Unfall gehabt.« Ihr Adrenalinspiegel war derart hoch, dass im Grunde wenigstens einer sehen müsste, wie es ähnlich einer Fontäne aus ihrem Schädel schoss. »Tja, beinahe wäre ich mit einem Skateboardfahrer zusammengestoßen, aber keinem von uns ist was passiert. Ich habe nicht angerufen, weil mir das Telefon für das, was ich zu erzählen habe, nicht dramatisch genug erschien.«

Dann brach sie in so heftiges Gelächter aus, dass sie sich die Rippen hielt. Margo griff nach ihrem Kopf und schob ihn ihr eilig zwischen die Knie.

»Hol erst mal Luft!«, befahl sie ihr. »Vielleicht hat sie wieder Probleme mit ihrem Magengeschwür. Sollen wir einen Arzt rufen?«

»Nein, nein, nein.« Immer noch lachend zog Kate die Münze aus der Tasche und hielt sie wie eine Trophäe hoch empor. »Guckt euch das mal an.«

»Verdammt, Kate, wo hast du meine Münze her?«

»Das ist nicht deine.« Kate zog sie eilig zurück, ehe Margo sie ihr aus den Fingern riss. »Das ist meine.« Sie sprang auf und küsste Margo schmatzend auf den Mund. »Meine. Ich habe sie auf den Klippen gefunden. Sie lag einfach da. Sieh nur, sie war nicht einmal voll Erde. Und sie lag einfach da!«

Nachdem sie zu dem Schluss gekommen war, dass Kates glühende Wangen kein Zeichen eines aufgebrochenen Magengeschwürs zu sein schienen, tauschte Margo einen Blick mit ihrem Schwiegervater. »Setz dich, Kate, und atme langsam. Lass mich hier erst noch zu Ende bedienen, ja?«

»Sie glaubt mir nicht«, stellte Kate zufrieden grinsend fest, als Margo zu ihrer Kundin zurückeilte. »Sie denkt, ich hätte ihr ihre Münze geklaut und wäre obendrein wegen all des Stresses übergeschnappt.« Sie warf den Kopf in den Nacken und brach abermals in lautes Lachen aus. »Zu viel Stress ist ja auch wirklich mörderisch.«

»Vielleicht wäre ein Schluck Wasser das richtige«, murmelte Thomas und blickte erleichtert auf, als seine Frau die Treppe heruntergehastet kam. »Kate scheint ein bisschen hysterisch zu sein.«

Umgehend nahm Susan die Flasche Champagner aus dem Eiskühler und schenkte etwas davon in ein Glas. »Trink«, wies sie die Ziehtochter an. »Und dann atme ein paarmal langsam aus und ein.«

»Okay.« Kate befolgte den Befehl, immer noch hysterisch kichernd. »Ihr guckt mich alle an, als hätte ich plötzlich zwei Köpfe oder so. Ich bin nicht übergeschnappt, Onkel Tommy. Das garantiere ich. Aber ich habe einen Teil von Seraphinas Mitgift gefunden. Deshalb bin ich so aufgeregt. Als ich auf den Klippen spazieren ging, lag die Münze einfach da. Schimmernd wie ein Penny, aber zugleich viel, viel wertvoller.«

»Sie lag also einfach da«, zischte Margo, als sie mit einer Porzellandose in Form eines Sonnenhuts an ihr vorüberging. »Den Teufel lag sie einfach da! Susan, nimm sie bitte mit nach oben, ja? Ich komme dann auch, sobald ich kann.«

»Gute Idee«, pflichtete Kate ihr übermütig bei. »Oben steht schließlich noch mehr Champagner herum, und den brauchen wir bestimmt.« Sie schob die Münze in ihre Tasche zurück und spielte damit, während sie die Wendeltreppe in den oberen Stock erklomm. Alles der Reihe nach, befahl sie sich und drehte sich auf dem Weg zur Küche nach ihrer Tante um. »Ich muss mit dir reden, Tante Susie.«

»Hmm.« Mit kerzengeradem Rücken trat Susan an den Herd und stellte einen Kessel Wasser auf. Die hübschen kleinen Rundfenster waren geöffnet, sodass eine erfrischende Brise den sommerlichen Lärm der Cannery Row hereintrug.

»Du bist immer noch böse auf mich.« Kate atmete die leichte Brise ein. »Das habe ich auch verdient. Ich weiß nicht, wie ich mich bei dir entschuldigen soll, aber ich hasse die Tatsache, dass ich dir weh getan habe.«

»Und ich hasse die Tatsache, dass du derartige Gefühle hegst.«

Kate trat von einem Fuß auf den anderen, starrte auf die hübsche Glasschale mit frischem Obst, die auf der Anrichte stand, und suchte nach den richtigen Worten für das, was ihr auf dem Herzen lag.

»Ihr habt mir nie irgendwelche Fesseln angelegt. Das habe ich immer selbst besorgt.«

Susan drehte sich zu ihrer Ziehtochter um und sah sie fragend an. »Warum?«

»Ich kann Dinge nicht gut erklären, für die es keine rationale Begründung gibt. Im Umgang mit Fakten bin ich besser als mit Gefühlen.«

»Aber die Fakten kenne ich bereits, nicht wahr?«, entgegnete Susan ruhig.

»Du wirst also versuchen müssen, mir deine Gefühle zu erklären, wenn du die Angelegenheit bereinigen willst.«

»So ist es. Ich liebe dich so sehr, Tante Susie.«

Die Worte und das schlichte Gefühl, das ihnen zugrunde lag, besänftigten einen Teil von Susans Ärger. Aber immer noch war sie verwirrt und auch verletzt.

»Das habe ich nie bezweifelt, Kate. Deshalb frage ich mich, weshalb du je Misstrauen hegen konntest, ob diese Liebe ebenso erwidert wird.«

»Nein, so kann man es nicht sagen. Es ist nur …« Da sie ins Stottern geriet, setzte sich Kate auf einen Hocker und faltete die Hände unter dem Küchentisch. »Als ich zu euch kam, wart ihr bereits eine vollständige Familie. Templeton House, du und Onkel Tommy, alles so offen und perfekt. Wie in einem Traum. Eine ganz richtige Familie!«

Wenn auch wirr, so brachen sich die Worte endlich Bahn. »Da war Josh, der Kronprinz, der zukünftige Erbe, der clevere, wunderbare Sohn. Laura, die Prinzessin, süß und liebreizend und freundlich ohne jedes Maß. Margo, die kleine Königin. Strahlend schön und so ungeheuer selbstsicher. Und da war ich, verwundet und mager und linkisch, wie das hässliche Entlein, das nirgendwo dazugehört. Das macht dich wütend«, sagte sie, als sie Susans Augen blitzen sah. »Aber ich weiß nicht, wie ich es anders beschreiben soll.«

Sie zwang sich, langsamer zu sprechen, ihre Worte sorgsamer auszuwählen, um ihrer Tante nicht abermals weh zu tun. »Ihr wart alle so lieb zu mir. Ich meine nicht nur das Haus, die Kleider und das Essen, das ihr mir gegeben habt. Ich meine nicht die Dinge, Tante Susie, obwohl sie einem Kind, das aus einer bestenfalls mittelständischen Familie kam, märchenhaft vorkamen.«

»Meinst du, wir hätten dich anders behandelt, wenn wir weniger wohlhabend gewesen wären?«

»Nein.« Kate schüttelte vehement den Kopf. »Ganz bestimmt nicht. Was das Verblüffendste an der ganzen Sache war!« Sie senkte kurz den Kopf, und als sie wieder aufblickte, schwammen ihre Augen in Tränen. »Und heute erstaunt mich das alles noch viel mehr, denn … inzwischen weiß ich, was für ein Mensch mein Vater war.«

Susan starrte sie verwundert an. »Was für ein Mensch dein Vater war?«

»Was er getan hat? Dass er wegen Unterschlagung verurteilt worden ist.« Voller Angst beobachtete Kate, wie Susan die Stirn runzelte, ehe sie plötzlich den Kopf schüttelte.

»Oh!« Sie stieß einen langen, langen Seufzer aus. »Allmächtiger Gott, das hatte ich ganz vergessen.«

»Das hattest du vergessen?« Überrascht fuhr sich Kate mit den Händen durchs Haar. »Du hattest vergessen, dass er ein Dieb gewesen ist? Du hattest vergessen, dass er gestohlen hat, verurteilt wurde, dass ihr seine Schulden beglichen und seine Tochter bei euch aufgenommen habt? Die Tochter eines …«

»Hör sofort damit auf.« Lieber hätte Susan Mitgefühl gezeigt, doch sie kannte ihre Kate. »Es steht dir wohl kaum zu zu beurteilen, was ein Mann vor über zwanzig Jahren getan hat, was in seinen Gedanken oder seinem Herzen vorgegangen ist.«

»Er hat gestohlen«, wiederholte Kate. »Er hat Gelder seiner Mandanten veruntreut. Das alles habt ihr gewusst, als ihr mich aufnahmt. Ihr wusstet, was er getan hatte, was er war. Und jetzt stehe ich unter genau demselben Verdacht!«

»Jetzt wird mir endlich klar, warum du das alles einfach über dich ergehen lassen hast und lieber krank geworden bist, statt dich zu wehren. Oh, du armes, dummes Kind!« Susan trat vor Kate und umarmte sie. »Warum hast du uns das denn nicht eher gesagt? Warum hast du dich uns nicht anvertraut? Wir hätten dir doch geholfen, die Sache durchzustehen.«

»Warum habt ihr mir nichts davon gesagt? Warum habt ihr mir nicht erzählt, was er verbrochen hat?«

»Zu welchem Zweck? Ein trauerndes Kind hat bereits genug auf dem Herzen, mit dem es fertig werden muss. Er hatte einen Fehler gemacht und hätte auch dafür bezahlt.«

»Stattdessen habt ihr es getan.« Ihre Kehle war wie zugeschnürt. »Ihr habt seine Schulden mit eurem Geld bezahlt. Meinetwegen.«

»Meinst du, dass uns das wirklich wichtig war, dass Tommy oder ich auch nur einen Augenblick darüber nachgedacht haben? Das einzig Wichtige warst du. Nur du allein.« Sie strich Kate übers Haar. »Wie hast du es herausgefunden?«

»Durch einen Mann, einen Klienten von mir. Er war ein Freund meines Vaters und dachte, ich wüsste über die Sache längst Bescheid.«

»Es tut mir leid, dass du auf diese Weise informiert wurdest.« Susan ließ ihre Hände sinken und trat einen Schritt zurück. »Vielleicht hätten wir es dir erzählen sollen, als du herangewachsen warst; aber nach einer Weile hat keiner von uns mehr an die Sache gedacht. Was für ein Timing«, murmelte sie und war von Mitgefühl erfüllt. »Du hast also davon erfahren, kurz bevor du selbst von Bittle der Veruntreuung bezichtigt worden bist?«

»Ein paar Monate vorher. Ich habe Artikel aus alten Zeitungen herausgesucht und einen Detektiv mit Nachforschungen beauftragt.«

»Kate!« Müde hob Susan ihre Hände vor die Augen. »Warum? Wenn du etwas hättest wissen oder verstehen wollen, hätten wir es dir erklärt. Warum hast du nicht einfach uns gefragt?«

»Wenn ihr darüber hättet reden wollen, hättet ihr es sicher längst getan.«

Nach einem Augenblick nickte Susan. »Also gut. Richtig, das stimmt.«

»Ich musste es einfach wissen. Und dann machte ich mich daran, die ganze Sache zu verdrängen. Wirklich, Tante Susie, ich wollte es vergessen, begraben, so tun, als wäre es niemals geschehen. Vielleicht hätte ich es auch geschafft, ich weiß es nicht. Aber dann brach plötzlich diese andere Sache über mich herein. Die Diskrepanzen bei meinen Kundenkonten, die Anschuldigungen, die internen Nachforschungen, die Beurlaubung …« Ihre Stimme brach, aber sie fuhr trotzdem fort: »Es war ein Albtraum, wie eine Wiederholung der Angelegenheiten meines Vaters. Ich habe einfach nicht mehr funktioniert, konnte nicht dagegen ankämpfen, konnte nicht einmal mehr nachdenken. Ich hatte nur noch Angst.«

Kate presste die Lippen zusammen und sah ihre Tante an. »Und erst recht habe ich es nicht über mich gebracht, euch in diese Geschichte mit hineinzuziehen. Aus Scham habe ich es verheimlicht, und ich hatte Angst, ihr könntet vielleicht denken – wenn auch nur für den Bruchteil einer Sekunde –, ich hätte es getan. Denn schließlich hat er es ebenfalls getan. Das ging über meine Kräfte.«

»Ich kann nicht schon wieder verstimmt sein, auch wenn du dich wirklich wie eine Närrin benommen hast. Du hast eine schlimme Zeit durchgemacht.« Susan nahm sie erneut in den Arm.

»Es wird herauskommen«, murmelte Kate. »Ich weiß, es wird herauskommen, und die Leute werden darüber reden. Ein paar von ihnen werden überzeugt sein, ich hätte das Geld genommen, genau wie mein Vater. Ich dachte, das hielte ich nicht aus. Aber jetzt ertrage ich es.« Sie lehnte sich zurück und trocknete sich die tränennassen Augen. »Ich kann es aushalten, aber es tut mir leid. Es tut mir so furchtbar leid, dass ihr in die Sache mit verwickelt werdet.«

»Ich habe meine Kinder dazu erzogen, auf eigenen Beinen zu stehen und trotzdem zu wissen, dass die Familie immer zusammenhält. Zweifellos hast du den zweiten Teil dieses Satzes für kurze Zeit vergessen.«

»Vielleicht. Tante Susie …« Sie musste es zu Ende bringen, musste alles sagen, was sie bedrückte. »Ihr habt mir nie das Gefühl gegeben, eine Außenseiterin zu sein, seit dem Augenblick, in dem ihr mich bei euch aufnahmt, niemals. Nie habt ihr auch nur angedeutet, ihr hättet mich aus Verantwortungs- oder Pflichtbewusstsein zu euch geholt. Aber ich habe Schuldgefühle, eine Verpflichtung euch gegenüber gespürt, und deshalb wollte ich immer in allen Dingen die Beste sein. Ich wollte nicht, dass ihr euch jemals fragt, ob es richtig war, mich aufzunehmen und zu lieben wie ein eigenes Kind.«

Mit wehem Herzen kreuzte Susan die Arme vor der Brust. »Meinst du, wir messen unsere Liebe zu einem Menschen an den Leistungen, die er erbringt?«

»Nein. Aber ich habe es getan – und tue es vielleicht immer noch. Es ist mein Fehler, Tante Susie, nicht deiner. Am Anfang bin ich jeden Abend mit dem Gedanken ins Bett gegangen, ob ihr es euch vielleicht über Nacht noch einmal anders überlegt und mich wieder fortschickt aus eurem Haus.«

»Oh, Kate!«

»Aber dann wusste ich, das tätet ihr niemals. Niemals«, wiederholte sie. »Ihr habt mich zu einem Teil eurer Familie gemacht. Und es tut mir leid, wenn es dich kränkt oder verletzt; aber dafür schulde ich euch was! Ich schulde dir und Onkel Tommy etwas dafür, dass ihr so liebenswerte Menschen seid. Ohne euch wäre ich verloren gewesen.«

»Hast du je bedacht, dass du eine Bereicherung für unser aller Leben gewesen bist?«

»Lange habe ich mir den Kopf zerbrochen, was ich tun könnte, damit ihr stolz auf mich seid. Ich konnte weder so schön wie Margo noch so liebenswürdig wie Laura sein – aber dafür war ich schlau. Ich konnte hart arbeiten, Dinge planen, vernünftig und erfolgreich sein. Das wollte ich für mich ebenso wie für euch. Und … es gibt da noch etwas, das du wissen solltest.«

Susan stellte die Herdplatte unter dem pfeifenden Kessel ab, ohne dass sie das Wasser in die bereitgestellte Teekanne schüttete. »Was, Kate?«

»Ich war so glücklich in Templeton House, und ich dachte oft, dass ich nicht dort bei euch und all den anderen leben würde – wenn an jenem Abend die Straße nicht glatt gewesen wäre, wir nicht losgefahren wären und der Wagen nicht ins Schleudern geraten und gegen einen Baum gekracht wäre …«

Sie hob den Kopf und sah die Tante an. »Ja, und ich wollte dort bei euch sein, und nach einiger Zeit habe ich euch so geliebt, wie ich meine Eltern in meiner Erinnerung nie geliebt hatte. Aber meine Freude, dass ich nicht mehr bei ihnen lebte, sondern bei euch, kam mir einfach schrecklich vor.«

»Und diesen quälenden Gedanken hast du alle die Jahre lang gehegt.« Susan schüttelte den Kopf. Sie fragte sich, ob es zwischen Eltern und Kindern je so etwas wie echtes Verständnis gab. »Du warst ein Kind, gerade mal acht Jahre alt. Du hattest monatelang Albträume und hast mehr getrauert, als gut für dich gewesen ist. Weshalb solltest du dein Leben lang für etwas bezahlen, das nicht deine Schuld war? Kate.« Zärtlich strich Susan ihr über den Kopf. »Warum hättest du nicht glücklich sein sollen? Wem wäre damit gedient gewesen, wenn du dich für alle Zeit hinter deinem Schmerz, deiner Trauer und deinem Elend verschanzt hättest?«

»Niemandem.«

»Und trotzdem hast du all die Jahre Schuldgefühle gehegt?«

»Es kam mir so vor: Die Ursache für das Beste, was mir je im Leben widerfuhr, war das Unglück anderer. Ich habe es einfach nicht verstanden. Es war, als hätte mein Leben an dem Abend, an dem die beiden gestorben sind, erst angefangen. Ich wusste, wenn wundersamerweise meine Eltern durch die Tür von Templeton House getreten wären, um mich wieder abzuholen, wäre ich zu euch gerannt und hätte euch angefleht, mich bei euch zu behalten.«

»Kate!« Wieder schüttelte Susan den Kopf und strich Kate begütigend die Haare aus der Stirn. »Selbst wenn Gott, der Allmächtige, bei uns vor der Tür gestanden hätte, um dich abzuholen, hätte ich mich mit Händen und Füßen dagegen zur Wehr gesetzt. Und ich hätte dabei nicht das geringste schlechte

Gewissen gehabt. Was passiert ist, war weder deine noch meine Schuld, sondern einfach Schicksal.«

Kate nickte. Das alles klang zu schön, um wahr zu sein. »Bitte sag, dass du mir verzeihst.«

Susan trat zurück und sah die Ziehtochter an. Ihr Kind. Ein Geschenk, das ihr infolge einer Tragödie zuteil geworden war. So kompliziert, so vielschichtig. So teuer und so lieb. »Wenn du das Gefühl hast, mir etwas zu schulden – wie hast du es genannt? – dafür, dass du Teil unserer Familie geworden bist, dann zahl es mir zurück, indem du dich und das, was du geleistet hast, endlich akzeptierst. So sind wir für alle Zeiten quitt.«

»Ich werde daran arbeiten, aber bis es so weit ist …«

»… verzeih ich dir! Aber«, fuhr sie fort, als Kate zu schniefen begann, »den Rest dieser Sache stehen wir gemeinsam durch. Gemeinsam, Kate. Wenn Bittle sich mit einem Templeton anlegen will, bekommt er es mit uns allen zu tun.«

»Okay.« Kate wischte eine neue Träne fort. »Jetzt fühle ich mich schon besser.«

»Ich bin sicher, dass du das tust.« Susan sah ihr Mädchen lächelnd an. »Ebenso wie ich.«

Mit wildem Blick kam Margo in den Raum gestürmt. »Zeig mir die Münze«, fauchte sie, während sie bereits die Hand in ihre Jackentasche schob.

»He!«

»Oje!« Margo starrte die Münze an, ehe sie auf die identische Dublone in ihrer Rechten sah. »Ich habe in meiner Tasche nachgesehen – weil ich dachte, du spielst mir irgendeinen blöden Streich. Sie sind wirklich vollkommen gleich.«

Plötzlich war das Leben wieder schön. »Das habe ich vorhin doch schon gesagt«, setzte Kate an, ehe sie stöhnte, als Margo sie heftig umarmte.

»Sie sind wirklich vollkommen identisch!«, brüllte Margo

ein zweites Mal und hielt Susan die beiden Münzen hin. »Sieh nur! Seraphinas Schatz!«

»Auf alle Fälle stammen sie vom richtigen Ort und sind aus der richtigen Zeit.«

Susan runzelte die Stirn. »Die hier hast du eben gefunden, Kate?«

»Nein, die hier.« Besitzergreifend nahm Kate Margo ihre Münze ab. »Das hier ist meine«, sagte sie.

»Ich fasse es einfach nicht. Es ist Monate her, seit ich meine Münze gefunden habe«, stellte Margo fest. »Die ganze Zeit über haben wir wie die Blöden unter sämtlichen Büschen und Sträuchern gesucht und diesen schwachsinnigen Metalldetektor in der Gegend herumgeschwenkt – und dann liegt plötzlich einfach eine Münze da!«

»Ja, genau.«

»Da haben wir's.« Margo sah die beiden anderen triumphierend an. »Genau wie die, die ich gefunden habe. Wenn das kein gutes Omen ist …«

Kate rollte ihre Augen himmelwärts. »Das ist keine Magie, Margo, sondern einfach Glück. Ich war eben zur Stelle, nachdem die Münze losgetreten oder vom Meer angespült worden oder sonstwie ans Tageslicht gekommen ist.«

»Hah«, stieß Margo aus. »Wir müssen es Laura erzählen. Oh, wer von euch kann sich erinnern, wo sie im Augenblick schon wieder steckt? Ich komme bei ihrer wahnsinnigen Terminplanung einfach nicht mehr nach.«

»Wenn du dir die Mühe machen und die Wochenübersicht zu Rate ziehen würdest, die ich im Büro aufgehängt habe, dann wüsstest du es genau.« Mit einem Gefühl der Überlegenheit sah Kate auf ihre Uhr. »Sollte mich meine Erinnerung nicht trügen, dann hat sie gerade einen Termin mit Alis Lehrerin. Und anschließend …«

»Anschließend interessiert mich nicht. Wir werden einfach …« Plötzlich brach Margo ab. »Himmel, wir können den Laden unmöglich am helllichten Nachmittag schon dichtmachen.«

»Fahrt nur«, meinte Susan. »Tommy und ich kommen durchaus eine Stunde allein zurecht.«

»Wirklich?« Margo sah sie strahlend an. »Ich wollte nicht darum bitten, aber das ist alles so furchtbar aufregend, und schließlich haben wir diesen Schatz immer alle zusammen gesucht.«

»Ihr habt immer alles zusammen gemacht«, verbesserte Susan sie gut gelaunt.

»Die Neuigkeit hat sie ganz schön munter gemacht.« Margo lungerte nach dem kurzen Besuch bei Laura im Foyer herum. »Es ist wirklich frustrierend, mit der weiteren Suche bis Sonntag warten zu müssen – aber bei ihrem Terminkalender haben wir schon Glück, wenn es dann klappt.«

»Findest du nicht, dass sie sich ein bisschen zu viel auf die Schultern geladen hat?«

Kate sah sich in der eleganten Lobby mit den üppigen Topfpflanzen um und hoffte, halb zufällig Byron zu entdecken, der mit irgendeinem geschäftlichen Anliegen in der Halle auftauchte. Stattdessen machte sie herumwandernde Gäste, geschäftige Kofferträger und in der Nähe der Drehtüren eine Damengruppe aus – mit Einkaufstüten beladen, erschöpft, aber glücklich lächelnd.

»Ich weiß, dass sie gerne beschäftigt ist«, fuhr sie schließlich fort. »Und sicher hält die Arbeit sie vom Grübeln ab. Aber sie hat kaum je eine Minute mal für sich.«

»Ah, endlich ist es auch dir aufgefallen.« Margo hob seufzend die Arme. »Ich darf ihr deshalb nicht andauernd in den Ohren liegen. Als ich vorgeschlagen habe, im Laden eine Teilzeitkraft zu beschäftigen, damit sie dort ein bisschen zurückschrauben kann, hätte sie mir beinahe den Kopf abgerissen.« Geistesabwesend rieb sie sich den Bauch, als das Baby strampelte. »Ich weiß, der Großteil ihres Gehalts hier vom Hotel ist für die Ausbildung der Kinder bestimmt.«

»Peter – dieses Schwein!« Kate knirschte mit den Zähnen, als sie daran dachte, was für ein Schuft der Exmann ihrer Cousine war. »Es zeichnet ihn ja schon als schleimigen Kriecher aus, dass er Lauras Geld genommen hat; aber das seiner eigenen Kinder … das macht ihn zu etwas noch Minderwertigerem als Schleim. Dafür hätte sie ihm vor Gericht den widerlichen Arsch aufreißen sollen!«

»Ich an ihrer Stelle hätte es bestimmt getan«, pflichtete Margo ihr voller Inbrunst bei. Amüsiert stellte sie fest, dass zwei Männer, die in einer der gemütlichen Sitzgruppen der Lobby saßen, vergeblich mit ihr zu flirten trachteten. »Und du ebenfalls. Aber Laura hat sich anders entschieden.«

»Und zwar für zwei Jobs gleichzeitig, zwei Kinder alleine großzuziehen und sämtliches Hauspersonal weiter zu beschäftigen, weil sie zu weichherzig ist, auch nur einem einzigen Menschen zu kündigen. Aber sie kann nicht ewig zwanzig Stunden am Tag arbeiten.«

»Versuch mal, ihr das klarzumachen.« Aus langjähriger Gewohnheit sah sie die beiden hoffnungsvollen Herren mit einem schnellen, geübten Lächeln an.

»Hör auf, mit diesen Versicherungsvertretern herumzuturteln«, wies Kate sie rüde zurecht.

»Ach, sind sie das?« Margo schob sich ihr langes Haar zurück. »Aber um aufs Thema zurückzukommen, Josh und ich haben Laura bereits genug bedrängt, ohne irgendeinen Erfolg. Aber dich konnte ja auch niemand dazu überreden, dass du endlich einmal Urlaub machst oder dich wenigstens gründlich untersuchen lässt.«

»Okay, okay.« Das war das letzte, worüber Kate sich unterhalten wollte. »Ich hatte meine Gründe, und ich werde sie dir auseinandersetzen, wenn wir ein bisschen mehr Zeit haben. Am besten hätte ich dir das Ganze schon früher erklärt.«

»Was denn?«

»Darüber reden wir später«, wiederholte sie und verblüffte die Freundin, indem sie sich vorbeugte und ihr einen Kuss auf die Wange gab. »Ich liebe dich, Margo.«

»Okay, was hast du angestellt?«

»Nichts. Oder alles, aber ich fange gerade an, meine Fehler wiedergutzumachen. Aber jetzt zurück zu Laura. Wir müssen ihr einfach stärker zur Seite stehen. Vielleicht, indem wir ihr jede Woche für ein paar Stunden die Mädchen entführen oder indem wir ein paar der Besorgungen übernehmen, von denen sie immer mindestens eine Million zu erledigen hat. Ich kriege schon zu viel, wenn ich nur daran denke, was sie alles tut.« Sie zog ihre Münze aus der Tasche und beobachtete, wie sie im Licht der Lampen schimmerte. »Sobald wir erst mal Seraphinas Schatz gehoben haben, fügt sich alles andere.«

»Sobald wir ihn haben, eröffne ich eine Filiale vom *Schönen Schein*. Vielleicht in Carmel, was meinst du?«

Überrascht sah Kate die Freundin an. »Ich hätte gedacht, dass du als Erstes eine Weltreise unternimmst oder dir neue Kleider kaufst.«

»Die Menschen ändern sich«, verkündete Margo salbungsvoll. »Aber für eine kleine Kreuzfahrt und eine kurze Tour über den Rodeo Drive reicht es bestimmt trotzdem noch.«

»Zu hören, dass die meisten Menschen sich offenbar nicht allzu sehr verändern, ist in der Tat eine Erleichterung für mich.« Aber vielleicht könnten sie es, überlegte Kate. Und vielleicht war es sogar wünschenswert. »Hör zu, es gibt da noch etwas, was ich vorhabe. Kommst du für den Rest des Nachmittags allein mit dem Laden zurecht?«

»Da Tommy und Susan alles in die Hand genommen haben, muss nicht einmal ich selbst dorthin zurück.« Kichernd klimperte Margo mit ihren Wagenschlüsseln. »Wenn ich sie dazu überreden könnte, einen Monat lang den Laden zu führen, machten wir in der Zeit sicherlich den doppelten Gewinn. Ach, bitte grüß Byron von mir, ja?«

»Ich habe nicht gesagt, dass ich zu Byron will.«

Margo blickte lächelnd über die Schulter zurück, als sie auf den Ausgang zusteuerte. »Natürlich hast du das gesagt.«

Es war demoralisierend zu erkennen, wie leicht man sie durchschaute. Derart demoralisierend, dass Kate beinahe nicht ins Penthouse hinaufgefahren wäre. Sie rang immer noch mit sich, als sie aus dem Fahrstuhl trat, und da man ihr ausrichtete, Mr De Witt befände sich in einer Konferenz, kam sie zu dem Schluss, dass das sicher das beste war.

Ohne bestimmten Plan fuhr sie wieder in die Lobby hinab; aber statt zurück zu ihrem Wagen zu gehen, wanderte sie nach draußen an den Pool, lehnte sich gegen die Steinmauer, die ihn umrundete, beobachtete die Fontäne des Brunnens im Hof und die Leute, die unter eleganten Sonnenschirmen an hübschen Glastischen saßen mit farbenfrohen Getränken vor sich. Die Namensschilder an ihren Rockaufschlägen verrieten, dass es sich bei ihnen um Teilnehmer eines Kongresses handelte, denen man offenbar zwischen zwei Seminaren eine Pause gönnte.

In gestreiften Liegestühlen rund um den geschwungenen, gefliesten Pool lümmelten vor Sonnenmilch glänzende Urlauber, lasen Zeitschriften und Bestseller oder hörten über Kopfhörer Musik. Bedienstete in kühlen pastellfarbenen Uniformen brachten Snacks und Getränke von der Bar. Andere Gäste planschten, spielten oder trieben einfach träumend auf dem Wasser.

Sie wussten, wie man sich entspannte, dachte Kate. Weshalb nur hatte sie es nie gelernt? Wenn sie sich auf einem dieser Liegestühle ausstrecken würde, schliefe sie nach spätestens fünf Minuten ein. Darauf hatte sie ihren Körper trainiert. Und falls sie nicht schlafen könnte, triebe die Rastlosigkeit sie wieder hoch; denn ihr Gehirn gäbe sicher den Befehl, etwas Sinnvolles zu tun.

Da dieser Tag jedoch offenbar einen Wendepunkt in ihrem Leben markierte, beschloss sie auszuprobieren, wie es war, wenn man Zeit sinnlos vergeudete, glitt auf einen Hocker an der Bar und bestellte etwas mit dem vielversprechenden Namen *Monterey Sunset*. Beinahe eine halbe Stunde lungerte sie dort herum, beobachtete die Menschen, lauschte ihren Gesprächen und bestellte zuletzt einen zweiten Drink.

Zeit zu verschwenden war gar nicht so schlimm, erkannte sie. Vor allem, da sie augenblicklich eine vollkommene innere Leere empfand. Ein gutes Gefühl, erkannte sie. Als hätte sie eine wohltuende Reinigung durchgemacht und wäre etwas los geworden, das allzulang an ihr genagt hatte.

Nun könnte sie einige der bisher gemachten Fehler wiedergutmachen, andere vielleicht einfach ignorieren und mit ihrem Leben fortfahren. Das Gefühl der Leere hatte etwas Vielversprechendes, denn es gab diverse Möglichkeiten, diese Leere neu zu füllen.

Ihren Drink in der Hand, wanderte sie durch die Gärten des Hotels, sog bewusst den Duft der Jasminsträucher und Kamelien ein und betrachtete voller Bewunderung die leuchtenden Blüten einer üppigen Bougainvillea. Schließlich nahm sie auf einer Steinbank in der Nähe einiger Zypressen Platz und fragte sich, wie es einem Menschen gelang, einfach nichts zu tun, ohne dass er dabei den Verstand verlor.

Wahrscheinlich begänne sie am besten schrittweise mit dem Müßiggang. Wie bei ihrem Krafttraining war eine ganze Stunde beim allerersten Mal sicher zu viel. Also stand sie auf, um zu einer Überprüfung des Inventars in den Laden zurückzufahren, als sie plötzlich seine Stimme vernahm.

»Vergessen Sie nicht, die Einzelheiten morgen mit Ms Templeton zu besprechen. Sie muss über die Änderungen auf dem Laufenden sein.«

»Sehr wohl, Sir, aber wir werden zusätzliches Personal benötigen – mindestens noch zwei Kellner oder Kellnerinnen und einen Barkeeper.«

»Also drei Leute mehr. Es soll ja alles glatt über die Bühne gehen. Ich denke, Ms Templeton wird mit Ihnen einer Meinung sein, dass dies die beste Stelle für die dritte Theke ist. Schließlich wollen wir nicht, dass ständig irgendjemand vom Personal mit einem Eiskübel in den Händen zwischen den Gästen hindurchrennen muss, nicht wahr? Hören Sie, Lydia, Ms Templeton hat bei der Sache genaueste Vorstellungen.«

»Sehr wohl, Sir, aber diese Leute wollen alle paar Minuten etwas anderes.«

»Das ist ihr gutes Recht. Es ist unsere Aufgabe, dafür zu sorgen, dass alles wunschgemäß verläuft. Was ich mit Ihnen besprechen wollte, Lydia, ist der für die Vormittage geplante zusätzliche Kaffeeausschank auf der Ostterrasse. Vor ein paar Wochen haben wir etwas Ähnliches in der Ferienanlage ausprobiert, und dort hat es wunderbar funktioniert.«

Während er sprach, kam er den Weg herunter und erblickte Kate, wie sie, einen farbenfrohen Drink in den Händen, auf der Steinbank saß und versonnen lächelte. Woraufhin er aus dem Konzept geriet.

»Mr De Witt?«, drängte Lydia ihn. »Was ist denn nun mit dem Kaffeeausschank?«

»Ach ja, richtig. Sagen Sie bitte meiner Assistentin, dass sie Ihnen die Unterlagen geben soll. Es ist alles bereits genau durchgeplant. Und dann lassen Sie mich bitte wissen, was Sie davon halten, ja?« Ohne sie allzu grob abfertigen zu wollen, versuchte er ihr klarzumachen, dass sie entlassen war. »Und morgen früh besprechen wir die ganze Sache mit Ms Templeton.«

Lydia machte sich auf den Weg zurück zum Haus, und er wandte sich an Kate. »Hallo!«

»Hallo. Ich übe gerade.«

»Was?«

»Müßiggang.«

Er hatte das Gefühl, als ob er inmitten eines Zaubergartens plötzlich einem Rehkitz gegenüberstand – diese dunklen, tiefen, seltsam schräg geschnittenen Augen, der warme, schwere Blumenduft. »Und, wie kommst du damit klar?«

»Es ist schwerer, als es aussieht. Eigentlich wollte ich gerade aufgeben.«

»Verlänger es noch eine Minute, ja?«, bat er und setzte sich ebenfalls auf die Bank.

»Ich hätte nicht gedacht, dass sich jemand in deiner Position Gedanken über solche Kleinigkeiten wie zusätzlichen Kaffeeausschank auf der Terrasse macht.«

»Die Summe dieser Kleinigkeiten ist das Entscheidende. Übrigens« – er umfasste ihr Gesicht und gab ihr einen sanften Kuss –, »du siehst fantastisch aus. Wirklich. Richtiggehend erholt.«

»Ich fühle mich auch so. Aber das ist eine lange Geschichte.«

Grinsend sah er sie an. »Die ich gerne hören würde.«

»Na ja, vielleicht würde ich sie dir auch gerne erzählen.« Er könnte jemand sein, dem sich die Geschichte gut erzählen ließ. Nein, nicht könnte – er war dieser Jemand. »Eigentlich bin ich hierhergekommen, um Laura einen Teil meiner Geschichte zu erzählen; aber dann habe ich beschlossen, einfach ein bisschen hier herumzuhängen und zu versuchen, nichts zu tun.«

Er war enttäuscht. So, wie er sie vorgefunden hatte, hatte er sich eingebildet, sie erwarte ihn. »Und, willst du mir die Geschichte vielleicht bei einem gemeinsamen Abendessen erzählen?«

»Sehr gern sogar.« Sie stand auf und reichte ihm die Hand. »Wenn du das Kochen übernimmst.«

Er zögerte. Bisher hatte er sorgsam vermieden, ganz allein mit ihr zu sein. Wenn er mit ihr allein war, hatte er das Gefühl, dass sein Verstand einfach in den Leerlauf schaltete. Doch jetzt stand sie da, streckte ihm ihre Hand entgegen. So, wie sie lächelte, wusste sie – und genoss es –, dass er in der Klemme steckte.

»Also gut. Dann kann ich endlich den Grill ausprobieren, den ich vor ein paar Tagen erstanden habe.«

»Weißt du was? Ich besorge den Nachtisch, und wir treffen uns bei dir.«

»Klingt wie ein guter Plan.«

Um sie beide auf die Probe zu stellen, beugte sie sich vor und gab ihm einen langen, verheißungsvollen Kuss. »Ich bin eine fantastische Planerin.«

Die Hände tief in den Taschen seines Jacketts vergraben blieb er, als sie sich zum Gehen wandte, reglos stehen. Eines war ihm klar. Entweder käme er oder aber sie mit ihren Plänen durch. Sicher wäre es äußerst interessant zu sehen, wer am Schluss den Sieg davontrug.

Lockere, cremige, dekadente Schokoladeneclairs waren sicher genau das richtige. Kate stellte die Schachtel auf dem Tisch in seiner Küche ab und entdeckte ihn durch das Fenster im Garten. Er hatte die Tür einladend offen gelassen, sodass sie zu den dröhnenden Klängen von Bruce Springsteen eingetreten war und festgestellt hatte, dass er inzwischen neben dem klapprigen Lehnstuhl ein paar weitere Möbelstücke besaß.

Der niedrige Kaffeetisch mit der Einlegearbeit im Schachbrettmuster, die Buntglaslampe und der dicke, mit geometrischen Mustern versehene Teppich sahen wie teure Unikate aus. Sie musste zugeben, dass sie darauf brannte, den Rest des Hauses ebenfalls in Augenschein zu nehmen, auch wenn sie erst einmal sicher besser in der Küche blieb.

Er stand zwischen den Beeten und nahm einem der Welpen einen alten Socken aus dem Maul. Jeans und T-Shirts passten ebenso zu ihm wie der maßgeschneiderte Anzug und die Seidenkrawatte, in denen er am Nachmittag herumgelaufen war. Als sie ihn derart lässig gekleidet sah, wünschte sie sich, sie wäre zu Hause vorbeigefahren und hätte ihr spießiges Nadelstreifenkostüm und die vernünftigen Schuhe gegen irgendetwas anderes getauscht. Als Kompromiss legte sie ihre Jacke ab und machte den obersten Knopf ihrer Bluse auf, ehe sie zu ihm hinausging.

Sie trat auf die Redwood-Veranda. Eine Veranda, die er, wie sie bemerkte, einfach durch das Aufstellen von tönernen Töpfen mit Geranien, Stiefmütterchen und überhängendem Wein zu etwas ganz Persönlichem gemacht hatte. Ein riesiger und etwas erschreckender Gasgrill ragte schimmernd neben der gläsernen Flügeltür auf, und zwei mit marineblauen Kissen ausgelegte Redwood-Stühle standen so, dass man über den abschüssigen Rasen bis zum Strand hinuntersah.

Tatsächlich hatte er den Garten eingezäunt – mit einem hölzernen Lattenzaun –, der seine kostbaren Tiere auf dem Gelände hielt, ohne dass durch übertriebene Höhe der Ausblick litt. In der Nähe der Strandtreppe gab es ein Tor, durch das man mühelos hinunter ans Wasser gelangte.

Entlang des Zauns hatte er in regelmäßigen Abständen etwas gepflanzt. Sie nahm zarte, junge, sorgsam durch Mulch geschützte Triebe wahr. Sicher hatte er jedes dieser Pflänzchen selbst gesetzt. Irgendein rankendes Gewächs, hinter dessen farbenfrohen Blättern der Zaun irgendwann nicht mehr zu sehen wäre.

Ein geduldiger Mann, dieser Byron De Witt. Einer, dem

es gefallen würde, zu beobachten, wie die Ranken wuchsen, blühten und sich von Jahr zu Jahr verdichteten.

Sicher empfände er beim Anblick der ersten Knospe eine wohlige Zufriedenheit, und dann würde er dafür sorgen, dass sich die Pflanzen zu voller Pracht entfalteten. Der Mann war einfach jemand, der sich gern um Dinge kümmerte.

Die Welpen jaulten, die Brandung schlug klatschend ans Ufer, und die Blätter der Bäume raschelten in dem leisen Wind. Als sich das Blau des Himmels in dunkelrot gestreiftes Schwarz verwandelte, machte ihr Herz einen fast schmerzlichen Satz. Es gab, so dachte sie, einfach perfekte Orte auf der Welt. Und offenbar hatte Byron einen dieser Orte ausgemacht.

Auch er selbst wirkte perfekt, erkannte sie, mit dem windzerzausten Haar und den Welpen neben sich. Seine große, verführerische, muskulöse Gestalt steckte in eng anliegender und dadurch aufreizender Baumwolle. Zum ersten Mal in ihrem Leben hätte sie einen Mann am liebsten mit beiden Händen gepackt, gekostet, genommen, sich zu eigen gemacht.

Sie wollte ihn.

Auf wackligen Beinen ging sie die wenigen Stufen in den Garten hinab. Die Welpen kamen auf sie zugeschossen und sprangen winselnd an ihr hoch. Während sie zur Begrüßung in die Hocke ging, sah sie Byron an.

»Was hast du entlang des Zauns gepflanzt?«

»Glyzinien. Es wird eine Weile dauern, bis sie richtig hochwachsen.« Er blickte in Richtung des Zauns. »Aber ich bin sicher, dass sich das Warten lohnt. Vor meinem Schlafzimmerfenster zu Hause in Georgia haben immer ein paar Glyzinien gerankt. Sie verströmen einen Duft, den man nie mehr vergisst.«

»Du hast tolle Arbeit geleistet hier. Der Garten ist einfach wunderbar. Muss eine Menge Zeit gekostet haben, ihn derart in Schuss zu bringen.«

»Wenn man findet, was man gesucht hat, dann kümmert man sich auch gerne darum.« Er näherte sich ihr. »Nach dem Essen können wir einen Spaziergang am Strand machen, wenn du Lust dazu hast.« Er strich ihr mit der Hand über das Haar und trat dann einen Schritt zurück. »Lass mich dir zeigen, was ich sonst noch geschafft habe.« Er schnipste zweimal mit den Fingern. »Platz!«

Mit wedelnden Schwänzen setzten sich beide Hunde, gaben Pfötchen und legten sich nach einiger Verwirrung, auch wenn sie vor Aufregung zitterten, artig hin.

»Sehr beeindruckend. Macht eigentlich jeder, was du willst?«

»Wenn ich oft genug auf die richtige Art darum bitte, ja.« Er zog zwei Hundekuchen aus der Tasche seiner Jeans. »Und Bestechung funktioniert normalerweise auch ganz gut.« Die kleinen Schlingel nahmen die Leckerbissen und rannten mit ihnen davon. »Ich habe einen feinen roten Bordeaux aufgemacht. Warum hole ich ihn nicht einfach, und du erzählst mir von deinem interessanten Tag?«

Sie hob eine Hand und legte sie auf seine Brust. Nahm die Hitze und den Rhythmus seines Herzschlags wahr. »Es gibt da etwas, was ich dir sagen will.«

»Also gut. Gehen wir ins Haus.« Er hielt es für das beste, wenn er mit ihr in die hell erleuchtete Küche ging, um dem warmen Sonnenuntergang und der verführerischen Abendluft zu entrinnen.

Statt sich zum Gehen zu wenden, trat sie noch dichter an ihn heran. Es musste an der Farbe liegen, dachte er, dass ihre Augen im Zwielicht der Abenddämmerung derart erotisch leuchteten.

»Bisher habe ich Männer wie dich auf persönlicher Ebene gemieden wie die Pest«, setzte sie an. »Das hatte ich mir zur Regel gemacht. Und wie du weißt, bin ich ein Mensch, der Regeln und Prinzipien liebt.«

Er zog eine Braue hoch. »Und Allgemeinplätze?«

»Ja, und Allgemeinplätze – denn für gewöhnlich basieren sie auf irgendwelchen Tatsachen, sonst wären sie keine Allgemeinplätze. Nach einer Reihe unglückseliger Erfahrungen bin ich zu dem Schluss gekommen, dass Männer, die gut aussehen, schlecht für mich sind. Also bist auch du wahrscheinlich schlecht für mich, Byron.«

»Hast du lange an dieser Theorie gearbeitet?«

»Und ob! Aber es kann sein, dass sie nicht immer zutrifft. Auf alle Fälle habe ich dich, als ich dir zum ersten Mal begegnet bin, nicht im mindesten gemocht.«

»Jetzt bin ich aber überrascht.«

Sie lächelte und brachte ihn, indem sie sich ihm noch mehr näherte, aus dem Konzept. »Ich habe dich deshalb nicht gemocht, weil ich dich bereits damals begehrt habe. Weshalb mir unbehaglich war. Weißt du, ich begehre lieber Dinge, die greifbar sind und die man mit Zeit, Planung und Anstrengung erreichen kann. Ich mag nicht, wenn mir unbehaglich ist; ebenso wenig mag ich es, jemanden zu begehren, den ich nicht verstehen kann – der mir höchstwahrscheinlich gefährlich wird, weil er meine Ansprüche erfüllt.«

»Du hast Ansprüche?« Das Gefühl der Verärgerung und der gleichzeitigen Erregung, das er empfand, gefiel ihm nicht.

»Und ob. Und einer dieser Ansprüche ist, dass der andere nicht zu fordernd auftritt. Ich denke, dass du durchaus fordernd bist, weshalb mein Verlangen nach dir zweifellos ein Riesenfehler ist. Und eine weitere Sache, die ich wirklich verabscheue, sind Fehler meinerseits. Aber im Augenblick arbeite ich gerade dran, mir gegenüber etwas toleranter zu werden.«

»Etwa so wie heute Nachmittag das Nichtstun?«

»Ganz genau.«

»Verstehe. Tja, nun, da du die sich anbahnende Beziehung

zu mir als Toleranzübung ansiehst, fange ich vielleicht endlich mit dem Kochen an.«

Lachend legte sie die zweite Hand auf seine Brust. »Jetzt habe ich dich wütend gemacht. Tut mir leid, dass ich darüber auch noch lache!«

»Das wundert mich nicht, Katherine. Du hast einen ausgeprägten Widerspruchsgeist, und nichts gefällt dir mehr, als andere auf die Palme zu bringen.«

»Du hast recht – vollkommen! Es ist erschreckend, wie gut du mich verstehst. Und je geduldiger du mit mir bist, um so mehr reizt es mich, dir auf die Nerven zu gehen. Wir passen nicht im geringsten zueinander, Byron De Witt.«

»Da widerspreche ich dir nicht.« Er packte sie bei den Handgelenken, um ihre Hände von sich fortzuschieben, doch sie sah ihn an.

»Schlaf mit mir«, bat sie ohne jede Umschweife, während sie ihre Arme seinem gelockerten Griff entzog und ihm um die Schultern schlang. »Jetzt.«

12

Normalerweise war er nicht so leicht zu schockieren. Aber ihre schlichte Forderung warf ihn einfach um. Er war sich sicher gewesen, dass sie beenden wollte, was zwischen ihnen kaum begonnen hatte. Er war auf seine Enttäuschung vorbereitet, wollte sich aber nichts anmerken lassen, wenn es so weit war.

Weil es sicher unvernünftig gewesen wäre, sie jetzt zu berühren, blieb er reglos stehen. »Du willst, dass ich mit dir ins Bett gehe, weil alles ein Fehler ist – weil du herausgefunden hast, dass ich schlecht für dich bin und wir nicht im geringsten zueinander passen, ja?«

»Ja. Und weil ich dich endlich nackt sehen will.«

Er schaffte es zu lachen und wäre einen Schritt zurückgewichen, hätte sie ihre Finger nicht hinter seinem Nacken verschränkt. »Ich glaube, jetzt brauche ich einen Drink«, murmelte er.

»Byron, zwing mich nicht, grob zu werden«, warnte sie, schob sich noch dichter an ihn heran und schlang ihre Arme noch fester um seinen Hals. »Ich habe ziemlich viel trainiert. Für meine Verhältnisse. Vermutlich kann ich es durchaus mit dir aufnehmen, falls es nötig ist.«

Er sagte sich, dass er sich einfach belustigt geben sollte, und so kniff er sie vorsichtig in den Oberarm.

Die winzigen Muskeln waren watteweich. »Allerdings, du bist eine wahre Amazone, Schatz.«

»Du willst mich.« Sie nagte sanft an seinem Hals. »Wenn nicht, muss ich dich leider umbringen.«

Das wenige Blut, das er noch im Hirn gehabt hatte, schoss geradewegs in seine Lenden hinab. »Ich glaube, dass mein Leben ziemlich sicher ist. Kate …« Ihre Hände fuhren begehrlich zu seiner Jeanshose hinab – »Nicht – Himmel!« – und zerrten an seinem Reißverschluss. »Verdammt«, murmelte er und gab dem Tier in seinem Inneren so weit nach, dass er sie leidenschaftlich zu küssen begann.

Sie schnurrte wie eine Katze, der die Maus in die Falle gegangen war.

»Warte!« Er packte ihre Schultern und schob sie von sich. »Warte nur eine verdammte Minute, ja?« Keuchend atmete er ein und aus. »Weißt du, was das Problem ist, wenn man diese Dinge überstürzt?«

»Nein, was denn?«

»Ich versuche mich zu erinnern.« Am liebsten hätte er sich die Haare gerauft, aber er wagte nicht, sie loszulassen. »Okay, ich hab's. Wie befriedigend diese Dinge im ersten Augenblick auch sind, enden sie immer damit, dass man frustriert ist, aber so soll es zwischen uns nicht sein. Dies ist keine einmalige Angelegenheit für mich. Das wirst du akzeptieren müssen.«

Was war nur mit ihm los?, fragte sie sich. Normalerweise komplizierten Männer diese Dinge nicht derart. »Also gut, dann nennen wir es einfach anders«, schlug sie vor.

»So einfach ist das nicht, Kate.« Seine Hände immer noch auf ihren Schultern ging er langsam rückwärts in Richtung Haus. Er konnte sie bereits nackt und schimmernd vor sich sehen. »Was ich von dir will, sind Vertrauen, Ehrlichkeit, Zuneigung. Wenn ich dich erst einmal berührt habe, muss klar sein, dass dich kein anderer mehr berührt.«

»Die Männer stehen nicht gerade Schlange, um mit mir ins Bett zu gehen.«

Automatisch tastete sie sich rückwärts die Treppe hinauf. Die Art, wie er sie anblickte, rief zugleich Erschrecken und Verlangen in ihr wach. Als sähe er so tief in sie hinein, wie bisher nicht einmal sie selbst. »Und außerdem suche ich mir meine Partner für gewöhnlich sorgfältig aus.«

»Genau wie ich. Intimität ist für mich eine ernsthafte Angelegenheit. Und mit dir will ich Intimität im Bett und außerhalb. Das ist die Grundvoraussetzung.«

»Hör zu …« Ihre Kehle war wie ausgetrocknet, ihre Hormone spielten vollkommen verrückt. »Lass es uns nicht als Geschäftsvereinbarung betrachten.«

»Nein.« Er schob sie durch die Küchentür. »Es ist eine persönliche Vereinbarung. Wobei es um viel mehr geht als bloßes Geschäft. Du hast den Vorschlag gemacht.« Er zog sie an die Brust. »Und ich nenne die Bedingungen.«

»Ich – vielleicht stelle ich ja ebenfalls Bedingungen.«

»Dann wird es höchste Zeit, dass du sie nennst, denn schließlich stehen wir kurz vor Abschluss des Vertrags.«

»Wir sollten das alles möglichst locker sehen.«

»Nicht ganz.« Am oberen Ende der Treppe angekommen wandte er sich nach links und trug sie durch eine Tür in das ins letzte Tageslicht getauchte Schlafzimmer.

»Wir sind zwei gesunde, ungebundene Erwachsene«, setzte sie eilig an, »die miteinander in Körperkontakt treten.«

»Sex ist mehr als bloßer Körperkontakt.« Lächelnd legte er sie auf das Bett. »Aber ich nehme an, dass du das erst noch lernen musst.«

Er gab ihr einen langen, tiefen Kuss, der sämtliche Nerven in ihrem Leib wie die Saiten einer Harfe erklingen ließ. Voll Verlangen nach mehr zog sie ihn dichter an sich, bis sich die Hitze ihres Körpers auf ihre beiden Münder ergoss.

Am liebsten hätte er sie mit einem gierigen Stoß genommen; aber da er das wusste, zog er sich beherrscht zurück. »Schatz, dort, wo ich herkomme, gehen wir derartige Dinge langsam an.« Er nahm ihre Finger, damit sie seine Abwehr nicht mit ihren schmalen, nervösen Händen überwand. »Jetzt entspann dich.« Er neigte seinen Kopf und zog eine Spur nagender Küsse über ihr Kinn – »und genieß!« – ihren Hals hinab – »denn schließlich haben wir alle Zeit der Welt« – und zurück zu ihrem Mund.

Sie dachte, seine Langsamkeit brächte sie um, seine Sanftheit raubte ihr den letzten Rest Verstand. Seine Lippen waren sanft und weich, köstlich und betörend mild, während sie ihr Gesicht betasteten. Jedes Mal, wenn sich ihre Münder begegneten, vertiefte er den Kuss um eine Spur, wärmte ihn um ein paar Grade auf. Ihre Muskeln verwandelten sich von heißer Anspannung in weiches Wachs.

Dieser Wandel machte ihn verrückt. Das Geräusch ihres Atems, leise, langsam und tief, die Erregung, wenn ein Atemzug in einem Stöhnen oder Seufzer endete! Ihre zitternde Ungeduld machte gedankenloser Unterwerfung Platz. Als er ihre Bluse öffnete und darunter das klassische weiße Hemd zum Vorschein kam, murmelte sie schwindelig ihre Zustimmung.

Fasziniert von der Schlichtheit ihrer Figur fuhr er mit den Fingerspitzen über die weiche Baumwolle und dann über das noch weichere Fleisch. Nur ein Hauch von Rundungen, stellte er fest, als ihr Atem unter seiner federleichten Berührung zu flattern begann. Wieder hielt er ihre Hände fest, schob mit den Lippen das Hemd zur Seite und strich mit der Zunge über ihre Brust.

Zur Antwort reckte sie sich ihm entgegen und stöhnte leise auf. So klein, so fest und so empfindlich, dachte er, schob seine Zunge auf der anderen Seite unter den Stoff, befeuchtete auch ihre zweite Brust und merkte, dass sie leidenschaftlich zitterte.

Also saugte er langsam, sanft und voller Glück, während sie sich hilflos wimmernd wand.

Als er meinte, sterben zu müssen, schöbe er sich nicht sofort in sie – als ihre Hüften kreisten, die bersten würden, füllte er sie nicht auf der Stelle an –, zog er sich zurück und verließ das Bett.

»Was ist los?« Voller Verwirrung und Verzweiflung setzte sie sich auf.

»Es wird allmählich dunkel«, sagte er in ruhigem Ton. »Ich kann dich nicht mehr sehen. Aber das will ich!« Man hörte das Kratzen eines Streichholzes, sah aufflackernde Helligkeit, die erst diffuser wurde, als er die Flamme an die Dochte erst einer, dann einer zweiten und schließlich einer dritten Kerze hielt. Und mit einem Mal war der Raum in reiches, warmes Licht getaucht.

Sie hob eine Hand an ihre Brust. Himmel, wie sie zitterte! Was tat er nur mit ihr? Am liebsten hätte sie gefragt, nur, dass sie sich vor der Antwort fürchtete.

Dann zog er das T-Shirt über seinen Kopf und warf es achtlos von sich. Erleichtert atmete sie auf. Jetzt – jetzt wäre es so weit. Und all die bebenden Empfindungen würden geglättet durch das Folgende, was sie verstand.

Er zog erst seine, dann ihre Schuhe aus und glitt mit der Hand an ihrem Bein hinauf, bis er unterhalb des Saumes ihres verrutschten Rockes innehielt.

»Würdest du bitte dein Hemd ausziehen?«

Sie blinzelte ihn an. »Was? Oh, ja.«

»Langsam«, sagte er und nahm ihre Hand.

Sie tat, worum er bat, aber ihre Glieder waren schwer wie Blei. Sein Blick machte eine langsame Reise über ihr Gesicht, ihren Torso und wieder hinauf, ehe er ihr das dünne Baumwollhemd abnahm und fallen ließ.

»Du guckst mich ständig an«, murmelte sie, während er sie auf das Laken schob, seine Hände unter ihren Rock gleiten ließ, den Bund ihres Slips umfasste und langsam zu ziehen begann. »Was erwartest du von mir?«

»Das weiß ich selbst nicht so genau. Ich dachte, am besten fänden wir das gemeinsam heraus.« Er neigte seinen Kopf und küsste ihren Oberschenkel. »Jetzt weiß ich, warum du immer gehst, als kämst du zehn Minuten zu spät zu einem fünfminütigen Termin. Es liegt an deinen Beinen. Sie hören einfach nicht mehr auf.«

»Byron.« Sie verbrannte innerlich. Allmächtiger Gott, warum merkte er es nicht? »Ich halte es nicht mehr aus.«

Aber sie musste es noch länger aushalten. Langsam öffnete er ihren Rock. »Ich habe noch gar nicht richtig angefangen«, sagte er, ließ den Rock über ihre Beine gleiten und erschauerte, als er ihren schmalen, kantigen Körper erblickte. Ein Knie auf der Matratze abgestützt, umfasste er ihr Hinterteil, woraufhin sie sich hilflos gegen seine Lenden schob.

Seine Augen wurden schmal, als er ihr Gesicht betrachtete und das Spiel der Gefühle und des Lichts, das hilflose Be-

ben ihrer Lider und ihrer Lippen, und schließlich ihre völlige Unterwerfung sah, als sie zum Orgasmus kam.

In dem wilden Verlangen nach mehr schloss er seine Lippen über ihrer Brustwarze und trieb sie gnadenlos erneut zum Höhepunkt.

»Ich kann nicht mehr.« Erschreckt von dem, was er ihr zu entlocken vermochte, riss sie an seinem Haar. »Ich kann …«

»Aber sicher kannst du noch.« Abermals verschmolz sein Mund mit ihrem Lippenpaar. Jede ihrer Poren sandte heiße Strahlen aus. Nie zuvor hatte er es mit einer Frau zu tun gehabt, die sich derart willig und zugleich derart widerspenstig gab. Das Verlangen, ihr zu zeigen, dass er der Einzige war, der ihren Widerstand zu überwinden und ihr den Himmel zu öffnen vermochte, hielt ihn dazu an, den endgültigen Höhepunkt, das Ende des sie beide quälenden Verlangens noch zu verschieben.

Es schien, als hätte er die vollkommene Herrschaft über sie erlangt. Sie hatte keine Kontrolle über sich und sogar den Willen verloren, weiter ein selbstbestimmtes Wesen zu sein. Seine Lippen waren überall zugleich, und jedesmal, wenn sie meinte, dass er endlich zu einem Ende kam, führte er sie zu einer neuen Explosion, ehe er geduldig dort fortfuhr, wo er sich unterbrochen hatte.

Sie nahm ihre beiden Leiber, das Verschmelzen, die Kontraste überdeutlich wahr. Kerzenlicht flackerte über sein Gesicht, über seine geschmeidige, seidige Haut, machte ihn beinahe unerträglich schön. Sein Geruch wirkte wie eine dunkle, mächtige, langsam wirkende Droge, nach der sie bereits süchtig war.

Er stützte sich auf beiden Händen ab und wartete darauf, dass sie die Augen öffnete. »Erst hatte ich nicht das geringte Interesse an dir«, sagte er in angespanntem Ton. »Und dann wollte ich nur noch dich. Ich hoffe, dass du das verstehst!«

»Um Himmels willen, Byron. Jetzt!«

»Jetzt.« Kraftvoll drang er in sie. »Jetzt und für alle Zeit.«

Der warme rote Schleier, der vor ihren Augen lag, löste sich langsam auf. Allmählich wurde sie sich der Welt außerhalb ihres Leibes wieder bewusst. Das Kerzenlicht, das hinter ihren halb geschlossenen Lidern flackerte, zeichnete weiche, surreale Muster an die Wand. Die abendliche Brise hatte sich verstärkt, sodass die Vorhänge sich vor den Fenstern bauschten. Aus Richtung der Stereoanlage im unteren Stock drangen das leise Hämmern eines Basses und das Schluchzen eines Tenor-Saxophons an ihr Ohr. Es roch nach heißem Wachs und Schweiß und Sex.

Sie spürte seinen Geschmack im Mund und das gute, solide Gefühl von seinem Körper unter ihrem Leib. Er hatte sie auf sich gezogen, sodass sie mit gespreizten Gliedern auf ihm lag. Sicher fürchtete er, sie zu erdrücken, dachte sie. Stets der umsichtige Gentleman.

Nur, wie ging sie mit der Situation um? Was tat sie nach einem Ausbruch derart wilder, spektakulärer Leidenschaft? Das Zusammensein zu initiieren war eine Sache gewesen, die Durchführung war jedoch eindeutig etwas ganz anderes. Aber bestimmt würden die ersten kurzen Augenblicke des Hinterhers deutlich machen, wie es von nun an zwischen ihnen beiden weiterging.

»Ich kriege regelrecht mit, wie sich dein Hirn wieder einschaltet«, murmelte er. Seine Stimme verriet eine gewisse Belustigung, während er ihr sanft über die wirren, kurzen Haare strich. »Es ist wirklich faszinierend«, fuhr er fort. »Noch nie zuvor hat mich das Hirn einer Frau derart angezogen.« Als sie sich zu bewegen begann, fuhr er mit der Hand an ihrem Rücken hinunter bis zu ihrem Po. »Nein, beweg dich bitte nicht. Ich habe mich noch längst nicht wieder erholt.«

Sie hob den Kopf und sah ihn an. Seine prachtvollen grünen Augen waren halb geschlossen, und der Mund, der sie eben noch zum Erbeben gebracht hatte, wurde von einem weichen Lächeln umspielt. Er war, so dachte sie, das perfekte Bild des befriedigten männlichen Eroberers.

»Ob es jetzt wohl peinlich wird?«, fragte sie sich laut.

»Das muss nicht sein. Mir scheint, dass unsere Beziehung seit dem Augenblick unserer ersten Begegnung darauf zugesteuert ist. Ob wir es nun wussten oder nicht.«

»Was mich zu meiner nächsten Frage führt.«

Ah, dieses wohlgeordnete, praktische, aufgeräumte Hirn. »Die da lautet, welche Richtung unsere Beziehung von jetzt an nehmen wird? Darüber müssen wir uns sicher unterhalten«, sagte er, rollte sie von sich herunter und gab ihr, ehe sie etwas erwidern konnte, einen langen, tiefen, schwindelerregenden Kuss. »Aber erst zu den praktischen Dingen, ja?«

Er stand auf und zog sie an seine Brust. Wieder wallte Hitze in ihr auf. Sie war es nicht gewohnt, dass man sie trug, und die Erkenntnis, dass sie diesem Mann körperlich unterlegen war, machte ihr auf erregende Weise ihre tatsächliche Zartheit und Verletzlichkeit klar. »Ich bin nicht sicher, ob es mir gefällt, wenn du mich ständig durch die Gegend schleppst.«

»Sag mir Bescheid, sobald du dir sicher bist. In der Zwischenzeit plädiere ich für eine Dusche und dafür, dass es endlich etwas zu essen gibt. Ich komme mir schon halb verhungert vor.«

Nein, es wurde nicht peinlich, merkte sie. In der Tat empfand sie es als überraschend angenehm, eins seiner verblichenen T-Shirts zu tragen und Bob Segers Sandpapierstimme zu lauschen, die irgendeine Rockballade sang. Byron hatte sie gebeten, einen Salat zu kreieren, während er sich dem Grillen der Steaks widmete. Die Tätigkeit machte ihr Spaß. Nie zuvor hatte sie die Farben, die Textur oder den sommerlichen Duft frischen Gemüses derart bewusst erlebt. Sie aß durchaus gerne, überlegte sie, aber bisher hatte für sie einzig der Geschmack gezählt. Nun jedoch erkannte sie, dass dies nicht der einzig bedeutsame Faktor war. Auch die Art, wie sich die Lebensmittel anfühlten, wie verschiedene Zutaten miteinander harmonierten oder kontrastierten, machte ein gutes Essen aus.

Die feuchten, fedrigen Blätter eines Artischockenherzens, der feste Biss einer Karotte, die subtile Säure einer Gurke, die Zartheit eines grünen Salatblattes – das alles hatte seine eigene Note.

Sie legte das Küchenmesser fort und blinzelte. Was, zum Teufel, tat sie da? Schwärmte sie tatsächlich derart von einem Salat? Ach, du liebe Güte! Vorsichtig schenkte sie sich etwas Rotwein ein. Obgleich sie in letzter Zeit keine Magenprobleme mehr plagten, trank sie immer noch kaum Alkohol. Um so gieriger hob sie nun das Glas an ihren Mund.

Durch die Glastür sah sie, wie er, während er die Steaks wendete, mit seinen Hunden sprach. Eine dichte Rauchwolke stieg in die Luft.

Sie kochten gemeinsam, dachte sie. Sie trug sein Hemd. Die Hunde bettelten, dass er ihnen kleine Fleischbrocken spendierte, und im Hintergrund spielte angenehme Musik.

Es war alles so häuslich, dass ihr geradezu schwindelte.

»Schatz …« Byron schob die Türen auf. »Schenkst du mir bitte auch ein Gläschen ein? Die Steaks sind so gut wie fertig.«

»Aber sicher doch.« Vorsicht, Mädchen, warnte sie sich. Dies ist nichts weiter als ein netter, angenehmer Abend zweier einander sympathischer Erwachsener. Nichts, weshalb du nervös zu werden brauchst.

»Danke.« Byron nahm das Glas und schwenkte den Wein vorsichtig, ehe er den ersten Schluck durch die Kehle rinnen ließ. »Wollen wir vielleicht hier draußen essen? Es ist eine wunderbare Nacht.«

»Okay.« Vor allem war es draußen wesentlich romantischer, überlegte sie, während sie mit dem Geschirr auf die Veranda trat. Weshalb sollte sie nicht einen Abend lang das Licht der Sterne und eine Flasche Wein mit dem Mann genießen, der soeben ihr Liebhaber geworden war? Daran konnte doch nichts falsch sein …

»Du hast schon wieder diese Falte zwischen den Brauen«, stellte er fest, während er den von ihr zubereiteten Salat probierte und zustimmend nickte. »Die, die du immer kriegst, wenn du mit irgendwelchen wichtigen Berechnungen beschäftigt bist.«

»Ich habe gerade versucht auszurechnen, wie viel von dem Steak ich essen kann, ohne zu platzen.« Ohne aufzublicken, schnitt sie ihr Fleisch klein. »Es schmeckt einfach wunderbar.«

»Obgleich es mich mit einer überraschenden Befriedigung erfüllt, dich zu füttern, glaube ich nicht, dass du im Augenblick wirklich ans Essen denkst.« Erst wollte er sie bitten, den Kopf zu heben und ihn anzusehen; aber dann nahm er lieber den direkten Weg, legte eine Hand auf ihren nackten Schenkel. Siehe da, er brauchte nicht lange zu warten, bis ihr Kopf nach oben fuhr und sie ihn anstarrte. »Warum mache ich es dir nicht einfach leicht? Ich möchte, dass du die Nacht mit mir verbringst.«

Sie nahm ihr Weinglas in die Hand und drehte den Stiel. »Ich habe keine frische Garderobe dabei.«

»Dann stehen wir einfach ein bisschen früher auf, damit du genug Zeit hast, dich zu Hause umzuziehen, ehe du zur Arbeit musst.« Er fuhr mit einer Fingerspitze an ihrem langen, schmalen Hals hinab. »Ich möchte noch mal mit dir schlafen. Ist das deutlich genug?«

Tatsächlich war es das, darum nickte sie. »Also gut, ich

bleibe hier – aber ich möchte keine Beschwerde hören, wenn um sechs der Wecker klingelt.«

Statt einer Antwort lächelte er leicht. Für gewöhnlich joggte er morgens um sechs bereits am Strand. »Alles klar! Aber da ist noch etwas anderes. Ich habe gesagt, Intimität ist mehr als bloßer Körperkontakt. Und das meine ich ernst.«

Was sie vorläufig verdrängt hatte. Da sie nichts Falsches sagen wollte, aß sie schweigend weiter, während sie überlegte, welches die beste Antwort darauf war. »Ich bin ungebunden«, setzte sie an.

»Nein, das bist du nicht. Schließlich hast du mich.«

Ein leichter Schauder rann ihr den Rücken hinab. »Jawohl, aber sonst gibt es niemanden. Und ich habe nicht die Absicht, mit irgendjemand anderem etwas anzufangen, solange unser … Verhältnis besteht. Wie auch immer es auf dich gewirkt haben mag, dass ich heute Abend quasi über dich hergefallen bin, ist Sex für mich nichts, was man rasch zwischen zwei andere Termine schiebt.«

»Nichts, was man rasch zwischen zwei andere Termine schiebt?« Er leerte erst sein eigenes und dann auch ihr Weinglas in einem Zug. »Aber Sex ist der einfachste Teil. Man braucht nicht viel nachzudenken, der Instinkt setzt ein, und der Körper übernimmt automatisch die Regie.«

Er sah sie reglos an. Ihr Blick war ängstlich, merkte er, wie der eines Rehs, das im Unterholz plötzlich einem Bock – oder einem Jäger – gegenübersteht. »Du bist mir nicht gleichgültig.«

Mit klopfendem Herzen zerkleinerte sie weiter so sorgsam ihr Fleisch, als wäre es von größter Bedeutung, dass sie gleich große und gleich geformte Stücke hinbekam. »Das haben wir doch bereits geklärt.«

»Ich empfinde nicht nur Verlangen, Katherine. Meine Gefühle gehen weiter als das. Eigentlich hatte ich die Absicht, mir über diese Gefühle ganz klarzuwerden, ehe es zwischen uns beiden so weit wie heute Abend kommt. Aber …« Schulterzuckend schob er sich ein Salatblatt in den Mund. »Es mag an meiner Vorliebe für Landkarten liegen.«

Ihre Verwirrung steigerte sich. »Landkarten?«

»Für interessante Stellen. Wege von einem Ort zum anderen. Ich tüftle gerne Routen aus. Einer der Gründe, weshalb ich ein solches Interesse an Hotels habe; sie sind jeweils wie eine kleine, in sich abgeschlossene Welt gestaltet. Autonom, voller Bewegung, voller Menschen, Orte, an denen immer etwas geschieht.«

Während er sprach, schnitt er erst von seinem und dann von Kates Steakresten die Knochen ab und warf sie den glücklichen Welpen zu.

»Das Hotelgebäude ist die feste Hülle dieser Welt, in der sich täglich Geburten, Tode, Politik, Leidenschaft, Glück und Tragödien ereignen. Wie in jeder Welt nimmt auch hier das Leben einen bestimmten Verlauf. Aber immer wieder gibt es Umwege, Überraschungen, Probleme zu bewältigen. Man erforscht sie, bedenkt sie, findet Lösungen. Verdammt noch mal, ich liebe die Hotelarbeit.«

Während er sich zurücklehnte und sich ein Zigarillo anzündete, dachte sie über seine Worte nach. Sie hatte keine Ahnung, wie er von der Diskussion über ihre Beziehung plötzlich auf seine Arbeit gekommen war, aber es machte ihr nichts aus. Sie entspannte sich ein wenig und genehmigte sich ein neues Glas Wein.

»Deshalb machst du deine Arbeit auch so gut. Meine Tante und mein Onkel sind der Ansicht, dass du einer der Besten bist – und sie stellen wirklich Ansprüche.«

»Für gewöhnlich sind wir auf den Gebieten, die uns Spaß machen, besonders gut.« Durch eine Rauchwolke hindurch sah er sie an. »Und du machst mir ebenfalls Spaß.«

Lächelnd beugte sie sich zu ihm vor. »Tja, dann!«

»Die Beziehung zu dir ist ein Abstecher auf meinem Weg«, murmelte er, nahm ihre Hand, ehe sie ihm allzu nahe kam, und hob sie an seinen Mund. »Wenn ich die Routen in einer bestimmten Welt, in der ich mich bewege, festlege, plane ich immer von vornherein ein paar Abstecher ein.«

»So, so, die Sache mit mir ist ein kleiner Abstecher.« Sie war gekränkt und zog ihre Hand zurück. »Wirklich schmeichelhaft.«

»So war es auch gemeint.« Er schaute grinsend auf. »Und es ist mir vollkommen egal, wie lange es dauert, bis dieser faszinierende und äußerst attraktive Abstecher wieder auf den Hauptweg führen wird.«

»Und mich nimmst du auf diesem Abstecher aus Güte mit? Ist es das, was du mir enthüllen willst?«

»Ich würde eher sagen, dass wir diesen Abstecher gemeinsam machen. Und wohin er uns am Ende führen wird, hängt von uns beiden ab. Aber eins weiß ich genau: Du sollst ihn mit mir zusammen unternehmen. Jedenfalls steht fest, dass ich dich will. Wenn ich dich ansehe, reicht das, um ganz sicher zu sein.«

Nie zuvor hatte ihr jemand das Gefühl vermittelt, derart begehrt zu sein. Er hatte keine sanften, verführerischen Worte gewählt, keine Oden an die Schönheit ihrer Augen gedichtet – trotzdem fühlte sie sich lebendig und höchst attraktiv. »Ich bin nicht sicher, ob ich verwirrt oder geschmeichelt bin – aber es scheint, als reiche mir das ebenfalls.«

»Gut.« Ein Großteil seiner Anspannung legte sich, als er erneut ihre Hand an seine Lippen hob. »Aber warum erzählst du mir jetzt nicht endlich von deinem aufregenden Arbeitstag?«

»Von meinem Tag?« Verwirrt riss sie die Augen auf, doch plötzlich strahlte sie. »Oh, Himmel, mein Tag! Daran hatte ich gar nicht mehr gedacht.«

»Wie schön das für mich ist!« Wieder legte er eine Hand auf ihren Schenkel und glitt langsam daran hinauf. »Falls du noch etwas länger nicht daran denken willst ...«

»Nein.« Lachend schob sie seine Hand zurück. »Ich habe regelrecht darauf gebrannt, es dir zu erzählen; aber dann habe ich angefangen daran zu denken, wie es wäre, endlich mit dir ins Bett zu gehen, und dadurch verloren meine ursprünglichen Überlegungen für einen Augenblick an Wichtigkeit.«

»Wie wäre es, wenn ich gestatten würde, dass du mich noch einmal in mein Schlafzimmer zerrst und mir einfach später von deinem Tag berichtest?«

»Nein.« Sie lehnte sich so weit zurück, dass sie unerreichbar für ihn war. »Der Punkt ist fürs Erste abgehakt. Jetzt erörtern wir meinen Tag.«

»Das Geräusch, das du da gerade hörst, ist mein Ego, dem die Luft ausgeht.«

Das Zigarillo zwischen den Lippen, das Weinglas in der Hand, lehnte er sich ebenfalls zurück. »Also gut, dann spuck's aus!«

Sie fragte sich, was für ein Gefühl es wohl sein würde, wenn sie mit jemand anderem darüber sprach. »Im März habe ich herausgefunden, dass mein Vater kurz vor seinem Tod bei der Werbeagentur, bei der er beschäftigt gewesen war, Gelder veruntreut hatte.« Sie atmete vorsichtig aus und legte eine Hand auf ihren Bauch. »Allmächtiger!«

Endlich, so dachte er, rutschte das bisher fehlende Puzzleteil an seinen Platz. »Im März«, wiederholte er und sah sie reglos an. »Und vorher hast du nichts davon gewusst?«

»Nein, nichts. Ich erwarte immer noch, dass die Leute schockiert sind, wenn ich ihnen davon erzähle. Warum bist du nicht schockiert?«

»Es liegt in der Natur des Menschen, dass er hin und wieder Fehler macht.« Seine Stimme wurde sanft, als er überlegte, wie schrecklich die Entdeckung für sie sicherlich gewesen war. »Aber dich hat es erst mal umgehauen, stimmt's?«

»Allzu gut kam ich nicht damit zurecht. Erst dachte ich, es würde mir gelingen, die Sache einfach zu verdrängen, so zu tun, als wäre nie etwas Derartiges geschehen. Aber das hat offenbar nicht funktioniert.«

»Und du hast mit niemandem darüber gesprochen?«

»Ich konnte es nicht. Margo hatte gerade erfahren, dass sie schwanger ist, und Laura, Himmel, sie hat bereits mehr als genug am Hals; außerdem habe ich mich einfach zu sehr geschämt. Im Grunde war es wohl das. Ich habe es einfach nicht über mich gebracht, mich jemandem anzuvertrauen.«

Weshalb sie schließlich aus lauter Sorge, Stress und Schuldgefühlen krank geworden war, erkannte er. »Und dann hat man dir bei Bittle dasselbe vorgeworfen.«

»Das alles konnte einfach nicht wahr sein. Es war wie irgendein grausamer komischer Witz und hat mich vollkommen gelähmt. Nie zuvor hatte ich eine derartige Angst, nie zuvor hatte ich mich derart hilflos gefühlt. Die ganze Sache zu ignorieren schien die einzig mögliche Lösung für mich zu sein. Dann würde sich schon alles von selbst erledigen. Ich dachte, am besten würde ich mich mit anderen Dingen beschäftigen, nicht darüber nachdenken, nicht reagieren, und dann würde dieser Irrtum sicher irgendwie aufgeklärt.«

»In solchen Fällen flippen manche Menschen aus«, murmelte er, »manche brechen zusammen, manche starten den Gegenangriff.«

»Und ich habe einfach den Kopf in den Sand gesteckt. Tja, aber damit ist es jetzt vorbei.« Sie hob ihr Glas. »Ich habe mit meiner Tante und meinem Onkel gesprochen. Statt dass dadurch irgendetwas besser geworden wäre, habe ich alles nur noch schlimmer gemacht. Es muss ihnen furchtbar weh getan haben. Ich wollte ihnen erklären, weshalb ich ihnen so dankbar bin, und habe alles vollkommen falsch formuliert. Oder vielleicht waren bereits meine Überlegungen falsch, und ich habe sie obendrein noch unglücklich vorgebracht. Tante Susie war furchtbar wütend auf mich. Ich kann mich nicht erinnern, dass sie je zuvor derart wütend auf mich gewesen ist.«

»Sie liebt dich, Kate. Ich bin sicher, dass du diese Sache mit ihr klären kannst.«

»Ja, sie hat mir bereits verziehen. Oder zumindest größtenteils. Aber ihr Zorn hat mir gezeigt, dass ich mich meinen Problemen stellen muss. Also bin ich heute bei Bittle gewesen.«

»Du startest endlich den Gegenangriff?«

Sie atmete zitternd aus. »Dazu ist es auch allerhöchste Zeit.«

»Und jetzt machst du dir Vorwürfe, weil du Monate gebraucht hast, um zu Kräften zu kommen, statt sofort etwas zu tun?«

Sie lächelte ihn an. Tatsächlich hatte sie genau das vorgehabt. Offenbar kannte er sie sehr, sehr gut. »Hm. Aber jetzt konzentriere ich mich ganz auf meine Gegenwehr.«

»Du hättest nicht allein zu Bittle gehen müssen.«

Sie blickte auf die Hand, die auf der ihren lag. Weshalb bot er ihr so spontan seine Hilfe an? Und weshalb hatte sie bereits vorher blind darauf vertraut, dass er es tat?

»Doch, das musste ich unbedingt tun. Um mir und allen bei Bittle zu beweisen, dass ich es konnte. Früher in der Schule habe ich Baseball gespielt. Ich war ein wirklich guter Schlagmann. Zwei im Aus, ein Run im Rückstand, also schickte man Kate in die Box. Ich habe mich immer ganz auf das Gefühl des Schlägers in meinen Händen konzentriert, damit niemand merkte, wie sich mein Magen zusammenzog und mir die Knie zitterten. Wenn ich mich stark genug auf das Holz in meinen Händen konzentriert und dem Pitcher reglos in die Augen gesehen habe, hat es funktioniert.«

»Ich bin sicher, dass es auf diese Weise für dich bei jedem Spiel um Leben oder Tod gegangen ist.«

»Bei Baseball geht es immer um Leben oder Tod, vor allem, wenn man im neunten Spieldurchgang der letzte Schlagmann ist.« Sie lächelte. »Und genauso habe ich mich gefühlt, als ich heute zu Bittle ging. Zwei im Aus, neunter Spieldurchgang und sie hatten bereits zwei Schläge an mir vorbeigesetzt, während ich noch mit dem Schläger über der Schulter am Rand des Spielfelds stand.«

»Also hast du gedacht, dass du, wenn du schon untergehst, dabei lieber noch den Schläger schwingst.«

»Ja, jetzt hast du es kapiert.«

»Schatz, während all der Jahre auf dem College habe ich als Starting Pitcher gespielt. Sogar bei den Landesmeisterschaften. Schlagmänner wie dich habe ich zum Frühstück verspeist.«

Als sie lachte, wurde ihm etwas leichter ums Herz. Sie nippte an ihrem Wein und blickte zu dem sternenübersäten Himmel hinauf. »Es war ein gutes Gefühl. Ich hatte das Gefühl, das Richtige zu tun. Selbst meine Angst hat sich richtig angefühlt, weil ich endlich etwas dagegen unternahm. Ich habe ein Treffen der Partner verlangt, und dann saß ich wieder im Konferenzsaal, wie an dem Tag, an dem man mich feuerte. Nur, dass dieses Mal das Feuer von mir erwidert worden ist!«

Sie atmete tief ein, ehe sie das Treffen schilderte. Er hörte reglos zu, bewunderte die Art, in der ihre Stimme im Verlaufe des Berichts an Kraft gewann, wie sich ihr Blick verhärtete. Vielleicht war es ihre Verletzlichkeit, die ihm gefiel; aber diese selbstbewusste, entschlossene Frau, die plötzlich vor ihm saß, zog ihn mindestens genauso an.

»Und du bist bereit, die Sache weiter durchzustehen, wenn sie tatsächlich Klage gegen dich einreichen?«

»Ich bin bereit zu kämpfen, bis es nicht mehr geht. Außerdem fange ich endlich an, ernsthaft darüber nachzudenken, wer mich derart in die Pfanne gehauen hat. Denn irgendjemand muss es gewesen sein. Entweder, weil er mich nicht mag, oder weil es einfach praktisch war. Irgend jemand hat mich benutzt, um die Firma und die Kunden zu hintergehen – aber damit kommt er nicht durch.«

»Ich könnte dir helfen.« Ehe sie zu widersprechen vermochte, hob er abwehrend die Hand. »Weil ich ein Gespür für Menschen habe. Und ich habe mein gesamtes Erwachsenenleben damit verbracht, mich mit den Intrigen und kleinen Diebstählen, die in großen Organisationen wie Hotels tagtäglich vorkommen, zu beschäftigen. Du bist eine Expertin, wenn es um Zahlen geht – aber in Bezug auf Menschen und die Motive, aus denen heraus sie agieren, kenne ich mich besser aus.«

Er konnte sehen, dass sie über seine Worte nachdachte, ihre Möglichkeiten abwog. »Am besten kehren wir zu unserem Baseball-Beispiel zurück. Du bist der Schlagmann, ich bin der Pitcher. Du schlägst den Ball mit möglichst großer Wucht, und ich spezialisiere mich statt auf die Geschwindigkeit des Schlags auf Platzierung, Täuschung, Tempowechsel und List.«

»Du kennst die Leute bei Bittle doch nicht einmal.«

Er würde sie kennenlernen, dachte er erbost, obgleich seine ruhige Stimme nichts von seinem Zorn verriet. »Dann erzählst du mir etwas über sie. Du bist praktisch genug veranlagt, um zuzugeben, dass die unvoreingenommene Sichtweise eines Außenstehenden durchaus vorteilhaft sein kann.«

»Ich nehme an, dass sie zumindest nicht schadet. Vielen Dank.«

»Aber damit fangen wir erst morgen an. Jetzt kann ich verstehen, weshalb du so aufgedreht warst, als du kamst. Du hast wirklich einen aufregenden Tag gehabt.«

»Ich habe eine ganze Weile gebraucht, bis ich nach meinem Besuch bei Bittle wieder halbwegs bei mir war. Und dann stand mir noch das Gespräch mit Tante Susie bevor. Also habe ich einen kurzen Spaziergang auf den Klippen gemacht und …«

Sie sprang von ihrem Stuhl. »Himmel, das habe ich ja ganz vergessen! Ich kann nicht glauben, dass ich es wirklich vergessen habe! Du liebe Güte, was habe ich bloß damit gemacht?« Idiotischerweise tastete sie ihre nackten Hüften ab, ehe ihr einfiel, dass sie nichts außer einem übergroßen T-Shirt trug. »Meine Tasche. Ich bin gleich wieder da. Warte auf mich.«

Sie schoss ins Haus, und Byron schüttelte verständnislos den Kopf. Diese Frau war voller Gegensätze, dachte er, während er sich erhob und die leeren Teller in die Küche trug. Es war sinnlos, sich zu sagen, dass er eigentlich den ruhigen, zurückhaltenden, eleganten Typ Frau vorzog. Den Laura-Typ. Wohlerzogen, höflich und charmant.

Aber dieses glühend heiße Verlangen hatte er weder nach Laura noch nach einer anderen Frau jemals verspürt.

Stattdessen war es Kate, mit der er diesen holprigen und häufig unbequemen Umweg zu gehen beabsichtigte, die ihn faszinierte, was auch immer sie gerade tat.

Aber wie würde diese komplizierte, turbulente Kate reagieren, wenn er ihr erklären würde, er hätte sich ernsthaft in sie verliebt?

»Hah!« Triumphierend und in freudiger Erwartung seiner Überraschung kam sie zu ihm in die Küche gerannt und sah ihn grinsend an. »Ich habe sie gefunden.«

Ihr Gesicht war puterrot, ihre kurzen Borsten standen widerspenstig in die Luft, ihre langen, schlanken Beine ragten unter dem schiefen Saum seines T-Shirts hervor. Sie hatte keine nennenswerte Figur, bestand eher aus Knochen als aus Rundungen. Die wenige Tusche, die sie aufgetragen hatte, war unter ihren Augen verschmiert. Ihre Nase saß ein bisschen schief, nicht genau in der Mitte ihres Gesichts, und ihr Mund war für die schmalen Wangen viel zu breit.

»Du bist nicht schön«, stellte er so sachlich fest, dass sie die Stirn runzelte. »Warum siehst du also schön aus, wenn du es nicht bist?«

»Wie viel Wein hast du getrunken, De Witt?«

»Dein Gesicht ist irgendwie verkehrt.« Wie um sich nochmals zu überzeugen, trat er näher an sie heran und unterzog sie einer eingehenden Musterung. »Es ist, als hätte, wer auch immer es zusammensetzte, einfach ein paar Ersatzteile von anderen Gesichtern verwandt.«

»Das klingt alles äußerst interessant«, sagte sie voller Ungeduld. »Aber …«

»Auf den ersten Blick sieht dein Körper wie der eines heranwachsenden Jungen aus, der nur aus Gliedmaßen besteht.«

»Vielen Dank, Mr Universum. Bist du jetzt fertig mit deiner ungebetenen Kritik an meinem Äußeren?«

»Beinahe.« Lächelnd fuhr er ihr übers Kinn. »Ich liebe deine Erscheinung. Ich weiß nicht warum, aber ich liebe es, wie du aussiehst und wie du dich bewegst.« Er schlang seine Arme um ihre Taille und zog sie an seine Brust. »Ich liebe deinen Geruch.«

»Das ist eine völlig neue Art der Verführung, wenn ich so sagen darf.«

»Deinen Geschmack«, fuhr er gelassen fort, während er seine Lippen an ihrem Hals abwärtsgleiten ließ.

»Und überraschend effektiv«, stieß sie erschauernd hervor. »Aber ich möchte wirklich, dass du dir das hier ansiehst.«

Er hob sie hoch, setzte sie auf die Anrichte und legte seine Hände unter ihr blankes Hinterteil. »Am besten lieben wir uns gleich hier.« Er nagte sanft an ihrer Brustwarze, die sich unter dem dünnen Baumwollstoff abzeichnete. »Wäre das okay?«

»Ja. Okay.« Sie ließ den Kopf in den Nacken fallen. »Wo immer du willst.«

Zufrieden legte er seine Lippen auf ihren Mund. »Also, was soll ich mir ansehen?«

»Nichts. Nur das hier.«

Er fing die Münze, die ihr aus den Fingern glitt, auf und starrte sie verwundert an. »Spanisch? Eine Dublone, nehme ich an. Gehört die nicht Margo?«

»Nein. Mir. Ich habe sie gefunden.« Sie atmete hechelnd ein und wieder aus. »Himmel, wie machst du das nur? Es ist, als würde in meinem Hirn ein Schalter ausgeknipst. Ich habe sie gefunden«, wiederholte sie in der Hoffnung, dass ihr Verstand die Oberhand über ihre Gefühle zurückgewann. »Heute, auf den Klippen. Sie lag einfach da. Ein Teil von Seraphinas Mitgift. Sicher hast du die Legende schon gehört.«

»Natürlich.« Fasziniert drehte er die Münze in seiner Hand. »Die beiden Liebenden. Das junge spanische Mädchen, das in Monterey zurückbleibt, als der Junge, den es liebt, in den Krieg gegen die Amerikaner zieht. Sie hört, dass er getötet worden ist, und springt aus Verzweiflung vom Rand der Klippen ins Meer.«

Er hob den Kopf und sah sie an. »Es heißt, von den Klippen unterhalb von Templeton House.«

»Sie hatte eine Mitgift«, fügte Kate erläuternd hinzu.

»Genau. Eine Truhe mit ihrer Aussteuer, zusammengestellt von ihrem liebenden, fürsorglichen Vater. Einer Version der Legende zufolge hat sie die Mitgift versteckt, um sie vor den Invasoren zu schützen, bis ihr Liebster wieder nach Hause kam. Eine andere Version jedoch besagt, dass sie die Truhe mit in ihr nasses Grab genommen hat.«

»Tja.« Kate nahm ihm die Münze wieder ab. »Ich halte mich lieber an die erste Fassung.«

»Sucht ihr, du und Laura und Margo, nicht bereits seit Monaten die Klippen gründlich ab?«

»Na und? Letztes Jahr hat Margo eine Münze gefunden, und jetzt ich.«

»Wenn ihr in diesem Tempo weitermacht, werdet ihr ungefähr Mitte des nächsten Jahrtausends reich wie Krösus sein. Glaubst du an Legenden?«

»Warum denn bitte nicht?« Schmollend wandte sie sich ab. »Seraphina hat wirklich gelebt. Es gibt Nachweise, dass …«

»Nein.« Er küsste sie zärtlich auf den Mund. »Ich verderbe dir nicht den Spaß! Es ist schön zu wissen, dass du immer noch an Märchen glauben kannst. Und erfreulicherweise möchtest du, dass auch ich es tue.«

Sie sah ihn fragend an. »Und, willst du …?«

»Natürlich«, sagte er in ruhigem Ton, ehe er die Münze kurzerhand auf den Tisch legte, wo sie vielversprechend zwischen ihnen beiden schimmerte.

13

Tosende Stürme trieben dichten Regen über das Land. Erleichterung darüber, dass die drohende Trockenheit abgewendet war, ging Hand in Hand mit der Angst vor möglichen Schlammrutschen und Überschwemmungen.

Kate versuchte, das widerliche Wetter nicht persönlich zu nehmen – auch wenn kein Zweifel bestand, dass es sie an der Intensivierung ihrer Schatzsuche hinderte. Selbst nachdem der Regen endlich nachließ, erlaubten die nassen Klippen die Weitersuche nicht.

Also müssten sie abwarten.

Auf alle Fälle hatte sie genug zu tun. Im *Schönen Schein* herrschte wegen der Sommersaison ständiger Hochbetrieb. Touristen drängten sich in der Cannery Row, bevölkerten die Wharf, standen Schlange für eine Tour durch das Aquarium.

In den Arkaden hallten die Geräusche von Spielautomaten und das Klingeln von Münzen wider, und Familien schlenderten über die Gehwege und schleckten Eis.

Die muntere Karnevalsatmosphäre in den Straßen verhieß glänzende Geschäfte.

Einige kamen, um die Möwen zu füttern und die Boote zu beobachten. Einige kamen, um sich die Straße anzusehen, der John Steinbeck ewigen Ruhm beschert hatte. Andere hingegen kamen des ewigen Frühlings wegen, den die Gegend ihnen bot, oder um die gewundene Küstenroute entlangzuchauffieren.

Viele, viele wurden von Margos clever dekorierten Schaufenstern angelockt, kamen herein und sahen sich die Waren an. Und die, die schauten, kauften häufig etwas.

»Ich sehe schon wieder Dollarzeichen in deinen Augen glitzern«, stellte Laura fest.

»Im Vergleich zur gleichen Zeit im letzten Jahr haben wir zehn Prozent mehr Umsatz gemacht.« Kate blickte von ihrem Schreibtisch auf. »Meinen Berechnungen zufolge müsste Margo Ende nächsten Quartals sämtliche Schulden abbezahlen können. Und wenn dann die Weihnachtseinkäufe anfangen, werden wir endlich in den schwarzen Zahlen sein.«

Mit zusammengekniffenen Augen trat Laura näher an den Schreibtisch. »Ich dachte, das wären wir bereits.«

»Technisch gesehen nicht.« Während sie sprach, gab sie weitere Summen in den Computer ein. »Schließlich erlauben wir uns ein, wenn auch minimales, Gehalt. Dann brauchen wir Rücklagen für neue Waren, und natürlich haben wir laufende Kosten, die nicht zu unterschätzen sind.«

Ohne im Tippen innezuhalten, griff sie nach ihrer Tasse Tee und versuchte so zu tun, als ob es Kaffee war. »Am Anfang haben wir größtenteils Margos Eigentum verkauft, und sie hat den Löwenanteil der Einnahmen dazu verwendet, ihre Gläubiger zufriedenzustellen. Allmählich aber befinden sich neue Sachen im Geschäft, für die wir …«

»Bitte erspar mir die Einzelheiten, Kate. Wir machen also Verlust im *Schönen Schein*?«

»Am Anfang ja, aber inzwischen …«

»Und ich habe jeden Monat Geld genommen.«

»Natürlich hast du das. Schließlich musst du von irgendetwas leben. Ebenso wie wir«, schob Kate eilig nach, als sie merkte, dass Laura wieder einmal von Schuldgefühlen geplagt wurde.

Da sie erkannte, dass eine ausführlichere Erklärung unerlässlich war, wenn sie Laura beruhigen wollte, stellte sie ihre Tasse ab und zog sogar die Hand von der Tastatur des Computers zurück. »Das Ganze funktioniert folgendermaßen, Laura. Wir nehmen, was wir brauchen – dazu haben wir ein gutes Recht – und investieren den Rest wieder ins Geschäft. Immerhin hat jede von uns neben dem Laden auch noch persönliche Ausgaben, die es irgendwie zu bestreiten gilt. Sobald diese getätigt sind, wird der Rest des Gewinns wieder in den Laden gesteckt – falls es einen gibt.«

»Und falls es keinen gibt, sind wir in den roten Zahlen, was bedeutet, dass …«

»So sieht eben die Realität aus. Es ist nicht im geringsten ungewöhnlich, wenn man, nachdem man ein neues Unternehmen gegründet hat, erst mit Verlusten operiert.« Kate unterdrückte einen Seufzer und fragte sich, warum sie die Diskussion nicht anders begonnen hatte. »Vergiss für einen Augenblick diese Details, ja? Was ich dir melde, sind gute Neuigkeiten. Wir werden dieses Kalenderjahr nicht nur beenden, indem wir einen minimalen Lebensunterhalt verdienen und alte Schulden begleichen. Wir machen Gewinn. Einen echten Gewinn! Das ist selten bei einem Geschäft im zweiten Jahr. Nach meinen Berechnungen beschließen wir das Jahr mit einem fünfstelligen Nettogewinn.«

»Dann geht es also bergauf?«, fragte Laura vorsichtig.

»Und ob.« Lächelnd strich Kate über die Tastatur ihres Computers, als wäre sie ein braves Kind. »Wenn die Wohltätigkeitsversteigerung genauso gut wie letztes Jahr gelingt, läuft alles mehr als gut.«

»Genau darüber wollte ich mit dir sprechen.« Laura zögerte und sah stirnrunzelnd auf die Zahlen auf dem Computerbildschirm. »Es läuft also wirklich alles gut?«

»Wenn du nicht mal deiner Finanzexpertin vertraust, wem dann?«

»Du hast recht.« Sie glaubte es ja sehr gerne. »Tja, dann wird es dir ja sicher keine allzugroßen Probleme bereiten, mir ein paar Schecks auszustellen.«

»Da bist du bei mir an der richtigen Adresse.« Summend nahm Kate Laura die Rechnungen aus der Hand, doch dann rang sie nach Luft. »Wofür, zum Teufel, soll das alles sein?«

»Erfrischungen.« Laura setzte ein strahlendes, hoffnungsvolles Lächeln auf. »Bewirtung. Oh, und Werbung. Hat alles mit der Versteigerung zu tun.«

»Himmel, so viel zahlen wir, bloß damit eine Gruppe altmodischer Typen uns mit Kammermusik betäubt? Warum können wir nicht einfach einen CD-Spieler aufstellen? Ich habe Margo doch gesagt …«

»Kate, dabei geht es ums Image des Geschäfts. Und dieses Trio ist keine Gruppe altmodischer Typen. Es sind lauter junge Musiker mit wirklichem Talent.« Während sie Kate begütigend die Schulter tätschelte, erkannte sie, weshalb Margo vorgeschlagen hatte, dass am besten sie die Rechnungen vorlegte. »Und das, was wir ihnen bezahlen, entspricht der Durchschnittsgage in der Branche. Ebenso wie das, was für die Kellner vorgesehen ist.«

Knurrend klappte Kate das Scheckheft auf. »Margo muss immer übertreiben und furchtbar angeben.«

»Das ist genau der Grund, weshalb sie uns derart ans Herz gewachsen ist. Denk einfach dran, wie in der Woche nach der Versteigerung die Kasse klingeln wird. All diese reichen, kapitalistischen Kundinnen mit mehr Geld, als sie je ausgeben können!«

»Du versuchst, mich zu beschwatzen.«

»Und, habe ich damit Erfolg?«

»Sag noch mal ›Mit mehr Geld, als sie je ausgeben können‹.«

»Mit mehr Geld, als sie je ausgeben können!«

»Okay, jetzt fühle ich mich besser.«

»Wirklich? Gut.« Laura zuckte zusammen und hielt dann den Atem an. »Wegen der Modenschau, die wir für Dezember geplant haben. Bist du immer noch unserer Meinung, dass es eine gute Idee ist?«

»Sogar eine fantastische. Ein gut organisiertes, besonderes Ereignis macht sich sicher mehr als bezahlt – und obendrein besteht die Chance, dass man dadurch neue Kundinnen gewinnt.«

»Genau das habe ich auch gedacht. Okay, hier ist das vorläufige Budget.« Mit zusammengekniffenen Augen warf sie Kate den Zettel in den Schoß, hörte einen Schrei, und als sie die Augen wieder öffnete, sah sie, dass Kate am Rücken ihrer Bluse zerrte.

»Was machst du da?«

»Ich versuche das Messer wieder herauszuziehen, das du mir soeben in den Rücken gestoßen hast. Allmächtiger, Laura, wir haben die Kleider, und die Modelle hast du über deine zahlreichen Komitees besorgt. Wofür brauchst du also all das Geld?«

»Dekoration, Werbung, Erfrischungen. Es ist alles genau aufgelistet. Natürlich ist Spielraum da für Kompromisse«, machte sie einen Rückzieher. »Betrachte es einfach als Wunschliste. Ich muss jetzt in den Laden zurück.«

Knurrend sah Kate ihr nach. Ihre beiden Partnerinnen waren zu sehr an Reichtum gewöhnt, um wirklich zu verstehen, dass der inzwischen nicht mehr bestand. Oder dass zumindest der *Schöne Schein* noch keine unbegrenzte Einkommensquelle war.

Margo hatte aus Liebe geheiratet, aber einen Templeton; und der Name Templeton hieß, reich zu sein.

Laura war eine Templeton; und auch wenn sie von ihrem Exmann gnadenlos ausgenommen worden war, hatte sie immer noch Zugang zu einem Vermögen im mehrstelligen Millionenbereich. Nur, dass sie es nicht anrührte.

Also war es wieder einmal der guten, alten, praktischen Kate überlassen, dachte sie, dass der Laden lief.

Als sich die Tür abermals öffnete, drehte sie sich nicht noch mal um. »Nerv mich nicht, Laura. Ich schwöre dir, ich werde diese Wunschliste zusammenstreichen, bis du nichts anderes als Popcorn und Mineralwasser mehr servieren kannst.«

»Kate.« Lauras Stimme war so leise, dass Kate herumfuhr und sie anstarrte.

»Was ist los? Was …«

Beim Anblick des Mannes neben Laura brach sie ab. Um die fünfzig, schätzte sie, mit einem Haaransatz, der nicht mehr einfach zurückgehend zu nennen war. Er hatte leichte Hängebacken und braune Augen, aus denen er sie reglos betrachtete. Seinem ordentlichen Anzug sah man deutlich an, dass er von der Stange kam. Irgendwann hatte er zusätzliche Löcher in seinen Gürtel gestanzt, damit er in bequemer Weite über seinem Speckbauch saß.

Aber es waren seine Schuhe, an denen sie seine Identität erkannte. Sie hätte nicht sagen können, warum – aber diese blank geputzten schwarzen Schuhe mit den doppelt gebundenen Schnürbändern verrieten ihr den Bullen.

»Kate, dies ist Detective Kusack. Er sagt, dass er sich mit dir unterhalten will.«

Sie war sich nicht sicher, wie sie auf die Füße kam, denn ihre Beine spürte sie nicht mehr. Trotzdem stand sie ihm gegenüber und sah ihm ins Gesicht. »Bin ich verhaftet?«

»Nein, Ma'am. Ich habe lediglich ein paar Fragen bezüglich eines Vorfalls bei Bittle und Partnern, der Firma, deren Angestellte Sie gewesen sind.«

Er hatte eine Stimme wie Sandpapier. Idiotischerweise erinnerte sie sie an Bob Segers schmutzigen Rock and Roll. »Ich denke, dann rufe ich lieber meinen Anwalt an.«

»Das tut Margo bereits.« Laura trat schützend neben sie.

»Es steht Ihnen frei, Miss Powell.« Kusack schob seine Unterlippe vor und unterzog Kate einer eingehenden Musterung. »Vielleicht wäre es das beste, er käme zu uns aufs Revier. Wenn Sie bereit wären mitzukommen, würde ich versuchen, nicht allzu viel von Ihrer Zeit zu beanspruchen. Ich sehe, dass Sie beschäftigt sind.«

»Schon gut.« Kate legte eine Hand auf Lauras Arm, als diese sich ebenfalls zum Gehen wenden wollte. »Alles in Ordnung. Mach dir keine Sorgen. Ich rufe dich nachher an.«

»Ich komme mit.«

»Nein.« Mit eisigen Fingern griff Kate nach ihrer Handtasche. »Ich rufe an, sobald ich kann.«

Sie wurde in einen Verhörraum gebracht, der so angelegt war, dass er die Befragten einschüchtern sollte. Vom Verstand her war ihr das bewusst. Die schlichten Wände, der verkratzte Tisch, der in der Mitte stand, die unbequemen Stühle, der breite Spiegel, bei dem es sich ganz offensichtlich um ein Fenster handelte, durch das man nur in eine Richtung sah, bildete alles Teil eines Arrangements, das es der Polizei erleichtern sollte, Verdächtige zum Auspacken zu bewegen. Doch so streng Kates praktische Seite ihr auch befahl, sich von diesen Dingen nicht beeindrucken zu lassen, bekam sie dennoch eine Gänsehaut.

Denn *sie* war die Verdächtige.

Josh saß, in seinem maßgeschneiderten grauen Anzug und dem dezent gestreiften Schlips ganz der Anwalt, neben ihr. Kusack faltete seine Hände auf der Tischplatte. Große Hände, stellte Kate beiläufig fest, geschmückt mit einem schmalen, goldenen Ehering. Er schien ein nervöser Mensch zu sein, dachte sie, während sie seine schmerzlich kurz gebissenen Fingernägel in betäubter Gebanntheit betrachtete.

Einige Herzschläge lang war der Raum von summender Stille erfüllt, wie in einem Theater, ehe sich der Vorhang vor dem ersten Akt eines bedeutenden Stückes hob. Bei der Assoziation hätte sie um ein Haar hysterisch gelacht.

Erster Akt, erste Szene, und sie spielte die Hauptrolle.

»Kann ich Ihnen irgendetwas kommen lassen, Miss Powell?« Kusack beobachtete, wie sie als Reaktion auf seine Stimme zusammenfuhr und den Blick von seinen Händen auf seine Augen heftete. »Kaffee? Cola?«

»Nein. Nichts.«

»Detective Kusack, meine Mandantin ist auf Ihre Bitte hier, weil sie mit Ihnen zusammenarbeiten will.« Seine kultivierte Stimme hatte einen kühlen, harten Klang, und unter der Tischplatte drückte Josh aufmunternd Kates eisige Hand. »Niemandem ist mehr daran gelegen als ihr, dass die Sache baldmöglichst zur Aufklärung kommt. Ms Powell ist bereit, eine Aussage zu machen.«

»Das weiß ich zu schätzen, Mr Templeton. Ms Powell, es wäre mir lieb, wenn Sie mir ein paar Fragen beantworten könnten, damit ich sicher bin, alles richtig verstanden zu haben.« Er bedachte sie mit einem freundlichen, onkelhaften Lächeln, unter dem sie innerlich erschauerte. »Ich werde Ihnen jetzt Ihre Rechte verlesen. Das ist Teil des Routineverfahrens, es gehört einfach dazu.«

Er sprach die Worte, die jedem, der in seinem Leben auch nur eine Folge der Kriminalserien von *Kojak* oder *NYPD Blue* gesehen hatte, bekannt waren; und Kate starrte auf den Kassettenrecorder, der lautlos jedes Wort, jede Betonung der Worte aufzeichnete.

»Haben Sie alles verstanden, Ms Powell?«

Sie hob den Kopf und sah ihn reglos an. Der Vorhang war aufgegangen, dachte sie. Verdammt wollte sie sein, wenn sie die Sache jetzt vermasselte. »Ja, das habe ich«, bestätigte sie.

»Sie waren bei dem Steuerberatungsunternehmen Bittle und Partner angestellt, und zwar von …« Er blätterte in einem eselsohrigen Notizbuch und las die Daten ab.

»Ja. Sie haben mich direkt von der Universität geholt.«

»Harvard, stimmt's? Sie müssen ziemlich clever sein, wenn Sie in Harvard gewesen sind. Wie ich sehe, haben Sie sogar ein Baker-Stipendium gehabt.«

»Ich habe hart dafür gearbeitet.«

»Darauf wette ich«, sagte er in lockerem Ton. »Was für Sachen haben Sie bei Bittle so gemacht?«

»Steuererklärungen, Finanzplanungen. Investitionsberatung. Hin und wieder habe ich auch mit dem Broker eines Klienten zusammengearbeitet, wenn er Wertpapierbestände anlegen oder erweitern wollte.«

Josh hob einen Finger. »Ich möchte hinzufügen, dass meine Mandantin dem Unternehmen während ihrer Anstellung dort mehrere Großkunden zuführte. Ihre Leistungen waren nicht nur tadellos, sondern weit besser als die der meisten anderen.«

»Aha. Und wie stellen Sie es an, neue Kunden zu bekommen, Ms Powell?«

»Kontakte, Netzwerke. Empfehlungen von Klienten, die bereits von mir betreut worden sind.«

Mit sorgsam formulierten, ruhigen Fragen ging er ihren normalen Tagesablauf bei dem Unternehmen durch, bis sich allmählich ihre Anspannung verlor.

Schließlich kratzte er sich im Nacken und schüttelte den Kopf. »Ich für meinen Teil verstehe nur Bahnhof, wenn ich all die Formulare ausfüllen soll, die Onkel Sam mir jährlich zukommen lässt. Früher habe ich sie jedes Jahr vor mir auf dem Küchentisch ausgebreitet und mit einer Flasche Whisky den Anblick erträglicher gemacht.« Er setzte ein gewinnendes Grinsen auf. »Schließlich hatte meine Frau die Nase voll, und jetzt lade ich jeden April den ganzen Kram auch bei einem Steuerberater ab.«

»Wie die meisten anderen, Detective Kusack.«

»Und jedes Jahr ändern sie tausend Dinge, nicht wahr?« Wieder lächelte er. »Aber jemand wie Sie kennt sich mit den Regeln sicher aus. Und weiß, wie man sie am geschicktesten umgeht.«

Als Josh gegen den Ton der Frage Widerspruch einlegte, schüttelte Kate den Kopf. »Nein, die Frage kann ich gerne beantworten. Ich kenne die Regeln, Detective Kusack. Es ist mein Job, zu wissen, was schwarz ist und was weiß und wo es mögliche Grauzonen gibt. Ein guter Steuerberater nutzt das System, um es gleichzeitig zu umgehen, wo immer es möglich ist.«

»Also eine Art Spiel?«

»In gewisser Hinsicht, ja. Aber ein Spiel, in dem es eben Regeln gibt. Ich wäre nicht einen Monat bei einem Unternehmen mit Bittles Struktur und Ruf geblieben, wenn ich mich nicht daran gehalten hätte. Ein Steuerberater, der an Steuererklärungen herumdoktort oder das Finanzamt betrügt, bringt nicht nur sich selbst, sondern auch seine Klienten in Gefahr.

Und mir wurde bereits als Kind beigebracht, immer ehrlich zu sein.«

»Sie sind hier in Monterey aufgewachsen, nicht wahr? Sie waren das Mündel von Thomas und Susan Templeton.«

»Meine Eltern kamen ums Leben, als ich acht Jahre alt war. Ich …«

»Ihr Vater hat vor seinem Tod ein paar finanzielle Probleme gehabt«, warf Kusack ein und beobachtete, wie Kates Gesicht sämtliche Farbe verlor.

»Mögliche Anklagen, die vor über zwanzig Jahren gegen den Vater meiner Mandantin erhoben worden sind, gehören nicht hierher«, stellte Josh entschieden fest.

»Reine Hintergrundinformation, Herr Rechtsanwalt. Und ein interessanter Zufall, wenn ich so sagen darf.«

»Von den Problemen meines Vaters wusste ich bis vor Kurzem nichts«, brachte Kate mühsam hervor. Wie hatte er es so schnell herausgefunden?, überlegte sie. Was ging ihn überhaupt ihr Vater an? »Wie gesagt, meine Eltern starben, als ich noch ein kleines Mädchen war. Aufgewachsen bin ich in Templeton House, nicht weit von Monterey.« Sie atmete tief ein. »Die Templetons haben mich niemals als Mündel angesehen oder behandelt, sondern immer wie ein eigenes Kind.«

»Wissen Sie, ich hätte angenommen, dass sie Sie dann auch in ihrem Unternehmen beschäftigten. Eine Frau mit Ihren Fähigkeiten – und sie besitzen all diese Hotels, all diese Fabriken, in denen es sicher mehr als genug Arbeit für eine Finanzexpertin gibt.«

»Ich wollte nicht bei ihnen arbeiten.«

»Und warum nicht, wenn ich fragen darf?«

»Weil ich der Ansicht war, dass sie mir bereits mehr als genug haben zukommen lassen. Ich wollte es alleine schaffen. Und sie haben diese Entscheidung respektiert.«

»Obgleich ihr die Tür bis heute offen steht«, warf Josh ein. »Die Familie würde sich freuen, träte Kate endlich durch unser Firmentor. Detective, ich verstehe nicht, was diese Richtung der Befragung mit der Angelegenheit zu tun hat, deretwegen wir hierhergekommen sind.«

»Ich möchte mir einfach ein Bild machen.« Obgleich der Kassettenrecorder beständig lief, machte er sich immer wieder kurze Notizen in sein Heft. »Miss Powell, wie viel haben Sie zum Zeitpunkt Ihrer Entlassung bei Bittle verdient?«

»Ein Grundgehalt von zweiundfünfzigtausendfünfhundert, plus Prämie.«

»Zweiundfünfzigtausend.« Nickend blätterte er in seinem Heft. »Das ist ein ziemlicher Abstieg für jemanden, der an einem Ort wie Templeton House aufwuchs.«

»Ich habe es selbst verdient und es hat mir vollkommen gereicht.« Kalter Schweiß rann ihr den Rücken hinab. »Selbstverständlich weiß ich, wie man Geld vermehrt. Und in einem durchschnittlichen Jahr kamen noch ungefähr zwanzigtausend an Prämien hinzu.«

»Letztes Jahr haben Sie einen Laden aufgemacht.«

»Zusammen mit meinen Cousinen. Mit Margo und Laura Templeton«, bemerkte Kate einschränkend.

»So eine Unternehmensgründung ist ziemlich riskant.« Er sah sie reglos an. »Und kostspielig.«

»Ich kann Ihnen gern sämtliche Statistiken und Zahlen überlassen.«

»Sie spielen gern, Ms Powell?«

»Nein, tue ich nicht. Zumindest nicht im Sinne von dem, wie man es in Vegas betreibt. Die Chancen stehen immer für das Haus. Aber ein intelligentes und zugleich vorsichtiges Investitionsrisiko gehe ich gerne ein. Und ich bin der Ansicht, dass der *Schöne Schein* genau das ist.«

»In manche Geschäfte muss man eine Menge hineinstecken. Für Ihren Laden brauchen Sie doch sicher immer neue Waren und anderes Zeug.«

»Meine Bücher sind sauber. Sie können …«

»Kate.« Warnend legte ihr Josh eine Hand auf den Arm.

»Nein.« Wütend schüttelte sie ihn ab. »Er will sagen, dass ich es mir leichtgemacht habe – so wie mein Vater. Dass ich bei Bittle Gelder veruntreut habe, um den *Schönen Schein* am Laufen zu halten – aber das höre ich mir nicht länger an. Dafür haben wir alle zu hart gearbeitet, damit aus dem Laden etwas wird. Vor allem Margo. Ich lasse nicht zu, dass er so spricht, Josh. Ich lasse nicht zu, dass er behauptet, der Laden hätte etwas mit der Angelegenheit zu tun.« Sie bedachte Kusack mit einem flammenden Blick. »Sie können die Bücher des Geschäfts jederzeit einsehen. Gehen Sie sie ruhig Zeile für Zeile durch!«

»Ich weiß das Angebot zu schätzen, Ms Powell«, sagte er milde, klappte einen Hefter auf und zog ein paar Papiere heraus. »Erkennen Sie diese Formulare?«

»Natürlich erkenne ich sie. Das eine ist das Formular 1040, das ich für Sid Sun ausgefüllt habe, und das andere ist das abgeänderte Duplikat.«

»Das ist Ihre Unterschrift?«

»Ja, auf beiden Blättern. Und nein, ich habe keine Erklärung dafür.«

»Und diese Ausdrucke für computergesteuerte Abhebungen von Bittles Kundenkonten?«

»Das sind mein Name und mein Code.«

»Wer hatte Zugang zu dem Computer in Ihrem Büro?«

»Jeder.«

»Und zu Ihrem Sicherheitscode?«

»Soweit ich weiß, niemand außer mir.«

»Sie haben ihn niemandem gegeben?«

»Nein.«

»Sie haben ihn im Kopf gehabt.«

»Natürlich.«

Ohne sie aus den Augen zu lassen, beugte sich Kusack ein wenig vor. »Muss ziemlich schwierig sein, sich alle möglichen Zahlen zu merken, denke ich.«

»Ich kann so etwas ziemlich gut. Die meisten Menschen haben irgendwelche Zahlen im Kopf. Sozialversicherung, PIN-Nummern, Telefonnummern, Geburtstage.«

»Persönlich muss ich mir immer alles aufschreiben, sonst bringe ich es durcheinander. Ich glaube, dieses Problem haben Sie nicht.«

»Ich …«

»Kate«, unterbrach Josh erneut und sah sie reglos an. »Wo notierst du dir die Zahlen?«

»In meinem Kopf«, wiederholte sie in beinahe nachsichtigem Ton. »Ich vergesse sie nicht. Ich habe den Sicherheitscode seit Jahren nicht mehr nachgeschlagen.«

Mit zusammengepressten Lippen blickte Kusack auf seine angenagten Fingernägel. »Wo würden Sie ihn nachschlagen, wenn es nötig wäre?«

»In meinem Terminplaner, aber …« Ihre Stimme brach ab, als ihr die Bedeutung des Gesagten zu Bewusstsein kam. »In meinem Terminplaner«, wiederholte sie. »Dort habe ich sämtliche Zahlen notiert.«

Sie schnappte sich ihre Handtasche, durchsuchte sie, zog das dicke, ledergebundene Buch heraus. »Zur Sicherheit«, sagte sie und öffnete es. »Sicherheit ist das oberste Gebot. Hier.« Als sie die betreffende Seite aufschlug, hätte sie beinahe gelacht. »Mein Leben in Zahlen ausgedrückt.«

Kusack reckte das Kinn. »Und Sie haben es immer bei sich.«

»Ich habe eben gesagt, dass es mein Leben ist. Und das stimmt beinahe. Es befindet sich immer in meiner Handtasche.«

»Und wo heben Sie diese Handtasche auf – sagen wir, während Ihrer Arbeitszeit?«

»In meinem Büro.«

»Und ansonsten haben Sie sie immer mit sich herumgetragen, nehme ich an. Ich weiß, meine Frau macht auch keine zwei Schritte ohne ihre Handtasche.«

»Nur, wenn ich aus dem Gebäude gegangen bin. Josh.« Sie umklammerte seine Hand. »Nur, wenn ich aus dem Gebäude gegangen bin. Jeder in der Firma hätte sich den Code beschaffen können. Himmel, wirklich jeder Einzelne!« Sie kniff die Augen zusammen. »Warum habe ich nur nicht eher daran gedacht? Ich habe wirklich überhaupt nicht nachgedacht.«

»Aber trotzdem tragen die Formulare Ihre Unterschrift, Ms Powell«, erinnerte Kusack sie.

»Dann ist sie gefälscht«, schnauzte sie ihn an und erhob sich von ihrem Platz. »Jetzt hören Sie mir mal gut zu. Meinen Sie wirklich, ich würde wegen lausiger fünfundsiebzigtausend Dollar alles aufs Spiel setzen, wofür ich gearbeitet, was ich erreicht habe? Wenn mir Geld derart wichtig wäre, hätte ich einfach zum Telefonhörer zu greifen brauchen, meine Tante und meinen Onkel oder Josh angerufen, und sie hätten mir, ohne auch nur eine einzige Frage zu stellen, einen Scheck über das Doppelte ausgestellt. Ich bin keine Diebin, und wenn ich eine wäre, dann hätte ich meine Spuren, weiß Gott, besser verwischt. Welcher Idiot würde wohl seinen eigenen Code, seinen eigenen Namen benutzen und dadurch eine derart sichtbare Spur legen?«

»Wissen Sie, Ms Powell« – Kusack faltete erneut seine Hände auf der Tischplatte –, »dieselbe Frage habe ich mir auch schon gestellt. Und ich sage Ihnen, zu welchem Schluss ich gekommen bin. Die Person musste eins von drei Dingen sein: dumm, verzweifelt oder sehr, sehr schlau.«

»Ich bin sehr schlau.«

»Das sind Sie, Ms Powell«, stellte Kusack mit einem langsamen Nicken fest. »Das sind Sie. Sie sind schlau genug, um zu wissen, dass fünfundsiebzig Riesen keine Kleinigkeit sind. Schlau genug, um eine solche Summe an einem Ort zu verstecken, an dem sie nicht so leicht zu finden ist.«

»Detective, meine Mandantin bestreitet jedes Wissen um das fragliche Geld. Die Beweise gegen sie sind nicht nur bloße Indizien, sondern obendrein höchst fragwürdiger Natur. Wir beide wissen, dass sich auf ihnen kein Fall aufbauen lässt, und inzwischen haben Sie genug von unserer Zeit geraubt.«

»Ich weiß es zu schätzen, dass Sie gekommen sind.« Kusack ordnete die Papiere und schob sie in den Hefter zurück. »Ms Powell«, fuhr er fort, als Josh sie bereits zur Tür geleitete. »Eins noch. Wie haben Sie sich die Nase gebrochen?«

»Wie bitte?«

»Ihre Nase«, sagte er und sah sie lächelnd an. »Wie haben Sie sie gebrochen, wenn ich fragen darf?«

Verwundert hob sie eine Hand an ihre Nase und tastete daran herum. »Neunter Spieldurchgang, als ich in einer schlechten Imitation von Pete Rose ein Doppel in einen Dreier verwandeln wollte. Dabei bin ich gegen das Knie des gegnerischen Feldspielers gekracht.«

Er grinste so breit, dass man seine Zähne blitzen sah. »Sicher oder aus?«

»Sicher.«

Als sie den Raum verließ, sah er ihr nach, ehe er den Hefter abermals öffnete und die Unterschriften auf den Formularen betrachtete. Dumm, verzweifelt oder sehr, sehr schlau, dachte er ein zweites Mal.

14

»Er glaubt mir nicht.« Sobald die Tür des Raumes hinter ihr ins Schloss gefallen war, fielen Zorn und Ärger von ihr ab, sodass sie nur noch blanke Furcht empfand.

»Da bin ich mir nicht so sicher«, murmelte Josh, während er sie den Korridor hinabführte. Seine Hand, die auf ihrem Rücken lag, nahm ihr heftiges Zittern wahr. »Außerdem spielt es keine Rolle, ob er dir glaubt. Was viel wichtiger ist, sie haben nichts gegen dich in der Hand. Sie haben nicht genug, um damit zum Staatsanwalt zu gehen, und das weiß Kusack ganz genau.«

»Mir ist es nicht egal.« Sie legte eine Hand auf ihren schmerzenden Bauch. Nicht wieder das Magengeschwür, hoffte sie. Aber das war ein geringer Trost, wenn die alternative Diagnose auf Scham und Furcht lautete. »Es ist mir wichtig, was er, was Bittle, was jeder andere denkt. Auch wenn ich es nicht möchte, ist es mir einfach nicht egal.«

»Jetzt hör mir mal gut zu.« Er drehte sie zu sich herum und umfasste ihre Schultern. »Du hat deine Sache wirklich gut gemacht. Besser als gut. Vielleicht hast du nicht unbedingt genau den Weg gewählt, den ich dir als dein Anwalt empfohlen hätte, aber es war effektiv. Die Eintragungen in deinem Terminplaner haben vollkommen neue Perspektiven eröffnet. Und jetzt denk mal darüber nach, wer dir den Weg dahin gewiesen hat.«

»Du.« Als er den Kopf schüttelte, runzelte sie verwirrt die Stirn. Aber da Josh es von ihr erwartete, zwang sie sich und dachte nochmals gründlich nach. »Er war es. Kusack. Er wollte, dass ich ihm sage, ich hätte den Code irgendwo notiert.«

»Irgendwo, wo er von jemand anderem eingesehen werden konnte.« Joshs Händedruck milderte sich. »Und jetzt möchte ich, dass du nicht mehr an die Sache denkst. Ich meine es ernst, Kate«, fuhr er fort, als sie protestierend den Mund öffnete. »Lass Kusack seinen Job machen und mich meinen, ja? Du hast Leute, die hinter dir stehen. Das ist etwas, von dem ich möchte, dass du es nie wieder vergisst.«

»Ich habe Angst.« Sie presste die Lippen zusammen, damit ihre Stimme trotz dieses Eingeständnisses möglichst gelassen klang. »Nur vorübergehend hatte ich keine Angst, als ich wütend war. Aber jetzt fürchte ich mich wieder. Warum hat er die Sache mit meinem Vater erwähnt, Josh? Woher wusste er es überhaupt? Welchen Grund sollte er gehabt haben, so weit in meine Vergangenheit zurückzuforschen?«

»Ich weiß es nicht. Aber ich werde es herausfinden.«

»Dann wissen sie es bei Bittle sicher auch.« Die Verzweiflung lastete wie ein Stein auf ihrem Magen. »Wenn Kusack es weiß, dann wissen es die Partner ebenfalls. Vielleicht wussten sie es schon vorher, weshalb sie …«

»Kate, hör auf.«

»Aber was, wenn sie niemals herausfinden, wer es wirklich gewesen ist? Wenn sie es nicht herausfinden, dann werde ich ewig die …«

»Ich habe gesagt, hör auf. Wir bekommen es heraus. Das verspreche ich dir – nicht als dein Anwalt, sondern als dein großer Cousin, der bisher noch jedes Versprechen gehalten hat.« Er zog sie eng an seine Brust, küsste sie auf den Kopf und entdeckte Byron, der den Korridor durchmaß. Er bemerkte dessen nur mühsam unterdrückten Zorn und kam zu dem Schluss, dass dies genau die richtige Ablenkung für seine Cousine war.

»Gutes Timing. Ich nehme an, dass du Kate nach Hause bringen wirst.«

Verlegen und verwirrt fuhr sie herum. »Was machst du denn hier?«

»Laura hat mich angerufen.« Er bedachte Josh mit einem

Blick, der eindeutig besagte, dass man sich später noch sprechen würde, ehe er Kate am Arm nahm und zum Ausgang schob. »Lass uns zusehen, dass wir hier rauskommen.«

»Ich muss zurück in den Laden. Margo ist dort ganz allein.«

»Margo kommt sicher auch ohne dich zurecht.« Er zog sie die Treppe hinunter, am Pförtner vorbei nach draußen, wo die Sonne blendete. »Ist alles in Ordnung mit dir?«

»Ja. Ein bisschen wie durch die Mangel gedreht, aber ansonsten geht's mir gut.«

Er hatte seine Corvette, den wendigen, stromlinienförmigen, schwarzen Zweisitzer, unmittelbar vor der Tür geparkt. Als sie jetzt in einen dreißig Jahre alten Wagen stieg, kam ihr der gesamte Tag noch unwirklicher vor.

»Du hättest nicht extra den ganzen Weg hierher kommen müssen«, erklärte sie.

»Wie man sieht.« Er hasste es, ohnmächtig zu sein, sodass er erbittert den Motor des Wagens aufheulen ließ. »Denn bestimmt hättest du angerufen, wenn du meine Hilfe gewollt hättest. Aber jetzt hast du mich eben trotzdem am Hals.«

»Du hättest sowieso nichts machen können«, setzte sie an und fuhr zusammen, als er sie wütend anstarrte, ehe er vom Parkplatz fuhr. »Sie haben mich nicht angeklagt.«

»Tja, wenn das nicht dein Glückstag ist.« Er wollte fahren. Wollte rasen, um sich abzureagieren, ehe er sich vor lauter Zorn vergaß. Um jedes mögliche Gespräch zu unterbinden, drehte er die Stereoanlage des Wagens auf, sodass lautstark Eric Claptons peitschendes Gitarrensolo erklang.

Perfekt, dachte Kate und schloss die Augen. Wütende Musik, ein Angeber-Wagen und ein zorniger Südstaatler neben ihr. Als wären die drohende Migräne und das wahrscheinliche Wiederaufleben ihres alten Freundes, des Magengeschwürs, nicht bereits genug.

Sie nahm ihre Sonnenbrille aus der Handtasche, setzte

sie auf und nahm ein paar Tabletten ein. Durch die getönten Gläser kam ihr das Licht ruhiger und freundlicher vor. Der Wind, der ihr entgegenschlug, kühlte ihr brennendes Gesicht. Sie brauchte nur den Kopf in den Nacken zu legen, um den strahlend blauen Himmel zu sehen.

Byron ließ den Wagen lautlos wie ein leuchtend schwarzes Schwert über den Highway am Meer und an den Felsen vorübersausen, schoss durch eine niedrige Wolke hindurch zurück ins grelle Sonnenlicht.

Seit Lauras Anruf schon kämpfte er gegen heißen Zorn und ein lähmendes Gefühl der Ohnmacht an. *Die Polizei hat Kate zur Befragung mitgenommen. Wir wissen nicht, was sie von ihr wollen. Ein Detective kam in den Laden und hat sie abgeholt.*

Die Angst in Lauras normalerweise so ruhiger Stimme hatte eine Reihe heftiger Reaktionen bei ihm ausgelöst. Furcht und Verletztheit, weil er nicht von Kate persönlich angerufen worden war.

Er hatte sich vorgestellt, dass sie hilflos und alleine war – es nützte nichts, dass Laura ihm versichert hatte, sie hätten Josh zu ihr geschickt. Sicher saß sie da ganz alleine, verängstigt, irgendwelchen wilden Anschuldigungen ausgeliefert, die man gegen sie erhob. Seine überreizte Fantasie hatte ihn gequält mit Bildern von ihr in Handschellen und Fußfesseln.

Und er konnte ihr nur in Panik nachrennen.

Jetzt saß sie neben ihm, die Augen hinter dunklen Brillengläsern versteckt, im Kontrast zu denen ihr Gesicht noch blasser wirkte, als es ohnehin schon war. Ihre Hände lagen täuschend ruhig in ihrem Schoß, nur das Weiß der Knöchel verriet, wie angespannt sie wirklich war. Und sie hatte ihm erklärt, es wäre nicht nötig gewesen, dass er ihr zu Hilfe kam.

Aus einem Impuls heraus fuhr er plötzlich an den Straßenrand. Auf Höhe der Klippen unterhalb von Templeton House, wo sie schon einmal in seinen Armen geschluchzt hatte.

Sie schaute sich um. Es überraschte sie nicht im mindesten, dass er hier an diesem Ort hielt, der sowohl Frieden als auch Drama versprach. Ehe ihre Hand auch nur auf dem Türgriff lag, hatte er sich aggressiv über sie gebeugt und aufgemacht.

Aus alter Gewohnheit, dachte sie. Bei all der Wut, die er verströmte, war diese Geste sicherlich nicht nett gemeint.

Schweigend traten sie auf den Rand der Klippen zu.

»Warum hast du mich nicht angerufen?« Er hatte nicht fragen wollen, aber der Satz platzte einfach aus ihm heraus.

»Ich habe nicht daran gedacht.«

Er fuhr so unerwartet zu ihr herum, dass sie einen Schritt rückwärts stolperte und eine Ansammlung winziger, weißer Windblumen zertrat. »Nein, natürlich hast du nicht daran gedacht. Aber sag mir bitte eins, wo tauche ich jemals in deinen Plänen auf, Katherine?«

»Ich weiß wirklich nicht, was du meinst. Du bist mir gar nicht in den Sinn gekommen, weil ich …«

»Weil du niemanden brauchst außer dir selbst«, fuhr er sie an. »Weil du niemanden duldest, der die ordentlichen Gewinn-und-Verlust-Rechnungen in deinem Kopf auch nur ansatzweise durcheinanderbringt. Ich wäre von keinem praktischen Nutzen für dich gewesen, weshalb also hättest du mich anrufen sollen?«

»Das ist nicht wahr.«

Wie käme sie nur jetzt mit einem solchen Streit zurecht, fragte sie sich. Wie könnte sie nur seinen heißen Zorn besänftigen? Am liebsten hätte sie sich einfach die Ohren zugehalten und die Augen zusammengekniffen, hätte ihn weder gesehen noch gehört. Wäre allein gewesen in der Dunkelheit.

»Ich verstehe nicht, warum du so böse auf mich bist; aber ich habe im Augenblick einfach nicht die Energie, mit dir zu diskutieren«, sagte sie.

Ehe sie sich abwenden konnte, packt er sie am Arm. »Gut. Dann hör mir eben einfach zu. Versuch dir vorzustellen, wie es für mich war, von jemand anderem zu erfahren, dass du von der Polizei abgeholt worden bist. Mir vorzustellen, was vielleicht mit dir passiert, was du durchmachst, und vollkommen machtlos dagegen zu sein!«

»Genau das habe ich sagen wollen. Du hättest nichts tun können.«

»Ich hätte dort sein können.« Er brüllte gegen den Wind an, der wie mit wilden Klauen seine Haare zerzauste. »Ich hätte für dich da sein können. Du hättest wissen können, dass es jemanden gibt, der sich um dich kümmert. Aber daran hast du nicht einmal gedacht.«

»Verdammt, Byron, ich habe überhaupt nicht mehr gedacht.« Sie wandte sich von ihm ab und stieg den schmalen Weg hinauf. Ein paar Schritte brächten hoffentlich etwas Distanz von der Gefühlslawine, die sie zu erdrücken drohte. »Ich hatte einfach dichtgemacht, war wie erstarrt. Vor lauter Angst konnte ich nicht nachdenken. Es war nicht persönlich gemeint.«

»Aber ich nehme es persönlich, und zwar sehr. Wir haben eine Beziehung, Kate.« Er wartete, während sie sich langsam umdrehte und ihn durch ihre dunkle Sonnenbrille hindurch anblickte. »Ich dachte, ich hätte dir klargemacht, was das für mich heißt. Wenn du die grundlegenden Bedingungen einer Beziehung zu mir nicht akzeptierst, dann vergeuden wir nur unsere Zeit.«

Sie hatte nicht geglaubt, dass es neben dem Schmerz in ihrem Kopf, dem Brennen in ihrem Magen, der glühenden Scham, die sie empfand, noch Raum für etwas anderes gäbe. Aber sie hatte die Rechnung ohne das Gefühl abgrundtiefer Verzweiflung gemacht. Irgendwie fand Verzweiflung immer noch einen Platz.

Ihre Augen brannten, als sie ihn reglos in Wind und Sonne stehen sah. »Tja, dass auch du mich jetzt noch fallenläßt, setzt dem Tag natürlich die Krone auf!«

Sie wollte an ihm vorbeirennen nach Templeton House, sich dort verstecken, wo sie für ihn und alles andere unerreichbar war.

»Verdammt.« Er packte sie und gab ihr einen Kuss, dessen Geschmack bittere Frustration verriet. »Wie kann ein Mensch nur so dickschädelig sein?« Er schüttelte sie, und dann küsste er sie abermals, bis sie sich fragte, weshalb ihr überreiztes Hirn nicht einfach in tausend Einzelteile zerbarst. »Kannst du nichts sehen, was nicht in einer schnurgeraden Linie verläuft?«

»Ich bin müde.« Sie hasste die zitternde Stimme, mit der sie sprach. »Ich wurde erniedrigt. Ich habe Angst. Lass mich einfach in Ruhe, ja?«

»Nichts würde ich lieber tun! Am liebsten würde ich einfach abhauen und mir sagen, dass das Ganze leider ein bedauerlicher Irrtum war.«

Er nahm ihr die Sonnenbrille ab und schob sie in die Tasche seines Jacketts. Nun nahm er in ihren Augen denselben Zorn und dieselbe Verletztheit wahr, die er empfand. »Glaubst du wirklich, dass ich das alles in Kauf nehme, nur weil es zwischen uns auf sexueller Ebene funktioniert?«

»Du brauchst es nicht in Kauf zu nehmen.« Sie trommelte gegen seine Brust. »Nichts davon musst du in Kauf nehmen!«

»Da hast du, verdammt noch mal, ganz sicher recht. Aber ich tue es trotzdem, weil ich glaube, dass ich dich liebe.«

Es hätte sie weniger überrascht, hätte er sie einfach gepackt und über den Rand der Klippen ins Meer hinabgestürzt. In dem Bestreben, nicht vollkommen den Verstand zu verlieren, hob sie ihre Hände vors Gesicht.

»Und, fällt dir darauf keine Antwort ein?« Seine Stimme klang scharf und glatt wie ein frisch geschliffenes Schwert.

»Das überrascht mich nicht. Gefühle sind nichts, was sich berechnen lässt, oder?«

»Ich weiß nicht, was ich deiner Meinung nach dazu sagen soll. Es ist einfach nicht fair.«

»Hier geht es nicht um Fairness. Und im Augenblick gefällt mir die Situation ebenso wenig wie dir. Du bist alles andere als die Frau meiner Träume, Katherine.«

Diese Feststellung half, sie zur Besinnung zu bringen. »Jetzt weiß ich, was ich sagen soll. Fahr zur Hölle, De Witt!«

»Wenig originell«, antwortete er in ruhigem Ton. »Ich möchte, dass du das in deinen Computerschädel reinbekommst.« Er stellte sie auf die Zehenspitzen, sodass ihrer beider Augen auf gleicher Höhe waren. »Ich mache Fehler ebenso ungern wie du; also werde ich mir Zeit nehmen, herauszufinden, welches meine genauen Gefühle für dich sind. Wenn ich zu dem Schluss komme, dass du es bist, was ich will, dann werde ich dich auch bekommen. Also sei gewarnt!«

In ihren Augen blitzte es gefährlich auf. »Wie unglaublich romantisch du doch bist.«

Er sah sie lächelnd an. »Ich werde dir noch zeigen, wie romantisch ich bin, Kate.«

»Schieb dir deine verschrobenen Vorstellungen von Romantik sonst wohin.«

Diesmal gab er ihr einen sanften, ruhigen Kuss. »Ich habe mir Sorgen um dich gemacht«, murmelte er, »… hatte Angst um dich. Und es tat mir weh, dass du mich einfach ausgeschlossen hast.«

»Das war nicht meine Absicht …«, schoss sie zurück, ehe ihre Stimme abermals zu zittern begann. »Du verdrehst alles und versuchst, mich zu verwirren.« Müde machte sie erneut die Augen zu. »Himmel, was für fürchterliche Kopfschmerzen!«

»Ich weiß, man sieht es.« Wie ein Vater bei einem Kind gab

er ihr erst auf die linke und dann auf die rechte Schläfe einen zärtlichen Kuss. »Setzen wir uns besser hin.« Er drückte sie sanft auf einen Felsen, trat hinter sie und massierte ihre starre Nacken- und Schultermuskulatur. »Ich möchte mich wirklich um dich kümmern, Kate.«

»Und ich möchte nicht, dass sich jemand um mich kümmert!«

»Aha.« Über ihren Kopf hinweg betrachtete er das im Sonnenlicht blitzende Meer. Sie konnte sicher ebenso wenig dafür, wie er etwas für seine angeborene Beschützernatur. »Also müssen wir auf diesem Gebiet einen Kompromiss finden. Du bist mir wichtig, Kate!«

»Kann sein. Du bist mir auch wichtig, aber …«

»Dann belassen wir es doch zunächst einmal dabei. Ich bitte dich nur darum, an mich zu denken und zu akzeptieren, dass du dich mit allen Dingen an mich wenden kannst. Den kleinen und den großen. Kommst du damit zurecht?«

»Ich werde es versuchen.« Sie wollte glauben, dass ihr Kopfschmerz wegen der einsetzenden Wirkung der Medikamente abzuebben begann. Aber ein Teil ihres Selbst, der Teil, den sie allzu lange ignoriert hatte, gab zu, dass es am Meer, an den Klippen und an Byron lag. »Byron, ich wollte dir nicht weh tun. Ich hasse es, Menschen weh zu tun, die mir wichtig sind. Das ist für mich das Allerschlimmste.«

»Glaub ich dir!« Er presste seine Daumen an die Stelle ihres Nackens, die am starrsten war. Und lächelte, als sie sich gegen ihn sinken ließ.

»Es war mir furchtbar peinlich, als ich dich auf der Polizeiwache entdeckte.«

»Auch das nehm ich dir ab.«

»Tja, schön, wenn man derart leicht zu durchschauen ist.«

»Ich weiß, wohin ich bei dir sehen muss. Es scheint eine unerklärliche Fähigkeit von mir zu sein. Aus diesem Grunde denke ich, dass das, was ich für dich empfinde, vielleicht Liebe ist.« Er merkte, wie sie abermals starr wurde. »Entspann dich«, bat er. »Vielleicht lernen wir ja beide, damit zu leben.«

»Mein Leben ist im Augenblick, um es milde auszudrücken, ziemlich aus dem Gleichgewicht.«

Sie betrachtete den Horizont. Immer traf der Himmel auf das Meer, egal in welcher Ferne, dachte sie. Aber Menschen trafen nicht immer zusammen, fanden nicht immer diese gemeinsame Ebene.

»Außerdem kenne ich meine Grenzen.« Sie wandte den Blick vom Himmel ab. »Und zu einem solchen Sprung bin ich einfach noch nicht bereit.«

»Selber bin ich mir auch nicht sicher, ob ich ihn will. Aber wenn ich ihn mache, dann ziehe ich dich mit.« Er setzte sich neben sie auf den Stein. »Und es liegt mir, Komplikationen zu beheben. Also werde ich auch mit dir zurechtkommen.« Als sie den Mund öffnete, legte er ihr einen Finger auf die Lippen und fuhr fort: »Nein, sag nichts. Dann verkrampfst du dich bloß wieder. Du willst sowieso nur sagen, dass ich gar nicht mit dir zurechtzukommen brauche – dann werde ich etwas darüber sagen müssen, dass du weniger Kopfschmerzen hättest, wenn du endlich einmal jemand anderem die Kontrolle überließest. Und dann würden wir wieder so lange herumreden, bis einer von uns böse wird.«

Sie runzelte die Stirn. »Ich mag die Art, in der du streitest, nicht.«

»Sie hat schon meine Schwestern total verrückt gemacht. Suellen sagt immer, ich setze Logik wie eine gerade Linke ein.«

»Du hast eine Schwester, die Suellen heißt?«

Er zog eine Braue hoch. »Wie die in *Vom Winde verweht*. Meine Mutter hat all unsere Namen aus der Literatur entnommen. Stört dich das?«

»Nein.« Sie zupfte etwas Moos von ihrem Rock. »Es klingt nur so sehr nach den Südstaaten.«

Lachend überlegte er, ob sie wusste, dass sie das Wort Südstaaten ausgesprochen hatte, als sei es ein fremder Planet. »Mein Schatz, ich *komme* aus den Südstaaten. Suellen, Charlotte wie eine der Brontës, Meg aus *Little Woman.*«

»Und Byron wie der Lord.«

»Genau.«

»Du hast zwar weder die poetische Blässe noch den Klumpfuß – aber zumindest das gute Aussehen, das ihm zugeschrieben wird.«

»Wenn du mir schon wieder schmeicheln kannst« – er gab ihr einen leichten Kuss –, »dann scheint es dir ein bisschen besser zu gehen.«

»Ich glaube ja.«

»Also.« Er legte einen Arm um ihre Schultern und sah sie fragend an. »Wie war dein Tag?«

Mit einem müden Lachen vergrub sie ihr Gesicht an seinem Hals. »Beschissen. Wirklich beschissen ist alles, was ich dazu sagen kann.«

»Willst du darüber reden?«

»Vielleicht.« Eigentlich war es gar nicht so schwer, sich an einer starken Schulter anzulehnen, wenn sie nur ein wenig lockerließ. »Ich sollte Laura Bescheid geben. Ich habe versprochen, sie so bald wie möglich anzurufen.«

»Josh wird ihr sagen, dass du mit mir zusammen bist. Dann ist sie sicherlich beruhigt.«

»Sie wird sich trotzdem Sorgen machen. Laura ist immer um alle Menschen besorgt.« Kate schwieg einen Moment, ehe sie mit Kusacks Erscheinen im Laden begann.

Byron hörte schweigend zu und dachte nach.

»Vermutlich hat er mir nicht geglaubt. So wie er mich die ganze Zeit über angesehen hat, mit der Geduld einer Katze, die vor dem Mauseloch auf der Lauer liegt! Als er auf meinen Vater zu sprechen kam, war ich plötzlich wie erstarrt. Natürlich hätte ich darauf gefasst sein müssen. Von Anfang an hätte ich es wissen müssen – aber ich habe es bis zum letzten Augenblick verdrängt.«

»Es hat dir weh getan«, murmelte Byron verständnisvoll. »Mehr als alles andere.«

»Ja.« Sie nahm seine Hand, verwirrt und erleichtert, dass er so nachfühlend war. »Es hat weh getan, dass dieser Fremde, dieser Bulle, etwas Schlechtes über den Mann gesagt hat, den ich mir so verzweifelt ins Gedächtnis zu rufen versuche, weil er mein Vater war. Den Mann, von dem ich glauben möchte, dass er für mich immer nur das Beste wollte. Und ich kann ihn nicht verteidigen, Byron, weil das, was er getan hat, gegen all meine Überzeugung ist.«

»Aber das bedeutet nicht, dass du deinen Vater nicht geliebt hast oder dass du nicht das Recht hast, dich an das zu erinnern, was an ihm gut gewesen ist.«

»Daran arbeite ich gerade«, erklärte sie. »Das Problem ist, dass ich mich erst mal auf das konzentrieren muss, was im Augenblick geschieht. Und das ist schwerer, als ich gedacht hätte. Als Kusack die Formulare aus dem Hefter zog, konnte ich nicht erklären, warum sie beide meine Unterschrift trugen. Aber Josh scheint der Ansicht zu sein, dass alles gut verlaufen ist, vor allem die Sache mit dem Sicherheitscode.«

»Elektronische Diebstähle gibt es bereits seit der Einführung der Microchips. Du sagst, die Unterschlagungen sollen ungefähr vor anderthalb Jahren angefangen haben. Hatte in letzter Zeit vor deiner Entlassung jemand Zugang zu deinem Büro?«

»Dutzende von Leuten.« War das nicht genau der Grund für ihre Hoffnungslosigkeit? »Bei Bittle wechseln die Leute nur sehr selten. Es ist eine gute Firma.«

»Also, wer von ihnen braucht Geld, wer ist clever und wer würde eine Spur legen, die in deine Richtung weist?«

»Wer braucht kein Geld?«, erwiderte sie wütend, weil ihr Hirn die logische Arbeit verweigerte. »Bei Bittle stellen sie nur clevere Leute ein, und ich kenne niemanden in der Firma, der einen persönlichen Groll gegen mich hegt.«

»Vielleicht geschah es weniger aus persönlichen Gründen als vielmehr aus Bequemlichkeit? Und dann war es auch ein eher bescheidener Betrag«, murmelte er. »Wie zum Test – oder, weil jemand geringe, aber störende Schulden zu begleichen hatte. Und das Timing, Kate, hast du noch nicht über das Timing nachgedacht?«

»Ich fürchte, ich kann dir nicht folgen.«

»Warum ausgerechnet jetzt, warum ausgerechnet du? Ist es nur ein Zufall, dass du die Sache mit deinem Vater beinahe zur gleichen Zeit herausgefunden hast, wie die Unterschlagungen aufgeflogen sind?«

»Was sollte es denn sonst sein?«

»Vielleicht hat jemand anders die Sache ausgenutzt und sie gegen dich verwandt.«

»Aber ich habe niemandem davon erzählt.«

»Was hast du getan? Was hast du an dem Tag, an dem du es herausfandest, getan?«

»Ich habe an meinem Schreibtisch gesessen und geheult. Da ich es nicht glauben wollte, habe ich es überprüft.«

Das hatte er sich fast gedacht. »Und wie hast du das angestellt?«

»Ich habe mich in die Bibliothek von New Hampshire eingeklinkt, Kopien von Zeitungsartikeln bestellt, den Anwalt kontaktiert, der mit der Sache betraut gewesen war. Außerdem habe ich einen Detektiv engagiert.«

Er dachte nach. Ein jeder solcher Schritte hinterließ Spuren in Form von registrierten Telefongesprächen, Computerdateien, Papier. »Und dann hast du alles in deinem Terminplaner notiert.«

»Nun, die Namen und die Telefonnummern, aber …«

»Und die Verbindung nach New Hampshire hast du von deinem Computer aus hergestellt?«

»Ich …« Allmählich erkannte sie, worauf er hinaus wollte, und ihr wurde schlecht. »Ja. Die Sende- und Empfangsberichte der Faxe waren dort abgespeichert. Falls also jemand danach gesucht hätte … Aber niemand hat mein Passwort und …«

»Dein Passwort steht in deinem Terminplaner«, unterbrach er sie. »Wer wäre der Letzte, bei dem es auffallen würde, wenn er aus deinem Büro käme, obwohl du gar nicht drinnen bist?«

»Einer der Partner, nehme ich an. Oder eine der Direktionsassistentinnen.« Sie zuckte mit den Schultern und stellte ohne Überraschung fest, dass die Wirkung der Massage schon verflogen war. »Himmel, jeder meiner Kollegen aus meiner Etage könnte es gewesen sein. Es ist vollkommen normal, wenn man sich im Büro eines anderen aufhält.«

»Dann konzentrieren wir uns erst einmal auf die Kollegen aus deinem Stock. Der dritte Bittle, von dem du gesprochen hast. Wie hieß er noch … Marty?«

»Marty würde niemals Gelder seiner eigenen Firma unterschlagen. Allein die Vorstellung ist vollkommen absurd.«

»Das werden wir ja sehen. Aber was meinst du, wie er reagieren würde, wenn du ihn bittest, dir Kopien der fraglichen Formulare zu überlassen?«

»Ich weiß es nicht.«

»Warum finden wir es dann nicht einfach heraus?«

Eine Stunde später legte Kate den Telefonhörer in Byrons Küche auf. »Ich hätte wissen können, dass er es tut. Er wird so schnell wie möglich Kopien anfertigen und sie zu dir ins Hotel bringen.« Sie setzte ein zaghaftes Lächeln auf. »Ich komme mir wie eine Intrigantin vor. Es überrascht mich, dass ich ihm nicht noch ein Codewort nennen musste. Aber es scheint, als mache ihm die Sache sogar Spaß.«

»Unser Mann im feindlichen Lager!«

»Von vornherein hätte ich in dieser Richtung nachdenken sollen. Jetzt fühle ich mich neben allem anderen auch noch wie ein Volltrottel.«

»Hin und wieder wird eben der Verstand vom Gefühl eingenebelt«, sagte er. »Wenn dem nicht so wäre, hätte ich selbst vielleicht auch schon viel eher eine solche Idee gehabt.«

»Tja …« Sie war sich nicht sicher, ob sie bereit war zu derartigen Überlegungen. »Abgesehen davon hat Marty mir erklärt, dass die Sache nach meinem Auftritt vor ein paar Tagen an die Polizei übergeben worden ist. Sein Vater scheint nicht gerade glücklich darüber zu sein, aber er hat sich dem Votum der anderen gebeugt.«

»Tut es dir leid, dass du hingefahren bist?«

»Nein, obwohl es jetzt sicher jede Menge Gerede geben wird.« In dem Versuch, die Sache möglichst auf die leichte Schulter zu nehmen, lächelte sie Byron an. »Was ist es für ein Gefühl, wenn man eine mutmaßliche Diebin von zweifelhafter Abstammung zur Geliebten hat?«

»Ich glaube, das muss ich erst noch herausfinden.« Er zog sie an seine Brust und fuhr ihr mit den Händen in der ihr inzwischen angenehm vertrauten Weise über den Rücken und durch das Haar.

Sie legte ihre Lippen auf seinen Mund. »Wahrscheinlich bedeutet das, dass du heute Nachmittag nicht mehr zur Arbeit fahren wirst.«

»Ganz genau.« Ohne dass sein Mund in seiner Beschäftigung auch nur für eine Sekunde innehielt, schob er sie hinaus in den Flur.

»Wohin gehen wir? Habe ich nicht schon mal gesagt, dass du hier unten jede Menge Fußboden hast?«

Er lachte leise auf. »Aber mein neues Sofa kennst du noch nicht.«

»Oh.« Sie ließ zu, dass er sie in die weichen Kissen drückte. »Sehr hübsch«, murmelte sie, als sie unter seinem Gewicht tiefer in ihnen versank. »Groß.« Seine Finger knöpften ihre Bluse auf, woraufhin sie sich ihm begehrlich entgegenreckte. »Wirklich bequem.«

»Wir schaffen es so selten bis ins Schlafzimmer.« Er neigte seinen Kopf und nagte leicht an ihrer Brust. »Ich wollte etwas … Praktisches … hier im unteren Stock.«

»Sehr weitblickend.« Sie rang nach Luft, als sich sein Mund um ihre Lippen schloss.

Es war so leicht, sich von der Hitze überwältigen zu lassen, den Verstand abzuschalten, dem Verlangen ihres Körpers zu folgen, dachte sie … nach Freude … nach Empfindungen … nach seinem Geschmack und seinem Geruch. Sie machte seine Krawatte los und öffnete die Knöpfe, die ihr Fleisch an der Begegnung mit seinem Körper hinderten.

Aber er ließ keine Eile zu, sodass ihre Ungeduld zuletzt genüsslicher Trägheit wich.

Starke, breite Schultern, prachtvolles, an den Spitzen goldenes Haar, leichte Grübchen in den Wangen, ein langer, fester Leib. Sie genoss das Gefühl seiner starken Hände, die über sie glitten, hier innehielten, dort streichelten und sie schließlich zu einem langen, schimmernden Orgasmus führten, der sich wie berauschender Wein in ihrem Inneren ergoss.

Er fand es erregend, sie zu beobachten, das Vergnügen, die Anspannung und schließlich das entspannte Verzücken auf ihrem Gesicht. Ihre Wangen waren gerötet, und ihre Augen schimmerten ähnlich reichem, altem Brandy – dunkel und warm, während sich ihr Körper unter ihm reckte, dehnte, erschauerte und in erotischem Schweiß zu glänzen begann.

Der Geschmack von Seife und Salz zwischen ihren Brüsten verzückte ihn. Das Gefühl ihrer schmalen, rastlosen Hände auf seinem Fleisch heizte ihm ein. Das Bedürfnis, in sie einzudringen, tief in sie einzutauchen, sich mit ihr zu vereinigen, war überwältigend.

Also füllte er sie an und erbebte, als sie ihn zwischen ihren exotisch weiblichen Muskeln gefangen nahm. Aber es war noch nicht genug.

Deshalb zog er sie an sich, bis sie ihre Arme um seinen Nacken und ihre Beine um seine Hüften schlang, schluckte begierig jeden Seufzer, der aus ihrer Kehle drang, und fuhr schließlich mit seinen Lippen an ihrem langen, weißen Hals hinab, bis er die Stelle fand, an der ihr rasender Puls klopfte.

Keuchend stieß sie seinen Namen aus, war wie gebannt von dem Urinstinkt, der sie die sofortige Erlösung suchen ließ. Ihre Hüften schossen wie ein Presslufthammer gegen seinen Unterleib, als ihr Verlangen ihr die Sinne zu rauben, das Vergnügen unerträglich zu werden begann. Am liebsten hätte sie ihn angefleht, dass er sie endlich nahm; doch da sie keine Worte fand, vergrub sie ihre Zähne in seinem Oberarm.

Plötzlich schoss eine gewaltige, heiße Flamme in ihr hoch, und hilflos klammerte sie sich an ihm fest, als er sich endlich in ihr ergoss, wodurch der Zauber zwischen ihnen seine Vervollkommnung erfuhr.

Eine Stunde später weckte sie das Klingeln des Telefons. Verwirrt griff sie nach dem Hörer, ehe sie sich daran erinnerte, dass sie nicht bei sich zu Hause war. »Ja, hallo?«

»Oh! Tut mir leid. Anscheinend habe ich die falsche Nummer gewählt. Oder bin ich doch richtig bei Byron De Witt?«

Verwirrt sah Kate sich um, nahm eine antike Eichenkommode, warme grüne Wände, weiße Vorhänge und hübsche Aquarelle wahr. In einem Keramiktopf vor dem Fenster, durch das das besänftigende, gleichmäßige Rauschen des Meeres drang, blühte ein kleiner Zierzitronenbaum.

Sie befand sich in Byrons Schlafzimmer.

»Ah …« Sie richtete sich auf und fuhr sich mit der Hand über die Stirn. Ein kühles, elfenbeinfarbenes Laken glitt an ihr herab. »Ja, das sind Sie. Dies ist der Anschluss von Mr De Witt.«

»Oh, ich wusste gar nicht, dass er schon eine Haushälterin hat. Sicherlich ist er bei der Arbeit. Eigentlich wollte ich ihm nur eine Nachricht auf den Anrufbeantworter sprechen. Sagen Sie ihm doch bitte, dass Lottie angerufen hat und dass er mich heute den ganzen Abend über erreichen kann. Die Nummer hat er. Tschüs.«

Ehe Kate vollkommen wach war, starrte sie den Hörer an, aus dem nur noch unhöfliches Piepsen drang.

Haushälterin? Lottie? Die Nummer hat er? Verdammt.

Sie knallte den Hörer auf die Gabel und stolperte aus dem Bett. Sein Geruch haftete noch an ihr, und schon rief irgendein Flittchen namens Lottie bei ihm an. Typisch, dachte sie und sah sich nach ihren Kleidern um. Die, wie sie sich erinnerte, unten geblieben waren, als er sie nach oben ins Bett getragen hatte. Mit dem Befehl, sich auszuruhen! Und die Liebe hatte sie derart sanftmütig gemacht, dass sie gehorchte wie ein kleines Kind.

Hatte sie sich nicht von Anfang an gesagt, dass Männern wie Byron nicht zu trauen war? Je besser sie aussahen, je charmanter sie waren, als um so größere Schurken stellten sie sich heraus. Männern wie Byron liefen die Frauen scharenweise nach.

Und er hatte gesagt, er glaube, er liebe sie. Was für ein Heuchler er doch war. Voller Zorn marschierte sie die Treppe hinauf und sammelte ihre Kleider ein. Was für ein Schuft, ein Schleimer, ein Schwein! Ohne erst ihre Strumpfhose anzuziehen, kämpfte sie sich in ihre Bluse und ihren Rock und fingerte gerade an den Knöpfen herum, als er, gefolgt von den Hunden, über die Veranda eilte.

»Ich hätte gedacht, dass du noch schläfst.«

Sie musterte ihn aus zusammengekniffenen Augen. »Darauf wette ich.«

»Inzwischen habe ich mit den Hunden ein Läufchen am Strand gemacht. Wir sollten nachher auch hingehen. Bei dem Sturm hat das Wasser ein paar hübsche Muscheln angespült.« Er ging in die Küche, während er sprach. Entschlossen folgte sie ihm. »Willst du auch ein Bier?« Er setzte eine Flasche an die Lippen, und als er sie wieder sinken ließ, nahm er das Blitzen in Kates Blick wahr. »Irgend was nicht in Ordnung?«

»O doch, alles klar.« Ehe sie sich eines Besseren besinnen konnte, war sie bereits vor ihn getreten und trommelte mit den Fäusten an seine Brust. Es war, als träfe sie auf Stein. »Aber bitte vergiss nicht, Lottie, wenn du sie siehst, zu sagen, dass ich, verdammt noch mal, nicht deine Haushälterin bin!«

Eher aus Überraschung als aus Unbehagen rieb er sich seine Front. »Wie bitte?«

»Oh, brillant! Um Antworten warst du noch nie verlegen, De Witt. Wie kannst du es wagen? Wie kannst du es wagen, solche Dinge zu mir zu sagen, solche Dinge mit mir zu tun, während du gleichzeitig nebenher noch ein Flittchen namens Lottie hast?«

Ihm war immer noch nicht ganz klar, worum es ging, aber allmählich meinte er, dass er verstand. »Hat Lottie angerufen?«, fragte er.

Statt einer Antwort knurrte sie ihn zornig an, und mehr um ihret- als um seinetwillen trat er einen Schritt zurück. »Du wirst dir weh tun, wenn du mich noch einmal schlägst.«

Ihr Blick fiel auf den Messerblock, der auf dem Tresen stand. Nicht für eine Sekunde glaubte er, dass sie tatsächlich gewalttätig war, aber zur Sicherheit schob er sich trotzdem zwischen sie und das mögliche Waffenarsenal.

»Wahrscheinlich bist du vom Telefon geweckt worden, und es war Lottie. Übrigens ist Lottie kein Flittchen, wenn ich mir die Bemerkung erlauben darf.«

»Ich sage, dass sie eins ist, und selbst wenn du sie anders nennst, bist du ein verlogenes, heuchlerisches Schwein. Was hast du gedacht, wie lange sie sich mit der Erklärung zufriedengeben würde, dass ich deine Haushälterin bin? Und als was hättest du sie mir verkauft?«

Er sah sie einen Moment lang an, versuchte, nicht zu grinsen, als sich ihre Blicke begegneten. »Als meine Schwester.«

»Oh, wirklich sehr originell! Und jetzt gehe ich.«

»Nicht so schnell.« Obgleich sie wie eine Wilde um sich trat, packte er sie und drückte sie mühelos auf einen Stuhl. »Lottie«, sagte er, während er dafür sorgte, dass sie sitzen blieb, »ist wirklich meine Schwester.«

»Du hast keine Schwester, die Lottie heißt«, schoss sie zurück. »Du Idiot, schließlich hast du mir selbst erst vor wenigen Stunden die Namen deiner Schwestern genannt. Suellen, Meg und …«

»Charlotte«, beendete er ihren Satz, ohne groß zu verbergen, welches Vergnügen ihm ihr Zorn bereitete. »Lottie. Sie ist Kinderärztin, verheiratet, mit drei Kindern. Und sie hat glücklicherweise genau die Art seltsamen Humors, dass sie es sicher lustig finden wird, wenn meine Geliebte sie ein Flittchen nennt.« Er beobachtete, wie Kate vor Verlegenheit errötete. »Und, möchtest du vielleicht jetzt ein Bier?«

»Nein«, sagte sie mit vor verletztem Stolz angespannter Stimme, während sie sich gleichzeitig erhob. »Ich entschuldige mich dafür. Normalerweise bin ich niemand, der derart voreilige Schlüsse zieht. Aber es war ein schwieriger und sehr emotionaler Tag.«

»Tja, dann …«

Zur Hölle mit dem Kerl! »Ich habe geschlafen, als sie anrief, und sie hat mir gar keine Chance gegeben, selbst etwas zu sagen.«

»Typisch Lottie.«

»Und da nahm ich eben an, dass sie … Himmel, ich habe geschlafen«, wiederholte sie, wütend, weil er ihr nicht zu Hilfe kam. »Desorientiert. Ich war …«

»Eifersüchtig«, beendete er abermals ihren Satz und drückte sie mit dem Rücken gegen den Kühlschrank. »Das ist in Ordnung. Es gefällt mir sogar, wenn es in einem gewissen Rahmen bleibt.«

»Aber mir gefällt es nicht. Tut mir leid, dass ich auf dich losgegangen bin …«

»Wenn du dabei jemals auch nur die geringste Wirkung erzielen willst, musst du noch ziemlich an deinen Armen arbeiten.« Er legte eine Hand unter ihr Kinn und zwang sie, ihn anzusehen. »Aber du hättest doch nicht wirklich eins von den Messern gezückt, oder?«

»Natürlich nicht.« Schulterzuckend blickte sie auf den Messerblock. »Wahrscheinlich nicht.«

Er ließ seine Hand sinken und trank einen Schluck von seinem Bier. »Liebling, du machst mir wirklich angst.«

»Tut mir leid, wirklich. Für mein Benehmen gibt es keine Entschuldigung. Ich habe mich wie eine Idiotin aufgeführt.« Sie presste ihre Hände gegeneinander. Derartige Eingeständnisse taten immer weh. »Vor ein paar Jahren war ich mit jemand anderem liiert, und man konnte ihn nicht unbedingt treu nennen.«

»Hast du ihn geliebt?«

»Nein, aber ich habe ihm vertraut.«

Er nickte und stellte sein Bier auf den Tisch. »Wobei Vertrauen etwas noch Zerbrechlicheres als Liebe ist.« Er umfasste ihr Gesicht. »Aber mir kannst du vertrauen, Kate.« Er küsste sie auf eine Braue und trat grinsend einen Schritt zurück. »Ich würde niemals das Risiko eingehen, mir von dir irgendwelche wichtigen Teile mit einem Küchenmesser abtrennen zu lassen.«

Halb besänftigt und halb beschämt schmiegte sie sich an seine Brust. »Das hätte ich auch nicht getan.« Sie grinste ebenfalls. »Zumindest höchstwahrscheinlich nicht.«

15

»Das Ganze ist so unglaublich dämlich.« Kate saß nackt vor dem Spiegel des Ankleidezimmers und blies sich den Pony aus der Stirn. »Ich komme mir wie eine Närrin vor.«

»Lass deine Haare in Ruhe«, wies Margo sie nachdrücklich an. »Ich habe zu hart an ihnen gearbeitet, um zuzusehen, wie du jetzt alles ruinierst. Und hör auf, an deiner Unterlippe zu nagen, ja?«

»Ich hasse Lippenstift. Warum darf ich nicht mein Gesicht sehen?« Kate reckte den Hals, aber Margo hatte den Spiegel mit einem Tuch verhüllt. »Sicher sehe ich aus wie ein Clown. Bestimmt hast du mich angemalt wie jemanden aus dem Zirkus.«

»Eigentlich eher wie eine Zwanzig-Dollar-Biene; aber ich finde, dass es dir ganz toll steht. Halt still, verdammt, und lass mich dir endlich dieses Ding anziehen.«

Leidend hob Kate die Arme hoch, während Margo in ihrem Rücken ein Mieder zuknöpfte, das ihr wie ein mittelalterliches Folterinstrument erschien. »Warum tust du mir das an, Margo? Schließlich habe ich dir den Scheck für dein bescheuertes Streichertrio ausgestellt, oder etwa nicht? Ich habe mich sogar mit den Trüffeln einverstanden erklärt – obwohl sie von Schweinen ausgebuddelt werden und vollkommen überteuert sind.«

Mit der Miene eines Generals, der seine Truppen in die Schlacht führt, rückte Margo das Bustier zurecht. »Du hast dich bereit erklärt, dich heute Abend von mir herrichten zu lassen. Schließlich ist die Wohltätigkeitsversteigerung das bedeutendste Ereignis des Jahres für unser Geschäft. Also hör auf herumzujammern, damit ich endlich zu einem Ende kommen kann.«

»Hör auf, mit meinem Busen herumzuspielen.«

»Oh, dabei bin ich vollkommen verrückt danach! Hier.« Margo trat einen Schritt zurück und nickte zufrieden. »Auch wenn ich nicht allzu viel Material hatte, um es zurechtzurücken …!«

»Halt die Klappe, Fräulein D-Körbchen«, murmelte Kate, ehe sie an sich hinabblickte und zu kichern begann. »Himmel, wo kommen die denn her?«

»Erstaunlich, nicht wahr? Im richtigen Geschirr gelangen die Kleinen endlich mal ans Tageslicht.«

»Ich habe Brüste.« Verblüfft tastete Kate die Rundungen unter dem schwarzen Satin und der schwarzen Spitze ab. »Und einen richtigen Ausschnitt.«

»Nur eine Frage der Positionierung! Es geht einfach darum, dass man das meiste aus dem, was da ist, macht. Selbst wenn das, was da ist, so gut wie gar nichts ist.«

»Halt die Klappe«, sagte Kate ein zweites Mal, ehe sie grinsend mit den Händen an ihrem Torso herumfuhr. »Guck mal, Mama, ich bin ein Mädchen.«

»Das ist noch gar nichts. Hier, zieh den an.« Margo warf ihr ein dünnes Band aus dehnbarer Spitze zu.

Kate studierte den Strumpfhalter, zupfte daran herum und

schnaubte verächtlich auf. »Das ist doch sicher nicht dein Ernst.«

»Ich ziehe ihn dir bestimmt nicht an.« Margo tätschelte den Bauch, der unter ihrer schimmernden, silbernen Tunika geschickt verborgen war. »Im siebten Monat kann man sich nicht mehr so gut bücken wie normal.«

»Ich fühle mich wie bei der Kostümprobe zu einem Pornofilm.« Aber nach einiger Mühe saß der Strumpfhalter an seinem Platz. »Man kann ein bisschen schlecht atmen, finde ich.«

»Und jetzt die Strümpfe«, wies Margo sie an. »Am besten setzt du dich wieder hin, um sie anzuziehen.« Die Hände in die Hüften gestemmt überwachte Margo die Prozedur. »Nicht so schnell, sonst kriegen sie noch Laufmaschen. Schließlich sind das nicht die normalen, dicken Dinger, die du im Alltag immer trägst.«

Kate blickte wütend auf. »Musst du mich unbedingt dabei beobachten?«

»Ja, ich muss.« Margo fing an, im Zimmer auf und ab zu gehen. »Wo steckt Laura bloß? Sie sollte längst hier sein. Und wenn die Musiker nicht innerhalb der nächsten zehn Minuten auftauchen, haben sie nicht mehr genug Zeit, alles aufzubauen, bevor die ersten Gäste kommen.«

»Es wird schon klappen.« Vorsichtig strich Kate die Strümpfe glatt. »Weißt du, Margo, ich denke wirklich, dass es das beste ist, wenn ich mich heute Abend ein bisschen im Hintergrund halte. In meiner absurden Situation mache ich so aufgetakelt bestimmt keine gute Figur.«

»Feigling.«

Ihr Kopf fuhr hoch. »Ich bin kein Feigling, sondern die Hauptbeteiligte an einem Skandal.«

»Genau, wie ich es im letzten Jahr gewesen bin!« Margo zuckte mit den Schultern. »Vielleicht arrangieren wir es so, dass nächstes Jahr Laura diese Rolle übernimmt.«

»Das ist nicht lustig.«

»Was niemand besser versteht als ich.« Margo legte eine Hand an Kates gerötetes Gesicht. »Niemand kapiert besser als ich, was für eine Angst du sicher hast.«

»Das tut mir gut!« Getröstet nahm Kate Margos Hand. »Es ist nur so, dass sich die ganze Sache derart in die Länge zieht. Ich warte immer darauf, dass dieser Kusack wieder auftaucht und mich mit Handschellen abführen will. Auch wenn sie mir nicht beweisen können, dass ich schuldig bin, so muss ich doch meine Unschuld beweisen.«

»Ich werde jetzt bestimmt nicht sagen, dass du darüber hinwegkommen wirst. Das reicht nämlich ebenfalls nicht aus. Aber niemand, der dich kennt, glaubt, dass du dir tatsächlich irgendetwas hast zuschulden kommen lassen. Und sagtest du nicht, dass Byron bereits etwas unternimmt?«

»Er hat mir seinen Plan nicht genau erklärt.« Sie zuckte mit den Schultern und zupfte an den Gummibändern des spitzenbesetzten Strumpfbandes. »… hat nur irgendetwas davon gemurmelt, dass ich mir nicht meinen hübschen Kopf zerbrechen soll. Solche Sätze hasse ich.«

»Männer spielen nun einmal gern die Helden, Kate. Und es tut nicht weh, wenn man es ihnen hin und wieder erlaubt.«

»Inzwischen ist es Wochen her, seit Marty uns die Kopien der Formulare übergeben hat. Ich habe sie mir genauestens angesehen, habe sie Zeile für Zeile überprüft, aber …« Sie brach ab. »Tja, wir alle hatten in letzter Zeit ziemlich viel zu tun, und immerhin bin ich noch nicht von Sirenen und Megafonen aus dem Schlaf gerissen worden, durch die man brüllt, das Haus wäre umstellt, und ich solle mit erhobenen Händen herauskommen.«

»Mach dir keine Sorgen. Wenn das passiert, werden wir nicht zulassen, dass du ihnen lebendig in die Hände fällst. Ich bin sicher, dass Byron dir, wenn sie heute Abend den Laden stürmen, mit einem seiner Macho-Wagen zur Flucht verhelfen wird.«

»Wenn er überhaupt erscheint. Heute Morgen musste er kurzfristig nach Los Angeles. Ich dachte, das hätte ich dir schon erzählt.«

»Er ist sicher rechtzeitig zurück.«

»Das konnte er nicht genau sagen.« Kate weigerte sich, deshalb betrübt zu sein. »Aber das ist auch egal.«

»Du bist vollkommen verrückt nach ihm!«

»Bin ich nicht. Wir haben eine sehr reife, uns beide befriedigende Beziehung – das ist alles.« Geistesabwesend zupfte sie erneut an dem Gummiband. »Wie funktionieren diese lächerlichen Dinger überhaupt?«

»Himmel. Warte.« Keuchend ging Margo in die Knie und zeigte Kate, wie man die Strümpfe an den Bändern befestigte.

»Entschuldigung.« Grinsend trat Laura durch die Tür. »Anscheinend komme ich im unpassenden Augenblick. Aber vielleicht lasst ihr mich ja einfach an eurem Vergnügen teilhaben?«

»Noch so ein Spaßvogel.« Kate blickte auf Margos gesenkten Kopf und kicherte ebenfalls. »Himmel, jetzt haben wir endlich einen richtigen Skandal. Schwangeres ehemaliges Sexsymbol und mutmaßliche Diebin zelebrieren ihren alternativen Lebensstil!«

»Dürfte ich vielleicht gerade noch meine Kamera holen?«, fragte Laura in unschuldigem Ton.

»Fertig«, verkündete Margo und hob eine Hand über ihren Kopf. »Hör auf zu grinsen, Laura, und hilf mir lieber hoch.«

»Tut mir leid.« Während sie Margo auf die Füße wuchtete, fiel ihr Blick auf Kate. In ein schwarzes Bustier, einen passenden spitzenbesetzten Strumpfhalter und hauchdünne schwarze Seidenstrümpfe gehüllt, saß die Cousine auf einem eleganten, antiken Stuhl. »Himmel, Kate, du siehst wirklich ganz … anders aus.«

»Ich habe Busen«, stellte Kate zufrieden fest, während sie sich erhob. »Margo hat ihn herbeigezaubert.«

»Wozu sind Freunde da? Aber vielleicht ziehst du dich jetzt endlich fertig an, falls du heute Abend nicht einfach so herumlaufen willst. Die Musiker sind auch schon da.«

»Na wunderbar! Laura, das Schulterfreie, Bodenlange, Bronzefarbene.« Margo winkte vage in Richtung des Kleiderständers, ehe sie den Raum verließ. »Ich bin gleich zurück.«

»Weshalb meint sie, dass ich angezogen werden muss? Schließlich ziehe ich mich seit Jahren täglich alleine an.«

»Lass sie doch«, erwiderte Laura, während sie das von Margo ausgewählte Kleid vom Bügel nahm. »Es hilft ihr über die Aufregung hinweg. Und außerdem« – Laura sah das Kleid aus zusammengekniffenen Augen an – »hat sie einen hervorragenden Blick. In diesem Teil siehst du sicher fantastisch aus.«

»Ich hasse das alles.« Seufzend stieg Kate in das Kleid. »Für sie mag es okay sein, schließlich liebt sie so etwas. Und du – du wärst auch noch in Alufolie elegant! Aber ich könnte das, was du da trägst, niemals anziehen. Was ist das überhaupt?«

»Uralt«, gab Laura über ihren raffiniert geschnittenen, kupferfarbenen Abendanzug Auskunft. »Ich trage ihn noch ein letztes Mal, bevor er an den Laden geht. So, jetzt habe ich sämtliche Häkchen zu! Mach mal einen Schritt zurück, damit ich dich bewundern kann.«

»Ich sehe doch hoffentlich nicht lächerlich aus? Meine Arme sind nicht mehr so schlimm. Weil ich allmählich ansatzweise so etwas wie Muskulatur bekomme. Und auch für die Schultern habe ich etwas getan. Nur Haut und Knochen sind einfach nicht besonders attraktiv.«

»Du siehst fantastisch aus.«

»Im Grunde ist es mir egal, nur lächerlich möchte ich nicht erscheinen.«

»Okay, wir liegen genau in der Zeit«, verkündete Margo, als sie eilig wieder den Raum betrat. Sie hielt schützend ihren Bauch und versuchte, die Tatsache zu ignorieren, dass das Baby entschlossen schien, unmittelbar auf ihrer Blase zu nächtigen. Sie legte den Kopf auf die Seite, unterzog ihr Werk einer kritischen Musterung und nickte dann. »Gut, wirklich gut. Und jetzt noch ein paar kleine Accessoires.«

»O nein!«

»O Mami, muss ich wirklich diese herrliche juwelenbesetzte Kette tragen?« Margo tat, als zucke sie zusammen, als sie den Deckel der Schmuckschatulle öffnete. »Bitte, bitte, nicht auch noch diese fantastischen Ohrringe!«

Während Margo sie mit Schmuck behängte, rollte Kate die Augen himmelwärts. »Kannst du dir vorstellen, was sie mit dem armen Kind anstellen wird? Es wird kaum geboren sein, und schon krabbelt es in einem Spielanzug von Armani und über und über mit Schmuck behängt durch die Gegend.«

»Undankbares Balg!« Margo nahm einen Parfümzerstäuber aus ihrer Handtasche und drückte auf den Knopf, ehe die Freundin ihr entkam.

»Du weißt, dass ich das hasse.«

»Warum sonst sollte ich es tun? Dreh dich um und – Trommelwirbel, wenn ich bitten darf.« Mit einem Schwung zog Margo das Tuch herunter, hinter dem bisher der Spiegel verborgen gewesen war.

»Großer Gott!« Kate starrte mit offenem Mund auf ihr Spiegelbild. Sie konnte sich gerade noch erkennen, dachte sie. Aber woher kamen diese exotischen Augen, woher kam der fraglos erotisch volle Mund? Ihre Figur, eine richtige Figur, war in schimmernde Bronze gehüllt, unter der ihre Haut warm zu glänzen schien.

Sie räusperte sich, machte eine Drehung und wandte sich dann abermals dem Spiegel zu. »Ich sehe gut aus«, brachte sie mühsam heraus.

»Ein gegrilltes Käsesandwich sieht gut aus«, verbesserte Margo sie. »Baby, du hingegen siehst gefährlich aus.«

»Irgendwie schon.« Kate grinste und beobachtete, wie sich ihr Sirenenmund verführerisch verzog. »Verdammt, hoffentlich schafft Byron es rechtzeitig. Ich kann es kaum erwarten, dass er mich so sieht.«

Er tat sein möglichstes, um pünktlich zu sein. Auch wenn ihm der Flug nach Los Angeles ungelegen kam, war es von größter Wichtigkeit, ihn zu unternehmen. Unter normalen Umständen hätte er die Reise dazu genutzt, sich auch die Hotels und Ferienanlagen in Santa Barbara, San Diego und San Francisco anzusehen. Denn es war in der Tat wichtig, dass es für die Angestellten in sämtlichen Templeton-Hotels eine persönliche Verbindung zum Hauptsitz gab.

Josh kümmerte sich um die Fabriken, die Weinberge, die Obstgärten und die im Ausland angesiedelten Hotels und Anlagen. Aber Kalifornien war Byrons Zuständigkeitsbereich. Und diese Verantwortung nahm er sehr ernst.

Vor allem, da es immer noch Rückschläge aus der Zeit von Peter Ridgeways Herrschaft wiedergutzumachen galt, die offenbar zwar effizient, aber ebenso kalt gewesen war.

Er wusste, was man von ihm erwartete – den persönlichen Touch, der die Grundlage und das Erfolgsrezept des Hotelimperiums bildete. Dass er sich an Namen, Gesichter und Details erinnerte.

Während des Rückflugs hatte Byron seiner Assistentin zahlreiche Berichte diktiert, zahllose Faxe abgefeuert und ein letztes wichtiges Telefongespräch geführt.

Jetzt war er zu Hause, und es war spät; aber das hatte er

sich bereits beim Abflug am Vormittag gedacht, und so schloss er eilig die Manschettenknöpfe an seinem eleganten, weißen Hemd. Vielleicht sollte er Kate im Laden anrufen und sagen, er wäre unterwegs? Ein Blick auf seine Uhr verriet, dass der Empfang bereits vor zwei Stunden begonnen hatte. Sicher hatte sie alle Hände voll zu tun.

Vermisste sie ihn wohl?

Schön wäre es. Er wollte sich vorstellen, wie sie sich jedesmal, wenn sich die Tür öffnete, voller Hoffnung umdrehte. Sie sollte an ihn denken, sollte sich wünschen, er wäre da, um mit ihr zusammen die Gäste zu beobachten und hin und wieder einen verstohlenen Kommentar auszutauschen. So wie es bei Paaren üblich war.

Er freute sich auf den Blick, mit dem sie ihn ansehen würde, träte er schließlich durch die Tür. Diesen Blick, der so eindeutig fragte: *Was machst du hier, De Witt? Was geht zwischen uns beiden vor? Warum?*

Immer noch suchte sie nach der praktischen, rationalen Antwort auf diese Überlegungen. Während er selbst auf der Suche nach der emotionalen Antwort war.

Was er, während er seine schwarze Krawatte band, zu einer guten Mischung deklarierte.

Er war bereit zu warten, bis sie zu demselben Ergebnis gelangte wie er. Sie musste diese Krise bewältigen, musste diese ganze hässliche Geschichte hinter sich bringen. Er würde ihr nach Kräften dabei behilflich sein und sie zunächst in Ruhe lassen, ehe er weitere Zukunftspläne schmiedete.

Als das Telefon neben seinem Bett klingelte, beschloss er zu warten, bis sich der Anrufbeantworter einschaltete. Familie oder Arbeit, dachte er, und beide kämen sicher ein paar Stunden ohne ihn zurecht. Obgleich auch Suellen ihr erstes Baby erwartete, und …

»Verdammt.« Er riss den Hörer an sein Ohr. »De Witt.«

Er lauschte, stellte Fragen, hakte nach und legte schließlich mit grimmigem Lächeln wieder auf. Es schien, als hätte er vor dem Besuch der Party noch einen anderen Termin.

Kusack saß immer noch in seinem Büro. Seine Frau war heute Abend Gastgeberin ihrer allwöchentlichen Bridgerunde, und er zog die schlabbrigen Sandwichs und die lauwarme Limonade auf seinem Schreibtisch den winzigen Häppchen, die es bei Chez Kusack geben würde, vor. Lieber ertrug er den Gestank von abgestandenem Kaffee, das ohrenbetäubende Klingeln der Telefone und das pausenlose Geschwätz seiner Kollegen, als dass er sich dem schweren Parfümgeruch, dem Kichern und dem Klatsch der Damenrunde auslieferte.

Es gab immer genug Papierkram. Und auch wenn die anderen so eine Behauptung belächeln würden, arbeitete er sich gerne, langsam und beständig wie ein Bernhardiner auf der Suche nach einem Verschütteten durch Schneemassen, durch Aktenberge hindurch.

Er mochte die Greifbarkeit des getippten Worts, mochte selbst die lächerliche, geschraubte Polizeisprache, in der jeder der offiziellen Berichte gehalten war. Besser als die meisten anderen Bullen in seinem Alter hatte er sich an den Computer angepasst. Für Kusack waren alle Tasten gleich, er wandte die von ihm biblisch genannte Methode Art des Tippens – Suchet und ihr werdet finden – schon seit Beginn seines Berufslebens an.

Und bisher hatte es noch immer funktioniert.

Fröhlich grinsend hämmerte er auf die Tasten ein, als plötzlich ein Mann im Smoking in der Tür erschien.

»Detective Kusack?«

»Ja.« Kusack lehnte sich zurück und unterzog den Anzug einer professionellen Musterung. Wohl kaum gemietet, nahm er an. Maßgeschneidert und sehr kostspielig. »Heute Abend ist nirgendwo ein Abschlussball, und außerdem sind Sie sowieso zu alt dafür. Was kann ich für Sie tun?«

»Ich bin Byron De Witt und wegen Katherine Powell hier.«

Kusack knurrte und hob seine Dose Limonade an den Mund. »Ich dachte, ihr Anwalt hieße Templeton.«

»Ich bin auch nicht ihr Anwalt, sondern ihr … Freund.«

»Aha. Tja, Freund, Ihnen ist doch sicher klar, dass ich nicht einfach mit jedem, der hier hereinspaziert, über Ms Powell sprechen kann? Egal, wie elegant er ist?«

»Kate hat gar nicht erwähnt, wie gastfreundlich Sie sind. Darf ich?«

»Fühlen Sie sich wie zu Hause«, sagte Kusack säuerlich. Er wollte die Monotonie seiner Papierarbeit und keinen Plausch mit irgendeinem Lackaffen. »Unterbezahlte Angestellte des Staates stehen nonstop im Dienst der Öffentlichkeit.«

»Ich werde Sie nicht lange aufhalten. Es gibt neue Beweise, von denen ich glaube, dass sie Ms Powell entlasten. Haben Sie Interesse, Kusack, oder soll ich warten, bis Ihr Abendessen beendet ist?«

Kusack fuhr sich mit der Zunge über die Zähne und sah die zweite Hälfte seines Sandwichs an. »Informationen sind immer willkommen, Mr De Witt, und schließlich bin ich hier, um meine Arbeit zu tun.« Zumindest, bis der Bridgeclub aus seinem Haus verschwunden war. »Was für Beweise haben Sie?«

»Ich habe mir Kopien der fraglichen Dokumente besorgt.«

»Ach ja?« Kusack fasste ihn blinzelnd ins Auge. »Und wie haben Sie das angestellt?«

»Ohne ein Gesetz zu übertreten, Detective. Und sobald ich im Besitz der Kopien war, habe ich das getan, was man meiner unmaßgeblichen Meinung nach bereits ganz zu Anfang hätte tun sollen: nämlich sie einem Grafologen schicken.«

Kusack lehnte sich abermals zurück, nahm die Reste seines

Abendessens in die Hand und bedeutete Byron, dass er weitersprechen solle.

»Dieser Grafologe hat mich soeben angerufen, und ich habe ihn gebeten, mir die Ergebnisse seiner Untersuchung durchzufaxen.« Byron zog ein Blatt aus seiner Jackentasche, faltete es auseinander und hielt es Kusack hin.

»Fitzgerald«, nuschelte Kusack mit vollem Mund. »Ein guter Mann. Gilt als einer der Besten auf seinem Gebiet.«

Das hatte auch Josh schon gesagt. »Der seit über zehn Jahren sowohl von Staatsanwälten als auch von Verteidigern zu Rate gezogen wird.«

»Meistens von Verteidigern – Verteidigern, denen nichts zu teuer ist«, stellte Kusack fest. Ganz eindeutig übernahm in dieser Sache die Familie Templeton die Regie. »Kostet ein gottverdammtes Vermögen, dieser Kerl.«

Und hat einen dichtgedrängten Terminkalender, fügte Byron in Gedanken leicht erbost hinzu. Deshalb hatte es auch so lange gedauert, bis er endlich die Expertise in den Händen hielt. »Wie hoch auch immer seine Gebühren sein mögen, Detective, sein Ruf ist tadellos. Falls Sie sich die Mühe machen würden, das Gutachten zu lesen, würden Sie sehen, dass …«

»Das ist nicht notwendig. Ich weiß auch so, was drin steht.« Es war kleinmütig von ihm, nahm Kusack an – aber es erfüllte ihn mit einer gewissen Genugtuung, dass es ihm gelang, diesen Kerl, der nicht ein Gramm Fett am Leib zu haben schien und der selbst in seinem Smoking nicht wie ein Affe aussah, einen Augenblick lang auf die Folter zu spannen.

Byron sah ihn gelassen an. Geduld war immer schon seine beste Waffe gewesen. »Dann haben Sie also ebenfalls Mr Fitzgerald in der Sache kontaktiert.«

»Nein.« Kusack zog eine Serviette hervor und wischte sich die Lippen ab. »Wir haben unsere eigenen Grafologen, deren Bericht bereits vor einiger Zeit bei uns eingegangen ist.« Höflich hielt er sich beim Rülpsen die Hand vor den Mund. »Die Unterschriften auf den beiden Formularen sind vollkommen gleich. Allzu identisch«, fügte er, ehe Byron auch nur das Gesicht verziehen konnte, hinzu. »Niemand schreibt seinen Namen immer vollkommen gleich. Sämtliche manipulierten Formulare tragen Strich für Strich, Rundung für Rundung genau die gleiche Unterschrift. Kopien. Höchstwahrscheinlich von Ms Powells Unterschrift auf dem ersten 1040er Formular durchgepaust.«

»Wenn Sie das wissen, warum sitzen Sie dann noch rum? Kate macht die Hölle durch.«

»Ja, das habe ich mir schon gedacht. Das Problem ist, dass ich ganz sichergehen muss. So funktioniert die Polizeiarbeit nun mal. Wir gehen ein paar durchaus interessanten Hinweisen nach.«

»Das mag ja sein, Detective – aber Ms Powell hat ja wohl das Recht zu erfahren, wie weit Sie mit Ihren Ermittlungen sind.«

»Ganz zufällig, Mr De Witt, schreibe ich gerade an meinem Bericht über diese Angelegenheit. Und morgen früh werde ich zu Mr Bittle gehen und meine Nachforschungen fortführen.«

»Sie können doch unmöglich glauben, Kate hätte ihre eigene Unterschrift gefälscht.«

»Wissen Sie, ich glaube, sie wäre clever genug, um etwas Derartiges zu tun.« Er zerknüllte die Serviette, ehe er sie in einen bereits überquellenden Papierkorb warf. »Aber … ich glaube nicht, dass sie dumm oder gierig genug ist, um ihren Job und ihre Freiheit lumpiger fünfundsiebzig Riesen wegen aufs Spiel zu setzen.« Er ließ seine Schultern kreisen, da er durch die stundenlange Schreibtischarbeit steif geworden war. »Und ich glaube auch nicht, dass sie ihren Job oder ihre Freiheit für eine größere Summe riskiert hätte.«

»Dann glauben Sie also, dass sie unschuldig ist?«

»Ich weiß es.« Kusack stieß einen leisen Seufzer aus, während er gleichzeitig seinen Gürtel lockerte. »Hören Sie, De Witt, ich mache meinen Job bereits seit einer halben Ewigkeit. Mir ist klar, wie man den familiären Hintergrund, die Gewohnheiten, die Schwächen der Menschen zu deuten hat. Ms Powell hat sich all die Jahre bei Bittle schwer ins Zeug gelegt. Weshalb sollte sie einen Posten, der ihr offenbar wichtiger als alles andere ist, wegen einer derart lächerlichen Summe gefährden? Sie spielt nicht, nimmt keine Drogen, schläft nicht mit dem Boss. Hätte sie es sich leichtmachen wollen, hätte sie jederzeit die Möglichkeit gehabt, einfach zu Templeton zu gehen. Aber nein! Stattdessen schuftet sie sechzig Stunden die Woche bei Bittle und erarbeitet sich mühsam ihre eigene Klientel. Das sagt mir, dass sie sehr diszipliniert und vom Ehrgeiz geradezu besessen ist.«

»Sie hätten ihr gegenüber wenigstens andeuten können, dass Sie an ihre Unschuld glauben.«

»Es ist nicht meine Aufgabe, die Leute zu beruhigen. Außerdem habe ich meine Gründe, sie noch etwas schmoren zu lassen. Im richtigen Leben sind nun einmal wasserdichte Beweise das Einzige, was zählt. Und diese Beweise zu sammeln braucht eben seine Zeit. Tja, trotzdem weiß ich es zu schätzen, dass Sie hiermit zu mir gekommen sind.« Er gab Byron den Bericht des Grafologen zurück. »Falls es hilft, können Sie Ms Powell sagen, dass die Staatsanwaltschaft nicht die Absicht hat, Anklage gegen sie zu erheben.«

»Das reicht nicht«, sagte Byron, während er sich erhob.

»Aber es ist zumindest ein Anfang, finde ich. Immerhin muss ich fünfundsiebzigtausend Dollar aufspüren, Mr De Witt. Erst wenn das geschehen ist, wird die Sache zu einem Ende kommen.«

Da er sich damit offenbar zufriedengeben musste, schob Byron das Gutachten in seine Tasche zurück und sah Kusack fragend an. »Sie haben nicht einen Moment lang geglaubt, dass sie schuldig ist, oder?«

»Wenn ich mit meinen Nachforschungen anfange, muss ich immer alle Möglichkeiten in Erwägung ziehen. Aber nachdem ich sie verhört hatte, wusste ich, dass sie unschuldig war. Die Nase – Sie verstehen.«

Byron lächelte neugierig. »Wollen Sie damit sagen, dass sie unschuldig gerochen hat?«

Lachend erhob sich auch Kusack von seinem Platz und streckte sich. »Zum einen das. Man könnte sagen, dass ich einen Riecher dafür habe, wenn jemand was auf dem Kerbholz hat. Aber eigentlich habe ich *ihre* Nase gemeint.«

»Tut mir leid.« Byron schüttelte den Kopf. »Das verstehe ich nicht.«

»Ein Mensch, der, um aus einem Doppel einen Dreier zu machen, einen Hechtsprung unternimmt und sich dabei die Nase bricht, hat Mumm. Und Stil. Ein Mensch, der so unbedingt gewinnen will, stiehlt nicht. Stehlen ist zu einfach, und diese Art von Diebstahl ist obendrein noch viel zu gewöhnlich für einen Menschen ihrer Art.«

»Beim Dreier«, stellte Byron mit einem dümmlichen Grinsen fest. »Deshalb also ist ihre Nase so krumm. Ich habe sie nie danach gefragt.« Da Kusack ebenfalls grinste, gab Byron ihm die Hand. »Danke, dass Sie mir Ihre Zeit geopfert haben, Detective!«

Die Gästeschar hatte sich bereits deutlich verringert, als Byron endlich den Laden betrat. Drei Stunden Verspätung, musste er sich eingestehen. Die Versteigerung war sicher schon vorbei, und nur noch diejenigen, die nicht ausgetrunken hatten, wären noch da. Der Duft des auf der Veranda blühenden Jasmins mischte sich mit den Düften verschiedener Parfüms.

Als Erste sah er Margo, die mit ihrem Gatten flirtete, doch

während er eilig in ihre Richtung ging, suchte er bereits nach Kate. »Margo, tut mir leid, dass es so spät geworden ist.«

»Das sollte es auch.« Sie gab ihm einen freundschaftlichen Kuss. »Die Versteigerung hast du verpasst. Also wirst du nächste Woche kommen und etwas sehr, sehr Teures kaufen müssen, wenn du das wiedergutmachen willst.«

»Das ist das mindeste, was ich tun kann. Trotzdem siehst du aus, als hättest du einen äußerst erfolgreichen Abend hinter dir.«

Ich frage mich, woran du das erkennen willst, ohne mich anzusehen, dachte Margo, während sie grinsend verfolgte, wie er sich suchend umguckte. »Wir haben etwas mehr als fünfzehntausend Dollar für die Kinderhilfe zusammengekriegt. Nichts macht mich glücklicher, als Geld zu sammeln, mit dem behinderten Kindern geholfen wird.«

Josh schlang von hinten seine Arme um ihren Bauch und nahm das aufregende Strampeln wahr. »Wobei sie natürlich über das Interesse der Leute an ihren Waren noch viel glücklicher ist.«

»Das Ganze ist eine Wohltätigkeitsveranstaltung«, sagte sie in gemessenem Ton, ehe sie zu lachen begann. »Aber Junge, nächste Woche haben wir sicher alle Hände voll zu tun. In der Tat sitzt Kate schon im Büro und gibt sämtliche zurückgelegten Waren in den Computer ein.«

»Dann gehe ich mal und sage ihr, dass ich gekommen bin. Ich …« Hin und her gerissen brach er ab. Schließlich hatte Josh als ihr Anwalt ebenfalls etwas mit der Angelegenheit zu tun. »Nein, erst muss ich es ihr sagen. Wartet hier auf mich.«

Gerade als er den Raum durchquerte, riss Kate die Bürotür auf. »Da bist du ja.« Sie strahlte ihn glückselig an. »Ich dachte schon, du kämst nie mehr aus L.A. zurück. Du hättest nicht …« Sie brach ab, denn er starrte sie an, als hätte sein Verstand vollkommen ausgesetzt. »Was ist?«

Endlich klappte er den Mund wieder zu und atmete vorsichtig wieder ein. »Okay, wer sind Sie, und was haben Sie mit Kate Powell angestellt?«

»Himmel, da sieht der Kerl einen ein paar Stunden lang mal nicht, und – oh!« Ihre Miene hellte sich auf. »Das hatte ich ganz vergessen. Ist Margos Werk. Wie gefällt es dir?«

»Gott segne dich«, rief er Margo über die Schulter zu, ehe er Kates Hand an seine Lippen hob. »Wie es mir gefällt? Ich glaube, dass mir ein Herzstillstand droht.« Er küsste ihre Finger und dann ihren Mund.

»Himmel!« Von der schwindelerregenden Tiefe seines Kusses überrascht, trat sie vorsichtig einen Schritt zurück. »Sieh nur, was ein bisschen Farbe im Gesicht und ein Push-up-Büstenhalter aus einem machen.«

Sein Blick wanderte an ihr hinab. »Ach, trägst du so etwas unter dem Kleid?«

»Du wirst nicht glauben, was unter dem Stoff alles verborgen ist.«

»Und wie lange soll es dauern, bis ich es weiß?«

Amüsiert schnappte sie sich ihn am Schlips. »Tja, mein Großer, wenn du deine Karten richtig ausspielst, können wir …«

»Verdammt.« Er packte sie. »Es ist erstaunlich, wie sehr eine attraktive Frau den Verstand eines Mannes beeinträchtigen kann. Ich habe Neuigkeiten für dich.«

»Tja, falls du lieber mit mir über irgendwelche aktuellen Ereignisse diskutieren, als meine Unterwäsche inspizieren …«

»Lenk mich bitte nicht schon wieder ab. Ich war gerade bei Detective Kusack auf dem Revier. Darum komme ich so spät.«

»Du warst bei der Polizei?« Sie wurde kreidebleich. »Er hat dich zu sich bestellt? Tut mir leid, Byron. Es gibt keinen Grund, dich auch noch in die Sache hineinzuziehen.«

»Nein.« Er schüttelte sie sanft. »Sei still. Ich war bei ihm, weil endlich das Gutachten eingetroffen ist, auf das ich seit Wochen gewartet habe. Die Dokumente von Marty Bittle hatte ich zu einem Grafologen geschickt, der mir von Josh empfohlen worden war.«

»Zu einem Grafologen? Aber davon hast du mir nie etwas erzählt. Ebenso wenig wie Josh.«

Ehe sie sich weiter aufregen konnte, unterbrach er sie. »Wir wollten warten, bis wir die Ergebnisse hatten. Und jetzt liegen sie vor. Die Unterschriften sind gefälscht. Es waren Kopien deiner Unterschrift auf dem Originalformular.«

»Kopien.« Ihre Hände zitterten. »Und das kann er beweisen?«

»Er ist einer der angesehensten Experten auf diesem Gebiet. Aber wir hätten ihn gar nicht gebraucht. Kusack hat die Unterschriften längst selbst geprüft. Er weiß, dass es Fälschungen sind. Er hält dich nicht für schuldig, Kate. Ganz offensichtlich hat er dich nie ernsthaft in Verdacht gehabt.«

»Dann hat er mir also geglaubt.«

»Er hat den Bericht seines Experten bekommen, kurz bevor ich bei ihm war. Und morgen früh wird er ihn zusammen mit seinem Ermittlungsbericht Bittle vorlegen.«

»Ich – das fasse ich einfach nicht.«

»Schon gut.« Er küsste sie sanft auf die Stirn. »Lass dir ruhig ein wenig Zeit.«

»Aber du hast mir geglaubt«, stellte sie mit zitternder Stimme fest. »… von Anfang an! Du hast mich nicht einmal richtig gekannt, und trotzdem hast du mir geglaubt.«

»Ja, das habe ich.« Er küsste sie ein zweites Mal und lächelte. »Was sicher an der Nase lag.«

»An welcher Nase?«

»Das erkläre ich dir später, ja? Komm, jetzt teilen wir erst mal Josh die Neuigkeit mit.«

»Okay. Byron …« Sie drückte seinen Arm. »Du warst also

bei Kusack, ehe du hierhergekommen bist. Sollte das wieder so eine ritterliche Tat von dir sein?«

Am besten war er auf der Hut. »Man könnte es so sehen.«

»Habe ich mir's doch gedacht. Hör zu, ich möchte nicht, dass du dir so was zur Gewohnheit machst, aber trotzdem vielen Dank.« Dankbar und gerührt küsste sie ihn. »Vielen, vielen Dank!«

»Gern geschehen.« Da er sie lachen und nicht weinen sehen wollte, fuhr er mit einer Fingerspitze über ihr verführerisches, nacktes Schulterblatt. »Heißt das, dass du mir jetzt endlich deine Unterwäsche präsentierst?«

16

Kate hatte eine genaue Vorstellung davon, was man mit Sonntagvormittagen anfing. Man nutzte sie zum Ausschlafen. Während ihrer Collegezeit hatte sie sie zum Lernen, zum Fertigstellen von Hausarbeiten oder Referaten genutzt; aber als sie endlich ins wahre Leben eingetreten war, erkor sie diese Zeit zum Faulenzen.

Byron jedoch sah das anders.

»Du musst immer so tun, als triffst du auf großen Widerstand«, erklärte er ihr jetzt. »Außerdem musst du die Muskeln, mit denen du gerade arbeitest, im Geiste von den anderen isolieren. Hier.« Er drückte auf ihren Trizeps, als sie das Fünf-Pfund-Gewicht über ihren Kopf und hinter ihren Rücken hob. »Du darfst die Arme nicht schwenken, sondern musst so tun, als ob du die Gewichte durch eine dicke Schlammschicht hebst und ziehst.«

»Durch Schlamm. Okay.« Sie versuchte, an dicken, zähen Schlamm zu denken statt an ein warmes, weiches Bett. »Und warum soll ich das?«

»Weil es gut für dich ist.«

»Weil es gut für mich ist«, murmelte sie, während sie in den Spiegel sah. Sie hätte gedacht, sie käme sich in dem knappen Sport-BH und den eng anliegenden Radlerhosen sicher idiotisch vor; aber im Grunde war es halb so schlimm. Außerdem hatten die gemeinsamen Übungen den Vorteil, dass er ebenfalls nur mit einem knappen, ärmellosen Shirt und kurzen Shorts bekleidet war.

Ein Anblick, der ihr mehr als gut gefiel.

»Und jetzt streck die Arme so weit wie möglich aus. Denk dran, dass du sie durchdrücken musst. Am besten machst du gleichzeitig die Konzentrationsübungen, die ich dir erklärt habe. Erinnerst du dich noch daran?«

»Ja, ja, ungefähr!«

Sie saß auf der Bank, starrte mit gerunzelter Stirn auf das Gewicht in ihrer Hand und versuchte sich vorzustellen, wie ihr Bizeps wuchs. Nicht lange und aus dem hundertpfündigen Schwächling würde ein wahrer Kraftprotz, hoffte sie.

»Und wenn wir hier fertig sind, machst du Frühstück für uns?«

»So ist es vereinbart.«

»Wirklich nicht übel«, sagte sie und sah ihn lächelnd an. »Da habe ich also meinen persönlichen Trainer und meinen persönlichen Bocuse in einer Person.«

»Du hast eben wirklich Glück, Katherine. Und jetzt den andern Arm. Konzentrier dich, ja?«

Er trieb sie durch Fliegen- und Mittelgewichte hindurch, ließ sie Hanteln schwingen und Expander ziehen. Obgleich er seine sonntäglichen Übungen bereits hinter sich gehabt hatte, als sie von ihm aus dem Bett geworfen worden war, glänzten sie beide vor Schweiß, als er endlich Schluss für heute verkündete.

»Dann meinst du also, dass ich bald richtige Muskeln haben werde, ja?«

Grinsend massierte er ihre Schultern, ehe er ihre Arme zu kneten begann. »Sicher, Schatz. Und dann stecken wir dich in einen dieser winzigen Bikinis, ölen dich ordentlich ein und schicken dich zur Wahl der Miss Bodybuilding.«

»Und wovon träumst du nachts?«

»Von dir«, sagte er ernsthaft. »Glaub mir. Ich habe dieses latente Verlangen nach dünnen Frauen bei mir entdeckt. In der Tat wird es gerade wieder wach.«

»Ach ja?« Sie wehrte sich nicht, als er seine Hände hinter ihren Rücken und dann über ihren Hintern schob.

»Ich fürchte, ja. Hmm.« Seine Finger legten sich fester um ihren Po. »Das erinnert mich an etwas. Morgen arbeiten wir ein bisschen an der unteren Körperregion.«

»Diese blöden Beinübungen hasse ich!«

»Das liegt nur daran, dass du dich dabei nicht so gut sehen kannst wie ich.« Sein Blick fiel auf den Spiegel hinter ihr, und er beobachtete, wie seine Hände Besitz von ihr ergriffen, wie sie sich an ihn schob, wie sie erschauerte, als sein Mund über die wunderbare Biegung ihres Halses fuhr.

Es war geradezu lächerlich, wie mächtig sich sein Verlangen nach ihr regte. Er brauchte sie wie die Luft zum Atmen, dachte er, während er an ihrem Ohr zu nagen begann. Sie war lebenswichtig für ihn.

»Ich glaube, zum Ende unseres heutigen Trainings wäre ein bisschen Aerobic genau das richtige.«

Sie stöhnte leise auf. »Nicht dieses schreckliche Gehopse, Byron. Ich bitte dich!«

»Eigentlich hatte ich etwas anderes im Sinn.« Sein Mund glitt an ihrer Wange hinauf. »Und ich denke, dass es dir gefallen wird.«

»Oh!« Sie verstand, als seine Hand mit einem Mal an ihrem Busen lag. »Stimmt. Du hast gesagt, dass Aerobic zum Abschluss des Trainings von größter Bedeutung ist.«

»Überlass alles Weitere einfach mir.«

»Ich hatte gehofft, dass du das sagst.«

Sie gab so willig nach. Sie war so eifrig, dachte er. So wie ihr Mund unter seinen Lippen lag, wie sich ihre Zungen vereinigten, wie sie ihren Körper an seinen schmiegte. All seine alten Frauen-Fantasien hatten sich aufgelöst, bis nur noch sie geblieben war.

Plötzlich tauchte ein Bild von ihr vor seinem geistigen Auge auf. Ihr Bild vom Vorabend in dem schmalen, schulterfreien Kleid. All die glatte Haut, all die überraschenden Rundungen. Der breite, feuchte Mund.

Und unter ihrem Kleid hatte sie einen verruchten Traum aus schwarzer Spitze enthüllt. Der Anblick eines derart unpraktischen Dessous an seiner praktischen Kate hatte ihn zunächst vollkommen betäubt. Doch auch diese neue Seite an dieser Frau hatte er liebend gern erforscht.

Aber jetzt, in den verschwitzten Sportkleidern, aus denen er sie eiligst herausschälte, kam sie ihm ebenso erotisch vor.

Sie beide waren bis zur Hüfte nackt, als sie auf die Matte taumelten.

Lachend rollte sie mit ihm herum, während er an den letzten Barrieren zwischen ihren Leibern riss. Es war einfach wunderbar, wenn man sich derart befreit, derart ungebunden bewegte. Sie fragte längst nicht mehr, woher er wusste, wo und wie er sie berühren sollte. Offenbar hatte er es sein Leben lang gewusst. Und sein Körper war so stark und hart. Unwirklich wie ein Traum. Sie schwang sich begierig über ihn und gab ihm einen glückseligen Kuss.

Ja, berühr mich, dachte sie. Und koste mich. Hier, und hier und überall. Lass mich. Noch einmal. Immer noch einmal, immer wieder, ständig neu füllte er sie mit lustvollen Empfindungen an. Mit glühendem Verlangen, eisiger Vorfreude, bebender Gier und warmer Freude darüber, dass auch sie ihm etwas gab.

Am liebsten hätte sie ihn für alle Zeit umschlungen, sich eng an seinen Leib gepresst, sich vollkommen verloren in der Vereinigung. Zitternd nahm sie ihn in sich auf und rang nach Luft, als sie endlich mit ihm verschmolz. Den Kopf in den Nacken geworfen genoss sie die Gewalt ihres Zusammenseins, während seine kräftigen Hände ihre vor Begierde schmerzenden Brüste besänftigten.

Mit starren Fingern hielt sie sich an ihm fest, während sie rhythmisch auf ihm ritt.

Ihr Anblick machte ihn verrückt. Das kurze dunkle Haar umrahmte ihr glühendes Gesicht. Durch die geöffneten Lippen atmete sie keuchend ein und aus. Ihr langer Schwanenhals war stolz gereckt, ihre Lider hatte sie gesenkt. Sie war in derart helles, volles Sonnenlicht getaucht, als befänden sie sich draußen auf einer üppigen Sommerwiese, er und seine heißblütige Titania, lüstern, geschmeidig, ergeben und bestimmt zugleich.

Er wollte das Vergnügen in die Länge ziehen, wollte warten, bis er es nicht mehr ertrug. Aber sie beschleunigte den Takt und riss ihn mit sich. Ihr Stöhnen und ihr Schreien wärmten ihm das Blut, bis es in seinen Adern zu kochen begann und er unter ihr, in ihr zerbarst.

Mit einem langen Seufzer neigte sie den Kopf und küsste ihn.

Als sie unter der Dusche stand, sang sie aus voller Kehle. Was, selbst wenn sie alleine war, nicht allzu oft geschah. Kate war sich der Tatsache bewusst, dass ihre Stimme nicht in die Öffentlichkeit gehörte. Doch während sie einander einseiften, stimmte er in ihre wenn auch misstönende, so doch von Herzen kommende Version von *Proud Mary* ein.

»Ike und Tina waren elende Stümper im Vergleich zu uns«, stellte sie fest, während sie sich die Haare trocknete.

»Das stimmt. Außer vielleicht, was das sangesmäßige Talent betrifft.« Byron schlang sich ein Handtuch um die Hüften, fuhr sich mit der Hand übers Gesicht und seifte sich Kinn und Wangen ein. »Du bist die erste Frau, mit der ich unter der Dusche gestanden habe und die ebenso daneben singt wie ich.«

Sie richtete sich auf und sah ihn an. »Ach, ja? Mit wie vielen Frauen hast du denn schon geduscht?«

»In dieser Beziehung weist meine Erinnerung offenbar Lücken auf.« Er grinste sie unbekümmert an und freute sich über das böse Blitzen, das er in ihren Augen sah. »Außerdem zählt ein wahrer Gentleman seine Damenbekanntschaften nicht.«

Hingebungsvoll schaute sie zu, wie er mit seinem Rasierapparat glatte, saubere Linien zog. Ihr kam der Gedanke, dass sie nie zuvor einem Mann beim Rasieren zugesehen hatte. Das hieß, außer hin und wieder Josh, aber Verwandte zählten nicht. Statt sich jedoch von diesem interessanten männlichen Ritual ablenken zu lassen, setzte sie ein süßes Lächeln auf, als sie über seine Schulter in den beschlagenen Spiegel sah.

»Warum lässt du mich das nicht machen, Schatz?«

Er lüftete eine Braue. »Sehe ich etwa dumm genug aus, dir eine derart scharfe Waffe in die Hände zu geben?« Er hielt die Klinge unter den Wasserhahn. »Ich glaube kaum.«

»Feigling.«

»Besser vorsichtig als tot.«

Sie schnaubte verächtlich, nagte kurz mit ihren Zähnen an seiner Schulter und kehrte, um sich anzuziehen, ins Schlafzimmer zurück.

»Kate.« Er wartete, bis sie sich umdrehte und in seine Richtung sah. »Jetzt gibt es für mich nur noch eine Frau.« Als sie durch die Tür ins Nebenzimmer glitt, umspielte ihren Mund ein schnelles, beinahe schüchternes Lächeln.

Gedankenverloren wusch sich Byron den Rasierschaum aus dem Gesicht. Der Raum war von Dunst und Hitze und ihrer beider Geruch erfüllt. Sie hatte ihr Handtuch ordentlich zum Trocknen aufgehängt. Die kleine Dose Feuchtigkeitscreme, die sie benutzte, stand auf der Ablage. Heute Morgen hatte sie gar nicht daran gedacht. Allerdings hatte sie daran gedacht, ihre Trainingsgarderobe in den Wäschekorb zu werfen und die Zahnpastatube wieder zuzuschrauben, ehe sie gegangen war. Nein, praktische Dinge vergaß sie einfach nie.

Es waren die Extras, die sie vergaß – vor allem bezüglich ihrer eigenen Person. Niemals würde sie einfach einen Einkaufsbummel machen, sich einen Traum erfüllen und etwas kaufen, das nicht wirklich nötig war. Sie würde niemals vergessen, das Licht auszuschalten oder einen Hahn so sorgsam zuzudrehen, dass er nicht tropfte, ehe sie das Bad verließ.

Sicher bezahlte sie ihre Rechnungen immer rechtzeitig; aber eine Mittagspause zu machen, vergaß sie, wenn sie mit anderen Dingen beschäftigt war.

Sie hatte keine Ahnung, wie sehr sie ihn brauchte, dachte er. Byron lächelte, als er sich mit einem Handtuch über Kinn und Wangen fuhr. Ebenso wenig wie sie wusste, was er gerade herausgefunden hatte. Er glaubte nicht, dass er sich nur in sie verliebt hatte. Sondern sie war mit all ihren Gegensätzen, all ihrer Komplexität, ihren Stärken und Schwächen, für alle Zeiten seine einzige, große Liebe.

Er klatschte sich Aftershave ins Gesicht und entschied, dies wäre vielleicht genau der richtige Zeitpunkt, es ihr mitzuteilen. Also ging er ebenfalls ins Schlafzimmer. Sie stand in schwarzen Leggings und einem alten Sweat-Shirt neben dem Bett. »Siehst du das?«, fragte sie und fuchtelte ihm mit einem angenagten Knochen vor der Nase herum.

»Ich sehe es.«

»Der steckte in meinem Schuh. Ich frage mich nur, weshalb mein Schuh nicht dasselbe Schicksal erlitten hat.« Sie warf Byron den Knochen zu und fuhr sich dann mit den Händen durch das Haar, um zu sehen, ob es bereits trocken war. »Das war bestimmt Nip. Tuck weiß, wie man sich benimmt. Letzte Woche war es ein alter Fischkopf, den er am Strand gefunden hatte. Du musst ihn einfach besser erziehen, Byron. Er hat sehr schlechte Manieren, finde ich.«

»Also bitte, Kate, wie sprichst du über unseren Liebling?«

Seufzend stemmte sie die Hände in die Hüften und sah Byron abwartend an.

»Also gut, ich werde mit ihm reden. Aber von der psychologischen Seite her musst du mir zustimmen, dass er dir nur deshalb Dinge in die Schuhe steckt, weil er dich gerne mag.«

»Und sicher meinst du, dass er aus genau diesem Grund auch hineingepinkelt hat.«

»Das wird ein Versehen gewesen sein.« Er rieb sich mit der Hand die Schläfen, denn sonst hätte er gegrinst. »Außerdem ist das draußen passiert. Du bist mit den beiden am Strand spazieren gegangen … glaubst du mir nicht?«

»Sicher fändest du es weniger amüsant, wenn er sich deine Schuhe aussuchen würde, um seine Geschäfte zu erledigen.« Wie aufs Stichwort wurde plötzlich wildes Bellen laut. »Ach was, am besten kümmere ich mich selbst darum«, stellte Kate entschieden fest. »Du bist einfach zu weichherzig.«

»Genau, und wer hat ihnen Halsbänder mit ihren Namen drauf gekauft?«, murmelte er.

»Was?«

»Nichts.« Byron zog auf der Suche nach seiner Unterwäsche eine Schublade der Kommode auf. »Ich bin sofort da.«

»Um das Frühstück zu machen«, erinnerte sie ihn und eilte hinunter, die lieben Hundchen zu besänftigen. »Also gut, Jungs, Ruhe jetzt! Wenn ihr so weitermacht, gibt es keinen Spaziergang am Strand. Und ebenso wenig wird einer von uns euch Stöckchen werfen.«

Die beiden kamen auf sie zugerannt und sprangen an ihr

hoch. Inzwischen waren sie erschreckend große Wollknäuel. Noch während sie ihnen das Fell zu kraulen begann, rannten sie zum Eingang, wo sie abermals ein ohrenbetäubendes Spektakel veranstalteten.

»Ihr wisst, dass ihr die Hintertür benutzen sollt«, setzte sie an, als plötzlich das alberne Gebimmel der Haustürklingel an ihre Ohren drang. Offenbar fand Byron es inzwischen witzig. »Oh!« Erfreut strahlte sie die beiden Hunde an. »Nicht schlecht. Allmählich werdet ihr richtige Wachhunde. Hört zu, falls es ein Vertreter ist, möchte ich, dass ihr das hier macht. Guckt her – bleckt die Zähne, so!«

Sie machte es den beiden vor, aber sie stolperten lediglich mit wedelnden Schwänzen übereinander und sahen sie hündisch grinsend an.

»Daran werden wir noch arbeiten«, stellte sie in Aussicht und öffnete die Tür.

Ihre Unbekümmertheit verflog. »Mr Bittle!« Automatisch packte sie die beiden Hunde an den Halsbändern, damit sie nicht euphorisch an dem vermeintlichen neuen Spielgefährten hochsprangen »Detective!«

»Tut mir leid, Sie am Sonntag zu stören, Kate.« Bittle sah die Hunde argwöhnisch an. »Detective Kusack hatte angedeutet, dass er heute mit Ihnen sprechen wollte, und da habe ich gefragt, ob ich ihn begleiten darf.«

»Ihr Anwalt hat mir verraten, wo ich Sie finden kann«, warf Kusack ein. »Falls Sie ihn bei dem Gespräch dabeihaben wollen, steht es Ihnen natürlich frei, ihn anzurufen.«

»Also ich dachte – man sagte mir, ich stünde nicht mehr unter Verdacht.«

»Ich bin gekommen, um mich bei Ihnen zu entschuldigen.« Bittle sah sie mit ernsten Augen an. »Dürfen wir vielleicht hereinkommen?«

»Ja, natürlich. Nip, Tuck, bleibt brav sitzen, ja?«

»Hübsche Tiere.« Kusack hielt den beiden eine seiner fleischigen Hände hin, die sie eifrig beschnüffelten. »Ich selbst habe eine Mischlingshündin, die inzwischen ziemlich in die Jahre gekommen ist.«

»Bitte nehmen Sie doch Platz. Ich bringe die beiden nur schnell raus.« Diese Beschäftigung gab ihr die Zeit, die sie brauchte, um ihre Fassung zurückzuerlangen, dachte sie. Als die Hunde wie die Wilden in den Garten schossen, gesellte sie sich wieder zu den Besuchern ins Wohnzimmer. »Möchten Sie vielleicht einen Kaffee?«

»Bitte machen Sie sich keine Umstände«, setzte Bittle an, aber Kusack lehnte sich in dem alten Sessel zurück und sagte: »Falls Sie sowieso gerade welchen kochen, gern.«

»Ich werde ihn machen«, bot Byron an, als er die Treppe herunterkam.

»Oh, Byron!« Erleichterung wallte in ihr auf. »Detective Kusack kennst du ja bereits.«

»Detective.«

»Mr De Witt.«

»Und das ist Lawrence Bittle.«

»Von Bittle und Partnern«, sagte Byron kühl. »Guten Tag.«

»Angenehm.« Bittle nahm die ihm förmlich gebotene Hand. »Tommy hat mir bereits von Ihnen erzählt. Wir haben heute Morgen zusammen eine Runde Golf gespielt.«

»Ich stelle dann mal den Kaffee auf.« Er bedachte Kusack mit einem Blick, der ebenso deutlich wie Worte besagte, dass er besser bis zu seiner Rückkehr wartete, ehe etwas Wichtiges zur Sprache kam.

»Hübsch haben Sie es hier«, stellte Kusack gelassen fest. Kate stand da und zupfte nervös an ihren Fingern.

»Allmählich wird es ein wenig wohnlicher. Byron lässt sich Zeit. Er ist erst vor ein paar Monaten eingezogen. Er, ah, er hat noch einige Dinge, die aus Atlanta kommen sollen. Dort stammt er her. Aus Atlanta, meine ich.« Hör auf, wirres Zeug zu reden, befahl sich Kate, doch es gelang ihr nicht. »Außerdem sieht er sich hier nach Sachen um. Nach Möbeln und so.«

»Wirklich tolle Lage!« Kusack machte es sich bequem. Er fand den Sessel sehr behaglich. »Das Haus, das ein Stückchen weiter unten an der Straße steht, hat sogar ein Putting Green im Vorgarten.« Er schüttelte den Kopf. »Der Kerl kann einfach aus der Haustür gehen und ein paar Bälle schlagen, wann immer er gerade Lust hat. Früher war ich oft mit den Kindern hier. Sie wollten immer die Seehunde sehen.«

»Herrliche Tiere.« Sie nagte an ihrer Unterlippe und blickte verzweifelt in Richtung Küchentür. »Manchmal hört man sie sogar bellen. Detective Kusack, sind Sie gekommen, um mich abermals zu verhören?«

»Ich habe noch ein paar Fragen.« Er hob die Nase und schnupperte. »Es geht doch nichts über den Duft frisch gebrühten Kaffees, nicht wahr? Selbst das Gift auf unserem Revier riecht himmlisch, ehe man es trinkt. Warum setzen Sie sich nicht, Ms Powell? Ich wiederhole gern noch einmal, dass Sie Ihren Anwalt herbestellen können; aber für das, was ich mit Ihnen zu besprechen habe, brauchen Sie Mr Templeton eigentlich nicht.«

»Also gut.« Aber sie behielt sich vor, Josh anzurufen, wann immer sie es für nötig hielt. Sie ließe sich nicht von Small Talk und väterlichem Lächeln einlullen. »Was wollen Sie?«

»Mr De Witt hat Ihnen das Gutachten seines Grafologen gezeigt?«

»Ja. Gestern Abend.« Sie setzte sich auf die Lehne der Couch. Mehr schaffte sie einfach nicht. »Es besagt, dass die Unterschriften Fälschungen sind. Irgendjemand hat also meine Unterschrift auf den abgeänderten Formularen nachgemacht. Hat meine Unterschrift, meine Klienten, meinen Ruf benutzt.« Als Byron mit einem Tablett ins Zimmer kam, stand sie wieder auf. »Tut mir leid«, sagte sie schnell. »Dass du hier derart überfallen wirst.«

»Red keinen Unsinn.« Problemlos verwandelte er sich in den höflichen Gastgeber. »Wie nehmen Sie Ihren Kaffee, Mr Bittle?« fragte er.

»Bitte nur mit Milch.«

»Detective?«

»So, wie er aus der Kanne kommt.« Er kostete das Gebräu, das Byron ihm einschenkte. »So schmeckt richtiger Kaffee. Gerade wollte ich anfangen, Ms Powell über den Stand unserer Ermittlungen aufzuklären. Ich kann sagen, dass die Schlüsse, zu denen wir gekommen sind, mit denen Ihres unabhängigen Experten übereinstimmen. Im Augenblick gehen wir davon aus, dass sie als Sündenbock gedacht war für den Fall, dass die Unterschlagungen auffliegen. Aber wir gehen auch anderen Spuren nach.«

»Sie meinen, Sie nehmen weitere Leute unter die Lupe«, sagte Kate und stellte zitternd ihre Tasse zurück.

»Ich meine, dass die Ermittlungen weitergehen. Von Ihnen wüsste ich gern, ob Sie eine Vorstellung haben, wer Sie vielleicht als Missetäterin auserkoren haben könnte. Das Unternehmen hat jede Menge Klienten – aber nur die, die von Ihnen betreut worden sind, wurden Opfer der Unterschlagungen.«

»Falls jemand das alles getan hat, bloß um mir zu schaden, weiß ich beim besten Willen nicht, wer das gewesen sein könnte.«

»Vielleicht war es auch einfach nur praktisch, alles auf Sie abzuwälzen. Möglicherweise haben die vor zwanzig Jahren gegen Ihren Vater erhobenen Vorwürfe jemanden erst auf die Idee gebracht.«

»Davon wusste niemand etwas. Ich selbst hatte ja erst kurz vor meiner Suspendierung zum ersten Mal davon gehört.«

»Interessant. Und wie haben Sie davon erfahren, wenn ich fragen darf?«

Geistesabwesend rieb sie sich die Schläfe, während sie den Sachverhalt erläuterte.

»Und, hatten Sie vielleicht mit irgendjemandem eine Auseinandersetzung? Einen Streit? Sind Sie mit irgendjemandem aus der Firma aneinandergeraten?«

»Mit niemandem. Zwar bin ich nicht mit allen im Unternehmen eng befreundet oder vertraut, aber die Zusammenarbeit hat immer bestens funktioniert.«

»Dann gab es also keine unterschwellige Konkurrenz, keine Streitereien im Haus?«

»Nichts Ungewöhnliches.« Sie stellte ihre Untertasse mitsamt der noch fast vollen Kaffeetasse auf den Tisch. »Mit Nancy aus der Rechnungsabteilung hatte ich während der hektischen Aprilwochen eine kurze Auseinandersetzung wegen einer Rechnung, die von ihr verlegt worden war. Im April stehen wir alle immer unter besonderer Anspannung. Ich glaube, dann habe ich noch Bill Feinstein angefahren, weil er mein Computerpapier genommen hat, statt sich welches aus dem Lager zu holen.« Sie lächelte andeutungsweise. »Aus Rache hat er mir schließlich drei Kisten voll Papier mitten in mein Büro gestellt. Ms Newman mag mich nicht besonders, aber ich glaube, dass sie außer Mr Bittle Senior im Grunde niemanden mag.«

Bittle starrte in seinen Kaffee. »Ms Newman ist eine gute Kraft, auch wenn sie hin und wieder ein bisschen schmollt.« Er fuhr zusammen, als er sah, dass sich Kusack eifrig Notizen machte. »Sie arbeitet seit zwanzig Jahren für mich.«

»Ich habe damit keineswegs sagen wollen, dass sie etwas Derartiges tun würde.« Kate sprang entgeistert auf. »Das habe ich ganz bestimmt nicht gemeint! Solche Anschuldigungen würde ich gegen niemanden vorbringen. Da könnte man genauso gut sagen, Amanda Devin hätte es getan. Sie achtet wie ein Falke darauf, dass ihr niemand ihre Position als einzige weibliche Partnerin streitig macht. Oder – oder Mike Lloyd aus der Postabteilung, weil er es sich nicht leisten kann, ganztags aufs College zu gehen. Stu Cominsky, weil ich nicht mit ihm ausgehen wollte, oder Roger Thornhill, weil ich mit ihm ausgegangen bin.«

»Lloyd und Cominsky und Thornhill«, murmelte Kusack, während er schrieb.

Kate, die nervös im Zimmer auf und ab marschiert war, blieb plötzlich stehen. »Schreiben Sie in Ihr kleines Buch, was Sie wollen – aber ich werde Ihnen bestimmt nicht den Gefallen tun und irgendwelche Leute beschuldigen.« Sie reckte trotzig das Kinn. »Schließlich weiß ich aus eigener Erfahrung, was für ein Gefühl es ist, wenn man einer derartigen Tat verdächtigt wird.«

»Miss Powell.« Kusack trommelte mit seinem Bleistiftstummel auf sein Knie. »Es handelt sich hier um polizeiliche Ermittlungen, in die Sie leider Gottes nun einmal verwickelt sind. Wir werden jeden einzelnen Mitarbeiter Ihrer alten Firma unter die Lupe nehmen. Das ist ein langwieriger Prozess, der sich nur durch Ihre Mithilfe verkürzen lässt.«

»Ich weiß nichts«, erwiderte sie starrsinnig. »Niemand hätte derart dringend Geld gebraucht oder mich als Sündenbock vorgeschoben für ein persönliches Verbrechen. Mehr als genug habe ich bereits für eine Tat bezahlt, die nicht von mir begangen worden ist. Falls Sie jetzt das Leben eines anderen ruinieren wollen, Detective, dann müssen Sie das schon ohne meine Hilfe tun.«

»Ich verstehe Ihren Standpunkt, Ms Powell. Sie sind gekränkt, was Ihnen niemand verdenken kann. Sie machen Ihre Arbeit, tun alles, was man von Ihnen verlangt, und werden als Dank dafür unehrenhaft vor die Tür gesetzt. Sie sehen, wie das, was Sie sich erträumt haben, in greifbare Nähe rückt, nur damit man Ihnen um so heftiger eines auf den Deckel gibt.«

»Das haben Sie sehr treffend formuliert. Wenn ich wüsste, wem ich die ganze Sache zu verdanken habe, wäre ich die Erste, die es Ihnen sagt. Aber ich werde nicht irgendjemanden, dessen einziges Verbrechen es vielleicht gewesen ist, mir irgendwann einmal auf die Füße zu treten, in dieselbe Lage versetzen, in der ich gewesen bin.«

»Denken Sie einfach noch einmal gründlich über alles nach«, schlug er ihr vor. »Sie sind eine intelligente Frau. Wenn Sie es sich durch den Kopf gehen lassen, wer oder was schuld an Ihrer Misere sein könnte, dann fällt Ihnen ganz sicher etwas ein.«

Der Detective erhob sich, und Bittle machte es ihm nach. »Bevor ich gehe, würde ich gerne noch ein paar Minuten Ihrer Zeit beanspruchen. Unter vier Augen, wenn es Ihnen recht ist«, sagte er an Kate gewandt.

»Also gut. Ich …« Sie wies auf Byron.

»Vielleicht würden Sie sich gerne noch den Garten ansehen, Detective.« Byron steuerte auf die Verandatür zu. »Haben Sie vorhin nicht gesagt, Sie hätten auch einen Hund?«

»Die alte Sadie. Hässlich wie die Sünde, aber treu wie Gold.« Seine Stimme war nicht mehr zu verstehen, als Byron die Tür hinter ihnen beiden schloss.

»Eine Entschuldigung ist sicher nicht genug«, setzte Bittle ohne einleitende Worte an. »Bei Weitem nicht genug.«

»Ich versuche, fair zu sein und zu verstehen, in welcher Position Sie sich befanden, Mr Bittle. Aber es fällt mir schwer. Sie kennen mich, seit ich ein Kind gewesen bin, und auch meine Familie. Sie hätten es besser wissen sollen.«

»Da haben Sie vollkommen recht.« Plötzlich sah er alt und müde aus. »Ich habe meine Freundschaft zu Ihrem Onkel aufs Spiel gesetzt, eine Freundschaft, die mir sehr wichtig ist.«

»Onkel Tommy ist nicht nachtragend.«

»Nein – aber ich habe einem seiner Kinder weh getan, und das ist nichts, was einer von uns so leicht vergessen kann. Auch wenn es Ihnen jetzt nicht mehr viel bedeutet, versichere ich Ihnen, dass zunächst niemand von uns geglaubt hat, Sie könnten etwas Derartiges tun. Wir brauchten eine Erklärung, und Ihre Reaktion auf unsere Fragen war – nun, sie war nicht dazu angetan, uns von Ihrer Unschuld zu überzeugen. Was angesichts der Umstände inzwischen mehr als verständlich ist – aber damals …«

»Dann wussten Sie also nichts von der Anklage, die gegen meinen Vater erhoben worden war?«

»Nein. Davon erfuhren wir erst später. In Ihrem Büro lag die Kopie eines Zeitungsartikels.«

»Oh!« So einfach war es gewesen, dachte sie, so dumm. Offenbar hatte sie einen der Artikel vergessen, als sie ihre Papiere in ihre Aktentasche gestopft hatte. »Ich verstehe. Wodurch ich natürlich in ein noch schlechteres Licht geriet.«

»Es hat die Sache noch undurchsichtiger gemacht. Ich sollte Ihnen sagen, dass ich ungeheuer erleichtert und nicht allzu überrascht war, als Detective Kusack zu mir kam. Zu keinem Zeitpunkt konnte ich mir vorstellen, dass die Frau, die ich so lange kannte, eine Betrügerin sein sollte.«

»Aber trotzdem haben Sie mich rausgeworfen«, sagte sie und merkte, dass ihre Stimme vor Empörung zitterte.

»Ja. Sosehr ich es auch bedauert habe und sosehr ich es vor allem jetzt bedauere, hatte ich keine andere Wahl – ich habe jetzt die Partner zusammengerufen, um ihnen mitzuteilen, welche neuen Erkenntnisse die Polizei inzwischen hat. Wir treffen uns in einer Stunde, um zu besprechen, wie wir damit umgehen sollen, dass der Täter immer noch für unsere Firma arbeitet.«

Er machte eine Pause und sah sie traurig an. »Sie sind noch

sehr jung. Sicher ist es schwer für Sie, die Träume im Leben eines Menschen zu verstehen, zu verstehen, wie sie sich verändern mit der Zeit. In meinem Alter muss man mit seinen Träumen sehr vorsichtig sein. Man wird sich der Tatsache bewusst, dass jeder dieser Träume vielleicht der letzte ist. Während des Großteils meines Lebens war die Firma mein Traum. Ich habe sie aufgebaut, habe für sie geschwitzt, habe meine Söhne dort untergebracht.« Nun lächelte er wehmütig. »Eine Steuerkanzlei erscheint den meisten Menschen sicher als ein ziemlich schlichter Traum.«

»Ich verstehe.« Am liebsten hätte sie ihm die Hand auf den Arm gelegt, aber sie brachte es einfach nicht über sich.

»Das dachte ich mir schon – der Ruf der Firma ist auch mein Ruf. Und als er plötzlich auf diese Weise Schaden nahm, musste ich erkennen, wie zerbrechlich selbst ein derart unerheblicher Traum sein kann.«

Unwillkürlich hatte sie Mitleid mit ihm. »Es ist eine gute Firma, Mr Bittle. Mit ihr haben Sie etwas Solides geschaffen. Die Menschen, die für Sie arbeiten, tun es deshalb, weil Sie sie gut behandeln – weil Sie sie zu einem Teil des Ganzen machen. Das ist alles andere als unerheblich.«

»Ich möchte, dass Sie darüber nachdenken, ob Sie nicht zu uns zurückkommen. Mir ist klar, dass Sie es sicher frühestens dann wollen, wenn die Sache endgültig geklärt sein wird. Auf alle Fälle wären Bittle und Partner überglücklich, Sie wieder bei sich begrüßen zu dürfen. Als gleichberechtigte Teilhaberin.«

Als sie nichts sagte, trat er einen Schritt auf sie zu. »Kate, ich weiß nicht, ob es die Sache zwischen uns beiden schlimmer oder besser macht; aber Sie sollen wissen, dass dieser Vorschlag bereits diskutiert und angenommen worden war, ehe dieser … Albtraum begann. Es wurde einstimmig dafür gestimmt.« Sie sank auf die Lehne des

Sessels, der hinter ihr stand. »Sie wollten mir die Partnerschaft anbieten?«

»Marty hat Sie vorgeschlagen. Ich hoffe, Ihnen ist bewusst, dass er Ihnen jederzeit vollkommen vertraut und immer zur Gänze hinter Ihnen gestanden hat. Amanda hat seinen Vorschlag unterstützt. Ah, ich glaube, deshalb war sie Ihnen gegenüber so hart, als sie dachte, Sie hätten Gelder unterschlagen. Sie haben sich die Partnerschaft verdient, Kate. Hoffentlich nehmen Sie, wenn Sie erst einmal darüber nachgedacht haben, an …«

In ihrem Inneren rangen Verzweiflung und Erleichterung miteinander. Vor nicht allzu langer Zeit hätte sie eine derartige Chance mit beiden Händen ergriffen, dachte sie. Überzeugt, dass sie das Angebot annehmen würde, öffnete sie den Mund.

»Ich brauche etwas Zeit.« Sie hörte ihre Worte und war halbwegs überrascht. »Darüber muss ich nachdenken.«

»Natürlich müssen Sie das. Bitte geben Sie uns, ehe Sie in Erwägung ziehen, irgendwo anders hinzugehen, die Chance zu verhandeln, ja?«

»Abgemacht.« Als Byron und der Detective zurückkamen, reichte sie Bittle die Hand. »Danke, dass Sie gekommen sind.«

Sie war wie betäubt, als sie Bittle und Detective Kusack an die Tür geleitete und sich von ihnen verabschiedete. Schweigend kehrte sie zusammen mit Byron ins Haus zurück und starrte blind ins Nichts.

»Und?«, drängte er sie voller Ungeduld.

»Er hat mir die Partnerschaft angeboten.« Sie sprach die Worte langsam aus, als wäge sie sie einzeln ab. »Und nicht nur als Wiedergutmachung. Sie hatten bereits darüber abgestimmt, bevor die Veruntreuungen bekannt wurden. Er sagt, dass er über die genauen Bedingungen mit mir verhandeln will.«

Byron sah sie fragend an. »Und warum lächelst du dann nicht wenigstens?«

»He?« Sie blinzelte, starrte ihn an und brach in schallendes Gelächter aus. »Die volle Partnerschaft!« Sie schlang ihre Arme um seinen Hals und ließ sich von ihm herumwirbeln. »Byron, ich kann dir gar nicht sagen, was das für mich bedeutet. Ich bin vollkommen verwirrt. Es ist, wie wenn man erst aus der kleinen Liga ausgeschlossen wird und plötzlich einen Vertrag als vierter Schlagmann bei den Yankees angeboten bekommt.«

»Den Braves«, verbesserte er sie, dem Team aus seiner Heimat bis zum Letzten treu. »Gratuliere! Ich denke, jetzt mixen wir uns einen Kir Royal zu unserem Toast.«

»Liebend gern.« Sie gab ihm einen Kuss. »Aber ohne allzu viel Cassis.«

»Nur einen Tropfen der Farbe wegen«, versicherte er ihr, als sie Arm in Arm in die Küche spazierten. Dann ließ er von ihr ab, öffnete die Kühlschranktür und holte den Champagner aus dem Fach. »Und, willst du nicht sofort ans Telefon?«

Sie öffnete den Schrank und nahm zwei Sektgläser heraus. »Ans Telefon?«

»Um deine Familie anzurufen?«

»Uh-huh! Das ist zu wichtig fürs Telefon. Sobald wir gegessen haben« – sie grinste, als sie das Plop des Korkens vernahm –, »fahre ich nach Templeton House. Eine solche Botschaft hat es verdient, persönlich überbracht zu werden. Das ist das perfekte Abschiedsgeschenk für Tante Susie und Onkel Tommy, bevor sie wieder nach Frankreich fliegen.« Sobald er den Champagner eingeschenkt hatte, erhob sie ihr Glas. »Auf das Finanzamt«, sagte sie.

Er stöhnte leise auf. »Muss das sein?«

»Okay, was soll's. Auf mich!« Sie trank, wirbelte einmal im Kreis herum und trank erneut. »Du kommst doch sicher mit, nicht wahr? Wir werden Mrs Williamson dazu überreden, dass sie eins ihrer unglaublichen Abendessen zaubert. Und wir nehmen die Hunde mit. Dann können wir – he, was guckst du mich so an?«

»Ich sehe es gerne, wenn du glücklich bist.«

»Wenn du mir gleich noch meinen Toast mit Rührei servierst, kannst du sehen, wie es ist, wenn ich in Ekstase gerate. Ich habe ein Riesenloch im Bauch.«

»Na gut, dann mach dem Meister Platz.« Er holte Eier und Milch. »Warum fahren wir nicht auf dem Weg in deiner Wohnung vorbei und holen noch ein paar Kleider von dir? Dann können wir unsere Feier ausdehnen, indem du eine weitere Nacht bei mir verbringst.«

»Okay.« Sie war zu glücklich für irgendwelche Einwände, auch wenn sie dadurch ihren unausgesprochenen Vorsatz brach, nie zweimal in Folge bei ihm zu nächtigen. »Ich gehe schon ran«, sagte sie, als das Telefon klingelte. »Und du kochst weiter, ja? Bitte nimm möglichst viel Pfeffer. Hallo? Laura, hi! Ich habe gerade an dich gedacht.« Grinsend nagte sie an Byrons Ohr. »Wir wollten später noch rüberkommen und uns bei euch zum Essen einladen. Ich habe Neuigkeiten für euch, dass ich – was?«

Sie verstummte, und die Hand, die sie angehoben hatte, um Byron durchs Haar zu fahren, sank wieder herab. »Wann? Im – ja. Um Himmels willen. Okay, wir sind sofort da. Sind schon unterwegs. Es geht um Margo«, sagte sie und legte mit zitternden Händen den Hörer auf. »Josh hat sie gerade ins Krankenhaus gebracht.«

»Das Baby?« fragte er.

»Ich weiß es nicht. Ich weiß es einfach nicht. Für das Baby ist es noch zu früh. Sie hatte Schmerzen und leichte Blutungen. O Gott, Byron!«

»Komm.« Er packte ihre Hand. »Fahren wir los.«

17

Sie war dankbar, dass Byron fuhr. Egal, wie sehr sie sich auch um Gelassenheit bemühte, zitterten ihre Hände völlig unkontrollierbar. Vor ihrem geistigen Auge blitzten Bilder von Margo auf.

Bilder von ihnen als Kindern, wie sie am Rand der Klippen gesessen und für Seraphina Blumen ins Meer geworfen hatten. Margo, wie sie in ihrem ersten Büstenhalter in ihrem Schlafzimmer herumstolziert war, selbstzufrieden und wohlgerundet, während Kate und Laura sie neidisch begutachteten. Margo, wie sie Kate vor dem Abschlussball der Highschool die Haare aufgedreht hatte und ihr dann – für alle Fälle – ein Kondom in die Tasche hatte gleiten lassen.

Margo bei ihrem ersten Besuch zu Hause, nachdem sie nach Hollywood durchgebrannt war, um ein Star zu werden. So elegant und wunderschön. Margo in Paris, als sie Kate dazu überredet hatte, herüberzukommen und sich die Welt anzusehen, wie sie ihrer Meinung nach sein sollte.

Margo in Templeton House – immer wieder in Templeton House.

Voller Verzweiflung, weil ihre Welt zusammengebrochen war, voller Zorn, wenn eine ihrer Freundinnen litt. Voller Entschlossenheit, Kampfgeist und Mut, als sie ihr Leben wieder aufgebaut hatte.

Als Braut, wie sie durch das Kirchenschiff auf ihren Bräutigam zugeschritten war, geradezu unverschämt schön in Kilometer weißen Satins und französischer Spitze gehüllt. Schluchzend, als sie in den Laden gestürzt kam, um zu verkünden, dass sie nicht die Grippe hatte, sondern schwanger war. Abermals schluchzend, als sie anfing zu spüren, dass das Baby in ihr wuchs. Voller Begeisterung für die winzigen Kleidungsstücke, die ihre Mutter bereits auf der Nähmaschine anfertigte. Voller Stolz auf ihren dicken Bauch, strahlend, wenn eine Wölbung entstand, weil das Baby strampelte.

Margo, leidenschaftlich, impulsiv und so glücklich bei der Vorstellung, dass sie ein Kind bekam.

Das Kind. Kate kniff die Augen zu. Allmächtiger, das Kind!

»Sie will nicht wissen, ob es ein Mädchen oder ein Junge wird«, murmelte sie. »Sie hat gesagt, dass sie sich überraschen lassen will. Aber Namen haben sie schon ausgesucht. Falls es ein Mädchen wird, Suzanna, nach Tante Susie und Annie, und John Thomas, falls es ein Junge wird, nach Margos Vater und Onkel Tommy. Oh, Byron, was, wenn …«

»Denk einfach nicht darüber nach. Halt durch. Gleich wissen wir mehr.« Er ließ die Schaltung langsam los, um ihr ermutigend die Hand zu drücken.

»Ich versuche es ja.« Noch während sie alles tat, sich zusammenzureißen, bog er bereits zu dem Parkplatz vor dem großen weißen Gebäude ab. »Beeilen wir uns.«

Als sie den Eingang erreicht hatten, wurde sie plötzlich kreidebleich. Byron blieb stehen und sah sie an. »Ich kann auch alleine reingehen und mich erkundigen, wie es ihr geht. Warte doch hier, wenn es dir lieber ist.«

»Nein, ich muss mit. Ich schaffe es schon.«

»Das weiß ich!« Er nahm ihre Hand und hielt sie fest.

Margo war auf der Entbindungsstation. Als sie den Korridor hinunterrannte, verdrängte Kate die Geräusche und Gerüche, die besagten, dass sie sich in einem Krankenhaus befand. Wenigstens rief dieser Teil der Klinik vertraute und schöne Erinnerungen in ihr wach. Hier hatte Laura ihre Babys auf die Welt gebracht. Bei der Erinnerung an die Hektik und Aufregung, die mit den Entbindungen verbunden gewesen waren, an ihr Dabeisein, wie sich neues Leben seinen Weg in die Welt erkämpft hatte, nahm Kates Panik ein wenig ab.

Sie musste sich vor Augen halten, dass sich dieser Ort dem Leben und nicht dem Tode widmete.

Lauras Gesicht war das Erste, was sie sah.

»Ich habe nach dir Ausschau gehalten.« Erleichtert schlang Laura ihr die Arme um den Hals. »Sie sind alle drüben im Wartezimmer. Josh ist bei Margo.«

»Geht es ihr gut? Und dem Kind?«

»Soweit wir wissen, scheint alles in Ordnung zu sein.« Laura führte sie in Richtung Wartezimmer, wobei sie sich bemühte, sich ihre Nervosität nicht anmerken zu lassen. »Offenbar haben die Wehen zu früh eingesetzt, und dann hat sie leichte Blutungen gekriegt.«

»Herr im Himmel!«

»Die Blutungen haben sie gestoppt. Sie haben sie gestoppt.« Laura atmete tief ein, aber ihr Blick verriet, wie sehr sie sich um die Freundin ängstigte. »Annie war eben bei ihr drin. Sie sagt, dass Margot sich wirklich tapfer hält. Sie versuchen, sie zu stabilisieren und die Wehen zum Stillstand zu bringen.«

»Es ist zu früh, nicht wahr? Sie ist erst im siebten Monat.« Kate betrat das Wartezimmer, sah die besorgten Gesichter und unterdrückte ihre eigene Furcht. »Annie.« Kate nahm beide Hände von Margos Mutter. »Es wird alles gut werden. Du weißt, wie stark und eigensinnig sie ist.«

»In dem Bett sah sie so klein aus.« Annies Stimme brach. »Wie ein kleines Mädchen. Sie ist furchtbar blass. Man sollte etwas für sie tun. Sie ist zu blass.«

»Annie, ich denke, ein Kaffee täte uns allen sicher gut.« Susan legte ihr den Arm um die Schulter und sah sie an. »Warum kommst du nicht mit und wir gucken, wo es welchen gibt?« Sie führte Annie fort.

»Susie wird sich um sie kümmern«, murmelte Thomas. In Augenblicken wie diesen gab es für einen Mann einfach nicht genug zu tun, sodass er seinen Fantasien hilflos ausgeliefert war. »Jetzt setz dich erst mal, Katie-Mädchen. Du bist selbst vollkommen bleich.«

»Ich will sie sehen.« Der Geruch von Angst, der für sie mit Krankenhäusern verbunden war, erstickte sie beinahe. »Onkel Tommy, bitte sorg dafür, dass ich sie sehen kann.«

»Natürlich mache ich das.« Er küsste sie auf die Wange und sah Laura kopfschüttelnd an. »Nein, du bleibst hier. Ich kümmere mich um die Mädchen, obwohl ich sicher bin, dass sie in der Tagesstätte bestens aufgehoben sind.«

»Sie machen sich Sorgen. Vor allem Ali ist außer sich. Sie betet Margo an.«

»Dann fahre ich jetzt zu ihnen. Byron, ich vertraue Ihnen alle meine Frauen an.«

»Seien Sie unbesorgt. Ihr beiden setzt euch erst mal hin«, murmelte er, während er Kate und Laura nebeneinander aufs Sofa schob. »Und ich gucke, ob ich Mrs Templeton und Annie mit dem Kaffee helfen kann.« Er sah, dass die beiden Cousinen einander bei den Händen nahmen, als er ging.

»Kannst du mir sagen, was passiert ist?«, fragte Kate.

»Josh hat von seinem Autotelefon aus angerufen. Er wollte nicht warten, bis ein Krankenwagen kam. Er versuchte, ruhig zu klingen, aber trotzdem hörte man deutlich, dass er vollkommen panisch war. Nach dem gestrigen Abend soll sie ziemlich müde gewesen sein und leichte Schmerzen im Unterleib gehabt haben. Als sie heute Morgen aufstehen wollten, hat sie sich offenbar hundeelend gefühlt und über Rückenschmerzen geklagt.«

»Sie hat einfach zu viel gearbeitet. All die Vorbereitungen für die Versteigerung. Wir hätten sie verschieben sollen.« Und ich hätte mehr Verantwortung übernehmen sollen, dachte Kate.

»Bei der letzten Routineuntersuchung war alles bestens«, warf Laura ein, während sie sich müde die Schläfen rieb.

»Aber vielleicht hast du recht. Sie hat zu Josh gesagt, dass sie unter die Dusche geht, und dann hat sie plötzlich losgeschrien. Es fing an zu bluten, und die Wehen haben eingesetzt. Als wir hier ankamen, hatten sie sie bereits in ein Wachzimmer verlegt. Ich habe sie noch nicht gesehen.«

»Sie müssen uns zu ihr lassen.«

»Allerdings.« Laura nahm den Kaffee, den Byron ihr anbot, und dankte ihm.

»Das Warten ist die Hölle.« Er setzte sich neben Kate. »Das ist es jedesmal. Meine Schwester Meg hatte Probleme mit ihrem ersten Kind. Dreißig Stunden Wehen, was dir, wenn du nichts tun kannst als draußen auf und ab zu gehen, wie eine Ewigkeit erscheint.«

Sprich, befahl er sich. Rede und lenk die beiden ab. »Abigail war ein Riesenkind, und Meg hat sich geschworen, nie wieder bekäme sie ein Baby. Inzwischen hat sie drei.«

»Für mich war es so einfach«, berichtete Laura leise. »Neun Stunden bei Ali, und bei Kayla sogar nur fünf. Irgendwie sind sie einfach rausgerutscht.«

»So etwas nennt man selektive Erinnerung«, bemerkte Kate. »Ich erinnere mich noch genau daran, dass du mir sämtliche Knochen meiner Hand gebrochen hast, als du mit Ali unterwegs zum Kreißsaal warst. Und bei Kayla hast du …«

Als eine Krankenschwester den Kopf durch die Tür steckte, sprang sie kampfbereit auf. »Wir wollen zu Margo Templeton. Und zwar sofort.«

»Das sagte man mir bereits«, kam die trockene Erwiderung. »Und Mrs Templeton würde Sie auch gerne sehen. Aber machen Sie es kurz. Bitte hier entlang!«

Sie gingen einen langen, breiten Gang hinab, und Kate versuchte, nicht auf das Geräusch der Kreppsohlen auf dem Linoleum zu achten, das so typisch für Krankenhäuser war. Wie viele Türen es hier gab. Weiße Türen, alle geschlossen, hinter denen eine Unzahl Menschen lag. Betten mit Vorhängen. Maschinen, die piepten und zischten, Schläuche und Nadeln, Ärzte mit traurigen, müden Augen, die kamen, um einem zu sagen, die Eltern wären tot und kämen nie zurück. Die einem verkündeten, von nun an wäre man allein.

»Kate!« Laura drückte ihr die Hand.

»Ich bin okay.« Sie zwang ihre Gedanken in die Gegenwart zurück und atmete tief durch. »Keine Angst.«

Die Schwester öffnete die Tür zu einem gemütlichen, hellen Raum. Einem Raum, in dem man neues Leben willkommen hieß. Ein Schaukelstuhl, Wände in warmem Elfenbeinton mit dunklen Bordüren und üppigen Pflanzenmotiven sowie die ruhigen Klänge einer Chopin-Sonate vervollständigten das heimelige Szenario.

Aber zugleich standen eine piepende Maschine und ein Rollhocker, wie ihn Ärzte benutzten, neben dem Bett, das mit Seitenstangen und steifen, weißen Laken versehen war.

Margo lag in diesem Bett, kreidebleich, mit glasigen Augen, das prachtvolle Haar streng aus der Stirn gekämmt. Nur ein paar lose Strähnen ringelten sich feucht um ihr Gesicht. Aus dem Behälter an dem Infusionsständer tropfte eine klare Flüssigkeit durch einen Schlauch in ihren Arm. Eine ihrer Hände hatte sie schützend auf ihren Bauch gelegt, die andere hielt Josh.

»Da seid ihr ja.« Margo lächelte und drückte ihrem Mann die Hand. »Mach mal eine Pause, Josh. Nun geh schon, ja?« Sie führte seine Hand an ihr Gesicht. »Das hier ist Frauensache.«

Er zögerte, offensichtlich hin und her gerissen zwischen dem Bedürfnis, ihrem Wunsch nachzukommen und dem Verlangen, ihr möglichst nahe zu bleiben. »Ich bin ganz in der Nähe, falls du mich brauchst.« Er gab ihr einen sanften Kuss und legte seine Hand auf ihren runden Bauch. »Und vergiss das Atmen nicht.«

»Ich atme, seit ich auf die Welt gekommen bin, und ich habe durchaus die Absicht, es auch weiterhin zu tun. Und jetzt zieh endlich los und geh nervös im Gang auf und ab, wie es sich für einen zukünftigen Vater geziemt.«

»Wir werden schon dafür sorgen, dass sie sich benimmt«, versicherte Laura ihrem Bruder, setzte sich auf die Bettkante und tätschelte ihm begütigend den Oberschenkel.

»Ich bin ganz in der Nähe, wenn du mich brauchst«, wiederholte er störrisch, trat in den Korridor hinaus und fuhr sich mit zittrigen Händen übers Gesicht.

»Er hat Angst«, murmelte Margo beinahe überrascht. »Was Josh sonst so gut wie niemals hat. Aber es wird alles gut werden.«

»Natürlich wird es das«, stimmte Laura ihr zu und blickte auf den Monitor, auf dem der Herzschlag des Babys zu sehen war.

»Nein, ich meine es ernst. Das hier vermassele ich nicht. Nur das Timing ist ein bisschen ungünstig, weiter nichts.« Sie wandte sich an Kate. »Ich glaube, das ist das erste Mal in meinem Leben, dass ich mit irgendetwas zu früh dran bin.«

»Oh, ich weiß nicht.« Kate bemühte sich um denselben leichten Ton und setzte sich auf die Laura gegenüberliegende Bettkante. »Entwicklungsmäßig hast du auch einen ziemlich frühen Start gehabt.«

Margo stieß ein Schnauben aus. »Tja, das stimmt. Oh, da kommt wieder eine«, sagte sie mit zitternder Stimme und atmete während der Wehe langsam aus und ein. Instinktiv fasste Kate sie bei der Hand und ahmte ihre Atmung nach.

»Sie sind ziemlich leicht«, brachte Margo mühsam hervor. »Die Flüssigkeit enthält irgendeinen Stoff, der die Wehen verlangsamen soll.« Sie blickte auf den Tropf. »Eigentlich hatten sie gehofft, sie könnten sie ganz stoppen; aber es sieht aus, als wollte das Kind einfach heraus. Sieben Wochen zu früh. Großer Gott!« Sie kniff die Augen zu, denn egal, wie sehr sie sich bemühte, Zuversicht zu mimen, kehrte die Angst zurück. »Ich hätte mich öfter hinlegen sollen … weniger rumlaufen sollen. Ich …«

»Hör sofort auf«, fuhr Kate sie an. »Dies ist nicht der geeignete Augenblick, in Selbstmitleid zu baden.«

»Ganz im Gegenteil. Die Wehen sind der perfekte Augenblick für Selbstmitleid.« In der Erinnerung an ihre eigenen Wehen strich Laura Margo behutsam über den Bauch. »Aber nicht für irgendwelche Schuldzuweisungen. Du hast immer gut auf dich und das Baby aufgepasst.«

»Und die Situation geradezu schamlos ausgenutzt!« Kate zog eine Braue hoch. »Wie oft hast du mich im Laden die Treppe rauf und runter gejagt, weil du schwanger warst und ich nicht?« Am liebsten hätte sie geweint, aber das täte sie besser nachher, wenn sie alleine war. »Und dann noch diese abartigen Gelüste an den Nachmittagen, deretwegen ich ständig rüber zur Fisherman's Wharf rennen durfte, nur weil dir nach gefrorenem Erdbeerjoghurt mit Schokoladensauce zumute war. Meinst du etwa, ich hätte dir abgekauft, dass schuld daran einzig deine Schwangerschaft war?«

»Immerhin hast du den Joghurt angeschleppt«, stellte Margo ungerührt fest. »Und da du gerade davon sprichst – ein Joghurt mit Schokoladensauce wäre auch jetzt nicht das Schlechteste.«

»Vergiss es. Im Augenblick kriegst du höchstens einen Schluck Wasser, wenn du willst.«

»Dies werde ich richtig machen.« Margo holte tief Luft. »Natürlich sorgen sich der Doktor und Josh – genau wie Mum. Aber ich schaffe es. Ihr wisst, dass ich es kann.«

»Natürlich wissen wir das«, murmelte Laura. »Außerdem hat dieses Krankenhaus eine der besten Entbindungsstationen im ganzen Land. Sie kennen sich hervorragend mit Frühgeburten aus. Ich war in dem Komitee, das Spenden für neue Geräte gesammelt hat, erinnert ihr euch noch?«

»Wie sollte ich mich an all die Komitees erinnern, in denen du tätig bist?«, fragte Kate in bissigem Ton. »Du wirst deine Sache gut machen, Margo. Niemand kriegt Dinge, die er sich einmal in den Kopf gesetzt hat, besser hin als du.«

»Ich will dieses Baby. Erst dachte ich, wenn ich es nur stark genug will, brächte ich die Wehen dazu, dass sie aufhören; aber ganz offensichtlich ist das Baby bereits jetzt ebenso dickschädelig wie ich. Es wird heute kommen.« Ihre Lippen zitterten. »Dabei ist es noch so klein.«

»Und zäh«, fügte Kate hinzu.

»Ja.« Margo sah sie mit einem echten Lächeln an. »Und zäh. Der Arzt hofft immer noch, dass er die Wehen stoppen kann, aber das wird nicht passieren. Ich weiß, dass das Baby heute kommt. Verstehst du das?«, fragte sie an Laura gewandt.

»Absolut.«

»Und er stellte sich wegen der Entbindung ziemlich an. Er hat gesagt, dass er nur Josh erlauben wird, dabei zu sein. Dabei wollte ich auch euch dabei haben. Euch beide. Ich hatte immer diese Vorstellung von einem großen, lärmenden, lasziven Fest.«

»Das veranstalten wir einfach hinterher.« Kate beugte sich vor und gab Margo einen Kuss. »Versprochen.«

»Okay, okay.« Margo schloss die Augen, als sie mit der nächsten Wehe rang.

»Sie ist stark«, sagte Laura zu Kate, als sie wieder in den Flur hinaustraten.

»Ich weiß. Aber es gefällt mir nicht zu sehen, dass sie sich fürchtet.«

»Wenn die Infusion die Wehen nicht stoppt, wird sie bald viel zu beschäftigt sein, um noch Angst zu haben. Außer Warten können wir nichts für sie tun.«

Und sie warteten, eine Stunde um die andere. Rastlos ging Kate im Wartezimmer auf und ab, trat immer wieder in den Korridor hinaus, um die Schwestern mit Fragen nach Margos Befinden zu belästigen, trank viel zu viel Kaffee.

»Hier, iß«, wies Byron sie an und reichte ihr ein Brot.

»Was ist das?«

»Wenn man ein Sandwich aus einem Automaten zieht, stellt man besser keine Fragen, sondern beißt einfach rein.«

»Okay.« Sie nahm einen Bissen und meinte, dass es sich vielleicht um etwas Ähnliches wie Geflügelsalat handelte. »Es dauert so lange«, seufzte sie.

»Gerade mal drei Stunden«, stellte er sachlich fest. »Und Wunder brauchen eben ihre Zeit.«

»Ich nehme an, da hast du recht.« Um die sicher notwendige Energie zu tanken, biss sie ein zweites Mal in das schlabberige Brot. »Wir sollten bei ihr sein. Es wäre besser, wenn wir bei ihr wären.«

»Den meisten Menschen fällt das Warten schwer. Und einigen noch schwerer als anderen.« Er fuhr sich mit den Fingern durch das Haar. »Wir könnten einen Spaziergang machen, dann wärst du eine Zeit lang hier heraus.«

»Nein, ist schon in Ordnung.« Verdammt, das müsste es! »Statt darüber nachzudenken, wo ich bin, konzentriere ich mich einfach darauf, wie es Margo geht. Phobien sind etwas so ...«

»Menschliches?«

»Dämliches«, erklärte sie. »Damals, das war eine schreckliche Nacht für mich. Eine schrecklichere Nacht mache ich sicher in meinem ganzen Leben nicht mehr durch. Aber es ist zwanzig Jahre her.« Auch wenn es durch ihre Gedanken zuckte wie gestern. »Und außerdem bin ich auch die beiden Male, als Laura ihre Töchter bekam, mit der Tatsache, in einem Krankenhaus zu sein, fertig geworden. Vielleicht ging es da einfacher, weil ich bei ihr war und weil man bei einer Geburt alles andere vergisst. Aber das hier ist trotzdem das gleiche. Ich will in Margos Nähe sein.«

Er umfasste ihre Hand und holte sie entschlossen in die Gegenwart zurück. »Meinst du, dass es ein Junge oder ein Mädchen wird?«

»Darüber habe ich noch gar nicht nachgedacht. Wie – groß muss ein Baby sein, damit es eine echte Chance hat?«

»Es wird sicher ein Prachtstück werden«, ignorierte er ihre Frage. »Denk nur an die Gene, die es mitbekommen hat. Oft heißt es, wenn ein Baby Glück hat, bekommt es von beiden Elternteilen das jeweils Beste mit. Du weißt schon, die Augen von der Mutter, das Kinn vom Vater oder umgekehrt. Aber in diesem Fall hat es Glück, ganz egal, was es von wem erbt. Sicher wird es eines Tages eine allseits umschwärmte Prinzessin oder ein allseits umschwärmter kleiner Prinz.«

»Das ist es schon, bevor es überhaupt geboren ist. Du solltest mal das Kinderzimmer sehen. Ich hätte nichts dagegen, gleich morgen dort einzuziehen«, stellte sie lachend fest und merkte kaum, dass Byron ihr einen Becher Tee statt Kaffee gab. »Sie haben diese unglaubliche antike Wiege gekauft und diesen altmodischen englischen Kinderwagen aus einem Geschäft in Bath. Nächste Woche wollten wir in Templeton House auf die bevorstehende Geburt ein Gläschen trinken. Was meinst du, was das Kind dann für Geschenke einheimsen wird …« Sie verstummte und senkte den Kopf.

»Dann stoßt ihr wohl besser statt auf die bevorstehende auf die erfolgreich überstandene Geburt des Zwerges an. Was für ein Geschenk hast du gekauft?«

»Etwas vollkommen Lächerliches.« Sie drehte den Becher in ihren Händen und hoffte, dass sie nicht gleich weinte, schrie oder einfach aufsprang und in den Kreißsaal hinüberschoss. »Margo hat dieses Faible für italienische Designer. Vor allem

Armani hat es ihr angetan. Sie haben diese Junior-Kollektion. Und ich dachte …«

»Du hast für das Baby einen Armani-Strampelanzug gekauft?« Er brach in schallendes Gelächter aus und hielt sich, als sie errötete, vor Lachen den Bauch.

»Es ist als Witz gedacht«, verteidigte sie sich. »Nur als Witz!« Aber sie merkte, dass sie ebenfalls lächelte. »Ich schätze, wenn das Baby das erste Mal drauf gespuckt hat, spotten alle über mich.«

»Du bist unglaublich süß.« Er umfasste ihr Gesicht und küsste sie. »Unglaublich«, wiederholte er.

»Ich finde, dass man sein Geld ruhig auch mal für sinnlose Dinge ausgeben kann.«

Getröstet lehnte sie sich an seine Schulter und betrachtete ihre Familie. Laura war von einem kurzen Besuch in der Tagesstätte zurück und saß neben Ann auf einer Bank. Ihre Tante und ihr Onkel hatten sich am Fenster aufgebaut, und Onkel Tommy hatte Tante Susie den Arm um die Schulter gelegt. An einer der Wände hing ein Fernseher. Die Sonntagsnachrichten auf CNN rauschten an ihnen vorbei und berichteten von einer Welt, die nichts mit diesem Raum zu tun hatte, in dem Menschen warteten.

Andere Besucher kamen und gingen, brachten ihre Sorgen, ihre Freude, ihre Erregung mit. Das hohle Echo des Fernsehers, die schnellen, zielstrebigen Schritte von Krankenschwestern und gelegentliches Lachen drangen an ihr Ohr.

»Laura ist während der Wehen immer rumgelaufen«, murmelte sie.

»Hmm?«

»Margo und ich haben sie abwechselnd geführt, ihr den Rücken massiert und mit ihr zusammen die Atemübungen gemacht.«

»Und was war mit ihrem Mann?«

»Ihrem Mann!« Kate stieß ein verächtliches Schnauben aus und sah in Lauras Richtung, um sicherzugehen, dass sie außer Hörweite war. »Er hatte keine Zeit. Fand es nicht erforderlich, ihr auch nur im geringsten beizustehen. Also haben Margo und ich sie bei beiden Geburten begleitet.«

»Hat nicht Margo in jenen Jahren in Europa gelebt?«

»Ja doch, aber zu den Entbindungen flog sie her. Kayla kam ein paar Tage früher als geplant, und Margo hatte noch einen Fototermin. Eigentlich wollte sie die letzte Woche vor der Geburt bei Laura in Templeton House verbringen, aber als sie vom Flugzeug aus anrief, hatten bei Laura bereits die Wehen eingesetzt. Am Ende fuhr Margo direkt vom Flughafen ins Krankenhaus. Wir waren bei ihr«, wiederholte sie. »Wir waren bei ihr, wie es sich gehört.«

»Und Ridgeway?«

»Kam, als alles sauber und aufgeräumt war. Unternahm, wie er sicherlich fand, den mannhaften Versuch, sich nicht anmerken zu lassen, wie enttäuscht er war, weil keins der beiden Kinder einen Penis hatte – überreichte Laura ein kostspieliges Geschenk und machte sich dann wieder aus dem Staub. Arschloch!«

»Ich habe ihn nie kennengelernt.« Byron sah sie an. »Doch obwohl ich mir immer ein eigenes Bild von einem Menschen mache, habe ich nach allem, was ich über ihn hörte, keine allzu hohe Meinung von ihm.« Er verstummte für einen Augenblick. »Ich denke, dass ich in seinem Fall ruhig eine Ausnahme machen und ihn unbekannterweise verachten sollte.«

»Und ob! Sie hat Glück, dass sie ihn los ist. Sobald sie aufhört, deswegen Schuldgefühle zu haben, wird es ihr sicher fabelhaft gehen. Himmel, warum dauert das nur so lange? Ich halte es einfach nicht mehr aus.« Sie sprang von ihrem Stuhl. »Sie müssen uns etwas sagen. Wir können doch nicht einfach stundenlang tatenlos hier herumsitzen.«

Eine Schwester in grünem Kittel betrat den Raum. »Dann würden Sie vielleicht gern alle einen kleinen Spaziergang machen«, schlug sie vor.

»Margo«, krächzte Ann und sprang ebenfalls von ihrem Platz.

»Mrs Templeton geht es gut. Und Mr Templeton schwebt irgendwo in der Nähe von Himmel Numero Sieben, nehme ich an. Was das Baby betrifft, so sehen Sie es sich vielleicht lieber mit eigenen Augen an. Wenn Sie also bitte mitkommen …«

»Das Baby!« Ann tastete nach Susans Hand. »Das Baby ist da. Meinst du, dass alles in Ordnung ist? Meinst du, es ist gesund?«

»Überzeugen wir uns doch selbst davon! Komm schon, Großmutter«, murmelte Susan, nahm Ann sanft am Arm und führte sie hinaus.

»Ich habe Angst.« Zitternd ergriff Kate Byrons Hand. »Die Schwester hat gelächelt, nicht wahr? Sie hätte sicher nicht gelächelt, wenn etwas nicht in Ordnung wäre. Man hätte es ihren Augen angesehen. Man hätte es an ihrem Blick gesehen. Sie hat gesagt, dass mit Margo alles in Ordnung ist. Hat sie nicht gesagt, dass mit Margo alles in Ordnung ist?«

»Genau das hat sie gesagt. Ich bin sicher, dass du dich gleich persönlich davon überzeugen kannst. Schau dir das hier an!«

Sie näherten sich einer gläsernen Tür. Josh stand dahinter und trug ein Grinsen zur Schau, das sämtliche Rekorde brach. In seinen Armen lag in einer blauen Decke ein kleines Bündel mit feinem goldenen Haar.

»Es ist ein Junge.« Thomas' Stimme brach, als er eine Hand an die Glasscheibe legte. »Sieh dir unseren Enkel an, Susie!«

»Fünf Pfund.« Josh formte die Worte mit seinen Lippen, während er seinen Sohn stolz in die Höhe hob. »Fünf ganze Pfund. Zehn Finger. Zehn Zehen. Fünf ganze Pfund.«

»Wie winzig er ist.« Mit Tränen in den Augen schlang Kate Laura die Arme um den Hals. »Wie wunderhübsch!«

»John Thomas Templeton.« Laura ließ ihren Tränen freien Lauf. »Willkommen daheim!«

Sie waren so begeistert von dem kleinen Kerl, dass sie lautstark protestierten, als eine Schwester kam und Josh das Bündel aus den Armen nahm; doch als der frischgebackene Vater dann endlich aus dem Raum trat, wurde ihm ein jubelnder Empfang zuteil.

»Fünf Pfund«, wiederholte er, während er sein Gesicht in den Haaren seiner Mutter vergrub. »Hast du das gehört? Fünf ganze Pfund. Sie haben gesagt, das wäre wirklich gut. Es ist alles an ihm dran. Natürlich müssen sie noch ein paar Tests machen, weil er sieben Wochen zu früh gekommen ist, aber …«

»Für mich sah er aus, als wäre er durchaus vollständig«, warf Byron ein. »Hier, rauch eine Zigarre, Daddy.«

»Himmel.« Josh starrte auf die Zigarre, die Byron ihm in die Hand drückte. »Daddy. Oh! Dabei sollte ich derjenige sein, der hier Zigarren verteilt.«

»Die Sorge um Details gehört zu meinem Job, Großmutter!« Byron drückte auch Ann eine Zigarre in die Hand, und zum größten Vergnügen aller schob sie sie entschlossen in den Mund.

»Margo, Josh.« Laura nahm seine Hand. »Wie geht es ihr?«

»Erstaunlich. Sie ist wahrhaftig eine erstaunliche Frau. Als er rauskam, hat er sofort lautstark gebrüllt. Habe ich euch das schon erzählt?« Lachend wirbelte er Laura im Kreis und küsste sie. Es schien, als brächte er die Worte einfach nicht schnell genug heraus. »Lautstark gebrüllt. Und im gleichen Augenblick hat Margo lauthals gelacht. Sie war erschöpft, und wir beide hatten eine so fürchterliche Angst. Aber dann kam er einfach so heraus.«

Er legte seine Hände gegeneinander und starrte sie an. »Es

war einfach unglaublich. Ihr könnt es euch nicht vorstellen. Tja, vielleicht könnt ihr es doch, aber ihr hättet dabei sein müssen! Er brüllt und Margo lacht, und der Doktor sagt: ›Tja, sieht aus, als ob alles mit ihm in Ordnung ist.‹ Sieht aus, als ob alles mit ihm in Ordnung ist«, wiederholte Josh – und seine Stimme brach.

»Natürlich ist es das.« Thomas zog Josh an seine Brust. »Schließlich ist er ein Templeton.«

»Nicht, dass wir uns nicht darüber freuen, dich zu sehen.« Kate strich Josh eine Strähne aus der Stirn. »Aber wann lassen sie uns endlich zu Margo rein?«

»Keine Ahnung. Ich schätze, jeden Augenblick. Sie hat die Schwester nach ihrer Handtasche geschickt.« Jetzt grinste er wieder. »Sie hat gesagt, dass sie ihr Make-up auffrischen will.«

»Typisch. Typisch Margo.« Kate drehte sich um und schlang Byron die Arme um den Hals.

18

Die Woche nach der Geburt von J. T. Templeton war hektisch und kompliziert. Lauras Terminkalender ließ es nicht zu, dass sie länger als für ein paar Stunden in den Laden kam. Da Margo ganz mit ihrem kleinen Sohn beschäftigt war, hatte Kate mit den infolge des erfolgreichen Wohltätigkeitsempfangs über den *Schönen Schein* hereinbrechenden Käuferscharen alle Hände voll zu tun. Eine Teilzeitkraft hatten sie, da sie ja dachten, bis zur Geburt sei es noch Zeit, bisher nicht eingestellt.

Kate war also ganz allein.

Sie öffnete den Laden jeden Tag und lernte, sich zu bremsen, wenn sie das spontane Bedürfnis empfand, Leute, die sich nur umsahen, zur Eile anzuhalten; aber auch falls sie selbst niemals verstehen würde, welcher Reiz darin bestand, sich stundenlang in irgendwelchen Boutiquen aufzuhalten, erinnerte sie sich an die Positivbilanz, wenn jemand anderer Vergnügen dabei empfand.

Sie studierte die Inventarlisten und machte sich mit den ausgefalleneren Beständen des *Schönen Scheins* vertraut. Weshalb jedoch eine Person das Bedürfnis verspüren sollte, eine Designer-Pillendose mit Perlmuttintarsien zu besitzen, blieb ihr sicher für alle Zeiten schleierhaft.

Ihre unverblümte Ehrlichkeit wurde manchmal geschätzt, manchmal jedoch führte sie auch zu Ärger und Irritation. Auf jede Frau, die dankbar war, wenn man ihr unverhohlen erklärte, dass ihr ein Kleidungsstück nicht stand, kamen zwei andere, die bei dieser Mitteilung zornig aus dem Laden stürmten.

In diesen Tagen hielt sie lediglich das Wissen aufrecht, dass sie täglich mindestens eine Stunde lang im Büro sitzen konnte, wo sie mit den Geschäftsunterlagen alleine war.

Die Papiere widersprachen nie.

»Der Kunde hat immer recht«, murmelte Kate leise vor sich hin. »Der Kunde hat immer recht – selbst wenn der Kunde eine Spinatwachtel ist.« Mit diesen Worten marschierte sie aus dem Ankleideraum, in dem sie gerade eine derzeitige Kundin darüber aufgeklärt hatte, dass der Donna-Karan-Anzug ganz sicher falsch ausgezeichnet war. Er konnte unmöglich Größe achtunddreißig sein, denn um die Hüften herum saß er zu eng.

»Um die Hüften herum zu eng, dass ich nicht lache. Die alte Schreckschraube würde nicht mal dann in Größe achtunddreißig passen, wenn sie sich die Beine mit Motoröl einschmieren würde.«

»Fräulein, oh, Fräulein!« Eine andere Dame schnippte mit den Fingern, als wäre sie Gast in einem Restaurant und Kate die besonders langsame Kellnerin, die mit der Weinflasche kommen sollte. Kate knirschte mit den Zähnen und setzte ein gezwungenes Lächeln auf: »Kann ich Ihnen irgendwie behilflich sein?«

»Ich will diesen Armreif sehen. Den viktorianischen, zum Überstreifen. Nein, nein. Ich habe gesagt, den viktorianischen zum Überstreifen, nicht die goldene Spange.«

»Tut mir leid.« Kate folgte der Richtung, in die der ausgestreckte Zeigefinger der Ziege wies. »Wirklich reizend, nicht wahr?« Übertrieben verziert und einfach lächerlich. »Möchten Sie ihn vielleicht anprobieren?«

»Wie viel kostet er?«

Warum guckst du nicht einfach selber nach? Immer noch lächelnd drehte Kate das Preisschild um und nannte die Summe.

»Und was für Steine sind das?«

Verdammt. Sie hatte doch extra alles auswendig gelernt, oder etwa nicht? Ich glaube, es sind Granate und … Karneole und … was war das Gelbe noch? Topas? Bernstein? Zitrine? »Zitrine«, sagte sie in bestimmtem Ton, weil es in ihren Ohren total viktorianisch klang.

Während die Kundin den Armreif von allen Seiten betrachtete, sah sich Kate im Laden um. Prost, Mahlzeit! Es war rappelvoll, und Laura hatte für den Rest des Tages frei gemacht. Drei Stunden bis zur Schließung, dachte sie; in drei Stunden wäre ihr Hirn sicher nicht viel mehr als ein Klumpen kalter Reis.

Als die Türglocke abermals klingelte, hätte sie am liebsten aufgejault. Und als sie sah, wer das Geschäft betrat, hätte sie noch lieber laut geschrien.

Candy Litchfield. Das Weib, das seit Jahren ihre größte Feindin war. Candy Litchfield, die hinter ihrer lockeren Art zu gehen und ihrem selbstbewussten Blick, hinter dem wallenden roten Haar und der perfekten Nase das Herz einer Viper verbarg.

Und sie hatte auch noch Freundinnen mitgebracht, stellte Kate entmutigt fest. Perfekt frisierte, gerissen blickende, mit italienischen Designerschuhen bekleidete Schicksen allesamt.

»Normalerweise finde ich hier nie etwas«, schwadronierte Candy durchdringend. »Aber Millicent hat mir erzählt, sie hätte einen Parfümzerstäuber gesehen, der vielleicht in meine Sammlung passt. Auch wenn natürlich alles hoffnungslos überteuert ist.«

Böswillig schlenderte sie durch das Geschäft.

»Kann ich Ihnen sonst noch etwas zeigen?«, fragte Kate die Kundin, die inzwischen Candy ebenso interessiert wie den Armreif betrachtete.

»Nein.« Sie zögerte, aber schließlich gewann ihre Gier die Oberhand, und sie zog ihre Kreditkarte hervor. »Würden Sie ihn bitte als Geschenk verpacken? Er ist als Geburtstagsgeschenk für meine Tochter gedacht.«

»Aber gern!«

Sie packte den Armreif ein, schob ihn in eine Tüte und kassierte, ohne dabei auch nur eine Sekunde den Blick von Candy zu wenden. Zwei Kundinnen verließen, ohne etwas zu kaufen, das Geschäft, was jedoch, wie Kate einsah, sicher nicht Candys böser Zunge zu verdanken war …

Mit dem Gefühl, als wäre sie Gary Cooper in *High Noon*, trat sie hinter dem Verkaufstresen hervor. »Was willst du, Candy?«

»Ich sehe mich in einem für die Öffentlichkeit zugänglichen Laden um.« Sie lächelte dünn und Kate schlug eine nicht gerade dezente Opiumwolke ins Gesicht. »Eigentlich müsstest du mir ein Glas eures, wenn auch qualitativ eher minderwertigen, Champagners anbieten, nicht wahr? Das gehört doch zu eurer Geschäftspolitik.«

»Bedien dich, wenn du es nicht lassen kannst.«

»Eine Freundin hat mir erzählt, sie hätte einen Zerstäuber gesehen, der mir vielleicht gefällt.« Candy sah sich die ausgestellten Waren an, und schließlich fiel ihr Blick auf einen prachtvollen, altrosafarbenen Milchglas-Flakon in der Form eines Frauenkörpers.

Allerdings hätte sie eher ihr wahres Alter verraten als auch nur anzudeuten, dass er ihr gefiel.

»Ich kann mir nicht vorstellen, was sie eigentlich meinte«, sagte sie gedehnt.

»Vielleicht hat sie einfach deinen Geschmack überschätzt.« Kate lächelte sie boshaft an. »Das heißt, womöglich hat sie fälschlicherweise angenommen, dass du überhaupt so etwas wie Geschmack besitzt. Und, was macht dein Poolreiniger?«

Candy, die in dem Ruf stand, dass sie zwischen ihren diversen Ehemännern vor allem sehr junge Männer genoss, errötete vor Zorn. »Was für ein Gefühl ist es außerdem, plötzlich eine kleine Verkäuferin zu sein? Wie ich hörte, hat man dich gefeuert, Kate. Gelder von Klienten zu veruntreuen, wie … gewöhnlich.«

»Du scheinst keine besonders guten Informationen zu haben, Zuckerstange; denn ganz offensichtlich weißt du über den neuesten Stand der Ermittlungen nicht Bescheid.«

»Ach nein?« Sie füllte eins der Champagnergläser bis zum Rand. »Ach nein? Aber schließlich weiß alle Welt, dass die Templetons ihren gesamten Einfluss geltend machen werden, damit man deine Übergriffe unter den Teppich kehrt. Genau wie damals bei deinem Vater!« Ihr Lächeln wurde breiter, als sie sah, dass sie einen Treffer gelandet hatte. »Aber trotzdem werden dir in Zukunft sicher nur noch Narren ihre Gelder anvertrauen.« Sie nippte an ihrem Glas. »Wie heißt es doch so schön, wo Rauch ist, ist auch Feuer, stimmt's? Aber zumindest hast du ja noch das Glück, reiche Freunde zu besitzen, die dir sicher hin und wieder ein paar Krümel von ihrem großen Kuchen abgeben. So war es ja auch früher schon.«

»Du wolltest schon immer eine Templeton sein, nicht wahr?«, fragte Kate in liebenswürdigem Ton. »Aber Josh hat dich nie auch nur zweimal angesehen. Wir haben immer darüber gelacht. Margo, Laura und ich. Warum trinkst du nicht einfach deinen Champagner aus und besuchst dann deinen Poolreiniger, Candy? Hier vergeudest du wirklich nur deine Zeit!«

Candy errötete, aber ihre Stimme blieb ruhig. Sie war mit dem Ziel hierhergekommen, endlich einmal die Oberhand zu behalten. Wenn Kate Margo oder Laura in der Nähe hatte, schaffte sie es nie. Aber allein … und dieses Mal hatte sie noch zusätzlich Munition.

»Wie ich gehört habe, triffst du dich ziemlich häufig mit Byron De Witt. Und ihm gegenüber scheinst du deutlich weniger zugeknöpft als bei anderen zu sein.«

»Es ist wirklich schmeichelhaft, dass du dich plötzlich für mein Sexualleben interessierst, Candy. Ich werde es dich wissen lassen, wenn unser erstes Video erscheint.«

»Ein cleverer, ehrgeiziger Mann wie Byron ist sich der Vorteile sicher bewusst, die eine Beziehung zum Mündel der Templetons mit sich bringt. Man braucht nur zu bedenken, wie hoch er klettern kann, wenn er dich als Trittbrett benutzt.«

Kate wurde bleich, was Candy enormes Vergnügen bereitete. Sie nippte abermals an ihrem Champagner, und in ihren Augen blitzte boshafte Freude auf, als sie Kate über den Rand ihres Glases hinweg musterte. Allerdings wich ihre Freude unverhohlener Entgeisterung, als Kate plötzlich den Kopf in den Nacken warf und schallend zu lachen begann.

»Himmel, du bist echt dümmer als die Polizei erlaubt.« Immer noch lachend lehnte sich Kate gegen den Verkaufstresen. »Bisher habe ich dich nur für eine giftige Schlange gehalten.

Aber obendrein bist du ganz offensichtlich leider auch noch dumm. Glaubst du allen Ernstes, dass ein Mann wie Byron so etwas nötig hat?« Da ihre Rippen vor lauter Lachen schmerzten, atmete sie tief ein. Etwas an Candys Blick verriet ihr, worum es der Rivalin wirklich ging. »Oh, jetzt verstehe ich. Ich verstehe. Er hat dich ebenfalls nicht zweimal angesehen, stimmt's?«

»Du Hexe«, zischte Candy, knallte ihr Glas auf den Tisch und baute sich beinahe drohend vor Kate auf. »Du würdest doch nicht mal dann einen Mann abkriegen, wenn du nackt vor einer Marineband tanzen würdest. Alle Welt weiß, warum er mit dir schläft.«

»Die Welt kann denken, was sie will. Hauptsache, ich habe meinen Spaß.«

»Peter sagt, dass er ein ehrgeiziger Schleimer ist.«

Jetzt war Kates Interesse geweckt. »Ach ja?«

»Die Templetons haben Peter ausgebootet, weil Laura wegen der Scheidung gejammert hat. Sie waren so darauf bedacht, ihre liebe kleine Tochter zu beschützen, dass sie die Tatsache außer acht gelassen haben, was für ein fähiger Hotelier er ist. Und dabei hat er all die Jahre für sie gearbeitet und daran mitgewirkt, dass die Tempelton-Kette zu dem geworden ist, was sie heute darstellt.«

»Oh, bitte! Peter hat nie an etwas anderem als seinem Ego gearbeitet.«

»Aber bald wird er sein Talent dergestalt einsetzen, dass er sein eigenes Hotel aufmacht.«

»Weniger sein Talent als vielmehr Templetonsches Geld«, verbesserte Kate. »Das ist wirklich Ironie des Schicksals, wenn ich so sagen darf.«

»Laura hat die Scheidung verlangt, also hatte Peter ja wohl durchaus einen Anspruch auf finanzielle Entschädigung.«

»Auf diesem Gebiet kennst du dich natürlich bestens aus.«

Kate kam zu dem Schluss, dass Candys Besuch doch nicht so entsetzlich war – schließlich erfuhr sie dadurch interessante Neuigkeiten. »Und, investierst du einen Teil deines Unterhalts in Ridgeways Hotel?«

»Mein Steuerberater, der bisher noch keinen Penny meines Geldes unterschlagen hat, ist der Ansicht, dass es eine kluge Investition wäre.« Sie lächelte. »Ich glaube, dass mir das Hotelgewerbe durchaus gefallen wird.«

»Schließlich hast du in den letzten Jahren auch zumindest stundenweise ausreichend Bekanntschaft mit Hotels gemacht.«

»Wirklich geistreich! Hoffentlich behältst du deinen Sinn für Humor. Du wirst ihn noch brauchen, Kate.« Candy lächelte nach wie vor, aber gleichzeitig starrte sie Kate hasserfüllt an. »Byron De Witt wird dich benutzen, bis er den Posten hat, den er haben will. Dann braucht er dich nicht mehr.«

»Tja, dann amüsiere ich mich am besten jetzt, so gut es geht.« Sie legte den Kopf auf die Seite und sah Candy fragend an. »Und du hast dich also zwischenzeitlich an Peter Ridgeway rangemacht. Höchst interessant!«

»Wir sind uns ein paarmal in Palm Springs über den Weg gelaufen und haben zahlreiche gemeinsame Interessen entdeckt.« Sie strich sich über das Haar. »Richte Laura doch bitte aus, dass er blendend aussieht. Absolut blendend!«

Grinsend drehte sie sich um, als sich in ihrem Rücken eine andere Kundin räusperte. Die Frau blickte von der Tür zu Kate und sah sie fragend an. »Ah, zeigen Sie mir doch bitte die Abendtasche, wenn es Ihnen nicht zu viel Mühe macht.«

»Nicht die geringste!« Kate strahlte. Aus irgendeinem unerfindlichen Grund war sie plötzlich bestens gelaunt. »Sehr gern sogar. Kennen Sie unser Geschäft?«

»Ja, schon lange. Sie haben immer irgendetwas, das mir gefällt.«

Kate nahm drei kitschige, juwelenbesetzte Taschen aus dem Regal. »Das höre ich natürlich gern. Sind diese Taschen nicht einfach hinreißend?«

»Und dann hat sie gesagt, ich hätte wirklich Glück mit meinen reichen Freunden, die mir immer ein paar Krümel von ihrem Kuchen abgeben.« Kate schob sich ein selbst gebackenes Schokoladenplätzchen in den Mund. »Also sage ich wohl besser danke, da ich annehme, du bist eine dieser reichen Freundinnen.«

»Was für eine Ziege!« Margo räkelte sich gemütlich auf einem Liegestuhl.

»Nur mit dem, was sie über meinen Vater ausgespuckt hat, hat sie mich ziemlich drangekriegt.«

Margo ließ die Arme sinken und sah die Freundin an. »Tut mir leid. Verdammt, Kate! Das hat dir sicher weh getan.«

»Ich wusste, dass irgendjemand mir das früher oder später unter die Nase reiben würde. Aber ich hasse es, dass ausgerechnet sie es war. Und noch mehr hasse ich es, dass sie sehen konnte, wie ihre Worte mich getroffen haben. Es sollte mir eigentlich egal sein.«

»Nichts ist egal, was die Menschen anbelangt, die einem etwas bedeuten. Es tut mir leid, dass ich nicht in der Nähe war.« Sie kniff die Augen zusammen und dachte nach. »Meine nächste Maniküre ist längst überfällig. Ich glaube, Candy besucht immer mittwochs den Schönheitssalon. Wäre es nicht lustig, wenn wir ihr dort rein zufällig begegneten?«

Bei der Vorstellung an dieses Zusammentreffen kicherte Kate beinahe vergnügt. »Warte noch ein paar Wochen, bis du wieder vollkommen in Form bist, Champ, und dann machst du sie fertig, ja? Ich wusste, dass es mir besser gehen würde, wenn ich zu dir käme, um mich auszuheulen.«

»Hoffentlich denkst du auch beim nächsten Mal, wenn etwas an dir nagt, rechtzeitig daran.«

»Das hältst du mir sicher noch bis an mein Lebensende vor«, murmelte Kate. »Aber ich habe doch schon zugegeben, dass es ein Fehler war, mich dir und Laura nicht sofort anzuvertrauen. Ziemlich dumm von mir!«

»Wenn du das in den nächsten beiden Jahren regelmäßig wiederholst, reicht es uns vielleicht einmal.«

»Mit was für verständnisvollen Freundinnen ich doch gesegnet bin. Himmel, die Dinger sind geradezu kriminell gut.« Kate schob sich ein zweites Plätzchen in den Mund. »Muss fantastisch sein, sich von Annie beköstigen und auch sonst verwöhnen zu lassen, so wie du es augenblicklich tust.«

»Allerdings. Ich hätte nie gedacht, dass wir noch mal unter einem Dach leben könnten, selbst für eine kurze Zeit. Aber es war wirklich lieb von Laura, darauf zu bestehen, dass Mum für ein paar Wochen bei uns mithilft.«

»Apropos Laura.« Kate war absichtlich unmittelbar nach der Arbeit zu Margo gekommen, da Laura zu dieser Zeit für Besuch immer viel zu beschäftigt war. »Candy hat Peter erwähnt.«

»Na und?«

»Sie hat es auf eine so komische Art getan. Erst nahm sie Byron und mich aufs Korn …«

»Ich verstehe nicht.« Margo schob sich ebenfalls ein Plätzchen in den Mund. »Auf was für eine komische Art?«

»Tja, sie hat gesagt, er wäre extrem ehrgeizig und würde mich nur benutzen, um bei den Templetons Punkte zu machen. Du weißt schon, nach dem Motto, er bringt mich zum Orgasmus, und dafür kriegt er die nächste Beförderung.«

»Das ist ja wohl erbärmlich.« Margo sah Kate aus zusammengekniffenen Augen an. »Das hast du ihr doch hoffentlich nicht abgekauft?«

»Nein.« Kate schüttelte eilig den Kopf. »Nein. Vielleicht hätte ich es getan, wenn es um jemand anderen als Byron gegangen wäre. Es war ziemlich clever von ihr, die Sache so zu drehen. Aber er ist einfach nicht der Typ, der auf diese Tour vorgeht. Ich habe sie laut ausgelacht.«

»Um so besser. Aber was hat das alles mit Peter zu tun?«

»Offenbar hat er ihr diesen Floh ins Ohr gesetzt. Zumindest teilweise. Es klang, als hätten sie, tja, ziemlich viel miteinander am Hut.«

»Allmächtiger Gott! Was für eine grauenhafte Vorstellung.« Sie tat, als ob sie erschauerte. »Na ja, gleich und gleich gesellt sich eben gern.«

»Sie wollte eindeutig, dass ich es Laura gegenüber erwähne. Ich weiß nicht, ob ich das machen soll.«

»Lass es lieber sein. Laura hat auch so genug Dinge, über die sie sich Gedanken machen muss. Falls sie es von jemand anderem hört, ist es nicht zu ändern; aber wir sollten uns an derartigem Geschwätz besser nicht beteiligen. Außerdem, wenn man Candys bisherige Affären nimmt, ist die Sache wahrscheinlich schon wieder vorbei.«

»Das habe ich auch gedacht.« Kate nippte an ihrem Cappuccino und genoss die Aussicht, die sich ihr von der Terrasse bot. »Hier ist es einfach wunderschön. Ich glaube, ich habe dir noch nie gesagt, was für eine fantastische Arbeit du hier geleistet hast. Das Haus ist ein richtiges Heim geworden.«

»Stimmt! Im Grunde war es das von Anfang an.« Margo lächelte. »Wofür ich dir ewig dankbar bin. Schließlich hast du mich auf dieses Anwesen gebracht.«

»Es erschien mir einfach genau das richtige für dich – für dich und Josh. Meinst du, dass man manchmal auf den ersten Blick erkennen kann, ob ein Ort zu einem passt?«

»Das weiß ich sogar definitiv. So ging es mir nämlich bei Templeton House. Ich war noch zu klein, um mich an irgendetwas zu erinnern, was davor gewesen ist; aber Templeton House habe ich vom ersten Tag an als mein Zuhause angesehen. Oder meine Wohnung in Mailand …«

Als Margo sich unterbrach, rutschte Kate unbehaglich auf ihrem Platz hin und her. »Tut mir leid. Ich wollte keine schmerzlichen Erinnerungen in dir wachrufen.«

»Schon gut. Diese Wohnung habe ich wirklich geliebt. Mit allem Drum und Dran. Dort habe ich mich ganz und gar wohl gefühlt. Damals war sie für mich perfekt.« Sie zuckte mit den Schultern. »Wenn alles so geblieben wäre, wie es damals war, wäre sie wahrscheinlich immer noch das richtige. Aber die Dinge haben sich geändert – und ich mich auch. Und dann habe ich den Laden entdeckt.« Sie lächelte und richtete sich auf. »Weißt du noch, wie begeistert ich von diesem großen leeren Gebäude war, während du und Laura die Augen gen Himmel geschlagen und euch gefragt habt, ob ich jetzt vollkommen verrückt geworden bin?«

»Es hat nach kaltem Marihuana-Rauch gestunken, und überall hingen Spinnweben in den Ecken.«

»Trotzdem habe ich das Haus sofort geliebt. Ich wusste, dass sich etwas daraus machen ließ. Also habe ich damit angefangen.« Mit leuchtenden Augen blickte sie über die Klippen auf das Meer hinaus. »Vielleicht hat mich die Geburt des Kleinen zur Philosophin gemacht; aber ich kann es nicht anders ausdrücken, als dass ich das Bedürfnis hatte, etwas Eigenes zu schaffen. Was mir mit deiner und Lauras Hilfe auch gelungen ist. Lass mich einen Augenblick weiterphilosophieren, ja?«, sagte sie, als Kate geradezu schmerzlich das Gesicht verzog. »Es macht mir Freude. Ich bin zu der Überzeugung gelangt, dass das Leben aus lauter Kreisen besteht, die sich irgendwann einmal schließen, wenn man es zulässt. Zwar aus jeweils unterschiedlichen Gründen, haben wir den Laden doch gemeinsam eröffnet. Wir haben immer alles gemeinsam gemacht und werden es auch in Zukunft so halten. Das ist das Einzige, was zählt.«

»Ja. Das finde ich auch.« Kate stand auf, wanderte an den Rand der Terrasse und betrachtete den leuchtend grünen Rasen, die farbenfrohen Blumen und Büsche und den immer noch strahlend blauen Herbsthimmel, der sich weit draußen mit der wogenden See zu vereinigen schien.

Dies war ein richtiges Zuhause, dachte sie. Margos Zuhause, die nun hier ebenso heimisch war wie in Templeton House. Es machte ihr angst, dass ihr selbst, umgeben von den gebeugten Zypressen, den blühenden Ranken, dem Holz und dem Glas eines im Grunde fremden Hauses, auch der Seventeen Mile Drive wie ein Hafen vorkam.

»Für mich war es immer Templeton House«, sagte sie, wobei sie das Bild eines mit Türmen bewehrten, steinernen, Schutz bietenden Bollwerks über das Bild eines offenen, einladenden Gebäudes mit großen Fensterfronten schob. »Der Blick aus meinem Zimmer, der Geruch, nachdem die Böden gewienert worden waren. Derart zu Hause habe ich mich in meiner Wohnung in der Stadt nie gefühlt. Sie war immer nur praktisch für mich.«

»Wirst du sie behalten?«

Kate sah Margo verwundert an. »Natürlich. Warum denn bitte nicht?«

»Ich dachte, da du inzwischen mehr oder weniger bei Byron wohnst …«

»Völlig falsch«, widersprach Kate. »Das heißt, ich lebe nicht bei ihm. Ich … übernachte nur hin und wieder dort. Was etwas vollkommen anderes ist!«

»Wenn du meinst …« Margo legte den Kopf in den Nacken und blickte die Freundin fragend an. »Kate, wovor hast du Angst?«

»Vor nichts.« Sie kehrte zu ihrem Liegestuhl zurück, setzte

sich wieder hin und begann dann: »Es gibt da etwas, das ich dich fragen wollte – ich dachte, du bist eine Expertin auf dem Gebiet, um das es geht.«

Margo trommelte abwartend mit den Fingern auf die Lehne ihres Liegestuhls. »Nun schieß schon endlich los.«

»Okay. Ich überlege nur, wie ich es am besten formulieren soll.« Kate holte tief Luft und sah Margo reglos an. »Also gut. Ich frage mich, ob man nach Sex süchtig werden kann.«

»Und ob«, sagte Margo ohne eine Spur von Belustigung im Ton. »Wenn man es richtig macht.« Dann lächelte sie doch. »Und ich wette, dass Byron es mehr als richtig macht.«

»Die Wette hast du gewonnen«, lautete Kates trockene Erwiderung.

»Und darüber beschwerst du dich?«

»Nein, keineswegs. Ich bin einfach überrascht. Nie zuvor habe ich … hör mal, es ist nicht so, dass ich nicht schon vorher Sex gehabt hätte. Nur habe ich nie einen derartigen Appetit darauf gehabt wie offenbar im Augenblick. Mit ihm.« Sie rollte mit den Augen und kicherte. »Himmel, Margo, fünf Minuten mit ihm, und am liebsten würde ich ihn beißen.«

»Und wo liegt dann das Problem?«

»Ich frage mich, ob man vielleicht allzu abhängig davon werden kann.«

»Von gutem Sex?«

»Ja, genau. Von wirklich gutem Sex. Und dann verändern sich die Menschen und haken diesen Abschnitt ihres Lebens ab.«

»Manchmal tun sie das.« Sie dachte an sich selbst und Josh und lächelte. »Manchmal aber auch nicht.«

»Aber es kommt vor«, wiederholte Kate. »Candy hat mich auf den Gedanken gebracht …«

»Ich bitte dich. Verdammt, Kate, du hast gesagt, du hättest

ihr den Mist, den sie verzapft hat, nicht für eine Minute abgekauft.«

»Darüber, dass er mich nur benutzt? Das habe ich auch nicht. Es hat mich nur dazu gebracht, über unsere Beziehung nachzudenken. Falls es überhaupt eine Beziehung ist. Im Grunde haben wir keinerlei Gemeinsamkeiten, außer, tja, außer Sex.«

Seufzend lehnte sich Margo zurück, ehe sie nach einem weiteren Plätzchen griff. »Und was macht ihr, wenn ihr nicht gerade damit beschäftigt seid, euch gegenseitig ins Meer der Leidenschaft zu stürzen?«

»Sehr lustig. Wir machen, was man eben so macht.«

»Und das wäre, bitte schön?«

»Keine Ahnung. Wir hören Musik.«

»Ihr habt denselben Musikgeschmack?«

»Ja, sicher. Schließlich mag fast jeder Rock and Roll. Manchmal gucken wir uns irgendwelche alten Filme an. Er hat eine unglaubliche Sammlung alter Schwarz-Weiß-Schinken.«

»Oh, du meinst die alten Dinger, die du so liebst.«

»Hmm.« Sie zuckte mit den Schultern. »Wir gehen am Strand spazieren oder er zwingt mich zum Bodybuilding. In der Hinsicht ist er wirklich gnadenlos.« Triumphierend stellte sie ihren Bizeps zur Schau. »Allmählich kann man sogar etwas sehen.«

»Hmm. Ich nehme an, dass ihr nur selten miteinander sprecht.«

»Natürlich reden wir. Über die Arbeit, die Familie, das Essen. Er hat einen regelrechten Ernährungstick.«

»Dann seid ihr anscheinend immer furchtbar ernst.«

»Nein, ich meine, wir amüsieren uns durchaus. Wir lachen viel. Und wir spielen mit den Hunden oder er arbeitet an einem seiner Autos, und ich gucke ihm dabei zu. Du weißt schon – wir machen eben alles, was man so zusammen macht.«

»Lass mich sehen, ob ich das alles richtig verstanden habe, ja? Ihr mögt dieselbe Musik, dieselbe Art Filme, was so viel bedeutet, dass ihr euch durchaus miteinander amüsieren könnt. Ihr geht beide gern am Strand spazieren, schwenkt beide gern irgendwelche Gewichte durch die Gegend und seid beide in ein Paar struppiger Mischlinge verliebt.« Margo schüttelte den Kopf. »Ich verstehe dein Problem. Abgesehen vom Sex könntet ihr beide wirklich Fremde sein. Lass ihn am besten sofort fallen, Kate, bevor es noch schlimmer für dich kommt.«

»Ich hätte wissen müssen, dass du dich über mich lustig machst.«

»Das Ganze ist ja wohl auch vollkommen lächerlich. Du solltest dich mal hören. Du hast einen wunderbaren Mann, eine befriedigende Beziehung mit fantastischem Sex und gemeinsamen Interessen – da sitzt du hier herum und überlegst verzweifelt, ob das Ganze vielleicht doch einen Haken hat.«

»Wenn ich mir darüber klar bin, welchen Haken die Beziehung haben könnte, dann wäre ich besser darauf vorbereitet, wenn dieser Haken auftaucht.«

»Hier geht es nicht um eine Soll-und-Haben-Aufstellung, sondern um eine Liebesbeziehung, Kate. Also entspann dich und genieß die schöne Zeit.«

»Das tue ich ja auch. Meistens. Fast.« Wieder zuckte sie mit den Schultern und sah die Freundin an. »Nur geht mir eben ziemlich viel durch den Kopf.«

Vielleicht, so dachte sie, war es an der Zeit zu erwähnen, dass Bittle ihr die Partnerschaft angeboten hatte. »Es gibt da etwas, das ich …«, setzte sie an, als plötzlich Ann mit dem Baby auf der Terrasse erschien.

»Der junge Mann hat Hunger. Ich habe ihn schon frisch gemacht«, sagte Ann und legte Margo das Baby in den Arm. »Ja, ich habe ihn frisch gemacht und ihm einen dieser süßen Strampelanzüge angezogen, die du für ihn geschenkt bekommen hast – und er hat keinen Ton gesagt. Ein wirklich braver Junge. Ein süßer Schatz!«

»Ist er nicht goldig?« Margo wiegte ihren Sohn, und als er seine Mutter roch, verlangte er lautstark nach seinem Abendbrot. »Und ich finde, dass er täglich hübscher wird. Typisch Mann – kaum sieht er eine Frau, soll sie die Bluse für ihn aufmachen. Bitte sehr, mein Herz!«

Er schob sich wohlig an ihre Brust und sah sie aus seinen leuchtend blauen Augen an.

»Mittlerweile hat er schon hundertzwanzig Gramm zugenommen«, erklärte Margo voller Mutterstolz.

»Wenn er so weitermacht, bringt er spätestens in einer Woche Übergewicht auf die Waage.« Kate trat an den Rand des Liegestuhls und strich dem Kleinen vorsichtig über den weichen Flaum. »Er hat deine Augen und Joshs Ohren abgekriegt. Himmel, wie gut er riecht!« Während sie den pudrigen, milchigen Babygeruch einatmete, kam sie zu dem Schluss, dass sie über das Geschäftliche am besten später sprach. »Darf ich ihn mal halten, wenn du fertig bist?«

»Du bleibst zum Essen, Kate.« Ann legte entschlossen ihre Hände auf den Rücken, denn sonst hätte sie den süßen Knaben in Margos Arm zurechtgerückt. »Josh hat noch ein spätes Treffen im Hotel. Wenn du uns also Gesellschaft leisten willst, kannst du unser Baby nachher schaukeln, solange du magst.«

»Tja …« Kate fuhr mit einer Fingerspitze über J.T.s winziges Gesicht. »Wenn man mich derart bedrängt …«

Die Bay Suite des Templeton Monterey war wirklich elegant. Auf schwarz lackierten Tischen prangten riesige Porzellanvasen mit exotischen Blumensträußen, das geschwungene, mit eisblauem Brokat bezogene Sofa schmückten Kissen in den Tönen des orientalischen Teppichs, und die Vorhänge zu beiden Seiten der breiten Glastüren waren geöffnet, sodass man die Sonne blutrot im Meer versinken sah.

Um den großen Tisch in der Essecke reihten sich mit reichem Schnitzwerk, hohen Lehnen und weichen Polstern versehene Stühle, und die Speisen wurden aus feinstem Porzellan serviert. Zu trinken gab es einen trockenen Weißen von einem der Templetonschen Weinberge.

Das Treffen hätte auch in Templeton House abgehalten werden können, aber da sowohl Thomas als auch Susan es als Lauras Zuhause betrachteten, hatten sie die Zusammenkunft in das Hotel verlegt – denn schließlich ging es nicht um Privates, sondern ums Geschäft.

»Einziger Schwachpunkt in Beverly Hills ist möglicherweise der Zimmerservice.« Byron blickte auf den Notizblock, der neben seinem Teller lag. »Die Beschwerden betreffen das Übliche – die Zeit für Lieferungen, Verwechslungen bei den Bestellungen. Die Küche läuft als Ganzes wirklich nicht schlecht. Allerdings ist der Chefkoch ziemlich …«

»Temperamentvoll«, schlug Susan lächelnd vor.

»Ich hätte eher Furcht einflößend gesagt. Mir hat er wirklich angst gemacht. Vielleicht bin ich es einfach nicht gewohnt, von einem Hünen mit Brooklyn-Akzent und Hackmesser herumkommandiert zu werden, aber einen Augenblick lang …«

»Und haben Sie die Küche verlassen?,« fragte Thomas ihn.

»Nein, ich habe es mit Vernunft versucht. Aus sicherer Distanz erklärte ich ihm wahrheitsgemäß, dass er die besten Jakobsmuscheln zubereitet, die ich je habe kosten dürfen.«

»So kommt man bei Max am weitesten«, bemerkte Josh. »Soweit ich mich erinnere, arbeiten die ihm untergeordneten Köche wie die Roboter.«

»Ganz bestimmt. Zweifellos haben sie alle Angst vor ihm.« Grinsend schob sich Byron ein Stück seines Hühnchens in den Mund. »Das Problem liegt demnach offenbar nicht in der Küche, sondern beim Bedienungspersonal. Natürlich gibt es Zeiten, in denen sowohl in der Küche als auch bei den Kellnern alles schiefläuft; aber es scheint, als wäre der Zimmerservice in letzter Zeit einfach zu lax.«

»Irgendwelche Vorschläge?«

»Ich würde empfehlen, dass man Helen Pringle, falls sie sich einverstanden erklärt, als Managerin nach Beverly Hills versetzt. Sie ist erfahren und effizient. Natürlich würden wir sie hier vermissen; aber ich glaube, sie bekäme die Probleme in L. A. schneller als jeder andere in den Griff. Außerdem steht sie ganz oben auf meiner Liste der Kandidaten für eine Beförderung.«

»Josh?«, wandte sich Thomas an seinen Sohn.

»Einverstanden. Sie hat als Direktionsassistentin hervorragende Arbeit geleistet.«

»Also machen Sie ihr bitte das Angebot.« Susan nippte an ihrem Weinglas. »Natürlich unter Erwähnung der entsprechenden Gehaltserhöhung.«

»In Ordnung. Ich denke, Beverly Hills wäre damit abgehakt.« Byron ging noch einmal seine Notizen durch. »San Francisco ist ebenfalls bereits geklärt. In San Diego müsste ich mal wieder persönlich nach dem Rechten sehen, aber im Augenblick besteht dort kein akuter Handlungsbedarf. Ah, hier bei uns gibt es noch eine Kleinigkeit!« Byron kratzte sich am Kinn. »Die Instandhaltung hätte gern ein paar neue Süßigkeiten- und Getränkeautomaten.«

Thomas verspeiste den Rest seines Lachses und sah Byron unter hochgezogenen Brauen an. »Die Klempner haben sich wegen neuer Automaten an Sie gewandt?«

»Vor Kurzem gab es im sechsten Stock ein Problem mit dem Abfluss. Sabotage durch ein Kleinkind, das seine Power Ranger in der Toilette ertrinken lassen wollte. Dabei hat es eine ziemliche Schweinerei veranstaltet. Ich war dort und habe die aufgelösten Eltern beruhigt.«

Am Ende hatte er sie runter an den Pool geschickt und dem Klempner geholfen, die Flut einzudämmen. Aber das nur nebenbei …

»Ich habe sozusagen die Befreiung des Abflusses überwacht, und dabei kam die Sprache auf die Automaten im Haus. Die Angestellten wollen ihr Junk food zurück. Anscheinend wurden vor ein paar Jahren Schokoriegel und Pommes frites durch Äpfel und cholesterinfreie Kekse ersetzt. Der Klempner hat sich ziemlich darüber beklagt, dass seine Wahlfreiheit durch die Geschäftsführung derart eingeschränkt worden ist.«

»Das war sicher Ridgeway«, meinte Josh.

Susan schnaubte verächtlich auf, aber hielt sich gleichzeitig eine Serviette vor den Mund, damit niemand ihr vergnügtes Grinsen sah. Sie stellte sich gerade Byron vor, wie er in elegantem Anzug und blank polierten Schuhen durch knöchelhohes Wasser watete und sich die Beschwerden eines Klempners über fehlende Süßigkeiten anhörte. »Und was empfehlen Sie?«

»Sorgen wir dafür, dass die Leute wieder glücklich sind!« Byron zuckte mit den Schultern. »Versorgen wir sie eben wieder mit Milky Way.«

»Einverstanden«, pflichtete Thomas ihm bei. »Und das ist das größte Problem hier in unserem Flaggschiff?«

»Davon abgesehen gibt es nur die alltäglichen kleinen Ärgernisse, nichts was untypisch wäre für ein so großes Hotel. Ach ja, in Zimmer 803 lag diese tote Frau.«

Josh verzog schmerzlich das Gesicht. »Ich hasse es, wenn so etwas passiert.«

»Herzinfarkt, sie starb im Schlaf. Sie war fünfundachtzig Jahre alt und hatte ein erfülltes Leben hinter sich. Allerdings hat das Zimmermädchen einen fürchterlichen Schreck gekriegt.«

»Wie lange dauerte es, sie zu beruhigen?«, fragte Susan nach.

»Nachdem wir sie eingefangen hatten? Sie kam nämlich schreiend den Flur heruntergerannt. Ungefähr eine Stunde, glaube ich.«

Thomas schenkte ihnen allen nach und hob sein Glas. »Es ist eine große Erleichterung für Susie und mich zu wissen, dass Kalifornien in derart guten Händen liegt. Vor allem, nachdem wir feststellen mussten, dass es Leute gibt, die glauben, ein Hotel zu führen bedeutet, den ganzen Tag in einem abgeschirmten Büro zu sitzen, Papiere hin und her zu schieben und Leute herumzukommandieren.«

»Reg dich nicht auf, Tommy.« Susan tätschelte ihm begütigend den Arm. »Peter ist ja nicht mehr da, sodass du ihn jetzt aus rein persönlichen Gründen hassen kannst.« Lächelnd sah sie Byron an. »Aber ich stimme Tommy zu. Wir werden Ende der Woche in dem Bewusstsein wieder nach Frankreich zurückfliegen, dass hier alles bestens unter Kontrolle ist. Geschäftlich und auch privat.«

»Das weiß ich zu schätzen.«

»Unsere Kate sieht sehr glücklich aus«, setzte Thomas an. »Gesund und fit. Haben Sie irgendwelche konkreten Pläne, wenn ich fragen darf?«

»Huch, jetzt geht's los!« Grinsend lehnte sich Josh zurück und schüttelte den Kopf. »Tut mir leid, By, aber ich werde einfach hier sitzen bleiben und zuhören, wie du dich aus der Affäre ziehst.«

»Das ist doch eine durchaus vernünftige Frage«, verteidigte Thomas sich. »Da ich weiß, welche Chancen er hat, ist es ja wohl nur natürlich, wenn ich darüber hinaus wissen möchte, welche Absichten er damit verknüpft.«

»Tommy«, mischte sich Susan leise ein. »Kate ist eine erwachsene Frau.«

»Und zugleich immer noch meine Ziehtochter.« Seine Miene umwölkte sich, als er seinen Teller zur Seite schob. »Ich habe Laura einfach gewähren lassen, und wir alle wissen, was dabei herausgekommen ist.«

»Niemals werde ich ihr weh tun«, gelobte Byron. Er empfand die Frage keineswegs als Beleidigung. Auch er war in dem Bewusstsein erzogen worden, dass familiäre Interessen gelegentliche Einmischung erforderten. »Sie ist mir sehr wichtig.«

»Wichtig?« Thomas sah ihn an. »Wichtig ist, dass man jede Nacht genügend Schlaf bekommt.«

Mrs Templeton stieß einen Seufzer aus. »Iss deine Nachspeise, Thomas. Schließlich liebst du Tiramisu. Für Templeton zu arbeiten heißt nicht, dass man persönliche Fragen beantworten muss, Byron. Hören Sie einfach nicht auf ihn.«

»Ich frage nicht als sein Arbeitgeber, sondern als Kates Onkel und Vater.«

»Dann antworte ich Ihnen auch in diesem Sinn«, stimmte Byron ihm bereitwillig zu. »Sie spielt eine bedeutende Rolle in meinem Leben, und ich habe die Absicht, sie zu heiraten.« Da ihm diese Tatsache bisher selbst nicht so deutlich bewusst gewesen war, verstummte Byron und runzelte die Stirn.

»Tja, dann!« Zufrieden schlug Thomas auf den Tisch.

»Sie weiß noch nichts davon«, murmelte Byron zögerlich. »Ich würde es zu schätzen wissen, wenn Sie mich diese Sache selbst regeln lassen. Allerdings bin ich mir noch nicht ganz im klaren, wie ich das anstellen soll.«

»In ein paar Tagen ist er aus dem Weg«, versicherte Susan ihm. »Hoffentlich sind neuntausend Kilometer weit genug?«

Thomas nahm seine Cremespeise in Angriff. »Aber ich werde zurückkommen«, warnte er und zwinkerte Byron zu.

Er war ein Mann mit Blick für das Detail, sagte sich Byron, als er die Tür seines Hauses öffnete. Immerhin wusste er, wie man die Dinge sensibel anging. Sicher bekäme er da etwas so Simples, wie der Frau, die er liebte, einen Heiratsantrag zu machen, hin.

Und bestimmt würde sie nichts Blumiges wollen, dachte er. Kate war keine Frau, vor der man romantisch auf die Knie ging. Gott sei Dank! Sie würde das Direkte, das Einfache vorziehen. Also ging er die Sache direkt und einfach an, sagte er sich, während er seine Krawatte lockerte.

Er würde es nicht als Frage formulieren. Auf ein ›Willst du‹ könnte sie glatt Nein sagen. Besser, er träfe eine Anordnung, allerdings möglichst nicht in allzu forderndem Ton. Denn schließlich ging es hier um Kate. Und genau aus diesem Grund wäre es klug, eine Liste vernünftiger Argumente aufzuführen, weswegen eine Heirat sinnvoll war.

Byron wünschte nur, ihm fiele auch nur eines ein.

Er hatte bereits die Schuhe ausgezogen, als er merkte, dass etwas nicht in Ordnung war. Nach einer weiteren Minute erkannte er auch, was. Es war zu still. Normalerweise kamen ihm die Hunde mit fröhlichem Kläffen entgegengejagt, wenn er aus dem Wagen stieg. Heute jedoch war es totenstill im Haus. Er rannte in Richtung der Terrassentür, riss sie panisch auf und sah, dass weder Nip noch Tuck im Garten tollten.

Er rief nach ihnen, pfiff und eilte in Richtung des Zaunes, der sie sicher auf dem Grundstück hielt. Verzweifelt dachte er daran, dass es Hundefänger gab, dass er in der Zeitung darüber gelesen hatte, dass immer wieder irgendwo Haustiere gestohlen und an Versuchslabore verkauft wurden.

Beim ersten Bellen wurden ihm vor Erleichterung die Knie weich. Sie waren über den Zaun gesprungen, dachte er, als er zu der Treppe vom Garten zum Wasser ging. Mehr war nicht passiert. Irgendwie hatten sie es über den Zaun geschafft und ganz allein einen Spaziergang gemacht. Es war dringend erforderlich, ihnen dafür gehörig die Leviten zu lesen.

Mit wedelnden Schwänzen kamen sie die Stufen heraufgehopst, sprangen an ihm hoch, leckten ihm das Gesicht und zitterten vor Begeisterung, dass er endlich wieder da war.

»Hausarrest«, sagte er in strengem Ton. »Für euch beide. Habe ich euch nicht gesagt, dass ihr im Garten bleiben sollt? Und die Knochen, die ich euch aus der Hotelküche mitgebracht habe, vergesst ihr am besten ebenfalls. Nein, ihr braucht gar nicht erst zu versuchen, euch bei mir einzuschmeicheln«, sagte er lachend, als sie die Pfoten hoben, damit er sie schüttelte. »Morgen habt ihr Hausarrest – das ist mein voller Ernst.«

»Das wird ihnen sicher eine Lehre sein.« Kate erklomm die letzte Stufe und sah ihn lächelnd an. »Dabei trifft allein mich die Schuld. Ich habe sie gebeten, mich an den Strand zu begleiten, und als wahre Gentlemen konnten sie kaum ablehnen.«

»Ich habe mir Sorgen um sie gemacht«, brachte er mühsam hervor, während er sie mit großen Augen anstarrte. Sie stand da, die Haare vom abendlichen Wind zerzaust, leicht außer Atem von der Kletterei. Einfach so, als hätte sein Wunsch sie herbeigeführt.

»Tut mir leid. Wir hätten dir eine Nachricht hinterlassen sollen.«

»Nicht im Traum hätte ich gedacht, dich heute Abend noch zu sehen.«

»Ich weiß.« Leicht verlegen, wie sie es immer war, wenn sie etwas aus einem Impuls heraus unternommen hatte, vergrub sie die Hände in den Taschen ihres Jacketts. »Nach Ladenschluss war ich bei Margo, habe bei ihr zu Abend gegessen und mit dem Baby gespielt. Er hat bereits hundertzwanzig Gramm zugelegt.«

»Schon bekannt! Josh hat es mir erzählt. Er hatte ungefähr sechs Dutzend Fotos dabei.«

»Und ich habe sogar ein Video von ihm gesehen. Ich war vollkommen hin und weg. Tja, und dann wollte ich eigentlich in meine Wohnung zurück.« Ihre Wohnung, dachte sie. Spartanisch, leer, bedeutungslos. »Und stattdessen bin ich hier gelandet. Ich hoffe, du hast nichts dagegen.«

»Ich soll etwas dagegen haben?«

Langsam schlang er seine Arme um sie und zog sie vorsichtig an seine Brust. Drei summende Herzschläge lang sah er sie reglos an. Sein Mund berührte ihre Lippen, zog sich zurück, berührte sie ein zweites und ein drittes Mal, ehe er sie endlich bedeckte, erhitzte und öffnete. Weich und tief und sie willkommen heißend wärmte der Kuss ihr Leib und Seele. Ihre Hände blieben in ihren Jackentaschen, zu schwach, um sie herauszuziehen. Die Muskeln in ihren Oberschenkeln gaben nach, ihre Knie wurden weich, und sie war sich sicher, dass man in ihren Augen Sterne blitzen sah.

»Nun«, setzte sie, als er sich von ihr löste, an – doch schon küsste er sie abermals, auf dieselbe betörende, betäubende, köstliche Weise. Es war, als bräuchten sie für alle Zeit nur da zu stehen, gefangen in der leichten Abendbrise und steter Leidenschaft.

Als sich sein Mund von ihren Lippen löste, rang sie atemlos nach Luft. Seine Augen waren so strahlend und so nah, dass sie in seinem Blick gefangen lag. Erschrocken trat sie einen Schritt zurück und setzte ein, wie sie hoffte, lässiges Lächeln auf.

»Ich würde sagen, dass es den Eindruck macht, als ob du tatsächlich nichts dagegen hast.«

»Statt nur nichts dagegen zu haben, will ich es sogar.« Er nahm ihre Hände, hob sie an seinen Mund und sah ihr ins Gesicht. »Denn ich will dich.«

Er sah, dass sie um Fassung rang, aber das ließ er nicht zu. »Komm rein«, murmelte er und zog sie zur Tür. »Damit ich dir beweisen kann, wie sehr.«

19

Tage später war sie immer noch bei ihm.

Byrons Vorstellung von einer Pause im Hanteltraining bestand in einem täglichen Fünf-Kilometer-Strandlauf mit ihr. Es war schwer für eine Frau, deren Tag normalerweise mit zwei Tassen kochend heißem, rabenschwarzem Kaffee begann, sich daran zu gewöhnen, dass sie bei Anbruch der Dämmerung bereits durch die Gegend keuchte.

Kate sagte sich, eine neue Erfahrung wäre sicherlich nicht schlecht. Und, was noch wichtiger war, hatte er ihr für den Fall, dass sie nicht aufgab, selbstgemachte Waffeln zugesagt.

»Und du, phhh«, ächzte sie und versuchte gleichzeitig, ihr Tempo nicht zu verlangsamen, »läufst also … wirklich … gern.«

»Ich bin geradezu süchtig danach«, versicherte Byron ihr. Er lief im Schneckentempo, weil er sie nicht überfordern wollte und weil er den Anblick ihrer langen Beine in den knappen Shorts genoss. »Wart's nur ab. Bald geht es dir sicher ebenso.«

»Niemals. Man kann nur nach sündigen Dingen süchtig sein. Kaffee. Zigaretten, Schokolade. Sex. Gesunde Sachen gehören unmöglich dazu.«

»Sex ist durchaus gesund.«

»Gesund, aber sündig – sündig auf eine herrliche Art.« Sie beobachtete, wie die Hunde durch das Wasser rannten und sich schüttelten, sodass unzählige Wassertropfen diamantgleich in der aufgehenden Sonne funkelten.

Anscheinend war die Morgendämmerung doch nicht die schlechteste Tageszeit. Das Licht schimmerte geradezu schmerzlich schön, und der Strand roch so neu und frisch, dass er fast irreal erschien. Die Luft war gerade kühl genug, um angenehm zu sein.

Sie musste zugeben, dass sich ihre Muskeln locker anfühlten, geölt, als mache ihr Körper die Wandlung zu einer gut eingestellten Maschine durch. Irgendwie kam sie sich wie eine Närrin vor, weil sie sich so lange dagegen gesträubt hatte, nur weil ihr eine Veränderung als zu mühsam erschienen war.

»Wo bist du in Atlanta immer gejoggt? Es gibt dort doch keine Strände wie hier.«

»Dafür aber jede Menge Parks. Und bei schlechtem Wetter auf dem Laufband im Fitness-Studio.«

»Vermisst du es?«

»Zum Teil. Die Magnolienbäume. Die langsame Sprechweise der Menschen. Meine Familie.«

»Ich habe immer schon hier gelebt. Wollte nie irgendwo anders hin. Zwar bin ich gerne im Osten zur Schule gegangen. Es war schön, im Winter den Schnee und die Eisblumen an den Fensterscheiben zu sehen. Die Art, wie in Neuengland im Oktober die Blätter der Bäume bunt werden. Aber trotzdem wollte ich immer am liebsten hier sein.«

Als sie in der Ferne die Stufen zum Garten erspähte, hätten ihre schmerzenden Waden beinahe applaudiert. »Margo hat an vielen verschiedenen Orten gelebt, und Laura ist viel weiter gereist als ich.«

»Gibt es irgendeinen Ort, den du einmal besonders gerne sehen würdest?«

»Nein, eigentlich nicht. Oder … Bora-Bora vielleicht.«

»Bora-Bora?«

»Ich habe auf der Highschool diesen Bericht darüber verfasst. Du weißt schon, für Erdkunde. Fand ich wirklich toll. Einer dieser Orte, an die ich einmal reisen wollte, falls ich mal richtig Ferien mache. Einfach herumhängen, ohne irgendetwas zu tun. Oh, dem Himmel sei Dank«, keuchte sie und sank vor den Stufen in den Sand. »Geschafft!«

»Wenn du dich nicht weiterbewegst, kriegst du einen Krampf.« Ohne jedes Mitgefühl zog er sie auf die Füße zurück. »Wenigstens gehen. Du musst dich langsam abkühlen. Warum bist du nie auf Bora-Bora gewesen?«

Sie ging drei Schritte, beugte sich vor und atmete schnaufend ein und aus. »Also bitte, Byron, es gibt wohl kaum jemanden, der einfach so nach Bora-Bora fährt. Es war immer eher so etwas wie ein Tagtraum von mir. Glaubst du, dass sich die inneren Organe beim Joggen verschieben können?«

»Nein.«

»Dabei bin ich ziemlich sicher, dass eben meine Eierstöcke gerasselt haben.«

Er wurde ein wenig blass – »Bitte« reichte ihr die von ihm am Fuß der Treppe in den Sand gestellte Wasserflasche, pfiff nach den Hunden und kletterte langsam neben ihr die Stufen hinauf.

»Normalerweise würde ich jetzt gerade erst aufstehen, in die Küche stolpern und zugucken, wie meine per Zeitschaltuhr angesprungene Kaffeemaschine die letzten paar Tropfen Wasser in den Filter spuckt. Um fünf vor halb neun würde ich aus dem Haus gehen, um viertel vor neun wäre ich in meinem Büro, würde dort ebenfalls die Kaffeemaschine anstellen und nähme um fünf vor neun, die nächste Tasse in der Hand, hinter meinem Schreibtisch Platz.«

»Und um fünf vor zehn nähmst du die ersten Magentabletten ein.«

»Ganz so schlimm war es nun auch wieder nicht.« Sie verstummte, als sie über den Rasen in Richtung des Hauses ging. Die Hunde kugelten vor ihr auf die Terrasse und stürzten erwartungsvoll auf ihre Fressnäpfe zu. »Bisher hatte ich noch keine Gelegenheit, Margo und Laura zu erzählen, dass Bittle mich zurückhaben will.«

Byron zerrte den fünfundzwanzig Pfund schweren Sack

Hundefutter aus der Abstellkammer. »Du hattest noch keine Gelegenheit dazu?«

»Also gut – ich wusste nicht, wie ich es ihnen sagen sollte.« Während das Trockenfutter in die Plastiknäpfe polterte, trat sie unbehaglich von einem Bein auf das andere. »Ich habe das Gefühl, als ließe ich sie im Stich. Selbstverständlich ist das kompletter Unsinn. So würden sie es niemals sehen. Sie würden verstehen, dass die Partnerschaft für mich genau das richtige ist.«

Byron stellte den Sack zurück und erlaubte den Hunden, zu frühstücken. »Ist sie das?«

»Aber natürlich!« Sie strich sich die Haare aus der Stirn. »Wie kannst du überhaupt so eine Frage stellen? Schließlich habe ich genau auf dieses Ziel hin studiert und jahrelang hart gearbeitet. Die Partnerschaft war immer mein Traum.«

»Also gut, dann!« Er tätschelte ihr freundlich den Rücken und betrat das Haus.

»Was meinst du mit ›Also gut, dann‹?« Sie runzelte die Stirn und folgte ihm. »Die volle Partnerschaft mit allem, was dazugehört. Ich habe sie mir wirklich verdient.«

»Das hast du allerdings.« Gewohnheitsmäßig erklomm er, gefolgt von Kate, die Treppe zum Bad.

»Genau, das habe ich. Diese ganze unglückselige Geschichte mit den gefälschten Formularen steht kurz vor der Aufklärung. Auf alle Fälle bin ich von jedem Verdacht befreit. Der Rest ist Detective Kusacks Problem. Und das Problem der Firma. Ich werde mehr Kontrolle über alles haben, wenn ich erst mal Partnerin bin.«

»Machst du dir darüber Gedanken?«

»Worüber?«

Er zog sein Sweatshirt aus und warf es Richtung Wäschekorb. »Darüber, wer tatsächlich die Unterschlagungen begangen hat?«

»Klar mache ich das.«

»Warum hast du die Sache dann bisher nicht weiter verfolgt?«

»Tja, ich …« Sie brach ab, als er das Wasser andrehte und die Duschkabine betrat. »Ich hatte einfach zu viel zu tun. Außerdem hätte ich sowieso nicht viel machen können, und mit Margos Schwangerschaft und der Versteigerung und Laura, die ständig mit irgendwelchen neuen Vorschlägen für die Modeschau im Dezember zu mir kam, hatte ich einfach keine Zeit.«

»Okay«, sagte er gleichmütig.

»Aber das heißt nicht, dass es mir nicht wichtig ist.« Sie zog sich aus und stellte sich ebenfalls unter den heißen Strahl. »Es bedeutet lediglich, dass es in letzter Zeit wichtigere Dinge gab. Vor ein paar Wochen kam wirklich alles zusammen. Die Aufdeckung der Unterschlagung, das Angebot, das Baby. Es erschien mir einfach nicht fair, Margo und Laura genau in dem Augenblick zu sagen, dass ich weniger Zeit für den Laden habe, in dem Margo ebenfalls ein bisschen kürzer tritt. Und solange ich nicht mehr Zeit habe, solange ich nicht wieder bei Bittle bin, wüsste ich sowieso nicht, wie ich herausfinden sollte, wer mich und die Firma derart betrogen hat. Aber sobald ich wieder dort bin, kannst du deinen Arsch darauf verwetten, dass bald feststeht, wer mich in die Pfanne gehauen hat.«

»Klingt durchaus vernünftig, was du da sagst.«

»Natürlich ist es vernünftig.« Wütend, ohne zu wissen warum, schob sie ihren Kopf unter den Wasserstrahl. »Ebenso wie es vernünftig ist, wenn ich das Angebot annehme. Es wäre für mich am praktischsten.«

»Da hast du sicher recht. Es wäre für dich am praktischsten. Der *Schöne Schein* ist schließlich nur eine Investition, während es bei Bittle um eine echte Karriere geht.«

»Genau.« Statt von seiner Zustimmung besänftigt zu sein, wurde sie noch aggressiver. »Worüber streiten wir dann also?«

»Keine Ahnung.« Er gab ihr einen geistesabwesenden Kuss auf die Schulter und trat unter der Dusche hervor. »Ich mache dann jetzt mal das Frühstück«, verkündete er, trocknete sich ab und verließ grinsend den Raum.

Sie war, so dachte er, ebenso leicht zu durchschauen wie ein Maschendrahtzaun.

Während Kate den ganzen Morgen über Schulter an Schulter mit Laura arbeitete, sagte sie sich immer wieder, sobald sie eine kurze Pause hätten, würde sie sie über ihre Pläne aufklären. Natürlich wäre sie weiter für die Finanzen zuständig. Ein paar Abende pro Woche, hin und wieder vielleicht ein Sonntagnachmittag – das würde sicher reichen, um die Buchhaltung des Ladens auf dem Laufenden zu halten. Natürlich hätte sie als Partnerin bei Bittle viel zu tun, aber gleichzeitig wäre sie in einer Position, aus der heraus sich ein Großteil der Knochenarbeit delegieren ließ, die sie bisher stets eigenhändig erledigt hatte.

Sie hätte größeren Spielraum, größere Freiheiten. Und, natürlich, einen größeren Einfluss als bisher. Ihr Terminkalender wäre überfüllt, aber daran war sie bereits gewöhnt. Die Arbeit im Laden hatte sie durchaus abgelenkt, aber gleichzeitig hatte sie mehr Freizeit gehabt als nötig.

Sie sagte sich, dass sie froh sein würde, wäre ihr Tagesablauf erst wieder komplett organisiert. Ordnung entsprach nun einmal ihrem Charakter.

Außerdem wäre sie glücklich, zwängen ihr nicht mehr ständig fremde Leute irgendwelchen Small Talk auf. Würde sie nicht mehr ständig in Modefragen nach ihrer Meinung gefragt oder gebeten werden zu entscheiden, welches das beste Geschenk für die Schwiegermutter war. Was für eine Erleichterung würde es sein, wieder an ihrem Computer zu sitzen und stundenlang allein zu sein.

»Meine Schwester ist sicher ganz begeistert davon«, sagte eine Kundin, während Kate sorgfältig das Preisschild von einer korallenroten Kaschmirtunika abzog.

»Das hoffe ich.«

»Oh, ganz bestimmt. Dies ist nämlich ihr Lieblingsgeschäft. Und meines auch.« Über die verschiedenen Gegenstände, die sie ausgesucht hatte, hinweg strahlte die Frau sie glücklich an. »Ich weiß gar nicht, wie ich über die Runden gekommen bin, bevor es Ihren Laden gab. Sehen Sie nur, was für wunderbare Weihnachtsgeschenke ich schon gefunden habe.«

»Da fangen Sie aber wirklich rechtzeitig an«, stellte Kate fest und zwang ihre Gedanken in die Gegenwart zurück. »Hoffentlich wird jeder mit seinem Geschenk zufrieden sein.«

»Meine Mutter würde sich selbst nie etwas derart Frivoles zulegen.« Die Frau fuhr mit einem Finger über die zarten Linien eines kristallenen Pegasus. »Aber dazu sind Geschenke schließlich da. Und wo außer hier fände ich wohl gleichzeitig eine antike Taschenuhr für meinen Vater, Kaschmir für meine Schwester, saphirbesetzte Manschettenknöpfe für meine Tochter, ein fliegendes Kristallpferd für meine Mutter und ein Paar marineblauer Wildlederpumps von Ferragamo für mich?«

»Stimmt – das alles zusammen gibt es sicher nur im *Schönen Schein*«, bestätigte Kate und freute sich über die Begeisterung der Frau.

Die Kundin trat lachend einen Schritt zurück. »Dieser Laden ist wirklich ein kleines Paradies. Könnten Sie wohl bitte alles außer den Schuhen einpacken? Ich glaube, ich schaue mich währenddessen noch einmal um, um sicherzugehen, dass ich nicht irgendetwas übersehen habe.«

»Lassen Sie sich ruhig Zeit.« Lächelnd packte Kate die Gegenstände nacheinander ein. Sie merkte, dass sie leise summte, als sie die Taschenuhr in ein kleines, elegantes Kästchen schob. Tja, was war schlimm an ihrem Liedchen? Was war schlimm daran, wenn man seine Tätigkeit genoss, selbst wenn man sie sich im Grunde nicht freiwillig ausgesucht hatte? Wenn man eine Arbeit übergangsweise verrichtete, dann war es wie ein Spiel.

Sie blickte auf, als Laura die Wendeltreppe von der oberen Etage herunterkam, wobei sie mit einer Kundin plauderte. »Ich weiß, dass Margo das Kästchen letztes Jahr auf einer Einkaufsreise in London erstanden hat, Mrs Quint.«

»Oh, nennen Sie mich doch bitte Patsy, ja? Ich kaufe so oft bei Ihnen ein, dass ich das Gefühl habe, wir wären alte Freundinnen. Und genau so etwas habe ich gesucht.« Entzückt blickte sie auf das Schreibkästchen aus Kirschholz, das Laura in Händen hielt. »Aber schließlich habe ich bisher bei Ihnen noch jedesmal gefunden, was ich suchte. Deshalb bin ich ja so oft im *Schönen Schein*.« Sie lachte, als mit einem Mal ihr Blick auf das Kristallpferd fiel. »Oh, wie hübsch. Wie reizend! Aber leider war offenbar jemand anderer schneller als ich?«

»Ich!« Die erste Kundin richtete sich vor dem Tresen mit den juwelenbesetzten Puderdosen auf und lächelte. »Wirklich wunderschön, nicht wahr?«

»Einmalig. Sagen Sie, haben Sie nicht vielleicht irgendwo noch etwas Ähnliches für mich?«, fragte sie Laura beinahe flehend.

»Es könnte da noch einen geflügelten Drachen geben – Glück gehabt! Er ist nur nicht ausgestellt. Kate?«

»Ja, weil die Auszeichnung fehlt, aber der Preis ist bereits festgelegt. Er liegt hinten im Lager. Ich werde ihn holen, sobald ich hier fertig bin.«

»Ich gehe schnell selbst, falls es Ihnen nichts ausmacht, eine Minute zu warten, Patsy.«

»Nicht das geringste. Wissen Sie, selbst mein Mann kauft

gern bei Ihnen ein«, vertraute sie Kate an, als Laura im Lagerraum verschwand. »Was um so erstaunlicher ist, als ich ihn normalerweise nicht einmal dazu bewegen kann, mit mir eine Dose Erbsen kaufen zu gehen. Natürlich nehme ich an, dass er vor allem der hübschen Bedienung wegen gerne kommt.«

»Aus welchem Grund auch immer, wir sind für unsere Kunden da.« Kate klebte ein goldenes Schildchen auf das Papier, in das sie die Kaschmirtunika gewickelt hatte.

»Diese Puderdose hier!« Die erste Kundin tippte an die Vitrine. »Die herzförmige. Ich glaube, sie wäre genau das richtige für meine Schwägerin.«

»Dann hole ich sie Ihnen doch einfach mal heraus.«

Während die beiden Kundinnen über die Puderdose plauderten, verpackte Kate das Pferd. Als Laura mit dem Drachen aus dem Lager kam, entspann sich eine neue Diskussion; doch als sich abermals die Tür des Ladens öffnete, stießen alle Damen tiefe Seufzer aus.

»Oh, was für ein prachtvolles Baby!« Patsy presste ihre Hände gegeneinander. »Ein richtiger Engel.«

»Ja, nicht wahr?« Margo hielt die Tragetasche, in der sie den Kleinen transportierte, so, dass jede der Frauen ihn gut sah. »Siebzehn Tage alt.«

Die Arbeit wurde unterbrochen, da zunächst J.T.s Finger und Nase zu bewundern waren und man lobende Feststellungen über seine leuchtenden, wachen Augen traf. Bis Kate schließlich mit der Wiege aus dem Hinterzimmer kam und John Thomas hineingelegt wurde, waren sämtliche Anwesenden hoffnungslos in ihn verliebt.

»Du hättest mich anrufen und mir sagen sollen, dass du ein bisschen unter die Leute willst«, schalt Laura Margo. »Ich hätte dich abgeholt.«

»Mum hat mich hier abgesetzt. Sie musste sowieso ein paar Einkäufe erledigen. Ich habe den Eindruck, sie will in meiner

Küche Vorräte für mindestens ein Jahr anlegen.« Margo setzte sich auf einen Stuhl. »Du liebe Güte, ich habe den Laden wirklich vermisst. Also, wie läuft das Geschäft?«

»Meinst du die beiden, die gerade gegangen sind?«, fragte Kate, während sie ihnen allen Tee einschenkte.

»Die beiden, die gerade auf dem Weg zum Essen waren, ja.«

»Sie haben vor ungefähr fünfzehn Minuten ihre gemeinsame Begeisterung für mythische Tiere entdeckt und wurden daraufhin sofort Freundinnen. Es hat richtig Spaß gemacht, das mitzuerleben.«

»Dies ist das erste Mal seit heute Morgen, dass niemand im Laden ist«, fügte Laura stolz hinzu. »Im Augenblick kommen jede Menge Leute, die ihre Weihnachtseinkäufe vor Thanksgiving erledigt haben wollen.«

»Wenn ich dran denke, wie ich diese Art Menschen früher gehasst habe.« Margo stieß einen Seufzer aus. »Ich war gerade bei meinem Arzt. Er sagt, wenn ich mich die meiste Zeit hinter die Kasse setze, kann ich ab nächste Woche wieder täglich ein paar Stunden arbeiten.«

»Es besteht kein Grund zur Eile«, meinte Kate. »Wir kommen auch so ganz gut zurecht.«

»Aber es gefällt mir nicht, ausgeschlossen zu sein. J.T. kann ich ja einfach mitbringen. Babys vernebeln den meisten Kundinnen sicher das Hirn.«

»Ich dachte, du wolltest eine Kinderfrau einstellen.«

»Das will ich auch.« Schmollend beugte sich Margo über ihren Sohn und zog seine Decke zurecht. »Bald.«

»Sie will einfach nicht teilen«, murmelte Laura an Kate gewandt. »Ich weiß, was für ein Gefühl das ist. Als Ali geboren wurde, wollte ich …« Sie brach ab, als ein Trio neuer Kundinnen den Laden betrat.

»Ich übernehme sie«, bot sich Kate netterweise an. »Dann könnt ihr beiden mütterliche Ratschläge austauschen.«

Während der nächsten zwanzig Minuten zeigte sie einer Kundin sämtliche Diamantohrringe, die sie auf Lager hatten, während die zweite bei den Nippsachen stöberte und die dritte den schlummernden J.T. bewunderte.

Sie servierte Tee, rettete einen verzweifelten Ehemann durch das passende Geschenk für seinen Hochzeitstag und hängte die Garderobe aus der Anprobe auf die Ständer zurück.

Während sie noch den Kopf darüber schüttelte, wie manche Leute mit Seide umgingen, kam sie wieder nach vorn. Neue Kundinnen sahen sich um, unterhielten sich, zwitscherten unbeschwert. Jemand hatte eine Art-Deco-Lampe angeschaltet, um zu sehen, welcher Effekt sich durch die Beleuchtung erzielen ließ, und so war eine Ecke des Geschäfts in weiches, goldenes Licht getaucht. Margo lachte mit einer Kundin, Laura stand auf den Zehenspitzen, um eine Schachtel aus dem Regal zu nehmen, und das Baby schlief.

Es war ein wunderschöner Ort, erkannte sie mit einem Mal. Eine magische, kleine Schatztruhe, angefüllt mit Grandiosem und Närrischem. Geschaffen von Margo, Laura und ihr. Aus Verzweiflung, aus praktischen Erwägungen, vor allem aber aus der Freundschaft heraus, die sie miteinander verband.

Seltsam, dass sie den *Schönen Schein* lediglich als Geschäft betrachtet hatte, das man an Gewinnen und Verlusten, an Einnahmen und Ausgaben maß. Und noch seltsamer, dass sie bis zu diesem Augenblick nicht wusste, wie glücklich sie war, Teil eines derart riskanten, lächerlichen und zugleich kurzweiligen Unternehmens zu sein.

Sie ging zu Laura. »Ich habe noch einen Termin, den ich vollkommen vergessen hatte«, sagte sie schnell. »Kommst du hier eine Zeit lang ohne mich zurecht? In einer Stunde bin ich wieder da.«

»Sicher. Aber …«

»Es wird nicht lange dauern.« Ehe Laura irgendwelche Fragen stellen konnte, schnappte sie sich ihre Handtasche. »Bis dann«, rief sie und rannte aus der Tür.

»Wo geht sie hin?« Margo sah ihr verwundert nach.

»Keine Ahnung. Sie hat nur gesagt, sie wäre so bald wie möglich zurück.« Laura runzelte besorgt die Stirn. »Hoffentlich ist alles in Ordnung!«

Kate ging noch mit sich zu Rate. Es war ein Test, sagte sie sich. Zu Bittle zu fahren und zu sehen, was sie dort empfinden würde, musste sie ausprobieren.

Die dezenten Farben und die praktischen Möbel im Foyer waren ihr angenehm vertraut. Chrom und Leder, effizient und leicht zu reinigen, beherrschten die kleine Sitzecke, in der *Money, Time* und *Newsweek* für die Klienten bereit lagen.

Die Empfangsdame sah Kate mit einem freundlichen, doch leicht verlegenen Lächeln an, als sie gewohnheitsmäßig in Richtung Treppe ging und die Stufen bis zum ersten Stock erklomm. Auch hier gab es nicht den geringsten Schnickschnack, dachte sie. Es summte wie in einem Bienenstock. Angestellte und Computerfachleute waren ganz auf ihre Arbeit konzentriert, einer der Angestellten aus der Postabteilung schob einen Wagen vor sich her und verteilte die Nachmittagseingänge – irgendwo ratterte ein Faxgerät.

In der zweiten Etage war es ebenso. Die Partner saßen in ihren eigenen Büros und pflügten dicke Aktenberge durch. Die Telefone klingelten ohne Unterlass, was sie daran erinnerte, dass man in der Mitte des letzten Quartals des Steuerjahres war. Klienten riefen an, um zu erfragen, wie sich weitere Steuerabzüge erzielen ließen, wie man Einnahmen auf das kommende Jahr verschob, welche Forderungen sie zu erwarten hatten.

Natürlich, dachte sie, warteten doppelt so viele Leute bis

zur letzten Dezemberwoche und riefen dann in hellster Panik an. Was gerade das Interessante an ihrer Arbeit war.

An der Tür ihres alten Büros machte sie halt. Niemand hatte es besetzt, entdeckte sie. Abgesehen von ihrem Computer und ihrem Telefon war der Schreibtisch leer. Das Faxgerät stand stumm da; aber sie erinnerte sich daran, wie es ständig gepiept und geklickt hatte, als sie noch für Bittle arbeitete.

Das Regal war in bequemer Reichweite des Schreibtischs aufgebaut, und früher hatte sie dort ihre Fachbücher, Steuerhandbücher und Formulare aufbewahrt. Keine Nippes, dachte sie. Keine Ablenkung. Und – sie stieß einen lautlosen Seufzer aus – nicht eine Spur von Stil. Sie war nichts weiter gewesen als eine von zahlreichen Bienen in diesem Stock.

Himmel, wie tödlich langweilig!

»Kate.«

Der Augenblick des Selbstmitleids war vorbei. »Hallo, Roger«

»Was machst du hier?«

»Ich ergehe mich in Selbstbetrachtung.« Ihr Arm schwenkte durch das leere Büro. »Niemand benutzt es.«

»Nein.« Sein Lächeln war ein wenig schwach. »Es geht das Gerücht, dass sie jemand Neuen einstellen wollen. Allerdings kursieren augenblicklich jede Menge Gerüchte bei uns«, fügte er hinzu und sah ihr ins Gesicht.

»Ach ja?«, fragte sie kühl.

»Es überrascht mich, dich plötzlich hier zu sehen. In letzter Zeit war ziemlich häufig dieser Bulle da.«

»Das ist mir egal, Roger. Ich habe mir nichts vorzuwerfen.«

»Nein, natürlich nicht. Das habe ich auch nie geglaubt. Dazu kenne ich dich einfach zu gut.« Er blickte über seine Schulter, wobei die Ruckhaftigkeit der Bewegung seine Angespanntheit verriet. »Bittle Senior hat letzte Woche sämtliche Angestellten zusammengerufen und verkündet, dass du von jedem Verdacht reingewaschen bist. Jetzt verdächtigt hier natürlich jeder jeden.«

»Was ja wohl niemanden überrascht.« Neugierig betrachtete sie seine Miene. »Dabei sollte natürlich nur eine Person beunruhigt sein. Meinst du nicht, Roger?«

»Alle Zeichen wiesen auf dich«, erwiderte er. »Wer weiß, wer als Nächster in die Mühle gerät.«

»Ich glaube, Detective Kusack weiß, wie er seinen Job machen muss. Und dann ist da schließlich noch das FBI.«

»Was meinst du damit, FBI?«

»Das Fälschen von Steuerformularen ist ein Verbrechen, das den Staat betrifft.«

»Niemand hat irgendetwas an den Formularen verändert, die den Finanzbehörden zugegangen sind. Die Regierung hatte nicht den geringsten Schaden durch diese Angelegenheit.«

»Nein, den haben nur ich und ein paar meiner Klienten zu spüren gekriegt. Du widerliches Schwein!«

Er fuhr zurück, als hätte sie ihm einen Schlag versetzt. »Wovon, zum Teufel, redest du?«

»Du schwitzt ja direkt vor Angst. Weißt du, ich glaube nicht, dass ich dich je zuvor habe schwitzen sehen. Weder im Bett noch als du mir erzählt hast, dass eine meiner wichtigsten Klientinnen zu dir übergewechselt ist. Aber jetzt hast du plötzlich Schweißtropfen auf der Stirn.«

Als sie an ihm vorbeigehen wollte, packte er sie am Arm. »Mach dich nicht lächerlich. Willst du etwa allen Ernstes behaupten, ich hätte die Formulare gefälscht?«

»Du elender Hurensohn. Du wusstest, wo ich all meine Unterlagen hatte. Du wusstest, wie du es anstellen musstest, damit es so aussieht, als hätte ich es getan. Du hast die Sache mit meinem Vater herausgefunden, stimmt's?« Kochend vor Wut funkelte sie ihn an. »Und dann hattest du noch die

Dreistigkeit zu mir zu kommen, nachdem du das alles bewerkstelligt hattest. Damals habe ich nicht verstanden, weshalb du auf einmal wieder an mir Interesse zu haben schienst. Wahrscheinlich gedachtest du auf diese Weise deine Spuren noch besser zu verwischen.«

»Du weißt ja nicht, was du redest!«

Ja, er schwitzte wirklich, merkte sie. Er hatte Angst. Angst wie ein Kaninchen, das plötzlich im Licht der Scheinwerfer eines heranrasenden Wagens hockte. Er sollte ruhig leiden. »Nimm deine Hand von meinem Arm, Roger. Und zwar sofort!«

Stattdessen verstärkte er noch seinen Griff und beugte sich dichter zu ihr. »Du hast nicht die geringsten Beweise gegen mich. Wenn du versuchst, mir die Schuld in die Schuhe zu schieben, machst du dich höchstens lächerlich. Ich habe dich fallengelassen. Deine Klientin ist zu mir übergewechselt, weil ich besser, und zwar innovativer bin. Weil ich härter arbeite.«

»Du hast sie nur rumgekriegt, weil du mit einer einsamen, verletzten Frau ins Bett gegangen bist.«

»Als ob du nie mit einem Klienten im Bett gewesen wärst«, zischte er in wütendem Flüsterton.

»Nein, das war ich nie. Und du hast das Geld genommen – aus Gier, aus Skrupellosigkeit und weil du dann plötzlich eine Möglichkeit gesehen hast, den Verdacht auf mich zu lenken.«

»Ich warne dich, Kate! Wenn du zu Bittle gehst und versuchst, gegen mich Stimmung zu machen, dann …«

»Was dann?«, fragte sie und sah ihn herausfordernd an. »Was dann?«

»Gibt es hier irgendein Problem?« Mit den ihr eigenen, gespenstisch lautlosen Schritten kam Newman den Korridor herab. Ihre Miene drückte wie gewöhnlich Missbilligung aus.

Kate sah sie mit einem kühlen Lächeln an. »Ich glaube nicht.« Sie entzog Roger ihren Arm. »Oder, Roger? Mr Bittle erwartet mich, Ms Newman. Ich habe vom Auto aus mit ihm telefoniert.«

»Allerdings erwartet er Sie! Ihr Telefon klingelt, Mr Thornhill. Falls Sie bitte mitkommen wollen, Ms Powell.« Newman blickte über ihre Schulter auf Roger, der mit grimmiger Miene im Korridor stand; dann wandte sie sich an Kate, die ihren schmerzenden Arm betastete. »Alles in Ordnung?«, fragte sie.

»Vollkommen.« Als Newman die Tür zu Bittles Büro öffnete, atmete sie tief durch. »Sie sind echt nett.«

»Kate.« Bittle stand von seinem Schreibtisch auf. »Ich bin sehr froh, dass Sie angerufen haben.« Er nahm ihre Hand und hielt sie fest. »Sehr froh.«

»Es freut mich, dass Sie mich so schnell empfangen haben.«

»Bitte, nehmen Sie doch Platz. Was darf ich für Sie kommen lassen?«

»Nichts. Vielen Dank!«

»Ms Newman, bitte informieren Sie die Partner darüber, dass Kate gekommen ist.«

»Oh, das ist nicht notwendig! Ich würde lieber mit Ihnen alleine sprechen.«

»Wie Sie wünschen. Das wäre dann alles, Ms Newman.« Statt wieder hinter seinen Schreibtisch zu gehen, setzte er sich neben Kate. »Ich würde Ihnen gerne von Fortschritten bei den Ermittlungen berichten, aber Detective Kusack stellt mehr Fragen, als er beantwortet.«

»Deswegen bin ich nicht hier.« Sie dachte an Roger. Nein, sie würde ihn nicht beschuldigen, noch nicht. Er sollte noch eine Weile schwitzen, und sie würde einen anderen Weg finden, um zu beweisen, dass er der Übeltäter war. Und die ganze Zeit über würde sie sich daran weiden, wie er vor Angst schlotterte. »Ich bin wegen Ihres Angebotes hier.«

»Gut.« Zufrieden lehnte er sich zurück und faltete die Hände in seinem Schoß. »Wir sind ganz versessen darauf, Sie endlich wieder bei uns zu haben. Alle sind wir der Meinung, dass ein bisschen junges Blut dringend erforderlich ist. Ein Unternehmen wie das unsere wird allzu schnell unmodern.«

»Ihr Unternehmen ist nicht unmodern, Mr Bittle. Es ist ein gutes Haus. Erst jetzt begreife ich wirklich, wie sehr ich von meiner Zeit bei Ihnen profitiert habe.«

Ohne eine genaue Vorstellung davon zu haben, wie sie fortfahren sollte, faltete sie ebenfalls die Hände in ihrem Schoß. »Zuerst möchte ich Ihnen sagen, dass ich über das, was geschehen ist, sehr gründlich nachgedacht habe; ich verstehe, dass Sie unter den gegebenen Umständen getan haben, was Sie tun mussten. Dasselbe hätte auch ich an Ihrer Stelle getan.«

»Ihr Verständnis weiß ich zu schätzen, Kate.«

»Mein Fehler bestand darin, dass ich mich nicht sofort zur Wehr gesetzt habe – aber vielleicht gelingt es mir allmählich, mir diesen Fehler nachzusehen. Ich musste erkennen, dass ich nicht immer alles ganz alleine regeln kann. Dass ich nicht immer Antworten auf alle Fragen habe.« Sie atmete vorsichtig aus. Dieses Eingeständnis fiel ihr alles andere als leicht.

»Mr Bittle, ich hatte nur ein einziges Ziel, als ich mit dem Studium fertig war. Und zwar, mich hier in dieser Firma zur Partnerin hochzuarbeiten. Mich dafür einzusetzen, war eine der besten Erfahrungen, die ich in meinem Leben gemacht habe. Wenn ich es hier schaffen würde, wenn ich Ihren Ansprüchen genügen und zur Partnerin gemacht würde, hieße das, dass ich tatsächlich eine der Besten bin. Und es war mir immer sehr wichtig, eine der Besten zu sein.«

»Diese Firma hat nie eine Angestellte oder einen Angestellten mit einer nobleren Arbeitsmoral gehabt. Auch wenn mir bewusst ist, dass der Zeitpunkt, zu dem ich Ihnen unser Angebot unterbreitet habe, Sie vielleicht bedenklich stimmt: Ich versichere Ihnen noch einmal, dass Ihre bedauerliche Verwicklung in diese polizeiliche Angelegenheit nicht das Geringste mit Ihrer möglichen Partnerschaft zu tun hat.«

»Das weiß ich. Und es bedeutet mir sehr viel.« Sie öffnete den Mund und hätte beinahe zugesagt. Dann jedoch schüttelte sie vehement den Kopf. »Tut mir leid, Mr Bittle, ich kann nicht hierher zurückkommen.«

»Kate!« Wieder nahm er ihre Hand. »Bitte, glauben Sie mir, dass ich verstehe, wenn Ihnen bei dem Gedanken daran unbehaglich zumute ist. Ich gehe davon aus, dass Sie erst dann Ihre Rückkehr zu uns in Erwägung ziehen, sobald die Angelegenheit vollkommen aufgeklärt ist. Natürlich gestehen wir Ihnen diese Bedenkzeit zu.«

»Es ist keine Frage der Zeit. Oder vielleicht doch. Ich hatte Zeit, mich umzustellen, die Dinge in einem neuen Licht zu sehen. Während der letzten Monate bin ich von meinem ursprünglichen Weg, den ich mir bereits in der Highschool gesteckt hatte, abgewichen. Und mein neues Leben macht mir Spaß, Mr Bittle. Wahrscheinlich bin ich selbst mehr überrascht als jeder andere, dass mir die Arbeit in einer Secondhand-Boutique in der Cannery Row gefällt. Aber das tut sie nun einmal, und ich möchte sie nicht wieder aufgeben.«

Er lehnte sich zurück und klopfte die Fingerspitzen aneinander, wie er es immer tat, wenn er ein kniffliges Problem abwog. »Lassen Sie mich für einen Augenblick als alter Freund zu Ihnen sprechen – als jemand, der Sie kennt, seit Sie ein kleines Mädchen waren, ja?«

»Natürlich.«

»Kate, Sie sind ein zielorientierter Mensch. Sie haben all Ihre Zeit und Kraft darin investiert, um in dem von Ihnen gewählten Bereich erfolgreich zu sein. Einem Bereich, der, wie ich vielleicht hinzufügen darf, genau der richtige für Sie ist. Jetzt haben Sie vielleicht eine Pause gebraucht. Die brauchen wir alle gelegentlich.« Er spreizte seine Finger, ehe er sie weiter gegeneinander trommelte. »Aber dieses Ziel aus den Augen zu verlieren, sich mit einer Position zufriedenzugeben, für die Sie nicht nur überqualifiziert, sondern ganz einfach nicht geschaffen sind, wäre eine Vergeudung von Zeit und Talent. Jeder halbwegs fähige Buchhalter käme mit den alltäglichen Finanzangelegenheiten eines Geschäfts zurecht, und jedes Mädchen, das auch nur auf der Highschool war, kann mit einer Kasse umgehen.«

»Da haben Sie recht.« Froh, es alles so logisch und nüchtern formuliert zu hören, lächelte sie. »Sie haben vollkommen recht, Mr Bittle.«

»Tja, dann, Kate, falls Sie also gern noch ein paar Tage Zeit hätten, um darüber nachzudenken …«

»Nein, das ist bereits geschehen. Ich habe mir all die Dinge vergegenwärtigt, die Sie mir soeben gesagt haben. Was ich tue, ergibt nicht den geringsten Sinn. Es ist unlogisch, irrational und emotional. Wahrscheinlich ist es ein Fehler – aber den muss ich einfach machen. Wissen Sie, es ist unser Geschäft, es gehört Margo, Laura und mir. Unser gemeinsamer Traum!«

20

Sie nahm eine Flasche Champagner aus dem Laden mit, ehe sie beschloss, noch einen Schritt weiterzugehen und zu sehen, ob ihr nicht vielleicht ein ganzes Mahl gelang. Ihre stumme Übereinkunft mit Byron ging dahin, dass er kochte und sie den Abwasch übernahm, da er ihr, was die Kochkunst betraf, haushoch überlegen war. Aber zur Feier des Beginns eines neuen Lebensabschnitts für sie sollte sie es wenigstens einmal versuchen.

Kochen hatte sie immer als eine Art mathematischer Aufgabe angesehen. Sie kannte die Formeln und kam mit den Berechnungen zurecht, ohne dass sie allerdings die Ausführung sonderlich genoss.

Eine Schürze vor dem Bauch, die Ärmel ihrer Bluse bis zu den Ellbogen aufgerollt, ordnete sie die Zutaten wie Elemente eines physikalischen Versuchs nebeneinander auf der Anrichte an.

Zuerst die Antipasti, dachte sie und beäugte argwöhnisch die sorgfältig gewaschenen, großen Champignons. Sicher war es nicht einfach, sie mit Käse zu füllen, aber der Verfasser des Rezepts behauptete zumindest, dass es möglich war. Also schnitt sie folgsam die Stiele von den Pilzen ab, hackte sie klein, dünstete sie zusammen mit grünen Zwiebeln und Knoblauch und merkte, dass sie, als ihr der Duft in die Nase stieg, versonnen lächelte.

Käse, Gewürze und Croutons – sie war begeistert von sich selbst –, kurz darauf gab sie die Füllung in die Pilze und schob das Ganze in den Ofen.

Anschließend galt es, Gurken zu marinieren, Paprika zu schneiden, Tomaten zu schälen und – richtig – die Oliven aus dem Glas! Während sie noch mit dem Deckel rang, piepste die Küchenuhr, sodass sie die Pilze aus dem Ofen zog.

Sie hatte alles unter Kontrolle, sagte sie sich, während sie an ihrem Daumen nuckelte, den sie sich an dem heißen Blech verbrannt hatte. Es war einfach eine Frage der richtigen Einteilung. Nur, was, in aller Welt, kam jetzt?

Also schnitt sie Käse und rang um die perfekte Konsistenz des Basilikum-Olivenöl-Aufstrichs für das Baguette.

Ein Anruf bei Mrs Williamson, der Köchin in Templeton House, instruierte sie, die Antipasti sorgsam auf einem Teller zu drapieren.

Wo, zum Teufel, steckte Byron bloß? Sie knabberte an ihren Nägeln, während sie das Rezept für Pasta con pesto las. ›Grob gehackte Basilikumblätter‹, was hieß eigentlich ›grob gehackt‹

genau? Und warum, zum Teufel, musste man den Parmesankäse mit der Hand reiben, wenn jeder halbwegs vernünftige Mensch eine hübsche Dose fertig geriebenen Parmesans im Supermarkt zu erstehen in der Lage war? Wo, verdammt, bewahrte Byron außerdem Pinienkerne auf?

In einer brav beschrifteten Dose im Regal. Sie hätte wissen müssen, dass Byrons Küche alles beherbergte, was mit Essen und Essensvorbereitung auch nur entferntest in Verbindung stand. Die sorgsam abgewogenen Zutaten wurden in den Mixer gekippt, und mit einem stummen Stoßgebet drückte sie auf den Knopf.

Alles wirbelte ordnungsgemäß herum.

Von neuer Zufriedenheit erfüllt stellte Kate Wasser für die Pasta auf den Herd und deckte, während sie darauf wartete, dass es zu kochen begann, eifrig den Tisch.

»Entschuldigung«, sagte Byron von der Küchentür her. »Offenbar habe ich mich im Haus geirrt.«

»Sehr lustig.«

Die Hunde, die ihr bisher in Erwartung irgendwelcher Brosamen Gesellschaft geleistet hatten, stürzten fröhlich bellend auf ihn zu. Da er seiner Nase und seiner Neugier folgend schnurstracks in die Küche gekommen war, hielt er seine Aktentasche noch in der Hand. Jetzt stellte er sie ab, strich den Hunden über das Fell und sah Kate mit einem fragenden Grinsen an.

»Normalerweise kochst du nie.«

»Was nicht bedeutet, dass ich es nicht kann.« Erwartungsvoll nahm sie einen der Pilze vom Teller und schob ihn ihm in den offenen Mund. »Und?«

»Gut.«

»Gut?« Sie zog eine Braue hoch. »Nur gut?«

»Überraschend gut«, verbesserte er sich. »Du hast eine Schürze um.«

»Natürlich trage ich eine Schürze. Schließlich will ich nachher nicht voller Flecken sein.«

»Du siehst so … häuslich aus.« Er legte seine Hände auf ihre Schultern und gab ihr einen Kuss. »Gefällt mir.«

»Gewöhn dich besser nicht daran! Dies bleibt sicher eine einmalige Show.« Sie trat an den Kühlschrank und nahm die Flasche Champagner aus dem Fach. »Ich erinnere mich noch daran, als Josh diese Phase durchmachte und Donna Reed heiraten wollte.«

»Donna Reed.« Bryon öffnete die Tür, um die Hunde hinauszulassen, und nahm dann auf einem Hocker Platz. »Tja, jetzt, wo ich darüber nachdenke, muss ich zugeben, dass sie in ihren Schürzen sicher ziemlich heiß aussah.«

»Aber dann hat er es sich anders überlegt und beschlossen, es mit Miss Februar zu versuchen.« Mit einem geübten Griff öffnete sie die Flasche. »Natürlich hatte er es im Grunde immer schon auf Margo abgesehen. Donna und diese Puppe damals waren reine Verlegenheitslösungen.«

Sie nahm zwei Champagnerflöten aus dem Schrank und wandte sich Byron mit einem verschmitzten Grinsen zu. »Also, wenn ich es richtig verstanden habe, muss ich jetzt fragen: ›Und wie war dein Tag, mein Schatz?‹«

»Gut. Obwohl das hier noch besser ist.« Er nahm das Glas, das sie ihm gefüllt hatte, und prostete ihr zu. »Und aus welchem Grund werde ich derart verwöhnt?«

»Gott sei Dank erkennst du, dass es einen Grund dafür geben muss, wenn ich so einen Zirkus veranstalte.« Sie sah sich in der Küche um und stöhnte. Auch wenn sie versucht hatte, möglichst systematisch vorzugehen, stünde ihr noch eine gewaltige Aufräumaktion bevor. »Warum tust du das? Du weißt schon, warum kochst du so oft?«

»Es macht mir Spaß.«

»Du bist krank, Byron.«

»Dein Wasser kocht, Donna.«

»Oh, genau.« Sie nahm das Nudelglas und starrte es stirnrunzelnd an. »Du nimmst also das Zeug aus der Originalverpackung und tust es in das Glas. Aus ästhetischen Gründen ist das sicher okay, aber wie soll ich denn jetzt bloß wissen, wie viel dreihundert Gramm sind?«

»Du musst einfach schätzen. Ich weiß, dass dir das zuwider ist, aber hin und wieder sollte man einfach wagemutig sein.«

Er beobachtete, wie sie ratlos die Nudeln betrachtete, wollte ihr gerade sagen, dass sie viel zu viele ins Wasser gab, lehnte sich dann jedoch wortlos zurück. Schließlich war es ihr Essen, und auf alle Fälle merkte er, dass der Anblick ihres winzigen Popos unter der ordentlich gebundenen Schürze viel interessanter als ihre verschwenderische Nudelmenge war.

Wie sähe es wohl aus, hätte sie nichts außer dieser gestärkten weißen Schürze an ihrem wohlgeformten Leib?

Als sie ihn lachen hörte, drehte sie sich um. »Was ist?«

»Nichts.« Er hob sein Glas an den Mund. »Mir ging nur ein vollkommen verrückter und etwas peinlicher Gedanke durch den Kopf. Aber ich habe ihn bereits größtenteils wieder verdrängt. Warum erzählst du mir nicht, was dich zu dieser häuslichen Kampagne bewogen hat?«

»Also gut. Ich war – verdammt, ich habe das Brot vergessen.« Mit gerunzelter Stirn schob sie das Blech in den Ofen, wählte die richtige Temperatur und stellte die Uhr. »Ich kann mich unmöglich unterhalten und gleichzeitig ein Essen kochen. Legst du bitte eine CD auf und zündest schon mal die Kerzen an, während ich hier alles fertig mache?«

»Also gut.« Er stand auf, wandte sich zum Gehen und drehte sich dann noch einmal um. »Katherine, um auf meine peinlichen Gedanken zurückzukommen …« Amüsiert schüttelte er den Kopf. »Vielleicht probieren wir das einfach später aus.«

Zu beschäftigt, um auf seine Worte einzugehen, wedelte sie ihn aus dem Raum und wandte sich dann wieder ihren Töpfen zu.

Sie war der Ansicht, dass sie ganz gute Arbeit geleistet hatte, als sie schließlich eingehüllt in verführerische Düfte, flackernden Kerzenschein und Musik von Otis Redding am Tisch saßen. »Offenbar kriege ich durchaus ein mehrgängiges Menü hin«, lobte sie sich, nachdem sie die Pasta gekostet hatte. »Wenn auch höchstens einmal im Jahr.«

»Es ist wirklich köstlich«, bestätigte er. »Und vor allem ist es ein fantastisches Gefühl, nach Hause zu kommen und von einer hübschen Frau mit einem selbst zubereiteten Mahl verwöhnt zu werden.«

»Ich hatte einfach etwas überschüssige Energie.« Sie brach eins der Brote in der Mitte durch und bot ihm eine Hälfte an. »Zuerst habe ich überlegt, dich geradewegs ins Schlafzimmer zu zerren, wenn du nach Hause kommst; aber dann dachte ich, das hätte auch bis nach dem Essen Zeit. Außerdem war ich hungrig. Mein Appetit ist in den letzten Monaten wesentlich gewachsen.«

»In demselben Maß, wie dein Stress geringer geworden ist«, stellte er fest. »Abgesehen davon, dass du vernünftiger isst, hast du auch endlich damit aufgehört, Aspirin und Magentabletten zu schlucken, als wären es Bonbons.«

Es stimmte, gab sie zu. Und gleichzeitig hatte sie sich seit Jahren nicht mehr derart wohl gefühlt. »Tja, ich habe heute etwas getan, was mich entweder diesen Weg weiterverfolgen oder pronto in die Apotheke zurückrennen lassen wird.« Sie starrte in ihren Champagner und nahm einen vorsichtigen Schluck. »Ich habe die Partnerschaft ausgeschlagen.«

Er nahm eine ihrer Hände und spielte mit ihren Fingern. »Und liegst du damit richtig?«

»Ich glaube, ja.« Erstaunt meinte sie: »Du klingst nicht besonders überrascht. Selber wusste ich nicht, dass ich sie ausschlagen würde, bis ich Mr Bittle gegenübersaß.«

»Vielleicht wusstest du es nicht im Kopf, aber in deinem Bauch oder aber in deinem Herzen stand es fest. Du bist ein Teil des *Schönen Scheins,* Kate. Er ist etwas, was dir gehört. Weshalb also solltest du ihn aufgeben, um Teil von etwas zu werden, das jemand anderer geschaffen hat?«

»Weil es das ist, was ich immer wollte – wofür ich jahrelang geschuftet habe.« Sie zuckte mit den Schultern und sah ihn ein wenig unsicher an. »Aber dann hat sich herausgestellt, dass mir das Wissen reicht, sehr gut zu sein. Wobei es mir ein bisschen angst macht, plötzlich einen derart anderen Weg einzuschlagen.«

»Eine derart radikale Veränderung ist es nun auch wieder nicht«, beschwichtigte er. »Du bist Teilhaberin eines Unternehmens und für die Buchhaltung zuständig.«

»Mein Abschluss, meine ganze Ausbildung …«

»Du glaubst ja wohl nicht im Ernst, dass sie vergeudet sind. Sie gehören zu dem Menschen, der du bist. Du setzt sie nur in anderer Weise ein.«

»Ich konnte einfach nicht mehr in das Büro, in das – Leben zurück«, erklärte sie. »Das alles erschien mir mit einem Mal so furchtbar starr. Margo kam heute mit dem Baby ins Geschäft. Die Kundinnen waren außer sich vor Begeisterung, und Margo saß da, die Wiege neben sich; dann musste Laura nach so einem geflügelten Drachen suchen, und ich habe eine Taschenuhr und Schuhe eingepackt …« Verlegen brach sie ab. »Ich brabbele dummes Zeug. Das tue ich sonst nie.«

»Schon gut. Mir ist klar, worum es dir geht. Du hast Spaß an deiner Arbeit dort – es gefällt dir, Teil dieses Unternehmens zu sein. Du genießt die Überraschungen, die mit der Führung eines Ladens, den du mitgeschaffen hast, einhergehen.«

»Früher habe ich Überraschungen nicht gemocht. Ich wollte immer genau wissen, wann, wo und wie alles passiert, um darauf vorbereitet zu sein. Man macht Fehler, wenn man nicht vorbereitet ist, und ich hasse es, Fehler zu machen.«

»Tust du im Augenblick etwas, von dem du das Gefühl hast, dass es das Richtige ist?«

»So sieht es aus.«

»Tja, dann.« Er hob sein Glas und stieß mit ihr an. »Dann solltest du es auch weiterhin tun.«

»Warte, bis ich es Margo und Laura erzähle.« Bei der Vorstellung lachte sie vergnügt. »Margo war schon wieder weg, als ich zurück in den Laden kam, und Laura musste los, um die Mädchen abzuholen. Also hatte ich bisher einfach keine Gelegenheit. Natürlich werden wir ein paar Neuerungen einführen müssen. Es ist einfach lächerlich, dass es bisher bei uns noch nicht mal so etwas wie geregelte Arbeitszeiten gibt. Und die Art, wie wir die Preise festlegen – ohne jedes System. Die neue Software, die ich installiert habe, wird unsere Arbeit ungemein vereinfachen …« Sie brach ab, als sie merkte, dass er zu grinsen begann. »Offenbar bin ich niemand, der sich über Nacht vollkommen ändern kann.«

»Du sollst dich überhaupt nicht ändern. Genau für diese Dinge brauchen sie dich. Spiel deine Stärken aus, mein Schatz. Zu denen offenbar auch die italienische Kochkunst gehört. Die Spaghetti sind einfach phänomenal.«

»Wirklich?« Sie schob sich eine Gabel voll in den Mund. »Ich glaube beinahe, du hast recht. Tja, vielleicht könnte ich mich in Zukunft ja etwas öfter in der Küche versuchen. Zu besonderen Anlässen.«

»Das wäre sicherlich nicht schlecht.« Gedankenverloren drehte er ein paar Nudeln auf seine Gabel. »Apropos besondere Anlässe, nun, da du weiterhin selbstständig arbeiten wirst, solltest du eigentlich terminmäßig ein wenig flexibler sein. Da ich aus einer Reihe von Gründen über Weihnachten nicht nach Atlanta fliegen kann, habe ich die Absicht, meine Familie über Thanksgiving für ein paar Tage heimzusuchen.«

»Das ist schön.« Bestimmt war es besser, wenn sie sich ihre Enttäuschung darüber gar nicht erst eingestand. »Zweifellos freut sich deine Familie, wenn sie dich wenigstens für ein paar Tage bei sich hat.«

»Ich hätte es gern, dass du mitkommst.«

»Was?«

Auf halbem Weg zu ihrem Mund machte ihre Gabel halt.

»Es wäre schön, wenn du über Thanksgiving mit mir nach Atlanta kommen würdest, um meine Familie kennenzulernen.«

»Ich – ich kann nicht. Unmöglich kann ich einfach so in der Gegend herumfliegen. Es ist nicht mehr genug Zeit, um …«

»Du hast fast einen ganzen Monat, deine Termine so zu legen, dass es geht. Atlanta ist nicht Bora-Bora, Kate. Es liegt in Georgia.«

»Ich weiß, wo Atlanta liegt«, blaffte sie wütend. »Hör zu, abgesehen vom Zeitfaktor ist Thanksgiving ein Fest der Familie. Da bringt man nicht einfach irgendwen mit.«

»Du bist nicht irgendwer«, sagte er in ruhigem Ton. Ihr Blick drückte nackte Panik aus, doch auch wenn ihn ihre Reaktion zornig machte, ließe er sich von seinem Vorhaben nicht so einfach abbringen. »Dort, wo ich herkomme, ist es Tradition, dass man die Frau, die einem wichtig ist, der Familie vorstellt. Vor allem, wenn man diese Frau liebt und heiraten will.«

Sie fuhr zurück, als hätte er ihr eine Ohrfeige versetzt, und sprang eilig auf. »Einen Augenblick. Warte mal. Himmel. Was soll denn das? Da koche ich eine dämliche Mahlzeit und schon hebst du vollkommen ab.«

»Ich liebe dich, Kate, und will dich heiraten. Es würde mir eine Menge bedeuten, wenn du ein paar Tage mit zu meiner

Familie kämst. Ich bin sicher, Margo und Laura können ihre Arbeitszeiten so einrichten, dass du vorübergehend frei bist.«

Sie musste sich mehrmals räuspern, ehe sie ihre Stimme wiederfand. »Wie kannst du hier sitzen und seelenruhig über Termine und gleichzeitig übers Heiraten sprechen? Bist du vollkommen übergeschnappt?«

»Ich dachte, du wüsstest zu schätzen, wie beherzt ich diese Dinge angehe.« Nicht sicher, ob er wütender auf Kate oder auf sich selber war, leerte er sein Champagnerglas in einem Zug.

»Du hast dich geirrt. Also hör einfach auf damit. Ich weiß nicht, woher du diese Schnapsidee vom Heiraten hast, aber …«

»Schnapsidee kann man es nicht unbedingt nennen«, widersprach er und starrte in sein Glas. »Ich habe nämlich einigermaßen darüber nachgedacht.«

»Ach ja? Tatsächlich? Hast du das?« Kate war froh, dass endlich ihr Zorn die Oberhand über ihre Panik gewann, und fauchte ihn an: »So laufen die Dinge für dich, nicht wahr? Byron De Witt geht eine Sache in seiner ruhigen, nachdenklichen, vor allem geduldigen Weise an, und schon läuft alles nach seinem Plan. Jetzt verstehe ich«, wütete sie und stürmte um den Tisch herum. »Ich kann nicht glauben, dass ich es nicht bereits viel eher begriffen habe. Wie clever du doch bist, Byron. Wie ungemein schlau. Wie umsichtig. Du hast mich einfach um den Finger gewickelt, stimmt's? Du hast die Übernahme sorgsam Schritt für Schritt geplant.«

»Das wirst du mir erklären müssen. Was genau habe ich deiner Meinung nach übernommen, wenn ich fragen darf?«

»Mich! Und bilde dir nicht ein, dass mir nicht endlich alles sonnenklar wäre. Erst war es der Sex. Es ist schwer, noch klar zu denken, wenn man nichts weiter als eine einzige große, vor Verlangen pochende Männlichkeit ist.«

Beinahe hätte er gelacht, und so schob er sich vorsichtshalber eine Olive in den Mund. »Soweit ich mich entsinne, war der Sex ebenso deine wie meine Idee. Am Anfang habe ich mich vielleicht sogar mehr geziert als du.«

»Versuch nicht abzulenken«, fuhr sie ihn an, während sie mit der Faust auf die Arbeitsplatte schlug.

»Ich habe lediglich ein paar Tatsachen ins Feld geführt. Aber sprich ruhig weiter, Kate.«

»Dann war es die Kampagne Sorgen-wir-dafür-dass-Kate-gesünder-wird. Krankenhäuser, Scheiß-Ärzte, Medizin.«

»Lenke ich nun wieder vom Thema ab, wenn ich anmerke, dass du ein Magengeschwür hattest?«

»Damit wäre ich auch alleine zurechtgekommen. Ich hätte ebenso alleine zu einem Arzt gehen können. Und dann fütterst du mich mit all diesem gesunden Zeug. ›Du brauchst ein anständiges Frühstück, Kate. Du solltest wirklich etwas weniger Kaffee trinken.‹ Und ehe ich wusste, wie mir geschah, habe ich regelmäßig Mahlzeiten zu mir genommen und auch noch täglich Turnübungen veranstaltet.«

Byron fuhr sich mit der Zunge über die Zähne und starrte auf den Tisch. »Also gut, ich schäme mich. Dir diese teuflische Falle zu stellen war wirklich eine unverzeihliche Tat.«

»Jetzt mach dich nicht obendrein lustig über mich, du Schuft. Du hast zwei Welpen gekauft. Du hast meinen Wagen repariert.«

Er rieb sich die Schläfen, ehe er sich erhob. »Ich habe also die Hunde gekauft und deinen Wagen repariert, um dich derart zu blenden, dass du mir in die Falle gehst. Kate, mach dich doch nicht lächerlich.«

»Mache ich nicht. Ich weiß sehr wohl, wann ich mich lächerlich mache und wann nicht. Clever, wie du bist, hast du lauter kleine Schritte unternommen, bis ich schließlich so gut wie bei dir eingezogen war.«

»Schatz«, sagte er in einer Mischung aus Erschöpfung und Zuneigung. »Aber du bist doch hier eingezogen, wenn ich dich daran erinnern darf.«

»Siehst du?« Sie warf die Hände in die Luft. »Ich lebe mit dir zusammen, ohne dass es mir bisher richtig bewusst geworden wäre. Himmel, ich koche ein ganzes Menü für dich. Dabei habe ich nie zuvor in meinem Leben für einen Mann gekocht.«

»Ach nein?« Gerührt trat er vor sie und streckte die Hände nach ihr aus.

»Fass mich nicht an.« Immer noch zornig zog sie sich hinter die Arbeitsplatte zurück. »Du hast wirklich Nerven, die Dinge derart zu verdrehen. Ich habe dir bereits erklärt, dass du nicht mein Typ bist, dass es zwischen uns niemals funktionieren kann.«

Aufrichtig um Geduld bemüht wippte er auf den Füßen hin und her. »Zur Hölle damit, ob ich dein Typ bin oder nicht. Bisher hat es zwischen uns durchaus funktioniert, und das weißt du ganz genau. Ich liebe dich, und wenn du nicht so verdammt starrsinnig wärst, würdest du eigentlich zugeben, dass auch du mich liebst.«

»Erklär mir bitte nicht auch noch, was ich empfinde, De Witt.«

»Also gut. Dann liebe eben ich dich. Damit musst du wohl zurechtkommen.«

»Das muss nicht ich, sondern du allein. Und was deinen schwachsinnigen Vorschlag zu heiraten betrifft …«

»Ich habe nicht vorgeschlagen, dass wir heiraten«, sagte er in kühlem Ton, »sondern ich möchte, dass du mich heiratest. Das war nicht als Frage gemeint. Wovor hast du eigentlich Angst, Kate? Dass ich so bin wie dieser Schweinehund Thornhill, der dich benutzt hat, bis etwas Appetitanregenderes kam?«

Sie wurde starr. »Woher weißt du das mit Roger? Du hast hinter mir hergeschnüffelt, stimmt's? Aber seltsamerweise bin ich nicht mal überrascht.«

Es machte keinen Sinn, wenn er sich das Wort verkniff, erkannte er. Besser sprach er jetzt endlich alles aus. »Wenn einem ein Mensch derart am Herzen liegt wie du mir, dann interessiert man sich für ihn. Dann ist es einem wichtig, dass der andere glücklich ist. Also habe ich es mir zur Aufgabe gemacht herauszufinden, wer dich bei Bittle in die Pfanne gehauen hat. Du hast seinen Namen Kusack gegenüber erwähnt, daher habe ich bei Kusack nachgefragt.«

»Du hast bei Kusack nachgefragt«, wiederholte sie. »Du weißt, dass Roger derjenige war, dem ich den ganzen Schlamassel zu verdanken habe.«

Er nickte. »Und offenbar weißt du es ebenfalls.«

»Ich habe es erst heute Nachmittag herausgefunden. Aber offensichtlich weißt du es bereits seit Längerem, ohne dass du es für nötig gehalten hättest, mir davon etwas zu sagen.«

»Am Ende wies alles auf ihn. Ihr beiden hattet Streit, er hatte Zugang zu deinem Büro; zu der Zeit, als du der Sache mit deinem Vater nachgingst, hat er mehrere Telefongespräche nach New Hampshire geführt.«

»Woher weißt du das mit den Telefongesprächen?«

»Der Detektiv, den Josh beauftragt hatte, wurde darauf aufmerksam.«

»Der Detektiv, den Josh beauftragt hatte«, wiederholte sie. »Also weiß auch Josh über die ganze Sache Bescheid. Und keiner von euch hat es als notwendig erachtet, mir vielleicht mal etwas mitzuteilen, nein?«

»Wir haben dir nichts davon gesagt, weil wir Angst hatten, dass du dann geradewegs zu Thornhill stürmst und ihn mit den Fakten konfrontierst.« Am liebsten, dachte Byron, wäre er selbst längst zu ihm gefahren und hätte ihm die Gurgel umgedreht. »Wir wollten nicht, dass er etwas erfährt, ehe die Untersuchung abgeschlossen ist.«

»Ihr wolltet nicht, dass er etwas erfährt«, fuhr sie ihn an. »Das ist wirklich bedauerlich; denn ich habe ihn bereits, wie du es schön formulierst, mit den Fakten konfrontiert und somit euren hübschen kleinen Plan durchkreuzt. Ihr hattet nicht das Recht, hinter meinem Rücken zu handeln, mein Leben in die Hand zu nehmen, als wäre ich ein kleines Kind.«

»Ich habe jedes Recht der Welt, alles in meiner Macht Stehende zu tun, um dich zu beschützen und dir behilflich zu sein. Genau das habe ich getan, und dabei bleibt es auch.«

»Ob ich es möchte oder nicht.«

»Genau. Ich bin nicht Roger Thornhill und habe dich noch nie zu irgendeinem Zweck benutzt.«

»Nein, du benutzt die Menschen nicht, Byron. Weißt du, was du tust? Du nimmst den Menschen alles weg, du verweigerst ihnen jede Eigenständigkeit. Falls es das ist, was dich in deinem Job derart erfolgreich macht – diese Geduld, dieser Charme, dieses Talent, die Menschen auf deine Seite zu ziehen, ohne dass sie auch nur merken, manipuliert zu werden –, dann lass dir gesagt sein, dass dir diese Fähigkeit bei mir nichts nützt. Ich lasse mich nicht gängeln. Und ganz bestimmt bringst du mich auf diese Weise nicht dazu, dich zu heiraten.«

»Einen Augenblick.«

Ehe sie an ihm vorbeischießen konnte, trat er ihr in den Weg und packte ihren Arm. Sie schrie leise auf, und aus Furcht, er hätte seine Stärke unterschätzt, lockerte er seinen Griff. Trotzdem wies ihr Unterarm fünf leuchtend rote Flecken auf.

»Was, zum Teufel, ist das?«, fragte er sie erbost.

Trotzig reckte sie das Kinn. Seine Augen blitzten ebenso drohend wie die Klinge eines Schwerts. »Ich kenne dich bereits in der Rolle des Edlen Ritters, Byron. Aber ich habe kein Interesse an einer zweiten Vorführung.«

»Wer hat dich angefasst?«, fragte er und betonte jedes einzelne Wort.

»Noch jemand, der ein Nein als Antwort nicht gelten lassen konnte«, keifte sie und bedauerte den Satz bereits, ehe er ihr über die Lippen drang. Doch es war zu spät.

Mit regloser Miene ließ er von ihr ab.

»Du irrst dich.« Seine Stimme klang leise, ruhig, beherrscht. »Ich kann ein Nein als Antwort gelten lassen. Und da du offenbar Nein gemeinst hast, nehme ich an, dass alle weiteren Gespräche überflüssig sind.«

»Es tut mir leid.« Die Schamesröte stieg ihr ins Gesicht. »Diese Bemerkung war wirklich überflüssig. Aber es macht mich eben wütend, wenn du dich einfach in meine Angelegenheiten mischst oder wenn du annimmst, dass ich mich demütig in alles füge, was du planst.«

»Verstanden.« Vor lauter heißem Schmerz brachte er kaum noch einen Ton heraus. Trotzdem sagte er: »Wie gesagt, das scheint dann wohl das Ende zu sein. Sicher hast du von Anfang an recht gehabt. Wir wollen verschiedene Dinge, sodass es niemals funktionieren wird.« Weniger aus Durst als vielmehr aus dem Bedürfnis nach Distanz trat er an den Tisch, ergriff sein Glas und hob es an den Mund. »Du kannst deine Sachen gleich mitnehmen oder auch später, wann immer es dir passt.«

»Ich …« Es tat ihr weh, dass er die Tür zwischen ihnen so kampflos schloss. »Ich – ich –, ich gehe«, stammelte sie und floh.

Er lauschte dem Knallen der Tür, setzte sich tatterig wie ein alter Mann auf einen Stuhl, legte den Kopf in den Nacken und machte die Augen zu. Es war ein Wunder, dachte er, dass sie ihn für einen derart brillanten Strategen hielt – selbst ein Blinder auf einem galoppierenden Pferd erkannte deutlich, dass er alles hoffnungslos vermasselt hatte.

Natürlich fuhr sie heim. Wohin fuhr man sonst, wenn man derart verwundet war? Die Szene, die sie im Wohnzimmer antraf, war so heiter und heimelig, ähnelte dem so sehr, was ihr angeboten und von ihr verweigert worden war, dass sie am liebsten geschrien hätte.

Josh saß in einem Ohrensessel und wiegte seinen schlafenden Sohn im flackernden Schein der Kaminflammen. Laura schenkte, ihre jüngere Tochter zu ihren Füßen, Kaffee in hübsche Porzellantassen. Margo hatte es sich auf dem Sofa bequem gemacht und blätterte gemeinsam mit Ali in einem Modejournal.

»Kate.« Laura sah sie lächelnd an. »Du kommst gerade rechtzeitig zum Kaffee. Ich habe Josh mit einem von Mrs Williamsons köstlichen Schinken bestochen, damit er mit dem Baby anrückt.«

»Für den Fall, dass du Hunger hast, hätte er ruhig etwas übrig lassen können«, sagte Margo und zwinkerte vergnügt.

»Ich habe mir nur zweimal genommen.«

»Du hast dir viermal genommen, Onkel Josh«, berichtigte Kayla, ehe sie sich wie alle paar Minuten von ihrem Platz erhob, um nach J.T. zu sehen.

»Petze«, sagte er und zwirbelte ihre Nase.

»Tante Kate ist wütend.« Ali richtete sich auf. »Du bist wütend auf jemanden, nicht wahr? Das sehe ich genau. Du bist nämlich ganz rot.«

»Allerdings«, pflichtete Margo ihrer Nichte bei, indem sie Kate genauer musterte. »Außerdem höre ich regelrecht, wie sie mit den Zähnen knirscht.«

»Raus.« Kate wies mit dem Finger auf Josh. »Du und ich unterhalten uns später; aber im Augenblick siehst du besser, dass du Land gewinnst! Und nimm bloß deine verdammten männlichen Hormone mit.«

»Ohne die gehe ich nirgendwo hin«, sagte er friedfertig. »Aber eigentlich finde ich es im Augenblick recht gemütlich hier.«

»Ich kann keine Männer mehr sehen. Wenn du in sechzig Sekunden immer noch hier sitzt, sehe ich mich gezwungen, dir mit bloßen Händen den Hals umzudrehen.«

Obgleich er tat, als wäre er gekränkt, erhob er sich von seinem Platz. »Dann gehe ich also mit J.T. auf eine Zigarre und ein Glas Port rüber in die Bibliothek. Da können wir uns wenigstens wie echte Männer über Sport und schnelle Autos unterhalten, ohne dass uns jemand stört.«

»Darf ich mitkommen, Onkel Josh?«

»Sicher.« Er gab Kayla seine freie Hand. »Schließlich bin ich kein Sexist.«

»In dreißig Minuten geht's ins Bett, Kayla«, rief Laura ihrer Tochter nach. »Ali, warum leistest du Onkel Josh nicht auch ein bisschen Gesellschaft, bis ihr schlafen geht?«

»Ich will aber lieber hierbleiben.« Sie schob die Unterlippe vor und kreuzte entschlossen die Arme vor der Brust. »Wieso soll ich gehen, nur weil Tante Kate ein bisschen rumbrüllen und fluchen will? Ich bin doch kein Baby mehr.«

»Lass sie ruhig da.« Kate machte eine ausholende Armbewegung. »Sie kann gar nicht früh genug lernen, wie Männer wirklich sind.«

»Doch, das kann sie«, widersprach Laura in bestimmtem Ton. »Alison, entweder gehst du zu deinem Onkel rüber in die Bibliothek oder rauf und nimmst dein Bad.«

»Immer muss ich machen, was du sagst. Das ist ätzend.« Ali stolperte aus dem Zimmer und rannte beleidigt die Treppe hinauf.

»Tja, das war wirklich nett«, murmelte Laura und fragte

sich abermals, was aus ihrer früher so süßen, folgsamen Ali geworden war. »Und was für eine fröhliche Note kannst du dem Abend noch verleihen, Kate?«

»Männer sind Schweine.« Mit diesen Worten griff Kate nach einer Tasse Kaffee und leerte sie wie ein Whiskyglas in einem Zug.

21

»Was willst du damit sagen?«, fragte Margo nach einem Augenblick.

»Wofür brauchen wir sie überhaupt? Was für einen Nutzen haben wir von ihnen außer vielleicht im Bereich der Fortpflanzung – und angesichts der rasenden technologischen Fortschritte können wir das sicher bald auch selbst in einem Labor erledigen.«

»Eine echt nette Vorstellung«, sagte Laura und schenkte Kate eine zweite Tasse Kaffee ein. »Vielleicht brauchen wir sie nicht im Bett; aber ich für meinen Teil brauche zum Beispiel einen Mann, wenn ich irgendwo ein großes Insekt loswerden will.«

»Das sehe ich anders«, mischte sich Margo wieder ein. »Persönlich bringe ich lieber eigenhändig Spinnen um, als auf Sex zu verzichten. Aber sagst du uns jetzt bitte endlich, was für ein Verbrechen Byron begangen hat, oder sollen wir raten, Kate?«

»Dieser aalglatte, verschlagene Hurensohn! Ich kann einfach nicht glauben, dass ich dumm genug gewesen bin, eine Beziehung mit einem solchen Typen einzugehen. Man kennt einen anderen Menschen einfach nie genau, nicht wahr? Im Grunde weiß man nie, was für miese Gedanken er hinter seinen Knopfaugen verbirgt.«

»Kate, was hat er verbrochen? Was auch immer es ist, ich bin sicher, es kann doch gar nicht so schlimm sein, wie du denkst.« Als Kate ihren Mantel auszog, fiel Lauras Blick auf die Flecken an ihrem Oberarm, und eilig sprang sie auf. »Allmächtiger, Kate, ist er etwa handgreiflich geworden?«

»Was? Oh!« Sie winkte ab. »Nein, natürlich nicht. Die Flecken habe ich davongetragen, als ich mit jemandem bei Bittle aneinandergeraten bin. Byron würde nie eine Frau grob anfassen. Das wäre viel zu direkt für jemanden wie ihn.«

»Tja, was, um Himmels willen, hat er dann getan?«, erkundigte Margo sich.

»Das werde ich euch sagen. Ich werde euch sagen, was er getan hat«, wiederholte sie und stürmte durch den Raum. »Er hat mich gebeten, ihn zu heiraten.« Als keine der beiden darauf antwortete, wirbelte sie herum. »Habt ihr gehört, was ich gesagt habe? Er hat mich gebeten, ihn zu heiraten!«

Laura sah sie an. »Und dabei hat er bereits die Köpfe eines Dutzends vorheriger Ehefrauen im Schrank, oder was?«

»Ihr hört mir nicht richtig zu. Ihr versteht einfach nicht.« Um Ruhe bemüht atmete Kate ein paarmal durch und schob sich die Haare aus der Stirn. »Okay, er bekocht mich, schiebt mir kiloweise Vitamine rein, bringt mich dazu, dass ich mich sportlich betätige. Dann macht er mich so heiß, dass ich bereit bin, mich egal an welchem Ort auf ihn zu stürzen und unglaublichen Sex mit ihm zu haben. Er geht zu Kusack, arbeitet hinter meinem Rücken mit Josh zusammen, versucht, mir alle Probleme abzunehmen. Außerdem sorgt er dafür, dass ich einen eigenen Schrank bekomme, in den ich meine Kleider hängen kann. Denn natürlich hat er das Haus längst gekauft«, fuhr sie aufgebracht fort. »Und dann noch diese verdammten Hunde, in die sich jeder, der auch nur ein halbes Herz hat, unweigerlich verlieben muss. Mein Wagen war noch nie besser in Schuss. Und dann bringt er auch noch in regelmäßigen Abständen, so unauffällig, dass man es kaum bemerkt, Blumen mit nach Haus.«

»Nicht auch noch Blumen!« Margo presste eine Hand an ihre Brust. »Heiliger Bimbam, dieser Mann ist wirklich eine Ratte! Man muss ihm unbedingt das Handwerk legen.«

»Halt die Klappe, Margo. Ich weiß, dass du nicht auf meiner Seite bist. Das warst du noch nie.« Sicher, dass zumindest Laura sie verstand, ging sie vor ihr in die Knie, packte ihre Hände und sah sie flehend an. »Er hat mich gebeten, über Thanksgiving mit ihm nach Atlanta zu fliegen, um seine Eltern kennenzulernen. Er sagt, dass er mich liebt und mich heiraten will.«

»Meine armer Liebling!« Laura drückte ihr die Hände. »Ich kann sehen, dass du einen schrecklichen Abend hinter dir hast. Ganz offensichtlich ist dieser Kerl verrückt. Gleich soll Josh dafür sorgen, dass er umgehend irgendwo eingeliefert wird.«

Kate riss sich von ihr los. »Ich hätte gedacht, dass wenigstens du auf meiner Seite bist«, sagte sie tief verletzt.

»Du willst, dass ich dich bemitleide?« Als sie das heftige Blitzen in Lauras Augen wahrnahm, blinzelte Kate verwirrt.

»Nein – ja. Ich – nein. Ich möchte nur ein wenig Verständnis.«

»Ich werde dir sagen, was ich bisher von der ganzen Sache verstanden habe. Du hast einen Mann, der dich liebt. Einen guten, verständnisvollen, umsichtigen Anbeter, der bereit ist, nicht nur die Freuden, sondern auch die Probleme zu teilen, die es nun mal im Leben gibt. Der dich will, dem du so wichtig bist, dass er sich bemüht, dich glücklich zu machen – dafür sorgt, dass dein Leben ein wenig glatter verläuft. Einer, der dich im Bett, aber auch außerhalb des Bettes will. Einer, der möchte, dass du seine Familie kennenlernst, weil er sie liebt und weil er mit dir vor ihnen angeben will. Und so ein Mann reicht dir immer noch nicht?«

»Das habe ich nicht gesagt. Es ist nur …« Von Lauras Zorn getroffen stand sie schwankend wieder auf. »Ich hatte das alles nicht geplant …«

»Genau das ist dein Problem.« Wütend erhob sich Laura ebenfalls. »Für dich muss immer alles genau nach Plan verlaufen, wohl geordnet sein. Aber lass mich dir sagen, dass das Leben nun einmal chaotisch ist.«

»Klar! Ich habe ja nur gemeint …«

Bebend vor Empörung und Frustration baute sich Laura vor der Cousine auf. »Und wenn du findest, dass das, was du hast, nicht genügt, versuch es doch mal mit dem, was ich habe. Versuch es mal mit nichts!« Ihre Stimme überschlug sich. »Mit einer leeren Ehe, einem Mann, dem dein Name immer wichtiger war als du, und der sich, nachdem er ihn bekommen hat, nicht einmal mehr die Mühe macht so zu tun, als wäre es anders herum. Komm mal jeden Abend nach Hause in dem Wissen, dass dort niemand ist, der dich in die Arme nimmt – dass alle Probleme, die es zu bewältigen gibt, auf dich zurückfallen, weil du niemanden hast, an den du dich anlehnen kannst. Und dann versuch mal, obendrein noch mit einer Tochter zurechtzukommen, die dir Vorwürfe macht, weil du nicht gut genug gewesen bist, um ihren Vater zu halten.«

Sie stapfte hinüber zum Kamin und starrte in die knisternden Flammen, während ihre Freundinnen ihr schweigend zuhörten. »Versuch mal, dich ungeliebt und unbegehrt zu fühlen und allabendlich grübelnd ins Bett zu gehen, wie alles weiterlaufen und über vergangene Fehler vielleicht Gras wachsen soll. Wenn du all das durch hast, dann kannst du gerne zu mir kommen und dich ausheulen.«

»Tut mir leid«, murmelte Kate. »Laura, es tut mir wahnsinnig leid.«

»Nein.« Erschöpft und beschämt löste sich Laura von Kates tröstender Hand und setzte sich wieder hin. »Nein, es tut mir leid. Ich weiß nicht, was plötzlich über mich gekommen ist.« Sie lehnte den Kopf an das Kissen, machte die Augen zu und wartete, dass der Rest ihres Zorns verflog. »Doch, vielleicht weiß ich es sogar. Es könnte Eifersucht sein.« Sie machte die Augen wieder auf und setzte ein zaghaftes Lächeln auf. »Oder vielleicht einfach, dass du eine Närrin bist.«

»Ich hätte wieder hierher ziehen sollen, nach Peters Weggang«, setzte Kate an. »Es war natürlich zu schwer für dich, mit allem allein zurechtzukommen.«

»Oh, hör auf. Hier geht es nicht um mich. Ich bin nur ein bisschen angeschlagen.« Laura rieb sich die pochenden Schläfen und schloss die Augen erneut. »Das vorhin war nicht die erste Auseinandersetzung, die es heute mit Ali gab. Insgesamt ist es einfach ziemlich anstrengend.«

»Ich könnte ja jetzt wieder einziehen.« Kate hockte sich neben Laura hin.

»Nicht, dass du nicht willkommen wärst«, antwortete Laura ihr. »Aber du ziehst trotzdem nicht wieder ein.«

»Damit wäre dieser Fluchtweg schon mal versperrt«, stellte Margo halbwegs zufrieden fest.

»Ich suche nicht nach einem Fluchtweg.« Kate kämpfte gegen eine Vielzahl von Gefühlen an. »Aber ich könnte dir mit den Mädchen helfen, könnte die Kosten mit dir teilen«, sagte sie, abermals an Laura gewandt.

»Nein. Das ist mein Leben.« Laura verzog schmerzlich das Gesicht. »So, wie es nun mal ist. Und du hast dein eigenes. Wenn du Byron nicht liebst, ist das eine andere Sache. Natürlich kannst du deine Gefühle nicht danach ausrichten, wie es ihm gefällt.«

»Soll das ein Witz sein?« Margo streckte die Hand nach der Kaffeetasse aus. »Seit Monaten ist sie vollkommen verrückt nach ihm.«

»Und wenn schon. Gefühle sind keine Garantie, wenn es

um etwas so Einschneidendes wie eine Ehe geht. Bei Laura haben sie auch nicht gereicht.« Kate stieß einen Seufzer aus. »Tut mir leid, aber so war es nun einmal.«

»Das stimmt. Aber eine Garantie bekommst du höchstens, wenn du einen neuen Toaster kaufst.«

»Okay, da hast du sicher recht, aber das ist noch nicht alles. Seht ihr denn nicht, dass ich von Anfang an ständig von ihm manipuliert worden bin? Dass ich von ihm beherrscht worden bin wie ein kleines Kind?«

Margo lachte leise auf. »Du tust mir wirklich leid. Von einem starken, prachtvollen Mann wie Byron beherrscht zu werden, ist sicher grauenhaft.«

»Du weißt genau, was ich damit sagen will. Du würdest niemals zulassen, dass Josh sämtliche Knöpfe drückt, dass er alle Entscheidungen trifft. Ich sage dir, Byron hat eine Art, die Dinge so zu arrangieren, sodass ich in die von ihm gewählte Richtung gleite, ehe ich überhaupt merke, was geschieht.«

»Dann ändere doch einfach die Richtung, wenn sie dir nicht gefällt«, schlug Margo unbekümmert vor.

»Er hat die Beziehung zu mir einmal einen Umweg genannt.« Bei der Erinnerung an das Gespräch runzelte Kate erbost die Stirn. »Er hat gesagt, dass er immer gerne lange, interessante Umwege macht. Damals fand ich das sogar halbwegs charmant.«

»Warum fährst du nicht einfach zu ihm zurück und sprichst dich mit ihm aus?« Laura legte den Kopf auf die Seite und stellte sich die Szene in Byrons Küche vor. »Wahrscheinlich ist er ebenso unglücklich und frustriert wie du.«

»Das kann ich nicht.« Kate schüttelte den Kopf. »Er hat gesagt, dass ich meine Sachen abholen kann, wann es mir passt.«

»Huch!« Jetzt war Margo von ehrlichem Mitgefühl erfüllt. »In dem ihm eigenen höflichen, wohlerzogenen Ton?«

»Genau. Was das Allerschlimmste daran war. Ich weiß nicht, was ich zu ihm sagen soll … Außerdem weiß ich nicht, was ich will«, sagte sie schwach, ehe sie den Kopf zwischen den Händen vergrub. »Ich denke immer, ich weiß, was ich will, und dann merke ich, dass es nicht so ist. Zudem bin ich hundemüde. Es ist schwer, vernünftig zu denken, wenn man derart müde ist.«

»Dann sprich morgen mit ihm. Heute Nacht bleibst du erst mal hier.« Laura stand entschlossen auf. »Ich muss jetzt die Mädchen ins Bett bringen.«

»Sie hat mich furchtbar beschämt«, murmelte Kate, als sie mit Margo alleine war.

»Ich weiß.« Margo schob sich dichter an die Freundin heran. »In mir hat sie den Wunsch geweckt, Peter Ridgeway umzubringen, falls er noch jemals seine jämmerliche Visage in ihrer Nähe blicken lässt.«

»Schlimm, dass sie immer noch derart verletzt, derart unglücklich ist!«

»Es wird schon wieder werden.« Margo tätschelte Kates Knie. »Dafür sorgen wir, du und ich.«

»Ich, ah, ich werde nie wieder in einer Steuerkanzlei arbeiten.«

»Natürlich nicht.«

»Alle scheinen zu wissen, was ich tue, noch ehe ich es selber weiß.« Kate machte eine Pause und sah Margo an. »Bittle hat mir die Partnerschaft angeboten.«

»Gratulation.«

»Heute Nachmittag habe ich abgelehnt.«

»Himmel!« Margos millionenschweres Lächeln blitzte auf. »Da hast du ja wirklich einen ereignisreichen Tag gehabt.«

»Und Roger Thornhill war derjenige, der die Gelder veruntreut hat.«

»Was?« Margo stellte unsanft ihre Kaffeetasse ab. »Dieser

Schleimscheißer, der zu gleicher Zeit mit dir und deiner eigenen Klientin ins Bett gegangen ist?«

»Genau der!« Es freute Kate, dass sie es geschafft hatte, etwas zu sagen, was Margo aus der Ruhe brachte. »Ich habe es an der Art erkannt, wie er sich verhalten hat, als ich ihm heute zufällig bei Bittle begegnete. Er ist clever genug, um ein System zu entwickeln, womit sich unauffällig Gelder beiseiteschaffen lassen, und außerdem war ich seine größte Konkurrentin im Rennen um die Partnerschaft. Durch die Unterschlagungen hat er sich ein hübsches Taschengeld dazuverdient und mich gleichzeitig geschickt aus dem Weg geräumt.«

»Hast du es schon Kusack gesagt?«

»Nein, offensichtlich wussten Byron, der Bulle und dein Ehemann, mit dem ich bald auch noch ein Hühnchen rupfen werde, schon seit einiger Zeit, dass es Roger war.«

»Und dir haben sie nichts davon mitgeteilt.« Margo zog Kate auf die Füße und schob sie entschlossen Richtung Tür. »Hin und wieder müssen wir die Männer daran erinnern, dass sie nicht länger Großwild jagen, gegen Drachen kämpfen oder kühn gen Westen ziehen, während wir brav am Feuer sitzen und darauf warten, was passiert. Josh machen wir das am besten sofort klar!«

Um Viertel vor zehn am nächsten Morgen schloss Kate im Laden die Kasse auf. Es erfüllte sie mit Stolz, dass sie für ein paar Stunden ganz allein zuständig war. Laura arbeitete im Hotel, und Margo schwelgte in ihrer Mutterrolle. Ein paar Minuten noch, und sie würde die Tür öffnen, nämlich das Schild von *Geschlossen* auf *Offen* drehen.

Sie hatte ihre eigenen CDs dabei. Margo mochte Klassik, sie hingegen die alten Hits. Beatles, Stones und Cream. Nachdem sie die Musik angestellt hatte, ging sie ins Hinterzimmer und stellte den kupfernen Wasserkessel auf den Herd. Die angenehmen kleinen Pflichten, die mit der Führung eines eleganten Geschäfts einhergingen, machten ihr Spaß, sagte sie sich.

Über Byron De Witt dächte sie vorläufig nicht nach.

Inzwischen war er sicher in der Penthouse Suite des Templeton. Wahrscheinlich bei einer Besprechung oder einem Telefongespräch. Vielleicht suchte er auch gerade einen Flug nach San Francisco raus. Hatte er nicht gesagt, er müsste dort wieder einmal nach dem Rechten sehen?

Egal, sagte sie sich, trat auf die Veranda hinaus und goss die Stiefmütterchen und Vergissmeinnicht. Er mochte bleiben, wo der Pfeffer wuchs! Ihr Interesse an seinen Terminen hatte sich gelegt. Aus und vorbei. Er war ein Kapitel ihres Lebens, das es endgültig nicht mehr gab.

Am besten dächte sie ausschließlich an sich selbst. Schließlich fing gerade eine gänzlich neue Phase ihres Lebens an. Eine neue Karriere mit neuen Zielen, die es zu verfolgen galt. Sie hatte bereits Dutzende von Ideen, wie sich das Geschäft verbessern und erweitern ließ. Sobald Margo wieder einsatzfähig wäre, müssten sie ein ausführliches Gespräch führen. Dann käme auch schon die Modenschau, die eine ordentliche Werbung erforderte, und außerdem sollten sie möglichst bald überlegen, auf welche Art sich der Verkauf vor Weihnachten ankurbeln ließ.

Was sie brauchten, war ein regelmäßiges, am besten wöchentliches Brainstorming. Sie würde die Termine dafür festlegen. Man konnte im Geschäftsleben auf Dauer nicht erfolgreich sein, wenn man nicht ständig alles koordinierte. Und auch im Leben kam man ohne Pläne, ohne Ziele, ohne Strukturen nicht zurecht.

Man heiratete niemanden, dem man vor kaum einem Jahr zum ersten Mal begegnet war. Jede Beziehung machte verschiedene, aufeinander folgende Phasen durch; es war besser, wenn man es langsam, vorsichtig und vernünftig einfädelte. Und wenn man dann nach frühestens zwei Jahren die Schwachpunkte der Beziehung erörtert hatte, wenn man die Fehler und Schwächen des anderen erkannt und gelernt hatte, mit ihnen umzugehen, dann begann man vielleicht mit einer *Diskussion* über eine mögliche Eheschließung.

Erst musste man sich darüber einigen, was man von einer Ehe erwartete, musste Rollen und Pflichten festlegen. Wer übernahm die Einkäufe, wer bezahlte die Rechnungen, wer brachte den Müll raus, wer spülte das Geschirr? Eine Ehe war ein Unternehmen, eine Partnerschaft, eine hundertprozentige Bindung, die sich nicht so einfach lösen ließ. Vernünftige Menschen stürzten sich also nicht da hinein, ohne dass sie sich zuvor über die Details ihrer Beziehung einigten.

Und was war mit Kindern? Das Kinderkriegen hatte die Natur festgelegt – falls man sich auf Kinder einigte –, aber wer war anschließend für das Windelwechseln, die Wäsche, das Füttern, die Arzttermine zuständig? Wenn man diese Dinge nicht im Vorfeld gründlich regelte, stand einem nichts als Chaos – und ein Baby, das einen verantwortungsbewussten Erwachsenen benötigte – ins Haus.

Ein Baby. Du große Güte, wie wäre es wohl, wenn sie eines Tages selbst ein Baby erwartete? Sie hatte keine Ahnung, wie man mit einem Säugling zu Rande kam. All die Bücher, die sie lesen musste, all die Fehler, die sie machen würde. Es gab so viele … Dinge, die man für ein Baby benötigte. Ein Babybett, einen Kinderwagen, einen Kindersitz.

Und all die süßen, winzigen Kleidungsstücke, dachte sie verträumt.

»Ich fürchte, Sie ertränken die Stiefmütterchen, Ms Powell.«

Sie fuhr derart zusammen, dass sie sich Wasser auf die Schuhe schüttete; verwirrt riss sie die Augen auf und erkannte, dass sie gerade dabei gewesen war, einem Baby einen Namen zu geben, das sie bisher noch nicht einmal empfangen hatte – und zwar von einem Mann, von dem schwanger zu werden sie niemals beabsichtigte.

»Und, haben Sie ein bisschen vor sich hin geträumt?« Kusack sah sie mit seinem ihr inzwischen vertrauten väterlichen Lächeln an.

»Nein, ich …« Sie war keine Träumerin, sondern eine Denkerin. Eine Frau, die handelte. »Ich habe im Augenblick ziemlich viel im Kopf.«

»Darauf wette ich. Und ich wollte nur schnell vorbeikommen, ehe Sie den Laden aufschließen. Macht es Ihnen etwas aus, wenn wir hineingehen?«

»Nein, natürlich nicht.« Immer noch verwirrt stellte sie die Gießkanne auf den Boden und öffnete die Tür. »Heute bin ich ganz allein. Meine Partnerinnen sind – nicht da.«

»Ich wollte auch mit Ihnen alleine sprechen. Hoffentlich habe ich Ihnen eben keinen Schrecken eingejagt, Ms Powell.«

»Nein, schon gut.« Das Pochen ihres Herzens legte sich. »Was kann ich für Sie tun, Detective?«

»Eigentlich bin ich nur gekommen, um Sie über die Fortschritte bei unseren Ermittlungen zu informieren. Ich dachte, nach all dem Ärger, den Sie hatten, hätten Sie es verdient, den Stand der Dinge zu erfahren.«

»Mit dieser Ansicht stehen Sie ziemlich alleine da«, murmelte sie.

»Ihr Freund hat mich auf die Spur von Roger Thornhill gebracht.«

»Er ist nicht mein Freund«, sagte sie eilig, ehe sie sich auf die Lippen biss. »Falls Sie von Mr De Witt sprechen.«

»Allerdings.« Er lächelte verlegen und zupfte sich am Ohr. »Ich weiß nie, wie man solche Dinge nennen soll. Aber egal, Mr De Witt hat mich auf die Spur von Thornhill gebracht. Obwohl ich bereits selbst in seiner Richtung Ermittlungen angestellt hatte. Sie scheinen von dieser Neuigkeit überhaupt nicht überrascht zu sein«, bemerkte er.

»Ich habe es gestern selbst herausgefunden.« Sie zuckte mit den Schultern, da es ihr inzwischen tatsächlich gleichgültig war.

»Ich dachte mir bereits, dass Sie selbst darauf kommen würden ... Thornhill scheint ein passionierter Spieler zu sein. Was ein sehr zwingender Grund dafür ist, dass man gelegentlich ziemlich schnell zu Geld kommen muss.«

»Roger spielt?« Jetzt war sie doch schockiert. »Sie meinen, dass er zu Pferdewetten geht und so?«

»Er spielt an der Wall Street, Ms Powell. Und in den letzten paar Jahren hat er regelmäßig Verluste dabei gemacht ... hat einfach zu hoch gesetzt, und anscheinend hat ihn das Glück irgendwann verlassen. Dann war da seine persönliche Beziehung zu Ihnen und die Tatsache, dass ausgerechnet er den Zeitungsartikel über die Sache mit Ihrem Vater in Ihrem Büro gefunden und an Bittle weitergegeben hat.«

»Wirklich?« Sie nickte. »Das habe ich gar nicht gewusst.«

»Meiner Meinung nach waren das alles etwas zu glatte Zufälle. So viele Zufälle gibt es in den Bereichen, in denen ich tätig bin, normalerweise nicht. Wie ich hörte, ereignete sich gestern zwischen Ihnen beiden bei Bittle ein kleiner Zusammenstoß.«

»Und woher wissen Sie das, wenn ich fragen darf?«

»Von Ms Newman. Sie besitzt scharfe Augen, ein gutes Gehör und eine feine Nase.« Er sah Kate grinsend an. »Ich hatte sie gebeten, sich mit mir in Verbindung zu setzen, falls es im Büro irgendwelche ungewöhnlichen Zwischenfälle gibt. Sie kann Thornhill nicht riechen, falls ich es so formulieren darf. Und außerdem hat sie von Anfang an auf Ihrer Seite gestanden.«

»Wie bitte?« Kate klopfte an ihr Ohr, als wäre sie mit einem Mal taub geworden. »Newman auf meiner Seite?«

»Bereits bei dem ersten Gespräch, das ich mit ihr in dieser Angelegenheit führte, hat sie gesagt, dass ich mich irren würde, wenn ich dächte, Sie hätten es getan. Sie hat gesagt, Katherine Powell würde sie eigentlich nicht einmal den Diebstahl einer Büroklammer zutrauen.«

»Ich verstehe. Und dabei habe ich immer gedacht, sie könnte mich nicht ausstehen.«

»Ob sie Sie mag oder nicht, sei dahingestellt, aber auf alle Fälle respektiert sie Sie.«

»Laden Sie Roger jetzt zum Verhör?«

»Das habe ich bereits getan. Ich musste ziemlich schnell handeln, nachdem ich erfahren hatte, dass es zu einer Auseinandersetzung zwischen Ihnen beiden gekommen war. Also habe ich ihn gestern Abend kurzerhand besucht. Er hatte bereits seine Koffer gepackt und ein Taxi zum Flughafen bestellt.«

»Sie machen Spaß.«

»Nein, Ma'am. Er hatte ein Ticket nach Rio reserviert. Seit er wusste, dass der Verdacht gegen Sie fallengelassen worden war, befand er sich auf dem Sprung. Was auch immer Sie gestern im Büro zu ihm gesagt haben, hat ihm offenbar den Rest gegeben. Er hat sofort mit seinem Anwalt telefoniert; aber ich denke, spätestens Ende des heutigen Tages haben wir einen Deal mit ihm. Das, was er verbrochen hat, wird normalerweise Verbrechen ohne Opfer genannt. Obgleich mir die Bezeichnung in diesem Fall ziemlich unangemessen erscheint.«

»Auch wenn ich nicht weiß, wie ich mich fühle – wie ein Opfer fühle ich mich nicht«, murmelte Kate.

»Ich an Ihrer Stelle wäre zumindest einigermaßen wütend, wenn ich das so sagen darf. Aber …« Er sah sie schulterzuckend an. »Seine Karriere ist gelaufen, er wird lange an seinem Bußgeld und den Anwaltskosten zahlen, nehme ich an, und außerdem wird er eine Zeit lang Gast des Staates sein.«

»Er kommt ins Gefängnis?« Wie ihr Vater ins Gefängnis gekommen wäre, dachte sie, wegen eines Fehlers, eines falschen Urteils, eines Augenblicks der Gier.

»Wie gesagt, wir haben ihm einen Deal angeboten – umfassendes Geständnis gegen Strafmilderung –, aber ich kann mir nicht vorstellen, dass er ganz ohne Denkzettel davonkommen wird. Wissen Sie, so wie die Dinge heutzutage laufen, könnten auch Sie ihn noch verklagen wegen Rufschädigung, emotionaler Schmerzen, persönlichen Leids und einigem anderen. Ihr Anwalt kennt sich in diesen Sachen sicher aus.«

»Ich habe kein Interesse daran, Roger zu verklagen. Mir ist es lieber, wenn dieses Kapitel meines Lebens endlich abgeschlossen ist.«

»Das habe ich mir bereits gedacht.« Wieder lächelte er sie an. »Sie sind eine nette Person, Ms Powell. Es war mir ein Vergnügen, Sie kennenzulernen, selbst unter diesen eher unglücklichen Umständen.«

Sie sah ihn nachdenklich an. »Ich glaube, ich muss von Ihnen das gleiche sagen, Detective Kusack, trotz dieser eher unglücklichen Umstände.«

Er wandte sich zum Gehen und blieb dann noch einmal stehen. »Sie machen gleich auf, nicht wahr?«

Sie sah auf ihre Uhr. »Das stimmt.«

»Ich frage mich …« Er zupfte abermals an seinem Ohr. »Meine Frau hat bald Geburtstag. Um genau zu sein, morgen schon.«

»Detective Kusack.« Kate sah ihn strahlend an. »Da sind Sie exakt am richtigen Ort!«

Kate sagte sich, sie fühle sich wunderbar, belebt. All ihre Probleme lagen hinter ihr. Nun fing die nächste Phase ihres Lebens an.

Warum sollte sie wegen der Fahrt zu Byrons Haus nervös

sein? Es war helllichter Tag – in der Tat Mittag –, und er wäre sicherlich nicht da. Sie würde einfach, wie er sie aufgefordert hatte, ihre Sachen packen, und damit wäre das Kapitel sauber abgeschlossen.

Ohne jedes Bedauern, hoffte sie. Es war nett gewesen, solange es gedauert hatte, aber nichts hielt ewig, und vor allem gute Dinge waren irgendwann einmal vorbei.

Sie bog in seine Einfahrt ein. Den Haustürschlüssel hatte sie bereits von ihrem Schlüsselbund entfernt und lose eingesteckt. Als sie jedoch nach ihm griff, hielt sie stattdessen plötzlich Seraphinas Münze in der Hand. Verwundert starrte sie sie an. Sie hätte geschworen, dass die Dublone im obersten Fach ihres Schmuckkastens zu Hause lag.

Langsam drehte sie sie in ihrer Hand herum. Es war die Helligkeit der Münze, die in der Sonne schimmerte, was ihr mit einem Male die Tränen in die Augen trieb, sagte sie sich. Das strahlend helle Gold, das sie, da sie die Sonnenbrille abgenommen hatte, blendete. Bestimmt weinte sie nicht, weil sie plötzlich eine schmerzliche Nähe zu der jungen Frau empfand, die, bereit, ihr Leben fortzuwerfen, vom Rand der Klippen gesprungen war.

Kate Powell warf ihr Leben niemals fort, sagte sie sich in strengem Ton. Sie war eine Kämpferin. Nur die Schwachen gaben die Hoffnung auf. Ihr standen sicher noch Jahre des Glücks bevor. Also würde sie nicht einer alten Münze und einer traurigen Legende wegen deprimiert hier herumhängen.

Am besten wandte sie ihre Gedanken wieder dem wahren Leben zu. Sie blinzelte. Ihrem Leben, in dem sie schon immer genau wusste, was für sie das beste war.

Sie fand den Schlüssel und schob die Münze in ihre Tasche zurück. Aber es war schwerer, als sie gedacht hatte, den Schlüssel im Schloss herumzudrehen – denn sicher wäre es das letzte Mal.

Hier ging es doch nur um ein Haus, sagte sie sich. Es gab keinen Grund für sie, es zu lieben, keinen Grund, dieses beinahe schmerzliche Gefühl des Willkommenseins zu verspüren, als sie über die Schwelle trat. Es gab nicht den geringsten Grund, in Richtung der gläsernen Flügeltür zu gehen und nur mühsam die Tränen zu unterdrücken, als sie Nip und Tuck in der Sonne dösen sah.

Die blühenden Geranien in den grauen Tontöpfen. Die Mobiles aus Kupfer und Messing, die leise in der Brise, die vom Meer heraufwehte, bimmelten. Die Muscheln, die sie zusammen mit Byron am Strand gesucht und in einer flachen Glasschale auf dem Redwood-Tisch angeordnet hatten.

Es war perfekt, erkannte sie, einfach perfekt. Und deshalb vergoss sie ein paar Tränen.

Als die Hunde synchron die Köpfe hoben und bellend in Richtung der Glastür schossen, wurde ihr klar, dass sie das Geräusch des Wagens überhört hatte. Die beiden Kleinen jedoch reagierten so, wie sie es immer taten, wenn Byron endlich von der Arbeit nach Hause kam.

Panisch drehte sie sich um und blickte zur Tür, als er den Flur betrat.

»Tut mir leid«, sagte sie sofort. »Ich wusste nicht, dass du so früh nach Hause kommen würdest.«

»Das denke ich mir.« Aber dank Lauras Anruf war er über ihren Besuch im Bilde.

»Ich bin gekommen, um meine Sachen zu holen. Ich … ich wollte es erledigen, während du bei der Arbeit bist. Auf diese Weise wäre es weniger unangenehm.«

»Tja, aber jetzt bin ich nun mal da.« Er trat auf sie zu und sah sie mit zusammengekniffenen Augen an. »Du hast geweint.«

»Nein, nicht wirklich. Es war …« Ihre Finger glitten in ihre Tasche, wo die Dublone lag. »Es ging um etwas vollkommen anderes. Und dann schätze ich, dass es an den Hunden lag. Sie sahen so süß aus, wie sie im Garten lagen und ihr Nickerchen machten.« Jetzt standen sie schwanzwedelnd auf der Veranda und blickten ihr Herrchen freudig an. »Sie werden mir fehlen.«

»Setz dich.«

»Nein, ich kann wirklich nicht. Ich will zurück in den Laden und … und ich möchte mich bei dir entschuldigen, Byron, weil ich dich so angeschrien habe. Das tut mir wirklich leid, und ich fände es schrecklich, wenn wir nicht wenigstens weiterhin wie zivilisierte Menschen miteinander umgehen könnten.« Angesichts der Absurdität ihrer Worte machte sie die Augen zu. »Das Ganze ist wirklich mehr als unangenehm.«

Am liebsten hätte er sie sanft berührt, aber er kannte mittlerweile seine Grenzen. Wenn er auch nur mit der Hand über ihre kurzen Haare strich, würde er mehr wollen, würde sie an sich ziehen und flehen, dass sie blieb.

»Dann lass uns auch wirklich zivilisiert sein. Wenn du dich jetzt nicht setzen willst, bleiben wir eben stehen. Es gibt da ein paar Dinge, die ich dir gerne sagen würde.« Er beobachtete, wie sie argwöhnisch die Augen öffnete. Was, zum Teufel, sah sie, wenn sie ihn anblickte, fragte er sich. Warum nur wusste er es nicht?

»Ich muss mich ebenfalls bei dir entschuldigen. Ich habe die Dinge gestern Abend vollkommen falsch angefangen. Und selbst auf die Gefahr hin, dass du mir nochmals einen Tritt versetzt, gebe ich zu, dass du mit einigen deiner … sagen wir, Bemerkungen bezüglich meines Charakters nicht ganz daneben liegst.«

Er ging zur Verandatür, wobei er mit dem Kleingeld in seiner Jackentasche klimperte. Die Hunde saßen immer noch hoffnungsvoll auf der anderen Seite der Glasscheibe. »Ich bin ein Mensch, der die Dinge gerne plant. Das habe ich mit dir gemeinsam. Offen gestanden habe ich geplant, dich dazu zu bewegen, dass du zu mir ziehst. Ich dachte, es würde uns beiden helfen, uns daran zu gewöhnen, auf Dauer zusammenzusein. Denn das wollte ich.«

Als er sich ihr wieder zuwandte, sann sie vergeblich über eine Antwort nach.

»Ich wollte mich um dich kümmern. Du siehst Verwundbarkeit als eine Schwäche an. Hingegen ich betrachte sie als die weiche, anziehende Seite einer starken, intelligenten, widerstandsfähigen Frau. Es liegt in meiner Natur, zu beschützen und zumindest zu versuchen, Dinge, die falsch laufen, in die richtigen Bahnen zu lenken. Es ist etwas, was ich selbst dir zuliebe nicht einfach ändern kann.«

»Ich will gar nicht, dass du dich änderst, Byron. Aber ich kann mich ebenso wenig ändern wie du. Es wird mich immer stören, wenn jemand die Führung in meinem Leben übernehmen will, egal, wie gut er es auch meint.«

»Und wenn ich sehe, dass jemand, den ich liebe, so gestresst ist, dass er davon krank wird, dass er ausgenutzt wird, dass man ihn verletzt – dann werde ich alles in meiner Macht Stehende dagegen unternehmen. Und wenn ich etwas will, wovon ich vollkommen überzeugt bin, arbeite ich daran, es zu erreichen. Ich liebe dich, Kate.«

Abermals stiegen in ihren Augen Tränen auf. »Ich weiß einfach nicht, wie ich mit dieser Situation umgehen soll. Ich weiß nicht, was ich machen soll. Ich kann nicht mehr nachdenken.«

»Aber ich weiß es. Schau, hin und wieder schadet es gar nicht, wenn man jemand anderem das Denken überlässt.«

»Kann sein. Aber bei allem, was in den letzten Monaten geschehen ist, gab es Augenblicke, in denen ich Mühe hatte zu erkennen, was ich wollte, wer ich überhaupt war. Manchmal war das alles andere als leicht. Sie haben Roger verhaftet.«

»Ich weiß.«

»Natürlich – wie immer!« Sie versuchte zu lachen, doch dann wandte sie sich ab. »Als Kusack kam und es mir erzählte, war ich mir zu Anfang nicht sicher, was ich empfand. Erleichterung, Genugtuung – aber auch noch etwas anderes. Ich habe an meinen Vater gedacht. Er wäre ins Gefängnis gekommen, genau wie Roger jetzt. Sie beide haben sich des gleichen Vergehens schuldig gemacht, und so hätte man sie sicher auf die gleiche Weise bestraft. Einer wie der andere war ein Dieb.«

»Kate …«

»Nein, lass mich bitte ausreden. Schließlich habe ich lange genug gebraucht, um mir über diese Dinge klarzuwerden. Mein Vater hatte einen Fehler gemacht, einen kriminellen Fehler, und sosehr mich dieses Wissen auch schmerzt, weiß ich doch, dass er niemals versucht hätte, jemand anderem die Schuld dafür in die Schuhe zu schieben. Er war nicht wie Roger. Er hätte sich der Verantwortung gestellt und seinen Fehler abgebüßt. Heute erst begreife ich, wie wichtig diese Erkenntnis für mich ist. Mit diesem Wissen kann ich leben, kann ihm das, was er getan hat, verzeihen, und mich daran erinnern, was er während der ersten acht Jahre meines Lebens für mich bedeutete. Er war mein Vater und hat mich geliebt.«

»Du bist eine wunderbare Frau, Katherine.«

Sie schüttelte den Kopf und wischte sich die Tränen fort. »Ich musste diese Sache loswerden. Es scheint, als könnte ich immer einfach alles, was in meinem Inneren wühlt, herausholen und dir anvertrauen. Es macht mir angst, wie leicht das geht.«

»Du hast überhaupt zu viel Angst. Lass uns sehen, ob ich dir vielleicht helfen kann. Am besten versuchen wir es mit einem einfachen logischen Test. Ich bin fünfunddreißig Jahre alt, war nie verheiratet, nie verlobt, habe nie offiziell mit einer Frau zusammengelebt. Warum?«

»Keine Ahnung.« Sie fuhr sich mit den Händen durch die Haare und rang darum, dass ihr Intellekt die Oberhand über ihre Gefühle behielt, als sie sich ihm wieder zuwandte. »Dafür könnte es ein Dutzend Gründe geben. Du hast Angst vor den mit einer derartigen Beziehung einhergehenden Verpflichtungen gehabt; du warst zu sehr damit beschäftigt, die verschiedensten Früchte des Südens zu kosten; du hattest nur deine Karriere im Kopf.«

»Es könnte jeder dieser Gründe gewesen sein«, stimmte er ihr zu. »Aber ich werde dir sagen, weshalb ich bisher tatsächlich nie eine engere Bindung eingegangen bin. Tatsächlich mache ich ebenso ungern Fehler wie du. Ich bin sicher, dass es andere Frauen gibt, mit denen ich glücklich sein und ein anständiges Leben führen könnte. Aber das ist nicht genug. Ich habe gewartet, weil ich dieses Bild im Kopf hatte, diesen Traum von der Frau, mit der ich eines Tages absolut alles teilen wollte.«

»Jetzt erzähl mir bloß nicht, ich entspräche diesem Bild – denn ich weiß genau, dass das nicht stimmt.« Sie starrte auf das Taschentuch, das er ihr gab. »Was soll ich damit?«

»Du weinst schon wieder.« Während sie ihm beinahe zornig das Tuch aus der Hand riss und ihr Gesicht abzutupfen begann, fuhr er gelassen fort: »Einige von uns sind bezüglich ihrer Träume flexibler als andere und können es genießen, wenn es zu Veränderungen kommt. Sieh mich an, Kate«, bat er sanft. »Du bist die Frau, auf die ich zeit meines Lebens gewartet habe.«

»Das ist nicht fair.« Sie presste ihre Fäuste auf ihr schmerzendes Herz und trat eilig einen Schritt zurück. »So etwas zu sagen ist nicht fair.«

»Wir haben uns darauf geeinigt, wie zivilisierte Menschen miteinander umzugehen. Von Fairness hat niemand einen Ton gesagt.«

»Ich will nicht so empfinden. Ich will nicht, dass es so weh tut. Warum lässt du mich nicht einfach in Ruhe nachdenken?«

»Dann denk vielleicht sofort darüber nach.« Jetzt berührte er sie, zog sie eng an seine Brust – »ich liebe dich« – und küsste sie. »Ich will für den Rest meines Lebens mit dir zusammen sein. Ich will mich um dich kümmern und will, dass du dich um mich kümmerst.«

»Aber ich bin nicht die Art von Frau, zu der man solche Dinge sagt.« Sie legte ihre Hand auf seine Brust. »Warum kannst du das nur nicht verstehen?«

Er musste dafür sorgen, dass sie sich daran gewöhnte, solche Dinge aus seinem Mund zu hören, während er ihr lächelnd mit der Rechten über den Rücken strich.

»Oh, nein!« Sie machte sich entschieden von ihm los. »Oh, nein, ich kenne diesen Blick. Immer, wenn du so guckst, denkst du, Kate muss beruhigt werden, Kate muss gestreichelt werden, Kate muss unauffällig dazu gebracht werden, dass sie sich meinen Vorstellungen unterwirft. Aber es wird nicht funktionieren. Glaub mir, das steht nicht zur Debatte! Ich fange gerade erst an, mein Leben wieder in den Griff zu kriegen«, tobte sie und durchmaß mit langen Schritten den Raum. »Ich habe den Laden. Und ist es nicht bereits schwer genug für mich, damit zurechtzukommen, dass ich so gerne hier bin? Wie soll ich mich darüber hinaus auch noch an alles andere gewöhnen? In der Liebe gibt es keine Regeln. Diese Erkenntnis kam mir, als ich mich die ganze Nacht in meinem Bett gewälzt habe, weil du gesagt hast, dass ich meine Sachen packen soll.« Sie wirbelte zu ihm herum und bedachte ihn mit einem todbringenden Blick. »Oh, das war wirklich niederträchtig von dir!«

»Ja, das war es.« Hocherfreut über ihr Geständnis, dass sie eine ebenso elende Nacht hinter sich hatte wie er, grinste er sie fröhlich an. »Und es macht mich zufrieden, dass mir mein

Tiefschlag offenbar gelungen ist. Schließlich hast du mir gestern Abend furchtbar weh getan.«

»Siehst du? Genau das passiert, wenn man sich von der Liebe einfangen lässt. Man tut einander weh. Ich habe nicht darum gebeten, mich in dich zu verlieben, geplant hatte ich es ganz sicher nicht. Und jetzt ertrage ich die Vorstellung nicht mehr, jemals ohne dich zu sein, nicht mehr morgens am Tisch zu sitzen und zuzugucken, wie du das Frühstück machst, oder dir zuzuhören, wenn du mir erklärst, dass ich mich bei diesem verdammten Gewichtheben konzentrieren soll. Nicht mehr mit dir und deinen Streunern am Strand spazieren gehen! Und außerdem will ich ein Baby von dir.«

Er war ehrlich verblüfft. »Jetzt?«

»Siehst du? Siehst du, was du angerichtet hast?« Sie sank auf die Couch und vergrub das Gesicht zwischen den Händen. »Hör dir nur an, was ich da von mir gebe. Ich bin ein vollkommenes Wrack. Ich bin vollkommen übergeschnappt. Ich liebe dich.«

»Das alles weiß ich, Kate.« Er setzte sich neben sie und zog sie auf seinen Schoß. »Und es passt mir hervorragend in den Kram.«

»Aber was ist, wenn es mir nicht passt? Vielleicht mache ich alles falsch.«

»Kein Problem.« Er küsste sie auf die Wange und bettete ihren Kopf an seine Schulter. »Ich bin gut darin, die Dinge wieder ins Reine zu bringen. Warum betrachten wir nicht zunächst einmal das Gesamtbild und kümmern uns später um die Details?«

Sie stieß einen Seufzer aus, machte die Augen zu und hatte das Gefühl, wunderbar daheim zu sein. »Vielleicht machst ja auch du alles falsch.«

»Dann wirst du da sein, um es wieder ins Lot zu bringen. Ich brauche dich.«

»Du …« Diese Worte und sein Blick, der ihr verriet, dass er es ernst meinte, waren mächtiger als jeder Liebesschwur. »Ich brauche dich auch. Es ist mir wichtig, dass du mich brauchst. Gern sorge ich dafür, dass alles funktioniert. Aber zu heiraten …«

»… wäre der praktische, logische nächste Schritt«, beendete er ihren Satz, woraufhin sie endlich lächelte.

»Wäre es nicht. Und außerdem hast du mich nie gefragt, ob ich dich heiraten will.«

»Stimmt.« Nun lächelte er ebenfalls. »Wenn ich dich fragen würde, könntest du schließlich Nein sagen. Und diese Möglichkeit muss ich ausschließen.«

»Also wirst du mich heimlich so weit bringen, dass ich es will.«

»Genau so habe ich es vor.«

»Wirklich clever«, murmelte sie und nahm seinen Herzschlag unter ihren Fingern wahr. Schnell und nicht ganz regelmäßig, merkte sie. Vielleicht war er ebenso nervös wie sie? »Ich schätze, da bereits der Großteil meiner Sachen hier ist und da ich dich so sehr liebe und mich an deine Kochkunst gewöhnt habe, ist das vielleicht gar keine schlechte Idee. Ich meine, verheiratet zu sein. Mit dir. Scheint so, als hättest du mit deinem Plan Erfolg.«

»Gott sei Dank!« Er hob ihre Hand an seinen Mund. »Immerhin habe ich mein Leben lang auf dich gewartet, Kate.«

»Hm. Genau wie ich auf dich.«

Er schob ihren Kopf zurück, lächelte breit – »Willkommen daheim« – und zog sie an sich.